BASTEI
LÜBBE

Von Jonathan Kellerman
erschienen bei BASTEI-LÜBBE

10944 Blackout
11277 Flüchtig!

JONATHAN KELLERMAN

Jamey

Das Kind, das zuviel wußte

Aus dem Amerikanischen
von Ari Großkopf

BASTEI
LÜBBE

BASTEI-LÜBBE-TASCHENBUCH
Band 11811

Originalverlag: Atheneum, New York
Titel der Originalausgabe: Over the Edge

Ungekürzte Taschenbuchausgabe
Printed in Germany April 1992
Einbandgestaltung: Manfred Peters
Satz: Kremerdruck GmbH, Lindlar
Druck und Bindung: Ebner Ulm
ISBN 3-404-11811-1

Meiner Familie, wie immer
und Barney Karpfinger, agent extraordinaire

Erbarme, Himmel, dich
Wenn ich jetzt scheide.
Und vergib
Die letzte Tat mir
Der Verwerflichkeit.

Thomas Chatterton »Der wunderbare Knabe«,
Letzte Verse, 24. August 1770

1

Drei Jahre lang war ich nicht mehr wegen eines Notfalls geweckt worden, aber in dieser Nacht geschah es. Ich richtete mich im Bett auf, griff mit schlaftauben Fingern zum Hörer. Ich war noch nicht ganz aus meinem Traum erwacht, doch meine Stimme fand sofort ihre berufliche Routine wieder. Ich war in meine gewohnte Rolle geschlüpft, obwohl ich kaum einen klaren Gedanken fassen konnte.

Das Schellen des Telefons hatte auch Robin aus dem Schlaf gerissen. Auf ihrem Gesicht bildeten Lichtstreifen das Muster der Gardine ab.

»Wer ist da, Alex?«

»Die Notrufzentrale.«

»Was ist denn passiert?«

»Ich weiß es nicht. Schlaf nur wieder ein, ich telefoniere in der Bibliothek weiter.«

Robin sah mich fragend an und rollte sich wieder in ihre Decke. Ich zog meinen Bademantel über und verließ das Schlafzimmer. Ich machte Licht, und nachdem sich meine Augen an die Helligkeit gewöhnt hatten, fand ich etwas zu schreiben und nahm den Hörer ab.

»So, da bin ich wieder.«

»Es klingt wie ein echter Notfall, Doktor. Der Anrufer ist ganz außer Atem und redet wirres Zeug. Ich mußte ihn mehrmals nach seinem Namen fragen. Dann schrie er ihn geradezu heraus, gleich ein paarmal. Ich bin mir nicht ganz sicher, aber es klang wie Jimmy Cammus oder Catmus.«

Jamey Cadmus! Als ich diesen Namen hörte, war ich sofort hellwach. Erinnerungen, die ein halbes Jahrzehnt geschlummert hatten, wurden lebendig. Jamey war jemand, den man nicht so leicht vergessen konnte.

»Stellen Sie ihn durch«, sagte ich.

In der Leitung knackte es. »Hallo, Jamey!«

Ich erhielt keine Antwort.

»Jamey, bist du es? Hier ist Doktor Delaware.«

Wieder hörte ich nichts und dachte, die Leitung sei unterbrochen.

»Jamey!«

Wieder Schweigen. Dann hörte ich jemanden leise stöhnen. Sein Atem ging mühsam.

»Jamey, wo bist du denn?«

Die Antwort war ein ersticktes Flüstern: »Helfen Sie mir!«

»Natürlich, Jamey. Dazu bin ich doch da. Was ist denn los?«

»Helfen Sie mir, alles zusammenzuhalten! Zusammen, zusammen, alles fällt auseinander! Dieser ekelhafte Geruch! Stinkende Wunden! Alles auseinandergerissen mit dem blutigen Messer!«

Als ich Jamey das letztemal gesehen hatte, war er kurz vor der Pubertät gewesen, blauäugig, mit zarter Haut und dichtem, glänzendem schwarzem Haar. Zwölf Jahre war er damals alt. Die Stimme, die ich jetzt durchs Telefon hörte, klang tiefer, männlich. Sie paßte nicht zu dem Bild, das ich von dem Jungen hatte.

»Beruhige dich, Jamey, hab keine Angst!« So gelassen und freundlich, wie ich irgend konnte, fragte ich: »Wo bist du jetzt?«

Zuerst war es still in der Leitung, dann folgte ein ganzer Schwall von Worten, zusammenhanglos und abgehackt wie Maschinengewehrfeuer.

»Hören Sie bloß auf damit! Alle erzählen mir immer diesen Quatsch! Sie lügen doch, wenn ... sie sagen, daß die Hauptschlagader geplatzt ist ... Eulenfedern ... ach, ich bin so ... Halten Sie den Mund! Ich habe genug davon gehört. Die Dunkelheit riecht ekelhaft! Sie sind ein Wichser!«

Der reinste Wortsalat. Jamey keuchte laut, und seine Stimme versagte.

»Jamey, ich höre dir zu. Ich werde dir helfen.«

Da er nicht antwortete, fuhr ich fort: »Hast du etwas eingenommen?«

»Sind Sie Doktor Delaware?« Er schien plötzlich ruhiger, überrascht, meine Stimme zu hören.

»Ja, ich bin's. Wo bist du?«

»Es ist lange her, Doktor D.«, sagte er traurig.

»Ja, das stimmt. Schön, daß du mich anrufst.«

Wieder Stille.

»Jamey, ich möchte dir helfen, aber dazu muß ich wissen, was los ist. Sag mir doch bitte, wo du bist.«

Sein Schweigen schien endlos.

»Hast du irgendwas genommen, etwas Gefährliches?«

»Ich sitze höllisch in der Scheiße, Doktor D.! Alle Höllenglocken läuten. Ein Cañon aus Glas!«

»Erzähl mir mehr darüber, wo befindet sich dieser Cañon?«

»Das wissen Sie doch genau!« krächzte er. »Sie haben es Ihnen doch gesagt! Sie erklären es die ganze

Zeit. Ein Abgrund! Verdammtes Glas, verdammter Stahl!«

»Wo, Jamey?« fragte ich vorsichtig. »Erklär es mir genau.«

Sein Atem ging schnell, er keuchte.

»Jamey!«

Plötzlich schrie er laut auf, wie ein verwundetes Tier. Dann folgte ein schmerzerfülltes Flüstern.

»Die Erde ist voller Blut, scharlachrot! Aufgerissene Mäuler! Die Federn riechen ekelhaft! Das haben mir diese verdammten Lügner gesagt!«

Ich versuchte, an ihn heranzukommen, aber er war wieder von seinen Alpträumen gefesselt. Mit demselben angstvollen Flüstern unterhielt er sich nun mit den Stimmen, die er hörte, kämpfte gegen Dämonen, die ihn in ihre Gewalt zu bringen drohten, bis seine Worte in schrecklichem Geheul und verzweifeltem Schluchzen untergingen. Ich war unfähig, den Strom seiner Wahnbilder aufzuhalten, und so blieb mir nichts anderes übrig, als zu warten. Mein Herz klopfte heftig, ich fröstelte trotz der Wärme, die im Zimmer herrschte.

Jameys Flüstern ging jetzt in ein schnelles, rasselndes Atmen über. Ich versuchte, sein Schweigen zu nutzen, um ihn in die Wirklichkeit zurückzuholen.

»Wo ist dieser gläserne Cañon? Sag es mir genau, Jamey!«

»Glas und Stahl und Kilometer Röhren. Schlangenlinien. Gummischlangen und Gummiwände. Verdammte weiße Zombies schmeißen Leichen von der Mauer, spielen mit Nadeln ...«

Es dauerte eine Weile, bis ich verstanden hatte, wovon Jamey sprach.

»Bist du in einer Klinik?«

Er antwortete mit hohlem Gelächter. »Sie nennen das so!«

»Welches Krankenhaus ist es?«

Cañon Oaks.

Ich kannte das Haus, eine exklusive Privatklinik, vom Hörensagen. Ich war erleichtert. Zumindest hatte Jamey sich die Überdosis nicht in irgendeinem dunklen Hinterhof gesetzt.

»Wie lange bist du da schon?«

»Sie bringen mich um mit ihren Lügen, Doktor D.!« schrie er. »Sie quälen mich mit Laserstrahlen, legen mir die Wirbel frei, saugen mich aus. Stück für Stück holen sie mir die Organe raus!«

»Wer macht das?«

»Sie, die Menschenfresser, die weißen Zombies, kommen aus dem Strudel angekrochen, verdammte Federn, verdammte Vögel, kriechen aus dem Fleisch. Helfen Sie mir, Doktor D., kommen Sie doch und helfen Sie mir, das alles zusammenzuhalten, das abzuschütteln. Holen Sie mich woanders hin, wo es sauber ist!«

»Jamey, ich helfe dir ...!«

Bevor ich zu Ende reden konnte, hatte es ihn wieder gepackt, sein Flüstern klang gequält, als ob er zu Tode gemartert würde. Ich zog den Gürtel meines Morgenmantels enger und versuchte mir vorzustellen, was ich ihm sagen könnte, wenn er wieder zu sich käme. Bei dem Gedanken, wie wenig ich tun konnte, mußte ich ein Gefühl der Hilflosigkeit unterdrücken. Sollte ich auf seine Halluzinationen eingehen, sie akzeptieren, um damit zu erreichen, daß er sich beruhigte? Das Wichtigste war wohl, mit ihm in Kontakt zu bleiben und sein Vertrauen nicht zu verlieren. Je länger man mit ihm sprechen konnte, desto besser.

Das war ein guter Plan, unter diesen Umständen wohl der sinnvollste, aber ich kam nicht dazu, ihn auszuführen.

Jameys Geflüster steigerte sich schnell wie die Nadel auf einer Skala unbarmherzig zu dem schrillen Heulen einer Sirene, ging dann in ein klagendes Greinen über, bevor ein letzter Schrei durch das Klikken des aufgelegten Hörers abgeschnitten wurde.

2

Der Nachtdienst der *Cañon-Oaks*-Klinik informierte mich, daß er vor acht Uhr morgens keine Gespräche weitervermitteln könne, also erst in knapp fünf Stunden. Ich erklärte, daß ich Arzt sei und daß es sich um einen Notfall handele. Daraufhin wurde ich weiterverbunden. Es meldete sich eine ausdruckslose Altstimme, die der diensthabenden Nachtschwester gehörte. Zuerst ließ sie mich reden, dann fragte sie mißtrauisch nach meinem Namen.

»Dr. Alex Delaware. Und mit wem spreche ich?«

»Mrs. Vann. Gehören Sie zu unserer Klinik, Doktor?«

»Nein, ich habe Jamey Cadmus vor einigen Jahren behandelt.«

»Aha, und er hat Sie angerufen?«

»Ja, vor ein paar Minuten.«

»Das dürfte kaum möglich sein, Doktor«, sagte sie selbstzufrieden. »Mr. Cadmus ist in der geschloss… er ist telefonisch nicht erreichbar.«

»Er war es aber, Mrs. Vann, und er war in sehr schlechter Verfassung. Wann haben Sie zuletzt nach ihm gesehen?«

»Ich bin in einem anderen Gebäude.« Nach einer kurzen Pause: »Ich könnte dort einmal anrufen.«

»Das sollten Sie unbedingt tun.«

»In Ordnung, Doktor, vielen Dank für die Information und gute Nacht.«

»Bitte sagen Sie mir, wie lange er schon in der Klinik ist.«

»Ich bin nicht befugt, vertrauliche Informationen über Patienten weiterzugeben.«

»Ich verstehe. Welcher Arzt hat Bereitschaftsdienst?«

»Unser Direktor, Mr. Mainwaring. Ich kann ihn aber um diese Zeit nicht stören«, erwiderte sie abweisend.

Im Hintergrund hörte ich gedämpfte Stimmen. Sie unterbrach das Gespräch für eine Weile, meldete sich dann mit nervöser Stimme wieder, um mir mitzuteilen, daß sie keine Zeit mehr habe. Dann legte sie auf. Das passierte mir nun schon zum zweitenmal innerhalb von zehn Minuten.

Ich machte das Licht aus und ging ins Schlafzimmer zurück. Robin richtete sich auf und stützte sich auf ihre Ellbogen. Ihr kupferfarbenes Haar glänzte in der Dunkelheit violett. Sie hatte ihre mandelförmigen Augen halb geschlossen.

»Alex, was war denn los?«

Ich setzte mich auf die Bettkante und schilderte ihr die Gespräche mit Jamey und der Nachtschwester.

»Wie seltsam!«

»Ja, es ist sehr seltsam.« Ich rieb mir müde die Augen.

»Fünf Jahre habe ich nichts von dem Jungen gehört, und plötzlich, aus heiterem Himmel, ruft er an und erzählt mir diesen Blödsinn.«

Ich stand auf und ging im Zimmer umher.

»Er hatte damals zwar Probleme, war aber nicht verrückt. Eben klang er sehr verwirrt. Sein Verstand war brillant, aber heute nacht war er in einem schlimmen Zustand: paranoid, er hörte Stimmen, erzählte Verworrenes. Ich kann kaum glauben, daß es der gleiche Junge war.«

Mein Verstand sagte mir jedoch, daß er es war. Was ich am Telefon gehört hatte, klang nach einer Psychose oder dem Einfluß von Drogen. Jamey mußte inzwischen ein junger Mann sein, siebzehn oder achtzehn Jahre alt, statistisch in einem Alter, in dem eine Schizophrenie ausbrechen konnte oder in dem man Mißbrauch mit Drogen trieb.

Ich ging zum Fenster und sah eine Weile in die Nacht hinaus. Im Tal herrschte Stille. Eine schwache Brise bewegte die Wipfel der Kiefern.

»Warum kommst du nicht ins Bett, Liebling?«

Ich kroch wieder unter die Decke. Wir umarmten uns. Als sich ihr Körper vor Müdigkeit entspannte, küßte ich sie, rollte mich auf die Seite und versuchte einzuschlafen, vergeblich. Ich war zu aufgewühlt, das wußten wir beide.

»Nun rede schon«, forderte sie mich auf und ergriff meine Hand.

»Ich kann nicht viel dazu sagen. Ihn so zu erleben, war überraschend für mich. Und wie dieser Drache mir die kalte Schulter zeigte! Ein richtiger Eisblock, tat so, als ob ich der Verrückte sei. Aber als sie das Gespräch unterbrach, muß etwas passiert sein, das sie aus der Fassung brachte.«

»Meinst du, daß es mit Jamey zu tun hatte?«

»Wer weiß das schon? Das alles ist sehr merkwürdig.«

Wir lagen ruhig nebeneinander. Die Stille wirkte bedrückend. Die Uhr zeigte auf 3.23 Uhr. Ich küßte Robins Finger und ließ ihre Hand los. Dann stand ich auf.

»Ich kann jetzt nicht schlafen, ich will dich auch nicht vom Schlafen abhalten.«

»Willst du ein Buch lesen?« fragte sie, denn das machte ich häufig, wenn ich nicht einschlafen konnte.

»Nein«, ich ging zum Schrank und begann, in der Dunkelheit meine Kleider zu suchen. »Ich werde jetzt fahren.«

Sie drehte sich herum und starrte mich an. Nach längerem Tasten fand ich schließlich Flanellhosen, Lederschuhe, Rollkragenpullover und ein Tweedjackett und zog mich schweigend an.

»Du fährst weg? Zu dieser Klinik?«

»Der Junge braucht dringend Hilfe. Wir hatten damals ein sehr gutes Verhältnis. Ich mochte ihn gern. Wahrscheinlich kann ich nichts für ihn tun, aber ich fühle mich besser, wenn ich mehr erfahre.«

Sie sah mich an, wollte etwas sagen, seufzte aber schließlich nur.

»Wo liegt diese Klinik?«

»Draußen im West Valley. Um diese Zeit nur fünfundzwanzig Minuten. Ich bin bald wieder zurück.«

»Sei vorsichtig, Alex.«

»Mach dir keine Sorgen.« Ich küßte sie und sagte: »Schlaf weiter.«

Sie war jedoch hellwach, als ich die Wohnung verließ.

Der Winter war spät über Südkalifornien hereingebrochen und hatte lange über dem Land gelegen. Für den Frühlingsanfang war es entsprechend kalt; ich knöpfte meinen Mantel zu, dann überquerte ich die Terrasse und stieg die Eingangstreppe hinunter. Vor einigen Jahren hatte jemand Jasmin gepflanzt, der nachts blühte. Die Pflanzen hatten sich überall ausgebreitet und füllten die Gegend von März bis September mit ihrem betörenden Duft. Während ich tief einatmete, mußte ich an Hawaii denken.

Der Seville stand unter dem überdachten Einstellplatz neben Robins Toyota. Er war staubig, hatte eine Wäsche dringend nötig, startete aber bereitwillig. Das Haus liegt über einem sich windenden Saumpfad; es kostet einige Mühe, einen Cadillac ohne Kratzer durch die von Sträuchern eingezwängten Kurven zu manövrieren. Nach vielen Jahren beherrsche ich das natürlich im Schlaf. Ich fuhr den Wagen zurück, wendete und machte mich an die Talfahrt.

Auf dem Beverly Glen Highway raste ich in Richtung Sunset die Berge hinunter. Wir wohnen in einem Bereich des Valley, der sich durch ländlichen Charme auszeichnet: Schindelgedeckte Häuser auf Pfeilern, deren Zwischenräume mit farbigem Glas ausgefüllt sind, »Rettet-die-Wale«-Aufkleber auf alten Volvos, starker Bedarf an biologischen Naturprodukten. Kurz vor Sunset liegen stattliche Landsitze. Auf dem Boulevard bog ich rechts ein, um auf den San Diego Freeway zu kommen. Ich passierte den Campus der Universität von Los Angeles an seiner nördlichen Grenze, die südliche Landebahn von Belair und fuhr dann an protzigen Haziendas auf Millionen Dollar teuren Grundstücken vorbei. Ein paar Minuten später kam die Zufahrt 405 in Sicht. Ich bog in die Auffahrt ein und schoß dann auf den Freeway.

Auf der rechten Spur krochen ein paar Tanklastzüge, alle anderen fünf Spuren gehörten mir. Schimmernd und leer wand sich das schwarze Asphaltband vor mir und verlor sich in der Ferne. Die 405 ist ein Teilstück der Verkehrsader, die Kalifornien parallel zur Küste von Baja bis zur Grenze von Oregon durchläuft. Sie verschwindet unter dem Gebirgszug von Santa Monica in einem Tunnel. In dieser Nacht hing das Gebirge düster über mir, seine steil aufragenden Flanken trugen das erste Frühlingsgrün.

Die Fahrbahn stieg aufwärts bis Mulholland und tauchte dann hinunter in das Tal von San Fernando. Ein atemberaubender Anblick bot sich plötzlich meinen Augen: ein pulsierendes, fernes Lichtermeer. So plötzlich, wie es erschienen war, verschwand es auch wieder bei Meilenstein 70. Ich bog nach rechts ab auf den Ventura Freeway und beschleunigte westwärts.

Zwölf Meilen lang raste ich durch die Vorstadt: Encino, Tarzana (nur in Los Angeles benennt man eine Schlafstadt nach dem Urwaldmenschen), Woodland Hills. Ich war hellwach, aufgedreht und zu nervös, um dem Autoradio zuzuhören.

Kurz vor Topanga tauchten aus dem nächtlichen Dunkel farbige Lichter auf, blinkende Kaskaden in leuchtendem Rot, Gelb und Kobaltblau, es sah aus wie ein riesiger Weihnachtsbaum mitten auf dem Freeway. Ich bremste sofort. Um diese Zeit sind gewöhnlich nur wenige Fahrzeuge unterwegs, aber plötzlich war eine ganze Menge da, Stoßstange an Stoßstange, ein Riesenstau.

Eine Weile ließ ich den Motor noch laufen, merkte aber bald, daß die anderen Fahrer ihre abgestellt hatten. Einige waren ausgestiegen, lehnten an ihren Wagen, rauchten, schwatzten oder starrten in den Nachthimmel. Hinter einem silberfarbigen Porsche

Targa stellte ich meinen Seville ab, stieg aus und ging auf den rothaarigen Spätdreißiger zu, der auf einer kalten Tabakpfeife herumkaute und eine juristische Zeitschrift studierte.

»Entschuldigen Sie, wissen Sie, was hier los ist?«

Der Porschefahrer sah von seiner Zeitschrift auf und lächelte mich freundlich an. Dem Geruch nach hatte er etwas anderes als gewöhnlichen Tabak in der Pfeife.

»Verkehrsunfall. Alle Spuren sind blockiert.«

»Wie lange warten Sie schon?«

Ein schneller Blick auf seine Uhr: »Halbe Stunde.«

»Wissen Sie, wie lange das noch dauert?«

»Keine Ahnung, schlimmer Unfall.«

Er steckte sich seine Pfeife wieder zwischen die Lippen, lächelte und vertiefte sich in einen Artikel über Seerechtsverträge.

Ich ging auf der linken Fahrbahnseite weiter, an sechs Reihen abgestellter Fahrzeuge entlang. Auf der Gegenfahrbahn staute sich der Verkehr durch langsam fahrende Schaulustige. Der Gestank von Benzin wurde stärker, ich hörte Lautsprecher: Aus zahlreichen Polizeifunkanlagen scholl ein unzusammenhängendes Stimmengewirr. Nach ein paar Metern konnte ich die Szene überschauen.

Ein riesiger Lastzug mit zwei Anhängern, insgesamt neun Achsen, lag über allen Spuren. Der eine Anhänger stand quer zur Fahrtrichtung, der andere war umgestürzt und ragte mit einem guten Drittel über den Rand des Highways. Die Verbindung zwischen beiden war ein Gewirr verbogenen und zerrissenen Metalls. Unter der gestürzten Stahlkarosserie war eine knallrote Limousine eingeklemmt und wie eine Bierdose zerquetscht worden. Wenige Meter entfernt stand ein größerer Tourenwagen, ein brauner Ford mit zerborstenen Scheiben, vorn und hinten wie ein Akkordeon gefaltet.

Die Beleuchtung und den Lärm machten mehrere Löschwagen, ein halbes Dutzend Ambulanzen und ein großes Aufgebot an Feuerwehrautos und Streifenwagen. Um den Ford drängten sich zahlreiche Uniformen. Mit Hilfe einer eigenartigen Maschine, aus deren Vorderteil überdimensionierte Zangen ragten, versuchten sie immer wieder, die zerbeulte Fondtür zu öffnen. Weiß zugedeckte Körper wurden auf Tragen in Krankenwagen geschoben. Einige davon hingen am Tropf und wurden vorsichtig getragen. Andere Körper wurden in Plastikbeutel gesteckt und wie Gepäck behandelt. Aus einem der Wagen drang ein Stöhnen. Die Fahrbahn war mit Glassplittern, Benzin und Blut bedeckt.

Verkehrspolizisten riegelten in lockerer Formation die Fahrbahn ab. Das Blutbad im Rücken, beobachteten sie aufmerksam die wartenden Autofahrer. Einer von ihnen sah mich kommen und wollte mich mit einer schroffen Handbewegung zurückwinken. Als ich mich darum nicht kümmerte, kam er mit grimmigem Gesicht auf mich zu.

»Gehen Sie sofort zu Ihrem Fahrzeug zurück!«

Er war jung und hochgewachsen, hatte ein längliches rotes Gesicht mit einem schmalen rehbraunen Schnurrbart, seine dünnen Lippen waren verkniffen. Eine engsitzende Uniform ließ seinen muskulösen Körperbau erkennen; er trug ein winziges knallblaues Halstuch. Auf seinem Namensschild stand BJÖRSTADT.

»Wie lange wird das hier noch dauern, Officer?«

Die Hand an seinem Revolver, trat er näher. Er

kaute eine Magentablette und duftete nach einer Mischung aus Schweiß und Fichtennadeln.

»Gehen Sie sofort zu Ihrem Fahrzeug zurück!«

»Ich bin Arzt, Officer. Ich muß zu einem Notfall, Sie müssen mich durchlassen.«

»Was für ein Doktor sind Sie?«

»Psychotherapeut.«

Diese Antwort schien ihm zu mißfallen.

»Was ist das für ein Notfall?«

»Ein Patient rief mich gerade an, er ist in einer Krise, es besteht Selbstmordgefahr. Ich muß so schnell wie möglich zu ihm.«

»Müssen Sie zu ihm nach Hause?«

»Nein, er ist in einer Klinik.«

»In welcher Klinik?«

»Psychiatrie, *Cañon Oaks*, ein paar Meilen entfernt.«

»Zeigen Sie mir Ihre Lizenz.«

Ich gab sie ihm und hoffte, daß er die Klinik nicht anrufen würde. Ein Palaver zwischen Officer Björstadt und Mrs. Vann hätte mir gerade noch gefehlt.

Er studierte das Papier, reichte es mir zurück, wobei er mich mit mißtrauischen Augen ansah.

»Ich schlage vor, Dr. Delaware, daß ich Ihnen zur Klinik folge. Sie werden dort sicher den Notfall bestätigen, oder?«

»Natürlich, fahren wir also.«

Nachdenklich zwirbelte er seinen Schnurrbart.

»Was für einen Wagen fahren Sie?«

»Einen 79er Seville, dunkelgrün, braunes Dach.«

Er betrachtete mich argwöhnisch und sagte schließlich:

»Okay, Doktor, kommen Sie langsam auf der Standspur nach vorn. Wenn Sie hier sind, halten Sie an, bis ich Ihnen die Weiterfahrt erlaube. Ein Unfall reicht für heute nacht.«

Ich bedankte mich und lief zu meinem Wagen zurück. Unter den feindlichen Blicken der anderen Fahrer rollte ich nach vorn.

Auf der Fahrbahn waren Hunderte von Lampen verteilt, sie sah aus wie eine kerzengeschmückte Geburtstagstorte. Kaum war das Lichtermeer aus meinem Rückspiegel verschwunden, gab ich Gas.

Bei Calabasas wich der Vorstadtcharakter der Landschaft, sanft gewellte, mit uraltem knorrigem Eichengestrüpp bewachsene Hügel bestimmten das Bild.

Die großen Ranchen von früher waren inzwischen aufgeteilt, Pferde gab es jedoch immer noch, sie dienten jetzt dem Freizeitvergnügen der feinen Gesellschaft. Die Grundstückspreise waren sündhaft hoch, die umzäunten Anwesen einige Hektar groß – Spielwiesen für die Wochenendcowboys von heute. Kurz vor Ventura fuhr ich vom Freeway ab und folgte einem Wegweiser, der mich südwärts über eine Betonbrücke zum *Cañon Oaks Psychiatric Hospital* wies. Nachdem ich an einer Selbstbedienungstankstelle, einer Baumschule und einer christlichen Grundschule vorbeigefahren war, folgte ich ein paar Meilen einer steilen einspurigen Straße, bis ein weiteres Schild mich westwärts wies. Der durchdringende Gestank frisch gedüngter Felder lag in der Luft.

Das Gelände von *Cañon Oaks* kündigte sich mit einem riesigen blühenden Pfirsichbaum an, der einen langen Schatten warf; das offene Tor wirkte eher malerisch als abschirmend. Von Buchsbaumhecken eingefaßt, hinter denen sich Eukalyptusbäume abzeichneten, wand sich ein endloser Weg auf einen Hügel hinauf.

Die Klinik war der Traum eines Bauhaus-Architekten: Quader aus weißem Beton fügten sich in Gruppen zusammen; überall blinkten Stahl und verspiegeltes Glas. Das umliegende Grundstück hatte man für mehrere hundert Jahre vom Unkraut befreit, es betonte die Strenge der Formen und Winkel. Das aufgereihte Ensemble von Kuben wirkte wie eine kalte, glitzernde Schlange. Vor dem Berg, der sich im Hintergrund schwarz abzeichnete, bewegten sich funkelnde Lichtpunkte. Taschenlampen. Ich stellte meinen Wagen auf dem fast leeren Parkplatz ab und ging auf den Eingang zu: eine Doppeltür aus mattem Stahl, die in eine Glaswand eingesetzt war. Sie war verschlossen. Ich drückte auf die Klingel.

Ein Wachmann spähte durch das Glas, kam herangeschlurft und steckte seinen Kopf aus der Tür. Er war in mittleren Jahren, schmerbäuchig, sogar im Dunkeln konnte ich die blauroten Adern auf seiner Nase erkennen.

»Was wollen Sie?« Er zog seine Hosen hoch.

»Ich bin Dr. Delaware. Einer meiner Patienten, James Cadmus, hat mich angerufen, er scheint in einer Krise zu sein, ich möchte sehen, wie es ihm geht.«

»Ach, den meinen Sie.« Der Mann blickte mich finster an und ließ mich herein.

»Hier entlang, Doktor.«

Er führte mich durch einen leeren Empfangsraum, der in einem faden Blaugrün und Grau gehalten war und in dem es nach verwelkten Blumen roch. Er ging nach links auf eine Tür mit der Aufschrift STATION C zu, entriegelte sie und ließ mich durch. Wir kamen in eine unbesetzte Pflegestation, die mit PCs und dem Monitor der Hausüberwachungsanlage ausgestattet war. Der Wachmann durchquerte den Raum und wandte sich nach rechts. Wir betraten einen kleinen Flur, dessen helle Wände von blaugrünen Türen unterbrochen wurden; in jede dieser Türen war ein Guckloch eingelassen. Der Mann deutete auf eine Tür, die offenstand.

»Gehen Sie da hinein, Doktor.«

Der Raum war ungefähr zwei mal zwei Meter groß und nicht sehr hoch, die Wände waren mit weißem, weichem Schaumstoff bedeckt. Den meisten Platz nahm ein Krankenbett ein, an dem lederne Schlingen befestigt waren. Nur ein einziges Fenster war hoch in einer Wand angebracht. Es war undurchsichtig wie altes Plexiglas und mit einem Stahlgitter gesichert. Alle Einrichtungen, von der Kommode bis zum Nachttisch waren eingebaut, festgebolzt und mit blaugrünem Schaumstoff bezogen. Auf dem Boden lag ein zerknüllter Schlafanzug.

Drei Personen in steifem Weiß befanden sich im Raum. Eine korpulente blonde Frau, Mitte Vierzig, saß mit aufgestütztem Kopf auf dem Bett. Neben ihr stand ein großer untersetzter Schwarzer mit Hornbrille. Eine zweite Frau, jung, dunkelhaarig und sinnlich, so etwas wie Sophia Lorens jüngere Schwester, stand etwas abseits von den anderen. Beide Frauen trugen Schwesternhauben, der Mann war mit einem zugeknöpften Kittel bekleidet.

»Hier ist sein Arzt«, verkündete der Wachmann, worauf mich die drei verdutzt anstarrten. Die Korpulente hatte ein verheultes Gesicht und wirkte verängstigt. Der große Schwarze kniff verwundert die Augen zusammen und versank wieder in Lethargie.

Die Schöne blitzte mich wütend an, stieß den Schwarzen zur Seite und fuhr mit geballten Fäusten und wogendem Busen auf uns los.

»Was zum Teufel hat das zu bedeuten, Edwards?« herrschte sie den Wachmann an. »Wer ist dieser Mann?« Dessen Schmerbauch fiel gleich einige Zentimeter in sich zusammen.

»Äh ... er hat gesagt, er sei der Arzt von Cadmus, Mrs. Vann und äh ... da habe ich ...«

»Das war ein Mißverständnis.« Ich lächelte sie an. »Ich bin Dr. Delaware, wir telefonierten vorhin miteinander.«

Sie sah mich verblüfft an und wandte sich dann wieder dem Wachmann zu.

»Dies ist eine geschlossene Abteilung, Edwards. Sie ist aus zwei Gründen geschlossen.« Sie lächelte ihn kühl und herablassend an. »Ist Ihnen das bekannt?«

»Ja, Ma'am ...«

»Welche Gründe sind das wohl, Edwards?«

»Äh, um die Klapsmü..., um die Sicherheit zu gewährleisten, Ma'am und äh ...«

»Um die Patienten drin und Fremde draußen zu halten!« Sie funkelte ihn wütend an. »Sie sind wohl heute nacht etwas aus dem Tritt.«

»Ja, Ma'am, ich dachte, seit der Junge ...«

»Sie haben für heute nacht genug gedacht«, blaffte sie zurück. »Gehen Sie wieder auf Ihren Platz!«

Der Wachmann sah verschnupft in meine Richtung.

»Soll ich ihn wieder mit ...«

»Gehen Sie, Edwards!«

Er sah mich haßerfüllt an und schlurfte los. Die Korpulente auf dem Bett legte ihr Gesicht in die

Hände und fing an zu heulen. Mrs. Vann bedachte sie mit einem verächtlichen Seitenblick, schwenkte ihre schwarze Mähne in meine Richtung und reichte mir eine feingliedrige Hand.

»Hallo, Dr. Delaware.«

Ich versuchte, meine Gegenwart zu erklären.

»Sie sind sehr engagiert, Doktor, man kann Ihnen keinen Vorwurf machen.« Sie lächelte kalt.

»Ich bin Ihnen sehr dankbar, wie geht es ...«

»Man durfte Sie nicht einlassen. Edwards wird sich dafür verantworten müssen, aber solange Sie hier sind, werden Sie weder schaden noch nützen.« Sie machte eine Pause.

»Ihr ehemaliger Patient ist nicht mehr da.«

Bevor ich antworten konnte, fuhr sie fort:

»Mr. Cadmus ist entflohen, nachdem er die arme Miss Brown angegriffen hat.«

Die dicke Blonde sah auf. Toupiertes weißblondes Haar krönte sie wie eine Sahnehaube. Das Gesicht darunter war bleich und teigig mit rosa Flecken. Unter schmalgezupften Brauen blickten kleine olivbraune Schweinsaugen hervor, die rotgerieben waren. Ihre dicken rotverschmierten Lippen zitterten nervös.

»Ich wollte nach ihm sehen«, schniefte sie, »wie ich das jeden Abend mache. Er war immer so ein netter Junge, und ich habe ihm die Fesseln abgemacht, wie immer. Der Junge sollte doch ein bißchen Freiheit haben, verstehen Sie? Ein wenig Mitleid schadet doch nicht, oder? Dann habe ich ihn massiert, Handgelenke und Fußknöchel. Dabei entspannt er sich und fängt an zu lächeln wie ein Baby. Er kann manchmal gut einschlafen danach. Aber heute ist er hochgesprungen, völlig verrückt, hat geschrieen, Schaum vor dem Mund. Hat mich in den Magen geschlagen, mit dem Bettuch gefesselt und mit dem Handtuch geknebelt. Ich hatte Angst, daß er mich erwürgt, er hat aber nur meinen Schlüssel mitgenommen und ...«

»Das reicht, Marthe«, fiel ihr Mrs. Vann ins Wort. »Regen Sie sich doch nicht schon wieder auf. Antoine, bringen Sie sie zur Schwesternstation und geben Sie ihr Suppe zu essen.«

Der Schwarze nickte und führte die Korpulente aus dem Raum.

»Eine Privatschwester«, sagte Mrs. Vann abfällig, als sie verschwunden waren. »Wir beschäftigen so was nie, aber die Familie bestand darauf, und wenn großes Geld im Spiel ist, sind die Vorschriften nichts mehr wert.« Ihr steifes Schwesternhäubchen raschelte, als sie den Kopf schüttelte. »Sie ist Springerin, nicht fest angestellt, Personalvermittlung. Sie haben gerade gehört, was sie angerichtet hat.«

»Wie lange ist Jamey schon hier?«

Sie kam auf mich zu und strich mir mit den Fingerspitzen über die Schläfe. Auf ihrem Namensschild befand sich ein Foto, das jedoch die Wirklichkeit nur ungenügend wiedergab. Darunter stand ihr Name: Andrea Vann, staatl. gepr. Krankenschwester.

»Mein Gott, was sind Sie hartnäckig«, sagte sie schelmisch. »Meinen Sie, daß eine solche Information jetzt weniger vertraulich ist als vor einer Stunde?«

Ich zuckte mit den Schultern.

»Als wir vorhin telefonierten, hatte ich den Eindruck, daß Sie mich für einen Spinner halten.«

Sie lächelte wieder kühl.

»Und weil Sie mir jetzt persönlich gegenüberstehen, glauben Sie, ich sei tief beeindruckt?«

Ich grinste so charmant wie möglich.

»Wenn ich so aussehe, wie ich mich fühle, kann ich das kaum erwarten. Ich versuche nur, irgendeinen Sinn in dem zu finden, was ich in den letzten Stunden erleben mußte.«

Ihr Lächeln wirkte gequält, aber trotzdem ein wenig freundlicher.

»Wir verlassen am besten die Station«, erwiderte sie. »Die Zellen sind zwar schallgedämpft, aber die Patienten haben einen unheimlichen Sinn für besondere Ereignisse, so eine Art tierischen Instinkt. Dann fangen sie an zu schreien und werfen sich gegen die Wand.«

Wir gingen zum Empfangsraum und setzten uns hin. Edwards schlurfte mißmutig herum und bekam den Auftrag, Kaffee zu holen. Er verzog den Mund, schluckte seinen Ärger hinunter und gehorchte.

Sie nahm einen Schluck und stellte die Tasse ab. »Ich habe Sie wirklich für einen Spinner gehalten, wir haben viele hier. Als ich Sie dann aber sah, habe ich Sie gleich erkannt. Vor ein paar Jahren habe ich Ihre Vorlesungen über kindliche Ängste besucht. Sie waren sehr gut.«

»Danke.«

»Mein Sohn hatte damals Alpträume, und ich habe ihm mit einigen Ihrer Ratschläge helfen können.«

»Das freut mich.«

Sie zog eine Packung Zigaretten aus ihrem Kittel und steckte sich eine an.

»Jamey hat Sie sehr geschätzt. Er hat Sie ab und zu erwähnt. Wenn er bei Sinnen war.«

Sie zog die Stirn düster in Falten. Ich faßte nach: »Und das geschah nicht oft?«

»Nein, nicht oft. Wann haben Sie ihn das letzte Mal gesehen?«

»Vor fünf Jahren.«

»Sie würden ihn kaum wiedererkennen. Er ...«, sie brach ab. »Ich darf Ihnen nicht mehr sagen. Heute nacht sind schon genug Vorschriften mißachtet worden.«

»Das verstehe ich. Können Sie mir nur noch sagen, wie lange er schon vermißt wird?«

»Ungefähr eine halbe Stunde. Die Wärter suchen ihn draußen mit Taschenlampen.«

Dann saßen wir da und tranken Kaffee. Ich fragte sie, welche Art von Patienten in der Klinik behandelt würden. Bevor sie antwortete, steckte sie sich die nächste Zigarette an.

»Wenn Sie damit herausbekommen wollen, ob hier viele Patienten abhauen, muß ich leider die Antwort verweigern.«

Ich beteuerte, daß ich das überhaupt nicht gemeint hätte, aber sie unterbrach mich.

»Wir sind kein Gefängnis. Die meisten Stationen sind offen. Hier ist die übliche Kundschaft: übergeschnappte Jugendliche, Depressive nach einem gefährlichen Schub, Magersüchtige, weniger Manische, Alzheimersche, Kokainsüchtige und Alkoholiker zum Entzug. Die Station C ist klein, sie hat nur zehn Betten, die selten voll belegt sind. Aber wir haben dort den meisten Ärger. Die Patienten dort sind unberechenbar, unruhige Schizophrene, die sich nicht im Griff haben, reiche Verbrecher mit guten Beziehungen, die sich ein paar Monate untersuchen lassen, um sich vorm Gefängnis zu retten, Rauschgiftsüchtige, die paranoid geworden sind. Aber mit Phenotiazin halten wir auch die ruhig.« Ihre Laune hatte sich wieder verschlechtert, sie stand auf, richtete das Häubchen und ließ ihre Zigarette in den kalten Kaffee fallen.

»Ich muß nachsehen, ob sie ihn schon gefunden haben. Kann ich noch etwas für Sie tun?«

»Nein, danke.«

»Dann gute Heimfahrt.«

»Ich würde gern hierbleiben und auf Dr. Mainwaring warten.«

»Das würde ich an Ihrer Stelle nicht tun. Ich habe ihn angerufen, kurz nachdem wir bemerkt hatten, daß Jamey weg ist, aber er ist mit seinen Kindern in Redondo Beach. Das ist eine lange Fahrt von dort. Sie werden hier eine Weile festsitzen.«

»Ich werde auf ihn warten.«

Sie nestelte an ihrem Häubchen und zuckte die Achseln.

»Wie Sie meinen.«

Dann war ich allein, sank auf meinen Sessel und versuchte, Ordnung in meine Gedanken zu bringen, jedoch ohne Erfolg. Eine Weile saß ich nervös herum, stand dann auf, um mir in der Toilette das Gesicht zu waschen. Im Spiegel sah ich müde aus, trotzdem fühlte ich mich energiegeladen. Vermutlich lief ich auf Reservetank.

Die Uhr im Empfangsraum zeigte vier Uhr siebenunddreißig. Ich stellte mir vor, wie Jamey starr vor Angst in der Dunkelheit herumirrte.

Um nicht an ihn denken zu müssen, setzte ich mich wieder hin und las ein Exemplar der Klinikzeitung *The Cañon Oaks Quarterly*. Der Leitartikel behandelte Finanzierungsprobleme bei Geisteskrankheiten, viel Gerede. Der Kern der Sache war, daß die Familien der Patienten gedrängt wurden, von Abgeordneten und Versicherungsträgern mehr Geld zu fordern. Kleinere Artikel handelten vom anticholinergischen Syndrom im Alter – Fehldiagnosen bei älteren Menschen durch drogeninduzierte Psychosen –, von den Hauptregeln der Beschäftigungstherapie, von der Klinikapotheke und von einem neuen Programm zur Behandlung von Eßstörungen. Die ganze Rückseite enthielt eine Abhandlung von Dr. Guy Mainwaring, mit dem Titel »Die Veränderungen der Aufgabe des Psychiaters«. Er führte darin aus, daß Psychotherapie bei ernsthaften geistigen Störungen von minderer Bedeutung sei und den medizinisch nicht ausgebildeten Therapeuten überlassen werden könne. Er unterstrich, daß Psychiater Ärzte seien und als »biochemische Ingenieure« zur klassischen Medizin zurückkehren müßten. Der Artikel schloß mit einem Lobgesang auf die moderne Psychopharmakologie.

Ich legte das Blättchen weg und wartete zunehmend nervöser. Nach einer halben Stunde hörte ich schließlich Motorgeräusche und das Knirschen von Reifen auf dem Kies. Grelles Scheinwerferlicht fiel durch die Scheiben des Eingangs und blendete mich. Als das Licht erlosch, konnte ich das Waffelmuster eines Mercedeskühlers erkennen. Dann öffnete sich die Tür, und ein Mann stürmte herein.

Er war Mitte Fünfzig, eine hagere Gestalt mit einem zerklüfteten Gesicht. Graubraune, schüttere Haare waren sorgfältig über einen gewaltigen Schädel zurückgebürstet. Über einer seiner starken geschwungenen Brauen hatte er einen Leberfleck. Die lange und scharfgeschnittene Nase saß etwas schief im Gesicht, unruhige braune Augen steckten wie Glaskugeln in tiefen Höhlen. Er trug einen grauen Anzug, der vor Jahren einmal viel Geld gekostet haben mußte, dazu ein weißes Hemd mit grauer Krawatte. Das Jackett war weit und bequem, die Hosen beulten sich über derben schwarzen Halbschuhen. Diesem Mann waren modische Details gleichgültig, er war das passende Gegenstück zur Bauhaus-Architektur der Klinik.

»Wer sind Sie?« Er sprach lebhaft, mit britischem Akzent, Oxford oder Cambridge.

Ich erhob mich und stellte mich vor.

»Ach, der Psychotherapeut. Mrs. Vann hat mir berichtet, daß Jamey Sie angerufen hat. Ich bin Dr. Mainwaring.«

Er drückte mir kräftig, aber distanziert die Hand.

»Schön von Ihnen, daß Sie den langen Weg hier heraufgekommen sind, aber ich habe leider nicht viel Zeit für Sie. Ich muß dringend einige Sachen regeln.« Trotzdem fragte er neugierig: »Was hat der Junge Ihnen am Telefon erzählt?«

»Nichts, was einen Sinn ergeben hätte. Er hatte furchtbare Angst, schien Stimmen zu hören und war völlig außer Kontrolle.«

Mainwaring hörte mir aufmerksam zu, schien aber offensichtlich von meinem Bericht nicht überrascht zu sein.

»Wie lange ist er schon in diesem Zustand?«

»Schon einige Zeit.« Er sah auf seine Armbanduhr. »Ein trauriger Fall. Er war offenbar früher sehr intelligent.«

»Er war ein kleines Genie, außerhalb jeden Maßstabs.«

Er kratzte sich an der Nase. »Ja, man kann das kaum glauben.«

»Ist sein Zustand so ernst?« Ich hoffte, aus ihm noch etwas herauszulocken.

»Sehr ernst.«

»Er war sehr launisch«, sagte ich, um den Gesprächsfaden nicht abreißen zu lassen. »Kompliziert, was bei seiner Intelligenz zu erwarten ist. Aber es gab keine Anzeichen für eine Psychose. Ich hätte eher eine Depression erwartet. Was führte denn zur Krise? Drogen?«

Er schüttelte den Kopf.

»Eine plötzlich einsetzende Schizophrenie. Wenn ich mir die Ursache erklären könnte, würde ich einen Ruf aus Stockholm erwarten.« Er lächelte und zeigte die typischen Zähne eines teetrinkenden Engländers. Sein Lächeln verschwand sofort wieder. »Ich müßte schon lange weg sein«, sagte er mehr zu sich selbst, »nachsehen, ob man ihn schon gefunden hat. Aus Rücksicht auf die Familie habe ich die Behörden noch nicht benachrichtigt. Aber wenn meine Leute ihn nicht bald finden, muß ich die Polizei rufen. In den Bergen wird es jetzt sehr kalt, er könnte sich eine Lungenentzündung holen.«

Er wollte gehen.

»Haben Sie etwas dagegen, daß ich warte, um ihn wiederzusehen?«

»Das dürfte nicht ratsam sein, Dr. Delaware, aus Gründen der Vertraulichkeit und sonstigen. Ich schätze Ihre Anteilnahme und bedaure, daß Sie die lange Fahrt hierher umsonst gemacht haben. Jetzt muß erst die Familie benachrichtigt werden. Das macht einige Schwierigkeiten, denn sie befindet sich im Urlaub in Mexiko, Sie kennen ja das Problem mit den Telefonleitungen dort.« Er machte einen besorgten Eindruck.

»Vielleicht können wir später einmal über den Fall diskutieren, wenn die Umstände es zweckmäßig erscheinen lassen.«

Er handelte völlig korrekt. Ich konnte weder rechtlich noch beruflich auch nur die geringste Information über Jamey verlangen, auch nicht aus moralischen Erwägungen. Jamey hatte mich zwar um Hilfe gebeten, aber was war das wert? Er war unzurechnungsfähig, völlig außerstande, überlegt zu handeln.

Aber dennoch war er in der Lage gewesen, seine Flucht zu planen, sie auszuführen und sich meine Telefonnummer zu besorgen.

Ich sah Dr. Mainwaring an, und mir war klar, daß ich mit meinen offenen Fragen weiterleben mußte. Selbst wenn er die Antworten gewußt hätte, würde er sie nicht herausgerückt haben.

Er schüttelte mir noch einmal die Hand, murmelte eine Entschuldigung und verschwand. Er hatte sich freundlich und kollegial verhalten, mehr nicht.

Ich war wieder allein im Empfangsraum. Hinter mir hörte ich ein Schlurfen; Edwards, der Wachmann, watschelte herein. Er warf mir die schwächliche Imitation eines festen Männerblicks zu und fummelte an seinem Gummiknüppel herum. Seinem Gesicht nach hätte er sich an mir gerne für die Niederlagen dieser Nacht gerächt.

Bevor er seinen Gefühlen Ausdruck verleihen konnte, verschwand ich.

3

Gegen Viertel vor sechs war ich wieder zu Hause. Robin schlief noch, und da ich sie nicht wecken wollte, setzte ich mich ins Wohnzimmer und betrachtete den Himmel. Das frühe Sonnenlicht ließ den eben noch nebeltrüben Horizont glänzen wie Sterlingsilber. Um Viertel nach sechs stand Robin auf, ich hörte sie nebenan summen. Ich ging ins

Schlafzimmer hinüber, wo sie in ihrem weinroten Kimono stand. Wir umarmten uns. Robin befreite sich aus der Umarmung, faßte mich ans Kinn, betrachtete meine zerknitterten Kleider und fragte erstaunt:

»Warst du etwa die ganze Zeit wach?«

»Ich bin vor einer halben Stunde zurückgekommen.«

»Du mußt ja völlig erschöpft sein, was ist denn passiert?«

»Als ich in der Klinik ankam, war er weg. Abgehauen. Ich habe eine Weile gewartet, weil ich hoffte, sie würden ihn finden.«

»Abgehauen? Wie war denn das möglich?«

»Er schlug seine Pflegerin ohnmächtig, fesselte sie und machte sich davon. Er ist offenbar ins Gebirge gerannt.«

»Das ist ja gespenstisch! Ist der Junge gefährlich, Alex?«

»Es könnte sein«, gab ich widerstrebend zu, »die Oberschwester deutete so was an, allerdings sagte sie nichts Genaueres – nur, daß seine Pflegerin immer bei unberechenbaren Patienten eingesetzt wird. Am Telefon hat er mir von Fleischfressern und dampfenden Messern erzählt.«

Robin schüttelte sich. »Hoffentlich finden sie ihn bald.«

»Da bin ich sicher. Sehr weit kann er nicht gekommen sein.«

Robin legte ihre Kleider zurecht. »Ich wollte gerade Frühstück machen«, sagte sie, »aber wenn du zu kaputt bist, erledige ich erst noch ein paar Sachen in Venice.«

»Ich habe keinen Hunger, aber ich leiste dir Gesellschaft.«

»Willst du das wirklich? Du siehst furchtbar müde aus!«

»Bin ich auch. Aber ich schlafe erst, wenn du wegfährst.«

Robin zog Jeans, ein gestreiftes Hemd, einen Pullover mit rundem Ausschnitt und Sandalen an, ihre übliche Arbeitskleidung, in der sie jedoch beinahe so elegant aussah wie in Abendrobe. Ihr langes kupferfarbenes Haar war natürlich gewellt. Sie trug es offen, und kleine, glänzende Locken fielen ihr auf die zarten Schultern. Während der Arbeit steckte sie es hoch und verbarg es unter einem Tuch. Wenn sie sich bewegte, tat sie es mit so viel Anmut, daß ich immer wieder fasziniert war. Wenn man sie so sah, wäre man nie auf den Gedanken gekommen, daß sie perfekt mit einer Kreissäge umgehen konnte, aber genau das war es, was mich von Anfang an so für sie eingenommen hatte, Kraft und handwerkliche Geschicklichkeit und dazu ein reizvolles weibliches Äußeres, ihre Fähigkeit, mit Hilfe von gefährlichen Instrumenten schöne Dinge hervorzubringen. Selbst wenn sie über und über mit Sägemehl bedeckt war, sah sie noch hübsch aus.

Inzwischen hatte sie sich ein blumiges Parfum ins Haar gesprüht, kam auf mich zu und streichelte mein Kinn. »Au, das tut weh, du mußt dich rasieren!«

Arm in Arm gingen wir in die Küche hinüber.

»Setz dich«, befahl sie und begann, das Frühstück zuzubereiten. Hefewecken, Marmelade und koffeinfreien Kaffee. Die Sonne schien und wärmte den Raum, und bald roch es angenehm nach Kaffee. Robin deckte zwei Plätze auf dem Eschentisch, den sie im Winter des Vorjahrs gezimmert hatte, ich trug das Tablett ins Eßzimmer.

Wir saßen uns gegenüber und schauten hinaus. Auf der Terrasse unten hüpfte pickend eine Taubenfamilie umher, man hörte das Gluckern im Fischteich nur ganz leise. Robin hatte Make-up aufgelegt, nur ein wenig mahagonifarbenen Lidschatten, denn ihre olivfarbene Haut war noch gebräunt von der Sommersonne. Sie strich ein wenig Marmelade auf einen Wecken und reichte ihn mir.

»Danke, nein, ich trinke nur ein bißchen Kaffee.«

Sie aß langsam und mit sichtlichem Vergnügen, sah munter und rosig aus und sprühte vor Energie.

»Du siehst aus, als ob du gerne los möchtest.«

»O ja«, sagte sie mitten im Kauen, »heute habe ich wirklich viel zu tun. Ich muß die Brücke auf Paco Valdez' Konzertgitarre befestigen, eine zwölfsaitige Laute fertigmachen und eine Mandoline für den Lack vorbereiten. Danach rieche ich sicher nach Firnis.«

»Wunderbar, ich mag duftende Frauen.«

Robin war schon immer fleißig und selbstsicher gewesen, aber seit sie aus Tokio zurückgekommen war, war sie wie ein Dynamo. Ein japanischer Musikkonzern hatte ihr eine Stelle als Chefdesignerin angeboten, was sie jedoch nach längerem Überlegen abgelehnt hatte. Individuelles Handwerk lag ihr einfach mehr als Massenproduktion. Seit dieser Entscheidung war ihre Begeisterung für ihren Beruf noch größer geworden, und ein Zwölf-Stunden-Tag im Atelier in Venice beinahe die Regel.

»Bist du jetzt vielleicht hungrig?« fragte Robin und schob mir ein weiteres halbes Weckchen mit Marmelade hin.

Ich nahm es und kaute geistesabwesend. Es schmeckte wie angewärmte Modelliermasse. Ich legte es auf den Teller und sah, daß Robin den Kopf schüttelte und lächelte.

»Alex, dir fallen die Augen zu.«

»Entschuldigung.«

»Ach, laß doch, geh jetzt lieber ins Bett.«

Sie trank den Kaffee aus, stand auf und begann, den Tisch abzuräumen. Ich ging ins Schlafzimmer und zog meine Kleider aus. Ich schlug die Überdecke zurück, legte mich zwischen die Leintücher auf den Rücken. Ein paar Minuten starrte ich an die Decke, dann kam Robin herein und fragte:

»Bist du noch immer wach? Ich muß jetzt weg. Ich komme ungefähr um sieben wieder. Sollen wir vielleicht essen gehen?«

»Gerne.«

»Ich bin ganz wild auf Indianisch. Paßt Firnis mit Tandoori-Hühnchen zusammen?«

»Ja, mit dem richtigen Wein geht's.«

Robin lachte, schüttelte ihr Haar, kam herüber und küßte mich auf die Stirn.

»Also dann bis nachher.«

Nachdem Robin gegangen war, schlief ich mehrere Stunden. Als ich aufwachte, war mir schwindlig, aber nach einer Dusche und einem Glas Orangensaft fühlte ich mich schon wieder wie ein halber Mensch. Ich zog Jeans und ein Polohemd an und ging in mein Arbeitszimmer. Der Schreibtisch war mit Papieren bedeckt. Normalerweise ließ ich keine Dinge liegen, aber ich hatte mich noch nicht wieder daran gewöhnt zu arbeiten. Vor drei Jahren nämlich, mit dreiunddreißig, hatte ich vorzeitig meine psychotherapeutische Praxis aufgegeben, um nicht vollkommen von der Arbeit gefressen zu werden. Ich hatte vorgehabt, zu gammeln und nur noch von meinen Ersparnissen zu leben, aber das geruhsame Leben war sehr bald zu Ende. Es ereigneten sich nämlich aufregende und sogar blutige Dinge, wie ich sie mir schlimmer nicht hätte vorstellen können. Nachdem ein Jahr vergangen und mein Kiefer mühevoll wiederhergestellt war, begann ich einen Teilzeitjob, ich schrieb regelmäßig Gutachten für das Gericht und übernahm einige nicht allzu schwierige Therapien. Langwierige Fälle nahm ich noch nicht wieder an, aber Beratungen und Gutachten reichten aus, damit ich mich wieder wie ein arbeitender Mensch fühlen konnte.

Ich blieb bis ein Uhr am Schreibtisch, wo ich zwei Gutachten für den Jugendrichter zu Ende schrieb; dann fuhr ich nach Brentwood, um sie tippen, kopieren und verschicken zu lassen. Unterwegs hielt ich an, um ein Sandwich zu essen und ein Bier zu trinken, und während ich auf das Essen wartete, rief ich in *Cañon Oaks* an. Ich fragte in der Zentrale, ob man inzwischen Jamey Cadmus gefunden hätte, dann wurde ich mit dem diensthabenden Arzt und schließlich mit Dr. Mainwarings Büro verbunden. Seine Sekretärin sagte, daß er in einer Besprechung sei und ich ihn vor dem späten Nachmittag nicht erreichen könne. Ich gab ihr meine Dienstnummer und bat um Rückruf.

Mein Tisch stand gleich am Fenster, und so beobachtete ich während des Essens, wie Jogger in pfauenfarbenen Anzügen über das Gras liefen. Ich aß nur wenig, zahlte und fuhr nach Hause.

Ich ging wieder ins Arbeitszimmer und schloß einen der Unterschränke im Bücherregal auf, in dem ich die Akten früherer Therapiefälle aufbewahrte. Es dauerte eine Weile, bis ich Jameys Akte gefunden hatte, denn damals hatte ich mein Büro in aller Eile aufgeräumt und dabei war mir das Register durcheinandergeraten.

Ich ließ mich auf dem alten Ledersofa nieder und begann zu lesen. Je mehr Seiten ich umblätterte, desto deutlicher stand mir die Vergangenheit vor Augen. Zuerst wurden vage Erinnerungen wach, aber sie nahmen bald Gestalt an, schließlich stürmten sie auf mich ein wie plötzlich erwachte Gespenster.

Ich lernte Jamey kennen, als ich an einer Versuchsreihe der UCLA* teilnahm, bei der hochbegabte Kinder getestet wurden. Die Untersuchungen wurden von einer Wissenschaftlerin geleitet, die der Theorie, nach welcher Hochbegabung immer mit seelischer Krankheit gepaart ist, den Garaus machen wollte. Die Kinder wurden mit schwierigen Aufgaben konfrontiert, die eigentlich erst für ältere gedacht waren: Zehnjährige bekamen College-Aufgaben vorgesetzt, Teenager Promotionsarbeiten. Diese Methode wurde heftig kritisiert, weil sie angeblich die Seelen der Kinder zu sehr strapazierte, aber Sarita Flowers war vom Gegenteil überzeugt. Ihrer Meinung nach wurden begabte Kinder durch Langeweile und Mittelmäßigkeit viel mehr gestreßt. Sie sagte immer zu mir: »Der Geist braucht Futter, sonst wird er krank.« Sie war überzeugt davon, daß die Versuchsreihe ihr recht geben würde, und bat mich, das psychische Wohlbefinden der Kinder zu beobachten. Ich veranstaltete Diskussionsgruppen und machte auch Einzelberatung.

Jamey nahm eine Sonderstellung ein. Ich las die Notizen über unser erstes Gespräch durch. Ich war sehr erstaunt gewesen, als er an meine Tür klopfte

* University of California Los Angeles

und um eine Unterredung bat. Von allen Kindern in der Gruppe war er am wenigsten aufgeschlossen, saß bei Diskussionen mit abwesendem Blick herum, sein Gesicht rund und blaß, und er sprach nie von sich aus, sondern nur wenn er gefragt wurde, und dann antwortete er mit Schulterzucken oder unverständlichem Gemurmel. Manchmal zog er sich aus dem Gruppengeschehen zurück, las einen Lyrikband, während die anderen hochgebildete Gespräche führten. Heute frage ich mich, ob seine Neigung, sich von den anderen abzukapseln, erste Anzeichen einer späteren dramatischen Entwicklung waren.

Es geschah an einem Freitag, dem Tag, an dem ich immer in der Universität arbeitete. Ich wertete gerade Testbögen aus, als jemand leise und vorsichtig gegen meine Tür klopfte.

Bis ich an der Tür war und diese geöffnet hatte, war er schon wieder ein paar Schritte zurückgegangen und stand dort gegen die Wand gepreßt, als wolle er darin verschwinden. Er war fast dreizehn, aber seine schmächtige Gestalt und sein Kindergesicht ließen ihn eher wie zehn aussehen. Er trug ein rotweißgestreiftes Rugbyhemd und schmutzige Jeans und hielt eine Stofftasche mit Büchern umklammert, die er so vollgestopft hatte, daß die Nähte platzten. Sein schwarzes Haar trug er lang, sein Pony war gerade geschnitten wie der von Prinz Eisenherz. Seine Augen waren schieferblau, erinnerten an Heidelbeeren mit Milch, wirkten zu groß in dem kleinen, runden Gesicht und paßten nicht zu seinem mageren Körper. Er trat von einem Fuß auf den anderen und blickte auf seine Turnschuhe.

»Wenn Sie keine Zeit haben, macht's auch nichts«, sagte er.

»Ich habe viel Zeit, Jamey, komm nur rein.«

Er biß auf seiner Unterlippe herum und betrat den Raum, blieb aber steif auf der Stelle stehen. Ich schloß die Tür, lächelte und bot ihm einen Stuhl an. Das Büro war klein, und es gab nicht viele Sitzmöglichkeiten. Hinter dem Schreibtisch stand eine alte, mottenzerfressene grüne Couch, genauso groß wie die von Freud. Ein zerkratzter Stahlrohrsessel stand dahinter. Jamey nahm auf der Couch Platz und hielt fest die Tasche mit den Büchern im Arm. Ich nahm den Sessel und schob ihn ein wenig zurück.

»Nun, was gibt's, Jamey?«

Seine Augen eilten durch das Zimmer, betrachteten alles genau, dann blieben sie auf dem Schreibtisch haften.

»Werten Sie gerade Untersuchungsergebnisse aus?«

»Genau.«

»Kommt irgendwas Interessantes dabei heraus?«

»Bisher nichts als Zahlen. Es dauert eine Weile, bis man Strukturen erkennen kann, sofern es welche gibt, natürlich.«

»Finden Sie das Ganze nicht etwas reduktionistisch?« fragte er.

»In welcher Hinsicht?«

Er spielte mit einem Träger seiner Büchertasche: »Ach, wissen Sie, wir werden da die ganze Zeit getestet, es ist, als ob wir nur noch Zahlen wären, und dann sollen die auch noch der Wahrheit auf die Spur kommen.«

Er lehnte sich mit ernstem Gesicht vor, war plötzlich angespannt. Ich wußte immer noch nicht, weshalb er gekommen war, sicher nicht, um mit mir über Forschungsmethoden zu diskutieren. Bevor er an meine Tür geklopft hatte, mußte er allen Mut zusammengenommen haben, dann waren ihm offenbar wieder Zweifel gekommen. Die Welt des Abstrakten war ihm vertraut und gab ihm Sicherheit, war eine Festung, die ihn vor störenden und vielleicht bedrohlichen Gefühlen schützte.

»Was willst du damit sagen, Jamey?«

Er hielt mit der einen Hand immer noch die Büchertasche fest, mit der anderen fuchtelte er in der Luft herum.

»Wenn ich zum Beispiel an IQ-Tests denke – Sie behaupten, die Ergebnisse sagten etwas aus, könnten Genialität, oder was immer wir da haben sollen, genau definieren. Allein der Name der Untersuchung verkürzt die Dinge. ›Projekt 160‹. Als ob jemand, der beim Stanford-Binet-Test keine 160 Punkte erreicht, kein Genie sein könnte! Ich finde das ziemlich schwach. Das einzige, was die Tests aussagen, ist, wie gut jemand in der Schule sein wird. Diese Tests sind unzuverlässig, beruhen auf Vorurteilen und sind meiner Meinung nach nicht mal in der Vorhersage späterer Leistungen genau, vielleicht erreichen sie dreißig bis vierzig Prozent. Würden Sie auf ein Pferd setzen, das nur jedes dritte Mal ins Ziel läuft? Da kann man ja gleich Telepathie betreiben!«

»Du hast wohl schon selbst Forschung betrieben?« sagte ich und unterdrückte ein Lächeln.

Er nickte ernst. »Wenn Leute etwas mit mir anstellen, möchte ich wissen, was sie da machen. Ich war ein paar Stunden in der Bibliothek bei den Psychologen.« Er sah mich jetzt herausfordernd an. »Psychologie hat nicht viel mit Wissenschaft zu tun, oder?«

»Es gibt Wissenschaftliches und weniger Wissenschaftliches.«

»Wissen Sie, was ich glaube? Psychologen, solche wie Dr. Flowers, übersetzen Gedanken in Zahlen, um wissenschaftlicher zu wirken und damit die Leute zu beeindrucken. Wenn man so vorgeht, verpaßt man das Wesentliche, die Seele dessen, was man begreifen will.«

»Das ist gut beobachtet«, sagte ich, »Psychologen diskutieren dieses Problem schon lange.«

Er schien nicht gehört zu haben, was ich gesagt hatte, und fuhr fort, seine Gedanken zu erläutern, mit einer hellen Kinderstimme.

»Was ist zum Beispiel mit Kunst oder mit Lyrik? Wie wollen Sie Lyrik messen, an der Zahl der Verse? Dem Versmaß? Daran, wie viele Wörter auf e enden? Kann man so Chatterton oder Shelley oder Keats erklären? Das wäre doch dumm. Aber Psychologen glauben, sie könnten so mit Menschen umgehen und dann auch noch bedeutende Ergebnisse erzielen.«

Er machte eine Pause, atmete tief und fuhr fort: »Ich habe den Eindruck, daß Dr. Flowers Zahlenfetischistin ist. Sie liebt ihre Computer und Tachistoskope. Am liebsten hätte sie, auch wir wären mechanische Wesen, weil wir dann besser auszurechnen wären. Vielleicht ist das so, weil sie selber ohne Apparate nicht leben kann. Was meinen Sie?«

»Das ist nur eine Theorie.«

Er lächelte ernst.

»Ach, ich vergaß, Sie arbeiten ja zusammen. Klar, daß Sie sie verteidigen müssen.«

»Keineswegs. Und wenn ihr mit mir redet, ist das vertraulich. Die Testergebnisse werden vom Computer erfaßt, aber nicht das, was ihr mir erzählt. Wenn du dich über Dr. Flowers geärgert hast, kannst du ruhig darüber reden.«

Es dauerte eine Weile, bis er das verdaut hatte.

»Ich ärgere mich nicht über sie, sie ist halt eine arme Frau. Früher war sie doch eine bekannte Sportlerin oder irgend so was.«

»Ja, sie war Eiskunstläuferin. Bei der Olympiade '64 gewann sie die Goldmedaille.«

Er schwieg nachdenklich, und ich merkte, daß es ihm schwerfiel, sich vorzustellen, wie aus Sarita Flowers, der Sportlerin, ein Krüppel geworden war. Als er wieder zu sprechen begann, hatte er feuchte Augen.

»Es war wohl nicht sehr nett von mir, zu sagen, daß sie Apparate zum Leben braucht.«

»Sie geht sehr frei mit ihrer Behinderung um«, sagte ich. »Sie würde nicht wollen, daß du so tust, als sei alles normal.«

»Ja, aber trotzdem, ich rede da von Reduktionismus und habe mit ihr genau dasselbe gemacht, hab behauptet, sie sei ein Apparate-Fan, nur weil sie auf Krücken geht.«

Er grub die Nägel der einen Hand in die Innenfläche der anderen.

»Sei nicht so streng mit dir«, sagte ich freundlich. »Es kommt oft vor, daß man, um unsere komplizierte Welt zu erklären, auf schwierige Fragen einfache Antworten gibt. Du hast ein kritisches Denkvermögen, und du bist auf dem richtigen Weg. Nur Leute, die nicht denken können, werden stur und unbeweglich.«

Ich hatte ihn offenbar ein wenig getröstet, denn seine Hände entkrampften sich und lagen jetzt locker auf den ausgebleichten Jeans.

»Das haben Sie sehr gut dargestellt, Dr. Delaware.«

»Danke, Jamey.«

»Hm, dürfte ich Sie noch etwas über Dr. Flowers fragen?«

»Natürlich.«

»Ich begreife nicht ganz, was mit ihr los ist. Manchmal ist sie ziemlich kräftig, geht fast normal. Letzte Woche ist sie sogar ein paar Stufen allein gegangen. Aber vor ein paar Monaten sah sie furchtbar elend aus. So, als sei sie über Nacht um Jahre gealtert und hätte kaum noch Kraft.«

»Multiple Sklerose ist eine unberechenbare Krankheit«, erklärte ich ihm, »manchmal sind die Beschwerden größer, manchmal verschwinden sie fast ganz.«

»Kann man das behandeln?«

»Nein, leider noch nicht.«

»Wird es ihr auf Dauer schlechter gehen?«

»Ja, vielleicht aber auch besser, man kann das nicht vorhersagen.«

»Das muß ja schrecklich sein, immer mit so einer Zeitbombe zu leben!«

Ich nickte. »Sie wird deshalb ganz gut damit fertig, weil sie ihre Arbeit mag.«

Wasser hatte sich in Jameys graublauen Augen gesammelt. Langsam lief ihm eine Träne die Wange herunter. Aber er gewann schnell die Selbstkontrolle wieder und wischte die Träne mit dem Handrücken ab. Dann starrte er auf die kahle ockergelbe Wand gegenüber. Er schwieg eine Weile, dann sprang er auf und warf sich die Büchertasche über die Schulter.

»Wolltest du noch über etwas anderes reden, Jamey?«

»Nein«, sagte er ein wenig zu schnell, »weiter war nichts.«

Er ging zur Tür, ich folgte ihm und legte eine Hand auf seine magere Schulter. Er zitterte wie Espenlaub.

»Schön, daß du vorbeigekommen bist. Du kannst jederzeit wieder bei mir hereinschauen.«

»Gerne, vielen Dank.« Er öffnete schwungvoll die Tür und huschte davon, seine Schritte hallten leise wider in dem hohen, gewölbten Flur.

Drei Wochen später kam er wieder. Er hatte keine Tasche mit Büchern mehr bei sich, sondern ein psychologisches Werk, das er mit zahlreichen Lesezeichen aus Zellstoffpapier versehen hatte. Er ließ sich auf die Couch fallen, blätterte in den Seiten, bis er an eine mit ausgerissenem Papier markierte Stelle kam.

»Ich wollte Sie etwas über John Watson fragen. Nach dem, was ich hier lese, ist der Mann ein Edelfaschist.«

Anderthalb Stunden lang diskutierten wir über Behaviorismus. Als ich Hunger bekam, fragte ich ihn, ob er etwas zu essen haben wolle, und er nickte. Wir gingen auf die andere Seite des Campus ins Schnellrestaurant. Während wir Cheeseburger aßen und Limonade tranken, redete er weiter, behandelte systematisch einen Punkt nach dem anderen, polemisierte gegen einzelne Wissenschaftler, als ob sie Feinde seien, die es zu vernichten galt. Er hatte ein geradezu furchterregendes Wissen, nannte unendliche Fakten und erfaßte die wesentlichen Probleme. Sein Verstand schien ein von seinem kindlichen Körper vollkommen unabhängiges Dasein zu führen, sobald er sprach, vergaß ich sein Alter vollkommen. Seine Fragen prasselten auf mich ein wie Hagelkörner, kaum hatte er eine Antwort erhalten, stellte er schon wieder ein halbes Dutzend neue Fragen. Bald begann ich mich zu fühlen wie ein Batter, der beim Baseball einen wildgewordenen Pitcher vor Augen hat. Er befeuerte mich noch ein paar Minuten mit Fragen, dann hörte er so plötzlich auf, wie er begonnen hatte.

»So, das ist schön, jetzt verstehe ich's«, sagte er und lächelte zufrieden.

»Das freut mich«, antwortete ich und seufzte erschöpft.

Jamey lud sich den Teller mit Ketch-up voll und zermatschte in der feuerroten Soße eine Ladung klitschiger Fritten. Er stopfte sie in den Mund und sagte: »Sie sind ganz schön clever, Dr. Delaware.«

»Nett, das zu sagen, Jamey.«

»Haben Sie sich gelangweilt, als Sie zur Schule gingen?«

»Ziemlich oft. Ich hatte nur wenige Lehrer, bei denen es Spaß machte, die anderen waren einfach viel zu blaß.«

»Die meisten Leute sind so. Ich bin eigentlich nie wirklich in die Schule gegangen. Obwohl Onkel Dwight alles versucht hat. Mit fünf Jahren schickte er mich in den elitären privaten Kindergarten vom Hancock Park.« Er grinste. »Nach drei Tagen meinten die Leute dort, daß meine Anwesenheit« – er ahmte das Gesicht einer strengen Kindergärtnerin nach – »den anderen Kindern schade.«

»Ich kann es mir vorstellen.«

»Sie machten Übungen, um lesen zu lernen, sie malten Buchstaben, lernten das Alphabet und lauter solche Sachen. Ich fand das geisttötend und weigerte mich mitzumachen. Sie steckten mich daraufhin allein in eine Ecke, aber ich empfand das nicht als Strafe, denn ich konnte mir dort in Ruhe die schönsten Dinge ausdenken. Zu Hause hatte ich eine alte Taschenbuchausgabe von Steinbecks *Die Früchte des*

Zorns gefunden. Der Umschlag war so interessant, daß ich gleich anfing zu lesen. Es war eigentlich ganz spannend, und so las ich immer weiter, auch nachts, mit der Taschenlampe. Morgens versteckte ich es dann in meiner Brotbüchse und nahm es mit. Während der Frühstückspause las ich ein paar Seiten und immer, wenn sie mich in die Ecke stellten. Nach ungefähr vier Wochen hatte ich das Buch halb durch, aber da entdeckte es eine der Kindergärtnerinnen. Sie riß es mir aus der Hand, aber ich ließ mir das nicht gefallen, sondern boxte und kratzte sie. Es war ein richtiger kleiner Kampf. Danach riefen sie Onkel Dwight an und sagten ihm, ich litte an Hyperaktivität, sei völlig disziplinlos und brauchte dringend eine Therapie. Ich beschimpfte die Frau als Diebin und sagte, sie unterdrücke mich genau wie die Arbeiter auf den Feldern. Ihnen fielen die Unterkiefer herunter, sie sahen aus wie Roboter, denen man plötzlich den Strom abgedreht hat. Dann hielt sie mir das Buch unter die Nase und sagte: ›Lies!‹ Sie sagte das wie ein Nazi-Sturmbannführer, der einem Gefangenen befiehlt, zu marschieren. Also las ich ein paar Sätze, bis sie mich aufforderte, aufzuhören. Von dem Tag an brauchte Meister Cadmus nicht mehr in den Kindergarten.«

Er leckte sich Ketch-up von der Unterlippe. »Das war's mit der Schule.« Er sah auf die Uhr: »Oh, ich muß telefonieren!« und weg war er.

Danach besuchte er mich jeden Freitag und trug mir seine Ideen vor. Wir redeten in meinem Büro, in der Bibliothek, im Schnellrestaurant, oder beim Spazierengehen auf dem Campus. Er hatte keinen Vater, und obwohl sich sein Onkel um ihn kümmerte, hatte er wenig Vorstellungen davon, was es bedeutet, ein

Mann zu sein. Er stellte mir tausend Fragen über mich, in einer Weise, wie ein Immigrant versucht, tausend Einzelheiten über seine neue Heimat zu erfahren. Ich wurde eine Art Vorbild für ihn. Unser Fragespiel war absolut einseitig, sobald ich versuchte, ihn etwas über seine Person oder sein Leben zu fragen, wechselte er das Thema oder wurde hoffnungslos abstrakt.

Unser Verhältnis war unbestimmt, weder waren wir Freunde, noch konnte man es Therapie nennen, denn er hatte mich ja nie ausdrücklich um Hilfe gebeten. Kopforientiert wie er waren die meisten Kinder, die an unserem Projekt teilnahmen. Er bat nicht um Hilfe, er wollte immer nur reden, reden, reden. Über Psychologie, Philosophie, Politik oder Literatur.

Aber ich blieb bei meinem Verdacht, daß er mich an jenem ersten Freitag aufgesucht hatte, damit ich ihn von einer Last befreite, die ihm schwer zu schaffen machte. Ich beobachtete, daß er oft niedergeschlagen war und manchmal Angst zu haben schien, daß er sich tagelang zurückzog und depressiv wirkte. Ich hatte bemerkt, daß er manchmal einen finsteren Blick oder Tränen in den Augen hatte, mitten in einem ganz harmlosen Gespräch, manchmal wurde ihm die Kehle eng oder seine Hände zitterten.

Dieser Junge wurde von irgendeinem Problem gepeinigt, darüber konnte es keinen Zweifel geben. Sein Kummer war tief verborgen wie ein verpuppter Engerling in seinem Kokon, und es würde sehr schwierig sein, ihn ans Licht zu holen. Ich beschloß, den richtigen Augenblick abzuwarten. Es ist gut, wenn ein Therapeut weiß, was er sagen soll, wichtiger aber ist, es im richtigen Moment zu sagen. Wenn er zu früh zu sprechen beginnt, kann alles verloren sein.

Bei unserem sechzehnten Treffen kam er mit einem Stapel Soziologiebüchern zu mir und fing an, über seine Familie zu reden, angeregt durch einen Band über Familienstrukturen. Als läse er aus dem Buch vor, erzählte er mir mit einer Stimme, die jeglicher Gefühle entbehrte, daß die Cadmus »im Geld schwämmen«, sein Großvater väterlicherseits habe ein Imperium von Bau- und Maklerfirmen in Kalifornien ins Leben gerufen. Zwar sei der alte Herr längst tot, aber von ihm würde immer noch geredet wie von einem Gott. Seine Großeltern mütterlicherseits seien tot, seine Eltern ebenfalls. Seine Mutter war im Kindbett gestorben, er hatte Fotos von ihr gesehen, aber sonst wußte er kaum etwas von ihr. Drei Jahre nach dem Tod seiner Frau hatte Jameys Vater sich durch Erhängen das Leben genommen. Der jüngere Bruder seines Vaters habe es übernommen, sich um das elternlose Kleinkind zu kümmern. Dieser hatte zahlreiche Kindermädchen beschäftigt, von denen aber keines lange genug geblieben war, um Jamey irgend etwas zu bedeuten. Ein paar Jahre später habe Onkel Dwight auch geheiratet und hätte selbst zwei Töchter. So wären sie alle inzwischen eine glückliche Familie. Den letzten Satz sprach er voller Bitterkeit aus und sah mich eindringlich an, ihm ja keine Fragen zu stellen.

Ein Thema, über das ich später mit Jamey reden wollte, war der Selbstmord seines Vaters. Er selbst schien keinerlei Absichten in dieser Richtung zu haben, trotzdem hielt ich ihn für suizidgefährdet. Seine häufige Niedergeschlagenheit, sein Perfektionismus, seine manchmal ganz unrealistischen Erwartungen und sein mitunter schwaches Selbstbewußtsein ließen mich aufhorchen. Hinzu kam der Selbstmord des Vaters, wer weiß, ob er nicht eines Tages dasselbe tun würde.

Als wir uns zum zwanzigstenmal trafen, kamen die Dinge in Gang.

Jamey sagte gerne Gedichte auf, Shelley, Keats, Wordsworth, besonders aber liebte er einen Autor mit Namen Thomas Chatterton, von dem ich noch nie gehört hatte. Als ich danach fragte, sagte Jamey von oben herab, daß das Werk eines Dichters für sich selbst spräche. Ich ging in die Bibliothek und machte mich kundig. Einen Nachmittag lang wühlte ich mich durch verstaubte Bände mit Kommentaren zu Chattertons Leben und Werk. Ich stieß auf interessante Details. Alle Forscher bezeichneten den Autor als den führenden Dichter des englischen 18. Jahrhunderts, speziell der Gotik-Renaissance und als Hauptvorläufer der Romantik, zu Lebzeiten hatte man den Dichter kaum beachtet oder verschmäht.

Er war eine tragische Gestalt, die zeit ihres Lebens nach Glück und Anerkennung strebte. Vergeblich. Deshalb beging er einen literarischen Betrug. Im Jahr 1768 schrieb er eine Reihe von Gedichten, von denen er behauptete, sie stammten von einem Mönch aus dem 15. Jahrhundert, der Thomas Rowley heiße. Den Namen hatte er auf einem Grabstein im Kirchhof von St. John's in Bristol gelesen. Die Gedichte von Rowley wurden in der Szene der Literaten wohlwollend aufgenommen. Auf diese Weise erlebte der junge Chatterton doch noch so etwas wie Ruhm aus zweiter Hand, so lange, bis der Betrug aufflog, und er endgültig aus den Dichterkreisen verbannt wurde. Er mußte sich mit dem Schreiben von Flugschriften oder Dienstleistungen durchschlagen, oft genug bettelte er um Brot. Als er keinen Penny mehr besaß und auch keinen Kredit mehr bei den Lebensmittelhändlern erhielt, ging er zu einem Apotheker und bat diesen um Hilfe gegen die Ratten in seiner Mansarde. Der Mann gab ihm Arsen. Am 24. August 1770 nahm Chatterton selbst das Gift, er war damals siebzehn Jahre alt.

Als Jamey das nächste Mal Gedichte von Chatterton aufsagte, erzählte ich ihm, was ich über den Dichter herausgefunden hatte. Wir saßen auf dem Beckenrand des Springbrunnens gegenüber vom Psychologischen Institut. Es war ein schöner, warmer Tag, Jamey hatte Schuhe und Socken ausgezogen und ließ das kühle Wasser über seine weißen knochigen Füße laufen.

»Aha«, sagte er bedrückt, »und was ist daran Besonderes?«

»Gar nichts, du hast mich nur neugierig gemacht, weil du so viel von ihm erzählt hast. Deshalb habe ich mal nachgeschaut, wer er eigentlich war. Ein interessanter Kerl.«

Er rückte von mir weg, starrte aufs Wasser und stieß mit einer Ferse gegen den Beckenrand – so heftig, daß die Haut sich rötete.

»Hast du was, Jamey?«

»Nein, ich hab nichts.«

Ich ließ mehrere Minuten vergehen, bevor ich weitersprach. »Irgendwas ärgert dich doch. Bist du sauer, daß ich mich mit Chatterton beschäftigt habe?«

»Nein.« Er wandte sich entrüstet ab. »Nicht darüber ärgere ich mich. Sie tun immer so, als ob Sie mich verstünden. Sie sind ganz schön selbstsicher! Chatterton war ein Genie – Jamey ist ein Genie. Chatterton ist gescheitert – Jamey ist gescheitert. So einfach ist das. Tatatam, eines paßt zum anderen, Sie wollen aus mir einen richtigen Klischee-Krankheitsfall machen.«

Zwei Studenten kamen vorbei. Ihnen fiel der Ärger in Jameys Stimme auf, und sie sahen sich um, er aber bemerkte sie nicht einmal, sondern kaute auf seiner Lippe.

»Jetzt haben Sie wahrscheinlich Angst, daß ich irgendwo Rattengift versteckt habe, stimmt's?«

»Nein, Jamey, ich habe ...«

»Quatsch! Ihr Seelenklempner seid doch alle die gleichen.« Er kreuzte die Arme über der Brust und starrte wieder aufs Wasser. Seine Ferse begann zu bluten.

Ich versuchte es noch einmal: »Was ich eigentlich sagen wollte, ist, daß ich mich mal mit dir über das Thema Selbstmord unterhalten würde. Aber das hat nichts mit Chatterton zu tun.«

»Wirklich nicht? Womit hat es denn sonst zu tun?«

»Ich sage ja nicht, daß du selbstmordgefährdet bist, trotzdem mache ich mir Sorgen, und ich wäre ein schlechter Psychologe, wenn ich darüber nicht mit dir reden würde. Klar?«

»Na gut, also, spucken Sie's schon aus!«

Ich wählte sorgfältig meine Worte und sagte dann: »Jeder von uns hat mal Tage, an denen es ihm nicht gutgeht. Aber du bist sehr oft in gedrückter Stimmung. Du bist ein Mensch, der anders ist als andere, und ich denke dabei nicht nur an deine große Intelligenz. Du bist einfühlsam, interessierst dich für andere, und du bist fair.« Er machte ein Gesicht, als hätte ich ihm gerade mehrere Hiebe versetzt. »Und trotzdem habe ich den Eindruck, daß du dich nicht besonders gut leiden kannst.«

»Was gibt es an mir, das mir gefallen sollte?«

»Eine ganze Menge, Jamey.«

»Aha.«

»Du hast eine Art, dich selbst schlechtzumachen, die mir Sorgen bereitet. Du verlangst äußerst viel von dir, und wenn du es schaffst, freust du dich nicht über deinen Erfolg, sondern legst immer höhere Maßstäbe an. Nie würdest du zulassen, bei irgend etwas zu versagen. Du bestrafst dich andauernd, indem du dir einredest, du seist nichts wert.«

»Was wollen Sie damit sagen?«

»Was ich damit sagen will, ist, daß du dich auf Dauer selbst unglücklich machst.«

Jamey vermied es, mich anzusehen. Das Blut von seiner Ferse tropfte ins Wasser und hinterließ eine rosafarbene Spur.

»Ich mache dir das alles übrigens nicht zum Vorwurf«, fügte ich hinzu. »Aber du wirst im Laufe deines Lebens mit vielen Enttäuschungen rechnen müssen, wie jeder Mensch übrigens. Und es ist besser, wenn man weiß, wie man damit umgehen soll.«

»Das klingt ja nach einem phantastischen Plan. Sie haben sich ja echt was ausgedacht. Wann soll's denn losgehen?«

»Wann du willst.«

»Na gut, fangen wir also gleich an. Wie gehe ich mit Enttäuschungen um? Drei Lektionen, und dann kann ich es.«

»Zuerst muß ich ein wenig mehr über dich erfahren.«

»Sie wissen doch schon mehr als genug.«

»Wir haben uns zwar oft genug unterhalten, aber über dich weiß ich nicht sehr viel. Kaum etwas weiß ich über das, was dich stört oder was dich anregt, deine Ziele und deine Wertvorstellungen.«

»Sie wollen wissen, was ich über Tod und Leben denke, dieses ganze Zeug?«

»Sagen wir, Zeug, das dir wichtig ist.«

Jamey sah mich an und lächelte abwesend.

»Wollen Sie wissen, was ich über Leben und Tod denke, Dr. D.? Ich sag's Ihnen. Sind beide ziemlich aufregend, aber der Tod ist wahrscheinlich ruhiger.«

Er legte die Beine übereinander und sah sich seine blutige Ferse an, als ob sie ein biologisches Untersuchungsobjekt sei.

»Wir brauchen darüber jetzt nicht zu reden«, sagte ich.

»Ich will es aber. Das ist doch genau das, worauf Sie schon seit Monaten hinaus wollen. Stimmt's? Deshalb waren Sie doch immer so kumpelhaft zu mir, oder? Erst mal 'nen guten Kontakt aufbauen, damit man hinterher um so besser lostherapieren kann. Also, reden wir doch besser gleich darüber. Sie wollen wissen, ob ich an Selbstmord denke. Ja, das tue ich, ein- oder zweimal pro Woche.«

»Gehen solche Gedanken schnell vorüber, oder halten sie sich eine Weile?«

»Halbe halbe.«

»Hast du schon mal darüber nachgedacht, wie du es tun könntest?«

Er lachte laut, schloß die Augen und begann mit leiser Stimme, folgendes Gedicht aufzusagen:

Da wir nur einmal sterben, ist's ganz gleich
Ob mit dem Seil, Gift, Strumpfband oder Schwert
Ob lang man hinsiecht oder ob das Herz zerspringt
Und so des Lebens Elend kommt zum Halt.
So viel der Wege sind, eins ist das Ziel,
Bis alles auflöst sich im allgemeinen.

Er öffnete die Augen wieder. »Tom Chatterton wußte wirklich auf alles eine Antwort, finden Sie nicht?«

Ich antwortete nicht, und er lachte gequält.

»Gefällt Ihnen wohl nicht, Dr. D. Was ist Ihnen lieber? Katharsis oder Beichte? Vergessen Sie nicht, das ist mein Leben, und wenn ich beschließe, mich zu verabschieden, dann ist das mein Entschluß.«

»Aber deine Entscheidung wird anderen Menschen weh tun.«

»Quatsch!«

»Niemand lebt im luftleeren Raum, Jamey, andere Menschen mögen dich. Zum Beispiel ich.«

»Aus welchem Drehbuch haben Sie denn das abgelesen?«

Die Festung schien uneinnehmbar. Ich suchte nach einem Ausweg.

»Selbstmord ist eine feindselige Tat, Jamey. Du gehörst zu denjenigen, die das am ehesten wissen müßten.«

Jamey reagierte schnell und heftig. Seine blauen Augen nahmen einen wütenden Ausdruck an, seine Stimme zitterte vor Zorn. Er sprang auf, wandte sich mir zu und schrie laut:

»Mein Vater war einen Dreck wert, und Sie sind auch nicht besser, daß Sie ihn ins Spiel bringen!«

Er fuchtelte mit einem zitternden Finger vor meinem Gesicht herum, Speichel lief ihm aus dem Mund, dann rannte er barfuß im Hof herum. Ich nahm seine Schuhe und Socken und ging hinter ihm her. Nachdem er am Gebäude der Naturwissenschaftler vorbeigelaufen war, bog er blitzschnell nach links und verschwand über eine Treppe. Es war nicht schwer, ihn einzuholen, denn er lief zwar schnell aber unbeholfen. Bei jedem Schritt stießen seine dünnen, knochigen Beine aneinander wie chinesische Eßstäbchen.

Die Treppe endete auf einer Ladefläche, die zum Chemikalischen Institut gehörte, ein quadratischer, mit einem Ölfilm bedeckter und an drei Seiten von hohen Mauern umgebener, wenig anheimelnder Ort. Der einzige Ausgang war ein grünes Metalltor. Jamey probierte am Schloß, aber es war zugesperrt. Er drehte sich um, wollte wegrennen, da sah er mich, wurde stocksteif und keuchte. Sein Gesicht war bleich und voller Tränenspuren. Ich stellte die Schuhe auf den Boden und ging auf ihn zu.

»Gehen Sie weg!«

»Jamey!«

»Lassen Sie mich in Ruhe!«

»Laß uns darüber reden ...«

»Warum? Was soll das Ganze?« schrie er.

»Weil ich dich mag, weil ich dich in der Nähe haben möchte, weil du mir wichtig bist.«

Er begann heftig zu weinen und sah aus, als bräche er gleich zusammen. Ich ging zu ihm hin, legte meinen Arm um seine Schulter und hielt ihn fest.

»Sie sind für mich auch wichtig, Dr. D.« Er schluchzte in meine Jacke. Dann legte er seine dünnen Arme um mich und streichelte meinen Rücken. »Sie sind es wirklich, weil ich Sie so gern hab'.«

Ich stutzte. Ich wußte im selben Moment, daß es falsch war, aber es war ein Reflex, gegen den ich nichts tun konnte.

Im selben Augenblick schrie Jamey mit verzerrtem Gesicht:

»Da, sehen Sie! Ich bin nichts als ein kleiner Schwuler, ich bin schon immer einer gewesen, und jetzt bin ich auch auf Sie geil!«

Ich hatte meinen Schreck überwunden, hatte die Selbstbeherrschung wiedererlangt und damit die für den Therapeuten notwendige Überlegenheit. So ging ich zu Jamey hin, aber er schreckte zurück.

»Gehen Sie weg, Sie hinkender Idiot! Lassen Sie mich verdammt noch mal in Ruhe! Oder ich schreie um Hilfe!«

»Komm, Jamey, laß uns weiterreden.«

»Hilfe!« schrie er, und sein Schrei hallte auf der leeren Fläche zwischen den Mauern wider.

»Bitte ...«

Wieder schrie er.

Ich stellte die Schuhe auf die Erde, legte die Socken darüber und ging.

In den nächsten Wochen versuchte ich mehrfach, mit ihm zu sprechen, aber er wich mir aus. Immer wieder führte ich mir das Erlebte vor Augen, dachte nach, was ich hätte besser machen können, wurde mir bewußt, wie wenig mit Reden oder Schweigen zu erreichen war, und hoffte auf Wunder.

Je länger ich darüber nachdachte, desto mehr fürchtete ich, daß Jamey sich das Leben nehmen könnte. Nach einigem Zögern brach ich das Berufsgeheimnis und rief Jameys Onkel an. Obwohl ich wußte, daß es die richtige Entscheidung war, fiel es mir schwer. Nachdem ich mich durch eine ganze Kette von Angestellten telefoniert hatte, erreichte ich endlich Dwight Cadmus in seinem Büro in Beverly Hills. Ich brachte mein Anliegen vor, aber ich verriet Jamey kaum, denn ich sagte nichts über seine Homosexualität, sondern nur, daß ich mir Sorgen um seine Sicherheit mache.

Mr. Cadmus hörte mir zu, ohne mich zu unterbrechen, dann antwortete er mit trockener und kontrollierter Stimme:

»So, ja, ich verstehe, natürlich ist das ein gewisser Grund zur Sorge. Gibt es sonst noch etwas, Doktor?«

»Ja, falls Sie Gewehre im Haus haben, nehmen sie bitte die Munition heraus und verstecken Sie sie.«

»Ich werde es sofort veranlassen.«

»Bitte schließen Sie den Medizinschrank ab. Und achten Sie darauf, daß er nicht an Messer herankommt.«

»Gut.«

»Und auch Seile.«

Es folgte ein gespanntes Schweigen.

»Ist das alles, Doktor?«

»Ich möchte Sie darauf aufmerksam machen, daß er unbedingt Hilfe braucht. Wenn Sie den Namen eines Therapeuten wissen wollen, kann ich Ihnen mehrere Kollegen nennen.«

»Vielen Dank. Ich werde mit meiner Frau darüber sprechen und melde mich dann wieder bei Ihnen.«

Ich gab ihm meine Nummer, und er bedankte sich bei mir, daß ich mich so gut um Jamey kümmerte.

Ich hörte nie wieder von ihm.

4

Ich legte die Akte weg und rief wieder in *Cañon Oaks* an. Mainwaring war noch nicht wieder in seinem Büro, aber seine Sekretärin sagte mir, er habe meine Nachricht erhalten.

Die Stille in meinem Arbeitszimmer bedrückte mich. Um auf andere Gedanken zu kommen, stand ich auf und nahm das drahtlose Telefon zur Hand. Ich befestigte es an meinem Gürtel und ging nach draußen in den japanischen Garten. Die Zierkarpfen schwammen in gleichmäßigen Kreisen durch den Teich. Das Geräusch meiner Schritte lockte sie zum felsigen Teichrand, sie schluckten gierig und wühlten voll erregter Erwartung das Wasser auf.

Ich warf eine Handvoll Körner ins Wasser. Die Fische zappelten und stießen sich gegenseitig an, um an ihr Futter zu kommen. Ihre Schuppen glänzten rot, golden, platin- und orangefarben, ihre wildbewegten Körper bildeten einen grellen Kontrast zu den ruhigen Farben des Gartens. Ich kniete am Teich und fütterte den zahmsten von ihnen mit der Hand, was angenehm in der Handfläche kitzelte. Als die Fische satt waren, räumte ich das Futter weg, setzte mich im Schneidersitz auf das weiche Moos und lauschte den Geräuschen des Gartens, dem Sprudeln der Fontäne, dem Glucksen der Fische, wenn sie nach den Algen schnappten, welche die feuchten Steine am Rand des Beckens bedeckten, dem Rauschen der Glyzinie, deren Ranken der Wind bewegte. Es wurde langsam Abend, der Garten war jetzt beinahe ganz in Schatten getaucht. Der Jasmin ließ seinen schweren Duft ausströmen. Ich sah zu, wie die Farben und Formen immer dunkler und schließlich zu Silhouetten wurden.

Die Schönheit dieses Abends hatte mir innere Ruhe gegeben. Mitten in diese Stille hinein ertönte das Telefon.

»Hier Dr. Delaware.«

»Das klingt aber steif, Alex«, sagte eine jugendliche Stimme, zugleich setzte ein störendes Nebengeräusch ein.

»Bist du es, Lou?«

»Wer denn sonst?«

»Ich habe mich deshalb so offiziell gemeldet, weil ich mit jemand ganz anderem gerechnet hatte.«

»Ich bin geknickt, hoffentlich kommst du über diese Enttäuschung hinweg!«

Ich mußte lachen. Das Nebengeräusch im Apparat wurde stärker. »Die Verbindung ist miserabel, Lou. Von wo rufst du an, bist du auf einem Schiff oder am Strand?«

»Es ist ein Schiff diesmal. Ich habe eine Ladung von investitionsfreundlichen Immobilientypen an Bord, Türkei und so. Dazu jede Menge Thunfisch und Makrelen und genügend Rum, um ihnen alle Hemmungen zu nehmen.«

Lou Cestare hatte bei mir schon seit längerer Zeit einen Stein im Brett. Vor Jahren, in der Zeit, als ich soviel Geld verdiente, daß ich oft nicht wußte, wohin damit, half er mir, es vernünftig anzulegen. Ich kaufte Immobilien und Wertpapiere, und Lou versicherte mir, daß ich den Rest meiner Tage nicht mehr zu arbeiten brauchte, vorausgesetzt, ich führte ein einigermaßen geregeltes Leben. Lou war jung und temperamentvoll, ein gutaussehender, blauäugiger, wortgewandter Norditaliener. Als er siebenundzwanzig war, erschien im Wall Street Journal ein Artikel über ihn, in dem er als einer der gerissensten Spekulanten bezeichnet wurde. Mit dreißig war er leitender Angestellter in einer großen Investment-Firma mit guten Chancen, weiter aufzusteigen. Dann entschied er sich für einen neuen Lebensstil. Er stieg aus dem Firmenleben aus und zog mit Frau und Kind nach Oregon, um auf eigene Faust für nur wenige ausgesuchte Kunden zu arbeiten. Die meisten waren hochkarätig, Leute wie mich beriet er nur aus Sympathie.

Mittlerweile arbeitete er entweder in seinem Haus in Willamette Valley oder einer Dreißig-Meter-Yacht, die *Ansporn* hieß. Beide Behausungen waren ausreichend mit Computern bestückt, um online mit einer ganzen Meute internationaler Börsenhaie Verbindung zu halten.

»Dein Portefeuille tauchte neulich auf meinem Bildschirm auf, Alex. Ich hab es mir genau angesehen, präzise wie ein Zahnarzt. Es wird Zeit für den Halbjahrs-Cheque.«

»Was steht an?«

»Du hast im Moment zweihundertachtzigtausend in steuerfreien Wertpapieren mit einem durchschnittlichen Ertrag von 8,73 Prozent, das ergibt ein jährliches Einkommen von vierundzwanzigtausend vierhundertvierzig, an die Uncle Sam nicht rankommt. Neunzigtausend davon werden in den nächsten paar Monaten fällig. Vorwiegend das ältere Zeug mit einer geringeren Ertragsrate von 7,9 Prozent durchschnittlich. Die Frage ist: Willst du mehr kommunale Anleihen oder soll ich dir Wertpapiere von Firmen mit hohem Ertrag besorgen oder Staatsanleihen? Du mußt sie zwar versteuern, aber wenn du nicht viel verdienst, bringen die höheren Ertragsraten auch Geld in deine Tasche. Nach meinen Unterlagen hast du letztes Jahr ungefähr zweiundvierzig Riesen verdient. Wieviel wird's in diesem Jahr?«

»Ich arbeite etwas mehr, es werden etwa sechstausend im Monat.«

»Brutto oder netto?«

»Brutto.«

»Irgendwelche Absetzmöglichkeiten?«

»Eigentlich nicht.«

»Letztes Jahr kamen durch Mieteinnahmen und

Zinseinkommen einunddreißigtausend zusammen. Könnte sich diese Summe aus irgendwelchen Gründen ändern?«

»Nicht daß ich wüßte.«

»Dann kommst du also auf etwas über hunderttausend, immer noch eine starke fünfzigprozentige Steuerquote. Wenn du nicht unbedingt flüssiges Geld brauchst und auch nicht spielen willst, wären die kommunalen Anleihen das Beste.«

»Von was für einem Spiel redest du?«

»Es gibt da ganz neue over-the-counter-Emissionen, die meisten noch ungelistet. Ich habe hier eine Firma, Optische Speicher, Sitz in der Schweiz, die sehr vielversprechend aussieht, außerdem ein Müllverwertungssyndikat in Pennsylvania und noch etwas, das ganz auf deiner Linie liegt: eine Firma in Carolina, spezialisiert in der Bekloppptenpflege.«

»Was ist denn das, Bekloppptenpflege?«

»Sie machen Verträge über Dienstleistungen an psychisch Kranken in mittelgroßen Gemeinden, besonders im Süden und mittleren Westen. Das Ding expandiert. Sehr aggressives Marketing, und demographisch sieht es gut aus. Jede Menge Verrückte gibt's da, Alex. Ich wette, du hast bisher gar nicht gewußt, daß du zu einer Industrie mit hohen Zuwachsraten gehörst.«

»Ich glaube, ich bleibe lieber bei festverzinslichen Wertpapieren. Welche Verzinsung bekommst du dafür?«

»Ich komme an Zeug mit etwa zehneinhalb Prozent Verzinsung ran, von einem Grundstücksvermarkter, aber du wirst dich langfristig binden müssen, mindestens dreißig Jahre. Der Nettoertrag dieses Einkommens wird ungefähr« – ich hörte im Hintergrund eine Tastatur klappern – »zweitausenddreihundertvierzig Dollar hoch sein. Gib nicht alles für dasselbe Wertpapier aus.«

»Double A?«

»Sie werden auf Triple B geschätzt, was immer noch gute Investitionsqualität ist, aber ich erwarte eine Hinaufstufung in die A-Gruppe in einigen Monaten. Ich nehme diese Rangfolge nicht mehr so ernst, die Stellen, die die Schätzungen vornehmen, sind müde geworden. Denk an das Debakel bei WPPSS. Sie stürzte von Triple A in die Toilette, und sie haben es erst gemerkt, als es zu spät war. Am besten, du beobachtest die Sache selbst. Ich jedenfalls mache das so. Die ich für dich im Auge habe, sind absolut koscher. Eine konservative Küstengemeinde mit einer sehr guten Steuerbasis. Die Finanzierung von Gas, Elektrizität etc. ist dort seit langer Zeit fällig. Es gibt darüber keinerlei Kontroversen. Willst du da einsteigen?«

»Sicher, wieviel kannst du kriegen?«

»Zweihundertfünfzigtausend. Ich bin bei jemand mit hundert im Wort, du kannst die übrigen hundertfünfzig haben.«

»Besorge mir nur hundert, neunzig von den festverzinslichen Wertpapieren, und ich schicke dir morgen telegraphisch zehntausend. Oregon oder Karibik?«

»Oregon, Sherry führt die Transaktionen durch, während ich weg bin.«

»Wie lange bleibst du noch fort?«

»Eine Woche, vielleicht länger. Hängt vom Fisch ab und davon, wie lange die Bonzen brauchen, bis sie sich gegenseitig auf die Nerven gehen. Übrigens, wir haben dein Dankschreiben für den Fisch bekommen. Gutes Fleisch, was?«

»Lou, der Lachs war einfach phantastisch! Wir haben Freunde eingeladen und draußen gegrillt, so wie du mir vorgeschlagen hattest.«

»Schön. Du solltest mal den Thunfisch sehen, den wir gerade reinholen. Dreihundertpfünder mit Fleisch so zart wie Butter. Ich habe gerade einen Teller davon vor mir stehen. Auf japanische Art zubereitet, roh mit viel Zitrone. Ich hebe dir ein paar Filets auf.«

»Das wäre überaus nett von dir.«

»Hey!« rief er plötzlich. »Entschuldige, Alex, aber an Steuerbord ist gerade unheimlich was los. Jesus, sieh dir das Monster an!« Er schlürfte irgendein Getränk, schluckte und schrie: »Jimbo, rein damit! Noch mal Entschuldigung, Alex. Ist bei dir alles in Ordnung?«

»Es geht mir ausgezeichnet.«

»Na toll. Dann machen wir am besten jetzt Schluß und ich gehe mal runter, um ein paar Kunden zu fangen.«

»Ciao, Lou, denk an mich, wenn du deine Krabbencocktails ißt.«

»Nein, Jakobsmuscheln«, verbesserte er mich, »mariniert in Limonensaft. Zuerst muß man sie essen, dann mit der Muschelschale Miles Davis spielen.«

Es piepte in der Leitung.

»War das bei dir oder bei mir?« fragte er.

»Bei mir, irgend jemand versucht, mich zu erreichen.«

»Gut, Alex, ich halte dich nicht länger auf, bis dann!«

Ich drückte auf den Knopf und nahm den Anruf entgegen.

»Alex? Hier ist Milo, ich bin sehr eilig.«

»Milo! Schön, daß du anrufst. Was gibt's?«

»Ich habe mit jemandem gesprochen, der behauptet, er kenne dich. Ein Kerl, der James Wilson Cadmus heißt.«

»Jamey! Wo ist er?«

»Also kennst du ihn tatsächlich.«

»Natürlich, aber was ist ...«

»Er erzählte mir, er hätte dich heute morgen angerufen.«

»Ja, das hat er.«

»Um wieviel Uhr war das?«

»Ungefähr um Viertel nach drei.«

»Was hat er dir am Telefon gesagt?«

Ich zögerte mit der Antwort. Milo ist mein bester Freund. Ich hatte schon sehr lange nichts von ihm gehört und fragte mich, was wohl der Grund dafür wäre. Normalerweise hätte ich mich sehr über seinen Anruf gefreut, aber er redete in einem Ton, der alles andere als freundlich war, und mir wurde bewußt, wieviel er mir bedeutete.

»Es war eine Art Notruf«, sagte ich vorsichtig, »er bat mich um Hilfe.«

»Wobei?«

»Milo, was ist eigentlich los?«

»Kann ich dir jetzt nicht erklären, ich rufe später wieder an.«

»Moment mal, wie geht es dem Jungen?«

Jetzt war er es, der mit der Antwort zögerte. Ich sah ihn vor mir, wie er mit den Händen über sein großflächiges narbiges Gesicht fuhr.

»Alex«, sagte er seufzend, »ich muß jetzt wirklich gehen.«

Dann hörte ich es in der Leitung klicken.

So geht man mit einem Freund natürlich nicht um, und ich war sehr verärgert. Dann aber kam mir in den Sinn, welchen Fall er gerade bearbeitete, und war plötzlich wie gelähmt vor Schreck. Ich rief seine Dienststelle in West Los Angeles an, und nachdem ich mehrfach weiterverbunden worden war, erfuhr ich, daß Milo sich an einem Tatort aufhielt. Danach rief ich wieder in *Cañon Oaks* an. Die Verachtung von Mainwarings Sekretärin schlug mir unverblümt entgegen. Ich begann, mich als Außenseiter zu fühlen.

Der Gedanke, daß Jamey etwas mit Milos Mordfall zu tun haben könnte, machte mich fast krank. Andererseits hatte ich jetzt wenigstens einen kleinen Anhaltspunkt. Der Fall war dauernd in den Zeitungen gewesen, und wenn Milo mir nichts erzählen wollte, würden es vielleicht die Medien tun.

Ich schaltete das Radio ein und hörte mehrere Nachrichtensendungen ab. Kein Wort von der Geschichte. In den Fernsehnachrichten sah ich nichts als frischgeföhntes Haar und strahlend weiße Zähne. Fröhliches Geplauder und geschmackloses Geschwätz, zwischendurch ein paar deftige Portionen über Mord und Gewalttaten irgendwo in Amerika. Grauen in Hülle und Fülle, aber nicht, was ich suchte.

Ich griff nach der Morgenzeitung. Auch hier stand nichts. Ich kannte zwei Leute bei der Zeitung, den Redakteur der Spieleseite und Ned Biondi von der *Metro Desk*. Ich suchte Neds Nummer aus meinem Adreßbuch heraus und rief ihn an.

»Doc! Mensch, wie geht's dir?«

»Sehr gut, Ned. Und dir?«

»Ausgezeichnet. Ann Marie ist gerade bei der Cornell-University angekommen.«

»Das ist ja toll, Ned. Grüße sie und gratuliere ihr von mir.«

»Gerne, ohne dich hätte das sicher nie geklappt.«

»Sie ist ein prima Mädchen.«

»Da bin ich ganz deiner Meinung. Aber sag mal, weshalb rufst du an, was für einen Tip hast du diesmal? Der letzte war gar nicht übel.«

»Keine Tips heute«, sagte ich, »nur Fragen.«

»Also, frag bitte.«

»Ned, gibt es irgend etwas Neues im Zusammenhang mit den Lavendelmorden?«

»Nicht das Mindeste.« Seine Stimme war leicht erregt. »Ist dir was untergekommen?«

»Nichts.«

»Also nichts als zufällige Neugier?«

»Etwas in der Art.«

»Doc«, sagte er, »seit einem Monat tut sich nichts in dieser Sache. Wenn du irgendwas weißt, bitte mauere nicht.«

»Ich habe keine Ahnung von irgendwas, Ned.«

»Ha-ha.«

»Ich wollte dich nicht stören, vergiß, daß ich angerufen habe.«

»Klar, ich hab' es aus meinem Gedächtnis gelöscht.«

»Wiedersehen, Ned.«

»Bis dann, Doc.«

Wir wußten beide genau, daß zwar unser Gespräch beendet war, aber nicht die Sache.

Robin war bei bester Laune, als sie nach Hause kam. Sie duschte, schlüpfte in ein kleines Schwarzes und legte Schmuck an. Ich zog einen braunen Leinenanzug, ein blaugestreiftes Hemd mit weißem Kragen, eine blaue Krawatte und Schuhe aus Kalbsleder an. Das war vielleicht sehr modisch, aber ich kam mir wie ein Zombie vor. Arm in Arm gingen wir zur Straße hinunter auf meinen Wagen zu.

Robin setzte sich auf den Beifahrersitz, nahm meine Hand und drückte sie. Sie öffnete das Wagendach und ließ frische kalifornische Luft über ihr Gesicht strömen. Sie war wirklich bester Stimmung, strahlte vor Freude über einen schönen Abend, der noch vor ihr lag. Ich beugte mich zu ihr und küßte sie auf die Wange. Sie lächelte und bedeckte meine Lippen mit den ihren.

Wir küßten uns lange und zärtlich. Trotzdem mußte ich fortwährend an Milos Anruf denken. Trübe und sorgenvolle Gedanken quälten mich. Ich gab mir Mühe, sie in Schranken zu halten und schwor mir, Robin nicht den Abend zu verderben.

Ich zündete den Motor und legte eine Laurendo-Almeida-Kassette ein. Sanfte brasilianische Musik ertönte. Während ich anfuhr, gab ich mir Mühe, an Karneval und Mädchen in Bikinis zu denken.

Wir aßen in einem dunklen, nach Safran duftenden Restaurant in Westwood Village, in dem die Kellnerinnen Bauchtanzkostüme trugen und so indianisch aussahen wie Meryl Streep. Trotz dieser billigen Show war das Essen ausgezeichnet. Robin aß Linsensuppe, Tandoori-Hühnchen, Gurken in Yoghurtsoße und einen Nachtisch aus Grießklößchen in bezuckerter Silberfolie. Ich aß ein besonders scharfes Ragout, in der Hoffnung, daß Robin die Selbstbestrafungsmechanismen nicht durchschaute.

Ich ließ sie die meiste Zeit über reden, nur ab und zu nickte und lächelte ich. Es ging mir immer noch wie während unseres Kusses im Auto, ich kam mir meilenweit entfernt vor. Ich schob meine Schuldgefühle beiseite und sagte mir, daß in der Liebe ein bißchen Betrug manchmal rücksichtsvoller ist als Ehrlichkeit. Ich weiß nicht, ob sie mich durchschaute, jedenfalls sagte sie nichts. Vielleicht spielte sie mir auch nur etwas vor.

Nach dem Essen fuhren wir zum Strand und dann auf den Pacific Coast Highway. Der Himmel war tiefblau und sternenlos, der Ozean eine wogende Wiese aus schwarzem Satin. Schweigend fuhren wir bis Malibu, der Rhythmus der sich brechenden Wellen begleitete Almeidas Musik.

Wir hielten bei *Merinos*, gleich am Kai. Drinnen war es ganz dunstig vor Rauch. In der Ecke auf einem Podest spielte eine Band – Trommeln, Baß, Altsaxophon und Gitarre – Coltrane. Wir bestellten Brandycocktails und lauschten der Musik.

Als die Band eine Pause einlegte, nahm Robin meine Hand und fragte mich, was ich denn hätte. Ich erzählte ihr von Milos Anruf. Sie hörte mit ernstem Gesicht zu.

»Der Junge ist in größten Schwierigkeiten«, sagte ich, »und wenn es mit den Lavendelmorden zu tun hat, ist alles noch viel schlimmer. Und ich weiß nicht mal, ob er Verdächtiger oder ein Opfer ist, das noch gerade entkam. Milo hat sich einfach geweigert, es mir zu sagen.«

»Das ist gar nicht seine Art«, sagte sie.

»Milo ist schon seit einiger Zeit nicht mehr Milo«, sagte ich. »Auf unsere Neujahrsparty kam er nicht, und er hat nicht mal angerufen, um abzusagen. In den letzten Wochen habe ich ihn im Büro und zu Hause immer wieder angerufen, ich habe ihm Dutzende von Nachrichten hinterlassen, aber er hat nie zurückgerufen. Zuerst dachte ich, daß er an einer Geheimsache dran ist, aber als sie das letzte Opfer des Lavendelmörders fanden, war er in allen Zeitungen. Er hält sich eindeutig fern von uns oder besser gesagt von mir.«

»Vielleicht hat er es nicht leicht mit diesem Fall. Für jemanden in seiner Position muß das fürchterlich anstrengend sein.«

»Aber wenn es ihm schlecht ginge, wäre es doch normal, daß er zu mir käme und davon erzählte.«

»Vielleicht glaubt er, daß jemand, der es nicht miterlebt hat, ihn gar nicht verstehen kann.«

Ich nahm einen Schluck Brandy und dachte darüber nach.

»Vielleicht hast du recht, ich bin mir aber nicht sicher. Ich habe immer gedacht, daß es ihm nichts ausmacht, schwul zu sein. Als wir uns anfreundeten, erzählte er mir davon, sagte, er wolle es mir gleich sagen und behauptete, es mache ihm nichts aus.«

»Was hätte er dir denn sonst sagen sollen?«

Ich hatte noch einen Zentimeter Brandy in meinem Glas, drehte es in meinen Fingern und beobachtete, wie sich die Flüssigkeit hin und her bewegte, wie ein kleines goldenes Meer im Sturm.

»Glaubst du, ich war nicht einfühlsam genug?«

»Nein, du hast nur einiges nicht bemerkt. Du hast mir einmal erklärt, daß das alle Leute tun, daß wir die anderen immer nur durch unsere eigene Brille sehen, weil wir es anders gar nicht aushalten könnten.«

Ich nickte.

»Du mußt zugeben, Alex, es ist ungewöhnlich, daß ein Homosexueller und einer wie du so eng befreundet sind. Milo behält sicher eine Menge seiner Probleme für sich. Genau wie du. Ihr habt beide vieles verdrängt, um einander nahezukommen, stimmt's?«

»Was zum Beispiel?«

»Hast du dir je Gedanken darüber gemacht, was er und Rick im Bett tun?«

Ich schwieg, denn Robin hatte recht. Milo und ich redeten über alles, über Sex nie. Sicher kamen wir dem Thema manchmal sehr nahe, aber wir berührten es nie. Tabuisierung in Reinkultur.

»Das Seltsame ist«, sagte ich, »daß ich mich heute nachmittag, als ich meine alten Notizen über Jamey las, gefragt habe, ob ich irgend etwas hätte anders machen können. Ich überlegte, ob ich ihn vielleicht hätte mit Milo zusammenbringen sollen. Der Junge ist auch homosexuell, jedenfalls glaubte er es damals, und ich habe mich gefragt, ob es ihm geholfen hätte, jemandem seinesgleichen zu begegnen, der ihn besser verstanden hätte. Aber das ist wahrscheinlich ziemlich naiv.«

Meine Kehle war trocken, der letzte Schluck Brandy schmeckte bitter.

»Wie auch immer«, sagte ich, »jetzt sind sie sich doch begegnet, ohne mein Zutun.«

Wir gingen noch ein wenig am Strand spazieren, stiegen wieder in den Wagen und fuhren schweigend nach Hause. Robin legte ihren Kopf an meine Schulter; eine leichte Last. Um Mitternacht bog ich in nördlicher Richtung nach Beverly Glen ab, zehn Minuten später schloß ich die Haustür auf.

Im Briefschlitz steckte ein Umschlag, der beim Öffnen der Tür zu Boden fiel. Ich hob ihn auf und betrachtete ihn genauer. Er war um elf Uhr abgegeben worden und enthielt die Aufforderung, die Anwaltskanzlei von Horace Souza so bald wie möglich am nächsten Morgen anzurufen. »Betrifft J. Cadmus« stand darin. Die Telefonnummer war in Wilshire.

Es gab also doch jemanden, der mit mir über die Sache sprechen wollte.

5

Ich stand sehr früh auf, gleich nachdem die Morgenzeitung ausgetragen war. Unten auf der Seite las ich fettgedruckt: »Möglicher Durchbruch bei den Lavendelmorden«, aber ich erfuhr nichts Genaueres. Es hieß lediglich, daß die Polizei von Beverly Hills und das Sheriffs Department heute auf einer Pressekonferenz über die neueste Entwicklung der Ermittlungen berichten wollten. Ansonsten stand dort nur aufgewärmtes Zeug – längst bekannte Fakten, Interviews mit Familienangehörigen der Opfer und eine nüchterne Chronologie der Serienmorde, welche vor einem Jahr begonnen hatten und deren Zahl sich alle zwei Monate weiter erhöhte. Opfer jenes Metzgers von einem Mörder waren männliche Prostituierte zwischen fünfzehn und neunzehn Jahren. Die meisten von ihnen stammten aus Mittelamerika und waren von zu Hause weggelaufen. Alle sechs Ermordeten waren mit lavendelfarbener Seide erwürgt und hinterher verstümmelt worden. Der Mörder hatte die Taten an unbekannten Orten begangen und die Leichen hinterher an verschiedenen Stellen in der Stadt deponiert. Die erste hatte man im Mülleimer eines Hinterhofs in einer Nebenstraße des Santa Monica Boulevard gefunden, im Herzen von Boystown, die sechste in der Nähe eines Wanderwegs im Will Rogans State Park. Zwei der Toten hatten in West-Hollywood gelegen, die beiden letzten in West

Los Angeles. Beverly Hills, das dazwischen liegt, war ausgelassen worden.

Ich legte die Zeitung weg und rief Horace Souzas Büro an. Die Nummer war offensichtlich seine eigene, denn er nahm selbst den Hörer ab.

»Vielen Dank, daß Sie so schnell angerufen haben, Doktor.«

»Worum geht es denn, Mr. Souza?«

»Ich vertrete einen Ihrer früheren Patienten, James Cadmus. Er ist in ein Verbrechen verwickelt, und ich würde gerne mit Ihnen darüber sprechen.«

»Welche Anklage liegt denn gegen ihn vor?«

»Das würde ich Ihnen lieber in einem persönlichen Gespräch sagen.«

»Gut. Ich könnte in einer Stunde in Ihrem Büro sein. Wo liegt es?«

»Das ist zu umständlich zu erklären, Doktor. Ich schicke Ihnen meinen Fahrer vorbei.«

Um acht Uhr schellte es an der Tür. Draußen stand ein Chauffeur in grauer Livree, etwa Anfang dreißig, groß und schlank. Seine Nase ragte nach vorn, und er hatte ein fliehendes Kinn. Sein Mund war fast völlig von einem dicken schwarzen Schnurrbart verdeckt. Sein Gesicht war bleich, er war frisch rasiert, entlang des Kiefers hatte er sich ein paarmal geschnitten. Seine Mütze war weit nach hinten gerutscht und saß unsicher auf einer dichten Mähne braunen Haars, das bis über den Kragen reichte. Er trug mit Satinkanten versehene Hosen und Cowboystiefel mit metallverstärkten Spitzen. Seine dunklen Augen wirkten auf den ersten Blick ein wenig träge. Als er mir jedoch in die Augen sah, bemerkte ich, daß er mich sehr kritisch und aufmerksam musterte.

»Dr. Delaware? Mein Name ist Tully Antrim, ich soll Sie zu Mr. Souza bringen. Ich habe den Wagen weiter unten stehen lassen, damit er keine Kratzer kriegt.«

Wir verließen mein Grundstück und gingen die Zufahrtstraße hinunter. Ich mußte mich beeilen, um mit ihm Schritt zu halten. Etwa fünfzig Meter oberhalb von Beverly Glen liegt ein Wendekreis, der von hohen Bäumen umgeben ist. Hier stand der Rolls-Royce, eine glänzende schwarze Phantom-IV-Limousine. Ich hatte so einen Wagen schon einmal auf einem Photo von Charles und Dianas Hochzeit gesehen.

Der Chauffeur öffnete mir den Wagenschlag, schloß ihn, nachdem ich Platz genommen hatte, geräuschlos, ging um den Wagen herum und setzte sich auf den Fahrersitz.

Man hätte darin tanzen können, so groß war der Wagen. Innen war er mit grauem Cashmire und poliertem Holz verkleidet, das spiegelgleich glänzte. Kleine Kristallvasen in silbernen Filigranhaltern waren an den Türen befestigt, in jeder steckte eine Rose. Die Scheiben der Seitenfenster waren mit Blumenmotiven verziert und von zuziehbaren Samtgardinen halbverdeckt.

Die Wand, welche Fahrer und Reisende voneinander trennt, war geschlossen. Es herrschte vollkommene Stille im hinteren Teil des Wagens. Ich beobachtete, wie der Chauffeur seine Mütze gerade rückte, den Zündschlüssel nach rechts drehte, am Radio spielte und sich dann – zur Musik vermutlich – leise hin und herbewegte.

Der Rolls fuhr sanft in Richtung Beverly Glen. Der morgendliche Pendelverkehr wurde immer dichter, aber Antrim war ein ausgezeichneter Fahrer und bog mit dem Wagen ohne zu bremsen in den Verkehrsstrom ein. Er fuhr in südlicher Richtung nach Wilshire, wandte sich dann nach Osten.

Ich fühlte mich wie ein Kind hinten in dem Riesenwagen. Immer noch wiegte der Fahrer seinen struppigen Kopf zur Musik, die ich nicht hören konnte. Auf der Armlehne waren verschiedene Elfenbeinknöpfe angebracht, daneben jeweils eine kleine Silberplatte mit einer Aufschrift. Ich drückte auf den Knopf, der mit »Chauffeur« gekennzeichnet war.

»Was wünschen Sie, Sir?« fragte Antrim, ohne sich umzusehen oder seine wiegenden Körperbewegungen zu unterbrechen.

»Öffnen Sie bitte die Trennwand, damit ich die Musik auch hören kann.«

»Sie haben hinten einen Knopf, wenn Sie den betätigen, hören Sie Easy-Sound.«

»Davon schlafe ich ein. Was hören Sie denn gerade?«

»KMET. ZZ Top.«

»Das höre ich auch gerne.«

»Na gut.« Antrim drückte auf einen Knopf, und die Glasscheibe öffnete sich. Ohrenbetäubende Rockmusik dröhnte nach hinten. Eine texanische Gruppe sang von einem Mädchen, das weiß, wozu seine Beine gut sind. Antrim sang mit jauliger Tenorstimme mit. Auf den Song folgte ein Werbespot für eine Abtreibungsklinik, die sich als Frauengesundheitscenter anpries.

»Das ist vielleicht ein Auto«, sagte ich.

»Da haben Sie recht. Der hier gehörte einem Spanier, so ’nem Kumpel von Hitler.«

»Franco?«

»Genau.«

»Wie fährt der sich?«

»Für so 'nen großen Wagen sehr anständig.«

Wieder ertönte laute Musik, und unser Dialog wurde abrupt unterbrochen. Bei der nächsten roten Ampel zündete Antrim sich eine Zigarette an. »Ist das bei Ihnen so üblich?«

»Wovon reden Sie?«

»Ob Sie immer die Leute mit dem Wagen abholen.«

»Wenn Mr. Souza mich mit etwas beauftragt, dann tue ich es«, sagte er ausweichend, fand aber schnell wieder einen Sender mit Musik und drehte den Ton lauter.

Wir durchquerten Beverly Hills und die Miracle Mile und das Bankenviertel von Wilshire. Die Häuser entlang des Boulevards wirkten wie Art-Deco-Säulen aus rosa und weißem Granit, waren sieben bis zehn Stockwerke hoch und stammten aus den vierziger und fünfziger Jahren, als die Leute allmählich Angst vor Erdbeben bekamen und kein Vertrauen mehr in Wolkenkratzer hatten.

Das Gebilde, vor dem wir hielten, war älter und niedriger, nur vier Etagen hoch und erinnerte mich an einen italienischen Hochzeitskuchen, dem man ein rotes Dach übergestülpt hat. Es war eines der wenigen Überbleibsel von der Jahrhundertwende. Der Chauffeur fuhr den kreisförmigen Zufahrtsweg hinauf und parkte den Wagen vor dem Haus. Die Eingangstür war ein fast drei Meter hoher Alptraum geschnitzter Monster aus Mahagoni. Rechts davon waren zwei Messingschilder angebracht. Auf dem ersten stand: *Souza und Teilhaber*, auf dem zweiten stand

Souzas Name, der seiner Anwaltskanzlei und die von einem Dutzend anderer Anwälte.

Antrim führte mich in eine Halle mit gewölbter Decke, die mit Trockenpflanzen und Bildern geschmückt war, dann gingen wir einen Korridor entlang, der mit schwarzweißem Marmor gekachelt war. Schließlich erreichten wir einen Aufzug, den er mit einem altmodischen Hebel bediente. Auf der vierten Etage hielt der Lift.

Hier war der Boden mit silbrigem Plüsch ausgelegt; man konnte die Etage auch über eine in Stein gehauene Wendeltreppe erreichen. Durch hohe, makellos saubere Fenster sah ich einen großen Parkplatz. Früher mußte hier ein Garten gewesen sein. Weiter hinten erkannte ich die gepflegten, schattigen Wege des Hancock Parks. Nun wies mich der Fahrer zu einer Tür und führte mich in ein Zimmer, dessen Wände mit Bildern geschmückt waren. In der Mitte stand ein kleiner Schreibtisch, der aber offensichtlich nicht benutzt wurde. Rechts an der Wand hing ein großes Ölgemälde, das einen traurig dreinblickenden Indianer auf einem nicht weniger betrübt wirkenden Pferd darstellte. Links befand sich eine Tür, und Antrim klopfte. Ein mittelgroßer, etwa sechzigjähriger kahlköpfiger Mann öffnete. Er war von gedrungenem Wuchs, hatte große, dicke Hände. Er wirkte schwer, ohne eigentlich fett zu sein, und sein Untergestell ließ erkennen, daß er nicht so leicht umzuwerfen war. Seine Gesichtszüge waren derb und streng. Er besaß eine rosafarbene Haut, und das spärliche sandfarbene Haar trug er kurz und unfrisiert. Er hatte kein Jackett an, sein weißes Hemd aus feinem Mako war mit Monogramm versehen.

Dazu trug er elegante marineblaue Hosen mit Trägern. Seine Krawatte zierte ein blaugelbes Paisleymuster. Die schwarzen Schuhe glänzten ebenso wie der Rolls-Royce.

»Hier ist er, der Arzt«, sagte Antrim.

»Danke, Tully«, antwortete der Kahlkopf mit sonorer Stimme. »Sie können gehen.«

Er kam auf mich zu und ergriff meine Hand. Sein Parfum duftete nach Zitrusfrüchten.

»Dr. Delaware, ich bin Horace Souza. Verbindlichen Dank, daß Sie sich so kurzfristig hierherbemüht haben.«

»Keine Ursache. Wie geht es Jamey?«

Er drückte meine Hand plötzlich sehr fest, dann ließ er sie los.

»Ich habe ihn vor ein paar Stunden gesehen. Er ist psychisch völlig daneben. Dabei ist das erst der Anfang. Wenn die Polizei erst mal ihr Wissen an die Presse weitergegeben hat, wird er nicht mehr Jamey Cadmus sein, sondern eine ganz andere Rolle spielen. Den Lavendelschlächter, das Monster des Monats.«

Ich hatte das Gefühl, daß mir der Boden unter den Füßen entglitt, daß ich in einen tiefen, endlosen Schacht fiel, wie man es manchmal im Alptraum erlebt. Ich war nicht geschockt, nicht einmal überrascht. Seit ich mit Milo gesprochen hatte, waren mir bereits die schlimmsten Gedanken gekommen.

»Ich kann es nicht glauben«, war das einzige, was mir über die Lippen kam.

»Auch mir fällt es keineswegs leicht. Ich war bei seiner Taufe dabei, Doktor. Er war ein kleines, wohlgenährtes Baby, das man mit zwei Händen festhalten konnte.«

Er rieb sich das Kinn mit Daumen und Zeigefinger.

»Ich mache mir große Sorgen um ihn, Doktor. Er ist jetzt bereits sehr labil, aber sobald seine Festnahme bekannt wird, wird er völlig zusammenbrechen. Sie wissen ja, wir leben in harten Zeiten. Die Leute wollen alle Blut sehen. Sie werden ihn lynchen, wenn sie an ihn rankommen. Die Mordkommission verdächtigt ihn zweier Morde und wahrscheinlich noch sechs weiterer. Das ist vielfacher Mord und wird ihn mit Sicherheit in die Gaskammer bringen, wenn wir es nicht richtig machen. Mit richtig meine ich, vernünftig damit umgehen. Und mit vernünftig meine ich, gute Organisation und Zusammenarbeit. Kann ich dabei auf Sie zählen, Doktor?«

»Was kann ich Ihrer Meinung nach zu Ihrer Arbeit beitragen?«

»Darüber sollten wir jetzt sprechen. Bitte kommen Sie herein.«

Wir betraten ein großes, helles Eckzimmer mit Türfenstern, die auf einen Balkon hinausgingen, der üppig mit Geranien und Kamelien bepflanzt war. Auch hier waren die Wände mit Indianerkunst verziert – die Bilder sahen aus wie Remington-Originale. Die weiße hohe Zimmerdecke war gewölbt. Der Boden war aus heller Eiche, darüber lag eine Navajo-Brücke. In einer Ecke stand ein Chippendale-Tisch mit einem Teeservice aus Porzellan. Alles übrige war eingerichtet wie das Büro eines gutverdienenden Anwalts: ein riesiger Schreibtisch, Ledersessel, fünf Quadratmeter Akten, ein Glasschrank mit Gesetzestexten.

Ein Mann, ungefähr so alt wie ich, saß steif in einem der Sessel und blickte auf seine Schuhe. Als er uns kommen hörte, stand er schwerfällig auf und rückte seine Krawatte zurecht.

Souza ging zu ihm und legte ihm väterlich die Hand auf die Schulter.

»Doktor, dies ist Dwight Cadmus, der Onkel und Vormund des Jungen. Dwight, dies ist Doktor Alexander Delaware.«

Mein Name sagte Cadmus offenbar nichts, zumindest ließ er sich nichts anmerken. Er reichte mir nur seine weiche, feuchte Hand. Er war groß und von gebückter Haltung, hatte schütteres braunes Haar und verbarg hinter dicken Brillengläsern scheue Augen, die ganz rot vor Kummer waren. Er hatte regelmäßige, glatte Gesichtszüge wie eine polierte Skulptur. Er trug einen braunen Anzug, ein weißes Hemd und eine braune Krawatte. Es waren keine teuren Kleider, und offensichtlich hatte er darin geschlafen.

»Doktor«, sagte er und warf mir einen kurzen Blick zu. Dann lächelte er. Ich weiß auch nicht warum, aber in diesem Augenblick fiel mir auf, wie sehr ihm Jamey ähnlich war.

»Hallo, Mr. Cadmus.«

»Dwight, setz dich hin«, sagte Souza und legte ihm wieder die Hand auf die Schulter. »Versuche, ein wenig zu entspannen.«

Cadmus ließ sich wie ein Stein in seinen Sessel fallen.

Souza zeigte auf einen Stuhl: »Nehmen Sie doch Platz, Doktor.«

Er selbst ließ sich hinter seinem Schreibtisch nieder, stützte die Ellbogen auf die lederne Schreibunterlage.

»Lassen Sie mich zunächst berichten, was geschehen ist, Doktor. Wenn ich auf bekanntes Terrain gerate, sagen Sie es nur. Gestern ist Jamey in den frühen Morgenstunden aus seinem Krankenzimmer ausgebrochen. Kurze Zeit später hat er Sie angerufen, aus einem leeren Sitzungssaal. Wissen Sie noch, um wieviel Uhr das war?«

»Etwa um Viertel nach drei.«

Er nickte. »Das stimmt mit den Aussagen des Krankenhauspersonals überein. Aber es sagt noch nichts darüber aus, wo Jamey die übrige Zeit verbrachte. Es war nicht möglich, nachzuweisen, wo er sich sonst aufgehalten hat. Dwight bekam einen Anruf in Mexiko, und er nahm mit seiner Familie das nächste Flugzeug hierher. Sobald sie gelandet waren, riefen sie mich an. Wir trafen uns daraufhin mit Dr. Mainwaring, um gemeinsam zu überlegen, was zu tun sei. Wir stellten eine Liste all der Orte zusammen, an denen sich Jamey öfter aufhielt. Dann riefen wir bei den jeweiligen Leuten an.«

»Wo haben Sie angerufen?«

»Bei Bekannten von Jamey.«

»Die Liste war allerdings nicht sehr lang«, sagte Cadmus flüsternd, »er wollte nicht viel mit anderen Leuten zu tun haben.«

Es folgte ein unangenehmes Schweigen. Der Anwalt schaute Cadmus an, der seine Fingerspitzen betrachtete.

»Wir haben enorm viel Zeit für die seelischen Probleme des Jungen aufgewandt«, erklärte Souza, »eine kaum zu lösende Aufgabe.«

Ich nickte teilnahmsvoll.

»Eine der ersten Personen, die wir zu erreichen suchten, war Ivor Digby Chancellor in Beverly Hills. Jamey war mit ihm, wie soll ich sagen, befreundet, aber seit einiger Zeit sahen sie sich nicht mehr.«

»Ein abwegiger Gedanke«, murmelte Cadmus.

Souza sah ihn scharf an und fuhr fort: »Obwohl die

Beziehung zu Ende war, konnte es doch sein, daß Jamey zu Chancellors Haus gegangen war. Es ging jedoch niemand ans Telefon. Auch die anderen Anrufe waren erfolglos. Schließlich benachrichtigten wir die Polizei. Sie nahmen unsere Liste mit und besuchten sämtliche angegebenen Adressen. Wenig später, etwa um acht Uhr morgens, fanden sie den Jungen in Chancellors Haus.«

Souza schwieg einen Augenblick und sah Cadmus an, bevor er fortfuhr. Er erwartete wohl, daß dieser ihn erneut unterbrechen würde. Cadmus saß jedoch ruhig da, so als hätte er uns beide vergessen.

»Die Polizei fand dort eine blutige Szenerie vor, Doktor. Chancellor war tot, erdrosselt, außerdem wies sein Körper verschiedene Messerstiche auf. Und es war dort noch eine zweite Leiche, ebenfalls mit Messerstichen, ein sechzehnjähriger Strichjunge, der *Rostnagel* genannt wurde. Sein richtiger Name war Richard Ford. Nach dem Polizeibericht war die Leiche Chancellors aufgehängt worden, Ford lag ausgestreckt am Boden. Jamey saß im Schneidersitz zwischen den beiden Toten, umklammerte ein Messer mit einer langen Schneide. Er schien in Trance, stotterte unzusammenhängendes Zeug, irgend etwas über platzende Adern und Zombies. Und als er die Polizeibeamten sah, wurde er wild. Sie konnten ihn nur zu mehreren bändigen, und bevor sie ihn abführten, legten sie ihm Handschellen an.«

Ich mußte an Jameys Anruf denken und an die schrecklichen Bilder, in denen er gesprochen hatte.

Souza fuhr fort: »Er kam ins Kreisgefängnis, in Einzelhaft, und dann riefen sie mich an. Ich unternahm sofort alles, was ein Anwalt tun kann, um die Ermittlungen der Polizei zu erschweren. Ich beantragte mangelnde Vernehmungsfähigkeit, beanstandete die fehlende medizinische Betreuung im Knast, verlangte Freilassung auf Kaution oder wenigstens Überführung in die Psychiatrie. Vernehmungsfähig war er ohnehin nicht, dazu redete er viel zu unzusammenhängend und wirr. Was jedoch das Medizinische betraf, so erwirkte ich, daß Dr. Mainwaring die Erlaubnis bekam, ihn zu besuchen. Der Freilassung auf Kaution wurde nicht zugestimmt wegen Jameys Flucht aus der Klinik und der Schwere der Taten, derer er verdächtigt wird. Er ist immer noch im Gefängnis, liegt wie ein Embryo auf seiner Pritsche, sagt kein Wort und reagiert auf nichts.«

Der Anwalt lehnte sich zurück, nahm seinen Füllhalter und ließ ihn zwischen beiden Zeigefingern hin und her baumeln. Er hatte wie versprochen alles, was geschehen war, mit der Genauigkeit des technischen Zeichners dargestellt. Das reinste Horrorszenario hatte er entworfen. Ich sah zu Dwight Cadmus herüber, dieser zeigte jedoch keinerlei Reaktion. Sein Gesicht blieb starr.

Souza erhob sich von seinem Schreibtischsessel, rückte eine Tasse des Porzellanservices gerade und stellte sich vor das Türfenster. Dann blieb er dort stehen und lehnte sich gegen die Scheibe.

»Ich habe mich übrigens eingehend mit Ihrer Person befaßt, Doktor. Sie haben hervorragende Beurteilungen, gelten als aufrichtig und haben eine Menge Erfahrung als Gutachter vor Gericht. Allerdings hat es sich dabei nicht um Strafsachen gehandelt.«

»Stimmt«, antwortete ich. »Beim Casa-de-los-Ninos-Fall war ich einer der Hauptgutachter, es ging dabei allerdings um Sorgerechtsfragen und um Verletzung des Persönlichkeitsrechts.«

»Ach ja.« Souza dachte einen Moment nach. »Sie sollen bitte nicht den Eindruck haben, daß ich Sie ausfragen will. Aber wieviel wissen Sie über Fragen der Unzurechnungsfähigkeit?«

»Ich weiß, daß dies ein juristisches und kein medizinisches oder psychologisches Problem ist.«

»Genau«, sagte er, sichtlich erfreut. »Tatsächlich kann ein Klient völlig verrückt sein und doch vor Gericht als voll verantwortlich gelten. Das einzige Kriterium ist, daß er richtig und falsch voneinander unterscheiden kann. Unzurechnungsfähigkeit aber bedeutet Freiheit von Schuld. Und ich brauche im Fall von Jamey Ihre Hilfe, um meine Verteidigungsstrategie in diesem Sinn aufbauen zu können.«

»Ich dachte, psychiatrische Gutachten werden in solchen Fällen gar nicht zugelassen?«

Souza lächelte nachsichtig.

»Keineswegs. Zwar dürfen Psychiater nicht entscheiden, ob Unzurechnungsfähigkeit vorliegt, aber sie können aus ihrer Sicht Fakten darlegen, aus denen das Gericht seine Schlüsse ziehen kann. In unserem Fall ist der Unterschied nicht von Bedeutung.«

»Trotz allem«, sagte ich, »für mich ist ein Plädoyer auf Unzurechnungsfähigkeit eine fragwürdige Sache.«

»Tatsächlich, Doktor? Was stört Sie denn daran?«

»Erstens müssen wir dabei etwas tun, was wir gar nicht gelernt haben, nämlich uns in den Kopf eines anderen versetzen und sein Leben rekonstruieren. Es ist reine Spekulation, und das merkt jeder Laie. Zweitens sind mit dieser Methode viele echte Kriminelle straffrei ausgegangen.«

Souza nickte, kaum berührt von meinen Argumenten.

»Theoretisch klingt das alles sehr gut. Aber sagen Sie mir, als Sie mit Jamey am Telefon sprachen, wie redete er da?«

»Aufgeregt, wirr, er hatte offenbar Wahnvorstellungen.«

»Kam er Ihnen psychotisch vor?«

»Aus einem Telefongespräch kann man schwerlich solche Schlüsse ziehen, aber wahrscheinlich ist er es.«

»Es ist sehr schön, daß Sie so gewissenhaft sind, Doktor. Aber glauben Sie mir, er hat ganz sicher eine Psychose. Paranoia, Schizophrenie. Er ist schon lange krank. Er hört Stimmen, hat Visionen und Wahnvorstellungen. Und es ist mit den Jahren schlimmer geworden. Dr. Mainwarings Prognose ist keineswegs erfreulich. Der Junge ist im Moment völlig außer sich. Glauben Sie, man kann ihn verantwortlich machen für Dinge, die in dieser Krankheit ihren Ursprung haben? Soll er deshalb als Verbrecher gelten? Er braucht eine Behandlung, keine Strafe. Und seine einzige Chance, diese zu bekommen, besteht darin, daß er für unzurechnungsfähig erklärt wird.«

»Wollen Sie damit unterstellen, daß Jamey ein Mörder ist?«

Souza schob einen Sessel in meine Nähe und setzte sich darauf, so nah, daß unsere Knie sich fast berührten.

»Doktor, es ist mir gelungen, schon sehr früh Einblick in den Polizeibericht zu nehmen. Es sieht schlecht aus für Jamey. Er hat kein Alibi, und seine Anwesenheit am Tatort ist so gut wie ein Beweis, daß er der Mörder ist. Erst floh er gewaltsam aus der Klinik, dann fand man ihn hier mit der Mordwaffe in der

Hand. Überall im Haus hat man seine Fingerabdrücke gefunden. Und ich versichere Ihnen, die werden noch mehr Beweise finden. Wir können nichts davon entkräften. Und es gibt nur einen Weg, Jamey vor der Todesstrafe zu bewahren: Wir müssen beweisen, daß er während der Tat keinen freien Willen besaß.«

Ich schwieg. Souza war mir so nahe gerückt, daß ich seinen Atem spürte.

»Das ist kein schwieriges Unterfangen, bei dem man lange nach Gründen suchen müßte. Es gibt genügend medizinische und soziale Anhaltspunkte – ein klassisches Beispiel geistigen Verfalls. Auch genetische Dinge spielen eine Rolle dabei. Seine Großmutter und sein Vater ...«

In diesem Augenblick fuhr Cadmus voll Erregung aus seinem Sessel hoch: »Horace, kein Wort über diese Dinge! Sie werden uns ohne das schon genug durch den Dreck ziehen!«

Souza erhob sich und sah dem Jüngeren ins Auge. Mir entging der Zorn in seinem Blick nicht, um so überraschter war ich, als er mit freundlicher Stimme sagte: »Dwight, auf ein ungestörtes Privatleben wirst du in nächster Zeit verzichten müssen. Du stehst ab jetzt im Licht der Öffentlichkeit.«

»Ich möchte mich vor ...«

Souza unterbrach ihn mit einer Geste.

»Geh nach Hause und ruh dich aus, Junge. Du hast anstrengende Stunden hinter dir.«

Cadmus wehrte sich nur schwach.

»Ich will wissen, was geschieht, er ist schließlich mein ...«

»Du wirst schon alles erfahren, Dwight. Der Doktor und ich haben noch einige Details zu besprechen.

Wenn wir uns einig sind, bist du der erste, der alles erfährt. Jetzt geh, und versuch ein wenig zu schlafen. Tully fährt dich nach Hause.«

Damit war ihr Gespräch beendet.

Der Anwalt drückte auf einen Knopf hinter dem Schreibtisch, und wenige Augenblicke später erschien der Chauffeur. Souza gab ihm Anweisungen, dann verließ er gefolgt von Cadmus den Raum.

Als wir allein waren, schüttelte Souza mitleidig den Kopf.

»Wenn Sie seinen Vater gekannt hätten, er war ein großer schnaubender Stier. Das Leben genoß er in vollen Zügen.« Nach einer Pause fuhr er fort: »Manchmal frage ich mich, ob es sich mit dem Blut nicht genauso verhält wie mit dem Geld. Mit jeder Generation wird es dünnflüssiger.«

Wieder betätigte er einen Knopf. Diesmal erschien eine hübsche, junge Dame in einem streng geschnittenen Kostüm.

»Veronica, ein wenig Tee bitte. Möchten Sie Kaffee, Doktor?«

»Lieber Tee.«

»Dann also eine ganze Kanne voll.«

»Gern, Sir.« Sie nahm die Porzellankanne vom Tisch, hielt sie fest, als sei cs Zuckerwatte und ging hinaus. Souza sah ihr nach, bis sie durch die Tür verschwunden war. Dann erst wandte er seine Aufmerksamkeit wieder mir zu.

»Wie schon gesagt, es mangelt nicht an Fakten, um den Jungen unzurechnungsfähig erklären zu lassen. Ich will Sie keineswegs in eine prekäre Situation bringen, wie Sie sehen.«

»Wozu brauchen Sie dann mich, wo Sie doch Mainwaring haben?«

»Ich würde ihn nur als Zeugen benennen, wenn es sein müßte. Es gibt da gewisse Probleme.«

»Was für Probleme denn?«

Souza antwortete mit wohlüberlegten Worten:

»Zunächst mal ist der Junge von seiner Station geflohen, er hatte die Verantwortung für den Patienten, was ihn zur Zielscheibe der Anklage machen kann.«

Er erhob sich und schob die Daumen unter die Hosenträger. Dann begann er in dramatischem Ton folgende Rede:

»›Dr. Mainwaring, Sie haben gerade festgestellt, daß Mr. Cadmus nicht Falsch von Richtig unterscheiden kann. Wie konnten Sie ihn unter diesen Umständen entkommen lassen, so daß er zwei abscheuliche Morde beging?' Dann macht der Ankläger eine bedeutsame Pause, in der ich ihm laut zu widersprechen versuche, aber dann ist das Unheil bereits geschehen. Die Geschworenen werden ihn für befangen halten, und seine Aussagen werden uns nur schaden.‹«

Nachdem Souza seinen Auftritt beendet hatte, fragte ich: »Sie haben von mehreren Problemen gesprochen. Wo liegen die anderen?«

Souza lächelte, als wolle er sagen: Sie haben mich ertappt.

»Im Lauf der Jahre hat sich Mainwaring einen Namen als Gerichtsgutachter gemacht. Aber er gilt als einer von denen, die durch Hinweis auf biologische, psychische und soziale Zwänge schlimmste Verbrechen zu entschuldigen suchen. Er ist dabei nicht immer auf die Gegenliebe der Geschworenen und auch nicht die anderer Gutachter gestoßen.«

»Sie wollen also sagen, er hat sich zum Werkzeug anderer gemacht und dabei öfter auf der Verliererseite gestanden?«

»Sozusagen.«

»Warum hat er denn dann Jamey behandelt?«

Der Ärger in meiner Stimme war für uns beide überraschend.

»Dagegen ist nichts zu sagen, Doktor. Er ist ein hervorragender Psychiater, nur als Gutachter vor Gericht läßt er zu wünschen übrig.«

Die Sekretärin klopfte und brachte den Tee. Sie goß zwei Tassen ein und reichte sie uns auf einem Silbertablett. Dann gab sie Souza die Sahne. Ich dankte, und sie ging.

Der Anwalt schlürfte seinen Tee. Die zarte Porzellantasse paßte nicht so recht zu seiner fleischigen Hand.

»Sie, Dr. Delaware, würden ausgezeichnet in unser Team passen.«

»Das ehrt mich sehr«, antwortete ich, »aber ich halte es für wenig sinnvoll. Ich habe wenig Erfahrung mit Kriminellen, ich verstehe nicht allzuviel von Psychosen, und was ich von Unzurechnungsfähigkeit halte, habe ich Ihnen bereits gesagt.«

Souza sah mich argwöhnisch an.

»Ich vermute, daß ich mit offenen Karten spielen muß.«

»Andernfalls können wir unser Gespräch sogleich beenden.«

»Also gut. Ich will aufrichtig sein, Dr. Delaware. Es ist wahr, daß ich Sie ausfindig gemacht und mir genau Ihren Werdegang angesehen habe. Ich erfuhr, daß er einfach brillant ist. Sie haben mit vierundzwanzig promoviert, mit neunundzwanzig eine bedeutende Veröffentlichung vorgelegt, mit vierunddreißig hätten Sie ordentlicher Professor sein können. Sie hatten eine glänzende Karriere vor sich, als Sie sich entschlossen auszusteigen. Sie gelten als hochbegabt aber widerspenstig, fast bis zur Besessenheit. Ihre Begabung ist deshalb so von Bedeutung für mich, weil Sie schnellstens eventuelle Lücken in Ihrem Wissen füllen können, und Ihre Besessenheit kommt mir entgegen, weil Sie, einmal auf meiner Seite, wie ein Löwe kämpfen werden. Um ehrlich zu sein, an Psychiatern mit Erfahrung mangelt es nicht, und ich werde vielleicht auf sie zurückgreifen, wenn Ihre Aussagen noch ergänzt werden müssen.«

Er lehnte sich nach vorn.

»Es sind außer Ihrem fachlichen Können noch andere Dinge für meine Strategie von Bedeutung. Sie haben Jamey vor Jahren behandelt, damals, als er noch keine Psychose hatte. Ich habe nicht den geringsten Zweifel, daß die Anklage Sie, wenn ich ihr nicht zuvorkomme, mit Beschlag belegen wird, um zu beweisen, daß der Junge im vollen Besitz seiner geistigen Kräfte war. Sie werden Ihre Aussage benutzen, um zu beweisen, daß sein Wahn nur gespielt ist und der Antrag auf Unzurechnungsfähigkeit nichts war als ein juristischer Schachzug. Wie Sie mit Recht sagen, sind Laien immer skeptisch gegenüber den Aussagen von Psychiatern, und deshalb haben wir die Beweislast. Ich muß nachweisen, daß die Wurzeln von Jameys Wahnsinn weit zurückreichen. Und hierbei könnten Sie eine wichtige Rolle spielen. Zweitens«, er lächelte, »haben Sie gute Beziehungen zu einem der mit dem Fall betrauten Kriminalbeamten, Detective Sturgis. Dies gibt mir die Möglichkeit, Sie als Law-and-order-Mann zu präsentieren, der sich nicht leicht täuschen läßt. Wenn Sie von mangelnder Zurechnungsfähigkeit sprechen, muß das einfach richtig sein.«

Er stellte seine Tasse auf die Untertasse zurück.

»Kurz gesagt, Dr. Delaware, ich möchte, daß Sie mit mir zusammenarbeiten.«

»Sie machen keinen Hehl daraus, daß Sie sich meine Freundschaft zu Sturgis zunutze machen wollen. Warum sollte ich das zulassen?«

»Weil Ihnen an Jamey liegt. Sie sind aufgrund seines Notrufs um halb vier Uhr morgens losgefahren, um ihm zu helfen. Bei aller Skepsis, Sie wissen, daß er krank ist und nicht böse. Und Sie würden es nicht übers Herz bringen, daß er stirbt, ohne daß Sie alles unternommen haben, das zu verhindern.«

»In unserem Staat ist seit langem niemand mehr hingerichtet worden.«

»Sie glauben doch wohl nicht im Ernst, daß der Junge die Haft überleben würde. Er ist psychisch schwerkrank, wird oft von Selbstmordgedanken heimgesucht. Wie ich schon sagte, bevor Dwight so ärgerlich wurde, in dieser Familie liegt ein Hang zur Selbstzerstörung. Es würde nur wenige Wochen dauern, bis er heraus hat, wie man sich die Pulsadern öffnet oder sich mit dem Bettlaken erhängt. Ich bin jetzt schon besorgt wegen der Untersuchungshaft. Glücklicherweise kann sich Mainwaring dort um ihn kümmern. In San Quentin wird das einzige, was man für ihn tut, in nächtlichem körperlichem Mißbrauch bestehen.« Er senkte die Stimme. »Er muß in eine Heilanstalt, und ich bitte Sie, mir dabei zu helfen, ihn dorthin zu bringen.«

Ich brauchte eine Weile, um all das Gesagte zu verdauen, und antwortete dann: »Sie bringen mich in eine schwierige Lage, darüber möchte ich erst nachdenken.«

»Gut«, sagte er schnell. »Sie müssen es nicht auf der Stelle entscheiden.«

»Wenn ich mich bereit erkläre, für Sie zu arbeiten, Mr. Souza, muß ich es auf meine Weise tun können. Es ist mir zuwider, Dinge nur halb zu tun. Und wenn ich Jameys Geisteszustand untersuchen soll, muß ich alles über sein Leben wissen, muß herausfinden, wie es zu einem solchen Persönlichkeitsverfall kommen konnte. Ich glaube kaum, daß dies möglich ist, aber wenn überhaupt, muß ich alle Leute befragen. Familienmitglieder, Mainwaring, alle, die mir wichtig erscheinen. Und ich muß sämtliche Arztberichte lesen.«

»Ihnen werden alle Türen offenstehen.«

»Es kommt der Moment, in dem meine Fragen aufdringlich und unangenehm werden. Nach dem, was vorhin passiert ist, glaube ich, daß Dwight Cadmus damit nicht zurechtkommen wird. Es wird also keineswegs einfach sein.«

»Machen Sie sich wegen Dwight keine Gedanken. Sagen Sie, was Sie unternehmen wollen, und wann, ich werde dafür sorgen, daß er bereitwillig mitarbeitet.«

»Es gibt noch ein weiteres Hindernis«, sagte ich. »Wenn ich für Sie arbeite, weiß ich nicht im voraus, was dabei herauskommt. Es könnte passieren, daß ich zu dem Ergebnis komme, daß Jamey gar nicht geisteskrank ist.«

Souza nickte. »Daran habe ich bereits gedacht, Doktor. Natürlich wäre mir das nicht sehr lieb, und ich bin sicher, daß die Tatsachen für mich sprechen. Aber sollten Sie die Dinge anders sehen, würde ich Sie bitten, mit niemandem darüber zu sprechen, damit die Anklage nicht Ihre Argumente verwendet.«

»Darauf könnte ich mich einlassen.«

»Also, kann ich auf Ihre Hilfe rechnen?«

»Gewähren Sie mir vierundzwanzig Stunden Bedenkzeit.«

»In Ordnung. Natürlich müssen wir noch über das Honorar reden. Was haben Sie für Vorstellungen?«

»Hundertfünfundzwanzig Dollar pro Stunde, inclusive Telefon- und Fahrtkosten, genau wie bei einem Anwalt.«

Souza kicherte. »Gut, gut. Sind Sie mit einer Vorauszahlung von zehntausend Dollar einverstanden?«

»Warten wir damit, bis ich mich definitiv entschieden habe.«

Souza stand auf und schüttelte mir die Hand. »Wird schon werden, Doktor.«

Er klingelte Antrim herbei, erfuhr, daß der Chauffeur von seiner letzten Tour noch nicht zurück sei. Daraufhin rief er ihn im Rolls an und gab ihm Anweisung, mich abzuholen. Während wir auf Antrim warteten, goß er neuen Tee ein. Nachdem er seine Tasse geleert hatte, sagte er:

»Noch etwas: Die Polizei weiß über Jameys Anruf Bescheid und wird Sie deswegen sicher befragen wollen. Natürlich können Sie gern frei darüber reden. Wenn Ihnen danach ist, darauf hinzuweisen, daß Jameys Geisteszustand äußerst wirr war, dann tun Sie es. Mir wäre lieber, daß Sie nicht davon sprechen, daß Sie ihn früher behandelt haben.«

»Das würde ich ohnehin nicht tun. Unsere Gespräche damals waren vertraulich.«

Er nickte zufrieden. Nachdem unser Gespräch diese Wendung genommen hatte, redeten wir noch über belanglose Dinge. Dies behagte weder ihm noch mir. Endlich tauchte der Chauffeur auf, die Mütze in der Hand, wie ein Geist, der plötzlich aus dem Nichts erscheint.

Souza begleitete mich ins Vorzimmer. Am Schreibtisch saß nun die hübsche, junge Sekretärin. Er dankte mir mit einem Lächeln und strich einzelne Haare über seiner Glatze zurecht.

Ich verließ hinter Tully Antrim das Gebäude. Ich wollte so schnell wie möglich nach Hause, denn das Gerede über Mitarbeiter und Strategien hatte mir ein wenig zugesetzt. Ich wollte in Ruhe nachdenken und auf jeden Fall verhindern, daß irgend jemand mich zu seinem Spielball machte.

6

Souza hatte Nachforschungen über mich angestellt. Ich entschloß mich, den Spieß umzudrehen.

Ich rief Mal Worthy an, einen Scheidungsanwalt in Beverly Hills, mit dem ich in verschiedenen Vormundschaftsfällen zusammengearbeitet hatte. Mal war ein Star, manchmal mit einem Hang zur Geschwätzigkeit aber trotzdem ein brillanter Jurist, zugleich intelligent und gewissenhaft. Noch wichtiger war, daß er in Los Angeles wirklich jeden zu kennen schien. Die Sekretärin seines Sekretärs teilte mir mit, daß er zum Mittagessen gegangen sei. Ich konnte ihr die Adresse entlocken und rief ihn in Ma Maison an. Er kam schmatzend ans Telefon.

»Hallo, Alex. Was gibt's?«

»Ich brauche eine Information von dir. Was weißt du über einen Rechtsanwalt namens Horace Souza?«

»Partei oder Gegner?«

»Im Moment keins von beiden. Er will mit mir zusammenarbeiten, Geld spielt keine Rolle.«

»Er ist der absolute Boß im Team, und das sagt schon alles. Er hat 'ne Menge Jungs, die für ihn arbeiten, aber nur er hat das Sagen. Wenn du auf der Gewinnerseite sein willst, tust du dich am besten mit ihm zusammen. Ich habe bisher nicht gewußt, daß er sich im Familienrecht auch noch auskennt.«

»Es handelt sich um einen Kriminalfall, Mal.«

»Willst du deinen beruflichen Horizont erweitern?«

»Das weiß ich noch nicht. Ist das ein ehrlicher Typ?«

»So ehrlich wie jeder gute Anwalt. Wir sind Handlanger. Souza ist ein As, schon ewig gut im Geschäft.«

»Ich habe herausgehört, daß er schon lange für die Familie des Angeklagten tätig ist. Alter Geldadel, keine Berufsverbrecher. Souza hat ein stinkvornehmes Büro. Sieht eher nach Politik aus als nach Strafrecht.«

»Er gehört zu diesem seltenen und aussterbenden Menschenschlag – Generalist der alten Schule, weiß, wo es lang geht. Ausbildung in Bakersfield, hat sich selbst hochgearbeitet, seinen Schliff beim Militär bekommen, war an den Nürnberger Prozessen beteiligt. Er hat 'ne Menge Kontakte, seinen Laden hat er in den vierziger Jahren aufgemacht. Riesenvilla in Wilshire.«

»Da ist er immer noch.«

»Feine Gegend, nicht? Gehört alles ihm und dazu noch ein guter Kilometer Boulevard auf der anderen Straßenseite. Der Knabe ist steinreich. Arbeitet nur aus Spaß. Ich erinnere mich an eine Rede, die er vor der Anwaltskammer gehalten hat, über die gute alte Zeit, als Los Angeles noch eine tolle Stadt war. Wie er damals Räuber verteidigt hat und Mörder und zur gleichen Zeit das Testament eines gewissenlosen Kapitalisten vollstreckt hat. So was gibt's heute nicht mehr. Für was für einen Fall will er dich denn haben?«

Ich zögerte einen Moment und sagte ihm dann, er wäre darüber bestimmt schon durch die Zeitung informiert.

»Verdammt unangenehme Sache. Du wirst sicher berühmt werden.«

»Verschone mich damit!«

»Willst du nicht prominent sein? Jeder in dieser Stadt ist scharf darauf.«

»Ich fühle mich in so einer Sache nicht sicher. Bisher war ich noch nie in einer Strafsache tätig und bin auch kein Fachmann für Unzurechnungsfähigkeit.«

»Beim erstenmal hat man immer eine Heidenangst. Hör mal zu, Alex, die meisten der sogenannten Psychiatriesachverständigen sind dumme Schwätzer und Hurenböcke. Sie treten vor Gericht so arrogant und dümmlich auf, daß du verglichen mit denen glänzend abschneiden wirst. Und was deine Gefühle dabei angeht, versuche sie zu vergessen, das rate ich dir. Im ersten Jahr nach meinem Examen hatte ich einen Job als Pflichtverteidiger und mußte mich mit einem unglaublichen Abschaum herumschlagen. Neunundneunzig Prozent davon waren schuldig. Wenn man die alle abgetrieben hätte, sähe die Welt besser aus. Das war ein verdammter Zirkus. Ich will nicht gerade behaupten, daß es mir Spaß gemacht hat, und ich bin rechtzeitig ausgestiegen, aber wenn ich an einer Sache dran war, war ich entschlossen, für dieses Pack mein Bestes zu geben, stellte sie als unschuldige Engel dar. Meine Gefühle habe ich in eine Schublade gesteckt, meinen Job in eine andere. Und etwas mehr als neunundneunzig Prozent dieses Abschaums wurde nicht eingelocht. Ich kann dir nicht versprechen, daß diese Schubladentechnik auch bei dir klappt, Alex, du solltest aber darüber nachdenken. Im Nationalmuseum gibt es so ein Blatt Papier unter Glas, das jedem einen fairen Prozeß und eine fachkundige Verteidigung garantiert. Man muß sich nicht schämen, in solch einem Verfahren mitzumachen, klar?«

»Verstanden«, antwortete ich, erpicht, das Gespräch zu beenden. »Und vielen Dank für deine Ermunterung.«

»Gern geschehen, mach's gut, ich muß zu meinem Entensalat zurück.«

Gegen fünf Uhr fuhr ein Polizeifahrzeug vor. Zwei Männer, der eine groß und massig, der andere klein und schmächtig, stiegen aus. Zuerst dachte ich, der große wäre Milo, aber als sie die Treppe zur Terrasse hochstiegen, erkannte ich keinen von beiden. Bevor sie klopfen konnten, öffnete ich die Tür. Beide zückten gleichzeitig ihre Polizeimarken. Der große war ein Kriminalbeamter der städtischen Mordkommission mit Namen Calvin Whitehead. Er trug einen hellblauen Anzug mit einem blauen Hemd und einer Marinekrawatte, die mit goldenen Hufeisen gemustert war. Er war hellhäutig, hatte Sommersprossen, braune Augen und trug seine farblosen kurzgeschnittenen Haare zur rechten Seite gekämmt. Seine Schultern waren ausladend, der Kopf klein mit mädchenhaften Lippen, Henkelohren und dem verbitterten Blick eines Universitätssportlers, der lange keinen Beifall erlebt hat und das jedem übelnimmt. Der kleine war Richard Cash, ein Detective des Police Department Beverly Hills, ein dunkler Typ, der eine getönte Pilotenbrille trug und einen beigefarbigen Anzug italienischen Designs. Er hatte das Gesicht eines Fuchses, das von einem breiten schmallippigen Mund beherrscht wurde.

Ich bat sie herein. Als sie die Jacketts aufknöpften, sah man ihre Schulterhalfter. Whitehead setzte sich auf das Sofa, Cash nahm sich einen Sessel und sah sich im Wohnzimmer um.

»Hübsches Grundstück«, sagte er, »haben Sie Probleme mit Erdrutschen?«

»Bisher noch nicht.«

»Mein Bruder ist Arzt, er hat sich vor ein paar Jahren weiter oben im Coldwater Cañon ein Grundstück gekauft. Beim letzten großen Regen ist ihm der halbe Garten weggerutscht.«

»Das ist wirklich Pech.«

»Die Versicherung hat ihm fast alles ersetzt.«

Whitehead räusperte sich.

»Sir, wir wollen Ihnen in einer Strafsache ein paar Fragen stellen. Der Beschuldigte heißt James Wilson Cadmus.«

»Wo ist Milo?« fragte ich.

Sie sahen sich gegenseitig an.

»Er wurde aufgehalten.« Cash grinste.

»In der gleichen Sache«, ergänzte Whitehead.

»Die Zuständigkeit für den Fall geht über drei Landesgrenzen hinweg,« erklärte Cash. »Wir haben die Sache aufgeteilt.« Er grinste wieder und fügte hinzu: »Er läßt Sie grüßen.«

Ich war mir sicher, daß er log.

Whitehead lief vor Ungeduld rot an. Er mahlte mit

zunehmender Geschwindigkeit auf seinem Kaugummi herum. Ich wartete gespannt, ob jetzt das Guter-Polizist-böser-Polizist-Spiel beginnen würde.

»Sir«, fing er an, »wir wissen, daß Cadmus Sie einige Stunden vor seiner Festnahme angerufen hat.«

»Das stimmt.«

»Wann war das genau, Doktor?« fragte Cash, während er Bleistift und Schreibblock zückte.

»Ungefähr um drei Uhr fünfzehn.«

»Wie lange dauerte das Gespräch?«

»Ungefähr zehn Minuten.«

»Worüber haben Sie beide gesprochen?«

»Er sprach, ich habe die meiste Zeit zugehört. Er redete unverständliches Zeug.«

»Was war denn unverständlich?« fragte Whitehead schnell und unverbindlich, als ob er mich beschuldigen wolle.

»Alles. Er war erregt und schien zu halluzinieren.«

»Halluzinieren«, wiederholte er, als ob er das Wort noch nie gehört hätte. »Sie meinen, er sah Erscheinungen?«

»Die meisten Halluzinationen werden gehört, er schien Stimmen zu hören. Er war überzeugt, daß ihn jemand umbringen wollte. Vielleicht hat er auch Dinge gesehen.«

»Versuchen Sie, sich an alles zu erinnern, was er sagte, Sir«, verlangte Cash herrisch.

Ich gab Jameys Gestammel wieder, soweit ich mich erinnern konnte – Fleischfresser, weiße Zombies, blutige Messer, der Cañon aus Glas und immer wieder die Verwendung des Wortes »stinkend«. Cash schrieb eifrig mit. Als ich über das »Zerplatzen einer Arterie« berichtete, fiel mir plötzlich ein, daß dieser Ausdruck in einem Todesgedicht von Chatterton vorkam, das Jamey in einer unserer letzten Begegnungen zitiert hatte. Um nicht auf die Vergangenheit zu kommen, behielt ich das für mich.

»Das klingt sehr blutrünstig«, meinte Cash, während er seine Notizen überflog. »Und paranoid.«

»Als ob er sich auf etwas vorbereitet hat«, erwiderte Whitehead.

»Er plante etwas.«

»Er war völlig verängstigt«, sagte ich. Whitehead kniff die Augen zusammen. »Wovor hatte er denn Angst?«

»Das weiß ich nicht.«

»Klang er paranoid?«

»Fragen Sie mich nach einer Diagnose?«

»Natürlich.«

»Dann kann ich nur antworten, daß ich es nicht weiß. Sein Arzt wird Ihnen mehr über seinen Geisteszustand sagen können.«

»Ich denke, er war Ihr Patient, Sir.«

»Ja, er war es. Vor fünf Jahren.«

»Wie oft haben Sie ihn danach gesehen?«

»Noch nie, das Telefongespräch war das erste Lebenszeichen seit damals.«

»Hm, hm«, murmelte er abwesend. »Sie sind Psychiater?«

»Psychologe.«

»Und Sie können mir nicht sagen, ob er paranoid war oder nicht?«

»Er war verängstigt. Wenn seine Furcht irrational war, könnte es Paranoia sein. Wenn er Furcht vor etwas Realem hatte, wahrscheinlich nicht.«

»Sie wollen also damit sagen, daß er sich fürchtete.«

»Nein, ich sage nur, daß ich es nicht weiß.«

Cash unterbrach uns: »Das ist wie mit diesem Autoaufkleber, Cal. ›Auch Paranoide haben Feinde‹.« Er lachte, aber keiner beteiligte sich. Whitehead bohrte weiter nach.

»Weswegen haben Sie ihn vor fünf Jahren behandelt?«

»Diese Information ist vertraulich.«

Seine Mädchenlippen verkniffen sich und wurden zunehmend roter.

»Wie Sie wünschen«, erwiderte er und lächelte grimmig. »Lassen Sie uns noch mal von vorne anfangen. Sie sagten, er habe Angst davor gehabt, von Leuten umgebracht zu werden. Von welchen Leuten denn?«

»Das hat er mir nicht gesagt.«

»Denken Sie, er meinte die Zombies – was war noch mal der genaue Ausdruck, Dick?« Cash blätterte und las dann laut vor:

»Fleischfresser und weiße Zombies.«

»Großartiger Titel für einen Film, nicht?« Whitehead grinste. Als ich darauf nicht reagierte, fuhr er fort: »Meinen Sie, daß diese fleischfressenden weißen Zombies es auf ihn abgesehen hatten?«

»Das weiß ich nicht. Damals dachte ich, er meinte mit den weißen Zombies vielleicht das Klinikpersonal.«

»Sagte er auf irgendeine Art, daß er sich an den Leuten dort rächen wollte, weil sie ihn eingesperrt hatten?«

Ich schüttelte den Kopf. »Sie gehen bei Ihren Fragen davon aus, daß er normal redete. So war es aber überhaupt nicht. Er sprach unzusammenhängend, nichts, was er sagte, ergab einen Sinn.«

»Hm, hm. Redete er davon, Menschen umzubringen?«

»Nein.«

»Oder sie mit einem stinkenden Messer aufzuschneiden?«

»Blutige Messer«, korrigierte ihn Cash.

»Was auch immer«, erwiderte Whitehead. »Hat er so etwas erwähnt?«

»Nein.«

»Was meinte er Ihrer Meinung nach mit Fleischfressern?«

»Mir fällt nichts dazu ein.«

»Hm, hm. Ich denke, Fleischfresser könnte auch literarisch gemeint sein, als wenn Neger Missionare fressen oder ...«

»Bildlich gesprochen«, legte Cash ihm nahe.

»Natürlich, rein bildlich. So wie Schwanzlutschen.« Er setzte ein verständnisinniges Grinsen auf, wie ein Junge, der ein schmutziges Wort gebraucht hat und sah mich erwartungsvoll an.

Ich schwieg.

»Wir wissen, daß Cadmus abnorme Neigungen hat. Solche Leute reden häufig darüber, daß sie sich fressen wollen. Fleischfressen könnte abartigen Sex bedeuten. Ergibt das einen Sinn für Sie?«

»Genau wie Sie kann ich auch nur raten.«

»Ich hoffte, Sir, daß Sie das besser können.« Er lächelte säuerlich.

Ich antwortete nicht.

»Wie lange sind Sie schon Psychiater, Sir?«

»Psychologe. Mehr als dreizehn Jahre.«

»Sehr interessante Tätigkeit, nicht?«

»Mir macht sie Freude.«

»Und Sie behandeln bestimmt 'ne Menge Leute mit sexuellen Problemen.«

»Nein, ich arbeite meistens mit Kindern.«

»Abnorme Kinder?«
»Alle Arten von Kindern.«
»Wo haben Sie studiert?«
»UCLA.«
»Erstklassige Universität.«
»Ich stimme Ihnen zu.«
»Stellen manche Kinder, die Sie behandeln, schreckliche Sachen an, zerhacken kleine Tiere oder reißen Fliegen die Flügel aus?«
»Ich darf Ihnen über meine Patienten nichts sagen.«
»Wie war Cadmus? Hatte er Interesse am Sport?«
»Woher sollte ich das wissen?«
»Hat er schon mal etwas Grausames oder Verrücktes angestellt, mal abgesehen davon, daß er sexuell abnorm ist?«
»Nicht, daß ich wüßte.«
»Und während der Behandlung kam so etwas auch nicht zur Sprache?«
»Das ist vertraulich.«
Er ließ seinen Kaugummi knallen und wirkte verärgert.
»Wir ermitteln in einer Mordsache, Sir. Wir könnten die Angelegenheit auch schriftlich bearbciten, dann würden wir schon irgendwie an diese Informationen herankommen.«
»Ich fürchte, Sie werden das tun müssen.«
Er lief rot an vor Ärger.
»Wissen Sie eigentlich, für wen Sie sich einsetzen? Für diesen Schlächter, der ...«
»Cal«, unterbrach ihn Cash, »der Doktor handelt völlig korrekt.«
Er lächelte mich über seine getönten Brillengläser hinweg an.

»Er hält sich genau an die Spielregeln. Nicht wahr, Doktor?«

Auf den ersten Blick schienen die beiden doch das abgedroschene Guter-Polizist-böser-Polizist-Spiel zu treiben, aufmerksam machten mich nur die feindseligen Blicke, die Whitehead seinem Kollegen zuwarf.

»So ist es«, erwiderte ich und blickte zur Seite, um den Ball nicht aufzunehmen.

Whitehead fummelte ein Päckchen Fruchtgummi aus seiner Hosentasche, wickelte zwei Streifen aus, stopfte sie in den Mund zu dem vorhandenen Klumpen und kaute mit quietschendem Geräusch weiter.

»Sicher ist das so«, fing er wieder an und bedachte mich mit einem kühlen, wissenden Lächeln. »Alles genau nach den Spielregeln. Wie lange wissen Sie eigentlich schon, daß er sexuell abnorm ist?«

Ich gab darauf keine Antwort.

Er sah mich durchdringend an. Dann zog er plötzlich eine Show ab wie ein Hund, der sein Revier markiert. Er lehnte sich bequem zurück, breitete die Arme weit hinter dem Rücken der Couch aus, streckte seine Beine und legte sie übereinander. Dabei entblößte er Schienbeine, die mit rötlichen Haaren bedeckt waren.

»Sie müssen wissen«, sagte er dann, »daß Schwule auf eine ganz besondere Art zustechen. Tiefer und häufiger. Siebzig, achtzig, hundert Wunden in einen Körper. Was ist Ihrer Meinung nach die Ursache?«

»Das vermag ich nicht zu sagen.«

»Wirklich nicht?« erwiderte er spöttisch. »Das müßten Sie aber eigentlich wissen. Ein Psychiater, den ich darüber befragte, erklärte mir, daß dabei unterdrückte Aggression im Spiel sei. Alle diese hübschen Bubis benehmen sich fein und vornehm, aber im Inneren brodelt ein Kessel unterdrückter Wut. Und so schneiden sie sich gegenseitig in Stücke. Ergibt das für Sie keinen Sinn?«

»Die Modalitäten eines Einzelfalls können nicht als Regel für Gruppen gelten.«

»Hm, hm. Ich dachte nur, Sie hätten vielleicht eine Erklärung dafür.«

Er fuhr sich mit der Zunge im Mund herum und tat, als ob er intensiv nachdächte.

»Wie ist das mit Cadmus? Trägt er Ihrer Meinung nach 'ne Menge unterdrückter Wut mit sich rum?«

»Eine Diagnose aufgrund eines Telefongesprächs ist unmöglich, das sagte ich Ihnen bereits.«

»Und das haben Sie auch Horace Souza erzählt?«

»Mein Gespräch mit Herrn Souza ist ...«

»Vertraulich«, äffte er mich nach. »Sie sind ein sehr hartnäckiger Bursche, Sir.«

»Hartnäckig ist nicht der richtige Ausdruck, es geht hier um Berufsethos.«

»Vertraulichkeit zwischen Arzt und Patient?«

»Sehr richtig.«

»Aber er ist doch nicht mehr Ihr Patient?«

»Korrekt.«

»Was ist er dann?«

»Ich verstehe Ihre Frage nicht.«

Er zeigte wieder sein kühles Lächeln.

»Obwohl er nicht mehr Ihr Patient ist, rief er Sie an. Sind Sie mit ihm befreundet oder so was Ähnliches?«

»Nein.«

»Das geschah also aus heiterem Himmel?«

»Ich bin mir nicht sicher, warum er mich anrief. Vielleicht erinnerte er sich, daß er Vertrauen zu mir haben kann.«

»Nach fünf Jahren?«

»Richtig.«

»Hm, hm. Hat er jemals den Namen Ivar Digby Chancellor erwähnt?«

»Nein.«

»Richard Emmet Ford?«

»Nein.«

»Darrel Gonzales? Matthew Higbie?«

»Nein.«

»Rolf Piper? John Henry Spinola? Andrew Terrence Boyle? Rayford Bunker?«

»Keinen.«

»Und wie ist es mit Rusty Nails, Tinkerbell, Angel, Quarterflash?«

»Nie gehört.«

»Hat er keinen je erwähnt?«

»Keinen einzigen.«

»Sie wissen, um welche Leute es sich handelt?«

»Vermutlich sind sie Opfer des Lavendel-Schlächters.«

»Jawohl, alle sind Opfer. Opfer des kleinen Jimmy Cadmus, Ihres angeblich ehemaligen Patienten.«

Er schoß seine Fragen hinterhältig und ohne Zusammenhang auf mich ab, um meine Abwehr zu durchbrechen und die Initiative zu übernehmen. Diese Technik war mir vertraut. Ich hatte sie schon bei Milo beobachtet und auch bei einigen recht fragwürdigen Psychotherapeuten. Während aber Milo ein Virtuose war, der die Fähigkeit besaß, dumm und ungeschickt aufzutreten, bevor er seinen Fangschuß ansetzte, war Whitehead offenbar wirklich untauglich. Seine Fragen hatten zu nichts geführt, er hatte nichts erfahren und war nun frustriert.

Ärgerlich fuhr er wieder auf mich los: »Ich will Ihnen mal sagen, was der Junge, den Sie decken, angerichtet hat. Zuerst hat er sie erwürgt, dann hat er ihnen von Ohr zu Ohr die Kehlen aufgeschnitten. ›Ihr letztes Lachen‹ nennen es die Jungs aus der Obduktion. Er hat ihnen allen ein letztes Lachen aufgesetzt. Danach hat er sich mit ihren Augen beschäftigt. Er hat sie mit den Fingern herausgedrückt und zu Brei verarbeitet. Dann hat er sich weiter unten den anderen Kügelchen zugewandt.«

Er zählte weitere Details der Morde auf, wurde mit jeder abstoßenden Enthüllung zunehmend erregter und stierte mich schließlich an, als ob ich selbst das Messer geschwungen hätte. Seine Feindseligkeit gab mir Rätsel auf. Ich konnte ihm nicht helfen, weil ich so gut wie nichts wußte. Er schien dagegen überzeugt, daß ich ihm etwas verheimlichte, deshalb war mir seine Frustration verständlich. Trotzdem konnte Frustration nicht die einzige Erklärung für den blanken Haß in seinen Augen sein.

Als er mit den Horrorschilderungen fertig war, nahm Whitehead seinem Kollegen Cash das Notizbuch vom Schoß und begann, es langsam durchzulesen. Der Detective aus Beverly Hills fing an, nervös zu werden. Mit eitler Selbstgefälligkeit befühlte er seine rasierten Wangen, überprüfte seine Fingernägel, nahm seine rosagetönte Brille ab, hielt sie gegen das Licht, spuckte darauf und putzte sie liebevoll. Dann stand er auf und schlenderte durch das Zimmer.

»Das ist sehr hübsch«, sagte er, während er eine Serie gerahmter Miniaturen aus Elfenbein beäugte. »Ist das indisch?«

»Persisch.«

»Wirklich sehr hübsch.«

Er sah sich die Ölbilder an, blätterte in den Büchern, die auf dem Couchtisch lagen, befingerte die Polsterstoffe und prüfte kritisch seine Erscheinung in einem facettierten viktorianischen Spiegel.

»Großartige Einrichtung«, urteilte er schließlich. »Hatten Sie einen Innenarchitekten?«

»Nein.«

»Und das haben Sie alles selbst eingerichtet?«

»So nach und nach.«

»Sie haben Geschmack«, meinte er. »Paßt alles gut zusammen.«

Er lächelte. Seine Bemerkungen schienen mir einen spöttischen Beiton zu haben, aber ich war mir nicht sicher, weil die getönten Brillengläser seinen Gesichtsausdruck abschirmten.

Whitehead unterbrach uns.

»Also Sir, ich möchte noch einmal auf das Telefongespräch zurückkommen. Vom Anfang bis zum Ende.«

Ich wollte mich weigern, aber das hätte die Sache wahrscheinlich noch unerträglicher gemacht. Deshalb ging ich darauf ein, obwohl man mich wie ein Schulkind behandelte. Whitehead pflückte sich einen pflaumengroßen Batzen Kaugummi aus dem Mund, wickelte ihn in ein Papiertaschentuch ein und stopfte das Ganze in die Tasche. Nachdem er sich mit einem frischen Kaugummi versorgt hatte, setzte er sein Verhör fort.

Sein Verfahren war unglaublich lächerlich. Er wiederholte alte Fragen und stellte eine Menge neue. Sie rangierten unter nichtssagend bis sinnlos. Während wir weiter unsere Zeit vergeudeten, begutachtete Cash weiter den Wohnraum und unterbrach uns dann und wann, um meinen guten Geschmack zu kommentieren. Whitehead beachtete ihn nicht.

Das war nicht einmal die Guter-Polizist-böser-Polizist-Methode, sondern überhaupt keine. Sie haßten sich.

Gegen Viertel vor sechs hatte sich das Verhör totgelaufen. Zehn vor sechs kam Robin nach Hause. Beide wirkten außerordentlich verblüfft, als ich sie ihnen als meine Verlobte vorstellte.

Plötzlich war mir vieles verständlich: Whiteheads Abneigung, seine gezielten Kommentare über Abnorme und Cashs Beschäftigung mit meiner Inneneinrichtung. Sie hatten angenommen, daß ich schwul wäre.

Wenn man nicht länger nachdachte, ergab alles einen Sinn, jedenfalls für engstirnige Polizisten. Ich war mit einem homosexuellen Kriminalbeamten befreundet, ich hatte einen homosexuellen Teenager behandelt und Anteilnahme an seinem Schicksal gezeigt. Mein Haus war geschmackvoll eingerichtet. In ihrer einfältigen Arithmetik hatten sie eins und eins zusammengezählt und waren zu dem sauberen kleinen Ergebnis gekommen, daß etwas nicht stimmte.

Während sie aufbrachen, stieg Wut in mir hoch. Nicht weil sie mich für homosexuell gehalten hatten, sondern weil sie mich so voreilig abgestempelt und entwürdigend behandelt hatten. Dabei dachte ich an Jamey. Sein ganzes bisheriges Leben hatte er sich abstempeln lassen müssen. Waise, Genie, Außenseiter, Homosexueller. Und jetzt war er für sie ein Monstrum, ohne daß sie es für wert hielten, darüber nachzudenken. In diesem Moment wurde mir klar, daß ich mich mit dem Fall beschäftigen mußte.

Souza hatte mich vor eine schwere Wahl gestellt. Durch die beiden Polizisten war mir die Entscheidung erleichtert worden.

7

Am nächsten Morgen rief ich den Anwalt an und sagte ihm meine Mitarbeit zu, vorausgesetzt, daß meine Bedingungen angenommen würden.

»Schön, Doktor«, sagte er, als hätte ich die einzig vernünftige Entscheidung in dieser Lage getroffen. »Sagen Sie mir, wie ich Ihnen helfen kann.«

»Zunächst möchte ich mit Jamey sprechen, danach will ich die Familiengeschichte aufarbeiten. Wen sollte ich am besten als ersten befragen?«

»Der beste Biograph der Familie Cadmus bin ich«, sagte er. »Ich gebe Ihnen einen Überblick über die Familiengeschichte, danach können Sie mit Dwight und den anderen reden. Wann möchten Sie den Jungen besuchen?«

»So bald wie möglich.«

»Schön, ich werde gleich dafür sorgen, daß Sie schon heute zu ihm können. Haben Sie schon einmal ein Gefängnis besucht?«

»Nein.«

»Gut, dann schicke ich Ihnen jemanden, der Sie dort ein wenig einweist. Nehmen Sie Ihren Personalausweis mit und ein Papier, das belegt, daß Sie Arzt sind.«

Er gab mir noch einige Ratschläge und bot mir an, gleich den Vorschuß von zehntausend Dollar zu überweisen. Ich sagte ihm, er solle das Geld behalten, bis ich meine Untersuchung abgeschlossen hätte. Es war eher eine symbolische Geste, fast etwas kleinlich, aber ich fühlte mich dadurch weniger belastet.

Das Gefängnis lag in der Baucher Street, unweit der Union Station in einem Viertel östlich vom Stadtzentrum, das halb Arbeitergegend, halb Slum war. Lagerhallen, Kaufhäuser, Fabriken, in denen unterbezahlte Arbeiter oft vierundzwanzig Stunden an einem Stück arbeiteten, verwitterte alte Kisten, hier und da ein verwahrlostes, ungenutztes Grundstück.

Man konnte das Gebäude durch ein unterirdisches Parkhaus erreichen. Ich stellte meinen Wagen neben einem alten weißen Chrysler voller Rostflecken ab. Zwei junge schwarze Frauen mit Kopftüchern und freundlichen Gesichtern stiegen aus dem Auto. Ich folgte ihnen über eine Eisentreppe in einen kleinen, stillen Innenhof, den die Mauern des Parkhauses mit denen des Gefängnisses bildeten. An der linken Seite war eine Tür mit der Aufschrift: »Nur für Justizangehörige mit Ausweis«. Der Boden bestand aus trockenem gelblichem Rasen, durch den ein schmutziger schmaler Pfad führte. Auch eine Fichte stand dort und daneben eine kleinere mit dürren Ästen, schiefgewachsen und so kümmerlich, als sei sie das verwahrloste Kind der großen. Der Weg führte zu einer Doppeltür, die mit verspiegeltem Glas verkleidet war, der einzigen in der hohen, kahlen Gefängniswand.

Der Bau war aus Beton, breit, wuchtig, smogfarben. Der flache Block war oben durch Betonträger mit dem Parkhaus verbunden. Sie warfen kreuzförmige Schatten auf den Innenhof.

Die einzige Verzierung waren parallele Einkerbungen entlang der Betonbalken, als sei man, bevor der Beton trocknete, mit einer Egge darübergefahren.

Nun kamen die Frauen bei der Doppeltür an. Eine von ihnen zog an einem Griff, und der Spiegel glitt zur Seite. Ich folgte ihnen in einen winzigen Raum mit glänzenden gelblichen Wänden. Den Boden bedeckte abgewetztes Linoleum. An einer der Wände waren Schließfächer angebracht. Ein Schild forderte Waffenträger auf, diese dort einzuschließen. Vor uns befand sich eine Spiegelwand, hinter welcher ein Kämmerchen lag, das an das Kartenverkaufshäuschen eines Kinos erinnerte. In der Mitte der silbernen Wand war ein vergitterter Lautsprecher angebracht, darunter eine Klappe aus Edelstahl. Rechts von dem kleinen Raum befand sich ein blaugestrichenes Eisengitter, darüber war das Wort *Warteraum* zu lesen. Hinter dem blauen Gitter lag ein Hohlraum, der in einer schwarzen Eisentür endete.

Die beiden Frauen gingen in den Raum hinein. Eine Stimme bellte durch den Lautsprecher. »Zu wem wollen Sie?«

»Hawkins, Rainier P.«

»Ihre Besuchsgenehmigung bitte.«

Die beiden Frauen legten ihre Papiere in die Klappe, und kurz darauf öffnete sich das Gitter. Die beiden Frauen zwängten sich hindurch, das blaue Gitter schloß sich krachend hinter ihnen. Sie warteten schweigend in dem kleinen Raum, traten von einem Bein aufs andere, wirkten zu müde und angestrengt für ihr Alter. Der Lautsprecher forderte sie auf, ihre Handtaschen in die linke Hand zu nehmen, stellte ihnen einige Fragen, und nachdem sie diese beantwortet hatten, mußten sie erneut warten. Dann öffnete sich plötzlich die Metalltür an der Rückseite des Raums, und ein Aufseher in gelbbrauner Uniform tauchte auf. Er nickte den beiden Frauen zu, dann folgten sie ihm durch die Tür. Diese schloß sich gleich darauf mit einem lauten Knall. Das Ganze hatte etwa zehn Minuten gedauert.

»Der nächste«, ertönte es aus dem Lautsprecher.

Ich näherte mich der Loge und gab meine Personalien an. Hinter dem Spiegelglas konnte ich nur schemenhaft die Gesichter junger Männer erkennen, die mich prüfend zu betrachten schienen. Ich reichte meine Kennkarte vom Western Pedriatic Hospital hinein.

Nach einer Minute, in der sie das Papier überprüften, sagte der Lautsprecher: »Kommen Sie in den Warteraum, Doktor.«

An der einen Wand des winzigen Warteraums befand sich ein Aufzug, der mit Schlüssel bedient wurde. Links waren vor einem Stahlgitter gefärbte Schiebefenster angebracht. Dahinter saßen vier Beamte, drei Männer mit Schnurrbart und eine Frau. Sie alle sahen gut aus und waren unter dreißig. Die Männer sahen mich prüfend an und untersuchten dann das Exemplar des *Hustler*, das ich bei mir trug. Die Frau saß auf einem Drehstuhl und spielte mit einem Fingernagel an einer Warze herum. An der Wand, vor der die vier saßen, hingen Dienstanweisungen und einige technische Geräte.

Ich stand da und wartete in unwirtlicher Stille, gespannt, was ich auf der anderen Seite der Tür erleben würde. Zwar war ich kein Gefangener, doch fühlte ich mich den Leuten, die das Recht hatten Türen zu öffnen, auf seltsame Weise ausgeliefert. Mir war unbehaglich zumute, ich kam mir vor wie ein Kind, das zum erstenmal in einer Achterbahn sitzt und nicht weiß, ob ihm die Fahrt gefällt oder nicht, und das hofft, daß sie bald vorüber ist. Als sich schließlich die dunkle Tür an der hinteren Wand öffnete, stand ich einem jungen Mexikaner gegenüber, der Zivil trug, ein hellblaues T-Shirt, eine grünblaue Schottenkrawatte, einen maronenfarbenen Pullover mit V-Ausschnitt, graue Cordhosen und Schnürschuhe mit Kreppsohle. Die Kennkarte, die er am Kragen trug, wies ihn als Sozialarbeiter aus. Er war groß und hager, seine Arme und Beine waren auffällig lang. Er trug einen Bürstenschnitt, der mit viel Gel geglättet war. Seine riesigen Ohren ließen ihn aussehen wie Mister Spock, ein Eindruck, der sich noch verstärkte, als er zu reden begann; denn seine Stimme klang so gleichgültig wie eine Morse-Botschaft.

»Dr. Delaware, mein Name ist Patrick Montez. Ich soll Sie hier herumführen, damit Sie sich orientieren können. Bitte folgen Sie mir.«

Jenseits der Tür erwartete mich ein weiter, kahler gelbgestrichener Flur. Als wir ihn betraten, blickte einer der Beamten in der Loge aufmerksam nach rechts und links. Montez führte mich zu einem Aufzug, mit dem wir mehrere Stockwerke hinauffuhren. Oben traten wir hinaus auf einen Flur, ebenfalls gelb, aber ein wenig leuchtender und mit Blau verziert. Am Ende des Flures sah ich durch eine offene Tür mehrere zerwühlte Krankenbetten.

»Gehen wir in mein Büro«, sagte Montez und zeigte auf eine Tür.

Entlang der Wand vor seinem Zimmer stand eine Holzbank, auf der an den beiden äußersten Ecken zwei Männer saßen, die gelbe Pyjamas trugen, beide in sich zusammengesunken. Der erste war ein dunkelhäutiger Mexikaner von gedrungenem Wuchs, etwa sechzig Jahre alt, mit einem seltsamen Ausdruck in den Augen und einem traurigen Gesicht. Der andere war viel jünger, etwa zwanzig Jahre alt. Er hatte hellblonde Locken, war braungebrannt und muskulös. Er hätte die idealen Züge eines Dressman besessen, hätte nicht sein Gesicht dauernd nervös gezuckt. Während wir vorübergingen, schaute der Mexikaner weg, der junge Mann aber wandte sich uns zu. Wildheit lag in seinem Blick, und er fletschte die Zähne. Er versuchte aufzustehen. Ich sah zu Montez hinüber, aber er blieb ruhig. Der blonde Junge stieß eine Art Grunzen aus und hob sein Hinterteil von der Bank hoch, jedoch nur wenige Zentimeter und zuckte dann heftig zurück, als habe ihn eine unsichtbare Hand festgehalten. Dann erst sah ich die Fesseln, die er um die Handgelenke trug – metallene Handschellen, welche an der Bank festgekettet waren. Jetzt erschien ein Beamter mit Gummiknüppel. Der Junge stieß rauhe Kehllaute aus. Er ließ sich mehrmals mit dem Rücken gegen die Lehne fallen, dann sank er wieder in sich zusammen, keuchte und murmelte obszöne Dinge vor sich hin.

»Kommen Sie doch bitte herein, Doktor«, sagte Montez, als sei nichts Besonderes geschehen. Er nahm seinen Schlüsselbund zur Hand, öffnete und ließ mich eintreten.

Das Büro war eingerichtet wie alle Verwaltungsräume in öffentlichen Gebäuden: Tische aus graugestrichenem Metall, einfache Bürostühle, ein Pinnbrett aus Kork mit Terminen und Rundschreiben. Der Raum war fensterlos, an der Decke war ein Ventilator befestigt. Ein üppig wachsender Efeu in einem Topf stand auf einem Tisch, daneben ein Monitor, der brummte und zischte, bis der Sozialarbeiter ihn abstellte.

»Wir haben hier das größte Gefängnis der Welt«, sagte Montez, »5100 Insassen können wir unterbringen, momentan sind es nur 3700. Aber an Wochenenden, an denen in der Stadt so richtig was los war, hatten wir auch schon 16000.«

Er griff in eine Schublade und zog einen Totschläger heraus. Möchten Sie den?« fragte er.

»Nein, danke«, antwortete ich erstaunt.

Nun steckte sich Montez ein Bonbon in den Mund.

»Sind Sie Psychotherapeut?«

»Ja.«

»Wir haben zwei verschiedene Abteilungen hier. Eine Haftabteilung und eine für psychisch Kranke. Wir sollen eigentlich zusammenarbeiten, aber die Psychofälle sind nur eine Minderheit. Die meisten hier sind Untersuchungsgefangene oder schon verurteilte normale Kriminelle. Psychiater werden nur als Mittel angesehen, die Prozesse schneller in Gang zu bringen.«

»Leuchtet ein«, sagte ich.

Er nickte.

»Ich erzähle Ihnen das deshalb, weil ich immer wieder von Therapieleuten gefragt worden bin, nach welcher Methode wir hier vorgehen. Aber wir haben keine. Es ist hier wie auf einer riesigen Koppel. Da werden sie reingepfercht, und wir tun alles, damit sie beim Termin einigermaßen bei Gesundheit sind. Selbst wenn wir Zeit für psychologische Behandlung hätten, glaube ich kaum, daß das den Jungs hier helfen würde. Ungefähr fünfzehn Prozent haben echte seelische Störungen, und hier geht es ihnen schlechter als in der richtigen Psychiatrie. Es sind Kranke, die dazu noch Mörder, Frauenschänder, Räuber sind. Außerdem haben wir noch welche hier, die wegen Gemeingefährlichkeit nicht gegen Kaution freigelassen werden dürfen. Dann kommen noch die ganz hoffnungslosen Fälle; sie drehen Dinger, aber können nicht mal ein Zehntel der niedrigsten Kaution bezahlen. Die meisten von ihnen haben einen Hau.«

»Bekommen die Leute hier Psychopharmaka?«

»Wenn sie einen Arzt draußen haben, der bereit ist, sich um sie zu kümmern, der Medikamente verschreibt und auf die richtige Dosierung achtet, so wie bei Cadmus, dann bekommen sie was. Sonst nicht, denn wir haben keine geeigneten Leute für so was. Im ganzen Gefängnis gibt es nur einen Psychiater, der kommt nur ab und zu vorbei. Fünf Schwestern sind im ganzen Knast, das reicht hinten und vorne nicht. Einfache Beamte können das nicht leisten.«

Ich versuchte mir vorzustellen, was es für mehrere Tausend psychisch Kranker bedeuten mußte, eingesperrt zu sein ohne ärztliche Betreuung, und ich fragte ihn, wie lange die Haft durchschnittlich dauerte.

»Oft sind es Tage, nicht mal Wochen. Es kommt natürlich darauf an, wie schnell die Dinge vorangetrieben werden. Wir müssen sehen, daß wir immer so viele entlassen, wie neue eingeliefert werden, sonst wüßten wir nicht, wohin damit. Im Sommer schlafen sogar welche oben unterm Dach; wenn es wieder kälter wird, kommen sie auf den Flur. Es kommt auch vor, daß jemand, der schon längst hätte entlassen werden können, immer noch bleibt, weil seine Papiere nicht bearbeitet wurden oder weil der Anwalt nichts taugt. Überhaupt die Anwälte: Viele von denen machen einen Riesenwirbel, reichen Gesuche ein, verstehen aber nicht genug von der Juristerei und verschlimmern die Lage ihrer Klienten nur.«

»Manche bestimmt, aber doch nicht alle«, wandte ich ein.

Montez lächelte nur und klopfte sich mit dem Totschläger gegen die Vorderzähne.

»Vor zwei Stunden habe ich von oben die Anweisung bekommen, Sie hier herumzuführen. Und da sind wir nun. Daran können Sie sehen, daß es auch andere Anwälte gibt. Mr. Souza hat ganz erheblichen Einfluß.«

»Es ist sehr freundlich von Ihnen, daß Sie mir Ihre Zeit opfern.«

»Das macht mir gar nichts aus, so komme ich mal von dem Verwaltungskram weg.«

Er kaute auf seinem Bonbon, schluckte es herunter und nahm sich ein neues. Plötzlich hörte ich einen lauten Schrei, auf den noch weitere folgten. Mehrere dumpfe Schläge dröhnten gegen die Wand neben uns, offenbar wurde die Holzbank gegen die Mauer geschleudert. Wieder wurden Schreie laut, man hörte eilige Fußtritte, ein heftiges Stöhnen, dann war alles ruhig. Montez saß die ganze Zeit über da, ohne die geringste Reaktion zu zeigen.

»Mark wird wieder eingesperrt«, sagte er.

»Der blonde Junge?«

»Ja, nächste Woche ist seine Verhandlung. Wir dachten, er beruhigt sich allmählich, aber das kann man nie vorhersagen.«

»Was wirft man ihm vor?«

»Er hat Unmengen PCP geschluckt und dann versucht, seine Freundin umzulegen.«

»Warum wird er nicht in eine normale Zelle gesperrt?«

»Er ist seelisch zu sehr gestört und – viel zu attraktiv, um ins Zellenhaus zu kommen. Für die Krankenstation ist er nicht krank genug. Wir haben für solche Fälle eine Station mit 35 Räumen, Einzelzimmer für Gefangene, die für den normalen Vollzug nicht geeignet sind. Dort war er zuerst, aber als er allmählich wieder klarer war im Kopf, kam er hier zu uns. Da können sie hin und her laufen, und es paßt immer jemand auf sie auf. Heute morgen wirkte er schon ziemlich verstört, deshalb haben sie ihn gefesselt. Es scheint wieder bergab mit ihm zu gehen. Das ist typisch für diese Drogenleute. Eigentlich müßte er wieder in ein Einzelzimmer, aber wir haben keins frei. Deshalb müssen wir ihn jetzt doch ins normale Zellenhaus schicken, da wird er Tag und Nacht eingesperrt. Wenn in der Sonderabteilung ein Zimmer frei wird, kann er da wieder hin.«

»Sie jonglieren ja ganz schön mit den Leuten rum.«

»Wir spielen mit lebenden Granaten. Aber nicht, daß Sie glauben, unsere Arbeit hier tauge nichts. Die Leute wollen, daß Kriminelle hinter Schloß und Riegel kommen. Aber für ihre Unterbringung bezahlen, das wollen sie nicht. So wie die Dinge nun mal sind, haben wir immer noch das beste System der ganzen Gegend. Hier sind so viele Gewalttäter, daß man eine ganze Kleinstadt damit bevölkern könnte, und trotzdem läuft der Betrieb. Nehmen Sie zum Beispiel die Aufnahmeprozedur. Wenn ein Junge hierherkommt, müssen wir erst mal herausfinden, ob er zu irgendeiner Gang gehört, damit wir wissen, wo wir ihn hinstecken sollen. Manche Banden verstehen sich, andere befehden sich und ihre Mitglieder gehen sofort aufeinander los. Bis vor kurzem hatten wir nicht mal Computer, aber Irrtümer gab es trotzdem fast nie. Wenn wir Fehler machen würden, wären die Gänge mit Blut bespritzt, aber, wie Sie sehen, ist noch alles schön gelb.«

»Und blau«, ergänzte ich.

»Stimmt. Die klassischen Therapiefarben. Wahrscheinlich hat ein Psychologe die Architekten beraten und ihnen gesagt, daß sie beruhigend wirken.«

Das Telefon schellte, und Montez nahm den Hörer ab. Er sagte, man solle Cochran von 7100 auf 4500 verlegen und müsse noch prüfen, ob Lopez und Boutillier wirklich wegen ihrer Beinentzündung auf die

Krankenstation müßten, dann hing er ein und stand auf.

»Wenn Sie wollen, kann ich Ihnen jetzt die Abteilungen zeigen. Dann bringe ich Sie zu Ihrem Patienten.«

Zuerst zeigte mir Montez die geschlossene psychiatrische Abteilung, 35 verschließbare Krankenzellen für schwere Psychofälle. Auf fünf Türen stand »Frauen«, aber drei davon waren doch mit Männern belegt. Durch ein kleines Gitterfenster konnte man in jeden Raum hineinsehen. Unter den Fensterchen waren Schilder mit den Namen der Patienten angebracht. Auf manchen standen auch verschlüsselte Nachrichten. Montez erklärte mir, daß dort Hinweise für die Wächter stünden, worauf sie besonders zu achten hätten. Zum Beispiel Selbstmordgefährdung, Drogenabhängigkeit, Unberechenbarkeit, Debilität, Aggressivität, Krankheitsanfälligkeit, körperliche Behinderungen. Durch eines der Fenster sah ich einen Beinamputierten ohne Zähne, der auf Stümpfen am Boden hockte. Auf seinem Schild stand, daß er unberechenbar und aggressiv sei.

Der Sozialarbeiter ermunterte mich, mir die Insassen genauer anzusehen. Ich folgte seiner Aufforderung, obwohl ich das unangenehme Gefühl hatte, indiskret zu sein. Die Zellen waren winzig, nur 2 mal 2,5 Meter groß. Nur ein Bett und eine Kommode aus Metall standen darin. Die meisten Patienten lagen auf ihrem Bett, eingerollt in zerknitterte Decken. Einige schliefen, andere starrten mit leeren oder verzweifelten Blicken zur Decke. In der Frauenabteilung sah ich eine Schwarze, die auf ihrer Kommode hockte. Bevor ich wegschauen konnte, begegneten sich unsere

Blicke, sie grinste herausfordernd, spreizte die Beine und zeigte ihr entblößtes Geschlecht. In einer anderen Zelle sah ich einen weißen Dreizentnermann, über und über mit Tätowierungen bedeckt, er stand da, in völliger Starre und stier dreinblickenden Augen. Und in der Nachbarzelle stand ein junger Schwarzer mit der Figur einer Statue und einem kahlgeschorenen Kopf. Seine Lippen bewegten sich pausenlos. Man konnte nur gedämpft hören, was er sagte, aber ich las es den Bewegungen seines Mundes ab: »Fick mich doch, fick mich doch«, wiederholte er wieder und wieder.

Ich sagte Montez, daß ich genug gesehen hätte. Daraufhin verließen wir die Station und gingen zum Aufzug zurück. Während wir auf den Lift warteten, fragte ich Montez, weshalb Jamey in keinem der Zimmer sei.

»Er gilt als zu gefährlich. Er ist auf der Abteilung der ganz schweren Jungs. Ich erzähle Ihnen gleich mehr darüber.«

Schließlich war der Aufzug da, wir gingen hinein, Montez betätigte einen Knopf und lehnte sich im Fahren gegen die Tür.

»Na, was halten Sie von all dem?«

»Ganz schön hart«, gab ich zur Antwort.

»Was Sie bisher gesehen haben, war das Hilton. Die Anwälte sind ganz scharf darauf, ihre Leute dort unterzubringen, und viele Insassen spielen verrückt, nur um hinzukommen, weil man dort sicher ist. Niemand wird vergewaltigt oder verletzt. Im Hafthaus geht es ein bißchen anders zu.«

»Siebentausend Anwärter für fünfunddreißig Räume, sehr exklusiv, dort zu sein«, sagte ich.

»Das kann man wohl sagen. Das ist noch elitärer als Harvard.«

Als wir uns dem Zentrum des Gefängnisses näherten, war es vorbei mit der Stille. Ein insektenartiges Summen war überall zu hören. Montez hatte den Knast mit einer Universität verglichen. So falsch lag er damit seltsamerweise gar nicht. Überall weite, lange Flure voller junger Menschen, die irgendwelchen Beschäftigungen nachgingen. Es erinnerte tatsächlich an den Immatrikulationstag zu Beginn eines Semesters. Aber die Wände dieser Hochschule waren moderig, es herrschte ein übler, ekelerregender Geruch, und keiner der jungen Leute hier hatte den fröhlichen Gesichtsausdruck, der Studenten eigen ist. Die Männer hier hatten versteinerte Gesichter, es war höchst unangenehm, an den langen Reihen Gefangener vorbeigehen und ihre kalten und zugleich prüfenden Blicke ertragen zu müssen. Die Männer liefen frei herum, und wir gingen durch sie hindurch, ungeschützt. Sie standen da allein oder in Gruppen, angekleidet mit königsblauen Overalls. Manche gingen zielbewußt einher und hatten irgendwelche Papiere dabei. Andere lungerten auf Plastikstühlen herum, andere wieder standen Schlange, um sich Zigaretten oder Bonbons zu kaufen. Ab und zu sah man uniformierte Wärter auf und ab gehen und die Gefangenen beobachten, aber die Zahl der Gefangenen überstieg die ihre beträchtlich, und ich hätte nicht gewußt, wie sie hätten verhindern sollen, daß die Insassen ihre Bewacher überwältigten und sie – und uns – in Stücke rissen.

Montez sah meinen Blick und nickte.

»Ich hab Ihnen ja schon gesagt, es ist die Hölle hier. Zusammengehalten wird alles mit Gebeten und Spucke.«

Wir gingen weiter durch die Flure. Es waren vorwiegend junge Männer hier, kaum älter als fünfundzwanzig. Die Wärter schienen kaum älter. Eine Riesenmenge bulliger Schultern und kraftvoller Bizepse. Ich wußte, was das hieß. Stundenlanges Bodybuilding und Muskeltraining, bekanntlich eine der beliebtesten Beschäftigungen beim Hofgang.

Die Gefangenen blieben weitgehend nach Rassen getrennt. Die meisten waren Schwarze, manche hatten rasierte Schädel, andere langes, wirres Haar, viele hatten Narben von Messerstichen. Die zweitgrößte Gruppe bestand aus Lateinamerikanern, dann erst kamen die Weißen. Trotz aller Unterschiede hatten sie eines gemeinsam: die Augen. Diese waren kalt und wie tot, unbeweglich und doch durchdringend. Es war nicht lange her, daß ich schon einmal solche Augen gesehen hatte, wußte aber nicht mehr wo.

Montez führte mich nun in eine Abteilung für Gefangene mit Straftaten aller Art. Die meisten Zellen waren leer, die Insassen hatten wir ja gerade auf dem Flur gesehen. Dann gingen wir in den Sicherheitstrakt, in dem sich lauter hagere, wild aussehende Männer in gelben Anzügen aufhielten, die Grimassen schnitten und wie Tiere im Zoo in der Zelle hin- und herliefen. In einem Glaskasten in der Mitte der beiden Gebäudeflügel saß ein finster dreinblickender Aufsichtsbeamter. Als er uns sah, öffnete er die Tür. Als ich die Glasloge betrat, kam ich mir vor wie ein Taucher, der in einem Becken voller Haie schwimmt. Aus unzähligen Lautsprechern dröhnte Soul-Musik über die Abteilung, selbst in dem Glaskasten hörte man sie überlaut.Ich mußte an einen Artikel denken, den ich kurz zuvor in einer psychologischen Fachzeitschrift gelesen hatte. Er handelte von der Wirkung von langanhaltendem Lärm auf Ratten. Zuerst waren die Nagetiere gereizt und erregt gewesen, dann aber waren sie in einen Zustand passiver Besessenheit geraten. Ich dachte an den einen gelbgekleideten Mann, der immer auf-und abgerannt war, und fragte mich zum tausendstenmal, ob Verhaltensforschung mit Tieren wohl auf den Menschen übertragbar sei oder nicht.

An der Wand waren elektronische Kameras installiert, darüber ein Gestell, auf dem zwei Schrotflinten befestigt waren. Ein Gefangener im khakifarbenen Overall war dabei, den Fußboden zu reinigen.

»Ist er Hausarbeiter?« fragte ich.

»Genau. Alle haben hier eine bestimmte Farbe: Blau sind die gewöhnlichen Gefangenen, Khaki bedeutet, daß sie Sonderposten haben, Transportarbeiter haben eine rote Armbinde, die in der Küche weiße. Und alle diese hier, die Gelb tragen, sind Psycho-Fälle. Sie kommen nie aus der Zelle raus.«

»Wodurch unterscheiden sie sich von den Leuten drüben bei Ihnen?«

»Sie gelten als weniger gestört, aber letztlich geht die Auswahl ziemlich willkürlich vonstatten.«

Jetzt mischte sich der Beamte in unser Gespräch ein. Er war klein und trug einen tabakfarbenen Schnurrbart, sein Gesicht war faltig.

»Wenn sie motiviert sind, verlegen wir sie auf die Station für besondere Fälle, stimmt's, Patrick?«

Montez beantwortete sein Lachen nur mit einem feinen Lächeln.

»Er will damit sagen«, erklärte er, »sie müssen schon etwas sehr Auffälliges tun, damit sie nach drüben kommen – Finger abbeißen, Exkremente essen und so weiter.«

Als hätte man ihm ein Stichwort gegeben, zog einer der Insassen seine gelbe Hose herunter und begann zu onanieren.

»Zieh keine Schau ab, Rufus!« rief der Wärter, »damit kannst du keinen Blumentopf gewinnen.«

Dann wandte er sich an Montez und redete mit ihm ein paar Minuten über Filme.

»Ich weiß es nicht genau«, sagte Montez abschließend, »der Film ist nicht von Truffaut, aber trotzdem sehr gut. Vielleicht kriegst du raus, von wem er ist.«

»Mach ich, Patrick. Was macht ihr überhaupt hier?«

»Ich begleite den Arzt zum Sicherheitstrakt.«

Der Beamte sah mich neugierig an.

»Wollen Sie sich an einem der Clowns da drüben versuchen?« fragte er.

»Das weiß ich noch nicht.«

»Cadmus«, sagte Montez nur.

Der Wärter schnaubte verächtlich.

»Ein dicker Fisch«, sagte er, dann öffnete er durch Knopfdruck die Tür.

»Weiter als hierher kommt auch der schlimmste Verbrecher nicht«, sagte Montez.

Wir standen vor einer verschlossenen Tür, die von zwei Kameras beobachtet wurde. Links lag der Raum für Gespräche zwischen Gefangenen und Anwälten. Dort saß man sich gegenüber, an einer langen Reihe von Tischen, die durch Trennwände abgeteilt waren. Dahinter lagen mehrere kleine Räume mit Glaswänden.

»Hier in den Sicherheitstrakt kommen nur Fälle, die Aufsehen in der Presse erregen, Leute mit hohem Ausbruchrisiko und die echten Monster. Man muß den Präsidenten erschießen, eine überfüllte Bahn in die Luft gehen lassen oder einem Dutzend Babys Arme und Beine ausreißen. Dann endet man hier. Hundertfünfzig Zellen gibt's, aber wir haben eine Warteliste. Sie werden ständig bewacht, es ist viel Aufsichtspersonal hier. Sicherheit wird ganz groß geschrieben. Das Essen wird unter der Tür durchgeschoben, die Türen sind aus Stahl und können nur durch einen Code geöffnet werden, der dauernd geändert wird. Sie können da nicht rein, aber ich lasse ihn holen.«

Er drückte auf einen Knopf, und die beiden Kameras richteten sich mit einem leisen Wimmern auf uns. Wenige Minuten später öffnete ein riesiger rothaariger Aufsichtsbeamter die Tür und musterte uns mißtrauisch. Montez raunte ihm etwas zu. Der Rotschopf hörte ihm zu, dann verschwand er ohne weitere Worte.

»Wir warten dort drüben«, erklärte Montez und zeigte auf den Besprechungsraum. Wir gingen hinein, vorbei an Gefangenen, die mit ihren Anwälten sprachen. Als wir uns ihnen näherten, schwiegen sie. Die Anwälte wirkten kaum weniger verschlagen als ihre Klienten.

Einer von ihnen, ein erschöpft aussehender Mann im Polyesteranzug, hörte ungerührt zu, als der Gefangene, der ihm gegenüber saß, ein kleiner Mulatte mit dicken Brillengläsern, ihm erklärte, er habe seine Mutter vergewaltigt, weil er keinen Haftaufschub durchsetzen konnte.

»Der hat bald Termin, da hat er ja noch was Schönes vor sich.«

Mehrere Wärter mit Walkie-talkies gingen in dem Raum auf und ab. Montez winkte einen zu sich herüber. Er war dunkel, hatte rosige Wangen, vorzeitig gelichtetes Haar und machte ein freundliches Gesicht. Der Sozialarbeiter erklärte ihm die Situation, der Wärter starrte mich an, öffnete einen der Glasräume und ließ uns allein.

»Haben Sie irgendwelche Fragen?« wollte Montez wissen.

»Nur eine, aber die ist vielleicht zu persönlich.«

»Schießen Sie los.«

»Wie halten Sie das aus, hier ganztags zu arbeiten?«

»Da gibt es nichts auszuhalten. Ich mag meine Arbeit sehr. Der Papierkram geht mir manchmal etwas auf die Nerven, aber das gibt's doch überall, und woanders ist es noch viel langweiliger. Hier bei uns ist nie ein Tag wie der andere. Ich bin Kinofan, und hier ist es auch nicht anders als in Fellini-Filmen. Verstehen Sie?«

»Bestens. Danke für den interessanten Hinweis.«

»Ich gebe Ihnen jederzeit gerne wieder welche.«

Wir gaben uns die Hand.

»Warten Sie hier, es kann eine Weile dauern«, sagte er und sah dabei auf den Wärter mit dem beinahe kahlen Kopf. »Mr.Sonnenschein kümmert sich ab jetzt um alles.«

Ich wartete außerhalb des verglasten Raums und sah Sonnenschein zu, der immer noch im Besprechungszimmer auf und ab ging. Schließlich kam er zu mir, mit einem seltsamen Gang. Es sah aus, als seien Ober- und Unterkörper nur locker miteinander verbunden. Die Daumen hatte er in seine Gürtelschlaufen gelegt, sein Pistolenhalfter baumelte gegen die Hüfte. Er hatte ein seltsam kindliches Mondgesicht unter seinem schütteren Haar; aus der Nähe bemerkte ich, daß er tatsächlich noch ziemlich jung war.

»Ihr Patient wird jede Minute hier sein«, sagte er. »Man kommt im Sicherheitstrakt nicht sehr schnell vorwärts.« Er sah zu dem Glasraum und bat mich, dort mit ihm zu warten.

Er hielt mir die Tür auf und ging hinter mir hinein. Drinnen stand ein blauer Metalltisch und zwei Stühle, die am Boden festgeschraubt waren. Er bat mich, die Jacke auszuziehen, griff in die Taschen, fuhr mit den Händen über meinen Körper, wendete die Jacke, durchsuchte meine Brieftasche. Dann mußte ich mich in eine Besucherliste eintragen. Ich stellte fest, daß Souza Jamey um acht Uhr morgens besucht hatte, Mainwaring vor einer Stunde.

»Sie können sich jetzt setzen«, sagte der Beamte.

Ich nahm den einen Stuhl, er setzte sich auf den zweiten.

»Sie sind hier, um zu sehen, ob er sie nicht alle auf der Reihe hat, stimmt's?«

»Ich möchte erst mal mit ihm reden, dann sehe ich weiter.«

»Viel Glück.«

Ich sah ihn prüfend an, um herauszufinden, ob er das zynisch gemeint hatte. Aber er schien ganz aufrichtig.

»Was ich sagen wollte, war …« Sein Walkie-talkie gab Geräusche von sich, und er sprach nicht mehr weiter. Er horchte, dann hielt er das Gerät an den Mund, sprach einige Zahlen hinein und sagte, es sei alles bereit. Er stand auf, ging zur Tür, stützte seine Hände in die Hüften und wartete aufmerksam.

»Sie wollten gerade etwas sagen«, erinnerte ich ihn.

Er schüttelte den Kopf: »Bilden Sie sich selbst Ihre Meinung, da bringen sie ihn schon.«

8 Zuerst konnte ich nichts von Jamey sehen. Eine ganze Phalanx von Wärtern umgab ihn, alles Riesenkerle. Voran der große Rothaarige, der seinen Kopf aus der Tür zum Sicherheitstrakt gesteckt hatte. Jetzt betrachtete er mich aufmerksam und sah sich prüfend im Raum um. Dann nickte er zustimmend, und die übrigen Beamten kamen mit Jamey herein. Zusammen sahen sie aus wie ein gigantisches Spinnentier, das seine Beute in den Fängen hält.

Wäre ich Jamey auf der Straße begegnet, so hätte ich ihn nicht erkannt. Er war mindestens einen Meter achtzig groß, wog aber kaum mehr als einen Zentner. Der gelbe Anzug schlackerte ihm am Körper. Durch die Pubertät war sein Gesicht länglich geworden. Seine Züge waren gleichmäßig, aber hager, man konnte alle Knochen sehen. Er trug sein schwarzes Haar immer noch lang, es hing ihm in die Stirn und fiel in fettigen Strähnen auf die Schultern. Seine Haut war pergamentfarben mit graugrünen Schatten. Schwarze Stoppeln wuchsen auf Kinn und Oberlippe. Auf einer seiner hohlen Wangen saß ein großer Pikkel. Die Augen hielt er geschlossen. Und er strömte einen seltsam sauren Geruch aus.

Die Wärter gingen schweigend mit abgezirkelten Schritten vorwärts. Mit ihren fleischigen Händen hielten sie Jameys dünne Arme fest. Nun brachten ihn zwei an den Tisch, ein dritter setzte ihn auf einen Stuhl. Er saß da in komischer Haltung, ließ sich bewegen wie eine Marionette.

Als sie ihre Prozedur beendet hatten, kam der Rothaarige zu mir und stellte sich als Sergeant Koocher vor.

»Wie lange brauchen Sie, Doktor?« fragte er.

»Das ist schwer zu sagen, bevor ich mit ihm gesprochen habe.«

»Uns wäre am liebsten, Sie blieben nicht länger als eine Stunde. Also, in sechzig Minuten kommen wir zurück und holen ihn. Falls Sie mehr Zeit brauchen, sagen Sie rechtzeitig Mr. Sonnenschein Bescheid. Er wartet gleich vor der Tür.«

Sonnenschein nickte zustimmend.

»Irgendwelche Fragen?« wollte Koocher wissen.

»Nein.«

Er gab den anderen ein Zeichen, dann gingen sie. Sonnenschein ging als letzter, blieb dann draußen vor der Glaswand stehen, die Hände über der Brust gekreuzt und beobachtete den Raum mit den Anwälten und unseren Glaskasten. Ich wandte mich Jamey zu, der mir am Tisch gegenübersaß.

»Hallo, Jamey, ich bin's, Dr. Delaware.«

Ich suchte in seinem blassen Gesicht nach irgendeiner Antwort. Aber ich fand keine.

»Ich bin da, um dir zu helfen«, sagte ich. »Brauchst du irgendwas?«

Wieder reagierte er nicht, und ich wartete ab. Ein langes Schweigen folgte. Dann begann ich, vorsichtig und sanft mit ihm zu reden. Ich sprach davon, wie schrecklich es hier für ihn sein müsse, wie froh ich sei, daß er mich angerufen hätte, und wie gerne ich ihm helfen würde.

Nach zwanzig Minuten öffnete er endlich die Augen. Einen Moment hoffte ich, es geschafft zu haben. Dann betrachtete ich ihn näher, und meine Hoffnung war wie weggewischt. Seine Augen waren trüb und blickten ins Leere, die Hornhaut war schmutziggrau und viel zu rot. Er sah mich an, ohne mich zu erkennen.

Aus einem der Mundwinkel lief Speichel in einem dünnen Rinnsal bis übers Kinn. Ich nahm ein Taschentuch und wischte ihn ab, packte ihn vorsichtig am Kinn und versuchte, Blickkontakt herzustellen. Vergeblich. Sein Blick blieb leer und leblos.

Ich legte ihm eine Hand auf die Schulter. Sonnenschein sah es aus dem Augenwinkel. Er drehte sich abrupt um und stierte durch die Glaswand. Mit einem Blick gab ich ihm zu verstehen, daß alles in Ordnung sei, kurz darauf ließ seine Spannung nach, er beobachtete uns dennoch aufmerksam weiter.

Jamey saß vollkommen reglos da. Sein Pyjama war schweißdurchnäßt. Der Körper fühlte sich steif und kalt an; es war, als berührte ich eine Leiche. Plötzlich holte er tief Luft, wobei er die Backen nach innen sog, spitzte die Lippen und atmete aus. Es roch ekelerregend. Dann wurde sein Atem flacher. Sein Kopf hing kraftlos herab, und er zitterte am ganzen Körper. Ein Schauer übertrug sich auf meine Fingerspitzen, schwächte sich ab, wiederholte sich. Die Energie, die dabei von ihm ausging, war so stark, daß ich mich vorsehen mußte, nicht zurückzuzucken. Aber da ich gewisse Erfahrungen mit solchen Dingen hatte, sah ich mich vor.

Statt dessen legte ich meine Hand fester auf Jameys Schulter. Ein Schluchzer, der tief aus dem Unterleib zu kommen schien, entfuhr ihm. Seine Schultern hoben sich, dann fielen sie wieder herab. Wieder schloß er die Augen. Sein Kopf schwang hin und her wie ein Pendel, dann fiel er auf den Tisch. Da lag er nun, eine Backe auf dem Metall der Tischplatte, den Mund weit aufgerissen, dazu atmete er laut und schwer durch die Nase. Ich konnte sagen und tun, was ich wollte, nichts holte ihn aus seiner Trance.

Er schlief wie ein Toter. Ich beobachtete ihn, und mit jedem Heben und Senken seiner mageren Brust verließ mich der Mut ein wenig mehr. Ich hatte mich auf eine Psychose eingestellt, aber nicht auf einen so elenden Zustand. Alle Fragen, die man stellt, um herauszufinden, in welchem Geisteszustand jemand ist, die Raum- und Zeitgefühl, Klarheit von Gedankengängen und visuelle Wahrnehmung betreffen, waren hier ganz überflüssig. Am Telefon hatte er mir noch geantwortet, wenn auch nur bruchstückhaft. Auch hatte er Milo erzählt, daß er mich angerufen hatte. Da hatte er wenigstens noch eine Spur von Bewußtsein gehabt. Jetzt war er nichts als ein Zombie. Ich wußte nicht, ob das nur vorübergehend so war, die Art von tiefer Depression, die manchmal auf einen starken schizophrenen Schub folgt, oder etwas Schlimmeres: der Anfang vom Ende.

Schizophrenie ist ein wirres Zusammenspiel seelischer Ungereimtheiten. Die Psychiatrie hat sich seit dem Zeitalter, in dem man seelisch Kranke als Hexen verbrannte, weiterentwickelt, aber über die Wurzeln dieser Krankheit wissen wir heute so wenig wie damals. Und so behandeln die Nervenärzte die Schizophrenie mit Medikamenten, ohne genau zu wissen, wie sie eigentlich wirken. Im allgemeinen werden die Kranken beruhigt, was natürlich mit Heilen wenig zu tun hat. Ein Drittel dieser Patienten wird von selbst gesund, ein zweites Drittel spricht auf die Medikamente und bestimmte Therapiemethoden an. Die übrigen reagieren auf gar nichts und sind zutiefst zu bedauern; man kann versuchen, was man will, ihr Geist geht unaufhaltsam völliger Zerstörung entgegen.

Ich blickte auf den schmächtigen Körper von Jamey und fragte mich, zu welcher Gruppe er wohl zu rechnen sei.

Eine weitere Möglichkeit gab es noch, aber sie kam eigentlich kaum in Frage. Die Symptome, die er zeigte, glichen einer tardiven Dyskinesie, einem Zustand, in den Patienten geraten können, wenn sie über lange Zeit Psychopharmaka in höheren Dosen eingenommen haben. Dies geschieht aber erst nach mehreren Jahren und meistens bei älteren Patienten, nur in wenigen Fällen hat man solche Lähmungserscheinungen, das Zittern, Schnauben und Fließen von Speichel nach Einnahme weniger Drogen beobachtet. Da Souza mir gesagt hatte, daß Mainwaring Jamey mit Psychopharmaka behandelte, machte ich mir eine Notiz, um der Sache weiter nachzugehen und nach Art der Mittel und ihrer Dosierung zu fragen.

Jamey begann nun, laut zu schnarchen. Je tiefer er in Schlaf sank, desto weicher wurden seine Glieder, es kam mir vor, als fingen seine Knochen an zu schmelzen. Sein Atem ging inzwischen langsamer. Ich behielt in der noch verbleibenden Zeit meine Hand auf seiner Schulter und redete beruhigend auf ihn ein, in der Hoffnung, daß er bei all seiner Starre ein wenig Erleichterung finden würde.

Als die Stunde vorüber war, kamen pünktlich die Beamten, nahmen ihn mit und brachten ihn in seine Zelle zurück.

Sergeant Koocher wies Sonnenschein an, mich zum Ausgang zu begleiten.

»Jetzt verstehe ich, was Sie sagen wollten, als Sie mir viel Glück wünschten«, sagte ich beim Hinausgehen.

»Ja.«

»Ist er oft in diesem Zustand?«

»Meistens. Manchmal weint er auch oder schreit. Im allgemeinen sitzt er nur da und starrt vor sich hin, bis er einschläft.«

»War er schon so, als er eingeliefert wurde?«

»Er war vollgepumpt mit Drogen, als sie ihn vor ein paar Tagen brachten. Wir mußten ihn sogar fesseln. Aber dann dauerte es nicht lange, und er fing an, dahinzudämmern, so wie jetzt.«

»Gibt es jemanden, mit dem er redet?«

»Das hab ich nicht erlebt.«

»Und sein Anwalt?«

»Souza? Ach, der zieht die große väterliche Show ab. Er legt den Arm um ihn, gibt ihm Saft zu trinken und stopft ihm Kekse rein. Cadmus strahlt ihn an, aber in Wirklichkeit kriegt er gar nichts mit.«

Wir gingen um eine Ecke und liefen beinahe in eine Gruppe von Gefangenen. Als sie Sonnenscheins Uniform sahen, wichen sie schnell zur Seite.

»Für seine Verhandlung ist das ja nur positiv.«

»Was?« fragte ich.

»Daß er so – daß er mental gestört ist.«

Ihm entging nicht, daß ich überrascht war wegen seiner fachgerechten Ausdrucksweise. Er grinste und erklärte: »Ich studiere Psychologie, noch ein Jahr bis zum Diplom. Die Arbeit hier hat mich neugierig gemacht.«

»Wenn ich Sie richtig verstehe, dann wollen Sie sagen, daß Cadmus verrückt spielt, damit er für unzurechnungsfähig erklärt wird.«

Er zuckte die Schultern. »Sie sind der Arzt.«

»Aber was meinen Sie, einfach nur so?«

Es dauerte eine Weile, bis er antwortete.

»Schwer zu sagen. Bei manchen merke ich sofort, was los ist, sie sind leicht zu durchschauen. Kaum sind sie hier, fangen sie an, uns wer weiß was vorzumachen. Aber sie übertreiben, weil sie gar nicht wissen, was Psychosen sind. Sie kennen das nur aus der Glotze, von Videos und Gangsterfilmen.«

»Die Krankheit, mit der man sich vor dem Knast drücken kann.«

»Genau. Cadmus zieht diese primitive Nummer nicht ab, andererseits, er war doch früher so eine Art Genie, also spielt er das Spiel vielleicht einfach nur besser als die anderen.«

»Sie sagten, daß er manchmal laut schreit. Was sagt er dann?«

»Nichts. Er äußert kein einziges Wort, er schreit nur, wie ein angeschossenes Tier.«

»Wenn er in der nächsten Zeit irgend etwas sagt, könnten Sie es dann aufschreiben und mir geben, wenn ich wiederkomme?«

»Das ist unmöglich, Doktor. Wenn ich Ihnen was erzähle, dann will es auch die Gefängnisleitung wissen. Schließlich fragen mich alle. Dann muß ich hier nachforschen für jeden, der fragt, und kann meiner eigentlichen Arbeit nicht mehr nachgehen.«

»Ist schon gut«, sagte ich, »war nur eine Frage.«

»Hat mir nichts ausgemacht.«

»Ich würde Sie gern etwas anderes fragen. Existiert so etwas wie ein Buch, in dem das Verhalten der Gefangenen im Sicherheitstrakt festgehalten wird?«

»Ja, so was gibt's. Besondere Vorfälle, ungewöhnliche Ereignisse werden dort reingeschrieben. Aber Schreien allein ist nicht weiter aufsehenerregend. Es gibt Nächte, in denen man nichts hört als Schreien.«

Wir waren beim Aufzug angekommen.

»Mögen Sie Ihre Arbeit?« fragte er.

»Im allgemeinen schon.«

»Wird es nicht mit der Zeit langweilig?«

»Ich finde es nach wie vor interessant, sehr sogar.«

»Freut mich zu hören. Ich fand das Psychologiestudium wirklich aufregend, besonders alles, was mit abweichendem Verhalten zu tun hat. Aber wenn ich Diplom machen will, kostet mich das viel Mühe so neben der normalen Arbeit. Deshalb habe ich in letzter Zeit alle Psychiater, denen ich begegnet bin, gefragt, ob sie ihre Arbeit mögen. Der letzte, den ich fragte, war der andere Arzt, der Cadmus behandelt; er sah mich erstaunt an, als ob ich mit meiner Frage irgendwas herauskriegen wollte.«

»Das war reiner Zufall. Er hat ein bißchen zuviel in Ihre Frage reingclesen.«

»Kann sein, aber ich hatte eher das Gefühl, daß er einfach keine Bullen mag.«

Ich dachte an alles, was Souza mir über Mainwarings Ruf als Gerichtsgutachter erzählt hatte, und antwortete nichts.

Nach kurzem Schweigen sagte Sonnenschein: »Also, Sie mögen Ihre Arbeit wirklich.«

»Ich kann mir nicht vorstellen, was ich lieber täte.«

»Sehr gut.« Er lächelte, wurde dann wieder ernst. »Wissen Sie, wenn man längere Zeit hier ist und immer diese Jungs sieht und erfährt, was sie alles getan haben, dann möchte man einfach wissen, wie es dazu gekommen ist. Verstehen Sie das?«

»Aber sicher.«

Die Tür des Fahrstuhls glitt auf, und wir gingen schweigend hinein. Als wir unten ankamen, war Sonnenscheins Gesicht ruhig und gelassen. Ich wünschte ihm alles Gute für sein Studium.

»Vielen Dank«, sagte er und hielt seine Hand vor die Lichtschranke. »Ich hoffe, Sie finden heraus, was mit dem Jungen los ist. Ich würde Ihnen gerne helfen, aber das ist leider unmöglich.«

Ich ging in den Warteraum. Hinter den blauen Gitterstäben sah ich zwei Männer. Ich sah sie nur von hinten, denn sie räumten gerade ihre Pistolen in eines der Schließfächer. Einer von ihnen war Cal Whitehead. Der andere war ebenfalls groß, hatte eine blasse Haut, dichtes schwarzes Haar und wache grüne Augen unter den buschigen Brauen. Hinten und an den Seiten war sein Haar kurz geschnitten, nur oben war es länger und hing ihm in einer Tolle in die Stirn. Er hatte markante Gesichtszüge, eine vorragende Nase, fleischige Ohren und aufgeworfene Lippen – er wirkte jungenhaft, vor allem durch die Aknenarben überall im Gesicht. Seine Kleider waren ausgebeult und zerknittert, er trug eine braune Cordjacke mit aufgenähtem Gürtel im Rücken, dazu braune Hosen und Stiefel, ein Hemd mit braunen Streifen und eine senffarbene Krawatte.

»Ach, da ist ja der Psychiater«, sagte Whitehead.

Ich achtete nicht auf ihn und sah mir den anderen an.

»Tag, Milo!«

»Hallo, Alex«, sagte meine Freund, dem die Begegnung sichtlich unangenehm war.

Ein seltsames Schweigen folgte. Dann hörte man ein Geräusch hinter den Gitterstäben, Milo nahm die Kennkarte des Los Angeles Police Department vom Revers und steckte sie in den Erkennungsschlitz. Whitehead machte dasselbe mit seinem Sheriff-Ausweis.

»Wie geht es dir denn so?« fragte ich.

»Gut«, antwortete er und sah zu Boden. »Und dir?«

»Gut, danke.«

Er hustete und wandte sich ab, dann fuhr er sich mit der Hand durchs Gesicht.

Erneut folgte jenes seltsame Schweigen. Whitehead schien es zu amüsieren.

»Erzählen Sie, Doktor, was macht Ihr Patient? Ist er bereit, alles auszuspucken und uns Arbeit zu ersparen?«

Milo fuhr zusammen und warf mir einen wissenden Blick zu.

»Erzählen Sie mir nicht, daß er völlig ausgerastet ist, in die Hose pinkelt, seine Scheiße frißt und ganz und gar unfähig ist, richtig und falsch zu unterscheiden.«

Ich wandte mich zum Gehen, aber Whitehead stellte sich in voller Größe vor die Tür.

»Gestern hatten Sie nichts zu sagen, aber heute sind Sie plötzlich sachkompetent, wie?«

»Laß das, Cal«, sagte Milo.

Whitehead sah mich an, lächelte und schüttelte den Kopf.

»Ach, natürlich, er ist doch ein Freund von dir, hatte ich ganz vergessen.« Er blieb unbeweglich stehen. »Wenn er den Psychotrick aus dem Hut zieht, ist's natürlich okay.«

Die Tür in die Vorhalle öffnete sich.

»Cal, sei doch vernünftig«, sagte Milo. Ich bemerkte, daß er die Hände zu Fäusten geballt hatte.

Whitehead sah mich wieder an und grinste. Schließlich trat er zur Seite. Er wandte sich um, ging durch die Tür zur Beamtenloge, gefolgt von Milo.

Hinter ihnen schlossen sich automatisch die Gitter. Whitehead ging nach links und begann, sich angeregt mit den Beamten zu unterhalten. Milo stand abseits. Bevor ich zum Ausgang ging, versuchte ich, seinem Blick zu begegnen, aber er starrte nur unbeweglich zu Boden.

9

Blut floß aus dem Steak, als Souza es anschnitt. Um das Fleisch bildete sich eine rosafarbene Pfütze, die sich schnell auf dem weißen Porzellanteller ausbreitete. Er schob sich ein dickes Stück Rinderlende in den Mund, kaute langsam, schluckte, wischte sich den Mund ab und nickte zustimmend.

»Als ich ihn heute morgen besucht habe, war er genauso«, sagte er. »Völlig weggetreten.«

Wir waren allein im Eßzimmer seines Bürohauses. Im Raum war es still und düster. Er sollte typisch englisch wirken. Ein ovaler viktorianischer Tisch, der wie ein Spiegel poliert war, füllte beinahe den ganzen Raum aus. Passende, mit blumengemustertem Brokatstoff gepolsterte Stühle standen darum. Eine riesige steinerne Kamineinfassung, die aus einem zugigen Herrenhaus in Hampshire hätte stammen können, beherrschte eine Wand. Darüber waren Stiche von Jagdszenen aufgehängt, die ein Familienwappen umrahmten. Seidene Perserteppiche bedeckten den dunklen Parkettboden. Die Wände waren mit geschnitztem, gemasertem Holz getäfelt und eingewachst. Überall hingen alte Karikaturen aus dem *Punch* und Jagdstiche. In jeder Ecke stand ein gerieftes Postament, das die Marmorbüste eines Poeten trug. Schwere Vorhänge, aus dem gleichen Brokatstoff wie die Stuhlpolster, waren über die hohen, bogigen Fenster gezogen. Ein Waterford-Kronleuchter mitten über dem Tisch war die einzige Lichtquelle.

»Ein Beamter sagte mir, daß er im Zustand heftigster Erregung ins Gefängnis eingeliefert wurde, seitdem aber zunehmend apathischer geworden ist«, antwortete ich.

»Das ist eine zutreffende Bewertung. Sein Zustand hat sich bisher ständig verschlechtert. In *Cañon Oaks* war er manchmal längere Zeit über bei klarem Bewußtsein. Mancher hätte sich bestimmt im stillen gefragt, warum Jamey sich dort wohl aufhielt. Bevor er seine ... Schwierigkeiten bekam, war er ein erstaunlicher Junge, vor allem seine sprachlichen Fähigkeiten konnten einem Respekt einjagen. Mit Hilfe seiner Intelligenz versuchte er andere zu überzeugen, daß er zu Unrecht eingesperrt sei. Manchmal wirkte er so überzeugend, daß selbst ich mich ein paarmal gefragt habe, ob diese Maßnahme richtig war. Aber wenn man längere Zeit mit ihm verbrachte, setzte sich zunehmend die Psychose durch.«

»Auf welche Art geschah das?«

»Er verwandte falsche Worte, seine Gedanken wurden wirr. Die Gesprächsthemen wechselten ständig. Er fing einen Satz an, verstummte dann oder redete zusammenhanglos. Wenn man ihn nach den Ursachen fragte, brauste er auf, wurde häufig hysterisch, sprang auf, stieß völlig haltlose Beschuldigungen aus und fing an zu schreien. Schließlich wurden seine wachen Phasen immer seltener, er wurde zunehmend verwirrter und unberechenbarer. Man konnte sich mit ihm nicht mehr unterhalten. Dr. Mainwaring bezeichnete seinen Zustand als schwere Paranoia.« Er schüttelte den Kopf und seufzte tief.

»Und jetzt hat sich sein Zustand offenbar noch weiter verschlimmert.«

»Meinten Sie mit ›unberechenbar‹, er sei gewalttätig?«

»Eigentlich nicht, eher unbeherrscht, vielleicht wäre er aber dazu fähig gewesen. Er fuchtelte wild herum, sprang auf, setzte sich wieder, verbarg sein Gesicht und zerrte an seinen Haaren. Er war ein- oder zweimal aggressiv, nicht bedeutend, vor seinem Ausbruch hat er jedenfalls nie jemanden verletzt. Keiner hat ihn für einen Mörder gehalten, wenn Sie mich danach fragen wollten.«

»Heute morgen hat er gesabbert, gezittert und mit dem Mund saugende Bewegungen gemacht. Haben Sie das schon früher bemerkt?«

»Gestern habe ich das zum erstenmal festgestellt. Natürlich habe ich ihn nicht häufig genug gesehen, um sicher zu sein, daß er das nicht schon früher gemacht hat. Was bedeuten diese Symptome?«

»Darüber bin ich mir noch nicht im klaren. Ich brauche genaue Aufzeichnungen über alle Behandlungen, die er erhalten hat, Medikamente, Elektroschocktherapie, Psychotherapie, über alles.«

Souza hob die Augenbrauen.

»Vermuten Sie eine Art Vergiftung?«

»Im Moment weiß ich nicht genug, um Vermutungen anzustellen.«

»Nun gut«, sagte er leicht enttäuscht, »ich werde für Sie ein Treffen mit Dr. Mainwaring vereinbaren, er kann Sie informieren. Denken Sie daran, mich zu benachrichtigen, wenn Sie irgendeinen Hirnschaden vermuten. Das wäre hilfreich.«

»Ich werde Sie auf dem laufenden halten.«

Er blickte auf mein unberührtes Essen.

»Haben Sie keinen Hunger?«

»Im Moment nicht.«

Er hob ein Glas Eiswasser an den Mund, trank und stellte es hin, bevor er weitersprach.

»Seine schlimme Verfassung hat mich nachdenklich gemacht, Doktor. Eigentlich war ich schon entschlossen, einen Antrag auf Verschiebung des Gerichtstermins wegen fehlender Verhandlungsfähigkeit zu stellen, habe mich jedoch anders entschieden, weil ich die Erfolgschancen für gering hielt. Er war zwar durcheinander, sprach aber noch, gelegentlich sogar eindrucksvoll. Ein Psychiater, der mit ihm auch in einer schlechten Phase geredet hätte, würde fälschlicherweise annehmen, daß Jamey simuliert. Wenn ein Fall so bekannt ist, neigen Richter dazu, kein Risiko einzugehen; wenige haben den Schneid, die Proteste und das Geschrei der Öffentlichkeit zu ertragen, womit sie rechnen müssen, wenn sie einem Antrag auf Terminverschiebung stattgeben. Im Moment jedoch bin ich mir nicht mehr so sicher. Wenn er derart desorientiert bleibt oder sein Zustand sich weiter verschlechtert, wird möglicherweise sogar der Psychiater der Staatsanwaltschaft seine Verhandlungsunfähigkeit einsehen. Was meinen Sie dazu?«

»Haben Sie schon einmal den Verdacht gehabt, daß er simuliert?«

Er schnitt sich gerade wieder ein Stück Fleisch ab, aber meine Frage veranlaßte ihn, Messer und Gabel ruhen zu lassen und aufzublicken.

»Nein, wirklich nicht. Ich weiß, daß er sehr krank ist.«

»Aber doch nicht so krank, daß er nicht acht Morde begehen konnte, die eine sorgfältige Planung erforderten.«

Er legte sein Besteck nieder.

»Sie kommen zum Kern der Sache, Doktor. Ich schätze das. Ja, Sie haben recht mit der Frage. Wir haben es nicht mit einem Mörder im Blutrausch zu tun; alle Taten wurden mit einer perversen Sorgfalt im Detail ausgeführt. Das erfordert Distanz und die Fähigkeit, analytisch zu denken, und macht deutlich, wie problematisch eine Verteidigung ist, die sich auf Unzurechnungsfähigkeit beruft. Ich glaube aber, daß ich einen Ausweg kenne, auf den ich noch zu sprechen komme. Was ist denn Ihre Meinung über den Erfolg eines Antrags auf Verhandlungsaufschub?«

»Was würde ein Aufschub denn praktisch erreichen?«

»Zwangseinweisung bis zu einem Zeitpunkt, an dem er wieder für verhandlungsfähig erklärt wird. In seinem Fall könnte das auch heißen: falls er je wieder verhandlungsfähig wird. Wird eine solche Taktik aber dem Jungen helfen? Er würde in eine staatliche Anstalt eingewiesen werden, und diese Häuser sind schrecklich. Landen würde er in einer Krankenstation, was sein Ende bedeuten würde. Wenn ich aber einen Prozeß anstrebe und ihn erfolgreich wegen Unzurechnungsfähigkeit verteidige, habe ich größere Freiheit, seine künftige Unterbringung zu regeln.«

Ich konnte mir vorstellen, woran er dachte. An eine Privatklinik, in der das Geld der Familie einen erheblichen Einfluß auf die Behandlung und später auf die Entlassung ausüben würde. Dort könnte Jamey lange genug im Hintergrund bleiben, bis sich der öffentliche Zorn gelegt hätte, um anschließend in aller Ruhe entlassen und zukünftig als Patient außer Haus gepflegt zu werden.

Eine erschreckende Vorstellung stand mir plötzlich

vor Augen. Könnte er nicht, mit einem Rezept für Thorazin und einer Verabredung mit dem Therapeuten entlassen, zu einer weiteren psychologischen Zeitbombe werden, falls irgendein Experte Verhaltensänderungen als Zeichen der Besserung mißdeuten würde? Und wenn das geschähe, wäre ein allmähliches Nachlassen der Aufmerksamkeit bei der Einnahme von Tabletten und der Einhaltung von Arztterminen vorhersehbar, und die Dämonen würden unerbittlich wieder die Oberhand gewinnen. Verwirrungszustände, Schmerzen, nächtliches Umherirren. Plötzliche paranoide Wutausbrüche. Blut.

Bisher war ich in Jameys Fall engagiert gewesen, weil ich ihm gegenüber gesessen und Mitleid empfunden hatte. Dabei hatte ich die Verbrechen, die ihm vorgeworfen wurden, außer acht gelassen und die Möglichkeit verworfen, daß er acht Menschen niedergemetzelt haben könnte. Aber sogar Souza schien seine Täterschaft zu vermuten. Unser Gespräch über Strategien der Verteidigung und Flexibilität bei der Auswahl von Pflegemöglichkeiten zwang mich, über die Konsequenzen meines Engagements nachzudenken.

Wenn Jamey getan hatte, was man ihm vorwarf, wünschte ich keine Flexibilität, sondern eine lebenslängliche Verwahrung.

Das machte mich nicht gerade zu einer Stütze der Verteidigung.

Mal Worthy hatte mir seine psychische Überlebensstrategie empfohlen, die auf der Trennung von Bewerten und Handeln beruhte. Ich war aber kein Anwalt und würde es auch nie sein können. Ich beobachtete, wie Souza sich wieder ein Stück vom Steak absäbelte und fragte mich im stillen, wie lange ich es wohl in seinem Team aushalten würde.

»Ich kann dazu nichts sagen«, antwortete ich. »Das ist eine schwierige Frage.«

»Schon gut, Doktor, das ist auch mein Problem, nicht Ihres«, sagte er lächelnd. Er schob seinen Teller beiseite, dann verschwand seine untere Gesichtshälfte hinter einer Wolke aus weißem Leinen.

»Ich kann Ihnen auch etwas anderes aus der Küche bringen lassen, möchten Sie Früchte oder Kaffee?«

»Nein, vielen Dank.«

Neben der Wasserkaraffe stand eine Messingschale, die mit Pfefferminzplätzchen gefüllt war. Er bot mir davon an und nahm sich ein Plätzchen, nachdem ich abgelehnt hatte. Mit einem Klingelknopf, der unter der Tischplatte angebracht war, rief er eine schwarzgekleidete Philippinin herbei, die das Geschirr abräumte.

Als sie gegangen war, sagte er: »Also gut, was wollen Sie über die Familie Cadmus wissen?«

»Beginnen wir mit Jameys Bezugspersonen, den für ihn wichtigsten Verwandten und mit Einzelheiten über den Tod seiner Eltern.«

»Einverstanden«, erwiderte er nachdenklich. »Um das Ganze besser zu verstehen, empfiehlt es sich, eine Generation vorher anzufangen, nämlich bei seinem Großvater.«

»Fein.« Ich zückte Notizbuch und Kugelschreiber.

»John Jakob Cadmus lernte ich nach dem Krieg in Deutschland kennen. Ich war Offizier bei der Ermittlungsbehörde, die nach Kriegsverbrechern fahndete, er war Feldbeauftragter des Generalstabs und dafür verantwortlich, die Bastarde vor Gericht zu bringen. Im Krieg hatte er als einfacher Soldat angefangen, bewährte sich heldenhaft in mehreren großen Schlachten und war bei Kriegsende mit siebenundzwanzig Jahren Oberst. Wir wurden Freunde, und als ich nach Kalifornien zurückkehrte, entschloß sich Black Jack, so wurde er wegen seiner katholischen irischen Herkunft genannt, mich zu begleiten. Er stammte aus Baltimore, war dort aber nicht verwurzelt, und der Westen war das Land der Verheißung.

Er war sehr vorausschauend, sah den Babyboom nach dem Krieg kommen und dadurch bedingt den Wohnungsmangel. Zu dieser Zeit war das Tal von San Fernando noch unentwickelt, es gab nur ein paar Bauernhöfe, Obstplantagen und ein großes Grundstück, auf dem der Staat eine Militärbasis plante, sonst nur Staub und Gestrüpp. Jack fing an, soviel Land zu kaufen, wie er bekommen konnte. Er machte riesige Schulden, und es gelang ihm, seine Gläubiger so lange zu beruhigen, bis er alles über Architektur gelernt und sich Baukolonnen besorgt hatte. Als dann der Babyboom kam, hatte er Dutzende riesiger Wohnsiedlungen gebaut mit mehreren tausend Bungalows, die meisten hatten ein Grundstück von zwölf mal vierundzwanzig Metern und fünf Zimmer. Er warb mit einem Obstbaum auf jedem Grundstück, Orangen, Zitronen oder Aprikosen, und inserierte das Ganze bundesweit als kalifornischen Traum. Die Häuser verkauften sich schneller, als er sie bauen konnte, mit dreißig Jahren war er mehrfacher Millionär. Schließlich beteiligte er sich an Handels- und Industrieprojekten, und 1960 war *Cadmus Construction* die drittgrößte Baufirma in den Staaten. Als er im Jahr siebenundsechzig starb, betrieb die Firma große Bauprojekte in Saudi-Arabien, Panama und fast überall in Europa. Er war ein berühmter Mann, Doktor.«

Ich war mir nicht sicher, was er mit diesem Lobgesang auf einen Toten beabsichtigte.

»Wie war er als Gatte und Vater?« fragte ich.

Souza verdroß diese Frage.

»Er liebte seine Söhne und war freundlich zu seiner Frau.«

Eine eigenartige Antwort. Mein Gesicht mußte meine Verwunderung widerspiegeln.

»Antoinette war eine schwierige Frau«, erklärte er. »Sie stammte aus einer bekannten Familie in Pasadena, die verarmt war, es aber trotzdem schaffte, ihr Gesicht zu wahren und ihre soziale Stellung zu halten. Jack traf sie auf einem Wohltätigkeitsball und verliebte sich augenblicklich in sie. Sie war eine Schönheit, schlank, blaß, zerbrechlich, mit großen traurigen blauen Augen. Jamey hat die gleichen Augen, aber ich fand sie immer sehr fremdartig. Distanziert, sehr verletzlich. Ich vermute, daß gerade diese Verletzlichkeit ihn anzog. Schon bald nach der Hochzeit fingen ihre Probleme an.«

»Welche Probleme hatte sie?«

»Das fällt in Ihr Fach, Doktor. Anfangs schien sie extrem schüchtern zu sein, zog sich von der Gesellschaft zurück. Dann fiel auf, daß sie Angst hatte, das Haus zu verlassen, sie fürchtete sich vor dem Leben. Es gibt dafür bestimmt einen Fachausdruck.«

»Agoraphobie.«

»Agoraphobie«, wiederholte er. »Das war ihr Problem. Damals dachte man natürlich zuerst, sie wäre körperlich krank. Schwache Konstitution. Jack hatte ihr zur Hochzeit einen berühmten spanischen Herrensitz in Muirfield geschenkt, oberhalb des Gesellschaftsclubs, nicht weit von hier entfernt. Er gehört jetzt einem pakistanischen Chirurgen. Nachdem sie sich eingerichtet hatte, verließ sie das Haus nicht mehr, sie ging noch nicht einmal im Garten spazieren. Tatsächlich verließ sie auch selten ihr Zimmer, lag den ganzen Tag im Bett, kritzelte Verse auf Papierfetzen, nippte dünnen Tee und beklagte sich ständig über jede Art von Schmerzen und Beschwerden. Jack beschäftigte fast die Hälfte aller Ärzte der Stadt, die ihr Pillen und Stärkungsmittel verschrieben, aber nicht helfen konnten. Schließlich gab er auf, nahm ihren Zustand hin und ließ sie in Ruhe.«

»Sie war aber kräftig genug, um Kinder zu gebären«, sagte ich.

»Das ist wirklich erstaunlich, nicht wahr? Peter, Jameys Vater, kam zehn Monate nach der Hochzeit zur Welt, im Jahr 1948. Dwight folgte ein Jahr darauf. Jack hoffte, daß die Mutterschaft sie von ihrer Depression befreien würde, aber es ging ihr immer schlechter. Während der Schwangerschaften mußte man ihr ständig Beruhigungsmittel geben. Nach der Geburt von Dwight zog sie sich völlig zurück, wies das Baby ab und wollte es weder in den Arm nehmen noch stillen. Schließlich wurde es so schlimm, daß sie ihre Tür zusperrte und weder Jack noch Peter sehen wollte. Die nächsten zwei Jahre blieb sie in ihrem Zimmer, trank ihre Säftchen, schluckte Pillen und schrieb Gedichte. Im Schlaf schrie sie, als ob sie schreckliche Alpträume hätte. Dann begann sie jeden zu beschuldigen, daß er sie umbringen wolle, Jack, das Personal, sogar die Kinder, das übliche paranoide Verhalten. Als sie dann aufhörte zu essen und zum Skelett abmagerte, wurde Jack klar, daß er sie in einer Heilanstalt unterbringen mußte. Er dachte an eine Klinik in der Schweiz. Alles geschah im geheimen, aber sie mußte Wind von der Sache bekommen haben, denn eine Woche später war sie tot, durch eine Überdosis ihrer Medizin. Diese enthielt ein Opiat, und sie schluckte genug, um ihr Herz zum Stillstand zu bringen.«

»Wer kümmerte sich in der ganzen Zeit um die Kinder?«

»Jack stellte Kindermädchen ein. Als sie älter waren, kamen sie in Internate. Er tat das Beste, was er in seiner Lage tun konnte, Doktor, deshalb habe ich vorhin Ihre Frage nach dem Charakter des Vaters so positiv beantwortet.«

Ich nickte zustimmend.

»Schizophrenie hält man heute für vererblich, nicht?« fragte er.

»Das kommt in vielen Familien vor. Vermutlich handelt es sich um eine Kombination aus Erbanlage und Umwelteinflüssen.«

»Ich halte Jamey für erblich belastet. Seine überdurchschnittliche Intelligenz hat er bestimmt von Jack. Alles andere kommt von der Mutter: Kontaktarmut, Paranoia, die morbide Vorliebe für Luftschlösser und Lyrik. Wie konnte er sich mit so einer genetischen Belastung normal entwickeln?«

Souza bemühte sich, Eindruck auf mich zu machen. Doch seine Erklärungen wirkten einstudiert. Anstatt seine Frage zu beantworten, stellte ich eine Gegenfrage:

»Wie haben Peter und Dwight die mangelnde Zuwendung durch die Mutter verkraftet?«

»Sie entwickelten sich unterschiedlich, deshalb kann man nicht auf die gleiche Ursache schließen. Dwight war immer ein braver Junge, der gefallen wollte, ein Egozentriker. Er wählte sehr früh den Mittelweg und blieb dabei. Peter war ganz anders. Er sah gut aus, war ein wilder Junge, der ständig Widerstand suchte. Er war ein heller Kopf, hatte aber keine

Ausdauer in der Schule. Jack mußte ein Haus stiften, um ihn im College unterzubringen. Er trödelte aber dort weiter herum und wurde schließlich nach drei Semestern gefeuert. Jack hätte strenger zu ihm sein müssen, aber Peter war sein Liebling und deshalb verwöhnte er ihn. Er bekam Sportwagen, Kreditkarten und schon in jungen Jahren Zugang zu Wertpapieren. Das hat dem Jungen kein Rückgrat gegeben. Diese Toleranz zusammen mit der Haltlosigkeit der sechziger Jahre zerstörten seine Persönlichkeit.«

»Nahm er Rauschgift?«

»Rauschgift, Alkohol und Sex, diese Signale der Unkultur fügten sich nahtlos in Peters natürliche Lebenslust. Mit neunzehn Jahren hatte er einen Ferrari. Damit paradierte er auf dem Sunset Boulevard und gabelte Mädchen auf. Im Jahre 1968 besuchte er eines Nachts eine Oben-ohne-Bar, hatte Gefallen an einer der Tänzerinnen, setzte sein Verführerlächeln auf, zückte seine Brieftasche und entführte sie nach San Francisco. Dort stand die Hippieszene in voller Blüte, und die beiden schlossen sich ihr an. Sie lebten in einer verkommenen Haight-Ashbury-Kommune, schluckten jede Art von Drogen, derer sie habhaft werden konnten, und trieben was Gott weiß sonst. Die Taugenichtse, mit denen sie sich zusammengetan hatten, lebten mit ihnen vergnügt in Saus und Braus, bis langsam das Kapital ausging.«

Er runzelte mißbilligend die Stirn.

»Und setzte der Vater dem kein Ende?«

»Natürlich tat er das. Ich mußte für ihn Privatdetektive besorgen, die nach einiger Zeit ihre Spur fanden. Als Jack hinflog, um mit Peter zu sprechen, bekam er den Schock seines Lebens. Der Sohn, den er kannte, war eine stattliche Erscheinung gewesen, der peinlich genau auf Kleidung und Aussehen wert gelegt hatte. In San Francisco traf er eine Kreatur an, die er kaum wiedererkannt hätte. Ich erinnere mich noch an seine Worte: Er sah wie der tote Jesus Christus aus, den man gerade vom Kreuz genommen hat. Wie er mir erzählte, war Peter schmutzig, ausgemergelt und stank. Seine Augen waren glasig, er redete wirr. Die Haare trug er lang wie ein Mädchen, in einem Ponyschwanz zusammengebunden, und er hatte einen langen, zottigen, ungepflegten Bart. Jack forderte ihn wiederholt auf, nach Hause zu kommen. Als er sich weigerte, drohte Jack damit, ihm den Geldhahn zuzudrehen. Peter sagte ihm nur, er solle sich um seine eigenen Sachen kümmern. Er drückte sich dabei recht obszön aus, sie wurden handgreiflich, die Leute aus der Wohngemeinschaft mischten sich ein, und Jack wurde verprügelt. Er kam ziemlich angeschlagen nach Los Angeles zurück.

Schließlich wurde das Mädchen schwanger. Sie trug das Kind ohne Fürsorge und medizinische Betreuung, hielt sich nur an eine Art Wildreisdiät und machte Umschläge mit selbst zusammengemixten Kräuteressenzen. Die Geburt war schwierig, die Mutter starb anschließend an Blutungen. Das Baby überlebte irgendwie, weil Peter noch genug Verstand hatte, um es in ein Krankenhaus zu bringen. Es hatte Bronchitis, Hautausschlag und andere Infektionen, kam aber schließlich durch.«

Bei dieser Erinnerung schüttelte er den Kopf.

»Und auf diese Weise wurde unser James in die Welt gesetzt, Dr.Delaware. Kein hoffnungsvoller Anfang, nicht wahr?«

»Wie hieß seine Mutter?«

»Margaret Norton«, erwiderte er abwesend, als ob

der Name und die Person belanglos seien. »Sie nannte sich Margo Sonnenschein. Wir haben einige Auskünfte über sie eingeholt. Sie ist von zu Hause in New Jersey weggelaufen. Einzige Verwandte war ihre Mutter, sie starb an Alkoholvergiftung. Als Peter Margo als Nackttänzerin aufgabelte, war sie siebzehn Jahre alt. Eine dieser ziellosen Existenzen, die sich treiben lassen. Zur richtigen Zeit war sie aber am richtigen Ort und wurde eine Cadmus.«

Und starb, dachte ich, ohne es auszusprechen.

Souza prüfte den Sitz seiner Manschettenknöpfe und erzählte weiter.

»Sie können sich sicher vorstellen, daß eine solche Familiengeschichte sehr hilfreich für die Begründung seiner Unzurechnungsfähigkeit sein könnte. Bedenken Sie: Schlimme Erbanlagen, keine Betreuung während der Schwangerschaft, Drogenmißbrauch bei den Eltern, könnten diese Faktoren nicht einen leichten Hirnschaden verursacht haben? Dazu kommen eine schwierige Geburt, frühe Infektionskrankheiten, Mangel an mütterlicher Zuwendung, ein Mißgeschick nach dem anderen.«

»Wer hat Jamey erzogen?« fragte ich, ohne Souzas Überlegungen zu berücksichtigen.

»Peter. Nicht, daß er für diese Aufgabe wie geschaffen gewesen wäre. Eine Zeitlang schien er über sich hinauszuwachsen und Verantwortung übernehmen zu wollen. Wenn Jack auch anfangs einige Zweifel an der Vaterschaft hatte, war letztlich doch die Ähnlichkeit mit dem Vater entscheidend. Er empfing beide mit offenen Armen, holte die besten Ärzte, Kinderschwestern, Kindermädchen heran und richtete ein wunderbares Kinderzimmer ein. Zunächst sah es so aus, als ob das Baby Jack und Peter einander näherbringen würde. Beide gaben sich große Mühe, es zu unterhalten. Das war nicht leicht, denn Jamey hatte ständig Koliken und schrie andauernd. Wenn Peter die Geduld ausging, war Jack zur Stelle. Sie waren sich näher als je zuvor. Dann erkrankte Jack plötzlich im November 1969 an Krebs. Bauchspeicheldrüse. Er starb innerhalb weniger Wochen.

Wir waren alle wie versteinert, am meisten war jedoch Peter betroffen. Angesichts der riesigen Verantwortung, mit der er so plötzlich konfrontiert wurde, war er völlig verstört. Einundzwanzig Jahre lang hatte sein Vater ihm alle Hindernisse aus dem Weg geräumt, jetzt sollte er auf eigenen Füßen stehen. Neben der Erziehung seines Kindes mußte er sich um die Geschäfte kümmern. Jack war der typische charismatische Chef gewesen; unfähig zu delegieren, hatte er alle wichtigen Dinge im Kopf oder auf Notizzetteln aufbewahrt. So waren seine zahlreichen laufenden Geschäfte völlig unbekannt, und Peter mußte sich erst daranmachen, Klarheit in die Sache zu bringen.

Als sein Vater begraben wurde, kam Peter buchstäblich schlotternd vor Angst zu mir, weil er nicht wußte, wie er die Firma leiten und ein Kind erziehen sollte, wo er schon solche Schwierigkeiten hatte, sein eigenes Leben zu bewältigen. Die schlimme Wahrheit war, daß er recht hatte. Er war kein Geschäftsmann. Zwar hatte Dwight in dieser Hinsicht Fähigkeiten, er studierte Wirtschaftswissenschaften in Stanford, war aber kaum zwanzig Jahre alt, und ich riet ihm damals, erst sein Studium abzuschließen.

Ich machte mich daran, Spitzenmanager aufzutreiben, die die Firma reorganisieren und auf eine konventionelle Grundlage stellen sollten. Das dauerte ein ganzes Jahr. Während dieser Zeit wußte Peter nicht, was er mit sich anfangen sollte. Er versuchte, sich in Geschäfte einzuschalten, hielt aber nicht durch. Mein Rat, wieder aufs College zu gehen, wurde mit einem Achselzucken abgetan. Er fand keinen Sinn im Leben, wurde zunehmend depressiv und kümmerte sich immer weniger um seinen Sohn. Die Schatten der Vergangenheit holten ihn wieder ein, deshalb drängte ich ihn, die Hilfe eines Psychiaters in Anspruch zu nehmen. Da er sich jedoch weigerte, ging es weiter abwärts mit ihm. Ich glaube, er nahm wieder Rauschgift zu sich, denn seine Blicke wurden aggressiv, und er magerte stark ab. Den ganzen Tag saß er dumpf vor sich hin brütend in seinem Zimmer, um plötzlich aufzuspringen, in einen seiner Wagen zu steigen und für mehrere Tage zu verschwinden.«

»Wie reagierte Jamey auf die Veränderungen bei seinem Vater?«

»Er schien sich völlig unbeeinflußt von den Hochs und Tiefs seines Vaters zu entwickeln. Schon früh war augenfällig, daß er ein außergewöhnlich gescheiter Junge war. Als er kaum laufen konnte, versuchte er, mit altklugen Bemerkungen die Aufmerksamkeit seines Vaters auf sich zu ziehen. Aber anstatt sich darüber zu freuen, war Peter über die Frühreife erschrocken und wies Jamey ab, stieß ihn sogar zurück. Ich habe keine Kinder, kann mir aber vorstellen, was man ihnen damit antun kann. Als ich mit Peter darüber sprach, wurde er wütend, nannte Jamey ein Monster und behauptete, er sei gespenstisch. Das Gespräch brachte ihn so in Rage, daß ich mich zurückzog; ich hatte auch keine Angst um die Sicherheit des Kindes.«

»War Peter immer so launisch?«

»Bis zu dieser Zeit noch nicht. Er war jähzornig wie sein Vater, das war nicht weiter ernstzunehmen. Aber er konnte sich immer weniger beherrschen. Schon Kleinigkeiten brachten ihn auf, die Unordnung, die kleine Kinder anrichten; gelassenere Naturen hätten sich darüber amüsiert. Mehr als einmal mußte er zurückgehalten werden, damit er nicht mit geballter Faust auf Jamey einschlug. Die Kindermädchen wurden angewiesen, ständig aufzupassen. Als er dann jedes väterliche Interesse verlor, versuchte keiner, darüber mit ihm zu reden.«

»Sind körperliche Mißhandlungen vorgekommen?«

»Nein. Nachdem Peter sich als Vater zurückgezogen hatte, war die Trennung endgültig. Wie seine Mutter schloß er die Tür zum Leben und wurde Eremit. Wie sie beendete er sein Elend, indem er sich umbrachte.«

»Wie hat er das getan?«

»Er erhängte sich. Im Haus gab es einen Festsaal mit hoher gewölbter Decke und schweren Balken aus Eiche. Peter stellte sich auf einen Stuhl, warf ein Seil über einen Balken, legte sich eine Schlinge um den Hals und stieß den Stuhl unter sich weg.«

»Wie alt war Jamey, als das passierte?«

»Es geschah 1972, er muß ungefähr drei Jahre alt gewesen sein. Wir haben ihm nichts gesagt. Meinen Sie, daß er sich so weit zurückerinnern könnte?«

»Das halte ich für möglich. Hat er jemals davon gesprochen?«

»Nur ganz allgemein, über Vaterlosigkeit und philosophische Probleme des Selbstmords. Ich habe darüber mit Dwight und Heather gesprochen; soweit sie sich erinnern können, hat er niemals nach den schrecklichen Einzelheiten gefragt und hat auch nichts darüber erfahren. Hat er Ihnen gegenüber irgend etwas über Aufhängen erwähnt?«

»Nein. In persönlichen Dingen war er sehr verschlossen. Warum sollte das eine Rolle spielen?«

»Das könnte für die Verteidigungsstrategie sehr bedeutsam sein. Die Umstände, unter denen die Morde geschahen, vor allem der Chancellor-Mord, haben mich bewegt, über den Einfluß früher Kindheitserinnerungen auf das Verhalten von Jugendlichen nachzudenken. Alle Opfer wurden zuerst stranguliert, bevor man sie aufschnitt, und Dig Chancellor fand man an einem Deckenbalken erhängt vor. Ich glaube nicht sehr an Zufälle.«

»Sie glauben also, daß die Morde symbolisch als Vatermord zu verstehen sind?«

»Sie sind der Psychologe, Doktor. Ich füge mich Ihrem Urteil.«

»Könnte sich das Prozeßrisiko nicht vergrößern, wenn man die Tatmotive offenlegen würde? Muß man dann nicht Vorsatz unterstellen?«

»Nicht, wenn man die Motive als unlogisch und psychotisch darstellt. Richter verabscheuen Unsicherheiten. Gibt man ihnen keine Motive, produzieren sie selbst welche. Wenn ich erklären kann, daß der Junge seit langem einen Tötungstrieb in sich trägt, werde ich sie in die Hand bekommen. Grundsätzlich gilt: Je mehr Psychologisches ich in dem Prozeß zur Sprache bringen kann, desto besser sind seine Erfolgschancen.«

Er dachte immer strategisch. Um nicht in die Rolle von Freud gedrängt zu werden, fragte ich ihn, wer sich nach dem Selbstmord seines Vaters um Jamey gekümmert hatte.

»Das tat Dwight. Er hatte gerade sein Abschlußexamen gemacht und war als Praktikant bei *Cadmus Constructions* beschäftigt. Natürlich erzogen ihn weiterhin Gouvernanten und Kindermädchen, aber Dwight kümmerte sich auch um ihn, nahm ihn mit zu Ausflügen und spielte mit ihm Fangen. Er schenkte ihm weit mehr Aufmerksamkeit als Peter das je getan hatte.«

»Sie erwähnten Gouvernanten. Wie viele waren es denn?«

»Eine ganze Menge. Sie kamen und gingen. Keine blieb mehr als einige Monate. Jamey war ein schwieriges Kind, reizbar und launisch. Seine Intelligenz verschlimmerte den Zustand noch, denn er gebrauchte seine schnelle Zunge als Waffe zur Einschüchterung. Einige Frauen verschwanden in Tränen aufgelöst.«

»Wo hat er in dieser Zeit gewohnt?«

»In ihrem Haus in Muirfield. Dwight war nach seinem Examen kurz vor Peters Tod wieder dorthin gezogen. Als er und Heather heirateten, verkauften sie es und kauften sich in der Nähe ein kleineres Objekt.«

»Wie stellte sich Jamey zu der Heirat?«

Zum erstenmal während unserer Unterhaltung zögerte er, wenn auch nur eine Sekunde.

»Ich vermute, es gab Schwierigkeiten – das war zu erwarten –, aber äußerlich war ihm nichts anzumerken.«

»Wie kamen Jamey und Heather miteinander aus?«

Wieder ein Zögern.

»Meiner Meinung nach gut. Heather ist ein nettes Mädchen.«

Während unserer bisherigen Unterhaltung war er selbstsicher gewesen, jetzt plötzlich schien er vorsichtig zu werden. Ich teilte ihm meinen Eindruck mit.

»Sie haben recht«, antwortete er. »Ich hatte zu Dwight Vertrauen, und seitdem er Jamey zu sich nahm, habe ich mich persönlich nicht mehr um sie gekümmert. Er und Heather können Ihnen sicher bessere Auskünfte über die letzten Jahre geben.«

»In Ordnung.«

Er schellte nach dem schwarzgekleideten Mädchen und bestellte Tee. Sie verschwand und erschien gleich wieder mit einem Servierwagen, auf dem das Teeservice für das Büro stand. Diesesmal ließ ich mir eine Tasse einschenken.

»Sie scheinen für die Familie weit mehr als ein Rechtsanwalt zu sein«, sagte ich nach ein paar Schlucken Tee.

Er stellte seine Tasse hin und leckte sich mit einer schnellen, reptilhaften Zungenbewegung die Lippen. Seine Gesichtsfarbe wirkte im schwachen Lichtschein gerötet und seine Antwort klang ärgerlich.

»Black Jack Cadmus war der beste Freund, den ich jemals hatte. Wir haben uns beide hochgearbeitet. Als er anfing, Land aufzukaufen, bot er mir eine fünfzigprozentige Beteiligung an. Ich war jedoch vorsichtig, glaubte nicht, daß wirklich all das Volk in die Wüste ziehen würde und fürchtete, daß die Sache schiefgehen würde. Hätte ich damals eingeschlagen, wäre ich jetzt einer der reichsten Männer in Kalifornien. Als das Geld hereinströmte, bestand Jack darauf, daß ich beträchtliche Summen davon bekam, weil ich ihm seiner Meinung nach mit juristischen Ratschlägen sehr geholfen hatte. Natürlich hatte ich ihn in Grundstücksgeschäften und Grundbuchsachen unterstützt, aber er bezahlte mir weitaus mehr, als meine Dienste wert waren. Mit diesem Geld habe ich meine Praxis aufgebaut, das Grundstück bezahlt und – ich schäme mich nicht, das zu sagen – alles, was ich an Vermögen besitze.«

Er beugte sich nach vorn, der Leuchter warf Licht auf seinen nackten Schädel.

»Jack Cadmus ist der Urheber für alles, was ich bin und erreicht habe, Doktor. So etwas vergißt man nie.«

»Bestimmt nicht.«

Es dauerte einige Sekunden, bis sich die Erregung auf seinem breiten Gesicht legte. Mein Kommentar war völlig harmlos gemeint gewesen, ich hatte mich nur über sein ungewöhnliches Engagement für einen Klienten gewundert. Doch hatte ihn meine Äußerung stark erregt. Vielleicht glaubte er, daß der Kommentar eines Psychologen niemals harmlos gemeint sein konnte. Möglicherweise war er auch verärgert, weil er ihn als Indiskretion empfunden hatte. Offenbar handelte es sich um eine Überreaktion, aber Leute, die ihren Lebensunterhalt damit verdienen, im Seelenmüll anderer herumzukramen, stoßen häufig auf eine Barriere, wenn es um persönliche Dinge geht.

»Möchten Sie noch mehr wissen?« unterbrach er, inzwischen wieder friedlich, meine Gedankenflüge.

»Ja, ich möchte mehr über Ivar Digby Chancellor wissen. In den Zeitungen stand, daß er ein bekannter Bankier und außerdem schwul gewesen sei, das sagt mir aber nicht viel. Dwight Cadmus nannte ihn neulich einen verdammten Perversling. Hatte er Liebesbeziehungen zu Jamey?«

»Wir sind wieder bei einem Zeitraum angelangt,

über den Dwight und Heather Sie besser informieren können, ich will mich aber bemühen, die Dinge in groben Zügen zu schildern. Es gab wohl eine Art intimer Beziehungen, ich glaube aber nicht, daß man das Liebe nennen kann.«

Angewidert schürzte er seine Lippen. »Eher Päderastie.«

»Weil Jamey minderjährig war?«

»Weil er ausgenutzt wurde.« Seine Stimme klang wütend. »Dig Chancellor hätte etwas Besseres zu tun gehabt, als einen leicht beeinflußbaren, verwirrten Jungen zu verführen. Mein Gott, Doktor, der Mann war alt genug, um sein Vater zu sein. Chancellor und Peter waren auf der Militärschule in der gleichen Klasse.«

»Die Familien kannten sich also schon seit längerem?«

»Sie waren Nachbarn, lebten in Hudson ganz in der Nähe, verkehrten in der gleichen Gesellschaft. Die Chancellors waren herausragende Wirtschaftsprüfer und Bankiers. Große stämmige Personen, auch ihre Frauen wirkten robust. Dig war der Größte, fast zwei Meter, mit Schultern wie ein Schrank, er spielte gern Football, Squash und Polo. Heiratete eine reiche Erbin aus Philadelphia. Ein Mann wie aus dem Bilderbuch, so dachte jeder. Niemand hätte vermutet, daß er schwul war. Nach seiner Scheidung kamen dann die Gerüchte auf, hinter vorgehaltenen Händen tratschte man auf den Partys über widerwärtige Dinge. Das hätte sich vermutlich nach einer gewissen Zeit wieder gelegt, wenn Dig sich dazu nicht in aller Öffentlichkeit bekannt hätte. Er wurde auf einem Protestmarsch von Homosexuellen Hand in Hand mit zwei schwulen Friseuren gesehen. Die Angelegenheit machte ihre Runde auf den Titelseiten der Lokalpresse und wurde sogar im Rundfunk verbreitet.«

An die Fotos erinnerte ich mich plötzlich: Ein riesiger, imponierender Mann mit energischem Kinn, randloser Brille, in grauem Anzug marschierte mitten auf dem Santa-Monica-Boulevard, die beiden schlanken, schnurrbärtigen Herren wirkten neben ihm wie Zwerge. Im Hintergrund sah man Spruchbänder. Der Hauptartikel zum Bild kommentierte ironisch das Zusammentreffen von altem Geld und neuer Moral.

»Als es schließlich alle wußten, fing er an, damit zu renommieren«, sagte Souza angewidert.

»Seine Familie war entsetzt, deshalb ging er weg und gründete eine eigene Bank, die Beverly Hills Trust. Seine Kunden waren wohlhabende homosexuelle Geschäftsleute. Er nutzte seine Chancen und finanzierte ebenso veranlagte Politiker. Von einem der Dinosaurier aus der Filmbranche nördlich von Sunset kaufte er ein riesiges Grundstück und stellte es für wohltätige Zwecke zur Verfügung – für Bohemiens, Go-Go-Tänzer und ähnliches Dilettantenvolk.«

»Sie konnten ihn nicht leiden.«

Souza seufzte.

»Jahrelang hatte ich eine Loge im Stadion von Hollywood. Die von Dig lag im gleichen Rang. Es war unvermeidlich, daß wir uns ständig bei Konzerten, Gesprächsrunden, Arbeitsessen und Weinproben trafen. Damals trug er die elegantesten Abendanzüge und hatte stets eine hübsche junge Frau am Arm, zu der er sehr galant war. Eines Tages erschien er plötzlich mit wasserstoffblonden, gelockten Haaren, trug Wimperntusche und eine Robe wie ein römischer Diktator. Anstatt einer Frau begleitete ihn eine Schar gackernder, aufgemachter Jünglinge, wie auf einem Foto von Maxfield Parrish. Er begrüßte mich herzlich wie immer und wollte mir die Hand geben, als wenn nichts geschehen wäre. Widerlich.«

Er rührte mit gerunzelter Stirn seinen Tee um.

»Verstehen Sie mich bitte recht, ich habe nichts gegen Homosexuelle, obwohl sie meiner Meinung nach nicht normal sind. Sie sollten sich jedoch zurückhalten und sich um ihre eigenen Sachen kümmern. Dig Chancellor hielt sich nicht an die Regeln. Er machte kein Hehl aus seiner Abartigkeit und verführte Unschuldige, ein gottverdammter Lüstling.«

Er war wieder rot angelaufen und schien erregt, ich hatte diesesmal für ihn Verständnis.

»Das paßt vorzüglich in Ihre Verteidigungsstrategie«, sagte ich.

Er rührte schneller in seinem Tee und sah mich durchdringend an. Nach seinem Gesichtsausdruck zu urteilen, lag ich mit meiner Einschätzung voll auf seiner Linie.

»Wie bitte?«

»Sie erwähnten vorhin die Unvereinbarkeit zwischen einem Plädoyer auf Unzurechnungsfähigkeit einerseits und der planvollen Ausführung der Morde andererseits. Wenn Sie Chancellor als Hauptverantwortlichen für die Morde und Jamey als seinen willenlosen Helfer darstellen würden, könnten Sie damit vorzüglich beide Aspekte vereinbaren. Sie könnten behaupten, daß Chancellor der wirkliche Mörder war und Jamey ihm dabei nur zusah. Damit würde die Hauptschuld einem Toten zufallen und die Tötung Chancellors, die man Jamey als einzige Tat anlasten könnte, wäre verständlich als Notwehr gegen einen sadistischen Verführer.«

Souza lächelte breit.

»Sehr eindrucksvoll, Doktor. So habe ich mir das ungefähr vorgestellt. Es steht fest, daß alle Opfer an einem unbekannten Ort umgebracht und irgendwo in der Stadt deponiert wurden. Ich werde behaupten, daß die Morde auf Chancellors Grundstück begangen wurden und Jamey nur als Beobachter dabei war, der sich in der Gewalt eines älteren Verführers und in psychotischer Verwirrung befand. Der Junge hatte schließlich einige Monate solche Zustände. Zweifellos war seine Anwesenheit bei den schrecklichen Morden die Ursache für den Zusammenbruch und die Notwendigkeit, ihn in einer Anstalt unterzubringen.«

»Aber während seiner Unterbringung haben die Morde aufgehört.«

Er wehrte dieses Argument mit einer Handbewegung ab.

»Chancellor war, wie wir wissen, ein kranker Mann. Wenn er nun nicht bloß schwul, sondern auch exhibitionistisch veranlagt war? Viele sind das. Ich behaupte, daß er bei seinen Untaten einen Augenzeugen brauchte und Jamey dafür aussuchte. Sicher hatten die beiden etwas miteinander. Ich würde nie vortragen, daß Jamey ein Unschuldslamm ist. Entscheidend ist aber, wer der Hauptverantwortliche war. Wer ordnete alles an, wer bereitete es vor? Ein selbstbewußter, dominierender Erwachsener oder ein psychotischer Teenager? Auch die Flucht aus der Klinik spricht nicht dagegen. Ich habe Detektive auf Zeugen angesetzt, die Jamey in dieser Nacht gesehen haben. Wenn wir nachweisen könnten, daß Chancellor Jamey aus *Cañon Oaks* entführt hat, wäre darstellbar, daß er ihn für die nächste Blutorgie als Augenzeugen brauchte. Er nahm ihn mit zu sich nach Hause und ermordete Richard Ford. Diesesmal aber ertrug Jamey das Abschlachten nicht; sie stritten sich, kämpften miteinander, dabei tötete der Junge den Mörder.«

Als er mich für die Verteidigung Jameys gewinnen wollte, hatte Souza den Fall als ziemlich hoffnungslos dargestellt. Und jetzt, kaum zwei Tage später, führte er mir ein Psychodrama vor, das aus einem Monster einen abhängigen Sklaven und schließlich sogar einen Drachentöter machte. Dabei fragte ich mich, wie stark er auf diese Strategie vertraute. Meiner Meinung nach hatte sie viele Schwachstellen.

»Sie haben Chancellor als einen kräftigen Mann geschildert. Jamey ist dagegen ein Nichts. Wie konnte er den Mann überwältigen und ihn an einem Balken aufhängen?«

»Dig war überrascht«, antwortete er wenig beeindruckt, »und Jamey wurde durch die Freisetzung aufgestauter Emotionen hochgeputscht. Sie kennen ja die Wirkung von Adrenalin. Es ist erstaunlich, was eine schwache Person mit einer passenden Vorrichtung anheben kann. Ich kenne einen bedeutenden Physiker, der das bestätigen wird.«

Sein Gesichtsausdruck forderte mich heraus, weitere Fragen zu stellen.

»Chancellor hatte einen großen Besitz, dafür braucht man Bedienstete. Die Morde hatten grauenhafte Begleitumstände. Wie konnte er das vor ihnen verheimlichen?«

»Er hatte sie nur tagsüber angestellt, Gärtner, Putzfrau, Koch. Nur einer lebte ständig im Haus, eine Mischung aus Leibwächter und Verwalter mit Namen Erno Radovic. Radovic ist ein unsteter Typ, er war Polizist, bis man ihn hinauswarf. Ein- oder zweimal habe ich ihn mit Nachforschungen beauftragt, bis ich gemerkt habe, welch ein Störenfried er ist. Es hätte mich wirklich nicht überrascht, wenn er an allen Taten beteiligt gewesen wäre, aber er hat ein sauberes Alibi für die Mordnacht. Donnerstags hatte er anscheinend immer seinen freien Tag. Er fuhr dann morgens weg und kam erst Freitagmittag zurück. Er schlief auf einem Schiff, das er im Hafen liegen hatte. Er gab eine Frau als Zeugin an, die bestätigte, daß sie am letzten Donnerstag ständig mit ihm zusammengewesen ist. All das bestärkt mich in meiner Theorie, denn alle Opfer wurden freitags, in den frühen Morgenstunden, weggebracht, nachdem sie, wie der Untersuchungsbefund des Gerichtsmediziners ausweist, einige Stunden vorher getötet worden waren. Donnerstag nacht. Wir kennen jetzt den Grund. Wenn Radovic weg war, gab es keinen Zeugen mehr.«

»Haben die kriminaltechnischen Untersuchungen ergeben, daß Chancellor das Messer benutzte?«

»Meines Wissens nicht. Es ist aber auch nicht beweisbar, daß Jamey es in der Hand hatte. Das Heft war blutverschmiert, es gab keine klaren Fingerabdrücke. Jedenfalls ist das, was im einzelnen geschah oder nicht geschah, für den Fall unwichtig. Man muß nur erreichen, daß die Geschworenen darüber in Zweifel geraten. Und das wird geschehen, wenn man ihnen einen von der Anklage abweichenden Tathergang präsentiert.«

In Erwartung einer weiteren Frage sah er mich konzentriert an. Als ich schwieg, wandte er sich ab und fuhr mit einem Finger über den Rand der Untertasse.

»Sie haben eine gute Art zu fragen, Doktor. Das bringt mich auf gute Ideen. Möchten Sie noch etwas wissen?«

Ich schloß mein Notizbuch. »Wenn ich an Jameys bisheriges Leben denke, mache ich mir Sorgen, daß er Selbstmord begeht.«

»Ich sehe das genauso. Deshalb habe ich von Anfang an verlangt, ihn bis zum Prozeß entsprechend unterzubringen. Die Staatsanwaltschaft trug vor, daß der Hochsicherheitstrakt eine ständige Überwachung garantiere und deshalb das Sicherste sei. Der Richter stimmte dem zu.«

»Stimmt das wirklich?«

»In den meisten Fällen. Größere Sicherheit könnte man woanders auch nicht gewährleisten. Doch kann man Selbstmord letztlich verhindern?«

»Nein«, stimmte ich zu. »Wenn jemand dazu entschlossen ist, wird er irgendwann einmal Erfolg haben.«

Souza nickte.

»Zur Zeit ist er zu schwach, um sich etwas anzutun. Trotzdem sollten Sie mich sofort informieren, wenn sich Anzeichen für eine solche Gefahr ergeben. Noch etwas?«

»Für heute nicht. Wann kann ich mit Dwight und Heather Cadmus sprechen?«

»Sie haben sich zu Freunden in Montecito zurückgezogen, um der Presse zu entkommen. Dwight wird in ein paar Tagen zurückkommen. Heather will noch etwas dort bleiben. Wollen Sie mit beiden gleichzeitig sprechen?«

»Nein, besser wäre es, ich könnte mit jedem allein reden.«

»Gut. Ich werde das arrangieren und Sie benachrichtigen. Mit Mainwaring werde ich auch telefonieren und einen Termin für die nächsten Tage vereinbaren, damit sie zusammen anhand seiner Aufzeichnungen sprechen können.«

»Danke.«

Wir standen gleichzeitig auf. Souza knöpfte sein Jackett zu und begleitete mich aus dem Eßzimmer den Flur hinunter zum Gebäudeeingang. Es war später Nachmittag, die Dämmerung hatte begonnen, die Empfangshalle war voller gutgekleideter junger Männer und Frauen, Sozietätspartner und Mitarbeiter, die, dezent nach Eau de Cologne oder Parfum duftend, über den gesprenkelten Marmorfußboden ihre Arbeitsstätte verließen. Souzas Erscheinen veranlaßte beflissenes Lächeln und servile Verbeugungen. Er kümmerte sich nicht darum, sondern führte mich lächelnd, die Hand auf meiner Schulter, an ihnen vorbei.

»Wie Sie meiner Chancellor-Strategie auf die Schliche gekommen sind, war eine ausgezeichnete Leistung, Doktor, und auch Ihr kleines Verhör. Vielleicht haben Sie den falschen Beruf.«

Ich entwand mich seinem Griff und ging auf den Ausgang zu.

»Das glaube ich nicht«, antwortete ich und verließ das Gebäude.

Auf dem Nachhauseweg hielt ich an einem Delikatessengeschäft in der Nähe von Robertson und kaufte Lebensmittel ein: ein Pfund Corned beef, Gewürzgurken, Salat und ein in dicke Scheiben geschnittenes Kümmelbrot. Der Abendverkehr stand Stoßstange an Stoßstange, trotzdem schaffte ich es in einer guten halben Stunde bis zum Valley. Zu Hause fütterte ich erst die Zierkarpfen, warf dann einen Blick auf die Post, ging in die Küche, belegte ein paar Sandwiches und stellte sie auf einem Teller in den Kühlschrank. Als Robins Wagen sich geräuschvoll ankündigte, wartete ich schon mit einem Glas Grolsch auf der Terrasse. Robin hatte fast den ganzen Nachmittag gesägt und geschliffen und sah müde aus. Als sie das Essen sah, jubelte sie.

Nach dem Abendessen saßen wir im Wohnzimmer, die Füße hochgelegt, und lasen die Times. Auf Seite drei sah mich Jamey an.

Das Bild war ein Paßfoto in üblicher Pose, das vermutlich einige Jahre alt war. Das Schwarzweiß-Foto gab seine Augen nur verschwommen wieder. In anderem Zusammenhang hätten seine nach unten gezogenen Lippen ihn eher traurig erscheinen lassen, unter den gegenwärtigen Umständen wirkte er jedoch bedrohlich. Der unter dem Foto stehende Artikel beschrieb ihn als »Nachkommen einer prominenten Familie aus der Bauindustrie« und setzte sich mit seinen »ernsten psychischen Schwierigkeiten« auseinander. Eine Mitteilung am Ende wies auf Nachforschungen der Polizei in Digby Chancellors Vergangenheit hin. Souza arbeitete schnell.

10

Am nächsten Morgen zog ich Jeans, ein Polohemd und Sandalen an, nahm meine Mappe und ging den Berg hinunter zur UCLA. Die Straße war dicht befahren, von Pendlern, die tagaus, tagein eine Pilgerfahrt von ihren Häusern im Valley zum westlichen Geschäftsviertel unternahmen. Sie kamen nur zentimeterweise vorwärts, und wie ich sie so beobachtete, kam mir Black Jack Cadmus in den Sinn, und ich fragte mich, wie viele von ihnen wohl Obstbäume im Garten hatten. Ich ging durch Sunset, dann in südlicher Richtung bis Hilgard und betrat das Unigelände in Strathmore. Von hier war es nicht weit bis zum Medizinischen Institut, einem Komplex der aus riesigen verziegelten Ungetümen besteht und angeblich mehr Flure beherbergt als das Pentagon. Ich hatte einen Großteil meiner Jugend in diesen Räumen verbracht.

Ich betrat das Gebäude im Parterre und sah mich gewohnheitsgemäß nach rechts um. In den Glasvitrinen auf dem Flur zur Biochemie-Bibliothek war eine Ausstellung zu sehen. Diesen Monat wurden Operationsinstrumente gezeigt. Ich sah mir dieses Arsenal therapeutischer Waffen an. Es begann mit Feuersteinen, mit denen in prähistorischer Zeit Schädel trepaniert worden waren – alles war an Puppen demonstriert, deren Gehirn man zu sehen bekam – und endete mit modernsten Laserinstrumenten zur Behandlung von Arterien.

Die Bibliothek hatte gerade erst geöffnet, es herrschte angenehme Ruhe hier. Das würde nicht lange so bleiben. Spätestens um zwölf waren die Räume überfüllt mit Medizinstudenten, Anfängern und Fortgeschrittenen, übernächtigten Assistenzärzten und grimmig aussehenden Diplomanden, die hinter Mengen aufgestapelter Fachbücher kaum zu sehen waren.

Ich setzte mich an einen Eichentisch, öffnete meine Tasche und nahm den Band Fish's Schizophrenie heraus, den ich von zu Hause mitgebracht hatte. Es war die neueste Auflage; nach zwei Stunden genauer Lektüre aber hatte ich nichts erfahren, was ich nicht schon gewußt hätte. Ich legte das Buch weg und machte mich auf die Suche nach neueren Arbeiten, Zeitschriftenartikeln und Forschungsberichten. Nachdem ich eine halbe Stunde in der Microfiche-Kartei nachgesehen, Kataloge gewälzt und schließlich drei Stunden lang zahlreiche Sachen durchgelesen hatte, flimmerte es mir vor den Augen, und mir war schwindelig im Kopf. Ich machte eine Pause und ging zum Imbißautomaten.

Draußen im Innenhof trank ich bitteren Kaffee, aß dazu ein schrecklich süßes Teilchen und überlegte, wie wenig an neuen Erkenntnissen ich in der Unmenge von Literatur gefunden hatte; das meiste war theoretisch und spekulativ, mit Wirklichkeit hatte es nicht viel zu tun.

Schizophrenie bedeutet vom Wortsinn her »Gespaltener Geist«, aber diese Bezeichnung trifft die Sache nicht besonders gut. Es wäre richtiger zu sagen, daß der Geist sich zersetzt, auf bösartige, krebsähnliche Weise zerfressen wird, es ist ein Verfall des Denkens. Die Symptome der Schizophrenie sind das, was ein Laie als Verrücktheit bezeichnet: Wahrnehmungstäuschung, Halluzinationen, ungeordnetes Denken, Wirklichkeitsverlust, wirres Reden und eigentümliches Benehmen. In allen Gesellschaftsformen kommt sie vor, etwa bei einem Prozent der Bevölkerung, aber über ihre Ursachen weiß man nichts. Man hat versucht, es zu erklären mit einem Geburtstrauma, Hirnschäden, einer bestimmten körperlichen Beschaffenheit, Mangelernährung im Säuglingsalter. Man hat nichts von dem wirklich beweisen können, aber einiges widerlegt. Manches deutet darauf hin, daß es eine, wie Souza es so fröhlich nennt, Veranlagung ist, mit der man geboren wurde. Der Verlauf der Krankheit ist so unvorhersehbar wie Feuer in einem Wirbelsturm. Manche Patienten erleben nur einen schizophrenen Anfall und sind danach für immer geheilt. Andere erleiden mehrere Schübe, und danach ist es vorbei. Bei vielen dauert der Zustand an, ohne daß er sich sehr verschlechtert, aber in den meisten schweren Fällen verfallen die Patienten immer mehr.

Was den Zusammenhang zwischen Schizophrenie und Mordlust angeht, so kann man klare Aussagen machen. Die meisten dieser Kranken sind ausgesprochen harmlos, weniger gewalttätig als die Gesunden. Einige wenige jedoch sind ausgesprochen gefährlich. Sie haben plötzliche Zornausbrüche, und ihre Opfer sind zumeist die, welche sie pflegen und sich liebevoll um sie kümmern, Eltern, Ehepartner, Schwestern und Ärzte.

Schizophrene morden jedoch niemals serienweise. Der Sadismus, die genaue Planung und der Wiederholungszwang im Fall des Lavendelmörders gingen zweifellos auf eine andere Ausgeburt der Hölle seelischer Krankheiten zurück.

Menschen mit dieser Krankheit sehen nicht wie Monster aus. Wenn man ihnen auf der Straße begegnet, erscheinen sie ganz normal, sie können sogar sehr freundlich sein. Der Lavendelmörder streift durch die Stadt, ein kaltblütiges Ungeheuer, unter dem Deckmantel der Zivilisiertheit hält er kühl Ausschau nach Opfern. Er kennt nicht den Unterschied zwischen Menschen und Monstern. Er lebt nach der Devise »Füge dem andern zu, was du willst«. Er nutzt das Leben für seine Zwecke aus, kennt kein Mitgefühl und hat kein Gewissen. Die Schreie seiner Opfer lassen ihn im besten Falle gleichgültig, im schlimmsten erfreut er sich daran.

Solche Psychopathen durchschaut die Psychiatrie noch weniger als die Schizophrenen. Die Auswüchse der Krankheit können häufig durch Medikamente im Zaum gehalten werden, aber eine echte Heilung des Bösen gibt es nicht.

Was war Jamey, ein Verrückter oder ein Ungeheuer?

Sonnenschein hatte mit einem für Polizisten nicht ungewöhnlichen Zynismus das letztere vermutet. Ich wußte, daß er aus Erfahrung gesprochen hatte, denn das erste, was Mörder nach ihrer Verhaftung versuchen, ist, den Wahnsinnigen zu spielen. Das wußte man von prominenten Beispielen: dem Yorkshire-Ripper, Manson, Bianchi, dem Son of Sam. Keiner von ihnen war damit durchgekommen, aber zunächst hatten sie alle mehrere Experten an der Nase herumgeführt.

Ich hatte im Lauf der Jahre eine ganze Reihe kleiner Gewalttäter untersucht, Kinder ohne jedes Gefühl, die Schwächere prügelten, Feuer legten und Tiere quälten – alles ohne den geringsten Anflug von Mitleid oder Gewissensbissen. Sieben-, acht- und neunjährige Kinder, die schlichtweg furchterregend waren. Jamey paßte in diese Kategorie nicht hinein; ganz im Gegenteil, er war einfühlsam, sensibel, in sich gekehrt, mehr als für ihn gut sein konnte. Aber wie genau hatte ich ihn gekannt? Sein Zustand im Gefängnis schien alles andere als gespielt, aber war ich souverän genug, nicht Opfer einer List zu werden?

Ich wollte Souza nur zu gerne glauben, wollte sicher sein, daß ich auf der Seite der Guten war. Aber in dieser Frage konnte ich mich auf nichts verlassen als auf Wunschdenken und die Geschichte der Familie Cadmus, so wie Souza sie mir erzählt hatte – und die möglicherweise nicht der Wahrheit entsprach.

Es war Zeit, daß ich mich an die Arbeit machte. Ich mußte die Vergangenheit ans Licht holen, anstatt die Gegenwart auszuleuchten, mußte den Geist von Jamey untersuchen, den Verfall eines jungen Genies.

Die Gespräche mit Mainwaring und den Cadmus' lagen schon Tage zurück. Die psychologische Fakultät lag nur wenige Minuten entfernt im naturwissenschaftlichen Komplex.

Ich ging zu einer Telefonzelle, rief im Fachbereich Psychologie an und ließ mich mit Sarita Flowers verbinden. Nach siebenmaligem Läuten antwortete eine nüchterne junge Frauenstimme:

»Büro von Dr. Flowers.«

»Hier ist Dr. Delaware. Ich bin ein früherer Mitarbeiter von Dr. Flowers. Ich bin zufällig in der Nähe. Könnte ich eventuell vorbeikommen? Ich hätte etwas mit ihr zu besprechen.«

»Ihr Terminkalender heute ist voll ausgebucht.«

»Wann hat sie wieder Zeit?«

»Erst morgen.«

»Vielleicht ist sie einverstanden, vorher mit mir zu reden. Könnten Sie sie bitte fragen?«

Sie antwortete mit einem Anflug von Argwohn: »Wie war noch mal Ihr Name?«

»Delaware. Dr. Alex Delaware.«

»Sie sind nicht von der Zeitung, oder?«

»Nein, ich bin Psychotherapeut. Ich habe beim Projekt 160 mitgearbeitet.«

Zögern.

»Na gut, ich gehe fragen.«

Es dauerte mehrere Minuten, bis sie mir mit leicht verärgerter Stimme mitteilte:

»Sie können sie in zwanzig Minuten sprechen. Ich heiße Karen, kommen Sie zum Aufzug im vierten Stock.«

Als ich den Aufzug verließ, kam sie gerade um die Ecke. Sie war groß und anmutig, trug ein rotweißes Kleid, das ihr sehr gut stand. Ihr Haar war hochgesteckt, sie hatte hübsche, kleine Ohren und hohe Wangenknochen. Sie trug ovale Elfenbeinohrringe und elfenbeinerne Armreifen.

»Dr. Delaware? Ich bin Karen. Bitte hier entlang.«

Sie führte mich zu einer Tür mit der Aufschrift: »Untersuchung – bitte nicht stören«.

»Sie können hier drin warten. Es kann nur noch ein paar Minuten dauern.«

»Danke.«

Sie nickte freundlich. »Bitte seien Sie mir nicht böse, daß ich vorhin etwas abweisend war. Seit dieser Cadmus-Geschichte läßt man ihr keine Minute Ruhe. Wir hatten größte Mühe, heute morgen einen Mann vom *Enquirer* loszuwerden.«

»Keine Angst, so einer bin ich nicht.«

»Möchten Sie Kaffee oder sonst etwas zu trinken?«

»Nein, vielen Dank.«

»Gut, ich gehe dann.« Sie legte die Hand auf die Türklinke, zögerte. »Sie sind auch wegen Cadmus hier, stimmt's?«

»Ja.«

»Was für eine verrückte Sache. Wir haben ganz schöne Schwierigkeiten wegen des Projekts bekommen deswegen. Dr. Flowers hat schon so Ärger genug, aber jetzt ist es wirklich schlimm.«

Ich lächelte freundlich, denn ich wußte nicht, was ich darauf antworten sollte.

Der Raum war düster. Ein Mikrophon hing von der Decke herab, welche, wie drei der Wände auch, mit schalldämpfenden Platten isoliert war. Die vierte Wand war ein durchsichtiger Spiegel. Eine Frau saß in einem Korbsessel und schaute hindurch. Auf ihrem Schoß lag ein Schreibblock. Sie wandte sich um, als ich eintrat und lächelte.

»Alex«, flüsterte sie.

Ich beugte mich zu ihr und küßte ihr die Wange. Sie duftete nach Sonnencreme und Chlor.

»Hallo, Sarita.«

»Ich freu mich, dich zu sehen«, sagte sie, nahm meine Hand und drückte sie.

»Ich freu mich auch.«

Sie saß aufrecht in ihrem Stuhl, war salopp, aber doch etwas konventionell gekleidet, mit einem blauen Blazer, einer hellblauen Seidenbluse und weißen Hosen, die jedoch ihre verkrüppelten Beine nicht verbargen.

»Ich bin in ein paar Minuten fertig«, sagte sie und wies auf den Spiegel. Auf der anderen Seite sah man einen hell erleuchteten Raum ohne Fenster, weißgestrichen und mit Linoleumboden. Darauf saß ein Junge vor einer elektrischen Eisenbahn.

Er war etwa sechs oder sieben, trug Jeans, ein gelbes T-Shirt und Turnschuhe. Er hatte rosa Pausbakken und karamellfarbenes Haar. Zur Miniatureisenbahn gehörten bunte Waggons, silberne Schienen, eine Landschaft mit Brücken, Seen und Hügeln aus Pappmaché, Bäumen und Signalen, zweistöckigen Häusern und Holzzäunen.

Am Kopf des Jungen waren Elektroden befestigt, sie hingen an langen schwarzen Kabeln, liefen wie Schlangen über den Boden und mündeten in einen

Enzephalographen, aus dem langsam ein Papierstreifen hervorkam, mit spitzen und welligen Linien.

»Nimm dir einen Stuhl«, sagte Sarita, die gerade mit einem Bleistift eine Notiz machte.

Ich setzte mich auf einen Klappstuhl und beobachtete das Kind. Während es zunächst nervös und zappelig gewesen war, saß es jetzt stocksteif da. Ein Summer ertönte, und der Zug begann, auf den Schienen seine Kreise zu drehen. Der Junge lächelte, seine Augen weit geöffnet. Kurz darauf ließ seine Konzentration nach, und er schaute weg. Der Zug blieb stehen, und er blickte wieder auf die Lok, schien dann in eine Art Trance zu fallen, das Gesicht ohne Regung, die Hände im Schoß gefaltet. Ich konnte nirgendwo einen Schalter erkennen, und immer wenn der Zug fuhr oder anhielt, schien das von ganz allein zu geschehen.

»Er macht das sehr gut«, sagte Sarita. »Achtundfünfzig Prozent der Zeit paßt er auf.«

»Hat er Konzentrationsschwächen?«

»Und was für welche. Als er zum erstenmal hier war, rannte er nur herum, konnte keinen Moment ruhig sein. Seine Mutter war drauf und dran, ihn zu töten. Ich habe noch ein Dutzend andere, die sind wie er. Wir untersuchen gerade, wie man solchen Kindern Selbstbeherrschung beibringen kann.«

»Ihr macht ihnen ihren Zustand bewußt, damit sie ihn selbst steuern können, oder?«

Sie nickte.

»Da die meisten von ihnen sehr angespannt sind, habe ich mir überlegt, daß der Zug ihnen helfen könnte, lockerer zu werden. Der Zug ist durch Kabel mit dem EEG-Gerät verbunden. Wenn sie im Konzentrationsstadium sind, fährt er los, wenn sie abgelenkt werden, hält er. Eines unserer Kinder haßt Züge, bei ihm machen wir es mit einem Kassettenrekorder, der Musik spielt. Wir können die Anlage immer neu programmieren. Wenn sie Fortschritte gemacht haben, dauert es länger, bis die Züge fahren, und so sitzen sie automatisch länger still und aufmerksam da. Das gibt ihnen mehr innere Sicherheit und steigert ihr Selbstwertgefühl. Ein Student, der seine Doktorarbeit darüber schreibt, macht die Auswertungen.«

Saritas Armbanduhr gab ein Piepsen von sich, sie stellte es ab, machte sich noch ein paar Notizen, griff mit der Hand nach oben und zog ein Mikro zu sich herunter.

»Sehr gut, Andy. Heute hast du ihn ja prima am Laufen gehalten.«

Der Junge blickte auf und berührte eine der Elektroden.

»Es kneift«, sagte er.

»Ich komme sofort, und nehm es dir ab. Einen Moment, Alex.«

Sie rollte zur Tür, stieß sie auf, fuhr hindurch. Ich folgte ihr auf den Flur. Eine junge Frau mit einem viel zu alten Gesicht, bekleidet mit Shorts und einem dünnen Hemd, stand neben einer Tür, gegen die Wand gelehnt. Mit einer Hand drehte sie an einer langen schwarzen Haarsträhne herum, in der anderen hielt sie eine Zigarette.

»Guten Tag, Mrs. Graves. Wir sind gleich fertig. Andy hat es heute sehr gut gemacht.«

Die Frau zuckte mit den Schultern und seufzte.

»Ich will's hoffen. Heute hat mir die Schule wieder einen Bericht über Andy geschickt.«

Sarita sah sie an, reichte ihr die Hand, lächelte und

öffnete die Tür. Sie rollte zu dem Jungen hin, nahm ihm die Elektroden ab, strich ihm übers Haar und sagte ihm noch einmal, wie gut er es heute gemacht habe. Sie faßte in die Tasche ihres Blazers, zog ein kleines Spielzeugauto heraus und schenkte es ihm.

»Danke, Dr. Flowers«, sagte er und fingerte daran herum.

»Gern geschehen, Andy. Mach weiter so, ja?«

Er war aber schon aus dem Zimmer gelaufen, ganz mit seinem neuen Spielzeug beschäftigt und hörte sie nicht mehr.

»Andy«, sagte seine Mutter, »was sagst du zur Frau Doktor?«

»Das hab ich schon!«

»Dann sag es noch mal.«

»Danke«, sagte er widerstrebend.

»Also dann, Wiedersehen«, sagte Sarita. Die beiden gingen fort. Als sie außer Hörweite waren, sagte sie: »Ganz schön konfliktreich, das Verhältnis der beiden. Komm, Alex, wir gehen in mein Büro.«

Das Zimmer war anders, als ich es in Erinnerung hatte. Es war spartanisch eingerichtet, nicht mehr das typische Arbeitszimmer eines Wissenschaftlers. Mir wurde schnell klar, daß sie wegen ihrer Behinderung die hohen Bücherregale durch niedrige Bretter ersetzt hatte, die alle Wände umliefen. Der schwere Schreibtisch aus Eichenholz in der Mitte des Raumes war einem niedrigen Tisch gewichen, der in einer Ecke stand. An der Wand hinter dem Tisch hatten einst Unmengen von Fotos gehangen, Erinnerungen an ihre Zeit als Sportlerin. Es waren nur noch wenige Bilder übrig. Zwei Klappstühle standen gegen die Wand gelehnt. Es war viel freier Raum überall, aber als der Rollstuhl hineinfuhr, war der Raum fast ausgefüllt.

»Bitte«, sagte sie und wies auf die Stühle. Ich klappte einen auf und setzte mich.

Sarita fuhr an den Tisch heran und legte ihre Papiere darauf. Sie sah die Zettel durch, die man ihr in ihrer Abwesenheit hingelegt hatte, und ich betrachtete die Bilder an der Wand: ein strahlender Teenager, der in Innsbruck die Goldmedaille erhält, das Programm der Eisrevue von 1965, das Schwarzweißfoto einer schlanken, jungen Frau, die über das Eis gleitet, und die eingerahmte Titelseite einer Frauenzeitschrift mit dem Bild von Sarita Flowers und der Aufschrift: »Gesund und schön mit Eisstar Sarita«.

Sie drehte sich mit ihrem Stuhl und ließ ihre hellen Augen durch das Büro gleiten.

»Minimalistische Einrichtung«, sagte sie lächelnd. »Ich komm an alles leicht ran und bleibe seelisch gesund. Seit ich hier arbeite, habe ich gewisse Neigungen zur Klaustrophobie. Ich fühle mich etwas eingeengt. So aber kann ich meine Tür zumachen und trotzdem hin und her fahren.«

Sie lachte warmherzig. Dann sah sie mich an, lächelte und sagte:

»Alter Junge, die Zeit war gnädig mit dir.«

»Mit dir auch«, antwortete ich spontan, kam mir aber gleich darauf vor wie ein Idiot.

Zum letztenmal waren wir uns auf einem Kongreß begegnet, vor drei Jahren. Sie hatte gerade wieder einen Schub von Multipler Sklerose erlitten und sich eben erst davon erholt. Sie war geschwächt, konnte aber am Stock laufen. Ich fragte mich, wie lange sie wohl schon im Rollstuhl saß. Nach dem Aussehen ihrer Beine zu urteilen, war sie schon lange nicht mehr zu Fuß gegangen.

Sie bemerkte meine Verlegenheit, zeigte auf ihre Knie und lachte erneut.

»Abgesehen von den Dingern bin ich immer noch beste Ware, findest du nicht?«

Ich schaute sie an. Sie war vierzig, aber ihr Gesicht wirkte zehn Jahre jünger. Sie sah amerikanisch aus, ihr Gesichtsausdruck war offen und freundlich, ihre Haut von der Sonne gebräunt und sommersprossig, ihr dickes blondes Haar trug sie als Pagenkopf.

»Unbedingt Spitzenqualität«, antwortete ich.

»Lüg nicht so«, antwortete sie lachend. »Wenn ich mich demnächst wieder deprimiert fühle, dann rufe ich dich an, damit du die Wirklichkeit rosa malst.«

Ich mußte lächeln.

»Also«, sagte sie schließlich ernst, »dann laß uns mal über Jamey reden. Was wolltest du gerne wissen?«

»Wann hat er angefangen, krank zu werden?«

»Ungefähr vor einem Jahr.«

»Kam das plötzlich oder eher schleichend?«

»Schritt für Schritt, so richtig heimtückisch. Du kennst ihn ja, Alex. Du weißt, was für ein seltsames Kind er ist. Abhängig von Stimmungen, feindselig, verschlossen. Sein IQ ist immens hoch, aber er weigert sich, irgend etwas daraus zu machen. Alle anderen aus seiner Gruppe haben sich auf ihre Ausbildung nur so gestürzt. Sie erbringen phantastische Leistungen. Alles, was Jamey angefangen hatte, gab er nach kurzer Zeit wieder auf. Es gehörte, wie du weißt, bei dem Projekt zu den Abmachungen, daß man keine Arbeit unterbrechen oder einfach fallenlassen darf. Ich hätte ihn deshalb rauswerfen können, tat es aber nicht, weil ich Mitleid mit ihm hatte. Dieser traurige Junge ohne Eltern! Ich hoffte, er würde es irgendwann packen. Das einzige, was ihn wirklich zu interessieren schien, waren Gedichte. Er schrieb nicht selbst welche, aber er las und las. Er war so besessen, daß ich dachte, er würde etwas Kreatives damit anfangen. Aber nichts dergleichen geschah. Eines Tages gab er die Poesie auf, eiskalt. Sein ganzes Interesse galt von da an dem Wirtschafts- und Geschäftsleben. Er las das *Wall Street Journal* und jede Menge finanzwissenschaftlicher Texte.«

»Wann war das?«

Sie dachte einen Augenblick nach.

»Ich würde sagen, so vor vierzehn Monaten etwa. Das war übrigens nicht die einzige Änderung, die mit ihm geschah. Seit ich ihn kannte, hatte er immer nur Fast-food gegessen. Alle redeten davon, daß Jamey nichts lieber aß als riesige Hamburger mit dickem Ketch-up drüber. Und plötzlich wollte er nichts anderes mehr als Sojakeime, Tofu, Körner, frischgepreßten Saft.«

»Hast du eine Ahnung, wie es dazu kam?«

Sie schüttelte den Kopf.

»Ich habe ihn natürlich nach dem Grund gefragt, vor allem im bezug auf sein Interesse für Wirtschaftsfragen. Ich hatte den Eindruck, er würde jetzt doch etwas Ernsthaftes tun. Seine einzige Antwort war ein Blick, der sagte: Laß mich gefälligst in Ruhe, dann ging er fort. Monate später hatte er sich immer noch nicht in einem Studiengang eingeschrieben, er ging zu keinen Veranstaltungen, sondern vergrub sich in der Bibliothek der Wirtschaftswissenschaften. Ich beschloß, ihn aus dem Projekt zu werfen, aber bevor ich es ihm sagen konnte, änderte sich sein Verhalten gravierend, es war äußerst seltsam. Zunächst war es dasselbe wie früher, nur in verstärkter Form. Noch launischer war er, noch depressiver und so sehr in sich gekehrt, daß er mit niemandem mehr sprach. Dann folgten Angstzustände: Sein Gesicht lief rot an, sein Mund war ganz trocken, er hatte Atemnot, Schwindelanfälle. Zweimal verlor er das Bewußtsein.«

»Wie oft hatte er solche Anfälle?«

»Ungefähr sechs während eines Monats. Danach war er argwöhnisch und mißtrauisch gegenüber jedermann, bedachte alle mit vorwurfsvollen Blicken und schlich umher. Die anderen Kinder waren sehr bestürzt, aber sie versuchten, nett zu ihm zu sein. Da er sich in sich selbst zurückzog, war es vielleicht nicht ganz so schlimm.«

Sie schwieg, irgend etwas schien sie zu beunruhigen. Sie strich sich eine Haarsträhne aus dem Gesicht. Ihre Augen verengten sich, und ihr Kiefer war gespannt.

»Alex, Diagnosen waren nie meine starke Seite – auch in den höheren Semestern habe ich mich immer lieber mit Patienten befaßt, die Verhaltensstörungen hatten, als mit Wahnsinnigen. Aber ich bin nicht blind. Und ich habe mich ernsthaft um ihn gekümmert. Es sah lange nicht so schlimm aus, wie es wirklich war. Gut, der Junge war anders als andere, heischte um Aufmerksamkeit. Ich dachte, das würde irgendwann vorbei sein. Daß es von selbst aufhören und er danach etwas anderes machen würde.«

»Er rief mich in der Nacht, in der er aus der Klinik floh, an. Er redete wie ein Wahnsinniger. Ich habe mir auch Vorwürfe gemacht. Ich habe mich gefragt, ob ich damals etwas übersehen habe. Aber weder du noch ich hätten etwas tun können. Kinder werden wahnsinnig, und niemand kann sie davor bewahren.«

Sie sah mich an und nickte.
»Danke, daß du mir vertraust.«
»Das tue ich immer.«
Sie seufzte.
»Es ist nicht meine Art, Nabelschau zu betreiben, aber in letzter Zeit habe ich es öfter getan. Ich mußte ziemlich hart kämpfen, damit das Projekt weiterlaufen konnte. Ich wollte einen Skandal wegen eines wahnsinnig gewordenen Genies verhindern, aber dann hab ich es dick abgekriegt. Ich wollte um jeden Preis Presseveröffentlichungen darüber vermeiden, darum habe ich Jamey länger hierbehalten, als richtig war. Deshalb und aus blauäugigem Mitleid ist es dann passiert.«
»Was willst du damit sagen?«
»Daß ich zu lange weitergemacht habe mit ihm. Ich sagte doch schon, kurz bevor er krank wurde, hatte ich beschlossen, ihm zu sagen, daß er leider aus dem Projekt ausscheiden müsse. Aber dann war er so sensibel und empfindlich, und deshalb schob ich meine Entscheidung auf. Ich fürchtete, er könne sehr auffällig reagieren, und die Finanzierung des Projekts wäre nicht mehr gesichert. Zwar waren meine Ergebnisse sehr zufriedenstellend, aber als die Forschungsgelder gekürzt wurden, war es bald auch ein politisches Problem: Warum soll man hochbegabte Kinder fördern, wenn für die behinderten kein Geld da ist? Warum sind denn nicht mehr Schwarze und Lateinamerikaner in der Gruppe? Solche Fragen wurden gestellt, und man behauptete sogar, das Ganze sei eine elitäre, ja rassistische Angelegenheit. Wenn Jamey jetzt auch noch ausgeflippt wäre und es in der Zeitung gestanden hätte, wäre das das Ende vom Lied gewesen. Und so versuchte ich, in Ruhe abzu-

warten, in der stillen Hoffnung, daß alles von selbst vorbeigehen würde. Aber es kam anders.«

»Ist die Fortsetzung des Projekts genehmigt worden?«

»Nur für ein Jahr, was absoluter Quatsch ist. Solange ich nicht weiß, daß es auf länger genehmigt wird, kann ich nichts Vernünftiges anfangen.«

»Das tut mir leid.«

»Ich werde schon damit fertig«, antwortete sie, allerdings nicht sehr überzeugt. »Ich gewinne dadurch Zeit, mich nach anderen Geldquellen umzusehen. Und es sah auch ganz gut aus, bis diese Sache passierte.« Sie lächelte bitter. »Geldgeber haben es nicht allzu gern, daß jemand, den sie fördern, acht Leute in Stücke säbelt.«

Ich wollte zum Ausgangspunkt meiner Frage zurückkommen.

»Was geschah, als sich Jameys Zustand verschlechterte?«

»Sein Argwohn wurde manisch. Auf ganz subtile, kaum merkliche Art. Möglicherweise hatte er Angst, daß ihn jemand vergiftet, denn manchmal stammelte er was von der Erde, die von Zombies vergiftet wird.«

»Weißt du noch mehr über seine Wahnvorstellungen? Erinnerst du dich an Sätze, die er äußerte?«

»Nein, sonst nichts. Es ging immer um Zombies und Gift.«

»Weiße Zombies?«

»Kann sein, ich erinnere mich nicht genau.«

»Wenn er davon sprach, daß er vergiftet wurde, hatte er jemand bestimmten in Verdacht?«

»Er verdächtigte alle und jeden. Mich, die anderen Kinder, seine Tante und seinen Onkel, deren Kinder.

Wir alle waren Zombies für ihn und waren alle gegen ihn. Als er dies gesagt hatte, rief ich seine Tante an und teilte ihr mit, daß er dringend eine richtige Behandlung brauche und nicht mehr bei uns bleiben könne. Sie schien nicht weiter überrascht. Sie dankte mir und versprach, etwas zu unternehmen. In der Woche darauf war er hier. Er war nervös, murmelte vor sich hin, war außer Atem. Niemand wollte ihm nahe kommen. Er nahm an der Gruppensitzung teil, zum erstenmal in diesem Jahr. Die Hälfte der Zeit saß er ruhig da, aber mitten in der Diskussion sprang er auf und begann zu heulen. Man hatte das Gefühl, daß er Halluzinationen hatte – er hörte Stimmen, sah Gitter vor sich.«

»Was für Gitter denn?«

»Ich weiß es nicht. Er nannte es so. Er hielt die Hand vor die Augen, schielte und schrie etwas von blutigen Gittern. Es war ganz entsetzlich, Alex. Ich rannte nach draußen, um Hilfe zu holen. Dann brachten sie ihn in die Universitätsklinik. Ich verbrachte den Rest der Sitzung damit, die anderen Jugendlichen zu beruhigen. Wir machten aus, daß keiner von uns über die Sache reden sollte, um unser Projekt nicht zu gefährden. Ich sah Jamey nie wieder, und ich dachte, ich würde nie mehr von ihm hören. Aber dann passierte das.«

»Sarita, hat er, soweit du weißt, je Drogen genommen?«

»Nein. Er hatte bestimmte Prinzipien und war Drogen gegenüber äußerst zurückhaltend.«

»Aber die Halluzination mit dem Gitter, das wäre typisch für einen LSD-Trip.«

»Da hab' ich ernste Zweifel, Alex. Er war äußerst konservativ und sehr vorsichtig. Und gegen Ende der

Zeit, als er so auf seinen Körper achtete und nur noch Körner und anderes gesundes Zeug aß, hätte er sicher niemals Trips eingeworfen.«

»Vielleicht hast du es auch nur nicht gewußt«, antwortete ich, »über solche Dinge reden Jugendliche kaum mit Erwachsenen.«

Sie runzelte die Stirn.

»Schon, aber ich glaube trotzdem nicht, daß er LSD oder andere Drogen nahm. Es spielt auch gar keine Rolle, denn wie hätte er davon wahnsinnig werden sollen?«

»Das nicht, aber sie könnten ihn an den Rand des Wahnsinns gebracht haben.«

»Und wenn schon.«

»Sarita, er war vielleicht ein gestörtes Kind, aber er wurde zum Mörder aus Wahnsinn. Das ist ein Riesensprung, und es ist meine Aufgabe herauszufinden, wie es dazu gekommen ist. Ich würde gerne mit den anderen Jugendlichen aus dem Projekt reden, vielleicht wissen sie etwas darüber.«

»Mir wäre lieber, das tätest du nicht. Sie haben genug erlebt.«

»Ich will es ihnen nicht schwerer machen, im Gegenteil, es könnte sie erleichtern, darüber zu sprechen. Außerdem kennen sie mich doch noch, ich habe mit ihnen allen damals Gespräche geführt.«

»Glaub mir«, sagte sie, »das ist nicht der Mühe wert. Sie wissen auch nicht mehr, als ich dir erzählt habe.«

»Du hast sicher recht. Aber ich würde meine Pflicht vernachlässigen, wenn ich nicht alle Leute befragte, mit denen er in den letzten fünf Jahren befreundet war.«

Als ich von Pflichtverletzung sprach, verdrehte sie

die Augen. Ihre Stimme klang gereizt, aber sie bemühte sich zu lächeln.

»Alex, er hatte keine Freunde. Nicht im geringsten. Er war immer allein, und niemand kam an ihn heran.«

Ich sagte nichts darauf, und sie zuckte die Schultern.

»Du brauchst das Einverständnis von allen Fünfen. Zwei oder drei sind noch minderjährig, also mußt du auch noch die Eltern fragen. Und ich kann dir nicht versprechen, daß sie ihre Zustimmung geben. Es wäre ein großer Aufwand, und es käme am Ende wenig dabei heraus.«

»Ich versuche es trotzdem, Sarita. Den Papierkram macht Jameys Anwalt für mich, ein Typ mit Namen Horace Souza.«

Sie fuhr ein paar Zentimeter rückwärts, legte die Arme über die Brust und sagte: »Mit Mr. Souza habe ich bereits gesprochen. Das ist einer, der sich durchsetzt und wenn er dafür noch so tricksen muß. Wenn ich mich weigerte, würde er mich unter Druck setzen.«

»Aber Sarita, so weit muß es doch gar nicht erst kommen.«

Sie holte tief Luft und fuhr in ihrem Rollstuhl hin und her. Die Räder quietschten wie Vogelzwitschern.

»Seit die Schlagzeilen von der Sache voll sind, habe ich gekämpft, nicht an die Öffentlichkeit gezerrt zu werden. Aber die Schlacht habe ich wohl verloren. Es ist schon hart, da habe ich mich wie wild bemüht, das Projekt am Leben zu erhalten, und jetzt muß es so enden.«

»Wer sagt denn, daß es zu Ende ist?«

»Es ist aus und vorbei, das Projekt ist genauso tot wie die Jungen, die Jamey umgebracht hat.«

Ich schüttelte den Kopf.

»Ich zweifle nicht daran, daß die Presse großen Wirbel macht wegen seines IQ. Aber es gibt einen ärgeren Feind, nämlich Unwissenheit. Lauter Geschwätz über Genies. Wenn du schweigst und keine Tatsachen an die Öffentlichkeit gelangen, werden die Leute sich immer nach diesen Ammenmärchen richten. Je offener du darüber redest, desto stärker bist du gegenüber den Medien, um so besser kommst du mit deinen Zielen durch.«

Einen Moment lang schwieg sie.

»Also gut«, sagte sie kurzangebunden, »ich kümmere mich drum. Aber jetzt habe ich wirklich zu tun und bitte dich, mich zu entschuldigen.«

»Danke, daß du Zeit für mich geopfert hast«, sagte ich.

Sie gab mir die Hand, lächelte, aber ohne wirkliche Herzlichkeit. Als ich aus dem Zimmer gegangen war, schloß sie schnell die Tür hinter mir. Ich hörte einen schleifenden, ächzenden Lärm, Gummi auf Vinylboden. Es hörte gar nicht mehr auf.

11

Souza war über meinen Wunsch mehr als überrascht, er schien mir sogar ein wenig verärgert.

»Doktor, alles, was Sie dort zu sehen bekommen, ist ein über und über mit Blut bespritztes Zimmer, aber wenn Sie es für notwendig halten, läßt es sich natürlich einrichten.«

»Es würde mir sehr nützlich sein.«

Eine lange Pause folgte, und ich fragte mich schon, ob vielleicht die Leitung unterbrochen sei.

»Inwiefern, Doktor?«

»Falls er in der Lage ist, über die Morde zu sprechen, möchte ich so gut wie möglich über Einzelheiten informiert sein.«

»Also gut«, sagte er und klang aber eher skeptisch. »Mir ist es zwar noch nie passiert, daß ein Gutachter solche Wünsche hatte, aber ich werde mit der Polizei reden und Ihnen einen Besuch ermöglichen.«

»Vielen Dank.«

»Um etwas mehr im üblichen Rahmen zu bleiben, wüßte ich gerne, ob Sie bei Ihren Nachforschungen ein Stück weitergekommen sind.«

Ich erzählte ihm von meinem Gespräch mit Sarita Flowers. Die Geschichte von Jameys Halluzination mit den blutigen Gittern interessierte ihn ganz besonders, ebenso meine Nachforschungen über eventuellen Drogenmißbrauch.

»Was sind das denn für Gitter?«

»Manche Leute, die auf einem LSD-Trip sind, berichten davon, daß sie grellfarbene Schachbrettmuster sehen. Jamey aber sprach von blutigen Gittern, und deshalb handelt es sich möglicherweise um etwas ganz anderes.«

»Interessant. Wenn er nun solche Gitter gesehen hat, was für eine Bedeutung messen Sie dem bei?«

»Wahrscheinlich überhaupt keine. Auch wenn visuelle Halluzinationen bei Schizophrenen nicht so oft vorkommen, sondern eher akustische – Stimmen, Geräusche –, Ausnahmen gibt es immer. Frau Dr. Flowers war übrigens ziemlich sicher, daß er keine Drogen nahm.«

»Leute, die LSD nehmen, haben aber normalerweise solche Halluzinationen, oder?«

»Ja, aber nicht nur sie.«

»Es wäre eine Möglichkeit, Doktor.«

»Daß Chancellor ihn mit Drogen abfüllte und ihn in eine Art Roboter verwandelte?«

»Etwas in dieser Richtung.«

»Ich kann eine solche Theorie zu diesem Zeitpunkt noch nicht vertreten. Nach meinen Beobachtungen liegt eine Form von Schizophrenie vor. Und solche Kranke erleiden oft schwere Sprachstörungen: Wörter nehmen neue, bizarre Bedeutungen an. Verbale Paraphrasie nennt man das. Blutige Gitter, das kann genausogut Spaghetti bedeuten wie alles mögliche andere.«

»Mich interessiert nicht nur, was wissenschaftlich gesichert ist, Doktor, ich möchte wissen, was es für Möglichkeiten gibt.«

»So weit sind wir noch nicht. Es gibt keinerlei Hinweise, daß Jamey irgendwelche Drogen nahm. Mainwaring muß ihn genau untersucht haben, als er zu ihm in Behandlung kam. Hat er irgendwas über Drogenmißbrauch geäußert?«

»Nein«, räumte Souza ein, »er sagte nur, es sei ein klarer Fall von Schizophrenie. Und daß, selbst wenn der Junge Drogen genommen hätte, diese ihn nicht zum Wahnsinn getrieben hätten.«

»Das ist eine exakte Aussage.«

»Ich verstehe Sie ja, Doktor, aber Sie müssen noch nach anderen Anzeichen für Drogenmißbrauch suchen. Falls Ihnen so etwas begegnet, bitte sagen Sie mir sofort Bescheid.«

»Ja.«

»Gut. Übrigens hat Dwight heute nachmittag zufällig Zeit, Sie zu treffen. Um drei Uhr.«

»Drei ist mir recht.«

»Großartig. Wenn Sie nichts einzuwenden haben,

würde er Sie am liebsten bei *Cadmus Construction* treffen. Fernab von allen neugierigen Blicken.«

»Einverstanden.«

Souza gab mir die Adresse der Firma in Westwood und bot mir erneut Honorar an. Ich hätte am liebsten abgelehnt, aber dann sagte ich mir, daß das doch etwas zu kindisch sei und ich Selbstverleugnung mit Unabhängigkeit verwechselte. Geld oder nicht, ich war nun mal mit der Sache befaßt, und einen Weg zurück gab es nicht. Deshalb bat ich ihn, mir die Hälfte des Honorars zu überweisen, und er sagte, er werde mir gleich nach Ende des Telefongesprächs fünftausend Dollar schicken.

Um elf war ich am Gefängniseingang. Man ließ mich ohne weitere Begründung eine dreiviertel Stunde in der Eingangshalle warten. Es war ein warmer Tag mit Smog, auch vor den Türen hatte er nicht haltgemacht. Die Sessel im Warteraum waren hart und unbequem. Ich verlor die Geduld und fragte, warum man mich so lange warten ließe. Die Stimme aus dem spiegelverglasten Wachraum sagte, sie wüßte es nicht. Endlich kam eine Aufsichtsbeamtin, um mich zum Sicherheitstrakt zu bringen. Im Aufzug erzählte sie mir, daß tags zuvor ein Gefangener erstochen worden sei.

»Wir müssen alles zweimal kontrollieren, deshalb dauert es so lange.«

»Hatte es mit einem Bandenkrieg zu tun?«

»Kommt mir fast so vor.«

Ein stämmiger schwarzer Beamter namens Sims nahm mich in Empfang und führte mich in den Sicherheitstrakt. Er bat mich in ein kleines Büro und durchsuchte mich mit erstaunlich sanften Handbewegungen. Als ich den Glasraum betrat, war Jamey bereits da. Sims schloß die Tür auf und wartete, bis ich mich hingesetzt hatte. Dann ging er. Er blieb draußen gleich vor der Glaswand stehen, genau wie Sonnenschein, und beobachtete alles genau aber ohne Aufdringlichkeit.

Heute war Jamey wach. Er riß und zerrte an seinen Fesseln. Er schürzte die Lippen und rollte mit den Augen. Man hatte ihn rasiert, aber nur sehr schlecht. Sein Gesicht war voller schwarzer Bartstoppeln. Sein gelber Pyjama war sauber, aber knitterig. Unangenehmer Körpergeruch erfüllte den Raum, und ich fragte mich, wann sie ihn das letztemal gebadet hatten.

»Da bin ich wieder, Jamey, Dr. Delaware.«

Seine Augen blieben stehen, starrten, bewegten sich wieder, bis sie auf mich gerichtet waren. Ein kurzes Flackern von Klarheit schien darin auf, als habe ein Blitz in den Augenhöhlen aufgeleuchtet, aber die blaue Farbe war bald wieder wie von einer trüben Schicht bedeckt. Das war zwar keine ausführliche Antwort, aber immerhin ein Zeichen dafür, daß er überhaupt reagierte.

Ich sagte ihm, daß ich mich freute, ihn zu sehen. Ihm brach der Schweiß aus. Er lief ihm in Perlen auf die schnurrbärtige Oberlippe und ließ seine Stirn glänzen. Er schloß die Augen. Seine Lider fielen ihm zu, sein Genick wurde starr.

»Jamey, mach die Augen auf! Hör, was ich dir zu sagen habe.«

Die Lider blieben fest geschlossen. Ein Schauer überlief seinen Körper. Ich wartete auf andere Lähmungssymptome, aber es waren keine zu sehen.

»Weißt du, wo du bist?«

Keine Reaktion.
»Was für einen Tag haben wir heute, Jamey?«
Schweigen.
»Wer bin ich?«
Keine Antwort.
Ich redete weiter mit ihm. Er schaukelte hin und her und zappelte, aber im Gegensatz zu den Bewegungen vom letztenmal schien er diese willentlich auszuführen. Zweimal öffnete er die Augen und sah mich benebelt an, nur, um sie gleich darauf wieder zu schließen. Danach blieben sie zu, auch reagierte er überhaupt nicht mehr auf meine Stimme.
Zwanzig Minuten hatte ich gewartet und wollte schon aufgeben, als sich sein Mund heftig zu bewegen begann, er versuchte, seine steifen Lippen zu dehnen, als mache er den Versuch zu sprechen, ohne jedoch dazu fähig zu sein. Unter der Anstrengung richtete er sich gerade auf. Ich beugte mich nahe zu ihm. Aus dem Augenwinkel sah ich einen khakifarbenen Fleck. Sims war näher an das Glas getreten und starrte zu uns hin. Ich nahm keine Notiz von ihm, sondern konzentrierte mich ganz auf den Jungen.
»Was willst du sagen, Jamey?«
Die Haut um seine Lippen kräuselte sich und wurde weiß. Sein Mund wurde zu einer dunklen Ellipse. Er tat ein paar flache Atemzüge. Dann stammelte er ein einziges Wort: »Glas.«
»Glas?« Ich näherte mein Ohr seinem Mund auf wenige Zentimeter und fühlte die Wärme seines Atems. »Was für Glas?«
Ein kehliges Krächzen war seine Antwort.
»Jamey, bitte, sprich doch mit mir.«
Ich hörte die Tür aufgehen und die Stimme von Sims sagen:

»Bitte lehnen Sie sich zurück.«

»Erzähle mir mehr über das Glas«, fuhr ich fort und versuchte verzweifelt, aus einem einzigen geflüsterten Wort ein Gespräch zu entwickeln.

»Mein Herr, Sie sind zu dicht bei dem Gefangenen. Sie müssen mehr Abstand halten!«

Ich gehorchte. Im selben Augenblick zog sich Jamey wieder in sich zurück, ließ die Schultern herabhängen und den Kopf baumeln. Er kam mir vor wie ein Tier, daß sich in Tarnstellung begibt.

Sims stand weiterhin in der Tür und paßte auf.

»Ist schon in Ordnung«, sagte ich und sah über die Schulter zu ihm nach hinten. »Ich gehe nicht mehr so nah ran.«

Er bedachte mich mit einem vorwurfsvollen Blick, wartete ein paar Sekunden und kehrte dann an seinen ursprünglichen Platz zurück.

Ich wandte mich wieder Jamey zu.

»Was hast du gemeint mit Glas?«

Sein Kopf blieb gesenkt. Er ließ ihn auf eine Seite rollen und dort blieb er in einer komischen Pose auf der Schulter liegen. Ich mußte an einen Vogel denken, der sich zum Schlafen bereit macht und gleich seinen Schnabel in sein Brustgefieder steckt.

»In der Nacht, in der du mich anriefst, hast du immer von einer gläsernen Schlucht gesprochen. Ich dachte, du meinst das Krankenhaus. War es etwas anderes?«

Jamey entzog sich mir immer mehr. Trotz der Fesseln gelang es ihm, sich wie ein Embryo zusammenzurollen. Es war, als verschwände er langsam vor meinen Augen, ohne daß ich etwas tun konnte.

»Oder sprichst du von den Glaswänden hier?«

Ich versuchte immer weiter, ihn zu erreichen, aber

es nützte nichts. Er war nur noch ein zusammengekauertes Bündel, sein blasser Körper in dem schweißdurchnäßten Baumwollanzug ohne jedes Leben, von den kaum wahrnehmbaren Atembewegungen abgesehen. In dieser Stellung verblieb er, bis Sims hereinkam und mir mitteilte, die Besuchszeit sei vorbei.

Das Firmengebäude von *Cadmus Construction* lag in Wilshire zwischen Westwood und Sepulveda, eines jener hohen Rechtecke mit Spiegelglasfenstern, die ganz Los Angeles zu überragen scheinen – narzißtische Architektur einer Stadt, die nur auf Äußerlichkeiten bedacht ist. Auf der Vorderseite befand sich eine drei Stockwerke hohe, aus rostigen Nägeln zusammengeschweißte Skulptur, die eine greifende Hand darstellte. Auf einer Plakette stand *Das Ringen* und ein Hinweis darauf, daß dieses peinliche Gebilde von einem italienischen Künstler stamme.

Die Eingangshalle war ein Gewölbe aus schwarzem Granit, durch die Klimaanlage war es fast eiskalt darin. In den Ecken standen in polierten Stahlbehältern überdimensionale Dieffenbachias und Feigenbäume. An der Rückseite befand sich eine Art Portierslogc, ebenfalls aus Granit, hinter der zwei Sicherheitsbeauftragte standen, der eine mit kräftigem Unterkiefer und grauem Haar, der andere noch jung, gerade Anfang Zwanzig. Sie beobachteten mich, während ich den Gebäudeplan studierte. Es waren viele Anwaltspraxen und Büros von Wirtschaftsprüfern hier, *Cadmus Construction* war im Penthouse untergebracht.

»Was kann ich für Sie tun, Sir?« fragte der Ältere von beiden. Ich sagte meinen Namen, und er bat um einen Ausweis. Er führte ein kurzes Telefongespräch, so leise, daß ich nichts verstand, nickte, und der Jüngere begleitete mich zum Aufzug.

»Sie haben ja strenge Sicherheitsvorschriften hier.«

»Nur diese Woche, um uns Reporter und Neugierige vom Hals zu halten.«

Er zog einen dicken Schlüsselbund aus der Tasche, öffnete den Aufzug. Ich war in ein paar Sekunden oben. Die Tür ging auf, und ein Firmenangehöriger begrüßte mich. Er trug einen eleganten Anzug mit einem roten C, das in ein größeres hellblaues eingefügt war. Der Empfangsbereich war mit Albers-Drucken in Chromrahmen verziert, außerdem sah man mehrere Architekturmodelle in Vitrinen aus Plexiglas. Eine schlanke Dame mit braunem Haar wartete schon auf mich und führte mich durch einen langen Flur, an dessen einer Seite sich Büros mit geöffneten Türen befanden, in denen strenggesichtige Frauen an Computern arbeiteten. Gegenüber waren Metalltüren mit der Aufschrift »privat«. Die Brünette öffnete eine Tür, und ich folgte ihr über einen Korridor, der mit schwarzem Teppich ausgeschlagen war und jeden Laut verschluckte. Das Büro von Dwight Cadmus lag am Ende dieses Flurs. Die Dame nickte mir zu, öffnete die Tür und ging mit hinein.

»Dr. Delaware für Sie, Mr. Cadmus.«

»Danke, Julie.« Sie ging hinaus und schloß die Tür.

Der Raum war riesig, Cadmus stand in der Mitte, in krummer Haltung, ohne Jackett, mit hochgekrempelten Hemdsärmeln und war gerade dabei, seine Brille mit einem Taschentuch zu putzen. Die Wände waren graubraun verputzt, es hingen Architekturdarstellungen daran und ein Bild von einer Kamelkarawane, die durch eine hohe Düne reitet. Die Außenwände waren getönt verglast. Ich dachte an das einzige Wort, das Jamey gesagt hatte, überlegte kurz, dann schob ich den Gedanken beiseite.

Vor den Fenstern stand ein niedriger Schreibtisch aus lackiertem Rosenholz, ein Stapel Blaupausen und mehrere Papierrollen lagen darauf.

Im rechten Winkel zu dem Schreibtisch stand eine große Bar, davor zwei mit schwarzer Baumwolle bezogene Sessel. Über dem einen lag eine Anzugsjacke.

»Bitte, setzen Sie sich doch, Doktor.«

Ich setzte mich in einen der Sessel und wartete, bis er mit dem Putzen seiner Brille fertig war. Das getönte Glas wirkte im Sonnenlicht goldbraun, die Stadt unter uns war in gelbes Licht getaucht und schien in weite Ferne gerückt.

Cadmus setzte seine Brille auf, ging hinter seinen Schreibtisch und setzte sich auf einen Drehstuhl. Er blickte auf die Blaupausen und vermied jeden Augenkontakt. Er strich sich über sein schon recht schütteres Haar, als könne er sich dadurch mehr Sicherheit geben.

»Möchten Sie vielleicht etwas trinken?« fragte er und schaute zur Bar.

»Nein, danke.«

Von der Straße hörte man plötzlich den mißtönenden Lärm verschiedener Autohupen. Er hob die Brauen, drehte sich um und starrte auf die Straße. Als er sich wieder umwandte, war sein Gesichtsausdruck leer.

»Was genau wünschen Sie von mir?«

»Ich möchte, daß Sie mir von Jamey erzählen, angefangen bei seiner Geburt, und daß Sie mir von seiner Entwicklung bis heute berichten.«

Er blickte auf die Uhr.

»Wie lange, glauben Sie, wird das dauern?«

»Wir müssen es nicht in einem Mal machen. Wie lange haben Sie heute Zeit?«

»Nie genug.«

Ich sah ihn ungläubig an. Unsere Blicke begegneten sich, und er versuchte, ruhig und gelassen zu wirken. Dann aber änderte sein Gesichtsausdruck sich.

»Nicht, daß Sie mich mißverstehen. Ich will nicht kneifen. Im Gegenteil, ich werde selbstverständlich alles tun, was in meiner Macht steht, um Sie zu unterstützen. Gott weiß, daß ich nichts anderes getan habe, seit ich von der Sache weiß. Ich habe versucht zu helfen. Es ist ein Alptraum für mich. Da lebt man jahrelang nach bestem Wissen und Gewissen, sieht zu, daß alles seine Ordnung hat. Man glaubt, man hätte die Weichen richtig gestellt, und dann ist mit einem Schlag alles dahin.«

»Ich weiß, daß es sehr schwer für Sie ist ...«

»Für meine Frau ist es viel schlimmer. Sie hängt an Jamey. Wir beide lieben ihn«, fügte er schnell hinzu, »aber sie war ja immer mit ihm zu Hause. Und wenn Sie Einzelheiten wissen wollen, dann sollten Sie lieber mit ihr sprechen.«

»Das habe ich auch vor.«

Er spielte an seiner Krawatte herum.

»Ihr Name kommt mir bekannt vor«, sagte er und blickte zu Boden.

»Wir haben vor fünf Jahren miteinander telefoniert«, sagte ich.

»Vor fünf Jahren? Worum ging es denn?«

Ich war sicher, daß er sich an das Gespräch erinnerte. Er wartete deshalb meine Antwort nicht ab.

»Ach natürlich, jetzt weiß ich es wieder. Sie wollten mich dazu bewegen, ihn in psychiatrische Behandlung zu geben. Ich habe es auch versucht, sprach mit ihm darüber. Aber er wehrte sich mit Händen und Füßen, und ich wollte ihn nicht zwingen. Das ist einfach nicht meine Art. Ich gehöre zu den Leuten, die Probleme lösen und nicht dauernd welche schaffen. Und ich hatte bei Jamey schlechte Erfahrungen gemacht mit Ausüben von Druck.«

»Welcher Art waren Ihre schlechten Erfahrungen denn?«

»Ärger, Kräche, Gebrüll. Meine Frau und ich haben zwei kleine Mädchen, und wir wollten ihnen so etwas ersparen.«

»Es muß für Sie ein schwerer Entschluß gewesen sein, den Jungen in die Familie aufzunehmen.«

»Schwer? Wieso? Es gab gar keine andere Lösung, die gut für ihn gewesen wäre.«

Er stand auf, ging zur Bar, goß sich einen Scotch mit Soda ein.

»Möchten Sie wirklich nichts?«

»Nein, danke.«

Er nahm das Glas mit zu seinem Schreibtisch, setzte sich und nippte daran. Die Hand, in der er das Glas hielt, zitterte fast unmerklich. Er war nervös und wich mir aus, wo er konnte. Ich wußte, daß er noch andere Mittel hatte, mich am Fragen zu hindern. Bevor er sprechen konnte, sagte ich:

»Jamey kam zu Ihnen, nachdem Ihr Bruder gestorben war. Was für ein Junge war er damals?«

Meine Frage überraschte ihn offensichtlich.

»Er war ein kleines Kind.« Er zuckte die Achseln.

»Manche kleinen Kinder sind unkompliziert, andere schwierig. Was hatte Jamey für einen Charakter?«

»Manchmal launisch, manchmal ruhig. Er weinte

viel, mehr als meine Töchter. Er war auffallend hübsch, als Baby schon.«

»Hat er früh zu sprechen begonnen?«

»Allerdings.«

»Wie alt war er da?«

»Es ist lange her.«

»Versuchen Sie, sich zu erinnern.«

»Augenblick, ich glaube, er war noch kein Jahr alt. Vielleicht sechs Monate. Ich erinnere mich daran, wie mein Vater und Peter eines Tages, als ich Urlaub hatte, versuchten, ihm eine neue Windel anzuziehen. Und da sagte der kleine Kerl plötzlich klar und deutlich: ›Keine Windel‹. Er redete keineswegs wie ein Baby, die Worte waren gut zu verstehen. Es war seltsam, daß aus dem Mund eines Babys solche Worte kamen. Mein Vater machte Witze und sagte: ›Vielleicht möchte er eine Zigarre‹, aber in Wirklichkeit war er eher betroffen.«

»Und Peter?«

»Ihm war es auch nicht angenehm. Aber was hat all das mit dem zu tun, was jetzt passiert ist?«

»Ich muß soviel wie möglich über ihn wissen. War er noch in anderen Punkten frühreif?«

»In allem.«

»Können Sie mir ein paar Beispiele erzählen?«

Cadmus verzog das Gesicht, er schien verärgert.

»Auch seine motorische Entwicklung verlief viel schneller als bei anderen Kindern. Mit einem Jahr konnte er in ein Restaurant gehen und sich ein Sandwich bestellen. Unser Kindermädchen sprach Holländisch. Und eines Tages sprach auch Jamey diese Sprache – fließend, einfach so vom Zuhören. Als er drei Jahre alt war, brachte er sich selbst das Lesen bei. Ich kam eines Abends zu ihm ins Zimmer und sah ihn mit einem Buch. Ich fragte ihn, ob ich es ihm vorlesen solle. Er sah mich überrascht an und sagte: ›Onkel Dwight, ich kann doch selber lesen.‹ Ich dachte, er macht mir was vor und sagte: ›Das möchte ich gerne mal sehen.‹ Er konnte lesen, und wie! Besser als manche meiner Angestellten. Mit fünf Jahren las er jeden Tag die ganze Zeitung von vorne bis hinten.«

»Wie war er in der Schule?«

»Ich war tagsüber ja immer mit meiner Firma beschäftigt, deshalb gab ich ihn in eine Krippe. Er machte die Pflegerinnen verrückt. Vielleicht deshalb, weil er so viel schlauer war als sie. Sie erwarteten, daß er sich genauso verhielt wie die anderen Kinder. Aber er zeigte ihnen, daß er sie für dumm hielt und bat sie immer wieder, ihn in Ruhe zu lassen. Nach meiner Heirat versuchte meine Frau lange, einen geeigneten Kindergarten für ihn zu finden. Sie sah sich mehrere Einrichtungen an, sprach mit Erzieherinnen, bis sie den richtigen gefunden hatte. Es war der beste Kindergarten von Hancock Park, nur wohlerzogene Kinder aus den besten Familien waren dort. Er ging allen mit seiner großen Klappe so auf die Nerven, daß er nach zwei Monaten rausflog.«

»Weil er so viele Widerworte gab?«

»Nein, er legte das gesamte System lahm. Er wollte Bücher für Erwachsene lesen, nichts Pornographisches, sondern Faulkner und Steinbeck. Sie wollten es nicht zulassen, wegen der anderen Kinder, was ich auch verstehen kann. Jede Schule hat ein bestimmtes System, dessen Regeln man einhalten muß. Abweichungen bringen alles durcheinander. Er hätte nachgeben müssen, aber er weigerte sich. Wenn sie ihn aufforderten, sich an die Vorschriften zu halten, wurde er wütend, boxte die Erzieherinnen, gab ihnen

Tritte ans Schienbein. Eine von ihnen nannte er sogar Nazi oder ähnliches. So hatten sie nach kurzer Zeit die Nase voll von ihm und warfen ihn raus. Sie können sich denken, was meine Frau dazu sagte, nachdem sie soviel Kraft in die Sache investiert hatte.«

»Wohin kam er dann?«

»Nirgendwohin. Er blieb zu Hause, bis er sieben war, er hatte Privatlehrer. Er brachte sich selbst Latein bei, den Stoff von fünf Schuljahren Mathematik, und das gesamte Englischpensum der High-School. Meine Frau sagte immer wieder, daß er das Sozialverhalten eines Babys hätte. Wir probierten mehrere Schulen aus. Auch eine im Valley, die spezialisiert war auf besonders begabte Kinder. Hier war es genau dasselbe. Er konnte sich nicht anpassen. Immer mußte er beweisen, daß er schlauer war als die anderen, und er weigerte sich strikt, sich an die Regeln zu halten. Wenn man sich so benimmt, nützt einem natürlich der beste IQ nichts.«

»Wenn ich recht verstehe, hat er nie in einer normalen Schulklasse gelebt und entsprechendes Verhalten gelernt.«

»Allerdings nicht. Wir hätten es so gern gehabt, daß er mit normalen Kindern spielt, aber es klappte einfach nicht.«

Er legte den Kopf zurück und nahm sein Glas zur Hand.

»Es war wie ein Fluch.«

»Was genau?«

»Daß der Junge intelligenter war, als für ihn gut sein konnte.«

Ich blätterte eine Seite in meinem Notizbuch um: »Wie alt war er, als Sie geheiratet haben?«

»Das war vor dreizehn Jahren, also war er fünf.«

»Wie reagierte er auf die Heirat?«

»Er war glücklich. Während der Zeremonie durfte er die Ringe halten. Heather hatte eine Menge kleiner Vettern, die es gerne getan hätten, aber sie wollte, daß Jamey es tat, damit er nicht vernachlässigt wurde.«

»Haben sich Heather und Jamey von Anfang an verstanden?«

»Natürlich, warum denn nicht? Sie ist eine ganz tolle Frau und besonders nett zu Kindern. Sie war aufmerksamer und zärtlicher zu ihm als eine leibliche Mutter. Was jetzt passiert ist, erschüttert sie sehr.«

»Wurde Ihre Ehe davon, daß Sie für ein so schwieriges Kind sorgen mußten, überschattet?«

Er nahm sein Whiskyglas und rollte es zwischen beiden Handflächen hin und her.

»Sind Sie verheiratet?«

»Nein.«

»Es ist eine tolle Sache, Sie sollten es probieren. Natürlich muß man einiges dafür tun, daß es auch funktioniert. Im College habe ich Yachtregatten gesegelt, und manchmal kommt es mir so vor, als sei Ehe nichts anderes, als ein großes Boot zu pflegen. Man muß sich Zeit dafür nehmen, und dann geht alles gut, wenn man sich aber nicht drum kümmert, geht eben alles zum Teufel.«

»Bereitete Jamey Ihnen sonst noch irgendwelche Probleme?«

»Nein«, antwortete er, »Heather ging großartig mit ihm um.«

»Was meinen Sie mit umgehen?«

Jetzt trommelte er mit den Fingern auf den Tisch.

»Ich muß Ihnen sagen, Dr. Delaware, daß Sie mir mit Ihren Fragen erheblich auf die Nerven gehen.«

»In welcher Hinsicht?«

»Ihre ganze Art paßt mir nicht. Ich komme mir fast so vor, als läge ich auf der Couch und würde analysiert! Ich möchte wissen, was meine Ehe damit zu tun hat, ob Jamey nun ins Gefängnis oder in eine Heilanstalt kommt.«

»Natürlich sind Sie kein Patient, aber doch eine wichtige Informationsquelle. Und ich muß einfach einige Dinge wissen, um mein Gutachten erstellen zu können. Sie brauchen doch auch eine solide Basis, wenn Sie Häuser bauen.«

»Das stimmt zwar, aber wir graben auch nicht einen Zentimeter tiefer, als die Geologen verlangen.«

»Mein Fach ist leider nicht so exakt wie die Geologie.«

»Genau das ist es, was mich so daran stört.«

Ich schloß mein Notizbuch.

»Vielleicht wäre ein anderer Zeitpunkt für unser Gespräch besser geeignet.«

»Es wird keinen geeigneteren Zeitpunkt geben. Ich möchte nur, daß Sie auf dem Teppich bleiben.«

Er kreuzte die Arme über der Brust und blickte an mir vorbei. Die Augen hinter seiner Brille blickten starr und geistesabwesend.

»Eines müssen Sie unbedingt im Auge behalten, Mr. Cadmus, sagte ich in beiläufigem Ton. »Eine Gerichtsverhandlung ist ein Schauspiel, das, was früher eine öffentliche Auspeitschung war. Wenn es einmal begonnen hat, wird kein Ereignis aus Jameys Leben ausgespart werden, und auch nicht aus Ihrem. Die Krankheit Ihrer Mutter, die Beziehung Ihrer Eltern, Ihres Bruders Ehe und Selbstmord, Ihre eigene Ehe – all das wird zum Leckerbissen der Journalisten, Zuschauer und Geschworenen. Und wenn der Stoff spannend genug ist, wird vielleicht sogar jemand ein Buch darüber schreiben. Verglichen damit ist unser Gespräch ein Spaziergang im Vergnügungspark. Wenn Sie nicht mal das aushalten, werden Sie es ganz schön schwer haben.«

Er lief rot an, biß fest die Zähne aufeinander, sein Mund zuckte. Seine Schultern verkrampften sich, dann fielen sie kraftlos herab. Plötzlich wirkte er wie ein hilfloses Kind, wie ein kleiner Junge, der sich in eine Vorstandsetage verirrt hat. Mit vor Ärger erstickter Stimme sagte er:

»Wir opfern uns auf für den kleinen Mistkerl. Jahrelang. Und dann geht er hin und tut so entsetzliche Dinge!«

Ich stand auf und ging zur Bar. Er hatte seinen Drink mit Glenlivet gemixt, einer meiner Lieblingsmarken. Ich goß mir ein, mixte ihm dann einen zweiten Drink und reichte ihn ihm. Er nickte dankbar, hatte nicht die Kraft zu sprechen. Einige Minuten saßen wir ruhig da und tranken.

Schließlich sagte Cadmus: »Also gut, bringen wir's hinter uns.«

Wir fuhren da fort, wo wir aufgehört hatten. Dreimal bekräftigte Cadmus, daß seine Ehe dadurch, daß er und seine Frau Jamey aufgezogen hatten, nicht den geringsten Schaden erlitten hätte. Er gab allerdings zu, daß das Leben mit dem Jungen nicht immer einfach gewesen sei. Dies alles sei konfliktfrei verlaufen, weil seine Frau eine so große Begabung im Umgang mit Kindern hätte.

»Hatte sie schon vorher mit Kindern zu tun?«

»Nein, sie studierte Anthropologie. Sie machte einen Magister und promovierte dann. Sie ist ein Naturtalent.«

In einem Kraftakt brachte ich ihn dazu, mir zu erzählen, wie sich Jameys Psychose entwickelt hatte. Was er sagte, erinnerte mich an das, was Sarita Flowers mir berichtet hatte: ein langsamer aber unaufhaltsamer Prozeß, von dem man allzu lange nichts bemerkte, weil sich die Krankheit des Jungen in immer neuer Gestalt zeigte.

»Wann haben Sie angefangen, sich echte Sorgen zu machen?«

»Als er begann, sich wie ein Wilder aufzuführen und wir Angst bekamen, daß er Jennifer und Nicole etwas antun könnte.«

»Hat er sie bedroht? Ist er handgreiflich geworden?«

»Nein, er war einfach biestig zu ihnen. Dauernd kritisierte er sie, aber auf unglaublich zynische Weise. Manchmal nannte er sie kleine Hexen. Es geschah nicht oft, denn er wohnte seit seinem sechzehnten Geburtstag im Gästeapartment oberhalb der Garage. Wir sahen ihn nur selten, waren aber trotzdem betroffen.«

»Und vorher, wohnte er da im selben Haus wie die Familie?«

»Ja, er hatte ein eigenes Zimmer und ein Bad für sich.«

»Warum zog er denn ins Gästeapartment um?«

»Er sagte, er wolle für sich sein. Wir redeten darüber und erklärten uns einverstanden. Er hielt sich sowieso meist allein in seinem Zimmer auf, und so änderte sich im Grunde nur wenig.«

»Trotzdem kam er immer wieder in Ihre Wohnung und ärgerte die Mädchen?«

»Von Zeit zu Zeit kam er, vier- bis fünfmal im Monat, meistens, um zu essen. Er hatte eine Küche bei sich drüben, aber er kochte nie. Er wühlte bei uns im

Kühlschrank herum, nahm sich Reste, die er dann an das Waschbecken gelehnt im Stehen aß, er schlang sie herunter wie ein Tier. Heather bot ihm immer wieder an, sich hinzusetzen, sie wollte auch für ihn kochen, aber er lehnte immer ab. Dann wurde er Gesundheitsfanatiker und hörte mit der Klauerei auf. Wir sahen ihn noch weniger, was wir als Segen empfanden, denn jedesmal wenn er kam, kritisierte er alles in Grund und Boden. Erst dachten wir, es wäre nur Trotz, dann erst merkten wir, daß es mit seiner Psyche bergab ging.«

»Woran haben Sie das gemerkt?«

»Wie ich schon vorher sagte, seine Wahnsinnsausbrüche. Er war schon immer ein argwöhnisches Kind gewesen, vermutete hinter allem und jedem etwas. Aber dies hier war anders. Er kam in die Küche, roch an dem Essen wie ein Hund, begann zu schreien und sagte, daß es vergiftet sei, daß wir ihn umbringen wollten. Wenn wir versuchten, ihn zu beruhigen, beschimpfte er uns mit den schlimmsten Ausdrücken. Er wurde rot im Gesicht und hatte einen wilden Blick, er sah sich forschend um, als sei er in einer fremden Welt und als höre er jemandem zu, der mit ihm redete. Später erzählte Dr. Mainwaring uns, daß er Halluzinationen hatte und Stimmen hörte. Da wußten wir dann, was es war.«

»Können Sie sich noch erinnern, mit welchen Worten er Sie beschimpfte?«

Cadmus sah bedrückt aus.

»Er sagte, daß wir stinken, daß wir Wüstlinge und Zombies seien. Eines Tages zeigte er mit dem Finger auf Jennifer und Nicole und nannte sie Zombiweiber. Da wußten wir, daß wir etwas unternehmen mußten.«

»Was für ein Verhältnis hatte er zu Ihren Töchtern, bevor er wahnsinnig wurde?«

»Als sie klein waren, verstanden sie sich gut. Bei Jennifers Geburt war er zehn, als Nicki zur Welt kam, zwölf, zu alt, um eifersüchtig zu sein. Heather ermutigte ihn, sich mit ihr um die Babys zu kümmern. Er wechselte Windeln, brachte sie zum Lachen. Er konnte sehr phantasievoll sein, wenn er wollte, er spielte ihnen oft Kasperlestücke vor. Als er älter wurde, so ungefähr vierzehn, verlor er die Lust. Für die Mädchen war das nicht leicht, denn bis dahin hatte er ihnen seine ganze Aufmerksamkeit gewidmet, und jetzt sagte er plötzlich: ›Geht weg, laßt mich in Ruhe‹, aber in einem sehr unfreundlichen Ton. Es sind zwei wunderbare Mädchen, sehr beliebt, mit vielen eigenen Ideen. Sie wurden schnell mit der neuen Lage fertig und gingen Jamey aus dem Weg, ohne daß wir es ihnen hätten sagen müssen. Aber wir machten uns trotzdem Sorgen.«

»Brachte Sie das auf die Idee, einen Therapeuten zu suchen?«

»Wir fingen damals an, uns darüber Gedanken zu machen. Der Stein kam erst wirklich ins Rollen, als er unsere Bibliothek zerstört hatte.«

»Wann geschah das?«

Er holte tief Atem.

»Etwa drei Monate ist es her. Es passierte nachts. Wir waren schon schlafen gegangen. Plötzlich hörten wir seltsame Geräusche von unten, Geschrei, Geheul, lautes Krachen. Heather rief schnellstens die Polizei, ich nahm mein Gewehr und ging nach unten, um zu sehen, was los war. Jamey stand in der Bibliothek. Er war nackt, schrie, warf Bücher aus den Regalen, riß sie entzwei, zerfetzte sie und brüllte wie ein Wahnsinniger. Ich werde es nie vergessen. Ich schrie ihm zu, er solle aufhören, aber er sah durch mich durch, so als sei ich eine Art Geist. Dann kam er auf mich zu, er hatte nicht die geringste Angst vor dem Gewehr. Sein Gesicht war rot und verquollen, er atmete schwer. Ich ging vorsichtig rückwärts und schloß ihn ein. Er machte sich wieder an sein Zerstörungswerk. Ich hörte, wie er weiter Bücher zerriß und zertrampelte. Manche waren alte Bände und ein Vermögen wert. Ich habe sie von meinem Vater geerbt. Aber ich konnte ihn nicht an ihrer Zerstörung hindern, es war mir wichtiger, daß niemand verletzt wurde.«

»Wie lange blieb er in der Bibliothek?«

»Eine Viertelstunde vielleicht, aber es kam mir vor wie Stunden. Endlich kam die Polizei und überwältigte ihn. Es war nicht leicht, weil er sich heftig wehrte. Sie dachten, er hätte Drogen genommen und riefen einen Krankenwagen. Sie wollten ihn in die Staatliche Psychiatrische Klinik schicken, aber wir hatten gerade eine Woche vorher mit Mainwaring gesprochen, und sagten, wir wollten, daß sie ihn nach *Cañon Oaks* bringen. Es gab erst Schwierigkeiten, aber dann kam Horace – Heather hatte auch ihn gerufen – und regelte alles.«

»Wer hatte Ihnen Dr. Mainwaring empfohlen?«

»Horace. Er hatte öfter mit ihm gearbeitet und sagte, er sei hervorragend. Wir riefen ihn an, weckten ihn, er sagte, er werde gleich kommen. Eine Stunde später kam Jamey nach *Cañon Oaks*.«

»Nur für zwei Tage zur Ausnüchterung?«

»Ja, aber Mainwaring sagte uns gleich, daß er länger dableiben müsse.«

Er sah auf sein leeres Glas, dann auf die Flasche Glenlivet.

»Den Rest der Geschichte kennen Sie ja«, sagte er kurz.

Er hatte jetzt mehr als eine Stunde lang meine Fragen beantwortet und schien erschöpft. Ich bot ihm an, zu gehen und ein anderesmal wiederzukommen.

»Zum Teufel, der Tag ist sowieso im Eimer, machen wir doch weiter bis zum Schluß«, sagte er.

Er blickte zur Bar hinüber, und ich sagte ihm, es mache mir nichts aus, wenn er noch etwas tränke.

»O nein«, antwortete er, »nachher denken Sie, ich sei ein Säufer und schreiben das noch in Ihren Bericht.«

»Da können Sie unbesorgt sein«, ermunterte ich ihn.

»Nein, es ist genug so, ich trinke nie mehr als das. Also, was wollen Sie noch wissen?«

»Wann haben Sie zum erstenmal bemerkt, daß Jamey homosexuell ist?« fragte ich und bereitete mich auf eine neue Abwehr seinerseits vor. Aber zu meiner Überraschung blieb er ganz ruhig, schien sogar ein wenig heiter.

»Niemals.«

»Wie bitte?«

»Ich habe nie bemerkt, daß er homosexuell ist, weil er nicht homosexuell ist.«

»Er ist es nicht?«

»Zum Teufel nein! Er ist ein Kind, das völlig von Sinnen ist und nicht mehr weiß, was Männlein oder Weiblein ist. Normale Kinder in diesem Alter wissen es auch noch nicht, woher soll es dann ein Verrückter wissen?«

»Aber seine Beziehung mit Dig Chancellor ...«

»Dig Chancellor war ein alter Lüstling, der gerne kleine Jungen bumste. Ich will nicht behaupten, er hätte es mit Jamey nicht gemacht, aber wenn er es getan hat, dann hat er ihn dazu gezwungen.«

Er sah mich um Zustimmung heischend an. Ich schwieg jedoch.

»Es ist noch viel zu früh. Ein Junge dieses Alters kann sich selbst noch nicht begreifen, er weiß noch nicht genug vom Leben, um zu beurteilen, ob er andersrum ist, stimmt's?« fragte er mit Nachdruck.

Er sah mich herausfordernd an. Seine Frage war nicht rhetorisch gemeint, er erwartete eine Antwort.

»Die meisten Homosexuellen fühlen schon in frühem Kindesalter, daß sie anders sind«, sagte ich, verschwieg jedoch, daß Jamey selbst mir das bereits Jahre vor seinem Verhältnis mit Chancellor erzählt hatte.

»Woher wissen Sie das? Ich glaube es Ihnen nicht.«

»Verschiedenste Forschungen haben das ergeben.«

»Was für Forschungen?«

»Fallstudien, Verlaufsberichte.«

»Heißt das, die Leute erzählen Ihnen so was, und Sie glauben es?«

»Im allgemeinen schon.«

»Vielleicht lügen sie, versuchen ihre Abnormität damit zu entschuldigen, daß sie angeboren ist. Psychologen wissen nichts über die Ursachen von Homosexualität, stimmt's?«

»Nein.«

»Da sehen Sie mal, wie weit es her ist mit der Wissenschaft. Ich folge meiner Nase, und die verrät mir, daß er ein normales Kind ist, das von einem Perversling auf den falschen Weg geführt worden ist.«

Ich widersprach nicht, sondern fragte:

»Wie haben Jamey und Chancellor sich kennengelernt?«

»Auf einer Party«, sagte er mit seltsamem Nachdruck und nahm die Brille ab. Er stand plötzlich auf und rieb sich die Augen. »Ich glaube, ich habe mich geirrt, Doktor. Ich bin wirklich todmüde. Wir reden ein andermal weiter, ja?«

Ich nahm meine Notizen, stellte mein Glas ab und stand auf.

»Selbstverständlich. Wann haben Sie wieder Zeit?«

»Ich weiß es nicht, rufen Sie meine Sekretärin an, und machen Sie einen Termin mit ihr.«

Er begleitete mich eilig zur Tür. Ich dankte ihm für die geopferte Zeit, er nickte abwesend, blickte zur Bar hinüber. Ich wußte mit ziemlicher Sicherheit, daß er sich, sobald ich hinausgegangen war, ein großes Glas Scotch eingießen würde.

12

An der Ecke Westwood und Wilshire Boulevard war ein Dino Ferrari steckengeblieben. Zwei Männer mittleren Alters in Shorts und T-Shirts bemühten sich, ihn an den Straßenrand zu schieben, sie kümmerten sich nicht um die hupenden Autos hinter sich und brachten den Nachmittagsverkehr zum Erliegen.

Ich saß in meinem Wagen fest und nutzte die Gelegenheit, über mein Gespräch mit Cadmus nachzudenken. Ich fand das Ergebnis ziemlich mager. Durch seine Abwehrhaltung hatten wir viel Zeit verloren, und ich war nicht dazu gekommen, andere wichtige Punkte anzusprechen. Ich fragte mich, was für Geheimnisse er für sich behielt – Dinge, hinter denen sich am meisten verbirgt, sind die besten Bausteine für eine seelische Festung –, und weil ich zu keinem

Ergebnis kam, beschloß ich, bevor ich ihn das nächste Mal besuchte, andere Wege zu gehen.

Der Dino war endlich am Straßenrand gelandet, allmählich löste die Autoschlange sich auf. Bei nächster Gelegenheit bog ich links ab und fuhr über kleine Nebenstraßen nach Sunset. Fünf Minuten später war ich zu Hause.

In der Post fand ich neben allem möglichen unwichtigen Kram einen Umschlag, der per Kurier aus Beverly Hills gebracht worden war. Er enthielt einen Scheck über fünftausend Dollar und einen Zettel mit der Bitte, einen gewissen Bradford Balch in Souzas Kanzlei anzurufen.

Das Interview mit Cadmus und die Nullen auf dem Scheck machten mir zu schaffen. Die zwiespältigen Gefühle, die ich von Anfang an gegenüber Souzas Auftrag gehabt hatte, hatten sich noch nicht zerstreut. Im Gegenteil, es stiegen Zweifel an der Richtigkeit meiner Entscheidung in mir auf. Ich hatte den Plan gefaßt, in Gesprächen mit Verwandten und Bekannten Jameys Vergangenheit zu rekonstruieren. Ich war sicher gewesen, ihn so besser zu verstehen und ihm helfen zu können. Jetzt kam mir das alles ziemlich unwichtig vor. Man kann zwar aus der Lebensgeschichte eines Menschen einiges für die Zukunft lernen, aber weshalb jemand verrückt wird, kann man damit noch lange nicht erklären. Ich zweifelte, ob ich je genug Informationen zusammenbekommen würde, um Jameys psychischem Verfall wenigstens einigermaßen auf die Spur zu kommen. Wozu aber würde mir das nützen? Nur um Souzas Gewährsmann zu sein? Sollte ich wirklich meinen Doktortitel mißbrauchen, um seiner Hexerei vor Gericht das Mäntelchen der Wissenschaftlichkeit umzuhängen? Der beste Psychotherapeut oder Psychiater, der den Weg wissenschaftlicher Stringenz verläßt und, ohne daß es ausreichend fundiert wäre, anfängt, von mangelnder Zurechnungsfähigkeit zu reden, kann von jedem mittelmäßigen Staatsanwalt vor Gericht lächerlich gemacht werden. Dennoch gibt es genügend Ärzte und Psychologen, die sich für solche Dinge hergeben und auch die damit verbundene Selbsterniedrigung nicht scheuen. Manche sind wie Huren, die sich für einen Tag bezahlen lassen, aber die meisten von ihnen sind durchaus ehrenwerte Fachleute, die der Verführung erlegen sind, sich selbst für Hellseher zu halten. Für mich waren ihre Gutachten nie etwas anderes als öffentliche Quacksalberei, doch jetzt stand ich kurz davor, in ihr Lied einzustimmen. Wie sollte ich denn unter Eid etwas über den geistigen Zustand aussagen, in dem Jamey sich vor einer Woche, vor einem Tag oder nur einer Minute befunden hatte? Niemand würde das können. Ich war in eine ganz schöne Zwickmühle geraten.

Im selben Augenblick wurde mir bewußt, daß Souza mich für seine Zwecke mißbrauchen würde; ich hatte es von Anfang an gewußt. Ich hatte ihm zwar keine Versprechungen gemacht, hatte ihm aber meine Mitarbeit angeboten. Dies vorzutäuschen, obwohl es nicht meine Absicht war weiterzumachen, war vielleicht Souzas Art, aber nicht meine. Ich mußte etwas unternehmen, war aber noch nicht reif dafür – ich wollte den Fall, wollte Jamey nicht aufgeben, ob aus Zwang, Sentimentalität oder einem Gefühl der Verpflichtung heraus.

Während ich überlegte, was ich tun könnte, faltete ich den Scheck, bis er aussah wie ein japanischer Papiervogel. Dann kam ich zu folgendem Schluß: Ich wollte die Gespräche zu Ende führen, was ich letzten Endes im eigenen Interesse tat. Geld wollte ich nicht dafür nehmen. Ich steckte den Scheck in den Umschlag und schloß ihn in meine Schreibtischschublade ein. Ich wollte ihn zurückgeben, wenn der richtige Zeitpunkt gekommen wäre.

Die Luft im Haus kam mir plötzlich heiß und stikkig vor. Ich zog mir Shorts an, öffnete die Fenster und nahm mir ein Bier aus dem Kühlschrank. Dann rief ich Bradford Balch an, der, wie sich herausstellte, Sozius von Souza war. Er schien noch jung zu sein, hatte eine übereifrige, hohe, nervöse Stimme.

»Gut, daß Sie anrufen, Doktor. Herr Souza bat mich, Sie anzurufen, um Ihnen mitzuteilen, daß die Polizei Ihnen die Erlaubnis erteilt hat, Chancellors Haus zu besuchen. Wollen Sie das immer noch?«

»Ja.«

»Dann seien Sie bitte morgen früh um neun Uhr dort.«

Er gab mir die Adresse, dankte für meinen Anruf und hängte ein. Es war das erste Mal, daß Souza mich nicht selbst angerufen hatte, und ich wußte den Grund. In der vergangenen Woche hatte er mich umschmeichelt wie ein Pfadfinder ein junges, hübsches Mädchen. Er war überhöflich gewesen, hatte mich in seinem Rolls fahren lassen, hatte mich zu sich nach Hause zum Essen eingeladen und, was das wichtigste war, er hatte mich nicht mit seinem Personal konfrontiert, sondern war jederzeit persönlich für mich erreichbar gewesen. Er wollte mich für sich und seine Arbeit gewinnen, aber nach seinen Spielregeln: Er war der Chef, ich hatte zu wissen, wo meine Grenzen lagen. Daß ich energisch darauf bestanden hatte, den Schauplatz des Mordes zu besichtigen, war in seinen

Augen viel zu eigenmächtig gewesen. Um dies zum Ausdruck zu bringen, ließ er mir die Nachricht durch einen Untergebenen zukommen. Eine feine, aber gezielte Spitze gegen mich. Ich bekam einen ersten Vorgeschmack davon, was es bedeutete, sich Souza zum Feind zu machen.

Wenn Südkalifornien von dichtem Smog heimgesucht wird, sieht es draußen aus wie auf einem Foto, das mit einer vaselineverschmierten Linse aufgenommen worden ist. Der Himmel wird bronzefarben, die Umrisse der Gebäude verschwinden im Dunst, das Grün der Bäume verwandelt sich in ein häßliches, fluoreszierendes Grau. An einem solchen Morgen fuhr ich in östlicher Richtung über den Sunset Boulevard nach Beverly Hills. Die großen Anwesen, an denen ich vorbeikam, flimmerten in der unangenehm drükkenden Hitze, sahen aus wie schmelzendes italienisches Eis mit Marzipanpalmen.

Der Besitz von Chancellor – sein Wert mußte um die fünf Millionen Dollar betragen – lag auf einem Hügel nördlich des Boulevards oberhalb des Beverly-Hills-Hotels. Er war von einer fast zwei Meter hohen, von schmiedeeisernen Gitterstäben gekrönten Steinmauer umgeben. Die Stäbe waren oben vergoldet und so scharf und spitz, daß sie jedem allzu neugierigen Mauerbesteiger die Eingeweide herausreißen mußten.

Das doppelte eiserne Gittertor war weitgeöffnet, ein Beamter der Beverly Hills Police bewachte es. Ich fuhr dicht an ihn heran und hielt. Nachdem ich meinen Namen genannt hatte, sprach er in sein Walkie-talkie. Kurz darauf nickte er und winkte mich herein. Hinter der Einfahrt kam ich auf eine kiesgestreute Auffahrt in Haarnadelform, auf die dichte Hecken burgunderroter Kirschmyrten lange Schatten warfen. Hinter der Kurve wurde die Auffahrt von niedrigen weißen Azaleen gesäumt. Dann führte die Straße in einem weiten S-förmigen Bogen eine mit smaragdgrünem Rasen bewachsene Anhöhe hinauf. Ich fuhr auf das Herrenhaus zu, das im klassizistischen Stil gebaut war und auf dem Hügel lag. Es hatte enorme Ausmaße, etwa wie ein Sportplatz. Marmorne Stufen führten zu einem weiten Säulengang, im rechten Winkel dazu war vor den Stufen ein Wasserbecken angeordnet, an dessen Rand Statuen standen, welche der Schönheit des männlichen Körpers ihre Ehre erwiesen. Trotz des Smogwetters war alles von blendendem Weiß. Der Garten war streng symmetrisch angelegt, runde Beete mit weißen Rosen, kunstvoll geschnittene Ligusterhecken, lange Reihen säulenartiger Zypressen wie in Italien. Es war einer jener Parks, die ständig Pflege brauchen, in letzter Zeit aber war nichts mehr daran getan worden: überall wilde Triebe, Zweige, die über die Wege hingen, verwelkte Blütenblätter und vertrocknete Grasstücke, die angesichts des samtenen Rasens besonders traurig wirkten.

Am Fuß der Marmorstufen standen ein schwarzweißer Plymouth und ein perlgrauer Mazda RX-7. Ich parkte neben dem Mazda, stieg aus und ging auf ein weißlackiertes Portal zu. Ein Mann und eine Frau standen dort, an eine Nachbildung von Michelangelos David gelehnt, rauchten und waren offensichtlich guter Laune. Die Frau trug die hübsch geschnittene weibliche Uniform des Beverly Hills Police Department, der Mann ein Jackett mit feinem Karomuster über einer schwarzen Hose.

Ich schnappte ein paar Worte ihres Gesprächs auf (»Ja, das haben Bogenschützen so an sich«), aber dann hörten sie mich kommen. Der Mann trug eine dunkle Brille. Es war Richard Cash, der Kriminalbeamte, der mich mit Whitehead zu Hause aufgesucht hatte.

»Da sind Sie ja, Doktor, dann können wir gleich loslegen.«

»Wenn Sie jetzt Zeit haben.«

»Aber sicher«, sagte er und trat seine Zigarette auf dem Marmorboden aus. Er wandte sich an die Beamtin, eine junge Blonde, lächelte und strich sich das Haar zurück.

»Dixie, wir gehen und bringen es hinter uns. Bis nachher.«

»Das klingt ja wirklich aufregend, Dick.« Sie lächelte, steckte eine lose Haarsträhne unter ihrer Uniformmütze fest, grüßte und ging. Cash beobachtete sie dabei und pfiff leise.

»Die gefällt mir.« Er zwinkerte mir zu und öffnete die Tür.

Wir betraten eine Schneelandschaft. Alles hier drinnen – Wände, Decken, Böden, selbst die Holztäfelung und die Deckenbalken – waren weiß gestrichen. Nicht etwa in gebrochenem Weiß, nein, es war reines, gnadenlos grelles Kalkweiß.

»Sieht jungfräulich aus hier, was?« sagte Cash.

Dann führte er mich an einer Wendeltreppe vorbei, unter einem Marmorbogen hindurch in ein helles, großes Foyer, zu dessen beiden Seiten ein höhlenähnliches Wohnzimmer und ein ebensolches Eßzimmer lagen. Auch hier war alles wie in Milch getaucht: weiße Möbel, weiße Teppiche, ein weißer Kamin, weiße Porzellanvasen, in denen die Federn von

Albino-Straußen steckten. Einzige Ausnahme in diesem gletscherartigen Haus waren hier und da ein Spiegel oder ein Kristallgegenstand, aber sie spiegelten das Weiß und erhöhten dadurch nur seine Wirkung.

»Dieses Haus hat fünfunddreißig Räume«, erklärte Cash. »Sie wollen sicher nicht alle sehen.«

»Nur den, in dem es passierte.«

»Also, dann los.«

Das Foyer endete an einer Glaswand. Cash wandte sich nach rechts, und ich folgte ihm in ein weites Atrium, das in eine Loggia mündete. Dahinter sah man eine begrünte Terrasse und noch mehr kunstvolle Gartenanlagen. Unterhalb der Terrasse befand sich ein Swimmingpool in olympischen Ausmaßen, der innen türkisfarben war. Der Beckenrand war aus weißem Marmor, und an beiden Enden standen nackte Cherubimstatuen. Beide hielten eine Urne in die Höhe, die üppig mit weißen Petunien bepflanzt war.

Auf dem Grund des Schwimmbads war ein weißes Seepferd aufgemalt. Das Becken reichte bis an den Rand des Grundstücks, und man hatte den Eindruck, daß das Wasser bis in den Himmel reichte. Der Blick auf die Stadt war getrübt durch den Dunst des Smogwetters.

»So, da wären wir«, sagte Cash mit träger Stimme. Im Atrium standen keine Pflanzen. Der Raum hatte eine hohe Decke, der Fußboden bestand aus weißgestrichenem Holz, die Möbel aus weißem Rattan. Einige Stühle waren umgekippt, ein abgebrochenes Stuhlbein lag auf einem der Sofas. Die Decke war mit mehreren Balken verziert. Einer davon war durch einen grauen Strich in der Mitte markiert.

»War dort das Seil befestigt?«

»Ja.«

Überall an den Wänden waren rostfarbene Flekken, der Fußboden war voller Muster, die mich an Rorschachtests und Pinnbrettnadeln erinnerten. Unendlich viel getrocknetes Blut überall. Es sah aus, als hätte die Putzfrau einen Eimer voll großzügig verteilt.

Cash beobachtete neugierig meine Reaktion und sagte dann:

»Endlich mal ein bißchen Farbe, nicht?«

Am Boden erkannte ich die Umrisse eines Körpers, er war mit Bleistift gezeichnet, nicht mit weißer Kreide wie sonst üblich. An der Stelle, wo das Seil gehangen hatte, war ein dicker Strich gemalt worden. Zahllose Blutflecken waren auf dem Balken zu sehen.

Obwohl es getrocknet war, bot all das Blut einen grauenhaften Anblick. Ich ging ein paar Schritte näher. Cash hielt mich am Arm fest.

»Vorsicht, nichts berühren!« Er lächelte. Seine Brillengläser reflektierten das blendende Sonnenlicht. Der Arm duftete nach Parfum. Ich wich zurück.

Zur Loggia hin war das Atrium mit gläsernen Schiebetüren versehen. Die eine war einen Spalt weit geöffnet, aber es drang kein Lufthauch herein. Der Geruch von Harn und Metall hing in der Luft.

»Es hat sich alles hier abgespielt, oder?« fragte ich.

»Weitgehend.«

»Wurde das Haus geplündert?«

»Ein wenig, aber das spielt keine Rolle.«

»Fehlen wertvolle Gegenstände?«

Er lächelte herablassend. »Das war doch kein Einbruch.«

»Woher stammt das Seil?«

»Von einem der Rettungsringe am Swimmingpool.«

»Welche Art von Waffen wurde benutzt?«

»Küchengeräte: Metzgermesser, ein Küchenbeil, ein Stück lila Seidenstoff lag mittendrin. Eine höllische Szenerie war das.«

»Wurden den Toten viele Verletzungen beigebracht?«

»Das kann man wohl sagen!«

»Genau wie bei den anderen Lavendel-Morden?«

Zwischen Cashs dünnen Lippen wurden regelmäßige, aber nikotinverfärbte Zähne sichtbar.

»Ich darf leider nicht mit Ihnen darüber reden.«

Ich sah mir den Raum noch einmal genau an, blickte dann durch die Glastüren nach draußen. Auf der Wasseroberfläche des Beckens schwammen vertrocknete Blätter und Blüten von weißen Petunien mit braunem Rand. Irgendwo in der Nähe krähte ein Hahn. Cash nahm eine Zigarette aus dem Etui und zündete sie an. Das Streichholz ließ er lässig auf den Boden fallen.

»Haben Sie jetzt genug gesehen?« fragte er.

Ich nickte.

Wieder zu Hause, ging ich in den Garten hinunter, setzte mich auf einen von Polstern umgebenen Stein und fütterte die Fische im Teich. Das Geräusch der Fontäne versetzte mich in eine Art Trancezustand – ähnlich dem, den Sarita Flowers bei den Konzentrationsübungen ihrer kleinen Patienten beobachtet, die den Lokomotiven zuschauen. Aber schon bald riß mich der Klang von Stimmen heraus. Offenbar befanden sich Leute vor der Haustür.

Ich ging zur Terrasse hinauf, so weit, daß ich sie sehen konnte, ohne selbst bemerkt zu werden. Dort stand Milo mit einem anderen Mann in angeregtem Gespräch. Ich konnte nicht hören, was sie sagten, aber an ihrer Gestik und ihren Blicken erkannte ich, daß es keine gemütliche Plauderei war.

Der Mann war etwa Anfang Vierzig, tiefbraun, mittelgroß und untersetzt. Er trug Edeljeans und eine schwarzglänzende Windjacke über einem fleischfarbenen T-Shirt, das normaler Haut täuschend ähnlich sah. Sein festes dunkles Haar war militärisch kurz geschnitten. Zwei Drittel seines Gesichts waren von einem dichten Bart überwuchert, der am Kinn grau, sonst aber rot war. Der Mann sagte etwas, und Milo antwortete ihm. Daraufhin lächelte der Mann höhnisch und sagte wieder etwas. Dann faßte er in seine Jackentasche, aber Milo reagierte blitzschnell. Im Bruchteil einer Sekunde lag der Mann bäuchlings am Boden, Milos Knie auf dem Rücken. Milo riß ihm die Arme nach hinten, fesselte ihn und stieß ihn nach unten. Er stand auf, ein großes Messer und eine Pistole in der Hand. Milo hob die Waffen hoch und sagte etwas. Der Mann bog seinen Rücken nach hinten, hob den Kopf und lachte. Er hatte sich bei seinem Sturz die Lippen verletzt, und sein Mund blutete.

Ich ging vorsichtig rückwärts durch den Garten von hinten ins Haus und von dort durch die Haustür nach vorne. Der Mann am Boden lachte immer noch, und als er mich erblickte, lachte er noch lauter.

»Ach, Dr. Delaware! Sehen Sie sich mal an, was für ein brutaler Bulle da steht!«

Sein Bart war blutgetränkt, beim Sprechen kamen aus seinem Mund Blut und Speichel in Form eines rosafarbenen Schaums. Er drehte sich mühsam nach hinten, sah Milo an und sagte höhnisch:

»Wie kann man nur so wütend sein.«

Milo achtete nicht auf ihn.

»Eine Beretta 926«, sagte er und betrachtete die Waffe. »Sechzehn Schuß. Unterwegs zum Schützenfest, Ernie?«

»Ist mein legaler Besitz, du Hurenbock.«

Milo steckte die Waffen ein und zog seine 38er heraus. Er gab dem bärtigen Mann am Boden eine Tritt.

»Bleib weg, Alex!« rief er und stieß dem Mann seinen Colt in den Rücken.

»Alex?« Der Mann kicherte. »Wie nett, er ist also auch einer von denen!«

»Vorwärts«, rief Milo. Mit einer Hand packte er den Mann am Kragen, in der anderen hielt er seine Pistole. So zerrte er seinen Gefangenen den Hügel hinunter. Ich folgte in einigem Abstand. Auf dem Wendehammer parkten zwei Wagen: Milos bronzefarbener Matador und der graue RX 7, den ich bei Chancellor gesehen hatte.

Milo sah sich um, bis er einen geeigneten Baum gefunden hatte. Er hielt den Revolver fest gegen das Kreuzbein des Mannes, drückte ihn gegen den Baumstamm, Gesicht nach vorn, gab den Füßen von innen Tritte, bis der Mann die Beine spreizte. Dann öffnete er dic Handschellen und legte einen der Arme um den Baumstamm.

»Los, umarm den Baum!« befahl er. Der Mann legte die Arme um den Eukalyptus, dann fesselte Milo ihn wieder und fuhr mit einer Hand in eine Hosentasche seines Gefangenen.

»Das fühlt sich himmlisch an.« Der Mann lachte.

Milo zog einen Schlüsselbund aus der Tasche, ging zu dem grauen Wagen und öffnete die Fahrertür.

»Das ist illegal!« rief der Mann.

»Beschweren Sie sich doch«, sagte Milo, der sich gerade mühsam in den Sportwagen zwängte. Mehrere Minuten suchte er in dem Wagen herum, kam wieder heraus, mit leeren Händen. Er ging um das Wagenheck herum und öffnete den Kofferraum. Er nahm einen Gewehrkasten heraus, stellte ihn auf die Straße und machte ihn auf. Drinnen lag eine zerlegte Uzi.

»Das ist ja ein richtiges Waffenlager, Ernie. Das bringt dich tief in die Scheiße.«

»Leck mich doch, ich arbeite im Auftrag von Mr. Chancellor und seinen süßen, kleinen Snobs.«

»War Chancellor ein Waffenfetischist?«

»Nein, du Arschloch, er wollte nur optimalen Personenschutz!«

»Und den hast du ihm gegeben.«

»Arschficker!«

Milo lächelte gezwungen. »Wenn ich du wäre, Ernie, würde ich lieber auf meinen eigenen Schließmuskel aufpassen. Du wirst diese Nacht hinter Gittern verbringen, und du weißt so gut wie ich, wie man ehemalige Polizisten im Knast behandelt.«

Der Mann knirschte mit den Zähnen, sein Blick war wild vor Zorn. Milo nahm die Waffen und schloß sie im Kofferraum seines Matador ein. Dann setzte er sich auf den Fahrersitz und rief Verstärkung herbei. Der Mann begann zu knurren. Dann sah er mich an und lachte.

»Du bist Zeuge, Alex. Ich bin hierhergekommen, um mit dir zu sprechen, aber dann kam diese Schmeißfliege und machte sich über mich her.«

Milo stieg aus dem Auto und sagte ihm, er solle die Schnauze halten. Der Mann reagierte mit einer Flut von Beleidigungen. Ich versuchte, mit meinem Freund zu reden.

»Milo …«

Er hob die Hand, um mich zum Schweigen zu bringen, nahm ein Notizbuch zur Hand und begann zu schreiben. Wenige Augenblicke später kam ein schwarzweißer Polizeiwagen mit Blaulicht den Hügel heraufgefahren und stoppte gleich neben uns. Gleich darauf kam ein zweiter. Zwei Streifenbeamte sprangen aus dem ersten Wagen, einer aus dem zweiten. Alle drei hatten die Hände am Pistolenhalfter. Milo winkte sie zu sich und gab ihnen Anweisungen. Sie schauten zu dem an den Baum gefesselten Mann herüber und nickten. Der Mann fluchte fürchterlich. Ein Polizist ging zu ihm hin und blieb dort stehen. Der Gefangene lachte und verspottete den Beamten, der jedoch ganz ruhig blieb.

Jetzt trat ein zweiter dazu, dann öffneten sie die Handschellen, legten ihm die Arme auf den Rücken, fesselten sie wieder und schoben ihn in den Matador. Einer stieg hinter ihm ein und setzte sich neben ihn.

Milo wartete, bis sie saßen, dann setzte er sich quer über den Vordersitz. Der vierte Beamte kam auf mich zu. Er war jung, dunkelhaarig und hatte ein strenges gespaltenes Kinn. Auf seiner Kennkarte stand der Name DesJardins.

»Ich möchte gerne Ihre Aussage aufnehmen.«

»Ich habe nicht viel zu sagen.«

»Sagen Sie mir alles, was Sie beobachtet haben.«

Ich erzählte ihm das Wenige, was ich wußte, und fragte ihn dann, was eigentlich los sei.

»Eine kleine Behinderung«, sagte er. Er wandte sich zum Gehen.

»Wer ist der Kerl mit dem Bart?«

»Ein übler Typ«, sagte er und ging.

Milo stieg aus dem Matador. Die Beamten ließen

den Mann aus dem Wagen steigen und brachten ihn in eines der schwarzweißen Polizeiautos. Ein Polizist stieg zu dem Bärtigen nach hinten, der andere setzte sich ans Steuer. Milo gab DesJardins die Waffen, die er dem Mann abgenommen hatte, der junge Beamte legte sie in den Kofferraum seines Dienstwagens, schloß diesen ab und setzte sich ebenfalls ans Steuer. Beide Polizeiwagen fuhren ab.

Plötzlich war es merkwürdig still auf der Straße. Milo lehnte sich an seinen Wagen, seufzte und fuhr sich mit den Händen über das Gesicht.

»Was zum Teufel hat das alles zu bedeuten?« fragte ich.

»Der Mann heißt Enrico Radovic, ein Psychopath erster Ordnung.«

»War er Chancellors Leibwächter?«

»Ja«, sagte Milo überrascht.

»Horace Souza erwähnte seinen Namen. Sagte, er sei unzuverlässig.«

»Das ist stark untertrieben. Er hat dich von Chancellors Villa bis nach Hause verfolgt. Ich sah ihn und fuhr hinterher.«

»Warst du auch dort? Ich habe dich gar nicht gesehen.«

»Mein Wagen stand hinter einer Ecke. Radovic steht unter Verdacht, an der Sache beteiligt zu sein, und so habe ich ihn beobachtet.«

»Während du telefoniertest, sagte er mir, daß er hergekommen sei, um mit mir zu sprechen. Was kann er gewollt haben?«

»Angeblich will er den Mord an Chancellor auf eigene Faust aufklären und möchte von dir Informationen über den Jungen haben.«

»Er muß doch wissen, daß ich ihm nichts sage.«

»Alex, bei diesem Kerl kannst du keine Logik erwarten. Ich kenne ihn schon lange. Früher war er Polizist; wir haben zusammen die Polizeischule besucht. Damals war er John-Wayne-Fan, arbeitete gleichzeitig als Privatdetektiv. Wenn er Streifendienst hatte, passierte immer was Schlimmes. In sieben Jahren fünf schwere Schießereien und ein ganzer Schwung Überfälle. Alles Schwarze. Er kam in die Sittenabteilung, aber da mißhandelte er die Nutten. Dann kam er ins Büro, aber da schaffte er Geld auf die Seite. Niemand wollte ihn mehr, und er wurde von Abteilung zu Abteilung weitergereicht. Zuletzt war er in West-Los Angeles, drei Monate im Archiv, dann warfen sie ihn wegen psychischer Labilität aus der Polizei raus. Seit ich ihn kenne, ist er hinter mir her. Ich fand immer wieder Zettel, die an Detective Tinkerbell gerichtet waren und nach Parfum dufteten, in meinem Schließfach, lauter Unsinn.«

»Kommt mir seltsam vor, daß gerade er für einen Mann wie Chancellor arbeitet.«

»Mich überrascht es eigentlich nicht. Ich habe mir schon so was gedacht. Irgendwie ist er mit der Sache in Berührung gekommen, und er war fasziniert davon. Das ist aber nur ein Grund, weshalb wir ihn unter Beobachtung haben. Er ist außerdem gefährlich. Halt dich von ihm fern, wenn du ihm begegnest.«

»Aus welchem Grund will er den Fall aufklären?«

»Er sagt, es sei aus Loyalität zu Chancellor. Souza besudelt seiner Meinung nach den Namen seines Chefs, und er will, daß diesem Gerechtigkeit widerfährt. Aber wer zum Teufel weiß es wirklich? Der Kerl ist nicht nur verrückt, sondern auch ein notorischer Lügner. Vielleicht will er nur seine eigene Haut retten, und er weiß, daß wir ihn im Auge haben, vielleicht ist es einfach nur Spinnerei, und es macht ihm Spaß, Detektiv zu spielen. Nachdem er bei der Polizei rausgeflogen war, beschaffte er sich eine Genehmigung, und bevor Chancellor ihn engagierte und damit einen gefährlichen Kerl aus dem öffentlichen Leben entfernte, arbeitete er für verschiedene Anwälte. Aber er hielt es nirgendwo lange aus, dazu ist er viel zu unbeständig, außerdem arbeitet er lieber mit den Muskeln als mit dem Kopf. Hast du bemerkt, wie er vorhin gelacht hat?«

Ich nickte.

»Das macht er immer, wenn er in der Klemme sitzt, sonderbar ist das.« Milo tippte sich an die Stirn. »Der ist nicht ganz richtig im Kopf, Alex. Aber davon verstehst du mehr als ich. Die Hauptsache ist, daß du ihn dir vom Leib hältst. Ich habe genug zusammen, um ihn ein paar Tage einzusperren, aber er kann auch ganz schnell wieder draußen sein. Also paß bitte auf.«

»Ich nehme, was du sagst, sehr ernst.«

»Ich weiß, daß du besten Willens bist. Aber wir wissen beide, daß du eine Neigung hast, unwichtige Dinge wie deine persönliche Sicherheit zu vergessen, wenn dich eine Sache packt. Vergiß das nicht.«

Er warf mir einen ernsten Blick zu, dann öffnete er die Tür seines Matador.

»Wohin fährst du jetzt?« fragte ich.

»Ich muß wieder an die Arbeit«, antwortete er und schaute weg.

»Du sagst das so beiläufig.«

Er zuckte die Schultern und stieg in den Wagen. Er schloß die Tür, ließ aber das Fenster herunter. Ich lehnte mich hinein.

»Milo, was zum Teufel ist los mit dir? Einen ganzen

Monat habe ich nichts von dir gehört! Wie oft habe ich versucht, dich zu erreichen, nie hast du mich zurückgerufen. Es kommt mir vor, als hättest du dich in eine Höhle vergraben und einen dicken Stein davor gerollt. Jetzt tauchst du plötzlich auf, schnappst dir auf meinem Grundstück einen Verrückten und tust so, als ob das normale Alltagsroutine sei.«

»Ich kann nicht darüber reden.«

»Warum denn nicht, zum Teufel?«

»Weil wir beide am Cadmus-Fall beteiligt sind, aber nicht auf derselben Seite stehen. Allein mit dir gesehen zu werden, ist ein Ding der Unmöglichkeit. Wäre Radovic nicht so ein kleiner Idiot, hätte ich Verstärkung holen müssen, um ihn zu überwältigen.«

»Das mag ja alles stimmen, aber ich verstehe trotzdem nicht, warum du nicht zu erreichen warst, als ich mit dem Fall noch gar nichts zu tun hatte.«

Milo biß sich auf die Lippen und steckte den Schlüssel in die Zündung. Er stellte das Radio an, hörte den Polizeifunk nach besonderen Nachrichten ab, und als keine erfolgten, schaltete er wieder aus.

»Das ist ziemlich schwer zu erklären«, sagte er.

»Ich habe Zeit.«

Er sah auf die Uhr, starrte auf die Windschutzscheibe und sagte:

»Alex, ich kann nicht länger hierbleiben.«

»Dann können wir uns doch anderswo treffen. Da, wo uns niemand sieht.«

»Wie im Ritterroman, alles heimlich und im Dunkeln.«

»Nenn es, wie du willst, lieber Freund.«

Milo starrte auf das Armaturenbrett und trommelte nervös mit den Fingern auf seinen Oberschenkel. Mehrere Sekunden verstrichen.

»Ich kenne einen Ort, der geeignet wäre«, sagte er schließlich. »Der *Goldene Adler* am Flughafen. Da sitzt man, läßt sich vollaufen und hört den Piloten zu, die mit dem Tower quatschen. Ich werde um neun dort sein.«

Mein erster Gedanke war, daß Milo nicht mehr alle beisammen hätte. Was sollten wir in einem Wartesaal unter lauter cocktailtrinkenden Reisenden?

»Gut, treffen wir uns dort«, sagte ich dann.

Milo fuhr an, ich winkte ihm. Er sah mich an, als ob ich vom Mars käme. Dann aber bewegte sich sein Adamsapfel, er hielt seine beiden Pranken durchs Fenster und drückte mir fest die Hand. Eine Minute später war er verschwunden.

13

Der *Goldene Adler*, ein einstöckiger trapezförmiger Kasten mit schokoladefarbenem Außenputz, stand in einem öden Industriegelände, umgeben von Supermärkten und maschendrahtumzäunten Autoabstellplätzen. Das Restaurant lag im Schatten einer Autobahnüberführung des San Diego Freeway, außerdem so nahe an den Rollbahnen des Flughafens von Los Angeles, daß der Start- und Landelärm jedesmal die Gläser über der Bar klingen ließ wie Schlüssel auf einem Vibraphon. Trotz der häßlichen Umgebung bot der Schuppen eine Attraktion, so etwas wie Voyeurismus für neugierige Lauscher. An jedem der sechseckigen Tische waren gepolsterte Kopfhörer verdrahtet, mit denen man die Cockpitgespräche in den Flugzeugen abhören konnte. Durch eine Glaswand konnte man die Rollbahn beobachten.

Ich war kurz vor neun Uhr dort, das Lokal war schummerig und verqualmt. Alle Tische waren besetzt, Milo war nicht da. Die Bar war ein Halbkreis aus Kiefernholz, mit Epoxidharz versiegelt und seitlich mit rotbraunem Vinyl gepolstert. Ringsherum drängelten sich fröhliche Geschäftsreisende, tranken, aßen Chips und bändelten mit Stewardessen an, die dort die Zeit bis zum nächsten Start verbrachten. Kellnerinnen in lachsfarbenen Minikleidchen und Netzstrümpfen bahnten sich mit hochgehobenen Tabletts ihren Weg durch die Menge. In einer Ecke des Raumes war eine kleine Bühne aus Sperrholz aufgebaut. Darauf stand ein schmächtiger Mann mittleren Alters in einem gelbgrünen Anzug mit am Hals geöffnetem zitronengelbem Hemd und hochhackigen, ochsenblutroten Halbschuhen, der eine elektrische Gitarre stimmte. In der Nähe standen ein Mikrophon und ein Verstärker, der mit einem elektronischen Rhythmusinstrument verbunden war. Davor stand ein Pappschild, auf dem in goldenen Buchstaben *The Many Moods of Sammy Dale* zu lesen war. Sammy Dale trug einen Spitzbart, ein dunkles, leicht verrutschtes Toupet, und hatte einen leidenden Gesichtsausdruck. Nachdem er die Gitarre gestimmt hatte, fummelte er an der Rhythmusbox herum, bis sie einen Rumbatakt von sich gab. Dann sagte er etwas Unverständliches ins Mikrophon und wimmerte in einem heiseren Bariton eine verschnulzte lateinamerikanische Fassung von *New York, New York*.

Ich zog mich an ein Ende der Theke zurück. Der Barkeeper sah wie ein mondsüchtiger Jüngling aus. Als er mir den bestellten Chivas brachte, gab ich ihm fünf Dollar und bat, mir so bald wie möglich einen Tisch zu beschaffen.

»Vielen Dank. Geht in Ordnung. Die haben heute abend alle Sitzfleisch, aber der Tisch da drüben wird bald frei.«

»Fein.«

Um Viertel nach neun bekam ich den Tisch. Zehn Minuten später tauchte Milo auf. Er trug helle Jeans, Stiefel, ein braunes Polohemd und ein kariertes Sportsakko in kräftigen Farben. Er ließ seine Blicke durch den Raum gleiten, als suche er einen Verdächtigen, dann sah er mich und kam rüber. Eine Serviererin heftete sich an seine Fersen wie ein jagender Hecht.

»Tut mir leid, ich komme zu spät«, sagte er und ließ sich auf den Stuhl sinken. Eine gerade landende A 747 ließ die Glasscheiben zittern und tauchte sie in einen milchigen Lichtschein. Am Nachbartisch saß ein schwarzes Pärchen, hatte Kopfhörer übergestülpt und zeigte lachend auf das Flugzeug.

»Darf ich Ihnen etwas bringen?« fragte die Kellnerin. Milo dachte einen Moment nach.

»Beefeater mit Tonic, bitte wenig Tonic.«

»Großes B, kleines T«, murmelte sie, als sie die Bestellung aufnahm. Dann sah sie mein halbvolles Glas und lächelte mich an: »Kann ich Ihnen noch eins bringen?«

»Nein, vielen Dank.«

Sie eilte davon und brachte gleich darauf das Getränk, Bierdeckel und ein Schälchen mit Chips. Milo bedankte sich, stopfte sich eine Handvoll in den Mund und fischte die Zitronenscheibe aus dem Glas. Nachdem er nachdenklich daran gesogen hatte, hob er seine Augenbrauen, aß das Fruchtfleisch, warf die Schale in einen Aschenbecher und trank das Glas halb aus.

»Radovic ist für die nächsten achtundvierzig Stunden sauber aus dem Verkehr gezogen.«

»Vielen Dank für den Hinweis.«

»Keine Ursache.«

Wir tranken schweigend. Um uns herum schwoll das Gesumme zahlreicher Gespräche auf, wie das unpersönliche Rauschen eines Fernsehers. Sammy Dale, dem es inzwischen gelungen war, seine Rhythmusbox zu einem langsamen Walzer zu veranlassen, sang irgend etwas über Sänger.

»Wird er ernsthaft verdächtigt?« fragte ich.

»Du bist auf der gegnerischen Seite«, antwortete er mit kaum wahrnehmbarem Lächeln, »man erwartet, daß ich nicht mit dir zusammenarbeite und keine Ermittlungsergebnisse herausrücke.«

»Vergiß meine Frage.«

»Natürlich«, sagte er, trank das Glas aus und bestellte ein neues, »weiß Souza ohnehin alles, was wir wissen. Nebenbei, ich glaube, du solltest dir keine Hoffnungen machen, daß Cadmus unschuldig ist, und wir hinter Radovic her sind. Deshalb sage ich dir gleich, Radovic steht nicht unter Verdacht. Cadmus ist weiter unser Hauptverdächtiger, aber Radovic verhält sich so seltsam, daß wir ihn im Auge behalten, zumindest als Tatbeteiligten. Ist das klar?«

»Ist mir klar.«

Er sah mich an, senkte dann seinen Blick auf die Tischplatte. »Mir ist völlig unverständlich, wie du dich auf eine solche Verteidigung einlassen konntest.«

»Ich habe mich auf nichts eingelassen. Ich ermittle Tatsachen und bin dabei niemandem verpflichtet.«

»Oh, wirklich nicht? Man sagt, daß Souza dich als Hauptzeugen braucht und du für zehn große Scheine nach seiner Pfeife tanzt.«

»Wo hast du das her?« fragte ich ärgerlich.

»Aus dem Büro der Staatsanwaltschaft. Sei bloß nicht überrascht, in so einem Fall verbreiten sich Neuigkeiten rasend schnell. Sie haben mich eines Tages geholt und mich nach dir ausgefragt; waren keineswegs erfreut, als ich ihnen erklärte, daß du nicht zu kaufen seist. Aber glaub ja nicht, daß sie deshalb nicht versuchen werden, dich im Zeugenstand wie der letzte Hurenbock aussehen zu lassen.«

Ich berichtete ihm, daß ich erwogen hätte, das Geld zurückzugeben.

»Das ist sehr nobel gedacht. Nützen wird es nur, wenn du dich ganz aus dem Fall heraushältst.«

»Das kann ich nicht.«

»Warum nicht?«

»Ich fühle mich beruflich verpflichtet.«

»Hör doch auf, Alex, wann hast du den Jungen denn das letztemal gesehen? Vor fünf Jahren? Was bist du ihm denn schuldig?«

»Vor fünf Jahren hätte ich ihm besser helfen können. Ich möchte diesmal nichts versäumen.«

Milo beugte sich vor und sah mich finster an. In der düsteren Beleuchtung der Bar wirkte sein Gesicht gespenstisch.

»Das klingt ziemlich theoretisch, mein Freund, mach mir doch nichts vor. Du hast noch nie im Leben halbe Sachen gemacht. Unabhängig davon, was der Junge früher einmal war, jetzt ist er ein Verbrecher, das kannst du nicht mehr ändern.«

»Heißt das mit anderen Worten, daß du ihn für schuldig hältst?«

»Ja, verdammt«, antwortete er, den Mund voller Eis.

Sein zweites Getränk wurde serviert. Während er

es herunterstürzte, fiel mir auf, daß er erschöpft aussah.

»Wo wir nun schon einmal davon sprechen, aus dem Fall auszusteigen«, sagte ich, »warum hast du das nicht getan? Es ist doch kein Zuckerschlecken, mit solchen Schwulenhassern wie Whitehead und Cash zusammenzuarbeiten.«

Er lachte bitter auf.

»Als wenn ich je diese Chance gehabt hätte.«

»Ich dachte, du kannst dir deine Fälle aussuchen.«

»Das war einmal, als Don Miller noch im Amt war. Der ist aber vor ein paar Monaten gestorben.«

Sein Gesicht fiel in sich zusammen, er versuchte, es hinter seinem Ginglas zu verstecken. Ich wußte, daß er seinen Vorgesetzten gemocht hatte, einen zielstrebigen aber toleranten Menschen, der Milos berufliche Fähigkeiten geschätzt und seine Homosexualität respektiert hatte.

»Was ist mit ihm passiert?«

»Beim Golf im Rancho Park fiel er am zwölften Loch plötzlich um. Herzinfarkt, wahrscheinlich hatte er schon eine ganze Weile Schmerzen in der Brust, erzählte es aber keinem.«

Milo schüttelte traurig den Kopf. »Achtundvierzig Jahre alt, hinterläßt Frau und fünf Kinder.«

»Das ist schrecklich. Ich bedauere das sehr, Milo.«

»Viele haben das bedauert. Er war ein wunderbarer Mensch. Es war verdammt unüberlegt von ihm, sich so früh zu verabschieden. Sie haben seine Stelle mit einem Arschloch besetzt, einem Mistkerl namens Cyril Trapp. Er war der schlimmste Säufer, Pillenschlucker und Hurenbock in Ramparts Abteilung. Plötzlich entdeckte er Jesus und entwickelte sich zu einem jener wiedergeborenen Frömmlinge, die am liebsten jeden in die Gaskammer schicken, der nicht so denkt wie sie. Er ist davon überzeugt, daß Schwule Sünder sind. Ich brauche dir wohl nicht zu sagen, wie sehr er mich schätzt.«

Mit zurückgeworfenem Kopf schüttete er sich den letzten Tropfen Gin in die Kehle. Als die Kellnerin vorbeikam, bestellte er sich das dritte Glas.

»Es ist nicht so, daß er sich öffentlich darüber aufregt, das wäre eine ehrliche Feindschaft. Ich könnte problemlos eine Versetzung wegen persönlicher Konflikte in die Wege leiten und hätte damit wahrscheinlich Erfolg. Ich würde gern in West Los Angeles arbeiten. Für meine Personalakte wäre das zwar nicht gut, ich würde es aber überstehen. Trapp wäre aber mit einer bloßen Versetzung nicht zufrieden. Er will mich ganz aus dem Dienst haben. Er versucht es auf die subtile Art – psychologische Kriegsführung. Mit seiner höflichen Tour und den Dienstvorschriften macht er mir das Leben zur Hölle.«

»Bekommst du aussichtslose Fälle?«

»Alle Schwulenfälle!« Mit geballter Faust schlug er auf den Tisch. Das schwarze Pärchen sah zu uns herüber. Als ich ihnen zulächelte, widmeten sie sich wieder ihren Kopfhörern.

»In den letzten zwei Monaten«, fuhr er mit leiser, immer undeutlicherer Stimme fort, »hatte ich nur mit Schwulen zu tun, Messerstechereien, Schießereien, Prügeleien, Raubüberfälle. ›Leiche eines Schwulen am Tatort vorgefunden, bitte rufen Sie Sturgis an, Befehl des Captain.‹ Ich brauchte nicht lange, um das Schema zu erkennen, und protestierte sofort dagegen. Trapp legte seine Bibel aus der Hand, lächelte und sagte mir, daß er Verständnis für meine Gefühle habe. Aber meine Erfahrung werde gebraucht, man müsse sie nutzen. Und ich sei nun mal ein Spezialist, Ende der Diskussion.«

»Das ist aber alles andere als subtil«, sagte ich, »warum bemühst du dich nicht trotzdem um eine Versetzung?«

Er verzog seinen Mund.

»Das ist nicht so einfach. Trapp hat alles so eingerichtet, daß die Dinge auf eine meiner Bettgeschichten hinauslaufen. Sobald er etwas Konkretes darüber erfährt, läßt er nicht mehr locker. Ich müßte damit an die Öffentlichkeit gehen oder es in mich hineinfressen. Die ACLU würde mir bestimmt gern helfen, doch ich scheue Schlagzeilen. Nicht daß ich meine Veranlagung leugne – du weißt, daß ich mich schon vor langer Zeit damit auseinandergesetzt habe – aber ich bin nicht dafür geschaffen, mein Privatleben öffentlich zur Schau zu stellen.«

Ich erinnerte mich daran, was Milo mir über seine Kindheit erzählt hatte. Er war als schüchterner, übergroßer, übergewichtiger Junge in einer Arbeiterfamilie in Indiana aufgewachsen, als fünfter Sohn eines männlichkeitsbesessenen Vaters und als jüngster unter lärmenden Brüdern, die alle ihrem Vater nacheiferten. Obwohl er aussah wie sie, war er sich seit seinem sechsten Lebensjahr mit Schrecken bewußt, daß er anders war als sie. Das Geheimnis nagte in ihm wie ein Wurm, aber wenn er die verächtlichen Scherze seiner Brüder über Schwule und Tunten hörte, wußte er, daß eine Offenbarung seines Wesens ihn ins Unglück stürzen würde; in seiner kindlichen Vorstellung fürchtete er sogar, deshalb getötet zu werden. Deshalb lachte er über ihre Witze, erzählte selber welche, sträubte sich innerlich dagegen, aber überlebte. Den Wert der Privatsphäre lernte er früh schätzen.

»Ich weiß das«, sagte ich freundlich, »aber die Alternative sieht auch nicht besser aus.«

Er nickte deprimiert.

»Ja, das sagt auch Rick. Er möchte, daß ich mich behaupte und kämpfe. Aber zuerst muß ich darüber mit mir selber ins reine kommen, mich entlasten. Das bedeutet eine Gesprächstherapie, nicht wahr? Rick hat einen Psychiater ausfindig gemacht und erwartet, daß ich mit ihm hingehe. Ich habe mich geweigert, deshalb streiten wir uns ständig.«

»Wenn du dich unglücklich fühlst, könnte dir eine Therapie helfen.«

Die Kellnerin brachte sein Getränk. Er nahm es ihr aus der Hand, bevor sie es hinstellen konnte. Während sie sich umdrehte, nahm er schon die ersten Schlucke, und als er das Glas absetzte, war es fast leer.

»Das bezweifle ich«, antwortete er. »Das ganze Gerede ändert nichts daran, daß ein Polizist in diesem Jahrhundert nicht schwul zu sein hat. Ich wußte, auf was ich mich einließ, als ich zur Polizei ging. Deshalb habe ich mir geschworen, bei allem, was mir zustoßen sollte, niemals meine Würde aufzugeben. Und es gab viele Versuchungen: faschistische Ausbilder, unzuverlässige Scheißkerle wie Radovic. Meistens herrscht kaltes Schweigen. Zehn Jahre schwerer sozialer Isolation. Die letzten Jahre bei der Mordkommission waren die besten, weil Millers Haltung auf die Mannschaft abfärbte. Man respektierte mich, weil ich meine Arbeit gut machte, und das ist alles, was ich verlange. Ich brauchte nicht zu lügen, wenn sie mich nicht allein in ihr Haus einluden. Seit Trapp die Sache in die Hand genommen hat, ist die Zeit gekommen, die Meute auf mich zu hetzen.«

Sein dritter Drink war verschwunden.

»Und das Entsetzliche daran ist«, er lächelte benommen, »daß auch ich im Innersten Schwule hasse. Wenn ich eine Tunte sehe, die wie ein Zirkuspferd aufgedonnert ist, denke ich mir: oh, nein. Erinnerst du dich an den Protestmarsch der Schwulen im letzten Sommer in West Hollywood? Rick und ich standen auf dem Bürgersteig und hatten Schiß, mitzugehen. Es waren verrückte Typen dabei, Alex. Jungen, die sich Schwänze an den Hintern geklebt hatten, Jungen, vorne mit Dutzenden Socken ausgepolstert oder mit Plastikpimmeln, die aus den Hosen baumelten. Männer in engen kleinen Höschen, mit Strumpfhosen, mit feuerrotem Haar und grünen Bärten. Kannst du dir vorstellen, daß sich Feministinnen oder Schwarze wie Schwachsinnige herausputzen, um politische Ziele zu erreichen?«

Er blickte sich suchend nach der Kellnerin um.

»Und genau der gleiche verdammte Exhibitionismus spielt auch beim Totschlag eine Rolle. Wenn Schwule sich umbringen, treiben sie es verrückter und blutiger als irgend jemand sonst. Ich habe mal einen Mordfall bearbeitet, bei dem die Leiche hundertsiebenundfünfzig Stichwunden aufwies. Stell dir das vor. Die heile Haut war nicht größer als eine Briefmarke. Der Täter wog siebenundneunzig Pfund und sah wie Peter Pan aus. Das Opfer war sein Liebhaber, und er schluchzte wie ein Baby, weil er ihn vermißte. In einem anderen Fall griff sich so ein Witzbold eine Handvoll Dachdeckernägel, bildete damit eine Faust und stieß sie einem anderen Jungen in den Hintern. Dann drehte er sie so lange, bis dem armen Schwein der Darm riß und er verblutete. Ich könnte dir noch ganz andere Sachen über Schwule erzählen, du wirst mich aber schon verstanden haben. Das ist ein verdammt großes Scheißhaus da draußen, und Trapp stößt mich Tag für Tag von neuem hinein, ohne Wasserspülung.«

Er machte die Kellnerin auf sich aufmerksam und winkte sie zu sich.

»Wollen Sie noch ein Glas, Sir?« fragte sie zweifelnd.

»Nein.« Er lächelte unsicher. »Ich brauche Vitamine. Bringen Sie mir einen doppelten Screwdriver.

»Gern, und für Sie immer noch nichts, Sir?«

»Bringen Sie mir eine Tasse Kaffee.«

Als sie gegangen war, fuhr er fort:

»Das Evangelium nach Trapp lautet, daß ich mich so gut in diesem Scheißhaus auskenne, weil ich sowieso dahin gehöre. Daß er das weiß, macht mich so wütend. Als ob die Zeugen wüßten, daß ich schwul bin und deshalb mehr sagen würden. Dabei ist das überhaupt nicht so. Wenn ich reinkomme, sehen die mich mißtrauisch an und halten den Mund, wie bei jedem anderen Polizisten auch. Was wollen die denn von mir? Soll ich ein Verhör mit der Erklärung beginnen, daß ich schwul bin? Soll ich mich im Namen dieses gottverdammten Jobs entwürdigen?«

Der Kaffee und der Cocktail wurden serviert. Ich nahm einen Schluck, er hob sein Glas und sah mich schuldbewußt an, bevor er es an die Lippen setzte.

»Ja, ich weiß schon. Ich brauche wohl den Karton Dosenbier nicht zu erwähnen, den ich zum Mittagessen reingeschüttet habe.«

Ich schwieg.

»Zum Teufel, ich bin allein, in der Minderheit und anders als die sogenannten Normalen. Prost!«

Als er seinen Cocktail ausgetrunken hatte, begann

ihm der Kopf schwer zu werden. Er bestellte sich ein weiteres Glas und schüttete es in einem Zug herunter. Seine Hände zitterten, als er es wieder abstellte, und seine Augen waren gerötet. Ich stand auf, warf ein paar Geldscheine auf den Tisch und sagte ermunternd: »Komm, brechen wir auf, solange du noch gehen kannst.«

Er wollte nicht, lamentierte, daß er gerade erst angefangen hätte, und summte eine Melodie. Schließlich gelang es mir, ihn aus dem *Goldenen Adler* an die frische Luft zu bringen. Auf dem Parkplatz war es dunkel, es roch nach Flugbenzin, aber trotzdem war es hier draußen nach der stickigen Luft in der Bar erfrischend.

Milo schwankte mit der übertriebenen Vorsicht eines Betrunkenen neben mir, ich fürchtete, daß er hinfallen würde. Der Gedanke, einen zweihundertdreißig Pfund schweren betrunkenen Polizisten hochhieven und hinter mir herziehen zu müssen, begeisterte mich nicht, deshalb war ich froh, als wir meinen Seville gefunden hatten. Ich führte ihn auf die Beifahrerseite und schloß die Tür auf. Milo ließ sich hineinfallen.

»Wohin fahren wir jetzt?« fragte er, streckte seine Beine aus und gähnte.

»Wir machen eine Rundfahrt.«

»Großartig.«

Ich drehte die Scheiben herunter, startete den Wagen und fuhr auf der 405 nach Norden. Da wenig Verkehr herrschte, erreichten wir schnell die 90 und als wir am Yachthafen Marina Del Rey den Highway verließen, war er eingeschlafen. Auf dem Mindanao-Kai passierten wir einige Luxuseinkaufzentren, dann fuhr ich direkt ans Wasser. Die Luft war feucht und salzhaltig und roch ein wenig unangenehm. Hunderte von Segelbooten wiegten sich leise auf dem glänzenden schwarzen Wasser, ihre Masten glichen Schilf. Der Mond brach sich in Tausenden gelblichen Facetten auf der Oberfläche des Wassers. Im Wagen spürte man die kräftige Brise von draußen. Milo öffnete die Augen und richtete sich stöhnend auf. Nach einem Blick durch das Fenster sah er mich konsterniert an.

»Mensch«, sagte er mit alkoholschwerer Zunge, »ich habe dir doch erzählt, daß du vorsichtig sein sollst.«

»Worüber redest du eigentlich?«

»Hier hält sich Radovic auf, Junge. Das Arschloch hat hier im Hafen ein altes Motorboot liegen.«

»Ach ja, ich erinnere mich, daß Souza so etwas erwähnte.«

Milo beugte sich, nach Schweiß und Gin riechend, zu mir herüber.

»Und du bist so ganz zufällig hierhergefahren?«

»Du brauchst keinen Verfolgungswahn zu bekommen, Milo. Ich dachte nur daran, daß die gute Luft dein vernebeltes Gehirn ein wenig auffrischen würde.«

»Entschuldige bitte«, murmelte er und schloß seine Augen. »Ich werde immer mißtrauischer.«

»So zu leben, muß sehr anstrengend sein.«

Er versuchte, das mit einem Schulterzucken abzuwehren, und fing plötzlich an zu würgen. Er ballte die Fäuste und hielt sich den Magen. Schnell fuhr ich auf den Parkstreifen und bremste. Es gelang mir gerade noch, um den Wagen herumzulaufen und die Beifahrertür zu öffnen. Er stürzte hinaus, torkelte, kam wieder hoch, dann erbrach er sich mehrfach. Ich griff mir ein Bündel Papiertaschentücher aus dem Handschuhfach und wischte damit sein Gesicht ab.

Erschöpft und schnaufend setzte er sich wieder in den Wagen, beugte den Kopf zurück und zitterte am ganzen Leib. Nachdem ich seine Tür zugemacht hatte, setzte ich mich auf den Fahrersitz.

»Habe ich dir auf den Lack gekotzt?« fragte er heiser.

»Nein, du hast ihn nicht getroffen. Fühlst du dich jetzt besser?«

Als Antwort erhielt ich nur ein Stöhnen.

Ich wendete den Wagen, suchte den Lincoln Boulevard und fuhr auf ihm nordwärts durch Venice nach Santa Monica. Milo hustete trocken, machte es sich auf dem Sitz bequem und ließ seinen Kopf auf die Brust sinken. Er war sofort wieder eingeschlafen und fing an zu schnarchen.

Langsam fuhr ich durch die von Küstennebel erfüllten Straßen, atmete tief die Meeresluft ein und ließ meinen Gedanken freien Lauf. Es war nach elf Uhr, und außer Trampern, Obdachlosen und mexikanischen Tellerwäschern, hinter denen in den Steakhäusern das Licht ausgemacht wurde, war kein Mensch mehr unterwegs. Als ich rechts nach Montana einbog, stieß ich auf ein Pfannkuchenhäuschen. Es stand mitten auf einem riesigen asphaltierten Parkplatz und strahlte die Gemütlichkeit eines Bildes von Edward Hopper sowie den Geruch nach Bratfett aus. Ich hielt daneben an, ließ Milo schlafen, stieg aus und kaufte einem pickeligen Jungen, der einen Walkman trug, eine Riesenportion Kaffee ab.

Als ich damit zum Wagen zurückkam, war Milo wach. Seine Haare waren zerzaust, seine Augenlider fielen immer wieder vor Müdigkeit zu. Er griff nach dem Becher, hielt ihn mit beiden Händen fest und trank.

»Trink aus«, sagte ich, »ich möchte dich in ordentlichem Zustand bei Rick abliefern.«

Sein Gesichtsausdruck wurde starr, dann brach es aus ihm heraus: »Rick ist in Acapulco, schon seit einigen Wochen.«

»Macht ihr getrennten Urlaub?«

»So ähnlich. Ich habe mich wie ein Idiot benommen, er hatte eine Trennung bitter nötig.«

»Wann kommt er zurück?«

Der aus dem Kaffee aufsteigende Dampf hüllte sein Gesicht ein und verbarg seine Verzweiflung.

»Ich weiß es nicht. Er hat mir bis jetzt nur eine Postkarte geschickt, über das Wetter. Er hat sich Urlaub genommen und 'ne Masse Geld gespart, theoretisch könnte er lange wegbleiben.«

Seine Gesichtszüge entspannten sich wieder, als er trank.

»Ich hoffe, daß ihr euch wieder vertragt«, sagte ich.

»Das hoffe ich auch.«

Die Stille wurde jäh durch einen riesigen Tanklastzug unterbrochen, der den Boden erzittern ließ. Hinter der Theke des Pfannkuchenhäuschens inspizierte der Jüngling die Tiefkühlschränke und hopste dabei nach der Melodie seines Walkman herum.

»Wenn du jemanden zum Reden brauchst, kannst du mich immer anrufen. Du hast es bei mir nicht nötig, dich wie ein Fremder zu benehmen.«

Er nickte zustimmend.

»Ich bin froh darüber, Alex. Es ist, als ob ich einen Winterschlaf gehalten hätte. Einsamkeit ist eine seltsame Sache. Zuerst macht sie dich verrückt, dann findest du schließlich Gefallen dran. Wenn ich abends nach Hause komme, und den ganzen Tag mit zahlreichen Leuten gesprochen habe, kann ich keine menschliche Stimme mehr hören; alles, was ich mir dann wünsche, ist Stille.«

»Wenn ich mit Cash und Whitehead zusammenarbeiten müßte, würde mir das genauso gehen.«

Er lachte.

»Der Doppelflop? Zwei Superstars.«

»Sie hielten mich für schwul, weil ich mit dir befreundet bin.«

»Ein klassischer Fall von Beschränktheit. Deshalb taugen beide nicht viel als Polizisten. Tut mir leid, wenn sie dich schikaniert haben.«

»Sie waren eigentlich nicht bösartig, eher schrecklich dumm. Ich kann mir nicht oder nur schwer vorstellen, wie du mit den beiden zurechtkommst.«

»Wie ich vorhin schon sagte, habe ich eine andere Wahl? Es könnte mir wirklich Schlimmeres passieren. Whitehead ist ein Dummkopf und gegen Schwule, aber er ist auch gegen alle anderen: Juden, Schwarze, Frauen, Konservative, Vegetarier, Mormonen. Deshalb fühlt man sich eigentlich nicht persönlich getroffen. Dazu kommt noch, daß er eine Heidenangst vor AIDS hat und sich deshalb zurückhält. Cash würde gar nicht so schlecht sein, wenn er nicht ständig hinter den Weibern her wäre. Sonst kümmert er sich nur um seine Gesichtsbräune.«

»Richtig scharf auf Arbeit, nicht?«

»Der liebe Dick? O ja. Ich weiß nicht, ob du schon mal etwas darüber gehört hast, aber vor ein paar Jahren wurde der Beverly Hills Police von der Regierung Geld zur Verfügung gestellt, um einen Ring von Kokaindealern zu sprengen, der sämtliche Filmstars versorgte. In diesem Projekt wurde Cash verdeckt als Agent eingesetzt. Sie kauften ihm eine Garderobe von *Giorgio*, mieteten einen *Excalibur* und eine Villa oben in Truesdale; sie stellten ihm ein fettes Bankkonto zur Verfügung und bauten ihn als Rauschgiftboß mit eigener Produktion auf. Sechs Monate lang besuchte er Partys, bumste Starlets und gab an. Zu guter Letzt fingen sie ein paar kleine Fische, aber die mußte man bald wieder freilassen. Ein wirklicher Triumph der Gerechtigkeit. Als alles vorbei war, durfte Cash die Klamotten behalten, der Rest ging zurück. Er fiel aus den Wolken schmerzhaft auf die Erde zurück. Das süße Leben, an das er sich gewöhnt hatte, war vorbei. Richtige Arbeit erschien ihm wie eine lebenslängliche Freiheitsstrafe, er wurde mit dem Problem nur dadurch fertig, daß er ein Drückeberger wurde. Die halbe Zeit ist der Knabe überhaupt nicht bei der Sache. Schickt man ihn zu einer Vernehmung und überläßt ihm die Initiative, kommt er mit Sonnenbrand und einem Wagen voller Sand zurück. Deshalb wissen wir immer Bescheid, verstehst du? Überall wo er aufkreuzt, erzählt er von einem Drehbuch, an dem er arbeitet, einer Kriminalstory aus dem wirklichen Leben. Warren Beatty sei darüber entzückt, sie warteten nur noch ab, bis ihre Agenten den Vertrag geschlossen hätten, bla bla bla …«

»Klingt wie der Los Angeles Blues.«

»Du hast es begriffen.«

Da Milo wieder klar und munter sprach, startete ich den Wagen und fuhr zurück nach Süden. Das Gespräch über Cash hatte in mir die Erinnerung an den blutbefleckten Raum aufkommen lassen, den er mir am Vormittag gezeigt hatte.

»Können wir über den Fall sprechen?« fragte ich.

Der plötzliche Wechsel des Gesprächsthemas überraschte Milo, er faßte sich aber schnell. Er trank den restlichen Kaffee aus, zerknüllte den Becher und ließ ihn von einer Hand in die andere fallen.

»Wie ich dir vorhin sagte, keine Ermittlungsergebnisse. Was gibt es überhaupt zu besprechen?«

»Alles ist wohl sonnenklar, oder?«

»Fast alles, wenn meine Gebete erhört werden.«

»Wunderst du dich nicht ein bißchen?«

»Worüber denn, über den Erfolg? Ich werde damit fertig werden müssen.«

»Im Ernst, Milo. Ein halbes Dutzend Morde sind der Polizei fast ein ganzes Jahr ein Rätsel, plötzlich lösen sich die Fälle von selbst. Findest du das nicht seltsam?«

»Das kann schon passieren.«

»Doch nicht sehr oft und nicht bei einem Serienmörder. Der wirkliche Antrieb für solche Täter ist doch, die Polizei an der Nase herumzuführen und dabei Allmachtgefühle zu haben oder etwa nicht? Sie legen falsche Spuren und foppen euch, aber sie wollen keinesfalls erwischt werden. Jack the Ripper, Zodiac, der Würger von Green River, alle haben jahrelang gemordet und wurden niemals gefaßt.«

»Aber viele andere wurden gefaßt, mein Junge.«

»Sicher, durch Pech oder Leichtsinn wie Bianchi und der Yorkshire-Mörder. Sie saßen aber nicht mit der Mordwaffe in der Hand herum und warteten auf ihre Verhaftung. Das ergibt doch keinen Sinn.«

»Menschen in Stücke zu schneiden, ist auch sinnlos, aber es passiert eben, häufiger, als dir lieb ist. Können wir nun das Thema wechseln?«

»Es gibt noch eine andere Sache, über die ich mir den Kopf zerbreche. In Jameys Vergangenheit deutet nichts auf Sadismus oder Wahnsinn hin. Er hat eine schwere Psychose und ist viel zu verwirrt, solche Morde zu planen und auszuführen.«

»Du wirst wieder allgemein«, sagte er. »Ich gebe verdammt wenig auf deine Diagnose. Ich argumentiere auf der Grundlage von Beweisen.«

»Ich möchte dich noch etwas anderes fragen. Hattet ihr irgendwelche Spuren gefunden, bevor ihr ihn verhaftet habt?«

»Du machst dich langsam lächerlich.«

»Hattet ihr Spuren?«

»Und wenn wir vierhundert Spuren gehabt hätten, was würde das für einen Unterschied machen? Der Fall ist doch aufgeklärt.«

»Tu mir den Gefallen. Welche hattet ihr?«

»Hör auf damit, Alex. Ich möchte nicht auch noch in deine Sachen verwickelt werden.«

»Die Verteidigung hat Zugang zu den Ermittlungsakten. Ich könnte es auch über Souza erfahren, würde es aber lieber von dir hören.«

»Oh, wirklich. Warum das denn?«

»Weil ich Vertrauen zu dir habe.«

»Ich fühle mich geschmeichelt«, brummte er.

Wir verfielen in Schweigen.

»Du bist wirklich ein Starrkopf«, sagte er schließlich, »aber weil du mich nicht ändern willst, will ich dich auch nicht ändern. Wenn ich es dir erzähle, hörst du dann auf zu fragen?«

»Das verspreche ich dir.«

»Also gut. Nein, wir hatten keine aussichtsreiche Spur. In solchen Fällen bekommen wir immer massenweise Informationen, alles von Leuten, die ihre Nachbarn oder Ex-Liebhaber ins Spiel bringen wollen. Alle Spuren versandeten diesmal. Nur einem Hinweis maßen wir einige Bedeutung zu, nämlich daß alle drei Opfer, bevor sie verschwanden, mit Motorradfahrern gesehen wurden. Mach dir aber keine Hoffnung. Ich sprach nur von einiger Bedeutung, weil wir die Zeugen ins Kreuzverhör nahmen und dabei dreimal Motorradfahrer erwähnt wurden. Aber wenn du Boystown kennst, weißt du, daß das nicht viel zu bedeuten hat. Es gibt dort jede Menge Motorradbanden, und ihre Miezen schaffen zehn- bis fünfzehnmal pro Nacht an, da müssen sie eben ständig in Verbindung bleiben. Als pflichtbewußte Staatsbedienstete haben wir auch in allen ihren Kneipen ermittelt, ohne jedes Ergebnis. Reicht dir das?«

»Was für Motorradfahrer?«

»Normale Motorradfahrer, miese Typen mit aufgemotzten Maschinen. Keine Namen, keine Farben, keine Bandenkennzeichen, keine Personenbeschreibung. Keine Anhaltspunkte, die feine Gesellschaft fährt keine Harleys, Alex. Die erwürgt und zerhackt hübsche Knaben in einer großen weißen Villa in Beverly Hills. Verstanden?«

Kurz vor Mitternacht waren wir wieder am *Goldenen Adler*.

»Was für ein Auto fährst du?«

»Einen Porsche, er steht da drüben.«

Der cremeweiße 928 war in einer weit entfernten Ecke des Parkplatzes zwischen zwei japanische Kombilimousinen eingepfercht. Er leuchtete im Mondschein. Ein Pärchen stand bewundernd davor und bemerkte uns erst, als mein Wagen fast die hintere Stoßstange berührte.

»Hübscher Schlitten«, sagte der junge Mann.

»Ja«, erwiderte Milo, der sich aus dem Fenster lehnte, »Verbrechen macht sich bezahlt.«

Die beiden sahen einander an und verdufteten.

»Du solltest keine Bürger verprellen«, mahnte ich.

»Ich wollte nur den ›hübschen Schlitten‹ von Dr. Rick verteidigen.«

»Nimm das als positives Zeichen. Man überläßt keinem, den man nicht wiedersehen will, ein Fünfzigtausend-Dollar-Auto.« Er dachte darüber nach. »Typische Beziehungsprobleme, meinst du nicht?«

»Sicher.«

Er faßte nach dem Türgriff.

»Ich habe mich gefreut, dich zu sehen, Milo.«

»Gleichfalls. Danke fürs Zuhören. Aber halte dich aus der Sache raus.«

Wir gaben uns die Hand, dann stieg er aus, zog seine Jeans hoch und suchte in seinen zahlreichen vollen Taschen nach dem Autoschlüssel. Schließlich fand er einen vergoldeten Schlüsselbund, sah sich nach dem Porsche um und grinste.

»Damit zahlt er wenigstens Unterhalt.«

14

Als ich nach Haus kam, war es weit nach Mitternacht, doch Robin war noch wach, sie lag, nur mit einem T-Shirt bekleidet, im Bett und las.

»Nachdem du weg warst, bin ich noch mal in die Werkstatt gefahren«, erklärte sie mir. »*Rocking Billy* rief mich aus New York an, er kommt bald her und braucht eine besondere Gitarre.«

Ich küßte sie auf den Kopf, zog mich aus und schlüpfte zu ihr unter die Decke.

»Wieder so eine, die wie Obst heißt? Was hat er letztesmal gekauft, eine Mango?«

»Eine sechssaitige Papaya.« Sie lachte. »Für eine LP mit Traummusik aus den Tropen. Diesesmal will er

High-tech. Er bringt nächste Woche einen neuen Song heraus, er nennt ihn *Buck Rogers Boogie*, und für seine Tournee will er eine neue Instrumentenform. Sie soll aussehen wie eine Strahlenkanone, chromglänzend, Leuchtdioden, Anschluß an Synthesizer, das macht viel Arbeit.«

»Ah, ein richtiges Kunstwerk.«

»Nein, Antikunst, aber das macht noch mehr Spaß. Wenn ich manchmal ein Instrument für ihn halb fertig habe und dabei bin, verrückt zu werden, stelle ich mir vor, Marcel Duchamp säße in einer Ecke meiner Werkstatt und würde zustimmend nicken.«

»Ich möchte das Ding gern sehen, wenn es fertig ist«, sagte ich lachend, »vielleicht versuche ich mal ein paar Akkorde.«

»Besuch mich doch, wenn Billy die Gitarre abholt. Du wirst ihn bestimmt mögen. Abgesehen von seinem Aussehen, ist er nicht der typische ausgebrannte Rockmusiker. Er sieht mehr wie ein kurzgeschorener Geschäftsmann aus.«

»Vielleicht sollte ich mir den Knaben wirklich mal ansehen. Du bist viel mit ihm zusammen.«

»Keine Sorge, mein Schatz, er ist nicht mein Typ, viel zu mager.« Dann fragte sie ernst: »Wie geht es Milo?«

Ich erzählte ihr alles.

»Er ist wirklich zu bedauern«, meinte sie. »Dabei ist er in seinem Innersten ein sanfter Mann. Können wir nicht etwas für ihn tun?«

»Er weiß, daß er jederzeit zu uns kommen kann, ich vermute aber, daß er es mit sich allein ausmachen will. Außerdem wäre ein Zusammentreffen gefährlich, solange wir im Cadmus-Fall auf verschiedenen Seiten stehen.«

»Das ist schrecklich. Wie lange wirst du noch damit zu tun haben?«

»Das weiß ich nicht.«

Bei dieser unverbindlichen Antwort hob sie die Brauen. Sie sah mich lange schweigend an.

»Wo wir gerade davon reden«, sagte sie, »Horace Souza hat angerufen. Er wollte dich persönlich sprechen, hat es dann aber mir gesagt. Charmanter alter Bock, nicht?«

»So habe ich ihn noch nicht erlebt.«

»So ist er aber, Schätzchen. Sehr höflich, sehr europäisch. Wie ein guter Onkel. Es gibt Frauen, die mögen so etwas.«

»Ich halte ihn eher für herrschsüchtig und berechnend. Er denkt immer nur strategisch, will sein Spiel machen.«

»Ich verstehe dich ja«, meinte sie, »aber würdest du nicht gern so einen Verteidiger haben, wenn du in Schwierigkeiten wärest?«

»Vermutlich schon«, antwortete ich mißmutig. »Was wollte er denn?«

»Dr. Mainwaring hat morgen früh, um zehn Uhr, Zeit für dich. Wenn er nichts mehr von dir hört, erwartet er dich.«

»Vielen Dank.«

Sie stützte sich auf und sah mir in die Augen. Weiche, duftende Locken strichen mir über das Gesicht.

»Armer Milo«, sagte sie traurig. Ich schwieg. »Hast du schlechte Laune, Liebling?«

»Nein, ich bin nur müde.«

»Ich hoffe, nicht zu müde.« Ihre Zungenspitze fuhr über meine Oberlippe. Eine Welle der Erregung strömte durch meinen Körper.

»Nie zu müde«, sagte ich und nahm sie in die Arme.

Bei Tageslicht wirkten die grauen Betonwände von *Cañon Oaks* trostlos, im Schutze der Dunkelheit waren sie mir weiß erschienen. Wie Grabsteine erhoben sie sich aus den grünen Hügeln.

Mainwaring war um zehn Uhr noch nicht in seinem Büro. Seine Sekretärin sagte mir, daß das so beabsichtigt sei. Sie führte mich in eine kleine Bibliothek in der Nähe der Eingangshalle und übergab mir Jameys Akte.

»Der Doktor meint, Sie sollten das zuerst lesen. Er steht Ihnen danach zur Verfügung.«

Der Raum war kahl und fensterlos, möbliert mit einem schwarzen, vinylbezogenem Sofa, einem kleinen Tisch aus Kunststoff, der wie Holz aussah, und einer Kugellampe. Der Aschenbecher auf dem Tisch war voller Kippen. Ich setzte mich hin und öffnete die Akte.

Mainwarings Protokoll über Jameys nächtliche Einlieferung in *Cañon Oaks* war detailliert, fast pedantisch. Der Patient wurde als erregt, verwirrt und aggressiv beschrieben. Eine psychiatrische Diagnose war deshalb nicht möglich gewesen. Erwähnt wurde, daß man den Patienten in einem Notarztwagen mit Polizeibegleitung zur Klinik gebracht hatte.

Mainwaring hatte eine eingehende Untersuchung durchgeführt, die den Verdacht auf Gehirntumor oder organische Erkrankungen nicht bestätigte, obwohl er in einem zusätzlichen Vermerk darauf hinwies, daß die fehlende Bereitschaft des Patienten eine umfassende Diagnose nicht zugelassen habe. Die Ergebnisse der Computertomographie und des

Elektroenzephalogramms waren angeheftet. Die Blutanalyse schloß die Einnahme von LSD, PCP, Amphetamin, Kokain und anderen Opiaten aus.

Psychiatrische und medizinische Anamnesen wurden mit Mr. Dwight Cadmus und Mrs. Heather Cadmus unter Rechtsaufsicht und in Anwesenheit von Rechtsanwalt Mr. Horace Souza aufgenommen. Alle Ergebnisse waren in medizinischer Hinsicht nicht signifikant. Demgegenüber ergab die Krankheitsgeschichte in psychiatrischer Hinsicht Anzeichen fortschreitenden psychischen Verfalls, manifest durch Verfolgungswahn und vermutlich auditive Halluzinationen bei einer schizoiden bzw. im Grenzbereich zur Schizophrenie liegenden Persönlichkeit. Die Arbeitshypothese für die Therapie war: »schizoide Verwirrungszustände mit unterschiedlicher Charakteristik (paranoider Typ, DSM Nr. 295.3x, mögliche Entwicklung zu undifferenz. Typ, DSM Nr. 295.6x).« Mainwaring verordnete die Unterbringung und einleitende Behandlung mit Chlorpromazin – der Oberbegriff für Thorazin –, hundert Milligramm oral, viermal am Tag.

Dem Aufnahmeprotokoll beigeheftet waren Kopien des Polizeiberichts, des Gerichtsbeschlusses, der die Klinik ermächtigte, den Jungen gegen seinen Willen für eine Zeit von zweiundsiebzig Stunden festzuhalten, des darauffolgenden Beschlusses auf langfristige Unterbringung. Im Anhang befand sich auch das Diagramm einer Gehirntomographie, die zwei Tage nach der Einlieferung durch einen hinzugezogenen Radiologen vorgenommen worden war und keine organischen Gehirnschäden nachwies. Der Spezialist berichtete mit kaum verhüllter Abneigung, wie mühsam es gewesen sei, die Geräte trotz des aggressiven Verhaltens des Patienten zu justieren, und hielt fest, daß die Durchführung einer Gehirnschrift unmöglich sei, solange das Verhalten des Patienten sich nicht bessere. Im übrigen sei der Test in diesem Fall ungeeignet, fügte er hinzu, weil der Patient sichtbar psychotisch sei und EEGs bei Psychotikern nicht beweiskräftig wären. Da im übrigen der Patient inzwischen Medikamente erhielte, wäre eine solche Untersuchung völlig unbrauchbar. Er dankte Mainwaring für seine Hinzuziehung und verabschiedete sich aus dem Fall.

Im folgenden Schreiben bedankte sich Mainwaring bei dem Radiologen für seine Bemühungen, stimmte seinen Feststellungen und Empfehlungen zu und führte aus, daß, »bei dem ernstzunehmenden psychotischen Zustand des Patienten, einer unverzüglichen chemotherapeutischen Behandlung Priorität vor einem Enzephalogramm eingeräumt werden müsse«.

Nach diesem Briefwechsel wurden die Aufzeichnungen unregelmäßiger. Mainwaring hatte Jamey ein- oder zweimal täglich aufgesucht, die Ergebnisse dieser Visiten waren aber nicht festgehalten worden. Er hatte sich nur kurze Notizen gemacht, wie »Patient stabil, keine Veränderungen« oder »zunehmende halluzinatorische Aktivitäten« sowie über die Dosierung der Medikamente. Beim Weiterlesen erfuhr ich, daß Jamey auf die Arzneien unterschiedlich reagiert hatte und die Dosierungen häufig geändert werden mußten.

Nach seiner Aufnahme schien der Junge hervorragend auf Thorazin zu reagieren. Die psychotischen Symptome schwächten sich in Schwere und Häufigkeit ab, und zweimal berichtete Mainwaring, daß ein kurzes Gespräch mit dem Patienten möglich gewesen sei, obwohl er nicht im einzelnen ausführte, worüber sie gesprochen hatten. Bald darauf hatte es jedoch einen akuten Rückfall gegeben. Jamey war in äußerste Erregungszustände geraten und hatte wild um sich geschlagen. Mainwaring erhöhte die Dosis. Als der Zustand des Jungen sich daraufhin verschlechterte, erhöhte er sie ständig weiter, um die für »einen optimalen Zustand erforderliche Dosierung« herauszubekommen.

Bei eintausendvierhundert Milligramm Thorazin täglich stellte sich eine Periode der Besserung ein, obwohl der Patient bei dieser starken Medikation teilnahmslos und schläfrig war. Der Erfolg wurde allein daran gemessen, daß er nicht mehr gewalttätig war. Es folgte ein weiterer plötzlicher Rückfall. Diesesmal waren die Halluzinationen »ausgeprägter« als je zuvor, und die Aggressivität des Patienten machte seine ständige Fesselung erforderlich. Mainwaring setzte das Thorazin ab und verordnete andere phenothiazinhaltige Beruhigungsmittel wie Haloperidol, Thioridazin, Fluphenazin. Mit jedem neuen Medikament wiederholten sich die Reaktionen des Patienten. Zuerst schien Jamey ruhiggestellt zu sein, solche Perioden dauerten von zwei Tagen bis zu ein oder zwei Wochen. Dann wurde er ohne jegliches Warnzeichen unbeherrschbar erregt, paranoid und verwirrt. Auf dem Höhepunkt begann er, ständig Lippen, Zunge und Oberkörper zu bewegen, Symptome einer tardiven Dyskinesie*, die ich in ähnlicher Form schon im Gefängnis bei ihm wahrgenommen hatte. Schließlich reagierte er überhaupt nicht mehr auf die

* Motorische Fehlfunktion durch Überdosierung von Medikamenten

Medikamente, sondern es zeigten sich zu allem Übel auch noch Symptome einer Arzneivergiftung.

Jamey befand sich in einem Teufelskreis, und irgendwann spürte man die Mutlosigkeit hinter Mainwarings nüchterner Prosa. Konfrontiert mit dem letzten Rückfall, vermutete er, daß Jamey an einer völlig unbekannten Art von Psychose litt, möglicherweise an einer anfallartigen Form, einer »latenten Anomalie des limbischen Systems, welche durch eine Tomographie nicht diagnostiziert werden kann«. Die Tatsache, daß sich sehr schnell eine Dyskinesie entwickelt hatte, unterstütze, so schrieb er, die These einer Anomalie des Nervensystems, ebenso die seltsame Reaktion des Patienten auf Phenothiazin. Er zitierte Fachzeitschriften, die über die erfolgreiche Anwendung krampflösender Medikamente in anderen atypischen Fällen berichtet hatten. Da eine solche Behandlung experimenteller Natur war, worauf er hinwies, schlug er einen Test mit Carbamazepin vor, holte dafür die schriftliche Genehmigung des Vormunds ein und ließ vorher noch ein Enzephalogramm herstellen. Doch bevor man damit begann, ging es Jamey wieder besser, er beruhigte sich, war folgsamer, als er es nach seiner Aufnahme je gewesen war, und konnte sogar einige kurze Sätze sagen. Gleichzeitig verfiel er jedoch in starke Depressionen, was man aber für nicht so bedeutsam hielt wie seine offenbar überstandene Psychose. Mainwaring war zufrieden und hielt die alte Medikation aufrecht.

Zwei Tage darauf war Jamey verschwunden.

Die Aufzeichnungen der Station waren nicht sehr aufschlußreich. Stuhlgang, Ernährung, Flüssigkeitsaufnahme und Körpertemperatur waren in einem Tagebuch sorgfältig aufgezeichnet. Die Schwestern beschrieben Jamey entweder als nicht ansprechbar oder als feindselig. Nur Miss Brown, eine freie Krankenschwester, hatte Positives zu berichten. Mit großen Buchstaben und liederlicher Schrift hatte sie stolz sein gelegentliches Lächeln und seine Freude über die abendliche Rückenmassage festgehalten. Ihr Optimismus wurde durch die Stationsschwester, Mrs. A. Vann, staatl. gepr. Krankenschwester, die sich an Fakten hielt und Kommentare vermied, auf den folgenden Seiten eindeutig widerlegt.

Als ich die Akte schloß, öffnete sich die Tür und Mainwaring trat ein. Er kam so auf die Minute, daß ich fast dachte, man hätte mich beobachtet. Während ich aufstand, sah ich mich nach einer versteckten Kamera um, entdeckte aber keine.

»Dr. Delaware«, sagte er und schüttelte mir die Hand. Er trug einen langen weißen Kittel über einem weißen Hemd, eine schwarze Krawatte, Tweedhosen und schwarze Halbschuhe. Die braunen Augen in seinem schmalen Wolfsgesicht prüften mich flink von Kopf bis Fuß.

»Guten Morgen, Dr. Mainwaring.«

Er sah auf die Akte, die ich noch in der Hand hatte. »Ich verließ mich darauf, daß Sie meine Handschrift entziffern können.«

»Kein Problem«, erwiderte ich und gab ihm den Ordner. »Es war sehr aufschlußreich.«

»Man versucht, so gründlich wie möglich zu sein.«

»Ich würde gern eine Kopie für meine Akten haben.«

»Geht in Ordnung, ich werde sie Ihnen mit der Post schicken.«

Er ging zur Tür und hielt sie einladend auf. »Trotz der Gründlichkeit haben Sie vermutlich Fragen.«

»Ein paar.«

»Gut, gehen wir in mein Büro.«

Wir hatten es nicht weit bis zur Tür, die seinen Namen trug. Im Büro herrschte das Chaos, wild durcheinanderfliegende Papiere, zerfranste Aktenbände, Bücherstapel und willkürlich herumstehende Möbel beherrschten die Szene. Er warf ein Bündel Fachzeitschriften von einem hochlehnigen Stuhl auf den Boden und bot mir den Sitz an. Nachdem er sich einen Weg zu einem schmucklosen hölzernen Schreibtisch gebahnt hatte, setzte er sich dahinter und griff nach einem runden Pfeifenständer, der von einem Stapel Rechnungsformulare halb verdeckt war. Dann zog er einen ledernen Tabaksbeutel aus der Tasche, wählte eine kurze Shagpfeife aus, füllte sie und vollzog das übliche Ritual des Anzündens, Feststopfens und Wiederanzündens. Scharfriechender Qualm vernebelte den Raum.

»So«, sagte er, ohne die Pfeife aus dem Mund zu nehmen, »wir sollten jetzt mit unserem Erfahrungsaustausch beginnen.«

Da ich nie an eine Zusammenarbeit mit ihm gedacht hatte, vermied ich eine direkte Antwort und erwiderte, daß es sich um einen komplexen Fall handele, und ich noch weit davon entfernt sei, etwas Wichtiges berichten zu können.

»Verstehe, haben Sie schon mit vielen Schizophrenen gearbeitet?«

»Das ist nicht mein Spezialgebiet.«

Er sog an seiner Pfeife und stieß eine beißende Qualmwolke aus. Nachdem er ihr mit den Augen bis an die Decke gefolgt war, senkte er den Blick und riß seine Lippen zu einem breiten Lächeln auseinander. »Nun denn«, sagte er, »was möchten Sie wissen?«

»Aus der Akte geht hervor, daß Jamey die meiste Zeit seines Klinikaufenthalts nicht ansprechbar war. Sie haben aber festgehalten, daß er in wenigen wachen Phasen einem Gespräch folgen konnte. Ich würde gern wissen, worüber er gesprochen hat.«

»Hm, hm, sonst noch etwas?«

»Sie berichten über Halluzinationen, sowohl auditiver als auch visueller Natur. Halten Sie das für bedeutsam? Und was konkret hörte oder sah er während seiner halluzinativen Perioden?«

Der Arzt knetete gedankenvoll seine Finger. Er hatte lange, fast weibliche Nägel, die mit einem farblosen Lack überzogen waren.

»Sie sind also«, erwiderte er, »grundsätzlich mehr an inhaltlichen Dingen interessiert. Darf ich fragen, warum?«

»Vielleicht könnte man dabei erfahren, was in seinem Kopf vorging.«

Diese Antwort hatte er wohl erwartet, denn sein Lächeln erschien wieder.

»Es ist mir klar, daß wir von sehr gegensätzlichen theoretischen Standpunkten ausgehen. Da wir zusammenarbeiten wollen, lege ich am besten gleich meine Karten auf den Tisch. Sie wollen den Fall nach den Regeln der klassischen Psychodynamik angehen: Probleme werden durch unterbewußte Konflikte verursacht. Analysiert man die Ursachen der Probleme und macht man sie bewußt, ergibt sich der Rest von selbst.

Das klingt alles sehr schön und ist wohl auch ganz brauchbar bei kleineren Verhaltensstörungen. Das gilt aber nicht bei Schizophrenien. Psychosen, Dr. Delaware, sind ausschließlich physiologische Phänomene, chemische Ungleichgewichte im Gehirn. Was der Patient sagt, während er an deren Folgen leidet, hat klinisch, wenn überhaupt, sehr geringe Bedeutung.«

»Ich beabsichtige nicht, jede Nuance des Falls einer Psychoanalyse zu unterwerfen«, sagte ich, »und ich respektiere die biologischen Aspekte der Schizophrenie. Jedoch ungeachtet der Tatsache, daß sie typische Verhaltensmuster aufweisen, sind Psychotiker Individuen wie andere Menschen auch: Sie haben Gefühle. Und Probleme. Es schadet doch keinem, wenn wir versuchen, soviel wie möglich über Jameys Persönlichkeit zu erfahren.«

»Aha, die ganzheitliche Methode.«

»Nur eine sorgfältige.«

»Gut«, sagte er einlenkend, »machen wir weiter. Was fragten Sie mich vorhin? Ach ja, visuelle und auditive Halluzinationen, ob sie üblicherweise gleichzeitig auftreten? Statistisch gesehen ja, aus klinischer Sicht nein. Kennzeichnend für diesen Fall sind von Beginn an atypische Verhaltensmuster. Vermuten Sie einen Mißbrauch halluzinogener Stoffe?«

»Mich beschäftigt die augenfällige Abweichung.«

»Das ist verständlich, aber ein Mißbrauch ist ausgeschlossen. Ich gebe zu, daß ich ihn bei seiner Einlieferung zunächst für einen PCP-Süchtigen hielt. Onkel und Tante wußten nicht, ob er Mittel nahm, das hielt ich jedoch nicht für entscheidend. Man durfte kaum erwarten, daß der Junge ihnen etwas gesagt hätte. Alle Tests waren jedoch negativ.«

Die Pfeife war wieder ausgegangen. Mainwaring benutzte den kleinen Löffel seines Pfeifenbestecks, um die oberste Aschenschicht abzutragen, stopfte den Tabak fest und zündete ihn erneut an.

»Nein«, sagte er, »ich glaube nicht an Drogenmißbrauch. Die Diagnose auf Schizophrenie ist gesichert. Obwohl visuelle Halluzinationen bei Psychosen atypisch sind, kommen sie dennoch vor, vor allem in Kombination mit Hörstörungen. Dies bringt mich auf einen wichtigen Punkt. Der Junge war unansprechbar und auch schwierig zu verstehen. Es schien, als ob er Dinge sowohl hörte als auch sah, aber ich könnte nicht mit Sicherheit sagen, ob beides der Fall war. Genausogut hätten alle Wahrnehmungen auditiver Natur sein können.«

»Was schien er denn zu hören oder zu sehen?«

»Zurück zum Wesentlichen, nicht?« Er nahm die Pfeife aus dem Mund und begann, mit ihr herumzuspielen, so daß ich schon annahm, er wolle mir ausweichen. Schließlich zog er eine Grimasse und antwortete. »Um ehrlich zu sein, ich kann mich im einzelnen nicht mehr erinnern, was er sagte.«

»Souza sagte mir, daß er sich zunächst sehr deutlich ausdrücken konnte und darauf pochte, daß seine Einlieferung unrechtmäßig sei. Er soll dabei sehr überzeugend gewirkt haben.«

»Ja, natürlich«, sagte Mainwaring hastig. »Anfangs hatte er die üblichen paranoiden Einbildungen: Jemand wolle ihn umbringen. Er war nicht verrückter als andere auch. Dann steigerte er sich in wilde Anklagen und vage Andeutungen, faselte von Giften und Wunden, von blutender Erde, der bekannte Unsinn. Bei dieser Diagnose nichts Außergewöhnliches. Für die Behandlung war das nicht von Bedeutung.«

»Und die visuellen Vorstellungen?«

»Der visuelle Teil hatte mit Farben zu tun. Er schien kräftige Farben zu sehen, besonders Rot.« Er lächelte schwach. »Ich vermute, das kann man als Vorstellung von Blut interpretieren – seine Wahrnehmungen waren blutgetränkt. Wenn man bedenkt, was inzwischen herausgekommen ist, braucht man sich nicht zu wundern.«

»Und in seinen wachen Perioden«, wiederholte ich, »worüber hat er da gesprochen?«

Er schüttelte den Kopf.

»Mit Ausnahme der unmittelbar auf die Einlieferung folgenden Zeit kann man nicht von wachen Phasen reden. ›Minimal ansprechbar‹ würde die Sache besser beschreiben. Wenn ich den Begriff ›Gespräch‹ verwendet habe, dann in einem sehr eingeschränkten Sinn. Die meiste Zeit war er unansprechbar, völlig in sich zurückgezogen. Als die Medizin zu wirken begann, war er in der Lage, einfache Fragen mit Ja oder Nein zu beantworten. Er konnte aber kein Gespräch führen.«

Ich dachte an Jameys Hilferuf. Er hatte es geschafft, mich anzurufen, und war in der Lage gewesen, seinen Standort anzugeben. Die meiste Zeit des Gesprächs hatte er zwar wirr durcheinandergeredet, einige wenige Sätze hatten jedoch einen Sinn gehabt. Man konnte das zwar kein normales Gespräch nennen, aber er hatte mehr geantwortet als Ja oder Nein. Ich diskutierte diesen Aspekt mit Mainwaring, der davon jedoch unberührt blieb.

»Während der letzten Besserungsphase verstärkten sich seine verbalen Aktivitäten. Das bestärkte mich in der Hoffnung, daß meine letzte Medikation erfolgreich war.«

»Behandeln Sie ihn zur Zeit mit den gleichen Mitteln?«

Er sah mich finster an.

»Gewissermaßen. Niemand im Gefängnis ist aber in der Lage, die Auswirkungen zu beobachten, so bin ich zu einer sehr konservativen Dosierung gezwungen. Im eigentlichen Sinne ist das keine Behandlung, nur Flickwerk, es zeigen sich bereits wieder Anzeichen einer Verschlechterung.«

»Das könnte den Zustand erklären, in dem ich ihn bei meinem letzten Besuch vorfand. Beim erstenmal war er kaum wahrnehmungsfähig und zeigte alle Anzeichen einer tardiven Dyskinesie. Beim zweitenmal erschien er mir ein bißchen wacher, weniger nervlich beeinträchtigt.«

Mainwaring räusperte sich.

»Ich würde vorschlagen«, meinte er sarkastisch, »daß Sie ab sofort Worte wie wach und wahrnehmungsfähig vermeiden und auch den Begriff des vorsätzlichen Drogenmißbrauchs. Solche Formulierungen sollten wirklich der Staatsanwaltschaft vorbehalten bleiben. Ihre Verwendung würde auch unsere wissenschaftliche Bewertung herabmindern.«

»Also verminderte Zurechnungsfähigkeit, verursacht durch paranoide Schizophrenie.«

»Korrekt. Das ist eine Beschreibung, die unnütze Diskussionen verhindern hilft, Juristen können das kaum noch verstehen.«

Sie werden schon ihre Gründe haben, dachte ich und verkniff mir eine Antwort. Er sah mich durchdringend an und begann, in den auf seinem Schreibtisch herumliegenden Papieren zu suchen.

»Haben Sie noch eine Frage, Doktor?« fragte er.

»Ja. Miss Browns Aufzeichnungen klingen etwas positiver als die anderen. Kann man sich darauf verlassen?«

Er lehnte sich zurück und legte seine Beine auf die Tischplatte. Ich erblickte ein Loch in seiner Schuhsohle.

»Miss Brown gehört zu den gutmütigen, mütterlichen Typen, die dazu neigen, sich aus Mangel an Intelligenz und Ausbildung allzusehr mit den Patienten zu identifizieren. Ihre Kolleginnen haben sich darüber amüsiert, sie war aber sonst kein Problem. Ich war über ihre Anstellung nicht sehr glücklich, aber die Familie war beunruhigt und hielt eine besondere Pflege für wichtig. Obwohl sie keinen Schaden anrichten konnte, war ich damals vielleicht zu nachgiebig.«

Oder durch Dollarscheine beeindruckt.

Seine Wangenmuskeln traten hervor, als er auf das Pfeifenmundstück biß. Er sah mich prüfend an, als wolle er sich bestätigen lassen, daß er richtig gehandelt hatte.

»Sie bezweifeln also ihre Glaubwürdigkeit.«

»Sie ist eher ein Kindermädchen«, sagte er schroff, »kein Profi. Nun, wenn das Ihre Fragen ...«

»Nur noch eins. Ich würde mich gern mit Mrs. Vann unterhalten.«

»Mrs. Vann ist nicht mehr hier.«

»Wurde ihr wegen Jameys Flucht gekündigt?«

»Nein. Sie hat uns vor ein paar Tagen auf eigenen Wunsch verlassen.«

»Gab sie Gründe an?«

»Nur, daß sie schon fünf Jahre bei uns gewesen sei und eine berufliche Veränderung wünsche. Ich war enttäuscht, aber nicht überrascht. Die Arbeit ist schwer, und nur wenige bleiben länger hier. Sie ist eine hervorragende Krankenschwester, es ist bedauerlich, daß ich sie verloren habe.«

»Sie haben ihr also keine Vorwürfe wegen der Flucht gemacht.«

Er zog die Augenbrauen hoch, wodurch sich zahlreiche Falten auf seiner Stirn bildeten.

»Dr. Delaware, das klingt wie eine Vernehmung. Sie sind doch gekommen, um sich von mir unterrichten zu lassen und nicht, um mich ins Kreuzverhör zu nehmen.«

Daraufhin entschuldigte ich mich für meine Vorgehensweise, was ihn aber nicht zu beruhigen schien. Er nahm die Pfeife aus dem Mund und klopfte damit ärgerlich auf den Rand des Aschenbechers. Eine kleine Aschenwolke erhob sich, sank wieder zurück und hinterließ eine neue Staubschicht auf dem Papierchaos.

»Vielleicht sind Sie sich der Bedeutung Ihrer Aufgabe noch nicht bewußt«, sagte er schließlich. »Es wird nicht leicht sein, zwölf unerfahrene Geschworene davon zu überzeugen, daß der Junge nicht zurechnungsfähig war. Die Gefahr, daß wir uns dabei blamieren, ist groß. Wir sind Sachverständige, keine Richter. Warum bestehen Sie auf Ihrer abweichenden Meinung?«

»Aus meiner Sicht ist nicht klar, was für den Fall wichtig und was eine Abweichung ist.«

»Glauben Sie mir«, antwortete er sichtbar wütend, »so komplex sind die Fakten doch nicht. Der Junge wurde aus genetischen Gründen schizophren. Die Krankheit griff sein Gehirn an und zerstörte seinen sogenannten freien Willen. Von Geburt an war ihm das vorbestimmt. Er war genausogut Opfer, wie die Leute, die er ermordete. Und das ist keine Spekulation, es basiert auf medizinischen Daten, die Fakten sprechen doch für sich. Wegen der Unkundigkeit der Richter wäre es hilfreich, diese Argumentation durch soziologische und psychologische Aspekte zu unterstützen. Ich empfehle ernsthaft, daß Sie Ihre Energien auf diese Aufgabe ausrichten.«

»Vielen Dank für den guten Rat.«

»Gern geschehen«, erwiderte er ungerührt. »Ich werde Ihnen die Kopie der Akte in ein paar Tagen schicken. Ich werde Sie jetzt hinausbegleiten.«

Wir standen auf und verließen das Büro. Die Flure der Klinik waren still und leer. Im Foyer saß ein gutgekleidetes Paar, hielt sich bei den Händen und sah auf den Boden. Die Frau hatte eine Ausgabe der *Vogue* ungeöffnet auf dem Schoß liegen. Der Mann hatte eine Zigarette im Mundwinkel. Als sie unsere Schritte hörten, sahen sie auf und starrten Mainwaring ehrfürchtig an.

Dieser winkte ihnen zu, entschuldigte sich bei mir für einen Moment und ging, sie zu begrüßen. Er schüttelte beiden voller Energie die Hände und begann, mit ihnen zu reden. Ich wartete noch einen Moment auf ihn; da er meine Anwesenheit wohl inzwischen vergessen hatte, verließ ich unbemerkt das Haus.

15

In einem Café in Sherman Oaks bestellte ich gegrillten Lachs und ein Glas Riesling und ließ das Interview mit Mainwaring noch einmal Revue passieren. Trotz aller Kenntnisse in Pharmakologie hatte er mir keinen Einblick in Jameys Persönlichkeit verschaffen können. Wenn man ihn darauf hingewiesen hätte, wäre ihm das zweifellos völlig nebensächlich erschienen. Er war ein selbsternannter biochemischer Ingenieur mit geringem Interesse für jeden Organismus oberhalb der Einzeller. Früher würde man ihn für einen Extremisten gehalten haben, heute war er voll auf dem laufenden, im Gleichschritt mit der neuen Welle der Psychiatrie – der Versessenheit auf biologischen Determinismus zu Lasten der Einsicht in seelische Prozesse. Dieser Wandel war auch zum Teil berechtigt, denn die reine Psychotherapie hatte sich als weniger erfolgreich bei der Behandlung von Psychosen erwiesen; dafür hatten Psychopharmaka bemerkenswerte, wenn auch nicht immer vorhersehbare symptomatische Erfolge erzielt.

Dahinter standen erhebliche politische Interessen, denn dadurch, daß sie sich wieder als Ärzte auswiesen, konnten sich Psychiater gegenüber Psychologen und anderen nichtmedizinischen Therapeuten abgrenzen. Aber auch ökonomisch ergab sich ein Sinn für diesen Wandel. Die Versicherungsgesellschaften waren nur widerwillig bereit, für undurchsichtige Dinge wie Gesprächstherapien Zahlungen zu leisten, hatten aber andererseits keine Probleme, ihre Gelder für Bluttests, Gehirnschriften, Spritzen und andere medizinische Prozeduren auszugeben.

Aber auch die Psychologie hatte ihre Ingenieure, Verhaltenstechnologen wie Sarita Flowers, die einen Bogen um lästige Störfaktoren wie Gefühle und Gedanken machten und menschliches Verhalten als ein Konglomerat schlechter Gewohnheiten interpretierten, die allein durch Skinner ihr Heil finden konnten.

Beide Perspektiven hatten ein verengtes Blickfeld, rundheraus gesagt waren sie dem Götzen der Quantifizierung verfallen, ihr gemeinsames Kennzeichen waren vorzeitiges Eigenlob und Schwarz-Weiß-Sicht. In der Mitte gab es eine Grauzone, und darin konnte ein Patient leicht verlorengehen.

Ich fragte mich, ob Jamey so etwas passiert war.

Als ich gegen zwei Uhr wieder zu Hause war, rief ich Souza an und bat ihn, ein Treffen mit Marthe Brown zu arrangieren.

»Ah, mit Marthe, eine nette Frau. Ich werde am besten die Agentur anrufen, bei der sie registriert ist, und versuchen, sie zu erreichen. Haben Sie schon etwas Wichtiges erfahren können? Ich möchte noch keine endgültige Beurteilung haben, nur ein Gefühl dafür, in welche Richtung Ihre Ermittlungen führen.«

»Bisher nichts Wesentliches. Ich stelle immer noch Fragen.«

»Ich verstehe. Und wann werden Sie ausreichend informiert sein, um einen Bericht zu schreiben?«

»Das ist schwer zu sagen. Vielleicht in einer Woche.«

»Also gut. Am Ende des Monats werden wir in die Vorverhandlungen müssen. Bis dahin würde ich gern für den Kampf gerüstet sein.«

»Ich werde mir Mühe geben.«

»Das glaube ich Ihnen. Übrigens, wir sprachen neulich über die Wahrscheinlichkeit einer Drogenvergiftung. Haben Sie in dieser Hinsicht etwas erfahren können?«

»Dr. Mainwaring beharrt auf dem Standpunkt, daß Jameys Zustand nicht das geringste mit Rauschgift zu tun hat. Er vertritt die Auffassung, daß allein die Erwähnung dieser Möglichkeit vor Gericht die Strategie der Verteidigung zunichte machen würde.«

»Mainwaring ist kein Anwalt«, sagte er unwirsch, »wenn ich vorbringen könnte, daß Chancellor den Jungen rauschgiftsüchtig gemacht hat, würde das nicht schaden, sondern eher nützen.«

»Das mag sein, aber es gibt keinen Anhaltspunkt für Drogenmißbrauch. Die Symptome, die mir auffielen, sind vermutlich die einer tardiven Dyskinesie – eine Reaktion auf die Medikamente. Sie zeigten sich bereits in *Cañon Oaks*. Nach einer so kurzen Behandlung ist eine solche Reaktion zwar atypisch, Mainwaring meint jedoch, daß Jamey an einer atypischen Schizophrenie erkrankt sei.«

»Atypisch«, er dachte laut nach. »Das paßt hervorragend, könnte günstig für uns sein und macht uns weniger von Präzedenzfällen abhängig. Sehr gut, machen Sie weiter und lassen mich wissen, wenn Sie etwas herausbekommen. Haben Sie übrigens heute nachmittag noch einen anderen Termin?«

»Nein.«

»Das paßt gut. Heather ist letzte Nacht aus Montecito zurückgekommen, um Mitternacht und mit einem Hubschrauber, um der Presse zu entgehen. Die Kinder sind geblieben. Wenn Sie mit ihr sprechen wollen, würde das jetzt passen.«

»Wunderbar.«

»Sagen wir also um fünf?«

»Das ist mir sehr recht.«

»Ausgezeichnet. Sie ist eine interessante, junge Frau. Weil wir gerade davon sprechen, ich hatte das Vergnügen, mit Ihrer Freundin Robin zu telefonieren.«

Seine Worte klangen freundlich, hatten aber den Beiklang unterschwelliger Lüsternheit. Es war kaum zu merken, schlug mir jedoch auf den Magen.

»Sie ist ein wunderbarer Mensch«, erwiderte ich.

»Wirklich. Sie haben Glück, Doktor.«

Dann gab er mir die Adresse der Familie Cadmus und verabschiedete mich wohlwollend.

Hancock Park stank nach Tradition und Geld.

In Beverly Hills hatten unbegrenzter Reichtum und fehlender Geschmack absonderliche architektonische Exzesse gefördert. Vieltürmige Burgen, stuckverkleidete Pseudovillen, postmoderne Monstrositäten in Technicolor und miserable Tara-Imitationen, jede mußte Millionen gekostet haben, warteten an einer langen palmenbestandenen Straßenzeile auf Applaus.

Vier Meilen weiter nach Osten, in Hancock Park, war alles stiller und feiner. Es gab dort zwar verschiedene Stilrichtungen, Tudor, Georgianisch, Regency, Mediterran, aber alles paßte unaufdringlich zueinander. Sehr ruhig und sehr imposant. Die meisten Häuser dort waren geräumiger als ihre aufdringlichen Verwandten in Beverly Hills, Überbleibsel einer Zeit, in der viele Bedienstete eine Selbstverständlichkeit waren. Selbstgefällig thronten sie auf riesigen gepflegten Rasenflächen, weit entfernt von den großzügigen, ahornbeschatteten Alleen. Die Gartenarchitektur wirkte zurückhaltend: eine einzelne stattliche Pinie auf dem Rasen, Taxushecken, hier und da ein Farbtupfer. Überall auf den Staßen standen holzverkleidete Kombiwagen, Volvo- und Mercedeslimousinen in neutralen Farbtönen. Wie in den meisten vornehmen Wohngegenden von Los Angeles waren die Straßen gespenstisch leer bis auf wenige uniformierte Kindermädchen mit Kinderwagen oder dauergewellte Mütter, die weißblonde Kleinkinder hinter sich herzogen. Obwohl einige jüdische und asiatische Familien hierher gezogen waren, lebte in Hancock Park vorwiegend die feine, weiße Gesellschaft. Während ringsherum auf den städtischen Hauptstraßen die Kriminalitätsrate höher war, als man zugeben wollte, blieb Hancock Park eine unberührte Insel unauffälligen Wohlstands.

Die Cadmus-Villa lag nördlich von Beverly Hills an der June Street, nahe beim Country Club. Die zweistöckige Villa im Tudorstil war einfarbig beige gestrichen. Ein kleeblattförmiges gefliestes Schwimmbekken lag dekorativ mitten im Rasen. Das Tor wurde von zwei Sicherheitskräften bewacht, die die gleiche Uniform trugen wie ihre Kollegen in der Empfangshalle von *Cadmus Construction*. Diese hier trugen jedoch Pistolen und Gummiknüppel. Der Grund für ihre Anwesenheit war offensichtlich: Eine Meute von Reportern hatte sich auf dem Bürgersteig versammelt. Wenn einer von ihnen zum Haus vordringen wollte, versperrten ihnen die Wächter den Weg. Die wiederholten Versuche der Reporter und die Reaktionen der Wächter wirkten wie ein Menuett. Ganz an der Seite unter einem vorgezogenen Dach stand Souzas Rolls Royce mit dem Kühler dicht vor einem hohen schmiedeeisernen Tor. Vor dieser Staatskarosse stand Tully Antrim und wienerte mit einem Wagenleder den glänzenden Lack, wobei er ständig die Straße im Auge behielt. Als er meinen Seville sah, bedeutete er mir, direkt hinter dem Phantom zu parken.

Die Reporter hatten gespürt, daß etwas vor sich ging und drängten nach vorn, als ich vorfuhr. Die Wächter stellten sich ihnen entgegen. Einer der Journalisten, ein junger Mann, Brillenträger, Cordanzug, nutzte die allgemeine Unruhe aus und machte einen Ausfall zur Eingangstür.

Antrim handelte sofort. Mit drei langen Sätzen war er an der Seite des Reporters, mit einem weiteren befand er sich zwischen dem Mann und der Tür. Er starrte ihn finster an und befahl ihm, sich zu entfernen. Der Mann fing an zu diskutieren, Antrim schüttelte jedoch den Kopf. Der Reporter stürzte plötzlich vorwärts, doch der Chauffeur schlug ihm sofort einen

Haken in den Magen. Der junge Mann wurde kreidebleich, riß stumm seinen Mund auf und umklammerte schmerzerfüllt seinen Unterleib. Antrim stieß ihn so lange zurück, bis der Mann sich von selbst entfernte. Inzwischen war auch eine der Wachen zur Stelle und zog den Reporter, der immer noch nach Luft schnappte, vom Grundstück herunter.

Vom Wagen aus hatte ich die Szene beobachtet, während sich viele Gesichter von außen an die Windschutzscheiben preßten und eine Flut von Fragen auf mich abgeschossen wurde. Ausgestreckte Mikrophone verbargen mir fast völlig die Sicht. Während der Mann im braunen Cordanzug auf seinen Wagen zutaumelte, rief er seinen Kollegen etwas zu, worauf diese erregt auf Antrim und die Wachen einschrieen. Als sie sich deshalb von meinem Seville entfernten, nutzte ich die Gelegenheit, um aus dem Wagen zu schlüpfen und mich hinter dem Rolls zu verstecken. Antrim, der das bemerkt hatte, eilte zu mir. Inzwischen hatte sich das Geschrei gelegt, doch bevor die Reporter auf uns aufmerksam wurden, hatte mich Antrim am Arm gepackt, ein Schlüsselbund aus der Tasche gezogen und das schmiedeeiserne Tor aufgeschlossen.

»Blöde Arschlöcher«, murmelte er und stieß mich nicht gerade freundlich durch das Tor.

Die Journalisten drängten sich um den Rolls und versuchten, über dessen riesige Ausmaße hinweg etwas zu erspähen. Da die Wachen ihnen wieder auf den Pelz rückten, gab es lautstarke Auseinandersetzungen.

Antrim führte mich zu einem Seiteneingang und klopfte an. In einem kleinen Fenster nahe der Tür wurde die Gardine beiseitegeschoben, ein Gesicht erschien und verschwand wieder. Dann wurde die Tür von einem dickbäuchigen Wachmann geöffnet.

»Das ist der Doktor, den sie erwartet«, sagte Antrim und drängte sich an ihm vorbei. Der Wachmann berührte seinen Revolvergriff und erwiderte finster, um das Gesicht zu wahren: »Kommen Sie rein.«

Ich folgte dem Chauffeur in eine riesige dottergelbe Küche. Mitten im Raum stand ein großer, mit einem gemusterten Baumwolltuch gedeckter Tisch. Auf der Tischdecke verstreut waren eine Taschenlampe, eine Thermosflasche, zwei in Plastikfolie eingewickelte Schinkenbrötchen und eine Ausgabe des *National Enquirer*. Über eine Stuhllehne hing eine graue Uniformjacke. Nachdem Antrim eine Schwingtür aufgestoßen hatte, kamen wir durch eine Anrichte und ein dunkelgetäfeltes Speisezimmer, dessen Wände mit bronzenen Kerzenleuchtern verziert waren. Ein Linksschwenk führte uns in eine Eingangshalle mit einer kuppelartigen Wölbung. Im Hintergrund sah man eine geschnitzte Eichentreppe. Von oben aus dem Treppenhaus hörte man Staubsaugergeräusche. Wir durchquerten die Halle und stiegen zwei Stufen hinab in einen geräumigen graugetönten Salon mit beigefarbigen Wolltapeten. Lichtundurchlässige Vorhänge waren vor die Fenster gezogen, zwei Tischlampen bildeten die einzigen Lichtquellen.

Der Raum war mit wenigen, aber kostbaren Möbeln ausgestattet: steife, mit mattglänzendem, farblosem Damast gepolsterte Sofas, ein Paar Queen-Anne-Sessel mit gleichem Bezug, schmalbeinige Chippendale-Tische, die nach Zitronenöl dufteten. In einer entfernten Ecke stand ein großer schwarzglänzender Steinway-Flügel. An den Wänden hingen Stillleben und Landschaften aus England in Mahagonirahmen, deren Farben vornehm, aber verblaßt wirkten. Ein falscher Kamin war mit Kalkstein eingefaßt. Nicht zur Einrichtung paßte eine Sammlung primitiver Skulpturen über dem Kamin: ein halbes Dutzend grober, schlitzäugiger Gesichter, aus rohem grauem Stein gehauen.

Auf einem Sofa saß eine Frau. Als ich hereinkam, erhob sie sich, hochgewachsen und gertenschlank.

»Guten Tag, Dr. Delaware«, begrüßte sie mich mit leiser Kleinmädchen-Stimme. »Ich bin Heather Cadmus.« Zu Antrim sagte sie: »Vielen Dank, Tully. Sie können jetzt gehen.«

Der Chauffeur verließ uns, und ich ging auf sie zu.

Ich wußte, daß sie fast so alt war wie ihr Mann, sie sah aber zehn Jahre jünger aus. Sie hatte ein schlankes, blasses und faltenloses Gesicht, das in ein festes, scharfes Kinn auslief. Bis auf einen Hauch von Eyeliner trug sie kein Make-up. Ihre kastanienbraunen, schulterlangen Haare wippten an den Enden, zerzauste Fransen bedeckten eine hohe, flache Stirn. Große graue Augen sahen mich an. Die Nase war lang mit schmalem Rücken und leichtem Aufwärtsschwung, die Nüstern waren schmal. Sie hatte das Gesicht einer Debütantin, gepflegt, rassig und mädchenhaft hübsch. Der Eindruck lässigen Wohlstands wurde durch ihre Kleidung abgerundet: rosa Baumwollbluse mit geknöpftem Kragen, modischer Rock aus schwarzer Wolle, rehbraune flache Slipper, kein Schmuck bis auf ein diamantbesetztes Brautkettchen. Sie hatte schlanke, feingliedrige Hände mit langen, lackierten Fingernägeln.

Nachdem sie mir die Hand gereicht hatte, sagte ich: »Ich freue mich, Sie kennenzulernen, Mrs. Cadmus.«

»Nennen Sie mich bitte Heather«, antwortete sie

in ihrer seltsam hellen Kinderstimme. »Bitte nehmen Sie doch Platz.« Sie setzte sich wieder, jedoch in die äußerste Ecke des Sofas. Sie nahm eine aufrechte Haltung ein, strich ihren Rock glatt und kreuzte ihre Beine an den Knöcheln. Ich setzte mich in einen der Queen-Anne-Sessel und versuchte, dessen Unbequemlichkeit zu verdrängen.

Sie lächelte mich nervös an und faltete ihre Hände im Schoß. Einen Moment darauf erschien ein spanisches Hausmädchen in schwarzer Tracht. Heather begrüßte sie mit einem Kopfnicken, dann sprachen beide kurz in fließendem Spanisch miteinander.

»Darf ich Ihnen etwas anbieten, Doktor?«

»Nein, danke.«

Sie entließ das Mädchen.

Durch die Vorhänge hörte man gedämpftes Geschrei von der Straße. Sie zuckte zusammen und sagte: »Ich bin zu früh zurückgekehrt. Es ist der reinste Belagerungszustand. Ich bin froh, daß meine Kinder das nicht sehen. Sie haben schon so vieles durchmachen müssen.«

»Ihr Mann erzählte mir, daß Jamey sehr grob zu ihnen war«, sagte ich und nahm mein Notizbuch heraus.

»Ja, das war er«, antwortete sie leise. »Sie sind kleine Mädchen, und er hat ihnen solche Angst gemacht.« Ihre Stimme brach. »Ich denke ständig daran, wie sich das auswirken wird. Auch mein Mann steht unter einer ungeheueren Anspannung.«

Ich nickte verständnisvoll.

»Bitte, verstehen Sie mich nicht falsch«, fuhr sie fort, »ich mache mir große Sorgen um Jamey. Wenn ich daran denke, was mit ihm passiert ist, das ist ... kaum zu ertragen.«

»Ich entnehme dem, daß Sie sich mit Jamey sehr gut verstanden.«

»Ich … ich habe das immer geglaubt. Ich dachte, ich hätte ihn richtig angefaßt, jetzt weiß ich überhaupt nichts mehr.«

Wieder versagte ihr die Stimme. Mit einer Hand preßte und knetete sie den Wollstoff ihres Rocks, bis ihre Fingerknöchel weiß wurden.

»Heather, ich muß Ihnen ein paar Fragen stellen, die Sie sehr aufregen werden. Wenn Ihnen das heute zu nahe geht, kann ich ein anderesmal wiederkommen.«

»Oh, nein, mir geht es gut. Bitte fangen Sie an.«

»Gut. Beginnen wir mit dem Zeitraum, in dem Sie heirateten. Jamey war fünf. Wie reagierte er auf das neue Familienmitglied?«

Sie zuckte zurück, als hätte diese Frage sie verletzt, und formulierte dann nachdenklich ihre Antwort.

»Das war für uns alle eine sehr schwierige Zeit. Von einem Tag auf den anderen war ich kein alleinstehendes Mädchen mehr, sondern eine Stiefmutter. Das ist eine schwere Aufgabe, mit allen möglichen üblen Vorurteilen behaftet. So hatte ich mir das mit meinen vierundzwanzig Jahren nicht vorgestellt. Ich dachte aber, ich würde das schon schaffen, doch das gelang mir nicht.«

»Was für Probleme gab es denn?«

»Was jedermann erwartet hatte. Jamey war sehr eifersüchtig auf mich, was verständlich war, denn Dwight hatte sich um ihn mehr gekümmert als sein richtiger Vater. Plötzlich, aus heiterem Himmel, kam ich dazu. Er empfand mich als Rivalin und versuchte alles, um mich auszuschalten. Aus der Sicht eines Kindes erscheint mir das logisch.«

»Was stellte er denn an?«

»Er beleidigte mich, nahm mich nicht zur Kenntnis. Bei seiner Intelligenz konnte er sehr grausam sein, aber ich erkannte, daß er aus Angst so handelte und ich das ertragen mußte. Ich legte mir ein dickes Fell zu und stellte mich auf die Hinterbeine. Schließlich akzeptierte er meine Anwesenheit doch, und mit der Zeit kamen wir auch ins Gespräch. Dwight hatte sehr viel im Geschäft zu tun, ich war immer zu Hause. Ein großer Teil der Erziehung kam deshalb auf mich zu. Wir redeten eine ganze Menge miteinander, meistens aber nichts Persönliches, denn er war ein Einzelgänger und behielt seine Gefühle für sich. Nachdem ich selbst Kinder hatte, habe ich erst gemerkt, wie zurückhaltend er war. Manchmal, glaube ich, hatte er trotzdem Vertrauen zu mir.«

Sie schwieg und sah auf ihre Hände nieder, die den Stoff umkrallt hielten. Dann atmete sie tief ein und entspannte sich.

»Im Hinblick darauf, was inzwischen geschehen ist, habe ich mich nicht genügend um ihn gekümmert, aber damals dachte ich, ich würde mein Bestes geben.«

Ihre Unterlippe zitterte, und sie wandte sich ab. Der Schein einer Tischlampe umhüllte ihr Profil wie eine Aura und ließ sie wie eine lebensgroße Statue aussehen.

»Hat er jemals mit Ihnen über Homosexualität gesprochen?«

Ihr Mann hatte auf dieses Thema ärgerlich und ablehnend reagiert, sie blieb jedoch äußerlich ungerührt.

»Nein. Als es Anzeichen ... dafür gab, verbrachte er bereits die meiste Zeit mit Dig Chancellor und wollte nichts mehr von uns wissen.«

»Meinen Sie, daß Chancellor mit dieser Veränderung etwas zu tun hatte?«

Sie dachte eine Zeitlang nach.

»Ich vermute, daß Jamey sich ihn zum Vorbild nahm. Wenn Sie damit sagen wollen, daß Chancellor ihn dazu gemacht hat, würde ich das nicht glauben.«

»Sie halten ihn also für homosexuell?« Die Frage schien sie zu überraschen.

»Natürlich ist er das.«

»Ihr Mann denkt anders als Sie.«

»Doktor«, sie seufzte, »ich habe einen guten Mann. Er arbeitet hart und ist ein vorbildlicher Vater, kann aber auch sehr eigensinnig sein. Wenn er sich etwas in den Kopf gesetzt hat, das mag völlig falsch sein, kann man ihn von seiner Meinung nicht mehr abbringen. Er hat Jamey sehr lieb, bis vor kurzem behandelte er ihn wie seinen eigenen Sohn. Der Tatsache, daß sein Sohn sexuell unnormal ist, kann er nicht ins Auge sehen.«

Angesichts der weitaus schrecklicheren Tatsachen über Jamey, fragte ich mich, warum die sexuellen Neigungen des Jungen Cadmus in eine solche Abwehrhaltung bringen konnten. Es war aber jetzt nicht der rechte Augenblick, um das Thema anzugehen.

»Wann ist Ihnen zuerst aufgefallen, daß Jamey homosexuell ist?« fragte ich.

»Ich hatte es schon eine Weile vermutet. Als ich einmal, um nach der Putzfrau zu sehen, in sein Zimmer kam, fielen mir pornographische Fotos in die Hand. Wenn ich das Dwight erzählt hätte, wäre es zu einer Explosion gekommen, deshalb habe ich die Bilder einfach weggeworfen und gehofft, daß es vorübergehen würde. Aber einige Wochen danach waren diese Bilder wieder in seiner Sammlung und noch einige mehr. Ich war mir damals sicher, daß er Probleme hatte. In der folgenden Zeit begann ich, ihn aufmerksamer zu beobachten, und viele Dinge fügten sich zusammen: Er hatte nie Interesse am Sport, wollte nicht mit anderen Jungen spielen und machte einen Bogen um Mädchen. Wir sind gesellschaftlich sehr aktiv, und er hatte eine Menge Möglichkeiten, junge Frauen kennenzulernen, aber immer wenn wir darauf anspielten oder ihn jemandem vorstellen wollten, wurde er wütend und ging weg. Als dann die ständigen Besuche bei Digby begannen, bestätigte sich mein Verdacht.«

»Wie haben sich die beiden denn getroffen?«

Sie nagte an ihrer Unterlippe und machte einen unglücklichen Eindruck.

»Müssen wir wirklich darüber reden? Das ist eine sehr ... peinliche Sache.«

»Es wird im Prozeß behandelt werden.«

Sie beugte sich vor, um eine Zigarettendose aus Platin vom Couchtisch zu nehmen. In der Nähe lag ein Feuerzeug, mit welchem ich ihr Feuer gab, nachdem sie sich eine Filterzigarette zwischen die Lippen gesteckt hatte.

»Vielen Dank«, sagte sie, lehnte sich zurück und stieß langsam eine Rauchwolke aus. »Ich habe vor zwei Jahren aufgehört zu rauchen, jetzt verbrauche ich täglich eine halbe Packung.«

Ich schwieg, bis sie ein gutes Drittel der Zigarette geraucht hatte. Nachdem sie den Rest auf dem Aschenbecher abgelegt hatte, fuhr sie fort.

»Sind Sie sicher, ... daß das alles bekannt wird?«

»Ich fürchte, so wird es sein. Selbst wenn die Staatsanwaltschaft darauf nicht eingeht, wird die Beziehung zwischen Jamey und Chancellor für die Verteidigung eine Schlüsselrolle spielen.«

»Ja«, sagte sie verbittert. »Das hat uns Horace auch erklärt. Er wird das wohl am besten wissen.« Sie nahm einen tiefen Zug und legte die Zigarette wieder ab.

»Also wenn Sie das wirklich wissen wollen, die beiden sind sich bei uns begegnet. Auf einer Abendgesellschaft, geschäftlicher Natur, schwarzer Schlips, es ging um die Eröffnung irgendeines neuen Firmenprojekts. Digs Bank hatte darin investiert, wie verschiedene andere Unternehmen auch. Dwight hatte die Idee, alle Investoren zusammenzubringen, um die Beziehungen untereinander zu festigen. Der Abend fing wundervoll an, das Essen war von Perino, Champagner, ein kleines Orchester und Tanz. Unsere Töchter durften aufbleiben und bedienen helfen. Auch Jamey war eingeladen, aber er blieb den ganzen Abend auf seinem Zimmer und las. Ich erinnere mich deswegen so gut daran, weil ich ihm als Überraschung eine Abendgarderobe besorgt hatte. Als ich sie ihm zeigen wollte, warf er nicht einmal einen Blick darauf.«

»Er war also nicht auf der Party?«

»Nein. Dig ist wohl die Treppe hinaufgegangen, und sie müssen sich oben irgendwie begegnet sein und ein Gespräch begonnen haben. Dwight hat sie gesehen, als er sich während der Party Aspirin holen wollte. Beide saßen auf Jameys Bett und lasen Gedichte. Er hat sich sehr aufgeregt. Jeder kannte doch Digs ... Eigenart. Dwight war der Auffassung, daß seine Gastfreundschaft mißbraucht wurde. Er betrat das Zimmer und brachte Dig wieder mit nach unten – höflich aber entschlossen. Für ihn war die Party damit gelaufen, obwohl er sich sehr zusammennahm. Wir sprachen an diesem Abend darüber, und er gab zu, daß er sich auch schon einige Zeit Sorgen über Jameys sexuelle Entwicklung gemacht hätte. Vielleicht war das zu naiv von uns gedacht, aber wir hatten zu diesem Zeitpunkt beide das Gefühl, daß Jamey ein verwirrter Teenager war und Digby der völlig falsche Umgang für ihn. Wir hofften, daß sich aus dem zufälligen Treffen nichts weiter ergeben würde, doch natürlich kam es anders. Am nächsten Morgen, als Dwight ins Büro gefahren war, las Dig den Jungen auf, und beide verschwanden den ganzen Tag. Am nächsten Tag geschah das gleiche. Bald verbrachte Jamey mehr Zeit bei Dig als hier. Mein Mann war fuchsteufelswild, besonders weil er sich die Schuld für das Zusammentreffen der beiden gab. Er wollte zu Digby fahren und den Jungen mit Gewalt nach Hause holen, ich überzeugte ihn jedoch, daß er damit mehr Schaden als Gutes anrichten würde.«

»In welcher Weise?«

»Ich wollte keine gewaltsame Auseinandersetzung. Mein Mann ist zwar sportlich, aber Dig war ein Riese. Er machte Bodybuilding. Ich hatte auch Angst vor Jameys Reaktion, wenn er Zeuge einer Auseinandersetzung würde.«

»Hatten Sie Angst vor Verletzungen?«

»Nein, damals noch nicht. Ich fürchtete nur einen heftigen Wortwechsel und seine Folgen.«

»Begannen die psychischen Störungen vor oder nach Jameys Bekanntschaft mit Chancellor?«

»Das fragte mich Horace auch, und ich habe mir Mühe gegeben, mich zu erinnern. Aber ich weiß es nicht mehr. Er war kein normaler Junge, der sich plötzlich seltsam betrug. Er war nie wie andere Kinder, deshalb geschahen die Veränderungen wohl mehr im verborgenen. Ich kann nur sagen, daß es ungefähr in der Zeit geschah, als Chancellor sich für ihn zu interessieren begann.«

»Haben Sie jemals mit Chancellor über Jamey gesprochen?«

»Nicht ein Wort. Wir litten schweigend.«

»Das muß aber Ihre Beziehungen zu Chancellor stark belastet haben.«

»Nein. Wir hatten immer nur geschäftliche Beziehungen zu ihm.«

»Und wurden die dadurch beeinflußt?«

Ihre grauen Augen musterten mich ärgerlich, und ihr Gesicht rötete sich. Ihre Wangenmuskeln zitterten fast unmerklich, und ihre Stimme bekam einen schrillen Klang, als sie antwortete. »Doktor, wenn Sie damit andeuten wollen, daß wir wegen des Geldes Rücksicht nahmen, darf ich Ihnen versichern, daß ...«

»Ich wollte nichts dergleichen andeuten«, unterbrach ich sie. »Ich wollte nur eine Vorstellung davon bekommen, wie Ihre Familie auf Jameys Beziehung zu Chancellor reagierte.«

»Wie wir reagierten? Wir waren völlig verzweifelt. Trotzdem haben wir die geschäftlichen Beziehungen nicht abgebrochen. Man gibt aus persönlichen Gründen kein Millionenprojekt auf, von dem das Wohl Tausender abhängt. Wenn man so etwas täte, würde sich in dieser Welt nichts verändern.«

Sie griff wieder nach der Zigarette und sog wütend daran. Ich gab ihr Zeit, um sich zu beruhigen. Als sie aufhörte, zu rauchen, drückte sie die Zigarette aus, strich sich über die Haare und lächelte bemüht.

»Entschuldigen Sie«, sagte sie. »Das ist mir sehr schwer gefallen.«

»Keine Ursache. Das sind auch sehr unangenehme Fragen.«

Sie nickte. »Bitte machen Sie weiter.«

»Fühlt sich Ihr Gatte immer noch schuldig für das,

was sich zwischen Jamey und Chancellor angebahnt hatte?«

»Ja. Ich habe ihn zu überzeugen versucht, daß das eines Tages doch passiert wäre, daß Homosexualität angeboren ist und nicht herbeigeredet werden kann, aber wie ich schon erwähnte, ist er ein sehr eigensinniger Mensch.«

Mir wurden die Gründe für Cadmus' ablehnendes Verhalten deutlicher, und ich verstand jetzt, warum er das Gespräch abgebrochen hatte, als ich auf die Beziehung zwischen Jamey und Chancellor zu sprechen gekommen war.

»Seine Schuldgefühle bringen ihn förmlich um«, fuhr sie fort. »Ich mache mir sogar Sorgen wegen seiner Gesundheit.«

Ich erinnerte mich an den gierigen Blick, den er auf die Whiskyflasche geworfen hatte, und verstand, welche gesundheitlichen Probleme sie meinte. Ich wechselte das Thema und fragte:

»Wissen Sie, ob Dig Chancellor Rauschgift nahm?«

»Wie ich Ihnen schon sagte, kannte ich ihn nicht sehr gut, deshalb fehlt mir die Gewißheit. Aber rein gefühlsmäßig glaube ich das nicht. Wie viele von denen achtete er sehr auf seinen Körper – Vegetarier, biologische Vollwertkost, Gewichtheben. Der Mann strotzte vor Gesundheit, war sehr muskulös. Er hat Jamey soweit gebracht, daß er nicht mehr zu Hause essen wollte. Deshalb glaube ich nicht, daß er fähig war, sich zu vergiften.«

Oberflächlich betrachtet klang das logisch, entsprach aber trotzdem nicht der Realität. Auch fanatische Gesundheitsapostel machten eine Ausnahme, wenn es um einen Kokaintrip oder einen Amylnitrat-Orgasmus ging.

»Wissen Sie, ob Jamey Rauschgift nahm?«

»Als er anfing, sich seltsam zu verhalten, fragte ich mich das auch.«

»Warum?«

»Er benahm sich, als wäre er auf einem LSD- oder PCP-Trip oder hätte schlechten Speed genommen.«

Die fachmännische Ausdrucksweise, mit der sie über Drogen sprach, paßte nicht so recht zu ihrem aristokratischen Gehabe. Sie bemerkte mein Erstaunen und lächelte.

»Ich habe ehrenamtlich in der Drogen-Rehabilitation gearbeitet, die von der *Junior League* gefördert wurde. Das war ein Übergangsheim und Beratungszentrum für Teenager, die von harten Drogen loskommen wollten. Wir haben es eingerichtet, nachdem die Frau des Präsidenten dafür eine Bürgerinitiative angeregt hatte. Fünf Stunden in der Woche habe ich dort in den letzten achtzehn Monaten geholfen, das war eine sehr lehrreiche Zeit. Was Drogen anging, bin ich nicht unerfahren – ich war in den sechziger Jahren Assistentin an der Stanford-Universität –, inzwischen ist aber alles viel schlimmer geworden. Die jungen Leute erzählen unglaubliche Geschichten über zehnjährige Heroinsüchtige, Drogencocktails, LSD- und Amphetaminmixturen. Mir ist das Ausmaß dieses Problems bewußt geworden. Wenn Jamey anfing, sich komisch zu verhalten, geriet ich in Panik und telefonierte mit den Beratern des Zentrums. Sie meinten, daß es sich um Halluzinogene handeln könnte, sagten aber auch, daß man die Möglichkeit einer geistigen Erkrankung nicht außer acht lassen dürfe. Leider habe ich nur richtig zugehört, als es um Rauschgift ging, und das andere verdrängt.«

Sie hörte plötzlich auf zu reden und wirkte verängstigt.

»Was ich Ihnen jetzt erzähle, klingt vielleicht verrückt, aber Sie müssen verstehen, daß ich um die Familie fürchtete, weil er sich immer mehr absonderte.«

»Das klingt gar nicht verrückt. Erzählen Sie bitte weiter.«

Sie beugte sich zerknirscht vor.

»Ich wurde zur Schnüfflerin, Doktor. Ich behielt ihn ständig im Auge, um Anhaltspunkte zu bekommen, beobachtete seine Pupillen und untersuchte unauffällig seine Arme auf Einstiche. Ich schlich mich heimlich in sein Zimmer und durchsuchte es in der Hoffnung, eine Spritze, Pillen oder ein Pulver zu finden, irgend etwas, das ich im Zentrum untersuchen lassen konnte. Alles, was ich fand, waren pornographische Bilder, von Tag zu Tag mehr. Einmal habe ich ihm eine benutzte Unterhose weggenommen und gedacht, man könnte etwas aus den Urinspuren analysieren. All das führte zu keinem Ergebnis, trotzdem veränderte er sich immer mehr. Schließlich kam ich zu dem Schluß, daß er geisteskrank sein muß.«

Sie nahm sich eine neue Zigarette aus dem Kästchen, dachte kurz nach und legte sie wieder hin.

»Der ständige Gedanke, daß es anders ausgegangen wäre, wenn ich früher etwas gemerkt hätte, hat mir schlaflose Nächte eingebracht. Dr. Mainwaring hat uns versichert, daß die Schizophrenie vererbt worden ist und sich auch ohne unser Zutun entwikkelt hätte. Was denken Sie darüber?«

»Schizophrenie ist etwas anderes als Krebs. Behandlungserfolge sind mehr von der individuellen biologischen Verfassung abhängig als von frühzeitigen Erkenntnissen. Sie brauchen sich deshalb keine Vorwürfe zu machen.«

»Das beruhigt mich«, sagte sie. »Das beruhigt mich wirklich. Möchten Sie noch etwas wissen?«

»Sie erwähnten vorhin, daß er Ihnen vertraute.«

»Selten.«

»Ich verstehe. Aber wenn das ab und zu vorkam, worüber sprachen Sie dann?«

»Über Schmerzen, Ängste, Unsicherheit, die üblichen Probleme der Kindheit. Er fragte oft nach seinen Eltern und dachte eine Zeitlang, daß sie ihn verstoßen hätten. Ich versuchte, ihm zu helfen und sein Selbstbewußtsein zu stärken.«

»Was wußte er über seine Eltern?«

»Meinen Sie, was für Menschen sie waren? Er wußte fast alles über sie. Zuerst beschönigte ich ihre schlimmeren Seiten, er warf mir aber vor, ihn zu täuschen, und bedrängte mich weiter. Schließlich hielt ich es für das Beste, ehrlich zu ihm zu sein. Es machte ihm sehr zu schaffen, daß sie Rauschgift genommen hatten; wenn ich es mir recht überlege, war das damals wohl der Grund, daß ich ihn nicht für süchtig hielt.«

»Kannte er die Einzelheiten über den Selbstmord seines Vaters?«

»Er wußte, daß Peter sich erhängt hatte. Er wollte die Gründe dafür wissen; diese Frage konnte ich ihm natürlich nicht beantworten.«

»Wie äußerte er seine Gefühle zu dieser Tat?«

»Es machte ihn zornig. Er hielt Selbstmord für feige, und haßte seinen Vater deswegen. Ich versuchte, ihm zu erklären, daß Peter das nicht getan hätte, um ihm zu schaden, sondern wegen der schrecklichen Ausweglosigkeit seiner seelischen Verfassung.

Ich schilderte ihm auch die guten Seiten seiner Eltern, den Charme und das gute Aussehen seines Vaters, die tänzerische Begabung seiner Mutter. Ich wollte, daß er positiv über seine Familie und sich selbst dachte.«

Mit einem kleinen Ausruf, der zwischen Lachen und Weinen lag, atmete sie heftig aus und fuhr sich über die Augen.

Ich wartete, bis sie sich beruhigt hatte und fragte weiter.

»Erzählen Sie mir etwas über sein Verhalten während der Kindheit.«

»Gern, was möchten Sie denn wissen?«

»Fangen wir mit dem Schlafen an. Schlief er als Kind gut?«

»Nein, er war immer sehr unruhig und wachte leicht auf.«

»Hatte er häufig Alpträume, schreckte er aus dem Schlaf hoch, war er Nachtwandler?«

»Gelegentlich hatte er böse Träume, nichts Außergewöhnliches. Aber einige Monate vor seiner Einweisung, wachte er häufig schreiend auf. Dr. Mainwaring hielt das für Alpträume und vermutete eher eine neurologische Ursache.«

»Wie oft geschah das?«

»Mehrmals in der Woche. Das war einer der Gründe, weshalb wir ihn in das Gästehaus ziehen ließen; das Geschrei erschreckte nämlich unsere Töchter. Vermutlich ging das Schreien weiter oder verstärkte sich nach seinem Umzug; ich bin mir aber nicht sicher, weil er außer Hörweite war.«

»Sagte er etwas, wenn er schrie?«

Sie schüttelte den Kopf.

»Er schrie und stöhnte nur. Es hörte sich schrecklich an.«

»War er Bettnässer?«

»Ja, als wir heirateten. Ich versuchte damals alles, um ihm zu helfen, Belohnung, Schelte, eine Klingelunterlage – nichts wirkte. Als er dann neun oder zehn war, hörte es von selber auf.«

»Hat er etwas mit Feuer angerichtet?«

»Nie«, antwortete sie verwirrt.

»Wie ging er mit Tieren um?«

»Mit Tieren?«

»Ja, mit Haustieren. Hatte er Freude daran?«

»Wir hielten nie Hunde oder Katzen, weil ich dagegen allergisch bin. In der Bibliothek stand nur ein Aquarium mit tropischen Fischen, die er gern betrachtete. Meinen Sie das?«

»Ja, vielen Dank.«

Sie erschien mir irritiert, meine Fragen wirkten auch zusammenhanglos. Ich hatte sie aus einem bestimmten Grund gefragt. Bettnässen ist bei Kindern normal und allein nicht pathologisch. Bettnässen, Brandstiftung und Grausamkeit gegen Tiere zusammengenommen, sind jedoch eine unheilvolle Kombination. Kinder mit diesen Symptomen neigen eher dazu, als Heranwachsende psychopathische Verhaltensmuster zu entwickeln als andere Kinder. Diese Phänomene sind nur statistisch gesichert und deshalb nicht unanfechtbar. Man darf sie aber nicht aus dem Auge verlieren, wenn man sich mit einem Massenmörder beschäftigt.

Ich beendete meine Fragen nach seiner Entwicklung und bat Heather, den Zusammenbruch von Jamey zu beschreiben. Ihre Schilderungen stimmten mit denen ihres Gatten überein, jedoch mit einer Ausnahme: Sie erklärte, daß sie schon vor Jahren psychiatrische Hilfe für Jamey gewollt hätte, sich jedoch durch die Abwehrhaltung von Dwight davon hatte abbringen lassen. Es war charakteristisch, daß sie nach dieser versteckten Kritik an ihrem Gatten seine Verdienste als Partner und Vater herausstrich und seinen Widerstand als gutgemeinte Sturheit entschuldigte. Als sie fertig war, dankte ich ihr und schloß mein Notizbuch.

»War das alles?« fragte sie.

»Ja, es sei denn, Sie wollen mir noch etwas sagen.«

Sie zögerte.

»Da ist noch eine Sache. Ich habe sie bis jetzt noch niemandem erzählt, weil ich mir nicht sicher war, ob ich Jamey damit schade oder nütze. Gestern habe ich aber mit Horace darüber gesprochen, und er meinte, das würde den Nachweis von Chancellors unheilvollem Einfluß erleichtern. Er bat mich auch, mit Ihnen vorbehaltlos zusammenzuarbeiten, deshalb sollte ich es Ihnen sagen.«

»Ich werde nichts tun, was Jamey schaden kann, wenn Sie sich deswegen Sorgen machen.«

»Nachdem ich Sie kennengelernt habe, vertraue ich Ihnen. Er hat Sie ja auch angerufen, als er verzweifelt war, Sie scheinen eine wichtige Rolle in seinem Leben zu spielen.«

Sie hielt sich die Hand vor den Mund und biß in die Innenseite eines Fingers. Ich wartete.

»Ich besaß ein Kleid«, sagte sie schließlich, »ein Abendkleid aus lavendelfarbener Seide. Eines Tages suchte ich im Kleiderschrank danach und fand es nicht. Ich befragte das Mädchen und die Putzfrauen – ohne Erfolg. Damals habe ich mich sehr darüber aufgeregt, vergaß es dann aber. Eines Nachts, ich saß im Bett und las, Dwight war noch in der Stadt, hörte ich das Zuschlagen einer Autotür und Gelächter hinter unserem Haus. Mein Schlafzimmer hat einen Balkon, von dem aus man die Straße übersehen kann. Ich ging hinaus und sah Dig und ein junges Mädchen, was für mich keinen Sinn ergab. Er saß in seinem Wagen, den er mit laufendem Motor auf der hinteren Zufahrt abgestellt hatte. Ich wußte, daß es Chancellor war, weil er ein Cabriolet mit geöffnetem Dach hatte – einen kleinen Oldtimer-Thunderbird – und das Licht über der Garage direkt auf sein Gesicht fiel. Das Mädchen stand an der Beifahrertür, als wenn es gerade ausgestiegen wäre. Sie war eine von der billigen Sorte, wasserstoffblond, mit Modeschuck behangen, und sie trug mein Kleid. Weil sie größer als ich war, wirkte es wie ein Minikleid. Ich war sehr wütend auf Jamey, weil er es gestohlen und so einem bemalten kleinen Flittchen geschenkt hatte. Das fand ich sehr gemein. Ich stand auf dem Balkon, sah zu, wie sie redeten und lachten, dann beugte sich das Mädchen zu ihm, und sie küßten sich.«

Sie hörte auf zu reden. Hastig griff sie nach der Zigarette, die sie vor kurzem weggelegt hatte, steckte sie zwischen die Lippen und nahm das Feuerzeug, bevor ich ihr behilflich sein konnte. Ihre Hände zitterten, erst nach mehrfachen Versuchen gelang es ihr, eine Flamme zu erzeugen. Sie knallte das Feuerzeug auf den Tisch, sog gierig an der Zigarette und hielt den Rauch lange in ihrer Lunge, bevor sie ihn langsam ausstieß. Durch den Rauch sah ich, wie Tränen über ihre Wangen rollten.

»Sie küßten sich immer wieder«, sagte sie tonlos. »Dann ging das Mädchen fort und sah dabei in das Licht hinauf. Da merkte ich plötzlich, daß es gar kein Mädchen war, sondern Jamey, mit Perücke, hohen Absätzen und in meinem Kleid. Er sah grotesk aus, makaber, wie aus einem Alptraum. Es macht mich krank, darüber zu reden.«

Als wenn sie das bestätigen wollte, bekam sie einen kurzen Hustenanfall. Ich bemerkte ein vergoldetes Kästchen mit Papiertüchern auf einem kleinen Tisch in der Nähe des Flügels und brachte es ihr.

»Vielen Dank.« Sie schluchzte und rieb sich die Augen. »Das ist schrecklich. Ich glaube, ich habe schon genug geweint.«

Ich berührte kurz ihr Handgelenk und beruhigte sie. Sie brauchte eine Weile, um mit erstickter Stimme weiterzureden.

»Ich habe in dieser Nacht kein Auge zugemacht, mir war elend zumute. Am nächsten Tag packte Jamey einen Koffer und nahm ihn mit zu Dig. Als er weg war, bin ich in das Gästehaus gelaufen und habe nach dem Kleid gesucht, um es zu zerreißen und zu verbrennen. Als wenn ich dadurch die Erinnerung an die Nacht vernichten könnte. Das Kleid war nicht da, er hatte es mitgenommen. So als eine Art Aussteuer.«

»Haben Sie jemals mit ihm über den Diebstahl gesprochen?«

»Nein, warum sollte ich das getan haben?«

Darauf fand ich keine Antwort.

»Wann geschah das?« fragte ich.

»Vor mehr als einem Jahr.«

Also bevor die Lavendel-Morde begannen. Sie las in meinen Gedanken.

»Kurz darauf passierten die Morde. Ich habe nie eine Verbindung angenommen. Als sie ihn aber in Digs Haus fanden und ich erfuhr, wessen sie ihn beschuldigen, traf es mich wie ein Schlag. Der Gedanke daran, wie mein Kleid benutzt wurde ...«

Ihr versagte die Stimme, und sie legte die Zigarette wieder ab.

»Horace meint, daß Transvestie zum Erscheinungsbild einer schweren geistigen Erkrankung passe. Er hält es auch für bedeutsam, daß das Kleid zu Dig mitgenommen wurde. Es würde beweisen, daß die Morde dort stattfanden und Dig der Haupttäter gewesen ist. Er wollte aber noch Ihre Meinung dazu hören.«

Bis auf einen wesentlichen Aspekt schien alles zueinander zu passen: Sie hatte ein weiteres Indiz ins Spiel gebracht, das einen Zusammenhang zwischen Jamey und Chancellor und den Lavendel-Morden herstellte. Souzas Taktik begann mich zu verblüffen.

»Durfte ich Ihnen das erzählen, Doktor?«

»Ja, Sie sollten aber im gegenwärtigen Zeitpunkt darüber schweigen.«

»Ich hoffte, daß Sie das sagen würden«, antwortete sie erleichtert.

Ich steckte mein Notizbuch ein und stand auf. Wir wechselten noch einige Artigkeiten und verließen dann den Raum. Sie hatte sich inzwischen beruhigt und war wieder die freundliche Gastgeberin. Beim Hinausgehen fielen mir wieder die Schnitzereien auf der Kamineinfassung ins Auge, und ich ging zurück, um sie mir genauer anzusehen. Ich hob einen der Köpfe hoch, um ihn zu betrachten. Er hatte ein Gesicht – halb Frosch und halb Mensch – gekrönt von einer Art Federhelm, wirkte massiv und unerschütterlich, roh, aber meisterhaft gestaltet und strömte eine zeitlose Kraft aus.

»Ist das mexikanisch?«

»Aus Mittelamerika.«

»Haben Sie ihn bei einer Expedition gefunden?«

Sie schien sich zu amüsieren.

»Wie kommen Sie darauf, daß ich auf Expedition war?«

»Mr. Souza sagte mir, daß Sie Anthropologin seien. Und Sie sprechen ausgezeichnet Spanisch. Ich habe Detektiv gespielt und mir ausgedacht, daß Sie eine lateinamerikanische Kultur studiert haben müssen.«

»Horace hat übertrieben. Nach meinem Studium habe ich einen akademischen Grad in Anthropologie erworben, weil ich sonst mit mir nichts anzufangen wußte.«

»Geisteswissenschaftlich oder technisch?«

»Beides ein bißchen. Als ich Dwight kennenlernte, hörte ich sofort damit auf. Ohne Bedauern. Ich wollte immer gern Hausfrau sein.«

Ich fühlte, daß sie meine Zustimmung erwartete.

»Das ist eine wichtige Aufgabe«, antwortete ich.

»Ich freue mich, daß Sie das sagen. Das Heim ist das Wichtigste im Leben. Die meisten Leute aus dem Rehabilitationszentrum kannten kein Familienleben. Wenn sie es gehabt hätten, wären sie nie in Schwierigkeiten geraten.«

Sie verkündete diese Weisheit mit einer aufgesetzten Tapferkeit, die aus Verzweiflung geboren war. Die Ironie in ihren Worten schien sie nicht zu bemerken. Ich behielt meine Gedanken für mich und lächelte begeistert zurück.

»Nein«, sagte sie mit einem Blick auf die Plastik in meiner Hand. Ich bekam diese Figur geschenkt, als ich noch klein war. Mein Vater war Diplomat in Lateinamerika und ich bin dort aufgewachsen. Mit zwölf Jahren konnte ich fließend zwei Sprachen sprechen. Aber inzwischen ist das Spanische bei mir ein wenig eingerostet.«

Ich stellte den Kopf wieder auf den Kamin zurück.

»Warum benutzen Sie nicht wieder den Seiteneingang? Diese Meute wartet draußen immer noch.«

Wir schlugen den bekannten Weg ein und kamen durch die Küche. Der schwergewichtige Wachmann saß am Tisch und las den *Enquirer*. Als er Heather bemerkte, erhob er sich und sagte »Ma'm.« Sie übersah ihn und begleitete mich zur Tür. Sie duftete leicht nach Seife und Wasser. Wir gaben uns die Hand, und ich bedankte mich für ihre Bereitschaft.

»Vielen Dank, Doktor. Und bitte verzeihen Sie, daß ich ein paarmal die Kontrolle verloren habe. Sie können sich sicher vorstellen« – sie lächelte und legte eine Hand auf ihre schlanke Hüfte – »daß ich richtige Angst vor Ihrem Besuch hatte. Schließlich erlebt man so etwas nicht alle Tage. Aber jetzt, nachdem wir miteinander geredet haben, fühle ich mich viel wohler.«

»Das freut mich sehr.«

»Es geht mir jetzt wirklich viel besser. Können Sie Jamey jetzt helfen?«

»Sicher«, log ich. »Alles, was ich erfahren kann, hilft.«

»Gut.« Sie trat näher, als ob sie mir ein Geheimnis anvertrauen wollte. »Wir wissen, daß er schreckliche Sachen gemacht hat und daß er nicht mehr frei herumlaufen sollte. Wir möchten ihn aber sicher und gut versorgt untergebracht haben. Helfen Sie uns bitte, Dr. Delaware, das zu erreichen.«

Ich lächelte, murmelte irgend etwas, das als Zustimmung gelten mochte, und verließ sie.

16 Zu Hause fand ich eine Nachricht von Sarita Flowers vor, die zwei Stunden vorher geschickt worden war. Es hieß darin, daß ich am nächsten Morgen um acht die anderen Jugendlichen aus dem Projekt 160 treffen könnte, wenn mir immer noch daran läge. Sie bat mich um baldige Antwort. Ich rief in ihrer Abteilung an und bestätigte mein Kommen für den nächsten Tag. Robin kam um zwanzig vor acht nach Hause. Zu Abend gab es Reste. Wir nahmen einen Korb mit Obst, setzten uns auf die Terrasse, aßen die Früchte und betrachteten dabei die Sterne. Wir gingen früh zu Bett.

Ich stand um sechs auf, um sieben machte ich mich auf den Weg zur Universität. Auf der Eingangstreppe zum Gebäude der Psychologischen Fakultät saßen Hunderte von Tauben. Sie gluckerten, pickten und verdreckten den Zementboden, in glücklicher Ahnungslosigkeit der Gefahr, die ihnen innen im Gebäude drohte: Käfige in der Abteilung für Verhaltensforschung, Zuchthaus für Tauben.

Die Tür zu Saritas Büro war verschlossen. Karen hörte mich klopfen und kam eilig herbei. Sie sah mich stirnrunzelnd an und reichte mir ein Heft.

»Sie kommen doch allein zurecht, oder müssen Sie Dr. Flowers sprechen?«

»Nein, es genügt, wenn ich die Schüler sehe.«

»Gut. Sie hat nämlich eine Menge Ergebnisse auszuwerten.«

Wir nahmen den Aufzug zwei Stockwerke hoch zum Gruppenraum. Karen schloß die Tür auf, drehte sich auf dem Absatz um und verschwand.

Ich sah mich um. In den fünf Jahren hatte sich nichts geändert, immer noch gallengrüne Wände mit

Postern, dieselben durchgesessenen, billigen Sofas und die Tische mit den Resopalplatten. Eine Wand wurde von zwei hohen drahtverstärkten Glasfenstern beherrscht. Von dort aus konnte man auf die Laderampe des Chemiegebäudes blicken, jenes Viereck von ölverschmiertem Asphalt, auf dem ich Jamey seine Schuhe gegeben hatte, kurz bevor er sich ganz von mir zurückzog.

Ich setzte mich auf ein Sofa und begann, das Heft durchzusehen. Mit der üblichen Sorgfalt hatte Sarita über jeden meiner Gesprächspartner einen kleinen Bericht verfaßt.

Ich las:

»Für Dr. Alexander Delaware von Dr. Sarita Flowers, Projektleiterin.

Betrifft: Bisherige Ergebnisse des Projekts 160, Entwicklung der Teilnehmer.

Wie Du weißt, Alex, wurden im Herbst des Jahres 1982 sechs Kinder im Alter von zehn bis vierzehn Jahren in das Projekt aufgenommen. Mit Ausnahme von Jamey nahmen alle regelmäßig teil, bis zum Sommer 1986, als Gary Yamaguchi ausschied, um eine Künstlerlaufbahn einzuschlagen. Gary war achtzehn und hatte drei Jahre lang an der UCLA Psychologie studiert mit dem Abschluß eines Bachelor of Arts. Sein Stanford-Binet IQ lag damals bei 167, seine sprachliche Ausdrucksweise entsprach der eines Promovierten. Es ist mir nicht gelungen, ihn für heute herzubitten. Er besitzt kein Telefon und hat auf die Karte, die ich an seine zuletzt bekannte Adresse richtete, nicht reagiert.

Du wirst mit folgenden Jugendlichen sprechen:

1. Felicia Blocker: Sie ist inzwischen fünfzehn, stu-

diert Mathematik und wird zum Ende des Jahres ihren Bachelor of Arts ablegen. Verschiedene Universitäten haben ihr angeboten, sie als Doktorandin aufzunehmen. Sie wird wahrscheinlich nach Princeton gehen. Letztes Jahr bekam sie den Hawley-Deckman-Preis für besondere Leistungen in Mathematik. Ihr Stanford-Binet IQ liegt bei 188. Sprachliche Ausdrucksfähigkeit wie bei Gary. Ihre allgemeinen geistigen Fähigkeiten liegen oberhalb jeglicher Norm.

2. David Krohnglass: Er ist jetzt neunzehn und hat ein Physikstudium abgeschlossen sowie eines in Physikalischer Chemie. Er war unter den zehn besten Bewerbern in ganz Amerika für die Aufnahme zum Medizinstudium. Er hat vor, im nächsten Herbst an die University of Chicago zu gehen, um in Medizin zu promovieren. Sein IQ liegt bei 177. Sprachliche Ausdrucksfähigkeit entspricht der eines Promovierten. Seine geistigen Fähigkeiten liegen oberhalb jeglicher Norm.

3. Jennifer Leavitt: Sie ist siebzehn und studiert im fünften Jahr Verhaltensforschung an der UCLA. Drei wissenschaftliche Aufsätze von ihr sind in Fachzeitschriften erschienen, zwei verfaßte sie völlig selbständig. Nach ihrem Doktor möchte sie Medizin studieren. Sie interessiert sich besonders für Psychiatrie. Ihr IQ liegt bei 169. Sprachlicher Ausdruck und geistige Fähigkeiten entsprechen denen promovierter Wissenschaftler.

4. Joshua Marciano: Er ist achtzehn und steht kurz vor dem Bachelor of Arts in den Fächern Russisch und Politische Wissenschaften. Er hat ein Computerprogramm geschrieben, das simultane Trendanalysen in den Bereichen Ökonomie, Weltgesundheit und Internationale Beziehungen ermöglicht, und verhan-

delt mit der Weltbank um die Lizenz. Er wurde zu den verschiedensten Förderprogrammen für Fortgeschrittene zugelassen und hat vor, ein Jahr zum State Department zu gehen, bevor er an der Kennedy School für Internationale Beziehungen in Harvard promovieren und einen Abschluß in Jura machen will. Sein IQ liegt bei 171. Sprachlicher Ausdruck und geistige Fähigkeiten entsprechen denen promovierter Wissenschaftler.«

Ein beeindruckender Bericht, mit großer Sorgfalt verfaßt, aber für den gegebenen Anlaß, meinen Besuch, beinahe zu detailliert, selbst für Saritas Verhältnisse. Was sie mir eigentlich sagen wollte, war zwischen den Zeilen zu lesen: Jamey war ein Hindernis, Alex. Sieh nur, was ich mit den anderen erreicht habe.

Die Tür ging auf, und zwei junge Männer kamen herein.

David, den ich als zierlich und zu klein in Erinnerung hatte, paßte jetzt von seiner Statur her in jedes Football-Team. Er maß sicher einen Meter neunzig, war massiv gebaut und muskulös. Sein ingwerfarbenes Haar hatte einen modernen Schnitt, oben kurz und mit einer Strähne im Nacken. Sein flaumiges Gesichtshaar reichte für einen blonden Schnurr- und Kinnbart. Er trug eine randlose runde Brille, weitgeschnittene Khakihosen, schwarze Schnürschuhe, ein am Hals offenes Schottenhemd mit knappem Kragen und eine Lederkrawatte, die ein paar Zentimeter oberhalb seines Gürtels endete. Seine Hand umfaßte die meine mit festem Griff.

»Hallo, Dr. D!«

Josh war schmächtig und mittelgroß gewachsen,

hatte sich von einem hübschen Teenager zu einem gutaussehenden jungen Mann entwickelt. Sein lockiges schwarzes Haar trug er kurzgeschnitten, seine dichten schwarzen Wimpern saßen über großen Haselnußaugen, er hatte ein viereckiges, strenges, in der Mitte gespaltenes Kinn und eine glatte Haut. Er war angezogen wie ein Schüler, trug ausgebeulte Flanellhosen, schmutzige Sandalen, und ein Hemd, dessen Kragen oben aus einem maronenfarbenen weiten Pullover herauskam. Ich hatte ihn als eines jener glücklichen mit gutem Aussehen, Charme und Intelligenz gesegneten Geschöpfe in Erinnerung, die von keinerlei Selbstzweifel gequält werden. Heute morgen jedoch erschien er mir recht angespannt.

Mit gequältem Lächeln sagte er: »Es freut mich, Sie wiederzusehen.« Das Lächeln verschwand. »Schade, daß es aus diesem Anlaß geschieht.«

David nickte zustimmend und sagte: »Es ist einfach nicht zu begreifen.«

Ich bat sie, Platz zu nehmen, und sie setzten sich mir schweigend gegenüber.

»Es ist wirklich nicht zu begreifen«, sagte ich, »ich hoffe, ihr könnt mir dabei helfen, etwas Licht in das Dunkel zu bringen.«

Josh runzelte die Stirn. »Als Dr. Flowers uns erzählte, daß Sie uns wegen Jamey sprechen möchten, wurde uns klar, wie wenig wir über ihn wissen, wie sehr er sich immer von der Gruppe fernhielt.«

»Es war mehr als sich fernhalten«, sagte David. Er lehnte sich zurück und streckte die Beine aus. »Er schloß uns regelrecht aus. Er machte keinen Hehl daraus, daß er grundsätzlich mit anderen Menschen nichts zu tun haben wollte, und folglich auch nicht mit uns.« Er strich sich über den Schnurrbart und zog die Brauen zusammen. »Das heißt natürlich nicht, daß wir ihm nicht helfen wollen, nur sind wir wahrscheinlich keine ergiebige Informationsquelle.«

»Der einzige, mit dem er je sprach, war Gary«, sagte Josh, »aber auch das tat er nur selten.«

»Schade, daß Gary nicht herkommen konnte«, sagte ich.

»Er ist schon seit einiger Zeit nicht mehr bei uns«, sagte David.

»Habt ihr eine Ahnung, wo ich ihn finden könnte?«

Sie tauschten besorgte Blicke aus.

»Letzten Sommer zog er zu Hause aus. Das letzte, was wir hörten, ist, daß er irgendwo im Stadtzentrum lebt.«

»Dr. Flowers sagte mir, er habe großes Interesse an Kunst. Vielleicht ist das ein Anhaltspunkt, was meint ihr?«

»Sie würden ihn nicht wiedererkennen«, sagte Josh.

In meiner Erinnerung war Gary ein adretter junger Japaner, in Amerika geboren und aufgewachsen, der großes Interesse für Bauingenieurwesen und Städteplanung hatte. Er baute immer neue Modelle riesiger Siedlungen, und Sarita nannte ihn mir gegenüber aus Spaß immer den kleinen Mies van der Rohe. Ich fragte mich, wie er sich so hatte verändern können, aber bevor ich es aussprechen konnte, ging die Tür auf, und ein kleines Mädchen mit lockigem Haar kam herein. In einer Hand hielt sie eine große Stofftasche, in der anderen einen Pullover. Sie sah verwirrt aus. Sie zögerte, sah auf ihre Füße herab, dann kam sie in bewußter Anstrengung auf mich zu. Ich stand auf und ging ihr entgegen.

»Hallo, Dr. Delaware«, sagte sie scheu.

»Grüß dich, Felicia. Wie geht es dir?«

»Mir geht es gut«, sagte sie mit Singsangstimme, »und Ihnen?«

»Gut geht's mir, danke, daß du gekommen bist.«

Ich bemerkte, daß ich leiser sprach als vorher und in besonders freundlichem Ton, so als spräche ich mit einem furchtsamen Kind. Aber genauso sah sie auch aus.

Sie setzte sich seitlich in einigem Abstand zu den Jungen. Sie legte ihre Tasche auf den Schoß, kratzte sich am Kinn, sah auf ihre Schuhe und rutschte unruhig hin und her.

Als Jüngste und Frühreifste aus dem Projekt war sie die einzige, die den Klischeevorstellungen von einem Genie wirklich entsprach. Sie war klein, hatte verträumte Augen, war ängstlich und lebte in der atmosphärisch dünnen Welt mathematischer Abstraktion. Im Gegensatz zu Josh und David hatte sie sich kaum verändert. Natürlich war sie ein bißchen gewachsen, war vielleicht einen Meter sechzig groß, auch gewisse Anzeichen körperlicher Reife waren an ihr sichtbar, zwei hoffnungsvolle Knospen unter ihrem weißen T-Shirt und Pickel auf der Stirn. Davon abgesehen jedoch war sie noch ganz kindlich, mit einem unschuldigen Gesichtsausdruck, mit dicken Brillengläsern auf der Nase, die ihre Augen meilenweit entfernt wirken ließen. Ihr lockiges braunes Haar hatte sie zu einem Pferdeschwanz gebunden, ihre Gliedmaßen zeigten noch Reste von Babyspeck. Ich fragte mich, ob sie wohl zuerst ihren Doktor oder das Ende ihrer Pubertät erreichen würde.

Ich wollte ihr in die Augen sehen, aber sie hatte bereits ein Spiralheft aus der Tasche gezogen und sich hineinvertieft. Sie war eine Einzelgängerin, darin Jamey nicht unähnlich, während aber seine Zurückgezogenheit auf Verbitterung und Zorn beruhte, war ihre die Folge von ständiger geistiger Betätigung. Sie war von sanftem Temperament und liebenswürdig und gab sich Mühe, Kontakt zu den anderen zu halten, was ihr allerdings nicht selten mißlang, da ihre ständige Beschäftigung mit abstrakten Problemen ihre ganze Aufmerksamkeit erforderte.

»Wir sprachen gerade über Gary«, sagte ich.

Sie blickte auf, so als ob sie etwas sagen wollte, dann sah sie wieder auf ihr Heft. Die Jungen redeten leise miteinander.

Ich sah auf die Uhr, es war zehn nach acht.

»Wir warten noch, bis Jennifer kommt, und dann fangen wir an.«

Josh bat darum, telefonieren zu dürfen, David stand auf, ging im Raum umher und summte vor sich hin. Eine Minute später erschien Jennifer, außer Atem und um Entschuldigung bittend.

»Hallo, Alex«, sagte sie, beugte sich zu mir und küßte mich auf die Wange.

»Hallo, Jen.«

Sie trat ein paar Schritte zurück, musterte mich und sagte:

»Sie haben sich überhaupt nicht verändert!«

»Aber du«, antwortete ich und lächelte.

Sie hatte ihr früher langes Haar zu einem Bubikopf schneiden lassen und es von Asch- in Goldblond gefärbt. Sie hatte hohe Backenknochen und zwei riesige Plastikgebilde hingen von ihren Ohren herab. Ein locker sitzendes himmelblaues Oberteil ließ eine Schulter frei, sie trug dazu einen engen Minirock aus Baumwolle, ihre langen, schlanken Beine steckten in hochhackigen Plastiksandalen. Ihre Fingernägel waren lang und rosa lackiert, die Fußnägel ebenso, ihre Haut war braun wie Kaffee mit viel Sahne. Auf den ersten Blick wirkte sie wie ein typisch kalifornisches junges Mädchen, das sich für Mode interessiert.

»Das will ich hoffen«, antwortete sie mir, und setzte sich auf einen Klappstuhl. »Gut, daß ich nicht die letzte bin«, sagte sie dann.

»Stimmt nicht ganz«, sagte David grinsend und ging, um Josh zu holen.

»Tut mir leid«, sagte Jennifer mit einem Ausdruck des Bedauerns, »ich ging gerade einige Artikel durch, und blieb an einem hängen, der so gut wie unlesbar war.«

»Das macht nichts.«

Die Jungen kamen zurück. Ein paar witzige Bemerkungen, die die Nervosität nicht verdecken konnten, flogen durch den Raum, dann herrschte Schweigen. Ich sah den vieren in ihre ernsten Gesichter und begann zu sprechen.

»Ich freue mich sehr, euch alle wiederzusehen. Dr. Flowers hat mir aufgeschrieben, was ihr inzwischen gemacht habt, und ich muß sagen, daß ich sehr beeindruckt bin.«

Sie lächelten höflich, dachten jedoch, komm endlich zur Sache, Alex.

»Ich bin hergekommen, weil man mich gebeten hat, für Jameys Verteidiger zu arbeiten, ich muß unter anderem Informationen über Jameys geistiges Befinden sammeln. Mit euch verbrachte er die meiste Zeit in den letzten vier, fünf Jahren, und ich dachte, ihr erinnert euch vielleicht an irgend etwas, das helfen könnte zu erklären, wie es zu seinem Zusammenbruch kommen konnte. Bevor wir anfangen, möchte ich euch noch sagen, daß ich weiß, wie schwer das alles für euch ist. Wenn also einer von euch erst darüber sprechen will, soll er es tun.«

Wieder Schweigen. Zu meiner Überraschung brach Felicia es als erste.

»Das ist doch klar, daß wir alle von dem, was passiert ist, sehr betroffen sind, in mehrfacher Hinsicht.« Sie sprach sehr leise, es war beinahe ein Flüstern. »Wir haben alle Mitleid mit Jamey, zugleich aber sind wir erschrocken, daß wir vier Jahre mit ihm verbracht haben. Vielleicht waren wir in ernster Gefahr während dieser Zeit. Eine andere Frage ist, ob man nichts hätte tun können, um all das zu verhindern. Hätten wir, seine Kollegen, vielleicht irgend etwas tun können? Und, was mich persönlich besonders stört: Seine Verbrechen haben ein schlechtes Licht auf unser Projekt geworfen, drohen, in unser Leben einzugreifen. Ich weiß nicht, wie es bei euch ist, aber ich werde andauernd von Reportern belästigt.«

Josh schüttelte den Kopf.

»Wir haben eine Geheimnummer.«

»Wir auch«, sagte Jennifer. »Dr. Austerlitz erhielt einige Anrufe in seinem Büro, aber er sagte, ich sei außer Landes.«

»Unsere Nummer steht im Telefonverzeichnis, und drei Tage lang waren sie hinter mir her«, sagte David. »Vorwiegend Boulevardpresse, miese Schreiberlinge. Es hatte keinen Zweck, sie abzuwimmeln, sie riefen immer wieder an. Schließlich redete ich nur noch Lateinisch mit ihnen, bis sie mich in Ruhe ließen.« Zu Felicia sagte er: »Das mußt du nächstes Mal auch versuchen.«

Sie kicherte nervös.

»Felicia, du hast das Problem sehr schön zusammengefaßt. Wir können jetzt darüber reden. Bei welchem der erwähnten Punkte wollt ihr anfangen?«

Sie zuckten die Schultern und blickten zu Boden. Aber so einfach wollte ich es ihnen nicht machen.

Sie alle waren hochbegabt, aber trotzdem Jugendliche, befangen in Selbstbezogenheit und Phantasievorstellungen von der eigenen Unsterblichkeit. Kein Wunder schließlich, hatte man doch immer wieder betont, wie intelligent sie seien, hatte ihnen erzählt, daß sie alles, was ihnen im Leben widerfuhr, damit meistern würden. Jetzt aber war etwas geschehen, das ihre Unfehlbarkeit erschütterte. Das mußte nicht leicht für sie sein.

»Also gut«, sagte ich, »fangen wir mal mit folgendem an: Hat einer von euch das Gefühl, er hätte etwas unternehmen können, um zu verhindern, was mit Jamey geschehen ist, und wenn, fühlt ihr euch schuldig, daß ihr es nicht getan habt?«

»Schuldig ist zuviel gesagt«, meinte Jennifer, »aber ich frage mich, ob ich mehr hätte tun können.«

»In welcher Hinsicht?«

»Ich weiß es nicht. Ich bin ziemlich sicher, daß ich die erste war, die bemerkt hat, daß etwas nicht stimmt. Vielleicht hätte ich mich früher um Hilfe bemühen sollen.«

Niemand hielt etwas dagegen.

»Jamey hat mich immer fasziniert«, erklärte Jennifer. Er war so eingeigelt in sich selbst, scheinbar unabhängig von anderen, und dabei im tiefsten Innern doch ganz unglücklich. Die wenigen Male, die ich mit ihm zu sprechen versuchte, wies er mich ab, manchmal sehr schroff. Zuerst fühlte ich mich verletzt, dann aber war das Gefühl, ihn verstehen zu wollen, stärker. Ich schaute mir psychologische Arbeiten über abweichendes Verhalten an, suchte etwas, das auf Jamey paßte. Schizophrenie schien dem Ganzen am nächsten zu kommen. Schizoide sind unfähig, Beziehungen aufzubauen, ohne daß sie das stört. Sie sind menschliche Inseln. Zu Beginn der Psychoanalyse hielt man sie für Schizophrene im Frühstadium, und obwohl spätere Forschungen ergaben, daß die meisten von ihnen keine Psychosen bekommen, betrachtet man sie immer noch als gefährdet.« Sie schwieg verlegen. »Ihnen brauche ich das alles ja nicht zu erzählen.«

»Bitte fahr fort.«

Sie zögerte.

»Bitte, Jennifer.«

»Gut, also beobachtete ich ihn, suchte nach Anzeichen einer Psychose, ohne jedoch damit zu rechnen, daß ich sie finden würde. Deswegen war ich ziemlich schockiert, als er dann wirklich solche Symptome zeigte.«

»Wann geschah das?«

»Einige Monate bevor Dr. Flowers ihn aufforderte, das Projekt zu verlassen. Eine Zeitlang erschien er mir noch verschlossener als sonst – und ich hatte inzwischen gelernt, daß dies krankhaft sein kann –, aber etwas wirklich Anomales tat er erst drei oder vier Monate, bevor er ging. Es war an einem Dienstag. Ich weiß das deshalb so genau, weil der Dienstag mein freier Tag war. Ich saß im Leseraum und arbeitete dort. Ich war allein, es war später Nachmittag. Jamey kam herein, ging in eine Ecke, drehte das Gesicht zur Wand und begann, vor sich hin zu murmeln. Das Murmeln wurde lauter. Er sprach mit jemandem, der gar nicht da war, und daran erkannte ich, daß er krank war.«

»Weißt du noch, was er sagte?«

»Er war sehr böse auf diese imaginäre Person und beschuldigte sie, ihn zu verletzen, blutige Federn in die Gegend zu streuen. Er wiederholte dieses Wort mehrmals. Federn. Er verwendete auch das Wort Gestank, immer wieder, er gebrauchte es als Eigennamen, sein unsichtbarer Gesprächspartner war, wie er sagte, voll Gestank, die Erde auch. Ich fand es faszinierend, und am liebsten wäre ich dageblieben und hätte ihm weiter zugehört. Aber ich bekam Angst, und so lief ich weg. Er merkte es gar nicht. Er hatte, glaube ich, gar nicht gesehen, daß ich überhaupt da war.«

»Kam in seinen wirren Reden irgend etwas über Zombies oder einen gläsernen Cañon vor?«

Sie trommelte mit den Fingern auf ihren Knien und dachte nach. »Gläserner Cañon, das kommt mir bekannt vor.« Wieder dachte sie nach. »Ja, ich habe es gehört. Und ich sagte mir, daß es sich eigentlich mehr nach Gedicht als nach Wahnvorstellung anhört. Sehr archaisch irgendwie. Vielleicht habe ich es deswegen nicht gleich registriert. Aber woher wissen Sie davon, Alex?«

»Er rief mich in der Nacht, in der er aus der Klinik floh, an. Er hatte offensichtlich Wahnvorstellungen und redete von einem gläsernen Cañon, aus dem er entkommen mußte. Am nächsten Tag besuchte ich ihn im Gefängnis, und er sagte mehrmals das Wort Glas.«

»Wie ging es ihm?« fragte Josh.

»Nicht sehr gut«, antwortete ich.

»Aber offensichtlich gibt es ja in seinen Wahnvorstellungen so was wie thematische Kontinuität«, sagte Jennifer.

»In geringem Maße schon.«

»Wäre das nicht ein Zeichen dafür, daß seine Halluzinationen mit einem bestimmten Ereignis in Zusammenhang stehen, das bei ihm eine Krise auslöste?«

Nach Meinung von Dr. med. Mainwaring nicht.

»Es könnte sein«, sagte ich. »Weiß einer von euch vielleicht, ob Jamey irgend etwas erlebt hat, das mit Federn oder Gestank zu tun hat?«

Keine Reaktion.

»Was ist mit Zombies oder gläsernen Cañons?«

Sie schüttelten die Köpfe.

»Ich habe oft gesehen«, sagte schließlich Felicia, »wie er zu sich selbst sprach, aber ich war nie nahe genug dran, um zu hören, was er sagte. Ich hatte Angst vor ihm, und immer wenn ich ihn kommen sah, ging ich weg. Einmal hat er auch geweint.« Sie hielt ihre Arme vor dem Oberkörper verschränkt und starrte wieder zu Boden.

»Habt ihr je Dr. Flowers davon erzählt?« fragte ich.

»Nicht direkt«, antwortete Jennifer. »Darüber ärgere ich mich ja gerade. Ich hätte es tun müssen. Aber zwei Tage nach dieser Sache kam er mir wieder viel normaler vor. Er begrüßte mich sogar. Da dachte ich, daß es eine einmalige Sache war, vielleicht die Folge von Drogen. Ein paar Tage später ging es dann erneut los – er hatte wieder Wahnvorstellungen und wurde so nervös. Ich ging sofort zu Saritas Büro, aber sie war auf Reisen. Ich wußte nicht, wen ich hätte anrufen sollen, ich wollte Jamey auch keine Schwierigkeiten machen, so wartete ich, bis das Wochenende rum war, und sagte es Sarita. Sie bedankte sich und sagte, sie hätte schon gemerkt, daß er Probleme habe, und ich solle mich von ihm fernhalten. Ich wollte mit ihr noch länger darüber reden, aber sie schickte mich weg. Ich fand das gefühllos von ihr. Aber später wurde mir klar, daß sie sich wegen ihrer Schweigepflicht so verhalten hatte.«

»Ich wollte es ihr auch erzählen, aber ich hatte Angst«, sagte Felicia. »Ich dachte, er würde mir etwas antun, wenn er herausfände, daß ich es ihr gesagt hatte.«

»Ich habe ihn auch mit sich selber sprechen sehen«, sagte Josh. »Mehrfach. Ich wußte, daß da etwas nicht stimmt, aber er hatte schon genug Schwierigkeiten, weil er nicht in die Vorlesungen ging, und ich wollte seine Lage nicht noch verschlimmern.« Er schwieg und sah weg. »Ich weiß, es klingt wie eine billige Entschuldigung, aber ich habe wirklich aus diesem Grund nichts gesagt.«

»Was mich betrifft«, sagte David, »so habe ich nie Derartiges gesehen. Mir graute vor ihm, deshalb tat ich alles, um ihm aus dem Weg zu gehen. Mir fiel erst etwas auf, als er in der Gruppe ausflippte.«

»Das war schrecklich«, sagte Jennifer, und die anderen nickten zustimmend. »Die Art, wie er schrie und rot anlief, dieser Blick in seinen Augen – wir hätten es nicht soweit kommen lassen dürfen.«

Die Atmosphäre verdüsterte sich zusehends. Ich wählte meine Worte sorgfältig, denn ich war mir bewußt, daß ich auf ihren Verstand und ihre Gefühle Rücksicht nehmen mußte, wenn ich zu einem Ergebnis kommen wollte.

»So gut wie alle Leute, mit denen ich über diesen Fall spreche, fühlen sich irgendwie schuldig, allerdings zu Unrecht. Ein Mensch verfällt in Wahnsinn, und niemand weiß warum. Für die Wissenschaft ist diese Krankheit immer noch ein riesiges schwarzes Loch, nichts macht Menschen hilfloser als ein tragisches Geschehen, das sie sich nicht erklären können. Wir alle möchten gerne unser Leben unter Kontrolle haben, und wenn sich Dinge ereignen, die uns unserer Sicherheit berauben, suchen wir nach Antworten, nach einem Sinn und bestrafen uns mit allen möglichen Hätte-Ich-Dochs. Nichts von dem, was ihr getan oder unterlassen habt, ist die Ursache für Jameys Wahn. Es ist auch ganz gleich, ob ihr es Dr. Flowers erzählt habt oder nicht, Schizophrenie entwickelt sich unabhängig von all dem.« Ich wiederholte im Grunde das, was ich Heather Cadmus am Vortage gesagt hatte, um sie zu beruhigen.

Sie hörten mir zu und verarbeiteten, was ich gesagt hatte. Wenn dies jemandem gelingen konnte, dann diesen vier hochintelligenten Jugendlichen.

»Ja, das leuchtet mir ein«, sagte David.

»Ich verstehe, was Sie sagen, aber ich fühle mich genauso elend wie vorher«, sagte Felicia. »Es dauert wahrscheinlich eine Weile, bis man solche Informationen auch emotional verarbeitet.«

»Können wir noch über anderes reden?« fragte Jennifer und betrachtete ihre Fingernägel.

Niemand widersprach ihr, und so erteilte ich ihr das Wort.

»Schon seit einiger Zeit geht mir das nach«, begann Jennifer. »Nach seiner Festnahme ging ich in die Bibliothek und las alles, was ich über Massenmörder finden konnte. Es gibt erstaunlicherweise nur sehr wenig Literatur dazu, aber alles, was ich fand, wies darauf hin, daß diese Art Morde von Sadisten begangen werde und nicht von Schizophrenen. Ich weiß, daß manche Spezialisten der Meinung sind, daß Soziopathen nichts anderes sind als schlechtverkleidete Verrückte – Cleckley redet in diesem Zusammenhang von einer Maske, die Gesundheit vortäuscht –, aber sie werden doch nicht wirklich wahnsinnig, oder?«

»Im allgemeinen nicht.«

»Also paßt es doch überhaupt nicht ins Bild.«

»Vielleicht beging er die Morde, bevor er ganz in Wahn verfiel«, mutmaßte Josh.

»Das kann nicht sein«, antwortete Jennifer. »Die ersten Morde geschahen ein halbes Jahr, nachdem Jamey das Projekt verlassen hatte. Damals war er schon sehr krank. Die beiden letzten wurden verübt, nachdem er aus der Klinik ausgebrochen war. Natürlich kann er so was wie eine Remission gehabt haben.« Sie sah mich fragend an.

»Sein Zustand war tatsächlich sehr schwankend«, sagte ich. »War er an einem Tag ausfällig und erschien wirklich paranoid, konnte er zwei Tage später wieder fast normal wirken. Dein Gedanke, daß Psychopathen nur ganz selten zu Psychotikern werden, ist interessant und richtig. Ich habe bei Jamey nie irgendein Anzeichen von Sadismus oder Manie festgestellt, es hat mir auch nie jemand ähnliches berichtet. Hat einer von euch vielleicht so etwas an ihm bemerkt?«

»Nein«, sagte Josh. »Er war zwar asozial und wenig umgänglich, aber etwas Grausames hatte er nicht an sich. Vielleicht war sein Gewissen einfach überentwickelt.«

»Was willst du damit sagen?«

»Immer wenn er etwas Unfreundliches gesagt hatte, grübelte er. Er entschuldigte sich nicht, aber er war traurig.«

»Er mochte sich selbst nicht«, sagte Felicia. »Das Leben schien eine Last für ihn zu sein.«

Die beiden Jungen nickten zustimmend, Jennifer wurde ungeduldig.

»Wir sind vom Thema abgekommen. Wir haben gesehen, daß offenbar eine große Diskrepanz zwischen seiner Krankheit und den Verbrechen besteht, derer er beschuldigt wird. Hat sich denn noch kein vernünftiger Mensch die Frage gestellt, ob er die Morde vielleicht nicht begangen hat? Oder ist das einer der Fälle, in denen sie sich einen Sündenbock suchen, um dann die Sache auf sich beruhen zu lassen?«

Entrüstung stand ihr im Gesicht. Und die Hoffnung, daß es mir wenigstens leid täte, wenn ich ihr widersprechen würde.

»Trotz der Widersprüche deutet alles darauf hin, daß er an den Morden beteiligt war, Jen.«

»Aber die ...«

»Für mich gibt es überhaupt keine Widersprüche«, warf David ein. »Es kann doch so gewesen sein: Er war schizophren und sein Freund Chancellor ein Psychopath, der ihn dazu brachte, Leute umzubringen. Schon hat sich die Diskrepanz in Luft aufgelöst.«

Ich nahm eine gespannte Haltung an.

»Wie bist du darauf gekommen, David?«

»Dazu gehört doch nichts.« Er zuckte die Schultern. »Der Kerl pflegte doch Jamey abzuholen. Das war zwar seltsam, aber er hatte eine Menge Einfluß auf Jamey.«

»Wieso seltsam?«

»Körperlich und vom Verhalten her. Er war groß und muskulös, mit Muskeln wie Schwarzenegger, aber er war gekleidet wie ein Banker, dazu trug er eine Dauerwelle, blond gefärbt, er benutzte Wimperntusche und Puder, er duftete nach Parfum und bewegte sich wie eine Frau.«

»Das einzige, was du damit beweist, ist, daß er schwul war«, warf Jennifer ein. »Was heißt das schon?«

»Es ist noch mehr. Daß er schwul war, ist nur das eine, das andere ist, daß er eine riesige Show daraus machte. Es war, als rechne er sich seine Wirkung aus. Ich kann nicht sagen warum, aber auf mich machte er den Eindruck von jemandem, der gerne andere manipuliert.« Er brach ab und sah mich an. »Ergibt das einen Sinn?«

»Sicher. Warum, glaubst du, hatte er so großen Einfluß auf Jamey?«

»Jeder, der den beiden begegnete, mußte bemerken, daß Jamey eine Art Heldenverehrung mit ihm trieb. Er hatte es zu einer hohen Kunst entwickelt, sich abzukapseln. In dem Augenblick, in dem Chancellor zur Tür hereinkam, wachte Jamey auf und begann zu reden wie ein Wasserfall.«

»Das stimmt«, sagte Josh. »Es ging wirklich eine auffallende Veränderung mit ihm vor. Nachdem Jamey ihn kennengelernt hatte, änderte er seine Ansichten und Interessen radikal. Er vergaß die Lyrik und begeisterte sich für Wirtschaftsfragen.«

»Chancellor ließ ihn sogar für sich forschen«, fügte David hinzu, »er las Bücher, die er vorher nie angerührt hätte.«

»Was für Bücher waren das?«

»Ökonomische Bücher, glaube ich. Ich habe nie so genau hingeschaut. Mich langweilt dieses Zeug zu sehr.«

»Ich bin ihm mal in der Bibliothek der Wirtschaftsabteilung begegnet«, sagte Josh. »Als er mich sah, klappte er die Bücher zu und sagte, er müsse gehen. Ich sah, daß er Listen und Kolumnen abgeschrieben hatte, es sah nach Kreditsicherungen, Aktienkursen und Staatsanleihen aus.«

»Er hatte Einfluß auf sein Denken und Fühlen.«

David lächelte. »Wenn Chancellor das fertigbrachte, war es nur noch eine Kleinigkeit, ihn zum Mord anzustiften.«

»Das ist ja wirklich scheußlich«, sagte Jennifer schnell. Der Junge mit dem Bart warf ihr einen gleichgültigen Blick zu und zuckte die Schultern.

»Was hältst du von Davids Theorie, Jen?« fragte ich.

»Es scheint zusammenzupassen«, sagte sie ohne Begeisterung. »Grundsätzlich könnte es stimmen.«

Ich wartete, daß sie weitersprach. Sie schwieg jedoch, und so sagte ich:

»Vor ein paar Minuten meintest du, er könnte Drogen genommen haben. Was für Zeug nahm er denn?«

Eisiges Schweigen erfüllte den Raum.

»Ich will mich nicht in euer Privatleben mischen, Kinder.«

»Es geht nicht um uns, sondern um jemanden, der nicht anwesend ist«, sagte Josh.

Ich mußte einen Moment überlegen.

»Ist Gary in die Drogenszene gegangen?«

»Ich hab Ihnen doch schon gesagt, daß Sie ihn nicht wiedererkennen würden.«

»Er hat sich seit dem letzten Sommer wirklich sehr verändert«, sagte Jennifer. »Ein sehr heikles Thema hier bei uns.«

»Warum?«

David lachte ironisch. »Man hat uns von oben nahegelegt, nicht über Mr. Yamaguchi zu sprechen, weil dies ein schlechtes Licht auf unser Projekt werfen könnte. Wenn zwei von sechs Leuten ausflippen, sind die Chancen, daß es neue Forschungsgelder gibt, sehr gering.«

»Mich interessiert weder die Presse noch Garys

Privatleben. Wenn er aber Jamey an Drogen gebracht hat, muß ich Genaueres wissen.«

»Beweise haben wir nicht«, sagte Josh.

»Es genügt, vorsichtig Vermutungen anzustellen.«

»Also ich glaube«, sagte Jennifer, »daß Gary an dem Tag, an dem er kein braver kleiner Junge mehr sein wollte, mit Drogen anfing. Er nahm Speed, LSD, Kokain, Beruhigungs- und Aufputschmittel. Das ganze letzte Jahr war er fast dauernd high. Er hatte nie vorher im Leben rebelliert, und er übertrieb maßlos, wie ein Frischbekehrter. Jedesmal, wenn er sich im Rausch befand, war es eine kosmische Erleuchtung für ihn, und er wollte, daß alle anderen es auch probieren. Jamey hatte keine Freunde, aber Gary stand er noch am nächsten. Beide waren sie Außenseiter, und wenn sie sich nicht gegenseitig beschimpften, saßen sie zusammen und spotteten über uns. Es ist nicht ausgeschlossen, daß Gary Jamey Drogen gegeben hat.«

Josh sah aus, als sei ihm unbehaglich zumute.

»Was hast du, Josh?« fragte ich.

»Ich habe eine Szene beobachtet, die darauf hindeutet, daß sie in engerem Kontakt standen als vermutet. Chancellor holte Jamey in der Bibliothek ab, da tauchte auch Gary auf und ging mit ihnen weg. Am nächsten Tag hörte ich, wie er sich über Jamey lustig machte und ihn Chancellors Haremsknaben nannte.«

»Ist Gary homosexuell?« fragte ich.

»Ich wäre nicht darauf gekommen, aber wer weiß das schon?«

»Wie reagierte Jamey darauf, daß Gary über ihn spottete?«

»Er bekam seinen ausweichenden vagen Blick und sagte nichts.«

»Ich muß mit Gary sprechen«, sagte ich. »Wo kann ich ihn finden?«

Spontan antwortete David: »Ich sah ihn zuletzt vor ein paar Monaten, als er auf dem nördlichen Campus Hasch rauchte. Er war als Punk angezogen und verhielt sich mir gegenüber feindselig, prahlte mit seiner großen Freiheit und bezeichnete uns als Dr. Flowers' Sklaven. Er sagte, er lebe in der Stadt in einer Wohngemeinschaft mit anderen Künstlern und hätte demnächst eine Ausstellung in einer Galerie.«

»Was für Kunst macht er?«

Alle vier zuckten die Schultern.

»Wir haben nie etwas von ihm gesehen«, sagte David. »War wahrscheinlich nur Bluff.«

»Alex«, sagte Jennifer, »glauben Sie, daß bei Jameys Krankheit Drogen im Spiel sind?«

»Darüber kann ich im Moment noch überhaupt nichts sagen.«

Sie fühlte, daß ich ihr etwas vormachte, aber sie insistierte nicht weiter. Kurz darauf beendete ich unser Treffen und dankte ihnen für ihr Kommen. Felicia und die Jungen verschwanden schnell, aber Jennifer blieb noch da, nahm eine Nagelfeile und bearbeitete ihre Nägel.

»Was gibt's, Jennifer?«

Sie legte die Feile beiseite und sah mich an.

»Nichts von all dem ergibt einen Sinn.«

»Was stört dich besonders?«

»Die Vorstellung, daß Jamey ein Massenmörder sein soll. Ich mochte ihn nicht, und ich weiß, daß er es sehr schwer hatte. Aber ein Mörder ist er nicht, das paßt einfach nicht ins Bild.«

Menschen haben eine instinktive Abneigung gegen alle Versuche, ihresgleichen in ein bestimmtes psychologisches Schema einzuordnen. Ich sagte es ihr nicht, in ein paar Jahren würde sie ganz von selbst darauf kommen. Die Fragen, die sie aufgeworfen hatte, waren jedoch konkreter Natur und stimmten mit den meinen überein.

»Davids Erklärung leuchtet dir also nicht ein?«

Sie schüttelte den Kopf, wobei ihre Plastikohrringe heftig hin und her schaukelten.

»Sie meinen, daß Jamey von Chancellor zum Töten getrieben wurde? Nein. Jamey mag ihn bewundert haben, aber er war ein Individualist, jemand, den man nicht einfach programmieren kann. Er ist alles andere als eine Spielfigur.«

»Und wenn seine psychische Krankheit seine Individualität schwächte und er angreifbar wurde?«

»Manische Typen wie Chancellor machen sich an Willensschwache ran, Leute mit wenig Selbstbewußtsein, die Persönlichkeitsstörungen haben. Schizophrene lassen sie in Ruhe. Und wenn Jamey eine Psychose hatte, dann war er viel zu unberechenbar, um programmiert zu werden, glauben Sie nicht?«

Jennifer war brillant und hatte einen eigenen Kopf, sie brachte ihre Fragen außerdem mit jugendlichem Feuereifer vor.

»Du sprichst sehr wichtige Punkte an«, sagte ich, »ich wünschte nur, ich könnte deine Fragen beantworten.«

»Das erwarte ich doch gar nicht von Ihnen! Die Psychologie ist lange nicht wissenschaftlich genug, um präzise Antworten zu geben.«

»Stört dich das?«

»Es stört mich nicht, gerade das ist doch das Faszinierende an der Sache.«

Als Karen sah, daß ich mich auf Saritas Bürotür zubewegte, kam sie voller Entrüstung angelaufen, ihre Haltung war feindselig.

»Ich dachte, Sie wollten sie heute nicht in Anspruch nehmen?«

»Ich müßte sie ein paar Kleinigkeiten fragen. Es wird nicht lange dauern.«

»Vielleicht kann ich Ihnen weiterhelfen.«

»Vielen Dank, das ist nett, aber ich muß selbst mit ihr sprechen.«

Ihre Nüstern weiteten sich, sie kniff die Lippen zusammen. Ich wollte zur Tür, aber sie stellte sich davor. Nach einem Moment unangenehmen Schweigens glitt sie anmutig zur Seite, wandte sich um und ging. Ein Dritter hätte nicht erraten, was da vorging.

Auf mein Klopfen folgte das Quietschen und Rutschen der Reifen auf dem Vinylboden. Die Tür öffnete sich nach außen, Sarita ließ mich eintreten und schloß selbst die Tür. Sie rollte rückwärts, hielt hinter ihrem Schreibtisch, der über und über mit Computer-Ausdrucken bedeckt war.

»Guten Morgen, Alex. Hat dich euer Treffen weitergebracht?«

»Das sind wirklich einsichtige Kinder.«

»Das sind sie wirklich.« Sie lächelte mütterlich. »Sie haben sich phantastisch entwickelt. Sie sind wirkliche Prachtexemplare.«

»Das muß für dich ein echtes Erfolgserlebnis sein.«

»Ist es auch.«

Das Telefon klingelte. Sarita nahm den Hörer ab, sagte mehrmals ja und legte lächelnd auf.

»Es war Karen. Sie sagt, daß sie dich gebeten hätte, mich nicht zu stören, weil ich viel zu tun habe. Du wärest einfach rücksichtslos hier reingegangen.«

»Eine echte Beschützerin.«

»Sie ist treu und anhänglich, was heute verdammt selten ist.« Sie rollte ein wenig zur Seite. »Sie ist ein beachtliches Mädchen. Sehr intelligent. Sie ist in Watts aufgewachsen, lief mit elf von zu Hause weg, fünf Jahre lang hat sie mehr oder weniger auf der Straße gelebt und Dinge gesehen und getan, von denen wir nicht mal träumen würden. Mit sechzehn gab sie sich einen Ruck, besuchte die Abendschule und schaffte in drei Jahren den High-School-Abschluß. Sie las in der Zeitung einen Artikel über mein Projekt, dachte, das sei vielleicht eine Chance für sie, weiterzustudieren. Eines Morgens kam sie hierher und wollte sich testen lassen. Ihre Geschichte beeindruckte mich, und da sie mir intelligent erschien, stimmte ich zu. Sie schnitt sehr positiv ab, aber nicht gut genug, um angenommen zu werden. Ich fand es aber schade, sie laufen zu lassen, und so machte ich sie zur Forschungsassistentin. Nebenher studiert sie. Sie möchte nach Boalt oder Harvard, um Jura zu studieren. Das schafft sie sicher.« Sarita lächelte wieder und strich sich einen Fussel vom Kragen. »Wie kann ich dir helfen, Alex?«

»Ich möchte Gary Yamaguchi treffen, dazu brauche ich seine Adresse.«

Ihr Lächeln erlosch.

»Ich kann sie dir gerne geben, aber das wird nicht viel nützen. Im letzten halben Jahr hatte er keinen festen Wohnsitz.«

»Das weiß ich, aber ich werde mein Bestes versuchen.«

»Na gut«, sagte sie kalt. Sie rollte auf einen Schrank zu, öffnete ein Fach und zog einen Ordner heraus. »Hier, schreib sie dir ab.«

Ich nahm mein Notizbuch zur Hand. Bevor ich es öffnen konnte, begann sie mir eilig eine Adresse zu diktieren, einen westlich vom Stadtzentrum gelegenen Ort, ein düsteres, heruntergekommenes Viertel, in dem zumeist illegale Einwanderer und Sozialfälle in Slums leben. Kleine Nähateliers und verrottete Bars prägen das Straßenbild. In den letzten Jahren hatten Künstler und Leute, die sich dafür hielten, sich dort illegal einquartiert, zumeist in ehemaligen Fabrikhallen.

»Danke, Sarita.«

»Was versprichst du dir von einer Unterredung mit ihm?« fragte sie.

»Ich möchte soviel über Jamey wissen wie nur irgend möglich.«

»Mit ihm wirst du aber nicht weit kommen ...«

Wieder ertönte das Telefon. Sie nahm den Hörer und sagte energisch: »Ja, bitte.« Während sie dem Anrufer lauschte, veränderte sich ihr Gesichtsausdruck, sie sah nicht mehr verärgert aus, sondern erstaunt, schließlich geschockt.

»O nein, das ist ja furchtbar! Wann ... ja, er ist hier. Ich sage es ihm.«

Sie legte den Hörer auf.

»Das war Souza, er rief vom Gefängnis aus an. Heute morgen früh hat Jamey versucht, sich umzubringen. Souza will, daß du so schnell wie möglich hinfährst.«

Ich sprang auf und nahm mein Notizbuch.

»Ist er schwer verletzt?«

»Ich weiß nur, daß er noch am Leben ist.«

Sie rollte auf mich zu und wollte mich offenbar trösten und aufmuntern. Ich lief so schnell aus dem Zimmer, daß ich ihre Worte nicht mehr hören konnte.

17 Jamey war in eines der Krankenzimmer verlegt worden, die Montez mir während der Gefängnisbesichtigung gezeigt hatte. Drei Beamte, darunter Sonnenschein, standen vor der Tür und hielten Wache. Ich blickte durch das verglaste Türfenster und sah Jamey auf dem Bett liegen, das Gesicht nach oben, den Kopf in einem blutbefleckten Verband, die spindeldürren Gelenke in Handschellen. In einer Armbeuge steckte eine Dauertropfkanüle. Inmitten von Jameys Gazeturban konnte man ein Stück Haut erkennen, ein paar Quadratzentimeter seines Gesichts, das schlimm zugerichtet und stark geschwollen war. Jamey schlief, vielleicht war er sogar bewußtlos. Seine purpurroten Lider waren geschlossen, seine aufgesprungenen Lippen halb geöffnet und schlaff.

Souza stand neben einem kleinen bärtigen Mann, der etwa Anfang Dreißig war. Der Anwalt trug einen metallfarbenen Anzug aus Rohseide, der mich entfernt an eine Rüstung erinnerte. Als er mich erkannte, kam er auf mich zu und sagte verärgert:

»Er hat sich mehrmals mit voller Wucht gegen die Zellenwand geworfen.«

Er blitzte die Beamten an, diese zeigten jedoch versteinerte Mienen.

»Brüche oder innere Verletzungen scheint er nicht zu haben, das meiste hat er am Kopf abbekommen, und Doktor Platt vermutet, daß er eine Gehirnerschütterung hat. Er will ihn ins Bezirkskrankenhaus verlegen. Sie holen ihn jede Minute ab.«

Dr. Platt sagte nichts. Er hatte einen ungebügelten Kittel an, darunter Jeans und ein grobes Hemd und trug eine schwarze Ledertasche. Am Kittel steckte ein Schild, auf dem sein Name und »Facharzt für Neurologie am Bezirkskrankenhaus« standen. Ich fragte ihn, für wie schwerwiegend er die Verletzungen halte.

»Nicht einfach zu sagen«, antwortete er leise, »vor allem, wo der Patient psychotisch ist. Ich wurde sehr plötzlich gerufen und habe deshalb nicht alle Geräte für eine genaue Diagnose dabei. Die Reflexe sehen normal aus, aber bei Kopfverletzungen kann man nie wissen. Wir beobachten ihn jetzt erst mal ein paar Tage, damit wir uns ein präzises Bild von seinem Zustand machen können.«

Ich blickte noch einmal durch das Fensterchen, Jamey lag noch genauso da wie vorher.

»Daß so viel für die Sicherheit des Patienten getan wird, wirft ja ein ganz neues Licht auf die Sache«, sagte Souza so laut, daß die Aufsichtsbeamten es hören mußten. Dann zog er ein Diktiergerät aus der Tasche und beschrieb mit Advokatenstimme die Einzelheiten von Jameys Selbstmordversuch. Er ging zu den Beamten und las ihre Namen ab, die auf kleinen Schildern standen und an der Uniform befestigt waren. Er buchstabierte die Namen mit übertriebener Deutlichkeit. Ich weiß nicht genau, ob er sie damit einschüchterte, wenn, dann ließen sie sich jedenfalls nichts anmerken.

»Was ist in dem Tropf?« fragte ich Dr. Platt.

»Eine Nährlösung, sonst nichts. Er wirkte ziemlich unterernährt, das Risiko, daß er zuviel Flüssigkeit verliert, war mir zu groß, vor allem, wenn er möglicherweise innere Blutungen hat.«

»Da muß er ja ganz schön was abgekriegt haben.«

»Das kann man sagen, er muß sich mit aller Kraft gegen die Wand geworfen haben.«

»Eine scheußliche Art, sich das Leben zu nehmen.«

»Allerdings.«

»Haben Sie so etwas schon öfter gesehen, Doktor?«

Platt schüttelte den Kopf. »Das ist nicht mein Fachgebiet, ich arbeite in der Rehabilitation, kümmere mich um das Wachstum von Muskeln. Die Ärztin, die für Gefängnisse zuständig ist, hat gerade Mutterschaftsurlaub. Ich vertrete sie nur. Sie hat solche Sachen schon oft erlebt, vor allem PCP-Opfer.«

»Dieser Junge hat aber nie Drogen genommen.«

»Ich bin mir da nicht so sicher.«

Es näherten sich Schritte, zwei Krankenpfleger kamen mit einer Trage. Einer der Aufsichtsbeamten schloß den Raum auf und ging hinein, gleich darauf steckte er seinen Kopf durch die Tür und murmelte:

»Okay.«

Danach ging ein zweiter Beamter hinein. Sonnenschein blieb draußen, und als unsere Blicke sich trafen, nickte er mir kurz und bedeutungsvoll zu. Nun steckte der zweite Beamte den Kopf zur Tür heraus und rief die Pfleger und Dr. Platt herein. Die Pfleger trugen die Trage bis zur Türschwelle und schoben sie dann mit einiger Mühe ins Zimmer. Souza ging dicht an die Tür heran, versuchte den Überblick nicht zu verlieren. Sein Gesichtsausdruck war finster. Ich folgte seinem Beispiel. Mit einigem Geziehe und Gezerre nahmen sie Jamey den Tropf ab, dann rollten sie seinen schmächtigen Körper vom Bett auf die Trage und befestigten den Tropf wieder. Einer der Krankenpfleger hielt die Flasche mit der Nährlösung und sagte: »Von mir aus kann's losgehen.«

Platt nickte: »Los dann.«

Der andere Pfleger und die beiden Aufsichtsbeamten setzten sich in Bewegung und hoben die Trage an.

Jameys Kopf rollte hin und her wie ein kleines Ruderboot, das auf dem Wasser schaukelt.

»Ich begleite meinen Mandanten zum Krankenwagen«, sagte Souza.

Niemand hatte etwas dagegen. Zu mir gewandt, sagte er: »Ich muß mit Ihnen sprechen. Seien Sie bitte in zehn Minuten am Gefängnistor.«

Ich erklärte mich einverstanden. Dann sah ich den Beamten nach, die Jamey wegbrachten.

Als wir allein waren, hob Sonnenschein bedeutungsvoll eine Braue und sagte, ich solle ihm folgen. Er ging langsamen Schrittes den Korridor entlang und führte mich zu einem nur mit Schlüssel zu benutzenden Aufzug. Insassen in gelben Pyjamas saßen in sich zusammengesunken auf Holzbänken und beobachteten uns. Ein durchdringender Schrei ertönte hinter einer Ecke. Die Station roch nach Erbrochenem und Desinfektionsmitteln.

Sonnenschein drehte seinen Schlüssel, und die Aufzugstür öffnete sich. Wir fuhren zum Parterre hinunter. Eine weitere Drehung mit dem Schlüssel, und der Aufzug hielt. Sonnenschein lehnte sich gegen die Wand und stützte seine Hände in die Hüften. Er sah mich durchdringend an und gab sich sichtlich Mühe, sein Mondgesicht unter Kontrolle zu halten, sein Unbehagen unter einer Maske von Feindseligkeit zu verbergen.

»Ich sollte besser die Schnauze halten, und wenn Sie mich verraten, werde ich allen erzählen, daß Sie ein Lügner sind«, sagte er.

Ich nickte, um zu zeigen, daß ich ihn verstanden hatte.

»Möchten Sie immer noch wissen, was er redet, wenn er seine Zustände hat?«

»Ja.«

»Also, heute morgen schrie er rum und sagte immer wieder etwas von vergifteter Erde und blutigen Federn. Ansonsten stöhnte und grunzte er nur. Dann sagte er noch etwas wie, daß er ein erbärmlicher Kerl sei.«

»Sagte er etwas von einer verwerflichen Tat?«

»Könnte sein. Ja. Ist das wichtig?«

»Das ist sein Ausdruck für Selbstmord.«

»Hm.« Er lächelte gezwungen. »Heute morgen muß er sich ziemlich verwerflich vorgekommen sein.«

»Wann begann er, sich selbst zu verletzen?«

»Das Schreien und Heulen fing ungefähr um sechs an. Ich ging hin, um nachzusehen, da hatte er sich schon wieder beruhigt und sah so aus, als schliefe er gerade ein. Dann hörte ich etwa zehn Minuten später einen dumpfen Schlag, so als hätte jemand mit einem Fleischklopfer auf eine Melone geschlagen. Ich lief hin. Jamey warf sich hin und her, schleuderte dabei seinen Kopf, als wolle er ihn von den Schultern werfen, und schlug ihn gegen die Wand. Sein hinterer Schädel sah aus wie Brei. Wir konnten ihn nur zu viert bändigen. Es war grausam.«

»Passieren solche Dinge auf der Hochsicherheitsabteilung oft?«

»Nein. Manchmal passiert es bei Neuzugängen, die noch im Drogenrausch sind. Wenn sie länger hier sind, bleiben sie clean. Ich habe Ihnen ja schon erzählt, es gibt immer den einen oder anderen, der verrückt spielt, aber sie gehen dabei nie so weit, sich so weh zu tun.«

Er sah plötzlich besorgt aus. Ich wußte, was ihm zu schaffen machte, und redete offen darüber.

»Glauben Sie immer noch, er spielt Ihnen was vor?«

Er wischte sich mit der Hand über die Stirn, griff nach dem Schlüssel und drehte ihn im Schloß um. Das Triebwerk des Lifts setzte sich quietschend in Bewegung, und wir fuhren wieder nach oben. »Sie wollten wissen, was er geredet hat. Ich habe es Ihnen erzählt. Mehr sage ich nicht.«

Der Lift hielt an, wir waren am Ziel, die Türen öffneten sich zum Warteraum hin.

»Bitte gehen Sie jetzt«, sagte er. Ich ging hinaus. Er verschwand im Aufzug.

»Danke«, sagte ich leise, ohne die Lippen zu bewegen und ohne ihn anzusehen.

»Ich wünsche Ihnen einen angenehmen Tag«, sagte er und berührte seine Pistolentasche.

Ich wandte mich noch einmal um. Sein Gesicht war zu einer reglosen Maske geworden, die immer schmaler wurde, je mehr sich die Türen schlossen. Ich starrte ihn an, bis er verschwunden war.

Souza wartete draußen vor dem Eingang auf mich. Als er mich sah, blickte er auf die Uhr und sagte: »Kommen Sie schon.«

Wir gingen zum Parkhaus und stiegen eine Treppe hinunter. Unten stand der Rolls, Antrim hielt den Wagenschlag auf. Als wir saßen, schloß er die Türen, setzte sich auf den Fahrersitz und fuhr langsam zum Ausgang. Der riesige Wagen schien zu schweben.

»Wir sollten zum Essen fahren«, sagte der Anwalt. Weiter sagte er nichts. Er sah einige Akten durch, nahm das Autotelefon, wählte eine Nummer und gab Anweisungen im juristischen Fachjargon.

Die Restaurants für Geschäftsleute liegen im Westen der Stadt, meistens in den oberen Stockwerken der Gebäude im Börsenviertel. Von da aus hat man einen schönen Blick auf das Stadtzentrum. Zu meiner Überraschung fuhr der Rolls in die entgegengesetzte Richtung, durch die Elendsviertel zum Osten der Stadt. Antrim fuhr schnell, aber ausgeglichen, bog dann plötzlich in eine Seitenstraße ein und lenkte den Wagen auf einen von vierstöckigen Warenhäusern umgebenen Parkplatz. Ganz hinten war ein großer *Jetstream*-Wohnwagen aufgebockt. Seine gerippten Außenwände waren weiß gestrichen, das Dach efeuüberwachsen. Vorne schaute unter dem Efeu ein hölzernes Schild mit der Aufschrift *Rosas Mexikanische Küche* hervor, rechts und links zur Zierde ein Sombrero.

Während Antrim im Wagen sitzen blieb, gingen Souza und ich zu dem kleinen Restaurant hinüber. Drinnen war es heiß und eng, aber angenehm sauber. An der Längswand befanden sich sechs Nischen mit Tischen, in dreien davon saßen Gruppen mexikanischer Arbeiter. Die Fenster waren mit Baumwollvorhängen versehen. Der Blick zur Küche war frei, denn sie war vom Speiseraum nur durch eine brusthohe Holztheke getrennt. Dahinter stand ein schnurrbärtiger, dicker Mann in einem T-Shirt, einer gestärkten Schürze und einem blauen Halstuch. Schweiß lief an ihm herunter, während er am Grillofen, mit dampfenden Kochtöpfen und dem Fritiergerät hantierte. In einer Ecke saß hinter einer silbernen Registrierkasse eine ebenfalls recht beleibte Frau, die *La Opinión* las. Im Restaurant roch es nach Chili und Schweinefett.

Als die Frau uns bemerkte, stand sie eilig auf. Sie war etwa siebzig, hatte weißes Haar und funkelnde tiefschwarze Augen.

»Mr. S.«, sagte sie und ergriff Souzas Hände.

»Hallo, Rosa, gibt's heute Menudo?«

»Tut mir leid, es ist leider aus. Dafür haben wir aber noch herrliches Huhn mit Chili.«

Wir setzten uns in eine leere Nische. Eine Speisekarte gab es nicht. Souza knöpfte sein Jackett auf und lehnte sich zurück.

»Ich werde Fleischklößchensuppe essen«, sagte er, »danach nehme ich Hühnchen und Schwein mit Chili, ein chilenisches Bohnengericht mit Reis und eine Karaffe Wasser.«

»Gerne. Und was nimmt der Herr?«

»Haben Sie Rindersalat?«

»Den besten von Los Angeles«, sagte Souza. Die Frau strahlte vor Stolz.

»Also Rindersalat und ein Bier.«

Die Frau nickte und gab die Bestellung an den Koch weiter. Er reichte ihr ein Tablett, sie brachte es an den Tisch und stellte uns einen Teller mit geröstetem Fladenbrot und Butter in einem bootförmigen Schälchen hin. Souza hielt mir den Teller hin, und als ich dankte, nahm er sich eine Tortilla, bestrich sie mit Butter, klappte sie zusammen und biß ein Drittel ab. Er kaute regelmäßig, schluckte und trank von dem Wasser.

»Da Sie noch nicht essen, könnten Sie mir inzwischen schon von dem Ergebnis Ihrer Nachforschungen berichten.«

Ich berichtete ihm, aber er schien sich für die medizinischen Details nicht zu interessieren. Ich sprach ihn darauf an, da seufzte er tief und nahm sich eine weitere Tortilla, die er wieder mit Butter bestrich.

»Wie ich Ihnen schon sagte, hat sich in unserem Fall einiges ereignet. Ich bemühe mich, den Verhandlungstermin aufzuschieben mit der Begründung, daß mein Mandant nicht vernehmungsfähig ist. Die Ereignisse von heute morgen beweisen, daß das Gefängnis nicht in der Lage ist, die Sicherheit des Jungen zu garantieren. Ich bin daher ziemlich sicher, daß es keine Probleme geben wird, ihn in einer Heilanstalt unterzubringen.«

»Obwohl es sich um einen so spektakulären Fall handelt?«

»Zu unserem Glück passieren in dieser Stadt viele blutige Verbrechen, die Geschichte ist schon wieder aus den Schlagzeilen raus. Gestern war in der *Times* nur noch ein kleiner Artikel auf Seite siebenundzwanzig. Heute stand gar nichts drin. Natürlich wird die Sache durch den Selbstmordversuch hochgekocht, aber dann wird wieder eine Ruheperiode eintreten, weil die Mediengeier inzwischen neues Aas entdeckt haben.«

Rosa brachte die Suppe, Eiswasser und mein Bier. Ich war ins Schwitzen gekommen, weil es in dem Café so heiß war, und das kalte Bier ließ deshalb meine Zunge fast erstarren. Souza schlürfte die dampfend heiße Suppe ohne Anzeichen von Unbehagen.

»Die Frage ist, Doktor, ob Sie mir bei dieser Strategie auch wirklich helfen wollen.«

»Ich bin mit der Auswertung der Fakten noch nicht fertig ...«

»Ja, ja, ich weiß, Ihre Sorgfalt ist bewundernswert. Aber haben Sie schon angefangen, sich eine Meinung darüber zu bilden, ob Jamey zurechnungsfähig ist oder nicht?«

»Ich möchte erst in Ruhe alles auswerten, bevor ich mir eine Meinung bilde.«

»Hmm.«

Er wandte sich wieder seiner Suppe zu, schlürfte und schmatzte, bis sein Teller leer war. Den letzten Rest wischte er mit einem Stück Fladenbrot auf.

Das Hauptgericht wurde auf schwerem weißem Porzellan serviert, ein Teller für mich, und mehrere Platten für Souza.

»Guten Appetit, Doktor.« Und schon fing er eifrig an zu essen.

Wir aßen schweigend, die Leute um uns herum waren fröhlich. Der Salat war ausgezeichnet, die Fleischstreifen waren zart und pikant, das Gemüse knackig, die Soße war mit Olivenöl, Zitrone und Pfeffer zubereitet. Ich schwitzte durch die Gewürze und die Wärme noch mehr, mir klebte das Hemd am Körper. Souza aß einen Riesenberg gebackener Bohnen, danach sein Hühner- und Schweineragout, dazu trank er Mengen von Wasser. Rosa schenkte ihm ständig nach.

Als nur noch ein paar Reiskörner übrig waren, schob er den Teller beiseite. Dann brachte Rosa kandierte Kaktusstückchen. Ich probierte eines, fand aber, daß es zu sehr nach Gummi schmeckte. Souza biß auf einem anderen herum und lutschte daran, bis kein Zucker mehr darauf war. Dann wischte er sich den Mund ab und sah mir in die Augen.

»Sie wissen also überhaupt noch nicht, zu welchem Ergebnis Sie kommen werden.«

»Nein, ich weiß es noch nicht genau. Beide Male, an denen ich ihn sah, erschien er mir nicht zurechnungsfähig, aber seine Krankengeschichte weist seltsame Schwankungen zwischen Normalität und Irresein auf, weshalb man nicht vorhersagen kann, wie es morgen aussieht.«

»Morgen interessiert mich nicht. Würden Sie mir

heute eine Erklärung unterzeichnen, aus der hervorgeht, daß er bei den beiden Malen, an denen Sie mit ihm zu reden versuchten, nicht ansprechbar war?«

Ich dachte eine Weile nach.

»Ich glaube schon, vorausgesetzt, es ist vorsichtig formuliert.«

»Sie können den Text selbst entwerfen.«

»In Ordnung.«

»Gut, das wäre geschafft.« Er aß ein weiteres Kaktusbonbon. »Was nun die Unzurechnungsfähigkeit betrifft, nehme ich zu Recht an, daß Sie mich nicht unterstützen wollen?«

»Ich hatte vor, die Dinge in Ruhe auszuwerten.«

»Dr. Delaware«, sagte er und lächelte, »das ist nicht mehr notwendig. Wenn alles so läuft wie geplant – und nach diesem Versagen der Aufsicht im Gefängnis habe ich eigentlich keinen Zweifel daran –, wird es eine ganze Weile dauern, bis es zum Prozeß kommt. Obwohl ich weiß, wie zwiespältig Sie dem Problem der Unzurechnungsfähigkeit gegenüberstehen, und ich über Ihr Gewissen nicht zu befinden habe, habe ich nichts dagegen, wenn Sie dann später bei der Verteidigung mitwirken.«

Ich nahm einen großen Schluck Bier.

»Mit anderen Worten«, erwiderte ich, »Sie haben andere Experten gefunden, die weniger unentschlossen sind als ich.«

Er zog eine Augenbraue hoch, leckte ein Zuckerstückchen von seiner Lippe.

»Bitte fühlen Sie sich nicht verletzt«, sagte er. »Ich muß leider alles tun, um meinem Klienten zu helfen. Als wir über eine Zusammenarbeit redeten, habe ich Ihre Bedingungen akzeptiert, aber ich hatte weiterhin das Recht, mit anderen Ärzten zu sprechen.«

»Wen haben Sie denn engagiert?«

»Chapin aus Harvard und Donnell von der Stanford University.«

»Haben sie Jamey untersucht?«

»Noch nicht. Allerdings glauben sie nach meinen Schilderungen, daß wir mit meiner Strategie Erfolg haben werden.«

»Na, dann haben Sie ja die richtigen gefunden.«

»Ich möchte Ihnen ausdrücklich sagen, daß ich – und natürlich die Familie Cadmus – Ihnen dankbar sind, für alles, was Sie getan haben, sowohl therapeutisch als auch diagnostisch. Heather sagte mir, daß das Gespräch mit Ihnen ihr sehr gutgetan hat, und das will was heißen, nach allem, was sie durchgemacht hat.«

Er rief Rosa herbei, reichte ihr einen Zwanziger und einen Eindollarschein und sagte, den Rest könne sie behalten.

Sie kicherte zum Dank und bürstete die Krümel von seiner Jacke.

Als wir wieder im Wagen saßen, legte mir Souza die Hand auf die Schulter.

»Ich achte Sie als einen Mann von Prinzipien, Doktor. Ich glaube, wir trennen uns in gutem Einvernehmen.«

»Sicherlich.« Ich mußte an einen Ausspruch von Mal Worthy denken: »Man ist Krieger und tut sein Bestes, um den Kampf zu gewinnen.«

»Schön, daß Sie die Dinge so sehen.« Er langte in seine Brieftasche und zog ein Scheckheft hervor.

»Wieviel bin ich Ihnen schuldig?«

»Nichts. Ich schicke Ihnen außerdem die ersten fünftausend zurück.«

»Bitte tun Sie das nicht. Meine Konten geraten

ganz durcheinander, und, was noch wichtiger ist, wir könnten Schwierigkeiten bekommen. Das Gericht vermutet immer sofort Betrug, wenn irgendwelche Arbeiten ohne Honorar geleistet werden.«

»Tut mir leid, aber ich würde mich nicht wohl fühlen, wenn ich das Geld nähme.«

»Dann geben Sie es doch für karitative Zwecke aus.«

»Ich habe eine bessere Idee. Ich schicke es Ihnen, und Sie geben es für karitative Zwecke aus.«

»Wie Sie wollen«, sagte er. Seine Gesichtszüge verfinsterten sich, aber er gab sich Mühe, freundlich zu wirken.

Ein schwacher Sieg, der jedoch zur richtigen Zeit erfolgte.

Antrim fuhr zum Gefängnis zurück. Die gläserne Trennwand war geschlossen, aber von den Kopfbewegungen her erriet ich, daß Antrim Musik hörte. Souza bemerkte, daß ich ihn beobachtete, und lächelte.

»Ein Freigeist, dieser Mann, aber er ist ein willfähriger Mitarbeiter.«

»Das muß er wohl sein, um das leisten zu können.«

»Das und einiges mehr.«

Jetzt telefonierte Souza wieder, rief im Büro an, fragte, ob es Neues gäbe und machte sich kleine Notizen. Keine der Nachrichten war offenbar wichtig genug, um ihn besonders zu interessieren. Er beauftragte seine Sekretärin, Bradford Balch um Erledigung zu bitten.

»Eine Sache noch«, sagte er, nachdem er aufgelegt hatte, »ich erwähne sie nur aus formalen Gründen. Sie haben mit diesem Fall jetzt nichts mehr zu tun, Sie waren aber mein Berater, und Sie wissen sicher, daß es Ihnen nicht gestattet ist, mit irgend jemandem über den Fall zu sprechen.«

»Das ist mir klar«, sagte ich lakonisch.

»Das weiß ich«, sagte er und machte sich eine Notiz auf gelbem Papier. Ich konnte nicht viel lesen, erkannte aber meinen Namen.

Wir erreichten das Parkhaus am Gefängnis. Der Rolls fuhr hinein und hielt neben meinem Seville.

»Doktor, es war mir ein Vergnügen«, sagte Souza und drückte mir die Hand.

Ich lächelte unverbindlich.

»Eines möchte ich Sie gerne noch fragen, Mr. Souza.«

»Und das wäre?«

»Glauben Sie, daß Jamey all die Leute umgebracht hat?«

Er ließ meine Hand los, lehnte sich zurück und hielt die Fingerspitzen beider Hände gegeneinander.

»Auf diese Frage kann ich Ihnen nicht antworten, Dr. Delaware.«

»Und warum nicht?«

»Weil sie für meine Arbeit als Anwalt nicht von Belang ist. Wenn ich anfinge, in dieser Richtung zu denken, würde ich in der Erfüllung meiner Pflichten beeinträchtigt.«

Er lächelte noch einmal kurz, dann wandte er sich ab. Der Chauffeur kam um den Wagen herum und öffnete den Schlag. Ich stieg aus. Bevor ich meine Wagentür erreicht hatte, war die Limousine bereits verschwunden.

Ich stellte meinen Aktenkoffer ab und streckte mich. Zum erstenmal im Leben hatte man mich gefeuert. Es klingt seltsam, aber ich fühlte mich verdammt wohl dabei.

18

Ich verließ das Parkhaus und dachte über meine Entlassung nach. Souza hatte mich aus einem Meer von Experten ausgewählt und mit zwei Ködern an Land gezogen: mit Schmeichelei und meinem Berufsethos. Ich war ihm nützlich, weil ich Jamey früher behandelt hatte, und weil ich offensichtlich etwas von meinem Fach verstand und es ernst nahm. Nun hatte er mich bei der ersten Gelegenheit zurück ins Wasser geworfen wie einen zu kleinen Fisch, um seinen Eimer mit wertvollerem Fang zu füllen.

Warum war ich eigentlich überrascht? Es hatte doch nie gutes Einvernehmen zwischen uns geherrscht, im Gegenteil, unser freundlicher Umgang hatte die inneren Spannungen nicht verbergen können. Souzas Erfolg basierte auf zahlreichen Manipulationen, er war daran gewöhnt, daß seine Mitarbeiter nach seiner Pfeife tanzten. Ich war alles andere als willfährig gewesen und deshalb nur ein Störfaktor. Chapin aus Harvard, Donnell aus Stanford, zwei angesehene Professoren mit langen Publikationslisten, ihnen machte es nichts aus, einen Patienten für unzurechnungsfähig zu erklären, den sie noch nicht einmal gesehen hatten, genau die richtigen Gutachter für Souza.

Ich bedauerte nicht, daß unsere Zusammenarbeit zu Ende war, wohl aber, daß ich nichts mehr für Jamey hatte tun können. Bisher warf die Sache mehr Fragen auf, als sie Antworten gab. Die einzige Erklärung, auf die sich alle hatten einigen können, lautete: Jamey ist schizophren. Alle mit Ausnahme von Sonnenschein hatten ihn für verrückt erklärt, und selbst er hatte seinen Zynismus abgelegt, nachdem er

Zeuge geworden war, wie Jamey sich zugerichtet hatte. Die Verbrechen, derer man ihn beschuldigte, waren für einen Psychotiker absolut untypisch, wie eine junge Doktorandin mit Recht festgestellt hatte. Souza beschuldigte, ohne lange zu überlegen, einen Toten. Allerdings hatten sowohl Jameys Kollegen als auch seine Erzieher bemerkt, welche großen Einfluß Chancellor auf ihn ausübte. Er hatte ihn von der Poesie abgebracht und ihn für Wertpapiere interessiert. Daß aber sein Einfluß soweit gegangen war, ihn zum Mörder zu machen, war mehr als fraglich.

Bei näherem Hinsehen war die Diagnose einer Schizophrenie alles andere als eindeutig. Das Krankheitsbild war untypisch, und Jameys Reaktion auf Medikamente war unberechenbar. Außerdem hatte es einige, wenn auch kleine Anzeichen für Drogenmißbrauch gegeben. Zwar waren Sarita Flowers und Heather Cadmus sicher, daß er nie Stoff genommen hatte, aber die Jugendlichen aus dem Projekt waren ganz anderer Meinung. Für Mainwaring wiederum spielte das überhaupt keine Rolle, da man Jameys unvorhersehbare Reaktion auf Medikamente auch auf einen Hirnschaden zurückführen konnte. Er mochte recht haben, aber warum hatte er dann an Jamey keine gründliche neurologische Untersuchung vorgenommen? Daß er sich ausschließlich für eine medikamentöse Behandlung interessierte und so eine schlampige Patientenkartei führte, machte mich seinem Urteil gegenüber äußerst skeptisch.

Auch die Familiengeschichte der Cadmus' als eine Geschichte vererbten Wahnsinns leuchtete mir nicht ganz ein. Hatten die bei Antoinette, Peter und Jamey aufgetretenen Störungen überhaupt miteinander zu tun? Und war die Erhängung Chancellors tatsächlich so etwas wie ein symbolischer Vatermord? Ich hätte noch ein weiteres Gespräch mit Dwight Cadmus führen müssen, um mehr Licht in dieses Dunkel zu bringen.

Ich hätte auch gerne noch mit einigen anderen Personen gesprochen. Gary Yamaguchi und die Krankenschwestern, die überschwengliche Miss Brown und die spröde Mrs. Vann. Die verschiedene Haltung der beiden Pflegerinnen stellte eine weitere Schwierigkeit dar. Die privat engagierte Schwester hatte Jamey positiver beurteilt als alle anderen. Aber er hatte sie überfallen an dem Abend, an dem er floh. Andrea Vann hatte ihn als schwerkrank bezeichnet, was sie jedoch nicht davon abgehalten hatte, die Station in jener Nacht unbewacht zu lassen. Und jetzt war sie fort.

Zu viele Fragen, zu wenig Antworten, und ein körperlich und seelisch zerschlagener Junge, der den Rest seiner Tage in einem Alptraum würde verbringen müssen.

Souza hatte mich aus dem Geschehen ausgeschlossen, bevor ich irgendeine dieser Frage hatte lösen können. Während ich so vor mich hin grübelte, war ich mit meinem Wagen in den Union District gelangt, unweit von der Stelle, in der Gary nach Saritas Auskunft zuletzt gewohnt hatte.

Souza hatte mich an meine Schweigepflicht erinnert. Ich durfte mit niemandem über die Sache reden, trotzdem konnte ich weiter nachforschen, auf mich selbst gestellt.

Das Gebäude befand sich in der Mitte des Blocks, am Straßenrand saßen vor sich hin dämmernde Clochards. Als ich auf das Haus zuging, balancierte ich über Flaschen, Bierdosen und Hundekot. Die Türen aus rostigem Eisen waren verzogen und an den Rändern ausgefranst, sie saßen wie Geschwüre in der verwitterten Backsteinfassade der ehemaligen Fabrik. Durch das Gemäuer zog sich ein Band aus Beton. Dort war eingeritzt »Pelta Thread Company, 1923«. Die Buchstaben waren beschädigt und voller Taubendreck. Rechts von der Tür entdeckte ich zwei Knöpfe, daneben zwei kleine Rahmen für Türschilder. Der erste war leer, in dem zweiten las ich mit Maschine geschrieben R. Bogdan. Ich drückte auf beide Klingeln, aber niemand reagierte, ich versuchte die Tür zu öffnen, die jedoch verschlossen war. Ich fuhr mit dem Wagen in den Hinterhof, fand dort einen Eingang wie an der vorderen Fassade. Aber auch hier war die Tür verschlossen. Ich gab auf und fuhr nach Hause.

Jameys Unterlagen aus *Cañon Oaks* waren mit der Post gekommen. Ich schloß sie in meinen Schreibtisch ein und nahm Souzas Scheck heraus. Ich steckt ihn in einen Umschlag, frankierte ihn und joggte zum nächsten Briefkasten, um ihn endlich los zu sein. Um halb vier rief mich einer von Robins Mitarbeitern an, um mir zu sagen, daß Billy Orleans in der Stadt sei und bis fünf in Robins Werkstatt bliebe. Danach könnten wir zusammen essen gehen. Ich zog Jeans und ein Hemd an und fuhr nach Venice.

Robins Werkstatt sieht von außen recht unscheinbar aus. Sie liegt in der Pacific Avenue, nicht allzu weit vom Oakwood Getto entfernt. Außen sind die Wände mit Graffiti von verschiedenen Gangs bemalt, die Fenster sind weiß überstrichen. Jahrelang hatte sie im oberen Stockwerk gewohnt, in einer hübschen selbst eingerichteten Wohnung. Es war nicht ganz ungefährlich für eine Frau dort ganz allein, aber es war für sie ein Zeichen ihrer Unabhängigkeit gewesen. Inzwischen war dort eine Alarmanlage installiert, Robin teilte mein Bett mit mir, und seitdem konnte ich nachts ruhiger schlafen.

Die hinter dem Haus gelegenen Parkplätze waren beide von einem großen weißen Lincoln belegt, mit geschützen Fenstern, weißen Wänden wie bei Gangstern und einer Fernsehantenne auf dem Heck. Gegen den Wagen gelehnt stand ein Bodyguard, der sicher seine dreihundert Pfund wog. Er war um die fünfzig, hatte sandbraunes Haar, ein sonnengebräuntes bulldoggenähnliches Gesicht und einen weißen Schnurrbart. Er trug weite Hosen, Sandalen und ein ärmelloses Trikothemd, das beinahe platzte. Die Arme, die er über der Brust gefaltet hielt, hatten Form und Farbe zweier Schinken.

Ich hielt an und suchte nach einem Abstellplatz für meinen Wagen. Aus dem Atelier drangen dumpfe, tiefe, rhythmische Klänge.

»Hallo«, rief der Bodyguard freundlich, »sind Sie der Seelenklempner-Freund?«

»Ja, das bin ich.«

»Ich bin Jackie. Ich sollte nach Ihnen Ausschau halten. Lassen Sie doch Ihren Wagen hier einfach stehen und lassen Sie den Schlüssel drin, ich kümmere mich schon drum.«

Ich dankte ihm und betrat das Atelier durch die Hintertür.

Es roch wie immer nach Lärchenharz und Sägemehl. Das Geräusch von Säge und Bohrmaschine war diesmal durch donnernde Akkorde und lauten, ein wenig krächzenden Gesang ersetzt worden, die von jedem Balken und jedem Brett widerhallten.

Ich ging in den Raum, in dem die Testverstärker standen, und sah Robin, eine staubige Schürze über ihren Arbeitskleidern, einen Kopfhörer in den Lokken. Sie sah einem hageren Mann zu, der wild auf einer raketenförmigen, über und über mit Silber und Glitter bedeckten elektrischen Gitarre herumspielte. Jedesmal wenn das Plektron die Saiten berührte, blitzte das Instrument auf und funkelte, und wenn der Mann auf einen gleich neben dem Steg angebrachten Knopf drückte, ertönte das Geräusch eines Raumschiffs, das gerade die Abschußrampe verläßt. Die Gitarre war an zwei riesige Verstärker angeschlossen, die auf größte Lautstärke gestellt waren. Das Instrument schrie und jaulte, während der hagere Mann auf dem Griffbrett hin und her fuhr. Die Fensterscheiben klirrten, und meine Ohren fühlten sich an, als explodierten sie gleich.

Als Robin mich sah, winkte sie mir zu. Ich konnte nicht verstehen, was sie sagte, las aber auf ihren Lippen, als sie mir entgegenkam, ein »Hallo, Liebling«. Der hagere Mann war ganz in seine Musik vertieft und hielt die Augen geschlossen. Es dauerte eine Weile, bis er mich bemerkte. Er ließ seine rechte Hand ruhen, worauf es im Atelier totenstill wurde. Robin nahm die Kopfhörer ab. Der Mann entfernte das Kabel zum Verstärker, steckte sich eine Zigarette zwischen die Lippen und legte das Instrument vorsichtig auf einen Ständer. Er strahlte.

»Sie ist phantastisch«, sagte er.

Er war ungefähr in meinem Alter, hohlwangig, blaß und hatte einen leicht gequälten Gesichtsausdruck. Sein Haar war schwarz gefärbt, lang und zottelig. Er trug über der eingefallenen, haarlosen Brust eine blaugrüne Lederweste und knallrote Fallschirmhosen.

Auf einer seiner knochigen Schultern war eine kleine rosafarbene Tätowierung zu sehen. Die Schuhe hatten hohe Absätze und paßten zu der Hose. Aus einer der Westentaschen hing eine halbe Packung Camel heraus. Er nahm die Zigarette aus dem Mund, drückte sie aus, nahm sich eine neue und zündete sie an.

»Billy, das ist Alex Delaware, Alex, Billy Orleans.«

Der Rockstar streckte mir seine lange, schwielige Hand entgegen und lächelte. Die Fingernägel seiner Rechten waren lang wegen des besseren Picking, in einen seiner oberen Schneidezähne war ein Diamant eingelassen.

»Sie sind also Alex, der Irrenarzt. Wir könnten Sie gut auf unserer Tournee brauchen, die Band ist in einem schlimmen Zustand.«

Ich lächelte zurück. »Ich bin eigentlich auf Kinder spezialisiert.«

»Das ist es ja gerade! Wie ich schon sagte, die Jungens sind vollkommen meschugge, albern und kindisch.«

Nun wandte er sich Robin zu und sagte:

»Fee mit den Zauberhänden, das Ding ist phantastisch, irgendwas müssen Sie noch am Hauptverstärker machen, damit die hohen Frequenzen besser durchschlagen. Bis wann kann das fertig sein?«

»Wäre es Ihnen am Dienstag recht?«

»Ja, ich fliege nach San Francisco, um meine Eltern zu besuchen, Freitag bin ich wieder hier, weil abends mein Konzert ist. Ich schicke Jackie oder einen von der Band vorbei, um das Instrument abzuholen. Und jetzt kommt der schöne Teil der Unternehmung.« Er öffnete den Reißverschluß einer der zahlreichen Taschen an seinen Hosen, und zog ein Bündel 100-Dollar-Noten heraus.

»Der schnöde Mammon«, sagte er, nahm etwa dreißig Geldscheine und gab sie Robin. Das Bündel wurde nicht sehr viel kleiner. »Ist es in Ordnung so?«

»Das sind dreihundert zuviel«, sagte Robin, zählte noch einmal nach und gab ihm drei Scheine zurück.

»Behalten Sie's, Leute, die so hervorragend arbeiten wie Sie, sind so selten. Außerdem kann ich's absetzen.«

Er ordnete die Geldscheine und schob das Bündel von einer Hand in die andere.

»Laufen Sie nicht damit auf der Straße rum«, sagte Robin.

Er lachte und steckte das Geld weg.

»Das wäre wohl ziemlich geschmacklos, oder?«

»Ich dachte eher daran, daß es gefährlich wäre.«

»Oh, natürlich, ich kann es mir vorstellen.« Er zuckte die Achseln. »Aber dafür habe ich ja Jackie. Er ist kugelsicher und schneller als eine Lokomotive. Zum Frühstück ißt er Nägel. Ich habe ihn nach der John-Lennon-Geschichte eingestellt, weil ich wie viele andere Leute Angst hatte. Früher hat er, glaube ich, im Dienst der Mafia Leuten die Knochen gebrochen. Für mich hat er bisher nichts anderes getan, als aufzupassen.«

Nachdem Robin ihm seine Quittung geschrieben hatte, gingen wir zur Tür.

»War nett, Sie kennenzulernen, Alex.«

Er nahm Robins Hand und küßte sie.

»Passen Sie gut auf Ihre Hände auf. In der heutigen Rock-Szene ist die Show das allerwichtigste. Ich werde noch mehr solcher Kunstwerke brauchen.« Er lächelte, und sein Diamant blitzte auf. »Jetzt geht's auf nach San Francisco zu einem Treffen mit Dr. und Mrs. Ornstein.«

Mir kam ein Gedanke.

»Billy«, sagte ich, »sind Sie in San Francisco aufgewachsen?«

»Genauer gesagt, in Atherton«, antwortete er.

Er hatte also in einem der betuchten Viertel außerhalb gewohnt.

»Haben Sie die Haight-Ashbury-Szene gekannt?«

Er lachte.

»Ich war zu dieser Zeit ein angepaßtes Bürgersöhnchen und wollte Kieferorthopäde werden wie mein Vater. So habe ich in den Sechzigern biologische Bücher auswendig gelernt. Warum fragen Sie?«

»Ich suche Informationen über ein paar Leute, die in einer Wohngemeinschaft auf dem Haight wohnten.«

Er schüttelte dem Kopf.

»Ich hatte mit der Szene gar nichts zu tun, aber ich könnte Ihnen jemanden sagen, der sich da auskennt. Roland Oberheim, Rolly O. Er ist Produzent, spielte früher Baßgitarre bei BIG BLUE NIRVANA. Erinnern Sie sich an die Gruppe?«

»Ich glaube schon. Sie spielten Sitars und harten Beat.«

»Genau, und Pop-Hinduismus. Sie bekamen mehrmals eine Goldene Schallplatte, dann gingen die Mitglieder auf den Egotrip, und die Gruppe zerfiel. Rolly war einer der Witzbolde, wie sie Ken Kesey beschreibt. Er nahm LSD und nannte sich Captain Trips. Er kannte alle Leute auf dem Haight. Jetzt wohnt er hier, hat ab und zu ein Engagement. Ich kann Sie mit ihm zusammenbringen, wenn Sie wollen.«

»Das wäre sehr schön.«

»Gut. Ich rufe ihn heute abend an und melde mich

dann bei Ihnen. Sollte ich es vergessen, rufen Sie bitte bei mir an. Robin hat meine Nummern.«

»Ich danke Ihnen.«

Er fuhr sich durch die Haare und ging.

Robin und ich sahen uns an.

»Rockin' Billy Ornstein?« sagten wir einstimmig.

Am nächsten Morgen fuhr ich wieder zu dem ehemaligen Fabrikgebäude. Diesmal war die Tür einen Spalt offen. Ich schob sie auf und ging hinein.

Drinnen sah ich eine breite Treppe aus Tannenholz und roch den Duft von Pesto. Oben auf dem Treppenabsatz war es noch dunkel. Ich konnte dennoch die liegenden Silhouetten von zwei Dobermännern erkennen, die meine Ankunft offensichtlich überhaupt nicht interessierte.

»Na, Ihr«, sagte ich und ging eine Stufe hinauf. Die Hunde sprangen auf die Füße und begannen zu knurren. Beide waren mit langen Ketten am Treppenpfosten festgemacht, schienen sich jedoch nicht unwohl dabei zu fühlen. Ich machte einen weiteren Schritt nach oben. Die Hunden fletschten die Zähne und bellten. Ihr Duett klang nicht gerade harmlos.

»Wer ist da? Was wollen Sie hier?« rief eine laute Frauenstimme, die aus dem Dunkel kam. Daraufhin beruhigten sich die Hunde und ich schrie:

»Ich suche Gary Yamaguchi.«

Eine Frau, die wie eine violette Birne aussah, stand hinter den beiden Hunden.

»Ist schon gut, meine Süßen«, sagte die Birne, »ihr seid zwei ganz liebe.« Die Hunde legten sich devot hin und leckten ihre Hände ab. »So ist's brav, meine Honigmäulchen, Mama mag es, wenn ihr so gut aufpaßt.«

Man hörte ein leises Klicken, und eine Glühbirne an der Decke ging an. Die Birne war Anfang Dreißig, ein wenig schlampig und schwergewichtig und mit einem violetten Kittel bekleidet. Ihr Haar war hennarot, das Make-up schien sie mit dem Spachtel aufgetragen zu haben. Sie stemmte ihre grübchenbesetzten Hände in die Hüfte und fragte:

»Was wollen Sie von ihm?«

»Ich heiße Alex Delaware. Er war vor ein paar Jahren mein Patient, und ich würde ihn gerne etwas über einen anderen meiner Patienten befragen, der mit ihm befreundet war.«

»Patient? Sind Sie denn Arzt?«

»Psychotherapeut.«

Sie wurde freundlicher.

»Ich mag Psychos. Meine ersten beiden Männer waren auch welche. Sind Sie verheiratet?«

»Ja«, sagte ich schnell, um Komplikationen zu vermeiden.

»Macht nichts, Sie können trotzdem raufkommen.«

Ich zögerte und zeigte auf die Dobermänner.

»Keine Angst«, sie lachte, »die fressen Sie erst, wenn ich es ihnen sage.«

Ich ging vorsichtig nach oben, mit leicht zitternden Knien.

Die Treppe endete auf einem großen Podest. Links war eine splittrige Tür, rechts ein offener Flur. Von dort drang intensiver Basilikumgeruch zu mir.

»Ich bin Randee Bogdan«, sagte die Frau, »mit Doppel-E.«

Wir gaben uns die Hand. »Kommen Sie herein, Dr. psych. Alex!«

Sie watschelte vor mir her durch eine Tür, die in einen weiteren Flur führte. Am Ende des Flures betraten wir eine riesige durchgehende Wohnfläche von etwa tausend Quadratmetern. Die Wände waren dunkelorange gestrichen, an der einen stand eine Vitrine mit auf Hochglanz polierten Schildkrötenpanzern; sonst waren die Wände kahl. Der Boden war schwarz lackiert, die Decke, durch die Licht hereinfiel, bestand aus einem Wirrwar von Röhren in grellem Pink. Das Mobiliar war erlesen, eine ausgewogene Mischung von Art Déco, Memphis und Altorientalisch: graue Chinavasen, helle, in Form und Größe aufeinander abgestimmte Tische, braungraue Couchen, ein großer Schrank aus Ebenholz mit Intarsien aus Perlmutt, eine mit seidenen Amaryllisblüten gefüllte Blumenschale. Im Ganzen war sehr viel Raum freigelassen, offenbar mit Absicht, es war ein kostspieliges Interieur.

Die Mitte des Raumes beherrschte eine perfekt eingerichtete Küche, makellos sauber und ganz aus glänzendem rostfreiem Stahl. An einer eisernen Halterung hing eine lange Reihe kupferner Töpfe. Umgeben war alles von einer Art Theke aus gehämmertem Metall, in deren Oberfläche Marmorplatten eingelassen waren, um Teig auszurollen. Auf einem neunflammigen Herd standen Töpfe und Pfannen, in denen es leise brodelte. Der Basilikumgeruch war fast betäubend. Randee mit den beiden E betrat die Küche, hob Deckel hoch und rührte hier und da. Sie probierte das eine oder andere, dann kippte sie einen Schwung irgendeines Gewürzes in eine der Speisen. Auf einem Regal fand ich einen Stapel mit silbrigrosa Karten, auf der stand: RANDEE, TRAITEUR mit einer Telefonnummer in Beverly Hills.

»Das ist mein telefonischer Bereitschaftsdienst«,

sagte sie und leckte einen Finger ab. »Für die bessere Gesellschaft, aber der Darm des Ganzen befindet sich hier. Entschuldigen Sie bitte die Ausdrucksweise.«

»Hat Gary nebenan gewohnt?«

»Ja, ja«, sagte sie zerstreut, während sie etwas auf ihrem Regal suchte, das sie nach sorgfältigem Hinschauen schließlich auch fand. Sie hob es in die Höhe. Es war ein Blatt Papier, das sie entfaltete. Dann las sie mir vor: »Für den Malibu-Abend von Mr. und Mrs. Chester (Chet) Lamm. Kalte Melonensuppe, Gänsebrustsalat mit Preiselbeeressig, Trüffeln mit geröstetem Brot, Klößchen von Hecht und Krabben, mariniertes Hähnchen mit frischen Pfefferkörnern, Pasta mit Pesto und schließlich leicht angebakkener Ziegenkäse und ein Gurken-Ananas-Sorbet, ein bißchen gewagt, was? Ist das nicht schauerlich? Kann man nichts machen, die Nouvelle-Cuisine-Fanatiker der feinen Gesellschaft wollen das so.«

Ich mußte lachen, und sie lachte zurück, wobei ihr Busen heftig wogte.

»Wissen Sie, was ich viel lieber kochen würde? Hamburger, ganz einfach und schlicht. Und dazu Pommes frites und einen normalen Salat, kein Radicchio, keine Endivien, nur ganz einfach unseren normalen Grünen.«

»Das hört sich gut an.«

»Das kriegt man nicht unter die Leute, die hundert Dollar pro Person zahlen.«

Sie stocherte mit einer Gabel in einer Pfanne herum, hinterher hingen die Zinken voll mit hellrosa Nudeln.

»Da, probieren Sie mal.«

Ich lehnte mich über die Theke und machte den

Mund auf. Das Zeug schmeckte vor lauter Basilikum ganz bitter.

»Ausgezeichnet«, sagte ich.

»Na klar, das Mädchen kann kochen.«

Sie gab mir weitere Kostproben. Selbst mit einem Riesenhunger hätte ich kaum Appetit darauf gehabt; nach dem prachtvollen Frühstück mit Robin am Morgen aber kam es einem Überfall gleich.

Nach weiteren unaufrichtigen Lobesworten für Randee und entsprechender Selbstbeweihräucherung ihrerseits, gelang es mir endlich, über Gary zu sprechen.

»Ja, er wohnte hier zusammen mit einer ganzen Schar anderer Freaks.«

»Wohnte?«

»Ja, ganz richtig, Vergangenheitsform. Letzte Nacht wurde hier eingebrochen, und er ergriff die Flucht. Solche Dinge passieren in diesem Viertel hier öfter. Deshalb habe ich auch eine Alarmanlage. Nachdem ich gestern abend eine Party bei A&M Records ausgerichtet hatte, kam ich nach Hause und sah, daß ihre Tür eingetreten worden war. Bei mir war kein Alarm ausgelöst worden, aber zur Sicherheit rief ich meine Eltern an und lieh mir Barischnikow und Nurejew aus. Nur zur Sicherheit. Es sind echte Killerhunde. Letztes Jahr haben sie meine Eltern vor einem Einbruch bewahrt. Ich habe heute extra die Tür offengelassen – für den Fall, daß die Typen zurückkommen und ich die beiden Süßen auf sie hetzen kann.«

»Wann kamen die Freaks denn nach Hause?«

»Um zwei etwa. So wie sie es immer machen: Sie schlafen bis Mittag, dann stellen sie sich vor das Biltmore und betteln, dann kommen sie heim und feiern bis zum nächsten Morgen. Ich steckte meinen Kopf durch die Tür und beobachtete, wie sie sich stritten. Ihr Schäfchen sah ziemlich verschüchtert aus.«

»Haben Sie eine Ahnung, wo er hin ist?«

»Nein. Sie haben hier in Scharen gehaust, wild durcheinander – das Haus gehört einem ihrer Väter –, sie kamen und gingen, wie sie wollten. Sie zogen durch die Gegend, machten kaputt, was ihnen in den Weg kam, und hielten sich für echte Bohemiens.«

»Künstler?«

»Wenn die Künstler sind, dann ist das Zeug da auf dem Herd Spitzenküche. Nein, sie sind nichts als kleine, unreife Kinder, die Nihilisten spielen. Diese Punk-Ideen, Sie wissen schon: Das Leben ist sinnlos, deshalb stecken sie sich Nägel ins Haar und nehmen Speed, denn Papa zahlt ja. Als ich ins College ging, war ich genauso. Sie nicht?«

Ich hatte am College tagsüber gearbeitet und war nur nachts häufiger unterwegs gewesen. Deshalb gab ich ihr keine Antwort, sondern stellte eine neue Frage:

»Haben sie sehr viel Speed genommen?«

»Ich denke schon. Das machen doch alle Punks so.«

Sie drehte die Flamme unter einem Kochtopf kleiner. Mir fiel ein, daß Gary sich gegenüber Josh gerühmt hatte, als Künstler Erfolg zu haben, und sagte:

»Er hat jemandem erzählt, daß er in einer Galerie im Zentrum eine Ausstellung hat. Wissen Sie, wo das sein könnte?«

Sie legte den Finger an die Lippen und leckte daran.

»Ja, er hat mir davon erzählt. Wir trafen uns eines Abends im Hausflur, und er sagte mir, daß er mein

Essen abscheulich findet – so ein kleines Ekel ist er. Ich sagte ihm, er könne mir im Mondschein begegnen. Das gefiel ihm. Er lächelte und gab mir einen Handzettel, eine Art Einladung zu seiner Ausstellung. Er gehört zu den Pseudokünstlern, die ihren Kram in der Galerie *Voids will be Voids* ausstellen. Ich sagte zu ihm: ›Na, das ist ja toll, aber du bist und bleibst für mich ein kleiner Idiot.‹ Auch das gefiel ihm, und er antwortete mit irgendeiner Anzüglichkeit.« Sie schüttelte den Kopf. »Können Sie sich vorstellen, daß ich mit einem dieser kleinen Nichtsnutze schlafe? Schauriger Gedanke.«

Ich fragte sie, wie viele Jugendliche in der Wohnung gewohnt hätten.

»Er und seine Freundin, ein blondes Mädchen aus Valley, das sah man ihr gleich an. Sie war bestimmt gerade erst vierzehn. Dann war da noch Richard, der reiche Muttersohn, dessen Vater das Haus gehört, dann dessen Freundin und noch ein paar ausgesuchte Flippies. Letzte Woche waren nur Yamaguchi und die Blonde hier, weil Richard mit den Flippies in Urlaub gefahren war. Was wollen Sie denn eigentlich von ihm?«

»Ich brauche ein paar Informationen.«

»Zählen Sie nicht auf ihn. Diese Art von Jugendlichen interessiert sich nicht dafür, anderen zu helfen.«

Ich sagte, daß sie wahrscheinlich recht hätte und dankte, daß sie mich hereingelassen hatte.

»Würde es Ihnen etwas ausmachen, wenn ich mir seine Wohnung mal ansehe?«

»Was hab ich damit zu tun?«

»Könnten Sie auf Nurejew und Barischnikow aufpassen, solange ich dort bin?«

»Na klar. Aber sie sind sowieso ganz lieb.«

Ich verließ ihre Wohnung, und sie rief mir nach: »Ich hoffe, daß Sie Schnupfen haben.«

Wenige Augenblicke später wurde mir klar, was sie gemeint hatte. In der Wohnung roch es wie in einem heruntergekommenen Obdachlosenasyl. Überall lagen ekelhaft verschmutzte Kleider herum, Essensreste und gräßliche Flecken zierten den Boden. Die Toilette war verstopft und bräunliches Wasser lief in Rinnsalen auf den Holzboden. Die Möbel, sofern man es so nennen konnte, waren aus Sperrholz und Sägeböcken zusammengehauen. Die Einbrecher hatten das, was noch heil gewesen war, endgültig in Stücke gehauen. Auf einer Werkbank stand eine Lötlampe, daneben lagen Metallteile und Schablonen, Fischgräten, eine Barbiepuppe ohne Kopf – ich sah ihn dann daneben liegen – und angeschmolzene Plastikteile. Eine Ecke des Raums war ganz durch Stapel von moderigen, alten Zeitungen verdeckt. In einer anderen lagen Unmengen von alten Keksdosen mit Küchenschaben und leere Mineralwasserdosen. Ich sah mich eine Weile um, aber ich fand nichts, und dann überkam mich heftige Übelkeit.

Ich verließ den Raum, wieder schlug mir Basilikumgeruch entgegen, ich rief auf Wiedersehen und ging steif an den Dobermännern vorbei. Sie schienen zu grinsen und knurrten leise, aber sie rührten sich nicht, als ich die Treppe hinunterging. Als ich draußen war, mußte ich erst mal nach Luft schnappen, selbst der Smog erschien mir angenehm.

Während ich den Seville aufschloß, legte plötzlich jemand die Hand auf meine Schulter. Ich drehte mich schnell um und sah, daß es einer der Clochards war. Seine zerfetzten Kleider waren so schmutzig, daß sie zu seiner ungewaschenen Haut paßten. Man konnte nicht sehen, wo die Kleider begannen und die Haut aufhörte, und so wirkte er wie eine nackte Kreatur, die in irgendeinem Kellergewölbe haust.

Das Weiße in seinen matten, trübblickenden Augen war ganz gelb. Er konnte vierzig aber auch achtzig sein, hatte keine Zähne mehr, ging gebeugt und war ausgezehrt, der Bart in seinem hohlwangigen Gesicht schien aus Draht zu sein. Auf dem Kopf trug er eine speckige Skimütze, die bis über die Ohren reichte. Darauf war ein Button mit der Aufschrift I LOVE YOU L. A. festgesteckt. Das Wort LOVE war durch ein Herz ersetzt.

Der Mann schlug sich auf die Knie und lachte. Sein Atem roch nach Muskateller und ranzigem Käse. Ich zuckte zusammen. Die reinste Geruchsfolter war das heute morgen.

»Du bist häßlich!« blökte er.

»Danke«, antwortete ich und trat ein paar Schritte zurück.

»Wirklich sehr häßlich.«

Ich wandte mich ab, aber da lag schon wieder die Hand auf meiner Schulter.

»Es reicht«, sagte ich verärgert und schob die Hand weg.

Er lachte noch lauter und begann zu tänzeln.

»Häßlich, häßlich!« rief er immer wieder.

Ich drehte den Schlüssel im Schloß. Er kam näher. Meine Nasenflügel zogen sich zusammen.

»Häßlich, ja das bist du und reich außerdem!«

Jesus, war das ein Tag! Ich faßte in meine Tasche und gab ihm all mein Kleingeld. Er betrachtete es prüfend und lächelte wirr.

»Wirklich häßlich, und ein echter Reicher! Ich hab was für dich, wenn du auch was für mich rausrückst.«

Er hauchte mich an und machte keinerlei Anstalten zu gehen. Zwei andere Clochards, die schon vom Alkohol ganz benebelt waren, nahmen uns überhaupt nicht wahr. Zwei junge Mexikaner kamen vorbei und lachten. Er kicherte und kam noch näher. Ich hätte ihn zur Seite schieben können, aber dann wäre er wahrscheinlich gleich gestürzt, so schwächlich war er.

»Was wollen Sie?« fragte ich ärgerlich.

»Sie suchen nach dem kleinen Jappi mit den Nägeln im Haar, stimmt's?«

»Woher wissen Sie das?«

»Du bist häßlich und nicht hübsch.« Er klopfte sich auf seine eingefallene Brust, »aber Mudpie ist hübsch.«

Er streckte mir feierlich die Hand entgegen, eine mokkafarbene Scheibe mit schwarzen Linien durchsetzt.

»Also gut, Mudpie«, sagte ich, zog meine Brieftasche heraus und gab ihm einen Fünfdollarschein. »Was wollen Sie mir erzählen?«

»Scheiße«, sagte er, nahm den Schein und ließ ihn schnell irgendwo in seinen Lumpen verschwinden, »dafür kann ich dir ein Lied vorsingen und ein bißchen tanzen. Du bist reich und häßlich, warum gibst du Mudpie nicht, was er verdient?«

Nachdem er zehn Dollar bekommen, einige Sekunden gezögert und noch ein wenig zu Feilschen versucht hatte, rückte er endlich mit der Sprache heraus:

»Gestern bist zuerst du gekommen, und jetzt bist du wieder hier und schnüffelst herum. Aber du bist nicht der einzige, da sind noch zwei Knaben, die auch den Japs suchen. Sie sind häßlich, aber nicht so wie du. Sie sind echt häßlich. Die haben immer ihren Stock dabei.«

»Wie viele sind es?«

»Zwei.«

»Wann waren die hier?«

»Nachts, vielleicht Mitternacht, vielleicht vorher.«

»Letzte Nacht?«

»Scheint so.«

»Fuhren sie ein Motorrad?«

»Vielleicht.« Er zuckte die Achseln.

»Sie haben nicht gesehen, womit sie gefahren sind?«

»Mudpie hat Angst, sie sehen aus wie Nazis.«

»Mudpie, erinnern Sie sich sonst an irgend etwas, vielleicht wie groß sie waren, die Art, wie sie redeten?«

Er nickte finster.

»Ja, das weiß ich genau.«

»Und wie sind sie?«

»Häßlich.«

Ich rief Milo von einer Telefonzelle in Little Tokio an. Er war nicht da, und so hinterließ ich eine Nachricht. Ein Telefonbuch, von dem nur noch die Hälfte übrig war, baumelte an einer Kette. Es war zum Glück die richtige Hälfte, und so fand ich die Nummer von *Voids will be Voids* in der Los Angeles Street. Ich rief in der Galerie an, aber dort hörte ich nur den Anrufbeantworter. Eine träge Männerstimme erklärte, daß die Galerie erst um vier Uhr öffne. Ich hatte noch sechs Stunden Zeit. Ich aß beim Chinesen und fuhr in die Public Library auf der Fünften Straße. Um halb eins saß ich am Mikrofilmgerät und suchte ganze Jahrgänge von Zeitungen durch. Ich brauchte eine

Weile, bis ich mit dem Gerät zurechtkam, aber dann hatte ich sehr schnell gefunden, was ich suchte.

19

Die Hochzeit zwischen Miss Antoinette Hawes Simpson aus Pasadena mit Colonel John Jacob Cadmus aus Hancock Park nahm in der Ausgabe vom 5. Juli 1947 in der Rubrik »Gesellschaftliche Ereignisse« der *Los Angeles Times* einen breiten Raum ein. Neben einer begeisterten Schilderung der Hochzeitsfeierlichkeiten, die im Rosengarten der von den Neuvermählten gebauten Prachtvilla stattgefunden hatten, war ein großes Foto zu sehen; es war darauf ein Bilderbuchpaar zu sehen, ein hochgewachsener Bräutigam mit gepflegtem Schnurrbart und breiten Kinnladen, die Braut zehn Jahre jünger, tiefschwarzes Haar, sanft wie ein Renoir-Porträt und mit einem Strauß weißer Teerosen, den sie scheu gegen ihre Brust drückte. Zu ihren Begleitern gehörten ein Stadtrat, ein Senator und ein paar ausgewählte Nachkommen. Ein gewisser Major Horace Souza, Esq. hatte die Brautjungfer begleitet, die Schwester der Braut, Lucy, die er – so behauptete der Reporter – erst kürzlich auf dem Debütantinnenball in Las Flores kennengelernt hatte.

Die Bekanntschaft zwischen Souza und der Cadmus-Familie ging also weit über das Berufliche hinaus, was allerdings nicht unüblich ist. Wohlhabende Familien pflegen durchaus auch solche Beziehungen zu Leuten, die für sie arbeiten. Bislang aber hatte ich keinerlei Anzeichen dafür entdeckt, daß eine Liebesaffäre mit im Spiel gewesen sein könnte. Souza war hochgefahren, als ich ihn danach gefragt hatte, und ich hatte überlegt, ob seine heftige Reaktion allein durch Verletzung der Privatsphäre hervorgerufen worden war. Vielleicht steckte noch mehr dahinter, möglicherweise unerwiderte Liebe.

Ich fand noch weitere Mikrofilmrollen und suchte darauf nach weiteren Belegen für eine Verbindung von Souza und Lucy. Zunächst war meine Suche vergeblich, keiner von beiden wurde erwähnt, aber in einer Zeitung vom Juni 1948 fand ich etwas, das meine Vermutung weiter bestätigte: Die Ankündigung der Hochzeit von Lucy mit Dr. John Arbutnot aus New York City in Newport, Rhode Island.

Einen Moment lang genoß ich meinen Erfolg als Schreibtisch-Detektiv, aber dann fiel mir ein, daß ich nicht wegen Souzas Liebesleben hergekommen war. Ich mußte einen anderen Geist zum Leben erwecken, den einer anderen Simpson-Tochter, einer finsteren, gequälten Person. Nach Meinung des Anwalts die Spenderin eines schädlichen Erbfaktors, der Jameys Chromosomen geschädigt hatte.

Ich sah noch einmal alle Filme nach Hinweisen auf Antoinette durch. Nichts deutete auf eine psychische Krankheit hin, und ich war deshalb nicht weiter überrascht. Die Ankündigung ihrer Verlobung für den nächsten Frühling, in den Jahrgängen davor die übliche Prahlerei mit Coming-Out-Partys, Wohltätigkeitsbällen, und dem karitativen Getue, das man von einer jungen Dame der Gesellschaft erwartet.

In einer Notiz vom September 1946 fand ich schließlich die Beschreibung einer nächtlichen Party auf einer Yacht, die von San Pedro bis Catalina gefahren war.

Die Fahrt war zugunsten verwundeter Kriegsveteranen veranstaltet worden. Die Gästeliste war aus dem Who is Who von Los Angeles abgeschrieben, und erwähnt wurde auch »die schöne Miss Antoinette Hawes Simpson, die die ganze Nacht hindurch mit ihrem Verehrer Major Horace A. Souza, Esq., tanzte, der gerade von der Front in Europa zurückgekehrt ist«.

Ich war zuerst verwirrt, dann suchte ich weiter und fand noch drei andere Artikel, in denen die spätere Mrs. Cadmus und Mr. Souza als das Paar der Zukunft beschrieben wurden. Alle waren im Sommer '46 erschienen, und nach dem Reporter zu urteilen, war es eine ernste Verbindung. Sie hielten Händchen auf einer Siegerehrung in Santa Anita, nahmen an einem Sektfrühstück in der Hollywood Bowl teil, aus der mit Klimaanlage gekühlten Halle des Albacore Club beobachteten sie gemeinsam das Herannahen der Flut an einem heißen Augusttag. Aber mit Ende des Sommers war offenbar auch ihre Romanze zu Ende gegangen, man hörte nichts mehr von Antoinette in männlicher Begleitung bis zu der Ankündigung ihrer Verlobung mit Jack Cadmus einige Monate später.

Unerfüllte Liebe auch hier.

Souzas Beziehung zur Familie Cadmus war also doch verworrener, als ich gedacht hatte. Wie war es gekommen, daß er vom Freier zum Zuschauer wurde? Hatten die beiden Männer als Rivalen um die Hand des Mädchens geworben, oder war Cadmus nur der Erblasser einer gestorbenen Liebe gewesen? Sicherlich war Souza einer der wichtigsten und besten Mitarbeiter von Cadmus, sonst hätte es wohl kaum eine weitere Verbindung zwischen ihnen gegeben. Aber ganz ohne Wettkampf konnte das nicht vor sich gegangen sein. Vielleicht war Souza der Sieg von Cadmus, den er verehrte, rechtens erschienen: der

Bessere hatte gewonnen. Eine solche Erklärung wäre logisch für jemanden, der keine hohe Meinung von sich selbst hat, Souza jedoch erschien mir alles andere als komplexbeladen. Man weiß natürlich nicht, welche Entwicklung ein Mensch in mehreren Jahrzehnten durchläuft, aber ich konnte mir gut vorstellen, daß der Anwalt damals ein Riesenangeber gewesen war.

Er hatte nun Jack Cadmus zum Halbgott erhoben und Antoinette zu einer kränklichen Mißgeburt erklärt, die auf Grund ihres Erbguts für die Krankheit ihres Enkels und indirekt auch für seine Verbrechen verantwortlich war. War dies die Folge einer nie verheilten Wunde, oder hatte Souza seinen Schmerz überwunden, so daß er die Dinge objektiv beurteilen konnte? Ich überlegte hin und her, ohne zu einem Ergebnis zu kommen. Diese Ereignisse lagen alle weit zurück, und ich hatte große Zweifel, daß sie etwas mit Jameys Notlage zu tun hatten.

Ich sah mir noch weitere Mikrofilme an. Ich fand nichts über eine Verbindung von Peter Cadmus mit Margaret Norton, genannt Margo Sunshine. Dwights Heirat mit Heather Palmer hingegen hatte einiges Aufsehen erregt, obwohl die Feier in Palo Alto stattgefunden hatte. Die Braut hatte einen ziemlich bedeutenden Stammbaum. Ihre Mutter war Mitglied der DAR* gewesen, ihr Vater war als Diplomat in Columbia, Brasilien und Panama gewesen, wo auch die spätere Mrs. Cadmus zur Welt gekommen war. Aber das wußte ich alles schon.

Ich gab die Filme zurück und verließ die Biblio-

* DAR = Daughters of the American Revolution, patriotische Frauenvereinigung.

thek um Viertel vor vier. Der Verkehr in die Innenstadt ist zu dieser Zeit immer zähflüssig, diesmal aber stockte er vollkommen. Straßenarbeiter in orangen Westen rissen den Asphalt auf – irgendein Unternehmer mußte gute Beziehungen zum Rathaus haben – überall waren in beinahe sadistischer Willkür Umleitungsschilder angebracht. Die halbe Meile bis zur Los Angeles Street kostete mich vierzig Minuten, und als ich dort ankam, war ich aggressiv und angespannt. Die richtige Haltung, um mir Kunst im New-Wave-Stil anzusehen.

Die Fassade von *Voids will be Voids* war ein Stockwerk hoch, mit einer dünnen Schicht Schwarz gestrichen, daß eher wie schwarzgeädertes Grau wirkte. Die Art, wie der Name geschrieben war, schien mir ein Beispiel für Anti-Schrift zu sein, schwarze krakelige Buchstaben auf türkisfarbenen, die Fenster bedeckenden Sperrholzplatten, von Schmutz überkrustet. In den übrigen Gebäuden der Straße waren Kleidergroßhändel untergebracht, und vor ihrer Berufung zu künstlerischen Zwecken schien mir auch die Galerie als Discount-Shop gedient zu haben. Die meisten Läden waren zu oder schlossen gerade, düstere Fassaden hinter Metallgittern. Einige waren noch offen und hatten, um Geschäftemacher anzulocken, die Gehsteige mit Kleiderständern voller billiger Klamotten zugestellt. Ich stellte meinen Wagen auf einem U-förmigen Parkplatz ab und betrat die Galerie.

Mir fiel sofort die häßliche, völlig unausgewogene Einrichtung auf. Der Boden war mit schmutzigem Linoleum ausgelegt, überall lagen Zigarettenstummel, ein Geruch von alten Kleidern lag in der Luft. Die Decke war niedrig und mit einer Farbe gestrichen, die an verschimmelten Hüttenkäse erinnerte. Die angeblichen Kunstwerke hingen hier und da von unverputzten Wänden herab, von oben fiel aus Beleuchtungsröhren fluoreszierendes Licht darauf, manche Objekte waren hell, andere lagen im Dunkel. Aus primitiven Stereoboxen drangen Klänge, die sich wie Paarungstänze von Robotern anhörten, Quietschen und Gewinsele von Synthesizern, dazu unregelmäßiges Schlagen einer Metalltrommel. In der hinteren rechten Ecke saß ein Mann hinter einem Pult, der vor sich hin träumte und Zeitungsartikel ausschnitt. Er hatte mich gar nicht bemerkt.

Das Zeug an der Wand war grob und häßlich, es fehlte jede höhere Inspiration. Sicher würden ein paar Kunstkritiker darin eine urtümliche, bedeutungsvolle Roheit und pulsierende jugendliche Feindseligkeit erkennen, mein ungeübtes Auge erkannte nichts als das, was David Krohnglass schon vermutet hatte: Kunst in der Art von »Des Kaisers neue Kleider«.

Von einem gewissen Scroto hing eine Serie von Bleistiftzeichnungen an der Wand, Strichmännchen und grobe Linien. Die Bilder waren auf dem Entwicklungsstand eines vierjährigen Kindes, allerdings hatte ich noch kein Kind dieses Alters getroffen, das munter und fröhlich Raub und Körperverletzung von Straßengangs gemalt hätte. Die Zeichnungen waren auf weichem, billigem Papier angefertigt, so dünn, daß es an manchen Stellen gerissen war. Vielleicht war es künstlerische Absicht, wer weiß. Die Rahmen waren prächtig – vergoldet und verziert, wie im richtigen Museum.

Eine zweite Serie waren Porträts von Männern mit Kegelköpfen in Acrylfarben. Ihr Gesichtsausdruck war idiotisch, und sie besaßen alle einen riesigen Penis in Salamiform. Der Künstler nannte sich Sally Vador Deli und hatte das L mit einer kleinen grünen Gurke dargestellt. Neben den Salami-Männern stand eine Skulptur aus einer Aluminiumstange, die offenbar von einem Schiffsmast stammte. Sie war mit Papierschnitzeln und Drahtstücken verziert und hieß *Arbeitsmoral*. Darüber hing eine riesige mit Schellack überzogene Collage aus Zeitungsschnipseln, vor allem Pornoausschnitte aus dem *Hustler*.

Gary Yamaguchis Werke befanden sich im hinteren Raum. Er nannte sich als Künstler Garish, und seine Bilder waren zumeist Szenerien mit Barbie- und Ken-Puppen sowie bestimmten Gegenständen, die vor einem Hintergrund aus durchsichtigem Plastik arrangiert waren. Auf einem war ein amerikanisches Durchschnittsehepaar dargestellt, das in der Bauchhöhle eines verfaulten Fisches sitzt, in dem es von Maden wimmelt. Untertitelt war es *Heute gehen wir in Japtown essen: Sashimi Trashimi*. Ein weiteres Bild zeigte zwei Puppenpärchen, die ohne Kopf in einem roten Cabriolet saßen, die vier Köpfe waren sorgfältig auf der Motorhaube aufgereiht, eine große pilzförmige Wolke färbte den Hintergrund schwarz: *Doppelrendezvous mit fröhlichem Petting. Hiroshima-Nagasaki*. In einem dritten Bild war Barbie als Asiatin gekleidet – mit einer schwarzen Geisha-Perücke, schwarzen Schrägstrichen um die Augen, in einem Kimono aus Alufolie. Breitbeinig saß sie auf einer Bettkante, rauchte und las in einem Buch, Ken, der heiß bemüht ist, ihre Plastikschenkel zu küssen, schenkte sie keinerlei Beachtung. *Oh, Lookie-Lookie! Kabookie Nookie!* hieß das Bild.

Aufmerksam wurde ich bei Garys größtem Kunstwerk, einem Würfel aus Kunststoff, 50 cm in Länge,

Breite und Höhe. Darin hatte Gary das Schlafzimmer eines Jugendlichen aus den sechziger Jahren dargestellt: Liebesbriefe in Form kleiner mit Lippenstift bemalter Papierstücke, Fußballwimpel aus kleinen dreieckigen Filzstückchen, eine Beatles-Briefmarke als Poster. Auf dem Fußboden lagen fingerhutgroße Pillendöschen, winzige Fotos von Barbie und ein überdimensional großes Buch mit Ledereinband, auf dem mit lavendelfarbener Tinte DIARY geschrieben stand.

Mittelpunkt der Szenerie bildete eine Ken-Puppe, die an einem Dachsparren aufgehängt war, um den Hals eine Schlinge. Überall war als Blut rote Farbe verspritzt. Es schien, als hätte der Künstler ein bloßes Erhängen zu harmlos gefunden, und deshalb stak im Bauch der Puppe ein Spielzeugmesser. Falls der Zuschauer immer noch nicht begriffen hatte, hing ein Schwarm blutigen Gedärms bis zu den Füßen des Toten herunter. Es bestand aus Klebe, die aus einer Tube gepreßt worden war, und war mit Lack bestrichen, der wie Schleim wirkte. Die Wirkung war erschreckend echt.

Der Titel, den dieses ausdrucksvolle Objekt trug, lautete: *Oh, Deary, Runde-Augen-Harakiri: Die verwerfliche Tat.* Preis: 100 Dollar.

Ich ging zu dem Mann am Pult hinüber. Er hatte kurzes schwarzes Haar mit hellbraunen Strähnen oben und grellem Blau auf den Seiten. In den Ohren steckten Sicherheitsnadeln, an denen elfenbeinerne Ohrringe hingen. Sein Gesicht war hager und hatte etwas Raubtierhaftes, seine Augen waren klein und leblos. Er war ungefähr Ende Zwanzig, eigentlich zu alt für solchen Teenager-Protest. Ich fragte mich, was er wohl gemachte hatte, bevor er in dieser Galerie Arbeit gefunden hatte.

Er zeichnete gerade Dreiecke, schnitt sie aus und ignorierte mich.

»Ich interessiere mich für einen Ihrer Künstler«, sagte ich.

»Hmm.«

»Garish.«

Ein kurzes Schnauben.

»Da müssen Sie mit dem Besitzer sprechen. Ich sitze nur hier, um aufzupassen.«

Ich erkannte die Stimme von Telefon wieder.

»Wer ist der Besitzer?«

»Ein Arzt aus Encino.«

»Wann kommt er her?«

Er zuckte lässig die Schultern und gähnte dazu.

»Niemals.«

»Was, er kommt überhaupt nicht in seine Galerie?«

»Nein, das ist nur so 'ne Art Hobby für ihn.«

Oder eine Möglichkeit, Steuern zu sparen.

»Ich komme nicht so oft in diese Gegend«, sagte ich, »könnten Sie ihn vielleicht anrufen und ihm sagen, daß ich mich für eines von Garishs Bildern interessiere?«

Er blickte auf, starrte mich an und reckte sich. Ich erkannte Nadeleinstiche auf seinen Armen.

»Das mit der Selbstmordszene«, fuhr ich fort. »Die verwerfliche Tat. Auch würde ich gerne mit dem Künstler sprechen.«

»Bilder.« Er grinste. Sein Mund war in schlimmem Zustand. Er hatte kaum noch Zähne, und die restlichen waren angefressen und braun. »Das ist Leben, Mann. Abfall. Aber keine Bilder.«

»Ist ja egal. Würden Sie bitte jetzt telefonieren?«

»Ich soll das nicht. Er operiert fast immer, ich darf nicht stören.«

»Wie wäre es mit einem Hunderter, tun Sie es dann?« Ich zog meine Brieftasche hervor.

Jetzt wurde er erst recht störrisch.

»Ach so, die Masche, Portemonnaie auf – Klappe auf.« Er tat gleichgültig, aber seine Augen waren schon ganz gierig, und er hielt mir seine ungewaschene Hand hin. »Wenn Sie schon mit solchen Tricks rangehen, will ich aber zweihundertfünfzig haben.«

»Es gehört zur Abmachung, daß ich mit Garish reden kann. Machen Sie ihn ausfindig, und die Sache ist klar.«

»Hier ist die Galerie *Voids* und kein zwielichtiges Detektivbüro für verschwundene Flippies.«

»Wenn er um sechs hier ist, steigt der Preis auf hundertfünfzig.«

Er fuhr sich mit der Zunge über die Lippen und klopfte mit dem Bleistift auf den Pultdeckel.

»Sie glauben wohl, Sie können mich kaufen, was?«

»Sicherlich.«

»Ich soll wohl in Ihrem Stück mitspielen, was?«

Ich tat, als hätte ich nichts gehört und gab mich gelassen.

»Ich kann ihn auch ohne Sie finden«, sagte ich, »aber ich will ihn heute treffen. Wenn Sie das hinkriegen, gehören die Hundertfünfzig Ihnen.«

Er wiegte seinen buntgestreiften Kopf hin und her.

»Woher soll ich wissen, wo der Kerl ist?«

»Sie haben doch seine Sachen hier in Kommission. Wenn ich das Objekt kaufe, muß ich ihm doch seinen Anteil geben. Ich bin ziemlich sicher, daß Sie ihn ab und zu sehen.«

Er zog die Stirn in tiefe Falten. Ich fragte mich, ob er schon je etwas verkauft hatte.

»Sehen Sie zu, daß er um sechs hier ist«, sagte ich,

»richten Sie ihm aus, daß Alex Delaware *Die verwerfliche Tat* kaufen und mit ihm reden will.«

Er schüttelte den Kopf.

»Ich gebe keine Nachrichten weiter. Wie soll ich mir denn das alles merken?«

»Delaware«, sagte ich langsam, »wie der Bundesstaat. Er kennt mich.«

Er zuckte die Schultern, als gäbe er sich geschlagen, und ich verließ die Galerie mit der Gewißheit, daß er für das Geld einiges in Bewegung setzen würde.

Am Parkplatz fand ich eine Telefonzelle, aus der man die Tür herausgerissen hatte. Verkehrslärm übertönte den Signalton fast. Ich hielt mir ein Ohr zu und hörte meinen Anrufbeantworter ab. Milo hatte mir eine Nummer durchgegeben, unter der ich ihn erreichen konnte.

Ich erwischte ihn noch gerade, bevor er das Bezirkskrankenhaus verließ.

»Wie ich höre, hat sich dein Knabe ganz schön zugerichtet«, sagte er.

»Es war gräßlich. Er muß sehr verzweifelt gewesen sein.«

»Schuld könnte auch ein Motiv sein«, sagte er prompt, aber seine Grobheit war nicht echt, und seine Stimme wurde freundlicher. »Was hast du auf dem Herzen, Alex?«

Ich erzählte ihm, daß zwei Rocker in Garys Wohnung eingebrochen waren.

»Aha, interessant, und das weißt du alles von dem Clochard?«

»Er war schlauer, als er aussah.«

»Ich sage ja gar nichts dagegen, ich habe hervorragende Informanten unter Säufern.« Nach einer Pause sagte er: »Du siehst also einen Zusammenhang zwischen dieser Geschichte und dem, was ich dir erzählt habe über Verbindungen zwischen den Opfern des Lavendelschächters und Rockern.«

»Eigentlich sieht es nach Zufall aus.«

»Alex, ist Gary Yamaguchi eigentlich Punker?«

»Ja.«

»Das heißt, daß er mit ziemlicher Sicherheit Drogen nimmt, Schnüffelstoff und Speed. Rocker sind bei uns in Kalifornien die Hauptquelle für illegalen Speed. Sie nennen das Zeug *Crank*. Man braucht keinen hohen IQ, um es aufzubereiten.

Yamaguchi hat wahrscheinlich bei ihnen gekauft und nicht rechtzeitig gezahlt.«

»Er hat als Dealer gearbeitet«, sagte ich.

»Noch besser. Dann war es ein Geschäft unter Dealern, das schiefgegangen ist. Die Lederjungs rechnen solche Sachen nicht nach Verdienst oder Verlust, sondern lieber mit Gewalt ab.«

»Ja«, sagte ich, »ich wollte nur, daß du es weißt.«

»Danke, daß du angerufen hast. Wenn du wieder etwas erfährst, hab keine Hemmungen, bei mir anzuklingeln, allerdings nur, wenn Souza nicht herauskriegt, daß du mit dem Feind fraternisierst.«

Ich überlegte, ob ich ihm von dem Kunstwerk *Die verwerfliche Tat* erzählen sollte, aber ich wußte, daß er es als das Machwerk eines Pseudokünstlers bezeichnen würde, der seine Vorstellungen von Mord aus der Zeitung entlehnt. Deshalb sagte ich lieber:

»Souza hat mich heute morgen gefeuert.«

»Hat wohl keine Verwendung mehr für dich?«

»Sieht so aus.«

»Leuchtet ein. Dem Jungen geht es seit seiner Inhaftierung zunehmend schlechter, und durch den Selbstmordversuch gibt es wohl genügend Argumente, die für Verhandlungsunfähigkeit sprechen. Mit der richtigen Verzögerungstaktik wird Souza vielleicht erreichen, daß es nie zur Verhandlung kommt.«

»Was für eine Verzögerungstaktik?«

»Papierkram. Ein Aufschub nach dem anderen.«

»Wie lange kann so ein Spiel gehen?«

»Ein Mann wie Souza wird, wenn man ihn gut genug bezahlt, sogar Aufschub für den Sonnenaufgang erreichen. Ist der Junge erst mal lange genug aus den Schlagzeilen raus, interessiert sich kein Mensch mehr für den Fall. Gute Methode, findest du nicht?«

»Wunderbar.«

»Mach dir nichts draus, Kumpel. Raus lassen werden sie Cadmus auf keinen Fall. Aber er wird in eine Zelle mit Gummiwänden verlegt werden.«

»Das nehme ich auch an.«

»Jetzt, wo wir nicht mehr zu feindlichen Gruppierungen gehören, könnten wir eigentlich mal zusammen essen gehen und ein wenig plaudern.«

Seine Stimme klang munter, deshalb fragte ich:

»Zu zweit oder zu viert?«

»Zu viert. Er hat angerufen, und morgen kommt er zurück.«

»Das freut mich für dich, Milo.«

»Ja, das weiß ich. Danke, daß du mir geholfen hast, als es mir dreckig ging.«

»War doch selbstverständlich.«

Kurz vor Anbruch der Dunkelheit kehrte ich zu *Voids will be Voids* zurück. Als der Buntgestreifte mich sah, sprang er auf und wackelte nervös mit dem Kopf.

»Alles in Ordnung?« fragte ich.

Er zeigte auf die weiße Fläche an der Wand, wo *Die verwerfliche Tat* gehangen hatte.

»Nachdem Sie gegangen waren, kam einer und machte ein höheres Angebot.«

»Ich dachte, wir hatten ein Abkommen.«

»Na ja, ich bin ein freier Unternehmer.«

»Wer hat es gekauft?«

»Ein Herr mit Anzug.«

»Beschreiben Sie ihn genauer.«

»Mehr weiß ich nicht, ich sehe mir nie Gesichter an.«

»Wieviel hat er gezahlt?«

»Wozu wollen Sie das wissen? Wenn Sie solches Zeug mögen, kaufen Sie sich doch ein anderes Bild.«

Ich hätte ein Drama aus der Sache machen können, aber eigentlich war der Kauf der Skulptur ja nur ein Mittel gewesen, um an Gary heranzukommen. Außerdem war der Buntstreifenkopf mein einziges Verbindungsglied zu ihm. Deshalb sagte ich:

»In Ordnung, und wegen der anderen Sache sind wir uns doch einig, oder?«

»Klar, für zweihundert«, sagte er und streckte die Hand aus.

»Hundertfünfzig auf den Preis der Skulptur. Aber da Sie mich ausgebootet haben, sinkt die Prämie auf hundertfünfundzwanzig.«

Er verzog das Gesicht, steckte die Hände in die Hosentaschen und wägte ab. Die Aussicht, wieder flüssig zu sein, hatte seinen Appetit auf Drogen aufleben lassen.

»Nein, verdammt noch mal. Hundertfünfzig.«

Ich nahm drei Fünfzigdollarscheine aus der Brieftasche, gab ihm einen, die zwei übrigen behielt ich.

»Sobald ich Gary gegenüberstehe, bekommen Sie den Rest.«

Er fluchte, nahm dann mit einer brüsken Geste den Schein und ging zu seinem Pult zurück.

»Warten Sie hier, ich sage Bescheid, wenn es soweit ist.«

Er machte sich wieder an sein Gekritzel, und ich schaute mir zehn Minuten lang erneut die Kunstwerke an. Nichts sah auch nur im Geringsten besser aus als vorher. Schließlich stand er auf, winkte mich herbei und führte mich durch eine kleine Tür durch einen Lagerraum und schließlich in einen düsteren Hinterhof. Er putzte sich die Nase an seinem Hemdsärmel, dann streckte er mir die Hand entgegen.

»Her damit.«

»Wo ist Gary?«

»Er wird schon gleich kommen.«

»Dann werden Sie auch schon gleich bezahlt werden.«

»Eins zu Null für Sie«, zischte er. Dann trat er zurück und verschwand in der Dunkelheit. Ich versuchte, mich zu orientieren. Der Fußboden war asphaltiert, aber voller Risse und Löcher, überfüllte Mülleimer standen ungeordnet herum, am Boden lagen Müll und Lumpen, und Eimer mit verfaultem Wasser glitzerten in der Dunkelheit. Es roch entsetzlich. Ich dachte an Jameys Worte und fragte mich, welche Fäulnis seine Visionen genährt hatte.

Ich sah, wie sich nur für Sekunden hinter einer der Mülltonnen ein Schatten bewegte, dann hörte ich ein Geräusch wie ein Nagen und Kratzen.

Zwei Schatten schlichen an den Häuserwänden entlang, dann traten sie in den schwachen Lichtschein, der durch eine oberhalb des Hinterausgangs befindliche Luke fiel und dem Asphalt einen kalten Glanz verlieh.

In der größeren der beiden Gestalten erkannte ich Gary. Sein aquamarinblau gefärbtes Haar trug er als

Irokesenschnitt. In das Haar waren Dachdeckernägel geklebt, die zusammen mit dem steifgegelten Haar einen hochaufgerichteten Hahnenkamm bildeten. Über der bloßen Haut trug er eine Art Kettenhemd, dazu schwarze, verdreckte, mit Löchern übersäte Jeans, die in schwarzen, glänzenden Gummistiefeln steckten. An einer Stahlkette hing eine rostige Rasierklinge um seinen Hals, an einem Ohrläppchen baumelte ein Ohrring aus Federn. Als Gürtel trug er ein Seil, an dem ein Klappmesser befestigt war. Gary war stark kurzsichtig und hatte immer eine Brille getragen, aber jetzt hatte er keine auf. Ich fragte mich, ob er Kontaktlinsen trug oder ob es vielleicht seiner neuen Lebensauffassung widersprach, körperliche Mängel künstlich zu beheben.

Neben ihm stand ein zierliches Mädchen, das nicht älter als fünfzehn sein konnte. Sie hatte ein mürrisches Kindergesicht voller Akne, eine Stupsnase und einen dunkelvioletten, wirren Haarmop auf dem Kopf. Ihr Gesicht war weiß gepudert, schwarze Striche waren um die Augen gezogen, aber sie hatte ohnehin hohle Wangen und tiefe Schatten unter den Augen. Ihre Vorderzähne standen vor, so daß sie ihren Mund nicht ganz geschlossen hatte, die Lippen waren schwarz geschminkt. Man sah eine silberne Zahnspange mitten in dem Schwarz. Ich fragte mich, ob derjenige, der ihr die Zahnregulierung bezahlt hatte, sich immer noch um sie kümmerte.

Trotz ihrer Aufmachung und ihrer einstudierten zornigen Haltung wirkten die beiden sanft und unschuldig, wie Hänsel und Gretel, von der bösen Hexe verzaubert.

»Sind Sie jetzt zufrieden?« fragte Buntstreifenkopf.

Ich gab ihm die zwei Fünfzigerscheine, und er hastete zurück ins Haus.

»Gary?«

»Ja.« Seine Stimme war sanft und leise, genauso emotionslos wie die Synthesizermusik in der Galerie.

Mit jedem anderen hätte ich durch Reden über belanglose Dinge Kontakt aufzunehmen versucht, hätte über alte Zeiten gesprochen, Erinnerungen wachgerufen. Aber der Gary von früher und ich hatten nie viel miteinander zu tun gehabt, und das Wesen, das jetzt vor mir stand, war alles andere als eine Plaudertasche.

»Danke, daß du gekommen bist. Ich möchte mit dir über Jamey reden.«

Er kreuzte seine Arme über der Brust, und sein Kettenhemd klingelte leise.

Ich ging ihm einen Schritt entgegen, er wich daraufhin zurück, aber nur so lange, bis er in eine Furche geriet und nach hinten zu fallen drohte. Das Mädchen packte ihn am Arm und bewahrte ihn vor dem Sturz. Als er wieder sicher dastand, hielt sie ihn weiter fest, als wolle sie ihn beschützen. Aus der Nähe sah ich, daß seine Augen vage in die Gegend schauten; es gelang mir nicht, seinem Blick zu begegnen.

»Was wollen Sie?« fragte er.

»Du weißt sicher, in welcher Situation er steckt.«

»Ja«, antwortete er teilnahmslos.

»Sein Anwalt hat mich beauftragt, seinen Geisteszustand zu begutachten. Aber ich versuche aus persönlichem Interesse herauszufinden, was eigentlich passiert ist.«

Schweigend und ohne Gefühlsregung sah er mich an. Seine Bewegungen waren mechanisch, als wäre er kein Wesen, sondern ein Art Synthesizer. Es war noch nie einfach gewesen, mit ihm zu reden, aber jetzt, in dieser Punkerverkleidung war noch viel schwerer an ihn ranzukommen. Ich versuchte mein Glück weiter, ohne viel Hoffnung allerdings.

»Die anderen Jugendlichen aus dem Projekt haben mir gesagt, daß ihr befreundet wart, daß er mit dir mehr redete als mit allen anderen zusammen. Kannst du dich erinnern, daß er Dinge geäußert hat, die irgend etwas mit dem zu tun haben, was sich ereignet hat?«

»Nein.«

»Aber es stimmt, daß ihr miteinander geredet habt.«

»Ja.«

»Worüber?«

Er zuckte die Achseln.

»Weißt du es nicht mehr?«

»Das gehört der Vergangenheit an, und die ist ausgelöscht.«

Jetzt versuchte ich es auf dem direktem Weg:

»Du hast eine Skulptur geschaffen, die sowohl den Selbstmord seines Vaters als auch die Lavendelmorde darstellt.«

»Die Kunst ahmt Leben nach«, sagte er feierlich.

»Du hast es *Die verwerfliche Tat* genannt, Gary. Diesen Ausdruck verwendete Jamey, wenn er von Selbstmord sprach.«

»Ja.«

»Warum? Was bedeutet all das?«

Ein schwaches Lächeln huschte über seine Lippen.

»Kunst spricht für sich selbst.«

Das Mädchen nickte und drückte ihn fester an sich.

»Er ist ein Genie«, sagte sie. Erst jetzt bemerkte ich, wie dünn die beiden waren.

»Manchmal«, sagte ich, »werden Genies zu Lebzeiten nicht anerkannt. Wieviel Prozent vom Verkaufserlös bekommst du von *Voids* für deine Sachen?«

Er tat, als hätte er meine Frage nicht gehört, aber in den Augen des Mädchens erkannte ich so etwas wie den Wunsch nach etwas zu essen.

Zwar fühlte ich mich wie ein Wohltätigkeitsverein, aber ich zog meine Brieftasche heraus und gab ihnen ein paar Geldscheine. Ich weiß nicht, ob Gary das Geld sah, jedenfalls tat er, als sei nichts geschehen. Das Mädchen nahm das Geld, untersuchte es und steckte es sich in den Gürtel. Ich wußte, daß ich sie damit nicht kaufen konnte, aber vielleicht würden sie sich davon etwas zu essen besorgen.

»Gary«, fragte ich, »hat Jamey Drogen genommen?«

»Ja.«

Die Antwort kam so beiläufig, daß ich erschrak.

»Woher weißt du das?«

»Er warf Trips ein.«

»LSD?«

»Ja.«

»Hast du ihn je dabei beobachtet?«

»Nein.«

»Also schließt du es nur aus seinem Verhalten.«

Er berührte die Feder an seinem Ohrring.

»Ich kenne mich mit Trips aus«, sagte er.

»Dr. Flowers und die anderen waren sicher, daß er keine Drogen nahm.«

»Die sind primitive Automaten.«

»Kannst du mir sonst noch etwas über Jamey und seinen Drogenkonsum sagen?«

»Nein.«

»Hast du ihn je etwas anderes als LSD nehmen sehen?«

»Nein.«

»Glaubst du, er nahm auch andere Sachen?«

»Ja.«

»Und was?«

»Speed, Beruhigungs- und Aufputschmittel.«

»Auch PCP?«

»Ja.«

»Und glaubst du, er nahm all diese Drogen, weil er über sich selbst unglücklich war?«

»Ja«, sagte Gary gelangweilt.

»Gary, glaubst du, daß er fähig wäre, all diese Menschen umzubringen?«

Er brach in rauhes, wildes Gelächter aus, plötzlich und schauerlich wie ein Dolchstoß in der Nacht. Das Mädchen sah ihn verwundert an, dann stimmte sie in sein Lachen ein.

»Was ist daran komisch, Gary?«

»Das war eine alberne Frage.«

»Und warum?«

»Ist er in der Lage, zu morden?« Wieder lachte er. »Ist er überhaupt fähig zu atmen?«

»Ist das das Gleiche?«

»Klar. Eins kann so einfach sein wie das andere, gehört alles zur Existenz des Menschentiers.«

Das Mädchen nickte beifällig.

»Kannst du mir sonst noch etwas erzählen?«

»Nein.«

Er nickte dem Mädchen zu, und sie wandten sich zum Gehen. Ich probierte es noch einmal.

»Ich war vorhin in deiner Wohnung. Mir hat jemand erzählt, daß die Einbrecher zwei Motorradrokker waren, einer sehr dick, einer schlank.«

Ich wartete auf Antwort, erhielt aber keine.

»Keine Vorstellung, wer das sein könnte?«

»Nein.«

»Und du?« fragte ich das Mädchen.

Sie schüttelte den Kopf und verzog ärgerlich den Mund. Dennoch glaubte ich, eine Spur von Furcht in ihrem Gesicht zu sehen.

»Hast du Kummer?«

»Das Leben des Menschentiers«, plapperte sie Gary nach, »wir entwickeln uns alle zum Urschleim zurück.«

Sie hatten sich umgewandt, und ich sah nur noch ihren Rücken.

»Wo geht ihr hin?« rief ich. »Wo finde ich euch, wenn ich euch noch was fragen muß?«

Gary blieb stehen und drehte sich um, sehr langsam, damit man nicht glaubte, er taumelt. In dem schwachen Licht des Hinterhofs sah ich sein konturloses, bleiches und verkniffenes Gesicht.

»Wir ziehen nach Middleville, USA«, sagte er feierlich, »ich kriege einen Job am Fließband bei Ford. Da baue ich Türen in Lieferwagen ein. Slit tritt der PTA bei. Wir werden drei Blagen kriegen, und jeden Tag macht mir Slit mein Essen und gibt mir eine Thermoskanne und ein Kuchenpaket mit. Wir werden fernsehen und im Schlaf sterben.«

Er stand da wie versteinert inmitten des Mülls. Dann nahm er mit einer brüsken Bewegung das Mädchen beim Arm und verschwand mit ihr außer Sichtweite.

20

Als ich nach Hause kam, richtete Robin in der Küche gerade einen Salat her; sie gab mir zur Begrüßung einen Kuß, der nach Sardellen und Knoblauch schmeckte.

»Hallo! Billys Manager hat angerufen und durchgegeben, daß Roland Obernheim morgen gegen drei für dich Zeit hat. Ich habe die Adresse auf deinen Nachttisch gelegt.

»Wunderbar«, sagte ich teilnahmslos, »wenn du Billy mal wieder siehst, richte ihm meinen Dank aus.«

Sie sah mich spöttisch an.

»Alex, das Ganze war nicht einfach zu arrangieren, du könntest schon ein bißchen mehr Begeisterung zeigen.«

»Du hast recht, es tut mir leid.«

Sie wandte sich wieder dem Salat zu.

»Hattest du einen schlimmen Tag?«

»Nur eine Vergnügungsfahrt durch die Slums.«

Ich erzählte ihr in Kurzfassung, was ich in den letzten zehn Stunden erlebt hatte.

Sie hörte mir zu, ohne zu unterbrechen, dann sagte sie:

»Gary scheint ja wirklich Schwierigkeiten zu haben.«

»Er ist von einem Extrem in das andere gefallen. Vor fünf Jahren war er genauso ordentlich, zwanghaft fleißig und zielstrebig, wie er jetzt rebellisch ist. Er wendet alle Kraft dafür auf, seinen Nihilismus zu kultivieren.«

Robin zog eine Augenbraue hoch.

»Nach dem, was du über seine Bilder erzählst, scheint er immer noch zwanghaft fleißig zu sein. Solche Bilder und Skulpturen wollen gründlich durchdacht und bis ins Detail geplant sein, und man muß handwerklich sehr sorgfältig vorgehen.«

»Da hast du recht. Die Szene, die ich gesehen habe, soll schockieren, aber es herrscht eine gewisse Ordnung. Fast glaubte ich, ein Ritual vor mir zu haben.«

Robin lächelte.

»Das kenne ich. Es ist typisch japanisch. Als ich letztes Jahr in Tokio war, sah ich Straßentänzer, Jugendbanden, die angezogen waren wie die Halbstarken der fünfziger Jahre. Sie nennen sich *Zoku*, Stämme. Es gibt mehrere rivalisierende Gruppen, jede von ihnen steckt sich sonntagnachmittags ein eigenes Terrain im Yoyogi Park ab. Sie kommen daher in schwarzen Lederanzügen, stellen sich zur Schau, grinsen und führen zynische Reden, lassen Knallkörper explodieren und tanzen zu kultischer Musik. Die ältere Generation ist schockiert, aber das ist ja auch der Sinn der Sache. Wenn man genauer hinsieht, stellt man fest, daß ihr Verhalten alles andere ist als spontan. Alle Tänze, jede kleinste Bewegung sind festgelegt. Jede Gang hat ihre eigenen Tänze. Abweichungen von den vorgeschriebenen Gesten gibt es nicht. Keinerlei Individualität. Sie haben aus ihrer Rebellion ein Shinto-Ritual gemacht.«

Ich mußte an Garys Abschiedsmonolog über sein zukünftiges Leben in Middleville denken. Im Rückblick erschien es mir wie ein Kirchengesang.

Jetzt nahm Robin ein Salatblatt aus der Schüssel und probierte, dann spritzte sie einige Tropfen Zitrone hinein. Ich saß am Küchentisch, krempelte meine Hemdsärmel hoch und starrte auf die Tischplatte.

»Worüber machst du dir Sorgen, Liebling? Du wirkst so beunruhigt.«

»Ich dachte gerade darüber nach, wie seltsam es ist, daß zwei von sechs Kindern aus dem Projekt solche psychischen Schäden haben.«

Robin setzte sich mir gegenüber und nahm meine Hand.

»Vielleicht ist Gary überhaupt nicht geschädigt, sondern nur in einer Art Identitätskrise, und wenn du ihn das nächste Mal triffst, ist er schon Mitglied des California Institute of Technology.«

»Das glaube ich nicht. Er hat einen Fatalismus an den Tag gelegt, der mich wirklich erschreckte. Es war, als ob es ihm völlig egal sei, ob er lebt oder stirbt. Er zeigte keinerlei Gefühl oder Anteilnahme, das ist mehr als Rebellion. Weißt du, Robin, alle beide, Jamey und Gary, sind von erstaunlicher Intelligenz, und doch sind sie mir nichts dir nichts aus der Bahn geworfen worden.«

»Und damit wäre die alte Theorie, daß Genie und Wahnsinn zusammengehören, wieder einmal bestätigt.«

»Nach allen neueren Forschungen ist sie falsch. Man hat sogar herausgefunden, daß Leute mit besonderer Intelligenz große seelische Stabilität besitzen. Die Versuchspersonen waren allerdings durchweg Leute mit einem IQ von hundertdreißig bis hundertfünfundvierzig, also herausragend, aber durchaus noch innerhalb der Norm. Die Jugendlichen aus dem Projekt 160 sind anders. Ein Dreijähriger, der Griechisch übersetzen kann, ein sechs Monate altes Baby, das in Sätzen redet, solche Dinge sind fast furchterregend. Im Mittelalter glaubte man, daß Genies von Dämonen besessen sind. Heute halten wir uns für aufgeklärt, aber vor großer Intelligenz haben wir trotzdem Angst. Wir isolieren solche Menschen, stellen sie ins Abseits. Genau das ist mit Jamey geschehen. Sein eigener Vater hat ihn als eine Art Monster angesehen. Er mißtraute ihm, dann ließ er ihn im Stich. Dutzende von Kindermädchen gaben einander die Tür in die Hand. Seine Tante und sein Onkel brüsten sich ihrer Wohltaten, trotzdem ist deutlich herauszuhören, daß sie sich über seine Anwesenheit in ihrem Haus ärgerten.«

Robin hörte aufmerksam zu. Ich redete immer weiter, dachte laut vor mich hin.

»Irgendeiner hat mal gesagt, daß die Geschichte der Zivilisation Geschichte der Genies ist; die Begabten schaffen Dinge, die anderen ahmen es nach. Es gibt eine Menge Wunderkinder, die auch als Erwachsene große Leistungen vollbringen. Aber viele verzehren sich schon in ihrer Jugend. Entscheidend für ihre Entwicklung ist wohl, welche Förderung und Unterstützung Kinder von ihren Eltern erhalten. Ein überbegabtes Kind zu erziehen, verlangt eine Menge Einfühlungsvermögen. Manche Kinder haben Glück, Jamey hatte keins. Ende des Vortrags.«

Robin nahm meine Hand und sah mich besorgt an: »Was bedrückt dich wirklich, Alex?«

Eine ganze Weile antwortete ich nichts, dann begann ich zu sprechen, es fiel mir jedoch schwer:

»Als Jamey vor fünf Jahren an meine Tür klopfte, suchte er verzweifelt nach einem Vater. Die Zeit, die wir miteinander verbrachten, und unsere gemeinsamen Erlebnisse müssen ihm die Illusion vermittelt haben, daß er endlich einen gefunden hatte. Es ist dann so eine Art romantischer Zuneigung entstanden, und als er sie zum Ausdruck brachte, stieß ich ihn zurück. Das war ein einschneidendes Erlebnis für ihn. Wäre ich besser mit ihm umgegangen, wäre sicher alles anders gelaufen.«

»Du konntest das nicht voraussehen, Alex. Niemand hätte es anders gemacht.«

»Als gelernter Psychologe hätte ich besser reagieren müssen.«

»Du warst an dem Projekt nur zeitweilig beteiligt und hast es auch nicht geleitet. Was ist denn mit Sarita Flowers, die die Verantwortung hatte? Zwei von sechs Kindern sind ausgeflippt, wirft das nicht ein Licht auf ihre Fähigkeiten?«

»Sarita ist eher Technikerin als Psychologin, aber sie macht keinerlei Hehl daraus. Deshalb hat sie mich ja ins Projekt geholt. Ich sollte mich um das seelische Gleichgewicht der Kinder kümmern. Aber ich war einfach zu naiv. Ich hielt meine Gesprächsgruppen ab und bildete mir ein, das Wichtigste sei damit getan.«

»Du bist zu streng mit dir«, sagte Robin und ließ meine Hand los. Sie stand auf, machte sich wieder an den Salat und holte zwei Steaks aus dem Kühlschrank. Ich sah ihr zu, wie sie geschickt das Fleisch zurechtschnitt und würzte.

»Alex, Jameys Schwierigkeiten begannen schon lange, bevor das Projekt ins Leben gerufen wurde. Die Gründe dafür hast du mir selbst genannt. Es ist einfach unlogisch zu glauben, daß dieser eine Vorfall für Jameys Entwicklung so entscheidend war. Du hast dich von all diesen schrecklichen Dingen zu sehr beeindrucken lassen und hast deinen klaren Blick verloren. Souza hat dir einen Gefallen getan, als er dich entließ. Sieh doch darin auch einen Vorteil.«

»Vielleicht hast du recht«, sagte ich, mehr um auf

ihre Gefühle Rücksicht zu nehmen als aus Überzeugung.

Den größten Teil des nächsten Vormittags verbrachte ich damit, Kliniken und Pflegevermittlungen anzurufen. Marthe Brown war nicht aufzufinden, aber Andrea Vann war bei der neunten Agentur, die ich anrief, unter Vertrag. Ich sprach mit dem Telefondienst und ließ mich zum Direktor durchstellen, einem Mann namens Tubbs, der Stimme nach zu urteilen ein älterer Mann. Er hatte einen leichten Karibik-Akzent. Als ich nach Mrs. Vanns Adresse fragte, klang seine Stimme plötzlich reserviert.

»Wie war Ihr Name, bitte?«

»Dr. Guy Mainwaring«, sagte ich in blasiertem Ton, »medizinischer Leiter der *Cañon Oaks* Klinik in Agoura.«

Bedeutsames Schweigen.

»O ja«, sagte er plötzlich servil, da er offensichtlich einen wichtigen Kunden nicht verprellen wollte. »Ich würde Ihnen ja gerne helfen, aber wir haben die Datenschutzregeln einzuhalten.«

»Das verstehe ich sehr gut«, sagte ich ungeduldig, »aber das spielt jetzt wirklich keine Rolle. Mrs. Vann hat bis vor kurzem bei uns gearbeitet, und ich vermute, daß das in Ihren Unterlagen vermerkt ist.«

Er konnte unmöglich die Akten zur Hand haben, trotzdem sagte er: »Aber natürlich.«

»Unsere Personalabteilung hat mich informiert, daß sie noch eine Entschädigung für ungenutzte Ferientage zu bekommen hat. Wir haben ihr den Scheck nach Hause geschickt, aber er kam zurück, weil die Adresse nicht stimmte. Mein Sekretariat hat deshalb schon letzte Woche mit Ihnen telefoniert, und man hatte uns einen Rückruf zugesagt, der jedoch bisher noch nicht erfolgt ist.«

»Ich werde der Sache nachgehen.«

»Das brauchen Sie nicht, ich habe mich entschlossen, selber anzurufen, sozusagen über den heißen Draht.«

»Natürlich. Möchten Sie auch ihre Telefonnummer, Doktor?«

»Das könnte mir weiterhelfen.«

Er ließ mich einige Minuten warten, dann teilte er mir folgendes mit:

»Doktor, Mrs. Vann hat uns in der letzten Woche mit einer Stellenvermittlung beauftragt. Wir haben zwei Teilzeitjobs für sie gefunden, aber sie hat nicht wieder angerufen, und wir haben sie auch nicht erreichen können.«

»Typisch«, seufzte ich, »eine so intelligente und fähige Person, aber leider neigt sie dazu, plötzlich mir nichts dir nichts zu verschwinden.«

»Gut, daß ich das weiß«, sagte er grantig.

»Sicherlich. Um auf die Adresse zurückzukommen ...«, ich raschelte mit Papier. »Nach unseren Unterlagen lebt sie in Colfax, Nord Hollywood.«

»Nein, bei uns ist sie unter Panorama City verzeichnet.«

Dann gab er mir die Information, die ich suchte.

Ihr Telefon war abgemeldet.

Die Fahrt über den Freeway in den unteren Teil des Valley dauerte fünfundzwanzig Minuten. Die Adresse, die Tubbs mir gegeben hatte, lag in der Cantaloupe Street in einer Siedlung mit dreistöckigen Apartmenthäusern aus den fünfziger Jahren – rhombusförmig und seltsam bunt gestrichen. Das Gebäude, das ich suchte, war zitronengelb mit grauen Schmutzflecken. Ich ging durch einen Torbogen und blickte in einen Innenhof mit Swimming-pool. In grüner Frakturschrift stand über dem Tor *Cantaloupe Arms*, was bei mir Assoziationen hervorrief, von denen mir ganz schwindelig wurde. Vorne sah ich ein mickriges Beet mit Kakteen, aus dessen Mitte ein wasserloser Springbrunnen aus Gips herausragte. Ein betonierter Weg führte an den Pflanzen vorbei zum Eingang.

Das Gebäude besaß keine Hausmeisterloge, aber gleich rechts vom Eingang waren Briefkästen aus Messing angebracht, von denen die meisten mit Namen versehen waren. Den von mir gesuchten Namen fand ich nirgendwo. Die Briefschlitze der Wohnungen 7 und 15 waren nicht beschriftet. Ich ging in den Innenhof hinein, um mir die Rückseite des Gebäudes anzusehen. Alle Wohnungen hatten Fenster, die auf das trübe Wasser des nierenförmigen Swimmingpools hinausgingen, alle hatten einen separaten Eingang. Die Türen waren olivgrün gestrichen, Geländer in der gleichen Farbe säumten die Außenflure. Das Apartment Nr. 7 lag im Erdgeschoß. Ich klopfte an die Tür, aber niemand antwortete. Durch die Vorhänge erkannte ich ein kleines leerstehendes Wohnzimmer und hinter einer Abtrennung aus Sperrholz eine kleine, fensterlose Küche. Offensichtlich wohnte niemand dort. Ich nahm die Treppe zum Apartment Nr. 15, das sich im ersten Stock befand. Wieder klopfte ich, diesmal mit Erfolg. Die Tür ging auf, und eine kleine noch ein wenig verschlafene zierliche Frau von etwa fünfundzwanzig steckte lächelnd den Kopf heraus. Sie hatte ein spitzes, katzenähnliches Gesicht, trug kurze, locker gehäkelte Shorts und ein enges Top aus Nickistoff, unter dem voluminöse

Brüste zu sehen waren. Ihre Brustwarzen waren so groß wie Perlzwiebeln. Aus dem Apartment drangen der Duft nach schwerem Parfum, Kaffee sowie der liebliche Refrain eines Songs von Barry Manilow. Über eine Schulter der Dame sah ich ein rotes Plüschsofa und zwei kleine Tische mit schmiedeeisernen Beinen. An der Wand hingen ein Bild mit Tierkreiszeichen und ein billiges Ölgemälde, ein hingebungsvoll daliegender Akt, der gewisse Ähnlichkeit mit der Frau in der Tür hatte.

»Hallo«, sagte sie mit ein wenig rauchiger Stimme, »du bist sicher Tom. Du kommst ein bißchen früh, aber das ist ganz toll.«

Sie kam näher und berührte meinen Bizeps.

»Du brauchst nicht schüchtern zu sein«, sagte sie mit Nachdruck. »Komm rein, dann machen wir eine schöne kleine Orgie.«

»Entschuldigung«, sagte ich, »falsche Nummer.«

Die Hand glitt von meinem Arm, ihr Gesichtsausdruck wurde finster, so daß sie zehn Jahre älter wirkte.

»Ich suche Andrea Vann«, erklärte ich ihr.

Sie ging schnell ein paar Schritte zurück und verschwand in der Tür. Im letzten Moment stellte ich meinen Fuß dazwischen.

»Was zum Teufel ...«, sagte sie.

»Warten Sie einen Moment.«

»Hören Sie mal zu, Mister, ich habe eine Verabredung.«

Eine Autotür wurde zugeschlagen, und sie machte einen Hüpfer. »Das könnte er sein. Los, hauen Sie endlich ab!«

»Andrea Vann, eine Krankenschwester, dunkel, gutaussehend.«

Sie biß sich auf die Lippen.

»Große Brüste und ein dunkelhaariges Kind?«

Mir fiel zum Glück ein, daß mir Mrs. Vann erzählt hatte, meine Vorlesungen hätten ihr geholfen, Einschlafprobleme bei ihrem Sohn zu lösen.

»Stimmt«, sagte ich.

»Unten.«

»In welcher Wohnung?«

»Ich weiß nicht, eine von denen auf der Seite da. »Sie zeigte mit einem überlangen Fingernagel in Richtung Norden. Vom Hof her hörte man Schritte. Die Blonde erschrak und lehnte sich gegen die Tür.

»Los, jetzt reicht's, da kommt er, machen Sie mir nicht mein Geschäft kaputt, Mister.«

Ich trat zurück, und die Tür fiel ins Schloß. Ich ging auf die Treppe zu und begegnete einem Mann, der gerade heraufkam; er war jung, schmächtig, trug Jeans und ein blaues Hemd mit der Aufschrift *Tom* über der einen Brusttasche. Er hatte einen Bart und hielt eine Papiertüte im Arm. Er wich meinem Blick aus, als er an mir vorbeiging.

Ich ging zurück zum Apartment Nr. 7, starrte wieder in das leere Wohnzimmer und fragte mich, was ich jetzt tun könnte. Da hörte ich plötzlich eine schrille Frauenstimme hinter mir, die fragte:

»Was suchen Sie?«

Ich wandte mich um und sah eine alte Frau mit einem gesteppten rosa Hausmantel und einem Haarnetz in der gleichen Farbe. Das Haar darunter sah aus wie ein zinnfarbener Helm und paßte zu ihrer sonstigen Erscheinung. Sie war klein und hager, hatte einen schiefen Mund, herabhängende Wangen, ein spitzes Kinn und blaue Augen, die mich argwöhnisch ansahen.

»Ich suche Mrs. Vann.«

»Sind Sie ein Verwandter?«

»Ich bin ein Freund.«

»Ein so guter Freund, daß Sie ihre Schulden bezahlen?«

»Wieviel schuldet sie Ihnen denn?«

»Drei Monate hat sie schon keine Miete mehr gezahlt. Hielt mich immer wieder hin mit fadenscheinigen Entschuldigungen: Das Kindergeld käme zu spät, sie hätte Arztrechnungen und lauter solches Zeug. Ich hätte mich darauf gar nicht erst einlassen sollen. Aber ich habe es ihr immer wieder gestundet. Und das ist der Dank.«

»Wie hoch ist die Miete für drei Monate?«

Sie rückte ihr Haarnetz zurecht und zwinkerte mit den Augen.

»Also, um ehrlich zu sein. Ich habe noch die Kaution, die ist zwar nicht hoch, aber sie deckt anderthalb Monatsmieten ab. Es bleiben noch siebenhundertfünfzig. Glauben Sie, daß Sie so eine Summe für sie bezahlen würden?«

»Ach Gott«, sagte ich, »da sitzen wir beide im selben Boot. Sie hat sich bei mir Geld geliehen, ich bin eigentlich hier, um es abzuholen.«

»Na, das ist ja toll«, schnaubte sie. »Was für eine Hilfe.« Wieder zwinkerte sie mir zu.

»Wann ist sie weggegangen?«

»Letzte Woche. Schlich sich mitten in der Nacht davon wie ein Dieb. Ich habe es nur deshalb gemerkt, weil zu so später Stunde ihre Hupe losging. Sie saß in ihrem Wagen, redete mit irgendwelchen Nichtsnutzen und lehnte über dem Steuer, so daß die Hupe losging. Sie tat, als wäre nichts Besonderes dabei. Als sie mich sah, erschrak sie, machte ein schuldbewußtes Gesicht und raste davon. Was mich besonders überraschte, war, daß sie einen neuen Wagen hatte. Ihre alte Mühle hatte sie abgeschafft und sich einen spritzigen, kleinen Mustang gekauft. Dafür hatte sie Geld, aber nicht für meine Miete. Wieviel schuldet sie Ihnen denn?«

»Eine ganze Menge«, sagte ich brummig. »Haben Sie eine Ahnung, wo sie hin ist?«

»Schätzchen, glauben Sie, ich würde mit Ihnen reden, wenn ich das wüßte?«

Ich mußte lächeln.

»Kennen die anderen Mieter sie?«

»Nein. Wenn Sie ein Freund von ihr sind, müssen Sie der einzige sein. Sie hat in dem halben Jahr, in dem sie hier wohnte, nie mit jemandem gesprochen und auch keinen Besuch empfangen. Natürlich arbeitete sie nachts und schlief tagsüber, vielleicht lag es auch daran. Ich habe mich trotzdem immer gefragt, ob mit ihr etwas nicht stimmt. Sie sah so gut aus, und war doch so isoliert.«

»Wissen Sie, wo sie ihre Arbeitsstelle hatte, als sie auszog?«

»Nirgendwo. Ich habe es daran gemerkt, daß sie nicht mehr wie immer morgens das Kind zur Schule brachte, dann den Tag über schlief, das Kind abends wieder abholte und zur Arbeit hetzte. Armes Schlüsselkind, wenn sie mich fragen, so darf man Kinder wirklich nicht erziehen, aber das machen sie heute ja alle so. Manchmal fragte sie mich, ob ich auf das Kind aufpassen könnte, ab und zu habe ich ihm einen Keks geschenkt. Vor ein paar Wochen wurde alles anders. Das Kind blieb mit ihr zu Hause. Gegen Mittag fuhr sie weg und nahm es mit. Erst dachte ich, der Junge sei krank, aber danach sah er gar nicht aus. Vielleicht hatte sie auch Ferien. Ich hätte ahnen können, daß sie bald nicht mehr zahlen würde, wo sie doch nicht mehr arbeitete. Aber so geht's einem, wenn man zu vertrauensselig ist. Stimmt's?«

Ich nickte verständnisvoll.

»Das Verrückte ist, daß ich das Mädchen mochte. Sie war ruhig, aber irgendwo schon ganz schön tüchtig. Zog das Kind ganz alleine groß. Das mit dem Geld hätte mir ja nichts ausgemacht, der Besitzer ist ein fetter Kater und braucht nicht um seine Existenz zu bangen. Die Lügerei kann ich nicht ausstehen, irgendwas zu erzählen, nur um davon zu profitieren.«

»Ich kann Sie gut verstehen.«

»Und was mich am meisten ärgert«, fuhr sie fort und stemmte die Hände in die Hüften, »ist dieser kleine Flitzer von Auto.«

Ich fuhr auf dem Freeway zurück und überlegte, weshalb Andrea Vann wohl so plötzlich verschwunden war. Daß sie bei Tubbs' Agentur um eine Stellenvermittlung nachgesucht hatte, wies eigentlich darauf hin, daß sie die Absicht hatte, in Los Angeles zu bleiben. Irgend etwas mußte geschehen sein, das sie veranlaßt hatte, mitten in der Nacht Hals über Kopf ihre Sachen zu packen. Ob das etwas mit Jamey zu tun hatte oder nicht, war schwer zu sagen. Eine junge alleinstehende Mutter hatte Grund genug, in Panik zu geraten und die Stadt zu verlassen. Aber der einzige Weg herauszufinden, was wirklich geschehen war, war, mit der Dame selbst zu sprechen, wo aber konnte ich sie finden?

Ich nahm die Ausfahrt Laurel Cañon und fuhr dann in südlicher Richtung nach Hollywood. Roland Oberheims Büro war in La Brea, südlich vom Santa Monica Boulevard. Das Gebäude, ein zweistöckiges

Bürohaus, war von Zedern umgeben. In der ersten Etage war ein Aufnahmestudio untergebracht. Über eine Außentreppe und durch einen separaten Eingang gelangte man in den zweiten Stock, in dem die Büros von drei Schallplattenfirmen lagen: *Joyful Noise Records*, eine Filiale des Christlichen Musikfunks, die *Druckmann*-Gruppe: eine Managerfirma für Musiker; am Ende des mit Kork tapezierten Flurs las ich auf einer Tür die Aufschrift: *Anavrin Productions*, R. Oberheim, Direktor.

Anavrin bestand aus einem Warteraum und einem Büro. Das Vorzimmer war mit zwanzig Jahre alten psychedelischen Postern dekoriert, die *Big Blue Nirvana* in mehreren Konzerten im ganzen Land zeigten. Die Zwischenräume waren mit gerahmten Fotos behängt, auf denen mir unbekannte Bands mit mürrischen Gesichtern zu sehen waren. Das Mädchen, das hinter der Empfangsloge saß, trug einen grellrosa Hosenanzug. Sie hatte kurzes, dauergewelltes Haar und kräftige Unterkiefer, die rhythmische Kaubewegungen ausführten, während sie unter ständigem Bewegen ihrer Lippen *Billboard* las. Als ich den Raum betrat, machte sie ein Gesicht, als sei ich der erste Mensch, dem sie in diesem Jahr begegnete.

»Ich bin Dr. Alex Delaware und würde gern Mr. Oberheim sprechen.«

»Okay«, sagte sie langgezogen. Sie legte ihre Illustrierte weg, stand auf und ging hochaufgerichtet die wenigen Stufen zum Büro hinauf. Sie öffnete die Tür, ohne anzuklopfen und rief nach drinnen:

»Rolly, da ist so ein Typ namens Alex für dich.«

Als Antwort hörte ich nur ein Murmeln. Sie wies mit dem Daumen auf die Bürotür und sagte: »Gehen Sie rein.«

Ich betrat einen kleinen, fensterlosen Raum mit dunkelbraunen Wänden, einem Eichenfußboden und sechs naturfarbenen Kissen. Möbel gab es dort nicht. Oberheim saß im Yogasitz auf einem der Kissen, hielt die Hände auf den Knien und rauchte eine Beedie.

Oberhalb seines Kopfes hing eine goldene Single-Platte an der Wand, die wie ein Heiligenschein wirkte. Sonst gab es überall psychedelische Poster, ein Ziegenfell und in einer Ecke eine riesige Wasserpfeife. Auf Regalen waren meterweise Langspielplatten zu sehen und eine hypermoderne Stereoanlage. Auf dem Ziegenfell lag eine Baßgitarre.

»Mr. Oberheim, ich bin Alex Delaware.«

»Rolly O.« Er wies auf den Fußboden. »Nehmen Sie Platz.«

Ich hockte mich ihm gegenüber.

»Rauchen Sie?«

»Nein, danke.«

Er nahm einen tiefen Lungenzug und blies den Rauch nicht aus. Schließlich kam ein dünner, feiner, bitterer Rauchfaden heraus, der sein Gesicht, bis er sich auflöste, wächsern aussehen ließ.

Es war nicht besonders ansehnlich, grob, mit dikken Wangen großporiger Haut; zwischen seine kleinen Augen zwängte sich eine rosa Knollennase. Sein Kinn war narbig, der Mund unter einem großen Schnurrbart versteckt. Er war kahl wie ein Ei mit Ausnahme einer grauen Strähne, die von einer Schläfe bis zur Schulter reichte. Er trug ein verwaschenes schwarzes *Big-Blue-Nirvana*-T-Shirt mit einem aufgenähten Gitarrenemblem und eine blaue Chirurgenhose.

Er sah zu mir herüber, blinzelte durch den Rauch. »Sie sind ein Freund von Billy, nicht?«

»Eher ein Bekannter. Meine Verlobte baut seine Gitarren.«

»O ja«, rief er, »Raumschiffe, Eis am Stiel und sechssaitige Ersatzpimmel.«

»Ersatzpimmel habe ich bisher noch nicht gesehen.« Ich grinste.

»Sie werden es noch sehen. Darauf läuft doch alles hinaus. Weg von der Substanz, immer mehr Stilisierung. Auf einem Penis herumklimpern, Platinsaiten schlagen. Billy ist ein ausgekochter Geschäftsmann und weiß, worauf es ankommt.«

Er nickte in Selbstbestätigung.

»Tatsache ist, daß heutzutage der Stil keinen Stil mehr hat. Zwei Saiten auf einem Synthesizer und eine Menge schmutziger Parolen. Nicht, daß mir das was ausmachte, ich habe selbst auch unanständiges Zeug gesungen, aber das muß doch eine Bedeutung haben, auch das Unanständige, irgendeine Story muß dranhängen. Das da ist nicht gut genug, um meine Großmutter zu provozieren.«

Er massierte sich den Bauch und nahm eine neue Beedie.

»Na, tut nichts zur Sache. Billy ist ein ordentlicher Kerl, der Junge kann auch ganz normal sein, wenn er will.« Er hustete. »Ihre Freundin macht also seine Spielzeuge, muß ein interessantes Mädchen sein.«

»Ist sie auch.«

»Vielleicht sollte ich mir auch mal so ein Ding machen lassen, aber mit vier Saiten.«

Er tat, als hielte er eine Baßgitarre im Arm und bewegte seine Finger wie auf dem Griffbrett.

»Boom da boom, chukka boom, chukka boom. Riesiger alter pelziger Pimmel mit einer schweren Resonanz. Was halten Sie davon?«

»Es gibt da eine Menge Möglichkeiten.«

»Klar. Ich hätte mal achtundsechzig im Cow Palace so einen haben sollen.«

Er begann in einem schrägen Falsett zu summen. »Boom da boom. Hier bin ich, Mama, prachtvoll schön und jederzeit bereit. Können Sie sich vorstellen, wie da die kleinen Mädchen vor Begeisterung quietschen?«

Er rauchte seine Zigarette zu Ende und legte sie in einen Keramikaschenbecher.

»Seelenklempner, was? Kennen Sie Tim Leary?«

»Ich bin ihm einmal auf einem Kongreß begegnet. Es ist Jahre her, ich war noch Student.«

»Was halten Sie von ihm?«

»Ist ein interessanter Typ.«

»Der Mann ist ein Genie, der Pionier des Bewußtseins.«

Er sah mich zustimmungsheischend an. Ich lächelte unverbindlich. Er kreuzte wieder seine Beine und legte die Arme über die Brust.

»Also, Alexander der Großmütige, was möchten Sie wissen?«

»Billy erzählte mir, daß Sie alle Leute auf dem Haight kennen.«

»Das ist übertrieben«, er strahlte – »ein bißchen wenigstens. Es war eine irre Szene, alle wie eine große Familie, fließende Grenzen. Rolly war einer der Väter.«

»Ich versuche alles, was irgend möglich ist, über zwei Leute herauszufinden, die in den sechziger Jahren auf dem Haight lebten. Peter Cadmus und Margaret Norton. Sie wurde auch Margo Sunshine genannt.«

Ich hatte gehofft, ihn durch die Erwähnung der

Namen gleich auf die Spur zu bringen, aber sein Lächeln verschwand und sein Gesicht wurde finster.

»Sie reden von zwei Toten.«

»Kannten Sie sie persönlich?«

»Warum fragen Sie danach?«

Ich erzählte ihm von meiner Bekanntschaft mit Jamey und von Souzas Auftrag. Daß ich geflogen war, verschwieg ich ihm.

»Ja, ich müßte sie kennen. Ich habe in der Zeitung von dem Jungen gelesen. Eine üble Sache. Was haben Sie vor? Wollen Sie rauskriegen, daß seine Eltern LSD nahmen und er deshalb nicht für die Morde verantwortlich ist, geschädigtes Erbgut und so? Hexenjagd auf Marihuanasüchtige à la McCarthy?«

»Nichts dergleichen. Ich möchte nur herausfinden, was für Menschen sie waren, wie sie lebten, damit ich ihn besser verstehen kann.«

»Wie sie waren? Oh, sie waren wunderschön. Sie waren Teil einer wunderschönen Zeit.«

Er nahm eine Packung Beedies, legte sie aber sogleich zurück. Aus einem Lederbeutel zog er einen Marihuana-Joint, zündete ihn beinahe liebevoll an, schloß die Augen, atmete eine Marihuanawolke ein und lächelte.

»Tot sind sie«, sagte er nach einer Weile. »Wenn ich ihre Namen höre, muß ich mich furchtbar anstrengen. Reise zurück in die Vergangenheit, der reinste Gehirnvideo.« Er schüttelte den Kopf. »Ich weiß nicht, ob ich mich darauf einlassen soll.«

»Hatten Sie näher mit ihnen zu tun?«

Er sah mich mitleidig an.

»Es gab nicht näher oder ferner. Jeder war jeder. Ein einziges großes, kollektives Bewußtsein. Wie bei Jung. Friedvoll, wunderschön. Niemand tat einem anderen etwas zuleide, denn damit hätte er nur sich selbst verletzt.«

Als junger Student hatte ich in San Francisco im *Bob Hopkins* einen Job als Gitarrist in einer Tanzkapelle. Es war die große Zeit der *Flower Power*, und ich besuchte öfter den riesigen Kräutermarkt der Hippies in Haight Ashbury. Auf den Straßen wimmelte es von sozialen Außenseitern: Rockern mit Kindergesichtern, Huren, Zuhältern und anderen Randexistenzen. Es kam mir vor wie eine Suppe voller seltsamer Zutaten, die allzu leicht überkochen und gefährlich werden konnte, alle Reden von Liebe und Frieden erschienen mir als von Drogen hervorgerufene Illusionen.

Ich sagte nichts davon, denn ich wollte, daß Oberheim ungestört seine Erinnerungen ausgraben konnte. Ich fragte ihn, wie die Gruppe geheißen hatte, in der Peter und Margo lebten.

»Sie lebten in einer Gemeinschaft, die sich *Swine Club* nannte. Eine ganze Reihe hübscher Leute. Sie lebten in einem uralten Haus ganz in der Nähe von Ashbury und gaben Konzerte unter freiem Himmel im Park. Sie kochten Gemüse und Reis in Riesenmengen und verteilten es unter die Leute, niemand mußte bezahlen. Das waren Massenpartys, *Be-Ins. Nirvana* spielte dort und *Big Brother* und *Quicksilver* und *The Dead*. Ein einziges Rockfestival, Tag um Tag, Nacht für Nacht. Es war überhaupt jeder dort. Sogar die *Angles* nahmen daran teil. Die Leute sprangen auf, rissen sich die Kleider herunter und tanzten. Die kleine Margo war die wildeste von allen. Sie hatte einen Körper wie eine Schlange, wissen Sie.«

Er nahm einen tiefen Zug, und ein Viertel seines

Joints glühte. Als er schließlich ausatmete, sah man keinerlei Rauch, sondern hörte nur ein trockenes Husten. Er leckte seinen Schnurrbart und lächelte.

»Was für ein Junge war Peter?« fragte ich.

»Unwahrscheinlich schön. Wir nannten ihn Peter the *Cad**. Er war ein irrer Typ, eine Art Errol Flynn, ein verdammt fesches Musketier. Dunkel, wild und wunderbar gefährlich. Er war zu allem bereit, scheute keinerlei Risiko.«

»Von welchen Risiken sprechen Sie?«

»Er probierte sein Gleichgewichtsorgan aus. Er stand auf einer Klippe, hielt ein Bein über den Abgrund und schwankte. Er wollte wissen, wie weit er es treiben konnte. Er war eine Art Bewußtseinspionier wie Dr. Tim Leary.«

Er dachte einen Moment nach und nahm einen Zug.

»Machte Margo auch solche Spielchen?«

Er lächelte selig.

»Margo war sanft, wunderschön. Sie teilte alles mit anderen. Sie konnte die ganze Nacht zu einer Trommel und einem Tamburin Boogie tanzen. Wie eine Zigeunerin, ganz geheimnisvoll.«

Oberheim rauchte noch zwei weitere Joints, bevor die Droge Wirkung zeigte. Er redete nun ununterbrochen, aber er assoziierte frei, sprach unzusammenhängend und wirr. Er erzählte von Konzerten, die vor zwanzig Jahren stattgefunden hatten; er betonte, wie wenig guten Dope es gäbe, da die »Bewußtseinspolizei«, wie er sie nannte, die Felder mit Gift besprüht hätte. Dann sagte er, er wolle die Leute von *Big Blue Nirvana* wieder zusammenholen, um noch mal gemeinsam aufzutreten.

* Schuft

»Nur Dawg, den lassen wir draußen. Er arbeitet als korrupter Anwalt bei MGM. Da halte ich mich lieber raus.«

Mit all dem konnte ich nicht das Geringste anfangen.

Ich saß da und versuchte, einzelne Informationsfetzen über Peter und Margo zusammenzutragen, aber er wiederholte immer wieder, wie schön sie gewesen seien, dann verfiel er in seine schwärmerischen Reden über die guten, alten Zeiten, denen er Schimpftiraden über die Herzlosigkeit der heutigen Musikszene folgen ließ.

»Hundert Dollar bezahlen die Leute, um Duran Duran zu sehen; in unserer beschissenen Gesellschaft fressen ehrliche Bluesspieler aus Mülleimern.«

Als der dritte Joint erloschen war, öffnete Oberheim den Mund und schluckte den Stummel herunter.

»Rolly, hat Peter je Besuch von seinem Vater bekommen?«

»Nein.«

»Und was ist mit Margos Schwangerschaft? Erinnern Sie sich daran?«

»Ich weiß nur noch, daß es ihr schlechtging. Sie versuchte zu tanzen, aber nach ein paar Sekunden wurde sie grün im Gesicht und schwankte.«

»Wie dachten sie und Peter über die Schwangerschaft?«

»Dachten?« murmelte er, dann ließ er den Kopf sinken.

»Ich meine, was hielten sie davon, waren sie glücklich?«

»Klar.« Seine Wimpern zuckten. »Es war eine glückliche Zeit, abgesehen vom Krieg und davon, daß LBJ alle Leute dorthin schicken wollte, war es immer ungeheuer lustig.«

Ich versuchte es aufs neue.

»Sie sagten, daß die *Angles* bei den Konzerten des *Swine Club* dabei waren.«

»Ja, das waren irre Typen. Das war, bevor Jagger diesen Scheiß in Altamont aufzog.«

»Hatten Peter und Margo etwas mit den *Angles* oder anderen Rockgruppen zu tun?«

Er gähnte und schüttelte den Kopf. »Es gab keine besonderen Freundschaften. Alle waren gleich.«

»Hatten sie etwas mit Rockern zu tun?«

Er antwortete mit einem Seufzen.

»Rolly, Sie sagten, Peter wäre ein Mensch voller Lebenslust gewesen.«

»Er lebte, um zu leben.«

»Gut, aber ein paar Jahre später hat er Selbstmord begangen. Wie konnte das passieren?«

Plötzlich wurde er wach. Er öffnete die Augen und blitzte mich böse an.

»Quatsch! Das war doch kein Selbstmord!« Sein Kopf fiel herab wie der eines Spielzeughundes, dessen Batterie abgelaufen ist.

»Was meinen Sie damit?«

»Das gibt es nicht«, sagte er und flüsterte verschwörerisch. »Das ist ein verdammter Betrug. Das Establishment benutzt ihn dazu, um Rocker und tolle Stars, die von allen verehrt werden, zu Versagern zu machen. Janis, Jimi, Morrison, the Bear. Janis hat sich nicht umgebracht, sie starb aus Lebensangst. Jimi hat sich nicht umgebracht, die Regierung hat ihn mit einer Art Napalm getötet, weil er zuviel wußte und sie ihm das Maul stopfen wollten. Morrison und the Bear sind nicht tot. Und Buddy Holly ist mit ihnen zusammen.

Wahrscheinlich feiern sie gerade eine Orgie auf irgendeiner griechischen Insel. Das mit dem Selbstmord ist Quatsch, das kann einfach nicht sein.«

»Peter ...«

»Peter hat sich nicht umgebracht! Er ist bei einem seiner Spiele umgekommen. Ich hab es Ihnen doch schon erzählt.«

»Was für ein Spiel denn?«

»Er hat mal wieder Grenzen ausprobiert, eine Art Ekstase-Trip.«

»Erzählen Sie mir mehr davon.«

»Klar. Warum auch nicht? Er spielte es doch dauernd. Er zog sich nackt aus, kletterte auf einen Stuhl, machte sich eine Schlinge aus einem Seidenstrick und legte sie um den Hals. Dann ließ er sich hängen, bis sein Hals zusammengedrückt wurde, nur nicht allzu sehr, dann bearbeitete er seinen Schwanz bis zum Orgasmus. Es war irre anzugucken, er stöhnte wie ein Wilder dabei. Er pflegte zu sagen: ›Der Druck erhöht die Lust.‹«

Er murmelte leise und unzusammenhängend, aber ich hörte ihm angestrengt zu. Er beschrieb nämlich ein Phänomen, das unter dem Namen erotisiertes Erhängen oder autoerotisches Ersticken in den Lehrbüchern beschrieben wird, eine wenig verbreitete sexuelle Praktik, gepflegt von Leuten, die den Reiz ihres Orgasmus durch ein Kokettieren mit dem Tod erhöhen.

Diese Leute masturbieren, während ein Seil oder ein anderes Tuch ihre Schlagadern zusammenpreßt. Während des Höhepunkts sind sie dann völlig geschlossen. Manche benutzen komplizierte Flaschenzüge, um die Schlinge festzuziehen, andere verkrümmen sich zu diesem Zweck auf seltsam verkrampfte

Art. Wie immer dieses Spiel betrieben wird, es ist ein Spiel mit dem Zufall und deshalb gefährlich. Wenn der Onanist das Bewußtsein verliert, bevor er das Seil ablegen kann oder sich so bewegt hat, daß er sich nicht oder zu spät befreien kann, erstickt er.

»Ein schönes Spiel, was?« Oberheim lächelte. »Peter liebte solche Spiele. Und eines Tages verlor er. Ich finde das cool.«

21

Ich ließ ihn schnarchend in seinem Büro zurück, schlaff und in sich zusammengesunken. Das Gespräch mit ihm war wirr und schwierig gewesen, aber ich hatte wieder ein Stückchen aus der Familiengeschichte der Cadmus' kennengelernt: Peter hatte ein gefährliches erotisches Spiel betrieben und sein Tod war aller Wahrscheinlichkeit nach ein Unfall gewesen. Ich fragte mich, ob Souza wohl etwas von dem erotischen Erhängen wußte, kam aber zu dem Schluß, daß dies wahrscheinlich nicht der Fall war. Sonst hätte er dieses Wissen sofort strategisch genutzt, um nachzuweisen, daß sexuelle Perversion ebenso zu den Erbeigenschaften der Familie gehörte wie psychische Labilität.

Als ich nach Norden in Richtung La Brea fuhr, wurde mir klar, wie unfreundlich ich zu Robin gewesen war. Oberheim war nicht der einzige, der sich zu sehr um sich selbst kümmerte. Ich war so beschäftigt gewesen mit dem Fall und meinen Schuldgefühlen, daß ich sie vernachlässigt hatte. Ich hatte sie nur ausgenutzt, um jemanden zum Zuhören zu haben, ohne die geringste Rücksicht darauf zu nehmen, daß auch sie meine Aufmerksamkeit verdiente.

Fest entschlossen, dies wiedergutzumachen, machte ich an der Tankstelle von Fountain kehrt, fuhr Richtung Süden nach Wilshire, dann nach Westen und ins Zentrum von Beverly Hills. Ich hatte noch eine Stunde Zeit, bis die Läden zumachten. Ich stellte meinen Wagen am Beverly Drive ab und benahm mich wie der Gewinner eines Fernseh-Quiz im Kaufrausch. In einer Boutique kaufte ich Robin eine hundert Jahre alte Spitzenbluse, bei Giorgio Parfum und Badeseife, Himbeer- und Schokoladeneis aus Dänemark, dann einen riesigen Gourmet-Eßkorb, einen kupfernen Kochtopf, den sie sich schon lange wünschte, und zwölf korallenrote Rosen. Das war zwar keine ideale Lösung, aber ein Schritt in die richtige Richtung.

Nachdem ich mich durch ein Meer von Mercedessen manövriert hatte, hielt ich an einem Fischmarkt in der Nähe von Overland. Als ich nach Hause kam, war Robins Lieferwagen nirgendwo zu sehen. Auf dem Anrufbeantworter fand ich die Nachricht vor, daß sie gegen Viertel vor acht nach Hause käme. Jennifer Leavitt hatte angerufen und zwei Nummern hinterlassen. Ich schrieb sie mir auf ein Stück Papier. Die eine war ein Universitätsanschluß, die zweite cinc Nummer aus dem Fairfax District. Ich war neugierig zu erfahren, was Jennifer mir zu sagen hatte, aber nicht neugierig genug, mich von meinen Plänen abbringen zu lassen. Ich beschloß, sie später am Abend wieder anzurufen, und steckte den Zettel in die Hosentasche.

Ich trug die Geschenke ins Schlafzimmer und verteilte sie auf dem Bett. Nachdem ich Jeans und ein abgetragenes T-Shirt angezogen hatte, ging ich in die Küche, legte Joe Pass auf, zog eine Schürze an und begann, das Essen vorzubereiten. Als Vorspeise sollte es Austernpilze mit Knoblauch und Croutons geben, danach grünen Salat mit Pfeffer und chinesischen Zwiebeln in Vinaigrette, dann gegrillten norwegischen Salm mit Kapern, gebutterte Prinzeßbohnen und eine Flasche Sauvignon, den mir eine Richterin geschenkt hatte. Das dänische Eis war als Nachtisch gedacht.

Als Robin nach Hause kam, machte ich gerade die Salatsauce. Ich nahm ihr Mantel und Tasche ab und führte sie in die Küche, wo ich sie gleich an den Tisch setzte. Dann reichte ich ihr eine Schale und ein Handtuch zum Händewaschen.

»Oh!« rief sie. »Welchem Umstand verdanke ich das?«

Ich brachte sie mit einem Kuß zum Schweigen, goß ihr Wein ein und servierte die Austernpilze.

»Alex, das ist ja phantastisch!«

»Hau rein, laß es dir richtig schmecken!«

Wir aßen langsam und genußvoll, ohne viel zu reden.

»Herrlich«, sagte Robin und schob ihren Teller zur Seite.

»Wie wär's mit Nachtisch?«

Sie stöhnte und strich sich über den Bauch.

»Können wir damit ein bißchen warten?«

»Klar. Geh und ruh dich aus, während ich aufräume.«

»Ich möchte dir helfen, damit ich mich ein bißchen bewege.«

»Gut, aber geh bitte erst ins Schlafzimmer und hol mir ein dünneres Hemd.«

»Gern.«

Als sie wiederkam, hielt sie sich das Spitzenhemd vor und strahlte wie ein Kind.

»Ist das lieb!« sagte sie.

Wir gingen aufeinander zu, umarmten uns und trennten uns an diesem Abend nicht mehr.

Gleich nachdem Robin am nächsten Morgen in ihren Laden gefahren war, hängte ich meine Jeans auf. Dabei fiel der Zettel mit Jennifers Nummern heraus. Zuerst versuchte ich es in der Universität. Eine langsame Baritonstimme teilte mir mit, daß ich mit dem Institut für Verhaltensforschung verbunden sei. Im Hintergrund hörte ich undeutlich Stimmen.

»Hier ist Dr. Delaware. Jennifer Leavitt hat mich um Rückruf gebeten.«

»Wer?«

»Dr. Delaware.«

»Mit wem wollen Sie sprechen?«

»Jennifer Leavitt.« Ich buchstabierte.

»O ja, eine Sekunde.« Er legte den Hörer nieder und rief laut ihren Namen. Als er zurückkam, war seine Stimme noch müder. »Sie ist leider nicht da.«

»Wann wird sie da sein?«

»Ich weiß es nicht, übrigens sind wir hier gerade mitten in einer Sache, rufen Sie doch später wieder an.«

»Kann ich eine Nachricht hinterlassen?«

»Ich weiß nicht, wie ich das ...«

»Schon gut, danke.«

Ich hängte ein und versuchte es mit der Nummer in Fairfax. Eine freundliche Frauenstimme war in der Leitung.

»Mrs. Leavitt?«

»Ja?«

»Hier ist Dr. Delaware. Ich kenne Jennifer aus dem Projekt 160 ...«

»Ach, Sie sind es. Jennifer hat Ihnen etwas Wichtiges zu sagen. Ich soll Ihnen mitteilen, daß sie heute tagsüber nicht zu Hause ist. Sie und Danny, ihr Freund, sind nach La Jolla gefahren. Aber heute abend ist sie sicher zurück. Wo kann sie Sie erreichen?«

Ich gab ihr meine Privatnummer und bedankte mich.

»Gern geschehen, Doktor. Jennifer hat immer so nett von Ihnen gesprochen. Sie war noch so jung, als sie in das Projekt aufgenommen wurde, Sie haben ihr sehr geholfen, sich zurechtzufinden.«

»Das freut mich zu hören.«

»Und jetzt ist sie bald selbst Doktor. Ist das nicht wunderbar?«

»Sie sind sicher sehr stolz auf sie.«

»Ja, das sind wir wirklich, Doktor.«

Zu Hause räumte ich ein wenig auf, fütterte die Zierkarpfen, absolvierte ein paar Karate-Übungen, machte einen 5-Kilometer-Lauf und duschte ausgiebig. In der Morgenpost war nichts Aufregendes, nur eine Zeugenladung in einem Sorgerechtsverfahren, das ich längst beendet geglaubt hatte. Der Termin sollte in vier Wochen sein, so tat ich den Brief in die Ablage.

Es war ein ruhiger, angenehmer Morgen, aber der Gedanke, daß mich jemand beim Kauf der *Verwerflichen Tat* überboten hatte, ging mir nicht aus dem Sinn. *Voids will be Voids* diente irgendeinem Arzt dazu, weniger Steuern zu zahlen; es kam ihm nicht darauf an, Geld zu machen. Wieso also fingen die Leute an, sich wegen einer bestimmten Skulptur zu überbieten? Je länger ich darüber nachdachte, desto weniger gefiel mir die Sache.

Es war halb eins, die Galerie machte erst in ein paar Stunden auf. Aber da ich Zeit hatte, fuhr ich in die Stadt, vielleicht würde mir der junge Mann mit dem buntgestreiften Haar ja irgendwo über den Weg laufen. Ich sah ihn jedoch nirgendwo, und in der Galerie brannte kein Licht. Deshalb fuhr ich zum Essen nach Chinatown.

Als ich um zwei mit wohlgefülltem Bauch zurückkehrte, war *Voids* immer noch geschlossen, aber ich entdeckte meinen Gesprächspartner vor einem der Trödelläden zwischen den Kleiderständern, eifrig damit beschäftigt, in alten Klamotten zu stöbern. Bis ich geparkt und mich ihm genähert hatte, war er fündig geworden: eine Stretchhose aus künstlichem Tigerfell, ein Oberteil aus Polyäthylen und ein weißes aufknöpfbares T-Shirt.

»Hallo«, sagte ich vorsichtig.

Er schreckte hoch und ließ die Kleider auf den Bürgersteig fallen. Ich hob sie auf und klopfte sie aus. Der Ladenbesitzer schaute argwöhnisch aus der Tür. Der Streifenkopf war auch argwöhnisch, mir gegenüber.

»Was wollen Sie denn schon wieder?«

»Noch ein Geschäft mit Ihnen machen.«

»Wir fangen erst um vier an.« Er tat, als betrachte er das Oberteil.

»Es geht nicht um Kunst, ich brauche neue Informationen.«

»Dann rufen Sie ein Auskunftbüro an.«

Der Ladenbesitzer kam nach draußen und fragte: »Kaufen oder nur angucken?«

Bevor Streifenkopf irgend etwas sagen konnte, antwortete ich:

»Kaufen. Was kostet es?«

Er nannte eine Summe, ich bot ihm die Hälfte an, und wir trafen uns in der Mitte. Streifenkopf sah mir ungläubig zu, dann reichte er mir die Kleider.

»Behalten Sie sie«, sagte ich. »Frohe Weihnachten.«

Er ging zur Galerie hinüber, und ich folgte ihm.

»Sind Sie Jude oder so was?« fragte er.

»Nein, warum?«

»Sie machen Geschäfte wie ein Chinese oder Jude, und ein Chinese können Sie ja schließlich nicht sein.«

»Da haben Sie recht.«

»Was?«

»Schon gut.«

Wir waren an der Galerie angekommen. Er stellte sich mit dem Rücken vor das Eisengitter, die Kleider hielt er fest umklammert, offenbar aus Angst, daß ich sie ihm wieder wegnehmen könnte.

»Ich möchte wissen, wer *Die Verwerfliche Tat* gekauft hat.«

»Habe ich Ihnen doch schon gesagt, irgendeiner mit Anzug.«

»Wie hieß er denn?«

»Er hat keinen Namen genannt.«

»Wollte er keine Quittung?«

»Er machte es wie Sie: Cash-and-carry.«

»Wie sah er denn aus?«

»Ich habe Ihnen doch schon gesagt, daß ich die Leute nicht ...«

Der Zwanzigdollarschein, den ich ihm unter die Nase hielt, brachte ihn mitten im Satz zum Schweigen.

»Fünfzig«, sagte er.

Ich zog die Hand mit dem Geld zurück.

»Lassen wir's. Ich habe einen Freund bei der Polizei, den rufe ich gleich an und sage ihm, daß Sie betrügerische Geschäfte machen.«

»He, ich mache doch gar nichts!«

»Das ist ja möglich, aber wenn die kommen, machen sie als erstes eine Leibesvisitation.«

Ich wandte mich zum Gehen, aber er hielt mich mit einem festen Griff zurück.

»Hören Sie mal, ich wollte doch nur fair sein. Der andere hat mir fünfzig gezahlt, damit ich die Schnauze halte, Sie sollten nicht weniger zahlen als er.«

Ich befreite mich aus seinem Griff und machte mich auf den Weg.

»Leck mich doch! Na gut, also meinetwegen zwanzig.«

Ich blieb stehen und wandte mich um.

»Erst möchte ich hören, was Sie zu sagen haben.«

»Er hatte einen riesigen, total bescheuerten Mund.«

»Ich brauche eine Beschreibung; wie er Ihnen gefällt, ist mir egal.«

»Also gut. Er war ein Weißer, braungebrannt. Wie die Typen, die sich den ganzen Tag auf die Sonnenbank legen.«

»Wie groß?«

»Wie Sie, aber schwerer.«

»Dick?«

»Viele Muskeln.«

»Und sein Haar?«

»Kurz, wie die Typen, die Gewichtheben machen und sich den ganzen Tag über pflegen.«

»Was noch?«

Er verzog nachdenklich das Gesicht, versuchte sich zu erinnern.

»Er hatte einen Bart. Das ist alles.«

»Was für eine Farbe?«

»Dunkel.«

Aus seiner Beschreibung erstand vor meinen Augen das Bild von Erno Radovic.

»Hat er gesagt, warum er die Skulptur kaufen wollte?«

»Nein, ja doch. Er sagte, daß er Kunstliebhaber sei.«

Ich schob ihm noch einen Zwanziger hin.

»Los, sagen Sie schon.«

»Lassen Sie mich, ich will mich nicht in die Nesseln setzen. Der Mann war ein echtes Ekel.«

»Er wird es nie erfahren.«

Er sah auf die Straße in beide Richtungen, dann wieder auf das Geld.

»Beim ersten Mal kam er gerade, nachdem Sie gegangen waren. Fragte mich, was Sie gewollt hatten. Ich sagte zu ihm :›He, hier ist *Voids*, wir sind kein Detektivbüro.‹ Dann kriegte er einen komischen Gesichtsausdruck und gab mir Cash. Ich sagte ihm, ich hätte Sie nie zuvor gesehen, und Sie wollten irgendwelchen Plunder kaufen. Ich zeigte ihm, welchen, und da überbot er Sie. Das war's. Zufrieden?«

Milo hatte mich gebeten, ihm Bescheid zu sagen, sobald der Bodyguard irgendwo auftauchte. Ich ging in eine Telefonzelle und rief seine Nummer in West Los Angeles an.

Da er nicht dort war, fragte ich nach Del Hardy, seinem Mitarbeiter. Es dauerte eine Weile, bis sie ihn gefunden hatten; außer Atem kam er ans Telefon.

»Hallo, Doc«, keuchte er.

»Hi, Del. Geht's Ihnen gut?«

»Aerobic, Anti-Streß-Programm, Befehle von oben, wir fallen wie die Fliegen, verlieren 'ne Menge guter Leute.«

»Ist Milo auch beteiligt?«

»Angeblich ja, aber er hält sich, ihm fallen immer Entschuldigungen ein. Daß er Verbrechen aufklärt und so.«

Ich lachte.

»Ich möchte mit ihm sprechen, wenn er zurück ist. Ist nichts Dringendes, nur etwas wegen Erno Radovic.«

Ich hörte ihn laut atmen, seine Stimmer klang erregt.

»Das rassistische Schwein? Ist er schon wieder hinter Ihnen her?«

»Im Moment nicht, aber es gibt Gründe anzunehmen, daß er es getan hat.«

»Brauchen Sie Hilfe?«

»Nein, nein, wie ich schon sagte, ist nichts Dringendes.«

»Gut. Milo war heute noch gar nicht hier. Er wurde irgendwo hingerufen. Aber er wird sich etwa in einer Stunde wieder melden, ich gebe ihm Ihre Nachricht weiter. Sollte der Hurenbock wieder auftauchen, bitte geben Sie sofort Bescheid.«

»Danke, Del.«

Ich fuhr nach Hause, nahm mir ein paar Fachzeitschriften vor und begann zu lesen. Ich hatte mich gerade in einen Artikel über die seelische Entwicklung frühreifer Kinder vertieft, als das Telefon läutete.

»Gut, daß Sie zu Hause sind. In der Leitung ist Sergeant Milo Sturgis. Er hat schon zweimal angerufen.«

»Stellen Sie ihn bitte durch.«

»Gerne, Doktor ...«

»Alex?« Die Verbindung war gestört, aber ich hörte aus Milos Stimme, daß es dringend war.

»Was ist los?« fragte ich.

»Del sagte, du wolltest etwas über Radovic erzählen. Leg los!«

Ich erzählte ihm, daß er mich verfolgt hatte und hinter der *Verwerflichen Tat* hergewesen war.

»Was, eine Skulptur?«

»Eine ganz besondere Skulptur, Milo. Sie enthält Elemente von Chancellors Ermordung und dem Tod von Jameys Vater. Radovic hat eine Menge Geld dafür gezahlt. Frag ihn mal danach, wenn du ihn siehst.«

Ich hörte Krachen in der Leitung.

»Milo?« rief ich, denn ich glaubte, daß wir getrennt worden waren.

»Ich sehe ihn bereits«, sagte er leise, »er liegt hier, nur ein paar Meter weg, abgestochen wie ein Schwein.«

»So eine Scheiße!«

»Wir haben einen Augenzeugen, der die Mörder beobachtet hat. Es waren zwei, Rocker. Der eine dünn, der andere riesig und fett.«

»Wo ist es passiert?«

»In der Nähe des Bitter Cañon, beim Antelope Valley Highway. Ich muß dich dringend sprechen, Alex.«

»Worum geht's?«

»Whitehead und Cash sind noch hier bei der Leiche, aber in ein paar Minuten hauen sie ab. Ich habe mich freiwillig für den Schreibkram gemeldet, deshalb bin ich noch 'ne Weile hier. Du brauchst hierher etwa vierzig Minuten. Fahr in einer Stunde los, dann begegnest du niemandem auf dem Freeway. Man sieht dort jedes Auto. Kennst du den Weg?«

»Vierhundertfünf Richtung Norden, oder?«

»Stimmt. Hinter der Abzweigung biegst du nach Osten ab auf die vierhundertfünfzehn Richtung Lancastere und Mojave. Du kommst am Soledad Cañon vorbei, an Agua Dulce und dem Los Angeles Aquädukt. Bitter Cañon liegt ein paar Meilen vor Palmdale. Der Highway führt durch die Wüste, auf der Ausfahrt fährst du etwa zwei Kilometer geradeaus. Es ist verdammt einsam hier, komm also nicht unter die Räder. Fahr immer weiter, bis du eine alte Texaco-Tankstelle siehst. Der Leichenwagen steht bestimmt dort, den kannst du nicht übersehen.«

22

Gleich hinter San Fernando, am nördlichen Rand des Valley, erstreckt sich eine einsame, öde Landschaft. Als ich in den Highway Richtung Antelope Valley einbog, ließ ich die letzten Anzeichen von Zivilisation hinter mir – Schnellrestaurants, Kneipen, Pizzabuden –, und vor mir breitete sich eine menschenleere, ungastliche Gegend aus: niedrige Hügel aus Sandstein, oben durch Salbeipflanzen und Kreosot ganz weiß, die sich klein und geduckt vor dem schwarzen Hintergrund der Berge von San Gabriel abzeichnen. Rechts und links niedrige immergrüne Krüppelsträucher, von den Bränden im Sommer geschwärzt; dann plötzlich riesige Polster greller, kanariengelber Blumen.

Wie Milo vorausgesagt hatte, war der Highway beinahe leer, fünf einsame Straßen zweigten zu den Cañons ab, die das Landschaftsbild beherrschten: Placerita, Soledad, Bouquet, dessen violettes Gestein die Innenhöfe und Bäder zahlreicher kalifornischer Traumhäuser ziert, außerdem Vasquez und Agua Dulce.

Der Weg zum Bitter Cañon hatte zunächst ein starkes Gefälle, führte dann über eine enge, kurvenreiche Asphaltstraße, die beiderseits von Felsbrocken und wenigen windgepeitschten Bäumen gesäumt wurde. Das flache Hügelland war hier geprägt von ausgewaschenen Felsen in Braun- und Rottönen, an manchen Stellen in Blau und Lavendel übergehend. Der Himmel hing voller schwerer tiefgrauer Wolken, ab und zu drang ein Sonnenstrahl durch den Dunstschleier und warf einen überraschenden rötlichen Fleck auf eine begünstigte Stelle im Felsen. Ein wunderbarer Anblick, der viel zu schnell verging.

Die Texaco-Tankstelle lag fünfzehn Meilen von der Abfahrt entfernt, sie tauchte plötzlich aus dem Nichts auf, wie aus einer vergangenen Epoche. Zwei Zapfsäulen aus der Vorkriegszeit standen auf einem unebenen, schmutzigen, kiesbedeckten Hof, gegenüber von einer Garage in ähnlich verrottetem Zustand. Darin stand ein grüner Kleinlastwagen Marke Plymouth.

An die Garage war eine kleine Hütte angebaut, die als Büro diente. Die Fenster waren schmutzig und mit Zeitungen abgedeckt. Ein paar Schritte die Straße herunter lag ein kleines Café mit einem alten Coca-Cola-Reklameschild auf beiden Seiten und einem Wetterhahn auf dem Teerdach. Der Hahn, starr und reglos in der windstillen Luft, wirkte beinahe hochmütig.

Das Café machte nicht den Eindruck, als ob es oft besucht würde, aber davor waren eine Menge Polizeifahrzeuge geparkt. Ich stellte den Seville zwischen den wohlvertrauten bronzefarbenen Matador und einen Wagen der Spurensicherung und stieg aus.

Die nördliche Ecke des Hofes war mit einer Schnur und Pfosten abgeteilt. An der Schnur waren Plaketten des Los Angeles Police Department befestigt. Innerhalb der abgeteilten Zone sah ich Experten der Spurensicherung, die am Boden hockten und vornübergebeugt mit Spritzen, Bürsten und Plastikmaterial hantierten. Manche arbeiteten an einem perlgrauen RX-7, andere am Boden in der Nähe des Wagens. Dort lag auch ein wurstförmiger Klumpen, eingepackt in einen Leichenbeutel. Etwa einen Meter entfernt war ein riesiger dunkelroter Fleck auf der staubigen Erde. Ein Beamter chinesischer Herkunft beugte sich über die Leiche und sprach in ein Diktiergerät.

Ein Krankenwagen stand mit laufendem Motor außerhalb der Absperrung, ein Sanitäter in Uniform sprang heraus und sah sich um. Schließlich blieben seine Augen auf Milo haften, der gegen eine Zapfsäule gelehnt in sein Notizbuch schrieb.

»Okay?«

Mein Freund sprach kurz mit dem Chinesen, der aufblickte und nickte.

»Okay«, antwortete er dann dem Sanitäter.

Dieser gab ein Zeichen mit der Hand, daraufhin sprang ein zweiter aus dem Wagen und öffnete die rückwärtige Tür. Sie holten eine Bahre heraus, und innerhalb weniger Sekunden lag der Tote auf der Trage und landete mit einem dumpfen Geräusch auf der Ladefläche. Der Krankenwagen fuhr davon und hinterließ eine kleine Staubwolke.

Milo sah mich und steckte sein Notizbuch ein. Er

klopfte sich Staub vom Rockaufschlag und legte mir eine schwere Hand auf die Schulter.

»Was ist passiert?« fragte ich.

»Radovic hat heute morgen hier mit zwei Rockern ein Palaver abgehalten, und dabei schlitzten sie ihn auf.« Er wies auf den Blutfleck.

»Nach dem, was unser Zeuge sagte, war es ein geplantes Treffen, um irgendeinen Handel abzuschließen. Aber er ging schief.«

Ich blickte auf den Blutfleck und dann hinauf zu den öden grauen Hügeln.

»Warum nur so weit draußen?«

»Das versuchen wir auch gerade herauszufinden. Wir erwarten jeden Augenblick den Ranger. Vielleicht kann er Licht in die Sache bringen.«

Er zog ein Päckchen Pfefferminzbonbons aus seiner Tasche und bot mir eins an. Dann besserten wir beide unseren Atem auf.

»Nach meiner Meinung muß eine der beiden Parteien die Gegend hier gekannt haben, die andere nicht, und die Tankstelle war der Treffpunkt. Unter normalen Umständen wäre das ideal gewesen, weil hier gewöhnlich kein Mensch ist. Die Tankstelle, das Café und fünfzig Morgen Land zu beiden Seiten der Straße gehören einem alten Mann, einem gewissen Skaggs, der in Lancaster lebt und sich nur ganz selten hier aufhält. Ich habe ihn vorhin befragt, und da erzählte er mir, daß vor vierzig Jahren nur ein paar Meilen von hier ein Militärstützpunkt lag. Das Café war damals ein wichtiger Treffpunkt, eine Band spielte im Freien, es gab Steaks und illegalen Alkohol. Heute sieht es aus, als gehöre es zu einer Geisterstadt.«

Milo hielt schützend seine Hand vor die Augen

und sah sich um, als wolle er seine Aussage bekräftigen.

»Soweit ich ihn verstanden habe, ist das Café das Herzstück seiner Erinnerung an Sal, seine Frau. Als das hier noch in Betrieb war, zapfte er das Benzin, und sie kochte. Siebenundsechzig ist sie gestorben, aber er hat ihren Tod bis heute nicht verwunden. Wenn er zu intensiv an sie denkt und zu traurig wird, fährt er hierher, setzt sich an die Bar und läßt seiner Erinnerung freien Lauf. Genau das geschah letzte Nacht. Sie hatte nämlich gestern zwanzigsten Todestag. Er hatte sich zu Hause die Hochzeitsfotos angesehen, bis ihm die Tränen kamen. Als er es nicht mehr aushielt, zog er sich an, nahm das Fotoalbum, eine Flasche Jack Daniels und fuhr hierher. Dann schloß er sich in der Garage ein und trank sich einen an. Er weiß nicht mehr genau, wie spät es war, aber er vermutet, daß er um elf hier ankam und so gegen eins einnickte. Um acht wurde er von Schreien geweckt. Er dachte zuerst, er hätte einen Alptraum, aber dann merkte er, daß draußen Leute waren. Er schaute durchs Fenster, aber als er sah, was da passierte, verkroch er sich. Der arme Kerl hat solche Angst gekricgt, daß er erst drei Stunden später um Hilfe rief.«

Er zeigte auf den Lieferwagen.

»Das ist sein Auto. Sie haben es nicht gesehen, weil er es in die Garage gestellt und die Tür abgeschlossen hatte.«

»Ein Glück.«

»Ich weiß nicht so recht. Wir haben ein Stück Gummischlauch am Auspuff gefunden. Sein Gesundheitszustand ist nicht der beste, wir müssen auf ihn achtgeben. Er ist nicht gerade der ideale Augenzeuge, aber es reicht, um meinen Glauben an Gott wieder anzukurbeln.«

»Was hat er gesehen?«

»Als er aufwachte, stand es schon nicht mehr zum besten. Radovic und die Rocker schrien sich an. Skaggs ist sich nicht sicher, aber er glaubt gehört zu haben, daß die Rocker Radovic vorwarfen, er hätte sich nicht an die Abmachungen gehalten. Erno antwortete in seiner üblichen entzückenden Art: Er lachte, beschimpfte sie wild und hob die Faust. Von da ab ging alles sehr schnell. Der dicke Rocker muß ihn offenbar falsch angesehen haben, denn Radovic schlug ihn in die Magengrube und gab ihm noch einen Hieb auf das Nasenbein. Skaggs sagt, daß er sofort umkippte, wie ein Hafersack. Mit dem mageren hatte er es nicht so einfach. Als er sah, wie sein Freund zugerichtet wurde, zog er eine Kette und ein Klappmesser raus und legte los wie bei einem Straßenkampf. Radovic griff in seine Tasche – wir haben bei der Leiche eine zweite Beretta gefunden – aber der Dürre war schneller. Er legte Radovic die Kette um den Hals, zog ihn zu sich heran und stach ihm das Messer in den Leib. Der Arzt sagt, es seien gezielte Stiche gewesen: Ein Stich durchbohrte die Leber, mehrere Schnitte von oben nach unten verletzten andere Organe. Auch die Kehle hat der Mann ihm durchbohrt, wahrscheinlich war er da aber schon tot. Die Rocker betrachten das normalerweise als Gnadenstoß. Dann half der Dürre dem Fettwanst aufzustehen, und die beiden machten sich davon. Skaggs hörte den Motor angehen, aber das Fahrzeug konnte er von seinem Versteck aus nicht sehen.«

»Ein Motorrad oder zwei?«

»Der Alte behauptet, er hätte nur einen Motor gehört, wir haben auch nur Spuren von einer Maschine gefunden. Offenbar sind sie zusammen auf einer Kiste gefahren, romantisches Pärchen, was?«

Milo fuhr sich mit der Hand durchs Gesicht und starrte auf seine Schuhe.

»Ich habe die Leiche gesehen, Alex. Sie haben ihn regelrecht ausgeweidet. Du weißt ja, was ich von dem Typ hielt, aber das war denn doch zuviel.«

Wir verließen den Tatort und gingen die Straße entlang. Im Staub lag eine riesige Schraube, der Milo einen Fußtritt gab. Ein Krähenschwarm flog auf, man hörte ihr Kreischen, bis sie hinter einem entfernt gelegenen Hügel verschwunden waren.

»Erzähl mir ein bißchen von der Skulptur, die er gekauft hat.«

»Ein Klumpen aus durchsichtigem Plastik mit einer ganzen Menge Spielzeug drin, aus dem ein Bild zusammengesetzt wurde.«

»Eine aufgehängte Ken-Puppe sagst du?«

»Ja, sie hängt an einer Schlinge, und in ihrem Bauch steckt ein Messer. Wirklich aufmerksam wurde ich erst, als ich den Titel las: *Die verwerfliche Tat*. Diesen Ausdruck verwendete Jamey für Selbstmord.«

»Und der Künstler gehört auch zu den kleinen Genies, über die geforscht wird.«

»Ja. Er heißt Gary Yamaguchi. Die anderen sagen, er habe Jamey am nächsten gestanden. Er ist öfter mit ihm und Chancellor abends weggegangen.«

»Was waren noch für Spielsachen in der Skulptur?«

Ich merkte, daß ich mir das Kunstwerk nicht sehr genau angesehen hatte. Ich versuchte, mich an Einzelheiten zu erinnern.

»Die Szene spielt im Zimmer eines Teenagers.

Fußballfähnchen, ein Tagebuch, kleine, leere Pillenschachteln, ein Spielzeugmesser und imitiertes Blut.«

Milo runzelte die Stirn.

»Hört sich nicht so an, als ob es sich lohnt, viel Geld dafür zu bieten. Fällt dir noch etwas ein?«

»Warte mal, da waren ein paar Barbie-Fotos, ein Poster von Elvis und Liebesbriefe.«

»Was für Liebesbriefe?«

»Sie waren winzig klein, nur zwei Zentimeter groß, und darauf stand *I love You*.«

»Und dann mittendrin Ken mit einem Messer im Leib?« Er schüttelte den Kopf. »Und das nennt man Kunst.«

Wir gingen ein bißchen auf und ab.

»Diese Rocker tauchen ja wirklich überall auf«, sagte ich.

»Ja, ja.«

»Wirft das nicht ein ganz neues Licht auf die Lavendel-Morde?«

»Es macht die Dinge komplizierter, und wenn du wissen willst, ob es Cadmus etwas nützt, dann ist die Antwort nein. Das einzige, was dabei herauskam, ist, daß Chancellors und Cadmus' Schnibbelverein zwei Mitglieder mehr hat, als wir dachten. Mir leuchtet das ein, denn Chancellor ist nie in Boystown gesehen worden, und ein Kerl wie er wäre jedem gleich aufgefallen. Er war ein Managertyp, gewohnt, Arbeit zu delegieren. Es ist gut möglich, daß er die Rocker losgeschickt hat, um hübsche Jungen aufzugabeln und sie in sein Haus zu bringen. Er hat sie vielleicht auch zu seiner Party eingeladen.«

»Das heißt, daß die Rocker ihn umgebracht haben könnten.«

»Wir haben das Messer in der Hand von Cadmus

gefunden. Er kann also kein harmloser Zuschauer gewesen sein.«

»Ein Zuschauer, der wahnsinnig war.«

»Warum wurde er dann nicht auch umgebracht? Du täuschst dich, Alex.«

»Welche Rolle spielte eigentlich Radovic dabei?«

»Vielleicht hat er, während er frei hatte, herumspioniert und herausgefunden, was die Rocker taten. Als er dann versuchte, sie zu erpressen, ging es ihm an den Kragen.«

»Warum aber ist er dann mir gefolgt? Und warum wollte er unbedingt *Die verwerfliche Tat* kaufen?«

Milo seufzte.

»Ich behaupte ja gar nicht, daß es sich wirklich so ereignet hat, ich will nur sagen, daß alles verdammt kompliziert ist und daß dabei keine Begnadigung für Cadmus herausspringt.«

Seine Kiefer spannten sich, und er holte tief Luft.

»Vielleicht wollte Radovic ja wirklich etwas für Chancellors Ruf tun. Auch Arschlöcher haben manchmal Anflüge von Altruismus. Er dachte, du wüßtest wichtige Dinge, weil du der Therapeut von Cadmus warst. Es kann natürlich auch sein, daß er ganz egoistische Pläne verfolgte und glaubte, dich vor seinen Karren spannen zu können.«

»Aber ich hatte doch Jamey seit fünf Jahren nicht mehr behandelt.«

»Das wußte er vielleicht nicht. Wahrscheinlich hat Cadmus von dir als tollem Doktor geschwärmt, so daß Radovic dachte, du hast noch mit ihm zu tun.«

Ich mußte an Andrea Vanns Worte in jener Nacht in *Cañon Oaks* denken: Jamey hatte sehr nett und freundlich von mir gesprochen, wenn er bei klarem Verstand war.

»Das erklärt aber nicht, warum die Rocker Garys Wohnung verwüstet haben.«

»Willst du mit mir Rateonkel spielen? Na gut. Yamaguchi gehörte auch zum Schnibbelverein.«

Mir wurde ganz übel bei dem Gedanken, daß noch ein Mitglied des Projekts 160 ein Mörder sein sollte.

»Das ist doch lächerlich.«

»Wieso? Du hast mir doch selber erzählt, daß er öfter mit Chancellor und Cadmus ausgegangen ist.«

»Wäre er ein Mörder, würde er sicher nicht mit einer Skulptur darauf aufmerksam machen.«

»Das hat es alles schon gegeben. Vor ein paar Jahren hat ein englischer Krimiautor die Geschichte eines Malers mit Namen Sickert erfunden, der Jack the Ripper sein könnte. Der Mann malte Bilder, die verdammte Ähnlichkeit mit manchen Mordszenen hatten. Und nach dem, was du über Yamaguchi erzählst, hat der nicht gerade den gesündesten Menschenverstand. Man muß nur genügend Speed in seinen Körper jagen, und schon hat man ein Gehirn wie ein Schweizer Käse.«

»Als ich mit ihm gesprochen habe, war er ablehnend und feindselig, aber er schien mir sehr klar im Kopf zu sein.«

»Alex, ich könnte hier jetzt stundenlang rumstehen und spekulieren – ein tolles Wer-war-der-Mörder-Spiel für Krimileser. Ohne Beweise ist das alles nichts als Scheiße. Rocker, Cadmus und wieder Rocker. Die reinste Achterbahn. Und beim Achterbahnfahren kommt mir immer das Kotzen.«

Seine Schritte wurden länger, mißmutig stopfte er die Hände in die Hosentaschen.

»Was mich wirklich aufregt, ist, daß wir schon lange und mit allen Mitteln nach diesen Arschlöchern suchen. Wochenlang haben wir Dutzende von Spuren verfolgt und uns Whiteheads Gelaber anhören müssen. Wir haben sämtliche Schwulenlokale von Los Angeles abgeklappert und soviel Leder gesehen, daß wir damit den ganzen Staat zudecken könnten. Wir haben Leute in die Unterweltgangs eingeschleust, was viel Zeit gekostet und 'ne Riesenanstrengung bedeutet hat. Und das alles umsonst.«

»Aber von jetzt an habt ihr eine Personenbeschreibung.«

»Wie bitte? Einer fett, einer mager? Aus irgendeinem – wahrscheinlich soziologisch höchst relevanten – Grund gehören diese Arschlöcher zwei Kategorien an: ekelerregende Dickwänste oder mit Drogen vollgepumpte Magersüchtige. Fett und mager, damit scheiden genau null Prozent der Bevölkerung aus.«

»Der Alte hat sie doch gesehen, kann er nicht mehr über ihr Aussehen sagen?«

»Doch. Der Fette war außerdem ein Glatzkopf – oder vielleicht war sein Haar extrem kurz – und hatte einen Vollbart, schwarz oder braun. Der Dünne hatte langes Haar, glatt, gewellt oder kraus und einen Bart, einen Schnäuzer mit Backenbart.«

Milo seufzte. »Augenzeugen sind notorisch ungenau, wenn sie eine Person beschreiben sollen, und der hier ist achtzig, depressiv und hatte außerdem gesoffen. Ich bin nicht mal sicher, ob er auch nur einen Fetzen von dem Gespräch, über das er berichtet, mit angehört hat. Ich brauche was Handfestes, Alex. Ich habe Leute von der Pacific Division gebeten, Radovics Boot in Marina zu durchsuchen. Vielleicht finden wir dort die Skulptur, die dann auch noch voller Smaragde oder Rauschgift ist.«

»Genau wie im Film.«

»Hör mal, hier in Los Angeles ist doch alles möglich, oder?« sagte er grinsend. Dann wurde er ernst. »Ich möchte mit diesem Yamaguchi reden. Wo kann ich ihn finden?«

»Er hängt in der Innenstadt rum. Ich hab ihn mit Hilfe der Galerie getroffen, aber es klang so, als wolle er Los Angeles verlassen. Vielleicht ist er schon weg.«

Milo nahm sein Notizbuch und schrieb sich Garys Namen sowie die Adresse von *Voids will be Voids* auf. Mir kam ein Gedanke.

»Er war mit einem kleinen blonden Mädchen zusammen. Sie sah so aus, als hätte es Zeiten gegeben, in denen sich jemand um sie kümmerte.«

»Name?«

»Er nannte sie Slit.«

»Wie süß. Ich versuche mal herauszufinden, ob sie vermißt gemeldet ist. Laß uns zurückgehen, ich muß ein paar Anrufe erledigen.«

Wir kehrten um und gingen zurück zum Café. Als wir den Wagen erreichten, stieg Milo ein und sprach in ein Funkgerät. Ich wartete draußen und sah mir das Café von innen an. Hinter der Theke stand ein kleiner schrumpeliger Mann in einem karierten Flanellhemd und einer Latzhose und wischte mit einem feuchten Lappen den chromüberzogenen Tresen sauber. Die Barhocker hatten Chrombeine und runde, mit rotem Leder bezogene Sitzflächen. An der mit astlochdurchsetztem Fichtenholz getäfelten Wand hing eine Schwarzwälder Kuckucksuhr, gleich neben einem drittklassigen Ölgemälde vom Tahoe-See. Country-Music-Klänge drangen aus einem billigen Transistorradio.

Plötzlich wurde die Musik von einem von Norden

her kommenden Motorgeräusch übertönt. Ich wandte mich um und sah einen Jeep, der über den Horizont zu gleiten schien. Er fuhr schnell, wurde dann langsamer und hielt vor der Absperrung. Der Fahrer sah zu den Leuten von der Spurensicherung hinüber, dann parkte er vor dem Café, stellte den Motor ab und stieg aus. Auf dem Jeep war das Emblem des Parks Department, und der Mann trug eine Rangeruniform. Er war etwa vierzig, hager, hatte sonnengegerbte Haut und ein ausdrucksvolles Gesicht. Er trug eine runde Metallbrille und einen Bart wie Abraham Lincoln. Unter seinem Hut sahen blonde Haarsträhnen hervor, sein Nacken hatte die Farbe von rohem Hackfleisch.

»Sergeant Sturgis?« fragte er.

»Das ist der Mann dort drüben.«

»Bill Sarna.« Er hielt mir eine sehnige, lederhäutige Hand entgegen.

»Alex Delaware.«

»Sind Sie Sergeant?«

»Berater.«

Er war erstaunt, lächelte aber dennoch. Ich sah zu Milo hinüber.

»Er ist sicher gleich fertig.«

»Ich geh' mal rein und sehe nach Asa. Kommen Sie nach, wenn Sie fertig sind.«

Er nahm den Hut ab und betrat das Café.

Ein paar Minuten später setzten wir uns zu ihm an den Tresen. Ich sah noch mehr Landschaftsbilder an den Wänden und überall Erinnerungsstücke an gute alte Zeiten: ein Regal voll alter Gläser, einen Kalender aus dem Jahr '67, eine Speisekarte, die Steak und Eier für einen Dollar fünfundneunzig anpries inklusive Kaffee. Alles war mit Spinnweben bedeckt. Es roch moderig wie in einem Mausoleum, aber das war es ja schließlich auch.

»Hallo, Leute«, krächzte der alte Mann. Er machte sich gewaltig zu schaffen, ging auf und ab, putzte auf imaginären Flecken herum, schob Gegenstände hin und her, wischte Staub weg. Sein Gesicht war eingefallen, offensichtlich hatte er seit Jahren keine Zähne mehr; seine Aktivität wirkte komisch, es war ein vergeblicher Versuch, diesem ausgestorbenen Ort einen Anstrich von Leben zu verleihen.

Sarna stand auf, er und Milo stellten sich einander vor.

»Ich würde Ihnen ja gerne einen Kaffee oder irgendwas anbieten, aber ich habe leider keine Vorräte hier«, sagte der Alte.

»Schon gut, Asa«, antwortete der Ranger, »beim nächsten Mal dann.«

»Ganz bestimmt. Dann gibt es Hühnersteak und Buttermilchkekse mit Bohnen und Zichorien-Kaffee. Wollen Sie das?«

»Gerne.« Sarna lächelte. »Ich freue mich drauf.« Er legte Skaggs eine Hand auf die Schulter, riet ihm, gut auf sich achtzugeben, und führte uns aus dem Café.

»Wie geht es ihm?«

»Für dreiundachtzig gut genug.«

»Glauben Sie, daß er zum Zeugen taugt?«

Der Ranger setzte den Hut auf.

»Manchmal ist er ein bißchen arg von Wunschdenken bestimmt.«

»Schlimm. Hat er schon früher versucht, sich umzubringen?«

Sarna wirkte erstaunt.

»Früher?«

Als Milo ihm von dem Gummischlauch am Auspuff erzählte, machte er ein besorgtes Gesicht. Mit seinem Bart ohne Schnurrbart sah er aus wie ein Ältester der Amish-People.

»Das ist mir neu. Ich habe immer gedacht, er sei ein stabiler alter Mann, der einfach nur ein bißchen zu viel Phantasie und Erinnerungen hat. Ob er zum Zeugen taugt, kann ich nicht mit Sicherheit sagen.«

»Hat er Angehörige?«

»Nicht, daß ich wüßte.«

»Wen kann ich bitten, daß er sich um ihn kümmert?«

»Bei den Baptisten gibt es einen Altenverein, aber soviel ich weiß, ist Asa Atheist. Wenn Sie wollen, höre ich mich mal um.«

»Das wäre sehr nett, Bill.«

Die Spurensicherung hatte ihre Arbeit beendet und begann einzupacken.

»Mein Chef sagte mir, es sei ein häßlicher Mord gewesen, Rocker mit Messern, stimmt das?«

Milo nickte.

»Jedes Jahr haben wir ein paar davon, vor allem in Angeles Crest. War eine bestimmte Bande beteiligt?«

»Wir haben keine Ahnung. Skaggs hat keine besonderen Farben bemerkt.«

»Und das Opfer?«

»Das Opfer war kein Rocker.«

»Das ist ja besorgniserregend. Wir kriegen die meisten Anrufe von Jungs, die im Suff aufeinanderlosgehen, die Nerven verlieren und dann anfangen zu schießen. Im allgemeinen halten die sich aber von den knallharten Rockern fern. Hoffentlich braut sich da nicht wieder was Neues zusammen. Können wir Ihnen bei der Suche helfen?«

»Nein, danke, die Suche ist vorbei. Wir haben schon vor Stunden unsere Leute in alle Himmelsrichtungen geschickt – ohne Ergebnis. Die von der Spurensicherung sagen, daß die Spuren des Motorrads zum Highway führen.«

»Dann sind sie entweder in einen der nördlich gelegenen Cañons gefahren oder zurück in die Stadt. Wann passierte das Ganze?«

»Um acht Uhr morgens.«

»Dann ist es zu spät, dem nachzugehen. Hat Asa Ihnen eine genauere Beschreibung der Leute gegeben?«

»Einer war dick, der andere dünn. Welche Motorradclubs fahren hier bei Ihnen in der Gegend herum?«

»Es gibt größere: die *Angles, Mongols, Satans Disciples*. Dazu kommen noch andere kleinere Gruppen, die aber nur vorübergehend hier sind. Ihr Hauptquartier haben sie in Foothill Division oder Tujunga, Sunland. Ihre Feste feiern sie in Naturparks.«

»Ist das hier Naturparkgebiet?«

»Nein. Ursprünglich gehörte es dem Militär. Dann hat es jemand gekauft. Aber ab und zu gehen wir das Terrain ab. Die Cañons und die Gegend rundum sind als Naherholungsgebiet ausgewiesen oder für Industrieansiedlungen vorgesehen, aber ohne Karte weiß man nicht genau, wo die Grenzen liegen. Eins kann ich Ihnen aber mit Sicherheit sagen: Ein Treffpunkt für Motorradrocker ist das hier nicht.«

»Was gibt es hier sonst an kriminellen Vorkommnissen?«

»Hier am Bitter Cañon? Nicht viel. Manchmal stoßen wir auf eine Leiche, die irgendwo anders ermordet und hierher gebracht worden ist. Dann noch der übliche Kleinkram: Teenager, die sich betrinken, Wilderer, die Schildkröten jagen. Nichts Gefährliches.«

»Wir haben die Vermutung, daß das Opfer in eine Erpressungsgeschichte verwickelt war. Möglicherweise geschah der Mord, weil die Geldübergabe schiefging. Haben Sie eine Ahnung, weshalb jemand ausgerechnet hierherkommt, um solche Geschäfte abzuwickeln?«

Sarna nahm die Brille ab und blickte nachdenklich drein.

»Das einzige, was mir einfällt, ist, daß man hier ungestört verhandeln kann. Es ist verdammt einsam hier, Milo. Ausflügler kommen kaum hierher, es ist landschaftlich lange nicht so hübsch wie anderswo. Der See ist zwar schön, aber man kann dort weder fischen noch Wassersport treiben. In letzter Zeit ist es ein wenig belebter hier wegen des Kraftwerks, es kommen Architekten, Leute von der Gewerbeaufsicht und Bauingenieure hierher, aber nicht sehr viele, und sie kommen nur selten.«

»Was für ein Kraftwerk?« fragte ich.

»Hydroelektrisch.«

»Mit Energie aus einem See?«

Milo sah mich befremdet an, unterbrach mich jedoch nicht.

»Das ist mehr als ein See«, sagte Sarna. »Bitter Cañon ist in Wirklichkeit gar kein Cañon. Es ist ein vulkanischer See, der mit Wasser aus unterirdischen Strömungen gefüllt und von abschüssigen Bergen umgeben ist. Durch diese Strömungen unterscheidet er sich von den anderen, er wird immer mit Wasser gespeist. Man schätzt die Wassermengen auf Milliarden Liter, die gänzlich ungenutzt sind.« Sarna hörte sich offenbar gerne reden. Er fuhr fort: »Es gibt einen Zehnjahresplan, der zwei Dinge zum Ziel hat. Das Wasser soll nutzbar gemacht werden, um den Nordteil des Valley zu versorgen, außerdem soll ein Notwasserreservoir angelegt werden, aus dem jederzeit die vorhandene Wasserleitung gespeist werden kann.«

»Klingt, als wären die ruhigen Zeiten bald vorbei.«

»Wenn die hier anfangen zu bauen, bestimmt. Es ist eine riesige Unternehmung: fünfundvierzig Millionen Dollar allein für das Kraftwerk und dazu fünfundzwanzig für die Stadt, die drum herum gebaut werden soll. Seit Jahren wird über den Plan geredet. Vor ein paar Jahren hatten wir hier eine Trockenperiode, die für ziemliche Aufregung sorgte. In den feinen Restaurants wurde zum Essen kein Wasser mehr serviert. Als endlich der Regen kam, beruhigten sich die Gemüter wieder. Vor zwei Jahren wurde der Plan wieder aktuell, aber es bedurfte langer Verhandlungen vor und hinter den Kulissen, bis die Finanzierung gesichert war.«

»Waren Umweltschützer dagegen?«

»Nein, ich sagte doch schon, bis auf den See ist die Gegend hier nicht besonders attraktiv. Außerdem sind die Leute hier mehr interessiert an Arbeitsplätzen als am Schutz von Kreosot. Es gab einen Interessenkonflikt, der nicht so schnell zu lösen war; die Gesellschaft, der das Land gehört, hatte einen besonderen Anspruch auf den Bauauftrag.«

»*Cadmus Construction*?«

»Genau«, sagte er überrascht. Dann sah er uns an wie jemand, dem gerade ein Licht aufgegangen ist. »Ach so, Sie sind von der Mordkommission Los Angeles, wegen dieses Mordfalls?«

»Bill«, sagte Milo und beugte sich verschwörerisch zu ihm hin, »wir wissen es noch nicht. Und wir wären sehr dankbar, wenn dieses Gespräch unter Verschluß bliebe.«

Der Ranger legte den Zeigefinger über den Mund. »Versiegelt«, sagte er.

»Vielen Dank.« Mein Freund lächelte ihm zu. »Die Leute von der Baufirma, die hierherkommen, wohin gehen sie genau?«

»Zum Nordrand des Kraters. Das ist die einzige Stelle, von wo aus man den gesamten See überblikken kann. Dort stehen sie dann und zeichnen Pläne.«

»Sind sie schon einmal zum See hinuntergegangen?«

»Nein. Dazu braucht ein gelernter Kletterer ja schon zwei Tage. Mit Seil und Haken.«

»Könnten Sie uns den Weg erklären, damit wir uns das Ganze mal ansehen können?«

Milo zeigte auf den Wagen.

Der Ranger schüttelte den Kopf.

»Da können Sie nur hin, wenn Sie gut zu Fuß sind. Vier Meilen vor dem Aussichtspunkt endet die Straße. Und auch die kann man nur mit Vierradantrieb befahren. Ich fahre Sie in meinem Jeep hin.«

Wir fuhren holpernd in südlicher Richtung über eine immer schlechter werdende Straße. Unsere Knochen wurden durchgerüttelt, durch die Fenster des Jeeps sah man nichts als gespenstische weiße Felsen, eintönig und ohne jede reizvolle Formation. Sarna belebte die Fahrt ein wenig, indem er bestimmte Stellen im Gestein beim Namen nannte – Fettwald, Honigbaum, Hasenpinsel – so daß wir doch einige Formen in den Felsen wahrnahmen. Auch sahen wir einen Vogelschwarm auffliegen und sich auf einem Gebüsch niederlassen und eine Alligatoreidechse, die über die Äste einer weitgefächerten Palme glitt. Sarna pries die Schönheit einer alten Tanne, erzählte von der Grausamkeit und Härte der Winter in dieser verlassenen Gegend, und erörterte ausführlich, wie widerstandskräftig Tiere sein müßten, um in dieser Kälte zu überleben.

Milo saß tief in seinen Sitz gesunken, nickte von Zeit zu Zeit, dachte aber an eine ganz andere Art von Grausamkeit.

Als die Straße keinen Teerbelag mehr hatte, begann der Jeep zu vibrieren wie eine Bogensehne. Der Weg wurde immer sandiger, und die Räder erzeugten eine riesige Staubwolke. Sarna schien Vergnügen daran zu finden, denn er verlangsamte die Fahrt keineswegs und fuhr die Gänge voll aus, anstatt zu bremsen. Milo und ich hielten uns an den Sitzen fest.

Die Fahrt ging hinauf und hinunter, dann wieder hinauf. Ich dachte an Milos Äußerung über Achterbahnen und schaute zu ihm hin. Er hielt die Augen geschlossen, kniff fest die Lippen zusammen und war grün im Gesicht.

Jetzt stieg der Weg wieder an. Sarna gab noch einmal kräftig Gas, so daß wir den Gipfel, ein schattiges Plateau, mit einem Hüpfer erreichten. Sarna stoppte, zog die Handbremse und sprang aus dem Wagen.

»Das letzte Stück müssen wir zu Fuß gehen.«

Wir stiegen ebenfalls aus. Vor uns lag ein kleiner Tannenwald. Die meisten Bäume waren tot, leere graue Hüllen mit schartigen dürren Ästen, manche waren schon halb umgestürzt, andere stachen geisterhaft aus dem karstigen Boden. Die lebenden Bäume sahen kaum besser aus. Durch die einzelnen Stämme blendete uns helles grauweißes Licht, so daß wir unwillkürlich zu Boden blickten.

Sarna ging uns voran über einen kleinen Pfad durch die Bäume hindurch. Wir steckten bis zu den Fußangeln in staubigen, vertrockneten Blättern, traten über Unmengen toter Äste. Einmal blieb Milo mit dem Hosenbein hängen und mußte sich erst wieder befreien. Er sah noch immer nicht gut aus, hatte jedoch wieder eine normale Gesichtsfarbe.

Hinter den Bäumen lag eine Lichtung, und je näher wir dorthin gelangten, desto unerträglicher wurde das grauweiße Licht. Wir legten schützend die Hände vor die Augen, während wir weitergingen. Kurz vor einem sandbedeckten Abhang, aus dem hier und da Felsen herausstachen, blieb Sarna stehen. Überall war wieder das grelle weiße Licht.

»Man kann zu dieser Tageszeit fast nichts sehen«, sagte der Feldhüter. »Aber ich kenne eine Stelle, an der man wenigstens ein bißchen Schatten findet. Vorsichtig, hier ist es ziemlich steil.«

Er führte uns zu einer Stelle im Felsen, an der mehrere Blöcke von einer Sandsteinplatte überdeckt waren. Wir standen darunter und schauten auf den See.

Der lag wie ein Opal in der sonnenvergoldeten Landschaft. Die Wasseroberfläche glänzte wie ein Kristallspiegel, sie war so unbeweglich, daß sie künstlich schien. Sobald man den schützenden Schatten verließ, wurde er zu einer blendenden Lichtscheibe, was Milo erfuhr, als er sich zu weit nach vorne wagte.

»Jesus!« rief er, bedeckte seine Augen und trat in den Schatten zurück.

Sarna zog seinen Hut ins Gesicht und nickte.

»Bei Sonnenuntergang scheint das Licht so auf die Felsen, daß es eine höllische Lichtbrechung gibt. Ein weiterer Grund, weshalb kaum Leute hierherkommen.«

»Ein grauenhaft blendender Spiegel«, sagte Milo und rieb sich die Augen.

»Das haben die Spanier auch so gesehen. Sie nannten den See ›El Cañón Vidrio‹, was die Amerikaner als Bitter Cañon deuteten. Eine Schande, finden Sie nicht? Erstens ist er viel schöner, und zweitens ist der spanische Ausdruck ganz richtig.«

»*Vidrio*«, sagte Milo.

»Genau«, sagte Sarna, »der Gläserne Cañon.«

23

Sarna ließ uns beim Café wieder aussteigen. Milo verbrachte die nächste halbe Stunde damit, etwas aus Asa Skaggs herauszuholen. In leichtem Plauderton versuchte er zu erfahren, ob Skaggs sich an irgend jemand erinnern konnte, der wie Jamey, Chancellor oder Gary ausgesehen hatte. Der Alte hörte auf, ein Backblech zu scheuern, kratzte sich am Kopf und sog an seinen zahnlosen Kiefern.

»Yamagutsch – is das nich n' Name von 'm Japs?«

»Sie haben recht.«

»Waren viele Japse hier in der Gegend, im Ausländerlager bei Mojave.«

»Während des Zweiten Weltkriegs?«

»Kapiert. Später ließ man sie hinaus und steckte sie in die Army, sollen sich dort gut gemacht haben, zähe kleine Affen.«

»Ich meinte, mehr in letzter Zeit, Mr. Skaggs.«

»Hmm. Nein, ich habe seit damals keinen Japs mehr gesehen. Denke, 's gibt 'ne Menge davon in der Stadt. In der Nähe von San Pedro Street. Nennen es jetzt Klein-Tokio. Kannte mal ’ne Frau in der Stadt, Alma Bachmann, die fuhr immer dahin, um rohen Fisch zu essen. Sagte, sie fühle sich immer jünger danach, is’ doch Unsinn, oder?«

»Vermutlich«, sagte Milo.

»Sie erinnern sich bestimmt noch sehr gut an diese Zeit, Mr. Skaggs?« fragte ich. »An den Krieg und die Zeit danach?«

»Kapiert.«

»Erinnern Sie sich auch noch an den Mann, der das Militärgelände kaufte?«

»Mr. Black Jack Cadmus? Den kann man nicht vergessen. War ’n richtiger Gentleman, gibt’s heute nich mehr. Benahm sich wie ’n richtiger König. Dolle Klamotten, vom Scheitel bis zur Sohle. Manchmal kam er hier hochgefahren, um den See anzugucken und machte bei mir ’ne Pause, Volltanken und Scheiben waschen. Ich erinnere mich noch an den Wagen. Ein siebenundzwanziger Bugatti, Typ Royal einundvierzig, Achtzylinder-Reihenmotor, Doppelvergaser. Tiefschwarz und riesengroß. War in Italien restauriert worden und kam mit dem Schiff rüber. Der Schlitten war so gebaut, daß du die ganze Maschine ausbauen mußtest, um an die Kerzen ranzukommen. Von den Unterhaltungskosten hätte ein halbes Dutzend Familien ein Jahr leben können, aber so war der Mann eben. Großzügige Lebensart, verlangte immer das Beste für sich. Wenn ich mal Ölwechsel machte oder den Reifendruck nachprüfte, kam er rein, setzte sich genau da hin, wo Sie sitzen. Verlangte ’ne Tasse Kakao und ’nen Schokoriegel – der Mann war scharf auf Schokolade. Sal sagte immer, er sähe aus wie ein Filmstar, mit seinem schwarzen Haar und den weißen Zähnen.«

»Brachte er mal jemanden mit hoch?«

»Nee, machte alles allein. Fuhr mit dem Bugatti, so weit es ging, und marschierte dann ein paar Stunden im Gelände herum. Ich weiß das, weil er manchmal voller Staub zurückkehrte, ich habe ihn deswegen auf den Arm genommen. ›Herumgeklettert und Pech gehabt, Colonel Cadmus?‹ Man konnte so mit ihm reden, er hatte Sinn für Humor. Er grinste dann immer zurück und sagte: ›Zurück zur Natur, Asa. Zurück zur Basis.‹«

Der Alte winkte mich näher und senkte die Stimme.

»Ich habe ihn nie darauf angesprochen, ich glaube aber, daß er da oben Gedichte gemacht hat.«

»Wie kommen Sie darauf?«

»Er hatte immer so ein kleines Taschenbuch bei sich und 'nen Füller mit Goldfeder. Als ich einmal die Autoscheiben putzte, lag es offen auf dem Sitz. Ich hab 'nen schnellen Blick drauf geworfen, und es sah so aus wie Gedichte geschrieben sind. Als er merkte, wie ich hinguckte, hat er es schnell zugemacht. Wollte wahrscheinlich nich für 'n Weichling gehalten werden.«

Milo lächelte.

»Wie sah das Buch denn aus?« fragte ich.

»Klein und aus Leder.«

»Schwarzes Leder?«

»Ich kann mich nur erinnern, daß es dunkel war. Hätte schwarz sein können.«

»Haben Sie irgendwann mal gesehen, was drin stand?«

»Nee, bin nie so nah rangekommen.«

»Sie sind sich aber ziemlich sicher, daß es wie Gedichte aussah?«

»Kapiert. Wofür sollte sich 'n richtiger Mann sonst schämen?«

Wir verließen das Café. Die Beamten der Spurensicherung waren schon weggefahren, und auf der Straße herrschte Friedhofsstille.

»Was hältst du denn davon?« fragte mich Milo. »Gedichte und so.«

»Skagg hat ein Buch beschrieben, daß so aussieht, wie das in der *Verwerflichen Tat*«, sagte ich. »Wenn ich genauer darüber nachdenke, paßte es nicht zu den anderen Teilen der Skulptur. Alles war dort verkleinert, das Buch hatte jedoch normale Größe. Die Proportionen paßten nicht. Im übrigen sah es eher wie ein sehr altes Tagebuch aus, als wie das eines Teenagers. Gary hatte in lavendelfarbener Schrift *Tagebuch* daraufgeschrieben, aber das wirkte so schluderig, gar nicht seine Art. Er ist zwanghaft genau, Milo. In all den anderen Details bemühte er sich um äußerste Präzision.«

Über uns war ein Falke aus den dunkler werdenden Hügeln hinaufgeflogen und zog seine Kreise. Milo blickte nach oben und beobachtete seinen Flug.

»Ich weiß«, sagte ich, »in dieser Welt gibt es Tausende schwarzer Tagebücher. Aber ein gläserner Cañon spielt in Jameys halluzinativen Phasen eine große Rolle. Er benutzte diesen Ausdruck, als er mich nachts anrief, das bedeutet, daß er diese Gegend kennt. Natürlich könntest du dieses Argument leicht wegwischen, weil er geisteskrank ist. Viele Experten, Mainwaring eingeschlossen, geben nicht viel darauf, was psychisch Kranke erzählen. Aber Radovic wurde hier draußen ermordet. Ist das vielleicht ein Zufall?«

Milo fuhr sich mit der Hand über das Gesicht, zog eine Grimasse und räusperte sich.

»Laß uns das Ganze noch mal kurz nachvollziehen«, antwortete er dann. »Vor langer Zeit pflegte der alte Cadmus hier herauf zu fahren, zu dem gläsernen Cañon, um Gedichte in ein schwarzes Tagebuch zu schreiben. Vierzig Jahre später ersticht sein Enkel, der scharf auf Gedichte ist und über einen gläsernen Cañon halluziniert, seinen Freund und einen Strichjungen und entpuppt sich als Massenmörder. Der Leibwächter des ermordeten Freundes kauft eine verrückte Skulptur, um an das schwarze Tagebuch heranzukommen, versucht, damit zwei Motorradfans zu erpressen und wird deswegen von ihnen niedergemetzelt.«

Er sah mich an.

»Willst du dir den Kopf noch weiter zerbrechen?«

Er ging hinüber zu seinem Matador, stieg ein und schloß die Tür hinter sich. Ich beobachtete, wie er zum Funktelefon griff, einige Minuten hineinsprach, nickte, sich wiederholt das Haar aus der Stirn strich, auflegte und wie er schließlich geistesabwesend aus dem Auto kletterte.

»Die Pacific Division hat gerade mit der Durchsuchung von Radovics Boot begonnen. Es sind vorher schon welche da gewesen und haben es durchgefilzt. Schußwaffen, Messer und ein Bündel Banknoten, das er im Ruderkasten versteckt hatte, haben sie nicht angerührt. Ebensowenig eine Bohrmaschine, einen Stapel Spielmarken, Staub und die Überreste der Skulptur – der Kollege, mit dem ich telefonierte, ist von der Harakiri-Szene sehr angetan –, aber kein schwarzes Tagebuch. Wie Skaggs ausgesagt hat, ist zwischen Radovic und den Motorradfahrern nichts ausgetauscht worden; das allein überzeugt mich von gar nichts. Aber die Tatsache, daß jemand sich die Mühe gemacht hat, in Radovics Boot einzubrechen, bedeutet, daß man nach etwas sucht. Entweder haben sie es gefunden, oder Radovic hat es gut versteckt, und es ist noch da.«

Ein kalter Wind kam plötzlich von Süden auf. Milo zog seine Krawatte enger, und wir beide knöpften unsere Jacketts zu. Der Himmel hatte sich schwarz gefärbt, mit Streifen aus tiefem Blau und korallenrot. Der Falke, der wie ein dunkler Schatten wirkte, verschwand. Ringsherum herrschte eine urzeitliche Stille.

»Ich kann mir alles schon richtig vorstellen«, sagte Milo. »Da drüben wird ein goldener Torbogen stehen, rechts davon ein Hamburger Restaurant, Seite an Seite mit einem Souvenirladen, da kannst du närrische Postkarten und Plastikmodelle des Wasserkraftwerks kaufen. Wahrer Fortschritt.«

Ich versetzte mich in seine Vorstellungswelt, sah vor mir hohe Betontürme anmaßend aus den flachen, stillen Hügeln emporragen, eine Fertigbaustadt, die mit ihrer Eintönigkeit die Abgeschiedenheit zerstören würde. Dann erinnerte ich mich an etwas, das Heather Cadmus mir erzählt hatte.

»Milo, Jamey und Chancellor haben sich auf einer Abendgesellschaft kennengelernt, die Dwight Cadmus für die Anleger eines Projekts der *Cadmus Construction* veranstaltete. Es ging um das ganz große Geschäft, Chancellor gehörte zu den Hauptbeteiligten. Es würde doch interessant sein herauszubekommen, was das für ein Projekt war, und in welcher Weise Chancellor involviert war, nicht wahr?«

Seine Augen zeigten beginnendes Interesse.

»Sehr interessant.« Er verschränkte die Hände hinter seinem Hals und begann laut nachzudenken.

»Das würde bedeuten, daß wir an Chancellors Finanzakten rankommen müssen. Abgesehen davon, daß so ein Verfahren einen Riesenaufstand verursachen würde, weil 'ne Masse Kapitalisten Bauchschmerzen bekäme, müßte Dickie Cash die Sache erledigen können, über Chancellors Banken in Beverly Hills. Bei seinem Fleiß wird das mindestens einen Monat dauern. Wenn er die Sache macht, wird ihm Whitehead wie immer helfen. Zu allem Unglück gibt es noch sogenannte Vorgesetzte, im Falle Trapps eine völlig falsche Bezeichnung. Du kennst diese Typen, Alex. Wenn es nach ihnen ginge, wären die Mordfälle schon längst erledigt. Sie würden wirklich begeistert sein, wenn sie von solchen Ermittlungen etwas mitkriegten.«

»Und über den Mord an Radovic würden sie sich keine Gedanken machen?«

»Radovic ist Abfall, für ihn gilt: aufgreifen, zu den Akten nehmen und wegwerfen. Wie sagte der charmante Cal zu Dickie, als sie glaubten, daß ich nicht zuhöre: ›Der Schwule war bestimmt froh, es ging alles viel schneller als AIDS. Haha.‹«

Er zog eine Grimasse.

»Ist sehr einfach, so zu denken, alles in saubere kleine Kästchen zu verteilen, nicht?«

»Ich glaube, ich könnte etwas über das Projekt herausbekommen, ohne an die Öffentlichkeit zu gehen«, sagte ich.

Als ich es ihm erzählte, war er angetan.

»Sehr gut. Mach das so. Wenn du was erfährst, graben wir tiefer nach.«

Er sah auf seine Uhr.

»Wir sollten besser zurückfahren.«

»Warte einen Moment«, sagte ich zu ihm. »Du bist zwar von Jameys Schuld überzeugt, aber es würde doch nicht schaden, Alternativen zu überdenken.«

»Wenn du welche hast, erzähl sie mir.«

»Erstens sollte sich jemand näher um die *Cañon Oaks*-Klinik kümmern. In der Nacht, als Jamey ausbrach, war niemand auf der Wache. Vielleicht sind solche Fehler dort üblich, vielleicht aber auch nicht. Die damals verantwortliche Krankenschwester hat eine Menge Schulden. Sie kündigte kurz nach Jameys Verhaftung und verließ die Stadt in einem nagelneuen Auto.«

Er lächelte schwach.

»Hast du ein bißchen Detektiv gespielt?«

»Ein bißchen.«

»Wie heißt sie?« fragte er und zog sein Notizbuch heraus.

»Andrea Vann. Sie ist geschieden und mit ihrem kleinen Jungen unterwegs.« Ich gab ihm ihre Adresse in Panorama City.

»Was für einen Wagen hat sie gekauft?«

»Einen Mustang.«

»Ich werde Auskünfte über sie einholen, mal sehen, was dabei herauskommt. Hast du noch was?«

»Mainwaring. Man sagt, daß er mit Geld zu beeinflussen ist. Keine schlechte Wahl, wenn du jemanden ohne lästige Fragen verschwinden lassen willst. Er hat die Vorschriften mißachtet, indem er zuließ, daß die Familie Cadmus eine private Krankenschwester für die Pflege einsetzte. Vielleicht ist er noch ein bißchen mehr beeinflußt worden.«

»Du hast ja mit dem Mann gesprochen. Ist dir irgend etwas aufgefallen?«

»Nein«, mußte ich zugeben. »Er hat Jamey nicht sehr einfallsreich behandelt, aber schlimme Fehler hat er nicht gemacht.«

»Hättest du etwas anders gemacht als er?«

»Ich hätte mehr mit dem Jungen geredet, hätte versucht, mir ein Bild zu machen, von dem, was in seinem Kopf vorging; das heißt nicht, daß ich damit Erfolg gehabt hätte. Aber Mainwaring hat das gar nicht erst versucht. Jamey hatte zusammenhängende Halluzinationen. Monate vor seiner Festnahme sagte er immer wieder die gleichen Sachen wie in der Nacht, als er mich anrief. Bei etwas mehr Aufmerksamkeit hätte das einen Arzt nachdenklich stimmen müssen. Vielleicht fiel es Mainwaring auf, aber er verdrängte es.«

Milo hob seine Augenbrauen.

»Jetzt kommst du mir auch noch mit einer Verschwörung.«

»Ich stelle dir nur Material zur Verfügung.«

»Laß uns noch mal auf diese zusammenhängenden Halluzinationen zurückkommen. Worüber redete Cadmus noch, außer über gläserne Cañons?«

»Er brauchte häufig das Wort ›stinkend‹. Die Erde ›stinkt‹ oder ›blutet‹. ›Übelriechend‹. ›Blutige Federn‹. ›Weiße Zombies‹. ›Nadelspiele‹.«

Er schwieg eine Weile.

»Sonst noch etwas?«

»Diese Ausdrücke wiederholte er immer wieder.«

»Sind welche davon bedeutsam für dich?«

»Seitdem ich über das geplante Kraftwerk Bescheid weiß, vermute ich einen ökologischen Zusammenhang – ›die Erde blutet‹, ›stinken‹ als ein Symbol für ihre Verschmutzung.«

»Wie passen dazu Nadelspiele?«

»Nadelspiele und Kilometer Röhren«, erinnerte ich mich. »Als ich das zum erstenmal hörte, dachte ich, daß er Angst vor der Behandlung hätte. Natürlich war ich, nachdem ich sie gesehen hatte, der Auffassung, mit ›gläsernem Cañon‹ meinte er die Klinik.«

»Was bedeuten ›Federn‹ und ›Zombies‹?«

»Das weiß ich nicht.«

Nach einer Weile fragte er: »War's das?«

Als ich nickte, steckte er das Notizbuch weg.

»Ich bin mir nicht sicher«, fügte ich hinzu, »vielleicht hat Mainwaring recht, und ich mache mir etwas vor. Vielleicht hat das ganze Gerede überhaupt keinen Sinn.«

»Wer weiß das schon«, antwortete Milo. »Mit den Jahren habe ich Respekt vor deiner Intuition bekommen, mein Junge. Ich möchte aber keine unrealistischen Erwartungen unterstützen. Du hast dir viel vorgenommen, wenn du Cadmus' Unschuld beweisen willst.«

»Vergiß die Unschuld. Die Wahrheit würde mir reichen.«

»Bist du sicher?«

Als ich nach Hause kam, empfing mich Robin mit einem boshaften Lächeln.

»Ein süßes, junges Ding namens Jennifer hat alle halbe Stunde angerufen.«

Ich gab ihr einen Kuß und zog mein Jackett aus.

»Danke, ich rufe sie nach dem Abendessen an.«

»Es gibt Pizza und einen Salat von Angelino. Ist sie so hübsch wie ihre Stimme?«

»Natürlich. Sie hat studiert und ist gerade siebzehn Jahre alt.«

Robin tat so, als rechne sie mit den Fingern, lächelte und sagte:

»Weniger als halb so alt wie du.«

»Das ist ein schrecklicher Gedanke.«

Sie kam näher und knabberte mir am Ohr.

»Das ist gut so. Ich werde dich immer lieben, auch wenn du alt und grau bist.« Sie strich mir übers Haar.

»Noch grauer.«

»Oh, vielen Dank.«

»Sag mal, nennen dich alle deine ehemaligen Studentinnen *Alex*, in dieser atemlos erwartungsvollen Weise?«

»Nur die Hübschesten.«

»Du Ekel.«

Sie biß mich fest ins Ohr und entfernte sich lachend.

»Ich stelle jetzt die Pizza in den Ofen und nehme ein Bad, während sie backt. Hier hast du Jennileins Telefonnummer. Warum rufst du sie nicht an, Alex, und besuchst mich, wenn du dich genügend in Form gebracht hast?«

Sie gab mir die Nummer und tänzelte hinaus.

Ich wählte und bekam Mrs. Leavitt ans Telefon.

»Oh, sie haben sie gerade verpaßt. Sie wird in ein paar Stunden aber wieder zu Hause sein.«

»Ich werde später wieder anrufen.«

»Bitte tun Sie das, Doktor, sie will unbedingt mit Ihnen reden.«

Ich hörte das Badewasser einlaufen. Weil ich noch ein anderes Gespräch führen wollte, ging ich in die Bibliothek.

Ich war mir nicht sicher, ob Lou Cestare noch auf der *Ansporn* hübschen Katzen den Hof machte, oder schon wieder in Willamette Valley war, so wählte ich die Yacht an und wurde von einer Tonbandstimme gebeten, in Oregon anzurufen. Mit der Nummer von Willamette erreichte ich ein weiteres Tonband, das mich über den Geschäftsschluß informierte und mitteilte, daß Mr. Cestare im Notfall über Funk erreicht werden könnte.

Ich wählte den Funkcode und wurde mit einer Kinderstimme verbunden.

»Hallo, hier ist Brandon Cestare. Wer ist da, bitte?«

»Hallo, Brandon. Ich heiße Alex. Kannst du bitte deinen Vater ans Telefon holen?«

»Sind Sie ein Klient?«

»Ja, mein Name ist Alex.«

»Hallo, Alex.«

»Hallo, ist dein Vater zu Hause?«

»Er ist im Badezimmer.«

»Und deine Mutter?«

»Die gibt Hillary das Fläschchen.«

»Oh, wie alt bist du denn, Brandon?«

»Fünfeinhalb.«

»Kannst du schon schreiben?«

»Nur in Druckbuchstaben.«

»Wenn ich dir meinen Namen buchstabiere, kannst du ihn auf einen Zettel schreiben und deinem Papa geben, wenn er aus dem Bad kommt?«

»Natürlich. Ich hole mir einen ...«

Das Ende des Satzes wurde durch Lous Stimme unterbrochen (›Wer ist dran, Bran? ... Danke, mein Junge ... Nein, ist schon in Ordnung, ich geh dran ... Wie bitte? ... Nein, das brauchst du nicht, Brandon, ist nicht mehr nötig. Ich bin doch ... Okay, okay, reg dich nicht auf, ich werde es ihm erklären‹).

Cestare kam lachend ans Telefon.

»Hier ist Lou, Alex. Brandon besteht darauf, deinen Namen aufzuschreiben.«

»Gib ihn mir.«

Der Junge kam wieder und fragte: »Wie sind die Buchstaben?«

Ich buchstabierte meinen Namen, danach las er ihn vor.

»Das war perfekt, Brandon. Kannst du mir jetzt bitte deinen Papa geben?«

»Danke. Auf Wiedersehen.«

»Da bin ich wieder«, sagte der Broker.

»Du hast sehr gewissenhafte Mitarbeiter, Lou.«

»Man muß sie von jung daran gewöhnen. Was gibt's?«

»Ich brauche Informationen über ein relativ neues Anleiheprojekt. Das Bitter-Cañon-Projekt.«

»Gute Anlage. Du hast aber schon genügend langfristige Gelder angelegt.«

»Ich bin nicht am Kauf interessiert, ich möchte nur einige Details wissen.«

»Was für Details?«

»Über die Hintergründe dieser Geschichte. Wer ist der Hauptbeteiligte?«

Seine Stimme klang plötzlich wachsam.

»Warum willst du das wissen?«

»Das hängt mit einem Fall zusammen, mit dem ich beschäftigt bin.«

Das ließ ihn eine Weile schweigen.

»Was haben Psychos mit einem Wasserkraftwerk zu tun?«

»Ich kann dir das nicht näher erläutern.«

»Weißt du etwas über die Sache, die ich auch wissen sollte?«

»Nein, ich ...«

»Ich habe mich nämlich so sehr in dieser Anleihe engagiert, daß ich kaputt bin, wenn sie schiefgeht. Wenn es da nur den leisesten Anschein eines Problems gibt, würde ich das gern wissen.«

»Ist das eine unsichere Investition?«

»Verdammt noch mal, nein. Es handelt sich um ein Triple A-Geschäft, wird von der MBIC abgesichert.« Er machte eine Pause. »Aber das war genauso bei der Finanzierung des Washington-Kraftwerks. Das ganze verdammte Investmentgeschäft beruht auf Vertrauen. Wenn man sich die Pleiten der letzten Jahre ansieht, kann schon eine Kleinigkeit das Vertrauen erschüttern. Wenn es zu plötzlichen Verkäufen im Bitter Cañon-Projekt kommen sollte, möchte ich gern unter den ersten sein. Was hast du also mit der Sache zu tun?«

»Das kann ich dir nicht sagen, Lou.«

»Das verstehe ich nicht. Du rufst mich zu Hause an, um mich auszufragen, und weigerst dich, mir den Grund dafür zu nennen. Alex, wir beide ...«

»Lou, das hat überhaupt nichts mit Finanzen zu tun. Ich weiß gar nichts darüber, ob das Unternehmen eine windige Sache ist. Verdammt, ich weiß wirklich nichts. Mich interessieren nur die Leute, die dahinter stehen.«

»Welche Leute?«

»Ivar Digby Chancellor. Beverly Hills Konzern. Die Familie Cadmus. Ich will etwas über die Beziehungen wissen, die sie untereinander haben.«

»Oh, das willst du wissen.«

»Genau das.«

»Und was hast du damit zu tun?«

»Sachverständiger der Verteidigung.«

»Nicht schuldig wegen Unzurechnungsfähigkeit?«

»Ungefähr die Richtung.«

»Wie man sich erzählt, bist du für diese Aufgabe wie geschaffen. Der Junge soll wirklich verrückt sein.«

»Hast du das aus dem *Wall Street Journal*?«

»Der Bombenknüller für die Finanzwelt. Immer wenn ein großes Unternehmen in eine üble Sache verwickelt ist, machen wir Geldleute uns die Mühe, die Konsequenzen abzuschätzen.«

»Und?«

»Und die allgemeine Ansicht ist, daß es keine geben wird. Wenn der Junge Einfluß auf das Unternehmen gehabt und geplant hätte, den See in einen riesigen Whirl-pool zu verwandeln, würde man sich schon Sorgen machen. Aber bei der Sachlage ist das kaum zu befürchten, nicht wahr?«

»Kaum.«

»Wolltest du das wissen, Alex?«

»Nein. Etwas über Chancellor ...«

»Total schwul, aber ein kluger Kopf und ein verdammtes Schlitzohr, die richtige Kombination von Kreativität, Vorsicht und Vitalität. Der Beverly Hills Konzern ist eine der potentesten kleineren Banken an der Westküste. Chancellor hat sich wirklich um seine Kunden gekümmert. Machte eine Masse guter Geschäfte und schlug die größere Konkurrenz mit höheren Zinsen, ohne sich dabei zu übernehmen. Er machte sein Geld auf die gute, alte Art, er erbte und pflegte es, bis es gedieh und immer größer wurde. Wenn du dann reich genug bist, darfst du auch mit süßen Knaben spazierengehen und geschminkt sein wie ein Clown. Was möchtest du noch wissen?«

»War er eigentlich an dem Bitter-Cañon-Geschäft von Anfang an beteiligt?«

»Das ist sehr wahrscheinlich. Als Büchsenspanner. Er hatte jahrelange geschäftliche Verbindungen mit den Cadmus und sehr großen Einfluß bei den Wasserkraft-Fritzen, seine Beziehungen wirkten deshalb heilsam. Die wichtigste Rolle spielte er jedoch, als es zum Verkauf der ersten Anleihen kam. Sein Konzern war der Hauptabnehmer der ersten kurzfristigen Serien. Ich erinnere mich deshalb so gut daran, weil alle Serien bereits unter der Hand verkauft waren, als das Angebot auf den Markt kam. Damals wollte ich wissen, wer sie bekommen hat, und habe ein paar Nachforschungen angestellt. Er hat auch die langfristigen Anleihen aufgekauft. Laß mich mal an den Computer gehen und eine Anfrage starten.«

Er ließ mich warten, war aber in einem Moment wieder zurück.

»Okay. Ich rufe die Sache mal ab. Bitter-Cañon-Wasserkraftwerk, Öffentliche Anleihe, Serie von 1987 – da haben wir sie ja. Es handelt sich um Bundespapiere, keine kommunalen, weil Bitter Cañon noch keine Gemeinde ist. Es geht um die Ausgabe im Werte von fünfundsiebzig Millionen Dollar, fünfzehntausend für fünftausend Dollar das Stück zum Nennwert. Achtzehn Millionen in Serien, die ab 1988 bis zum Jahr 2000 gestaffelt fällig werden. Der Rest sind langfristige Obligationen, ein Drittel mit zwanzig Jahren Laufzeit, ein Drittel mit fünfundzwanzig und das restliche Drittel mit dreißig Jahren. Jede Tranche zu neunzehn Millionen Dollar.«

»Was hat Chancellor sich an Land gezogen?«

»Warte eine Sekunde. Ich habe das in einer anderen Datei. Okay, schon gefunden. Also, die Daten sind nicht hundertprozentig verläßlich, weil wahrscheinlich einiges unter dem Tisch verkauft wurde, aber sie stimmen schon im großen und ganzen. Nach meiner Datei kaufte sich der Beverly Hills Trust für zehn Millionen in die kurzfristigen Serien ein, die sehr begehrt waren und für weitere zehn in Anleihen mit längeren Laufzeiten. Das betrifft aber nur die Bank. Chancellor könnte natürlich auch für sich persönlich eingekauft haben, aber das ist schwer nachzuweisen.«

Ich rechnete im Geiste nach.

»Das ist mehr als ein Viertel der gesamten Anleihe. Ist das nicht zu viel für eine kleine Bank?«

»Natürlich. Es ist auch ungewöhnlich für eine Bank, sich so umfangreich in langfristigen Obligationen zu engagieren, vor allem, wenn man den Abwärtstrend dieses Marktes in den letzten Jahrzehnten bedenkt. Chancellor war aber einer, der aggressiv kaufte, wenn er sich etwas davon versprach. Zweifellos wollte er zu Spitzenpreisen weiterverkaufen.«

»Wie ist er an so große Anteile herangekommen?«

»Die Cadmus' und die Regierung gaben ihm Insider-Informationen, weil der Erwerb größerer Anteile durch den Beverly Hills Trust ein Geschäft war, das beiden Seiten nutzte. Wenn ein Anleger mit Köpfchen ein derartiges Vertrauen in ein Geschäft demonstriert, fördert das die allgemeine Begeisterung.«

»Wo ist der Rest der Anleihe gelandet?«

»Die Serien wurden gleichmäßig auf verschiedene größere Finanzgesellschaften aufgeteilt, andere Banken, Sparkassen, Kreditanstalten, Finanzmakler und Versicherungen. Das gleiche passierte mit einem Großteil der Längerfristigen, ein bißchen davon blieb übrig für ein paar scharfsichtige Selbständige, wie du einer bist.«

»Sieht ganz nach einem heißen Geschäft aus.«

»Glühend heiß. Es ist alles verkauft worden. Aber was hat das alles mit der Verteidigung des Cadmus-Jungen zu tun?«

»Vermutlich überhaupt nichts. Beantworte mir noch eine Frage: Konnte Chancellor mit einer frühzeitigen Zusage, eine erhebliche Anzahl der Obligationen zu erwerben, die Genehmigung der gesamten Anleihe beeinflussen?«

»Sozusagen als Garant? Aber sicher. Falls es Anfangsschwierigkeiten bei der Durchführbarkeit des Projekts gegeben haben sollte, konnte es nicht schaden, von vornherein einen Hauptinteressenten zu haben. Aber das war bei diesem Projekt nicht der Fall, Alex. Es entwickelte sich deshalb so schnell zu einem heißen Geschäft, weil es allen Beteiligten einen guten Profit eintrug. Die Familie Cadmus besaß das Land seit dem Krieg. Sie kauften es spottbillig der Army ab und konnten es sich leisten, es mit einem erheblichen Preisnachlaß zurückzuverkaufen, wobei sie immer noch einen handfesten Profit machten. Dieser Gewinn versetzte sie wiederum in die Lage, ein außerordentlich wettbewerbsfähiges Angebot abzugeben, um das Kraftwerk zu bauen; und ich meine wirklich außerordentlich. Das bewirkte, daß die Anleihen schon mit einem halben bis einem Punkt über Nennwert auf den Markt kamen. Das ist eine Masse Geld, und da jeder heutzutage mittelfristig mit fallenden Zinserträgen rechnet, können saftige Gewinne dabei herauskommen.«

»Eine Hand wäscht die andere.«

»Genau. So ist der Lauf der Welt.«

»Ich habe gehört, daß es einigen Widerstand gab, unangenehme Fragen wegen der Interessenkonflikte.«

»Nichts Ernsthaftes. Ein paar konkurrierende Baugesellschaften versuchten Wirbel zu machen, der wurde aber bereits im Vorfeld gebremst. Die Mehrheit dieser Firmen war nicht groß genug, um ein Projekt dieses Umfangs bewältigen zu können. Die anderen zwei, die dazu in der Lage waren, konnten das Angebot nicht unterbieten. Die Vergabe anzufechten, hätte das Risiko einer öffentlichen Empörung über Preistreiberei – die Firmen sind da alle nicht unschuldig – entstehen lassen und erhebliche Verzögerungen veranlaßt. Die umliegenden Gemeinden und das Energieunternehmen wollten das Projekt aber schnell durchziehen und übten Druck aus, um die Dinge zu beschleunigen. Dagegen anzugehen, hätte – politisch gesehen – gewisse Nachteile mit sich gebracht.«

»Nach dem Motto: Wenn du stänkerst, kriegst du keine Aufträge mehr.«

»Das läuft alles ein bißchen subtiler ab, aber grundsätzlich hast du recht. Es gab kaum Hindernisse, Alex, keine Proteste von irgendwelchen Naturschutz-Heinis gegen Kaktussterben, außerdem herrscht hohe Arbeitslosigkeit in dieser Gegend. Beim ersten Spatenstich wird es nur zufriedene Gesichter geben.«

»Wann wird das voraussichtlich geschehen?«

»Im nächsten Frühjahr. Voll im Zeitplan.«

»Und Chancellors Tod hat darauf keinen Einfluß?«

»Warum sollte er? Natürlich werden die Anleger darauf achten, wer die Bank übernimmt. Wenn der schwachsinnig ist, wirst du beobachten können, wie sich die Anleger klammheimlich, aber zielbewußt zurückziehen, ein allzu hastiger Ausstieg könnte ihnen nur schaden. So verhalten sich natürlich nur Insider, weder das Projekt noch die Anleihen werden dadurch berührt.«

»Was könnte denn die Dinge wirklich beeinflussen?«

»Nur höhere Gewalt – es macht sich immer gut, den da oben anzuklagen, wenn Sachen schiefgehen; Wenn der See über Nacht verdunstet oder *Cadmus Constructions* verstaatlicht wird und nur noch Kokosläufer fabriziert – mir paßt diese Art der Konversation nicht. Was bezweckst du damit, Alex?«

»Das weiß ich wirklich nicht, Lou.«

»Hör mal zu, ich möchte nicht hysterisch wirken, aber laß dir mal meine Situation erklären. Grundsätzlich mache ich keine Geschäfte mit Anleihen. Weder für meine Klienten noch für mich selbst. Sie haben sich in der Vergangenheit nicht bewährt, du kaufst sie am besten nur zur Flankensicherung. Ich habe aber Klienten, die unbedingt welche haben wollen, konservative Typen wie du und Verrückte, die so reich sind, daß sie sich der Illusion hingeben, sie hätten genug Zaster. Deshalb habe ich immer ein Auge auf gute Angebote und greife schnell zu. Das passiert nicht oft, aber im Bitter-Cañon-Geschäft habe ich mich schwer engagiert. Bisher habe ich eine Masse Leute damit glücklich gemacht. Wenn die Sache in den Eimer geht, werden diese Leute sehr enttäuscht sein. Mörderisch enttäuscht. Es spielt dann keine Rolle mehr, ob ich im letzten Jahr für sie Midas war. Nur ein Fehler, und ich bin genauso beliebt wie Arafat in der Knesset. Das Charisma vieler Jahre fällt buchstäblich in die Scheiße.«

»Wie ich dir schon gesagt habe, Lou, ich habe nichts in dieser Richtung gehört. Wenn, dann rufe ich dich sofort an.«

»Das solltest du wirklich tun«, antwortete er grimmig. »R-Gespräch, Tag und Nacht.«

24

Am nächsten Morgen kam ich um sieben Uhr auf dem Campus an. Das Gebäude der Psychologischen Fakultät war verschlossen, jedoch stand eine kleine Seitentür offen, wie Jennifer es mir zugesagt hatte.

Das Laboratorium lag zwei Stockwerke unter dem Erdgeschoß am Ende einer düsteren Halle, direkt hinter dem Raum mit den Versuchstieren, der nach Rattenfutter und Kot roch. Sie wartete in einem fensterlosen Zimmer auf mich, an einem grauen Metalltisch sitzend, umgeben von Bücherstapeln, fotokopierten Zeitschriftenartikeln und einem Stoß gelber Notizzettel. Ein Edward-Gorey-Plakat zierte die Wand hinter ihr. Zu ihrer Linken stand ein schwarzbezogener Laboratoriumstisch, dessen Glanz im Laufe der Jahre durch zahlreiche Messerschnitte abhandengekommen war. Rechts waren zahlreiche Käfige aufgestapelt. Auf dem Tisch stand ein geöffneter Kasten mit Sezierbesteck und ein Induktionsgerät. In den Käfigen herrschte eine geräuschvolle Geschäftigkeit – hinter ihren dunklen viereckigen Umrissen huschten weiße Schemen hin und her: Versuchsratten. Die Nager erschienen mir besonders unruhig, nur ab und zu nahmen sie sich Zeit, um sich zu kratzen, zu piepsen, an ihren Wasserflaschen zu saugen oder, wie aus Protest gegen die unmenschliche Behandlung von Ratten, an den Gitterstäben herumzubeißen. Einige hatten schon der Wissenschaft ihr Opfer gebracht, sie trugen rosa Wachshütchen auf den

Köpfen. Ich wußte, daß sich unter dem Wachs offenliegendes Gehirngewebe verbarg, das zu experimentellen Zwecken verletzt worden war. Aus der Mitte der Wachshütchen ragten kurze Drahtenden hervor – zum Anschluß der Elektroden bestimmt – die bei jeder Bewegung ihrer Träger zitterten.

»Alex.« Sie sprang wie erschreckt auf. Durch ihre plötzliche Bewegung veranlaßt, fing eine Ratte an zu quieken.

Jennifer war ganz in Schwarz gekleidet: übergroßer Pullover, hautenge Jeans, hochhackige Stiefel. Ihr hellbraunes Haar war noch feucht vom Duschen, ihr Gesicht frisch gewaschen. Schwarze Plastikdreiecke baumelten an ihren Ohren. Sie trommelte nervös mit den Fingern auf die Tischplatte, eine aufgeregte und sehr gutaussehende junge Dame. Weniger als halb so alt wie ich.

»Guten Morgen, Jennifer.«

»Danke, daß Sie runtergekommen sind. Ich war gestern abend nicht sehr mitteilsam und wollte, weil alles so kompliziert ist, lieber nicht am Telefon darüber reden.«

»Wenn Sie etwas wissen, das Jamey helfen kann, bin ich ganz Ohr.«

Sie sah nervös zur Seite.

»Ich bin mir nicht … wahrscheinlich überbewerte ich es auch. Alles ist nur eine Vermutung.«

Ich setzte mich hin, und sie nahm auch Platz.

»Was haben Sie sich überlegt?«

»Sie erinnern sich doch daran, daß mich die Verschlimmerung seines psychischen Zustands eine Zeit lang beschäftigt hat. Die Argumente, die Sie vorbrachten, haben mich zusätzlich angespornt: keine Anzeichen für eine Geisteskrankheit, der Widerspruch zwischen der ihm unterstellten geistigen Verfassung und der Persönlichkeit eines Serienmörders, die visuellen Halluzinationen, die Fragen über Rauschgiftabhängigkeit. Ich habe lange darüber nachgedacht und habe mich dabei im Kreise bewegt. Ich bin fast verrückt geworden.«

Sie griff nach einem Bleistift auf dem Tisch und benutzte ihn wie einen Taktstock, mit dem sie ihre Darlegungen unterstrich.

»Dann fiel mir auf, daß ich die Sache von hinten aufgezäumt hatte, ich wollte alle Fakten – die Gegebenheiten – unter einen Hut bringen: daß Jamey sowohl geisteskrank als auch ein Serienmörder sein könnte. Die Lösung war, all das über Bord zu werfen und völlig von vorn anzufangen, ein Konzept zu entwickeln, Alternativen zu überlegen und sie zu testen.«

»Welche Alternativen?«

»Alle denkbaren Kombinationen. Beginnen wir damit: Er ist ein Mörder, aber nicht geisteskrank. Jamey ist ein sadistischer, lebensgefährlicher Psychopath, der Schizophrenie vortäuscht, um seine Taten nicht verantworten zu müssen. Das ist eine Taktik, die schon häufig von Massenmördern benutzt wurde – vom Hillside-Würger, vom Son of Sam – völlig im Einklang mit der manipulativen Struktur von Psychopathen. Aber, wie ich gelesen habe, bringt diese Taktik nicht viel.«

»Nein, sie taugt nichts«, erwiderte ich. »Gerichte sind grundsätzlich mißtrauisch gegenüber psychiatrischen Beweisführungen. Nur ein Angeklagter, gegen den überzeugende Beweise sprechen, würde es riskieren.«

»Aber Jamey hätte sich der Festnahme entziehen können, Alex. Es besteht kein Grund für jemanden, der so intelligent ist – vorausgesetzt er ist nicht geisteskrank –, sich blutbesudelt schnappen zu lassen und dann auf eine wenig erfolgversprechende Verteidigungsstrategie zu setzen. Nebenbei gesagt, konnte er in eine Geisteskrankheit nicht einfach wie in einen Pullover schlüpfen. Lange bevor er verhaftet wurde, hatte sich sein Zustand verschlechtert. Sie glauben doch nicht etwa, daß er das auch vorgetäuscht hat?«

»Nein«, sagte ich. »Er hat zu lange zu sehr gelitten und sein Zustand hat sich zu stark verschlechtert. Am gleichen Tag, an dem ich mit euch geredet habe, hat er sich gegen die Zellenwand geworfen und liegt mit einem Schädelbruch im Krankenhaus. Das war eine blutige Angelegenheit. Sogar ein Gefängniswärter, der zuerst geglaubt hat, Jamey würde simulieren, wurde nachdenklich, als das passiert war.«

Sie wandte ihr Gesicht zu den Käfigen, beobachtete, wie eine Ratte ihre Schnauze durch das Gitter steckte, und zuckte zusammen.

»Das ist ja entsetzlich. Ich habe es in der Zeitung gelesen, es standen aber keine Einzelheiten darin. Wie geht es ihm?«

»Das weiß ich nicht. Ich wurde von der Verteidigung entlassen und habe ihn seitdem nicht mehr gesehen.«

Sie war überrascht. Bevor sie ihr Erstaunen in Worte fassen konnte, sagte ich:

»Jedenfalls brauchen Sie mich nicht zu überzeugen, daß er kein Psychopath ist. Wie lautet die nächste Hypothese?«

»Jamey ist psychotisch, aber kein Mörder. Dagegen sprechen zwar die visuellen Halluzinationen und der Drogenmißbrauch, aber beide Aspekte könnten damit erklärt werden, daß er möglicherweise sowohl schizophren als auch rauschgiftsüchtig ist.«

»Beides gleichzeitig?«

»Warum denn nicht? Ich weiß natürlich, daß Drogenmißbrauch keine Schizophrenie verursacht, aber gab es nicht schon Menschen – Grenzfälle –, die dadurch bis an den Rand ihrer Existenz getrieben wurden? Jamey war nie sozial angepaßt, zumindest seitdem ich ihn kenne. Könnte er nicht LSD oder Psilocybin genommen und im Rauschzustand seine Selbstkontrolle verloren haben, wodurch er einen psychotischen Schub erlitt, der dann weitere Trips veranlaßte?«

»Jen, nach allem was ich erfahren konnte, war Jamey gegen Drogen eingestellt. Keiner hat je gesehen, daß er welche nahm.«

»Und was sagt Gary? Haben Sie ihn gefunden?«

»Ja, er behauptete steif und fest, daß Jamey Rauschgift nahm. Aber er hat das nur aus seinem Verhalten geschlossen und nie wirklich gesehen.«

»Damit ist dieser Aspekt also noch nicht erledigt«, behauptete sie hartnäckig.

»Das große Problem bei Ihrer zweiten Hypothese hat nichts mit Rauschgift oder Wahnsinn zu tun«, sagte ich. »Wenn er kein Mörder ist, wie konnte er dann mit dem blutigen Messer in der Hand geschnappt werden?«

Sie zögerte.

»Jetzt werde ich sehr theoretisch.«

»Einverstanden.«

»Es besteht die Möglichkeit, daß man ihn reingelegt hat. Das würde mehrere Fragen auf einmal beantworten. Aber wie könnte man das gemacht haben? Als ich anfangs diese Spur verfolgte, stieß ich auf die dritte Alternative, die nach meiner Meinung am meisten bringt, weil sie alle Diskrepanzen ausräumt: Jamey ist weder ein Mörder noch wirklich schizophren. Sowohl die Szene am Tatort als auch seine geistige Verwirrung sind die Folgen einer psychobiologischen Manipulation.«

»Was soll das bedeuten?«

»Chemische Beeinflussung des Verstandes, Alex. Psychische Vergiftung. Jemand benutzte Drogen, die Halluzinationen erzeugen, um ihn in den Wahnsinn zu treiben. Als Jamey nicht mehr bei Verstand war, brachte man ihn zum Tatort.«

»Das ist sehr viel auf einmal«, antwortete ich.

Sie griff über den Tisch nach meiner Hand.

»Ich weiß, daß das weit hergeholt ist, aber lassen Sie mich bitte ausreden.«

Bevor ich etwas sagen konnte, war sie schon wieder bei der Sache.

»Diese Annahme ist nicht so verrückt, wie sie anfangs erscheint. Die Forschungen auf dem Gebiet der bewußtseinsverändernden Drogen waren doch gerade deshalb so erfolgreich, weil die Psychiatrie sich für Stoffe interessierte, die eine Schizophrenie vortäuschen konnten. Noch bevor der Begriff *bewußtseinsverändernd* geprägt wurde, wurden LSD, Psilocybine* und Meskalin als *psychomimetische* Stoffe bezeichnet, weil sie Psychosen vortäuschen. Und lange bevor die Hippies ihm einen schlimmen Ruf verschafften, wurde LSD von der Forschung als Wunderdroge betrachtet, denn es konnte bei Versuchen eine Psychose hervorrufen. Psychotherapeuten begannen es selbst einzunehmen, um nachzuempfinden, was in ihren Patienten vorging, und Pharmakologen erforschten die molekulare Struktur, um die

* Wirkstoff in Pilzen; ruft Halluzinationen und Krämpfe hervor

neurobiologischen …« Sie hörte plötzlich auf, warf einen Blick auf ihre Hand, die immer noch auf meiner lag, zog sie zurück und versuchte, ihre Verlegenheit zu verbergen, indem sie Bücher zurechtrückte.

»Aber was erzähle ich Ihnen das alles«, sagte sie schüchtern, »Sie wissen das doch.«

»Jennifer, ich halte Ihre Theorie nicht für weithergeholt – als Theorie, wohlgemerkt. Tatsächlich habe ich im Hinterkopf auch immer an Drogen gedacht, seitdem ich in den Fall verwickelt wurde, weil ich nach einem Weg suchte, Jameys Unschuld zu beweisen. Nichts würde mich deshalb glücklicher machen, als feststellen zu können, daß Jamey selbst Opfer ist und nicht Täter.

Unglücklicherweise gibt es aber, wenn man Theorien aufstellt, häufig Probleme mit der Realität. In der Nacht, als Jamey in *Cañon Oaks* eingeliefert wurde, untersuchte man sein Blut auf LSD, Psilocybin und andere gebräuchliche Drogen und fand nichts.«

Wenn man Mainwaring vertrauen durfte. »Und obwohl es gewisse symptomatische Ähnlichkeiten zwischen Drogenvergiftung und Schizophrenie gibt, wissen Sie so gut wie ich, daß sie nicht vergleichbar sind. Die Begleiterscheinungen von Drogenmißbrauch sind eher bildhafte Halluzinationen. Schizophrenie ruft aber vorwiegend Geräusch-Halluzinationen …«

»Aber Jamey hatte doch Geräusch-Halluzinationen.«

»Eben. Und das deutet eher auf eine Psychose hin. Ebenso sein ständiger Verfall. Drogenräusche sind grundsätzlich kurzlebig. Jemand müßte ihn ständig mit LSD gefüttert haben, um ihn fortwährend in diesem wirren Zustand zu halten. Das wäre fast nur mit einem Dauertropf zu erreichen.«

»Das wäre in einer Klinik möglich.«

»Aber doch nicht im Gefängnis.«

Sie schwieg unbeeindruckt, riß ein Blatt Papier von ihrem Schreibblock ab und begann zu schreiben.

»Ich stelle jetzt alle unsere Einwände in einer Liste zusammen. Einverstanden?«

»Einverstanden. Selbst wenn wir nachweisen könnten, daß er in der Nacht, als Chancellor ermordet wurde, unter der Wirkung von Drogen stand, gibt es praktische Beweise für seine Beteiligung an sechs anderen Morden. Wurde er vorher immer unter Drogen gesetzt, bevor man ihn an die Tatorte brachte? Dann gibt es noch das Problem mit seiner Flucht. Wie gelangte er von *Cañon Oaks* zu Chancellors Villa? Selbst wenn er unter Drogen stand, müßte er in dieser Nacht bewußt gehandelt haben.«

Sie machte sich weitere Notizen und sah dann auf.

»Was verstehen Sie unter praktischen Beweisen?«

»Ich kenne keine Einzelheiten«, sagte ich, ohne das lavendelfarbige Kleid von Heather Cadmus zu erwähnen.

»Wenn es sich um Fingerabdrücke handelt, können die beliebig abgenommen und wieder aufgebracht werden. Solche Beweise sind nicht sehr zuverlässig. Ich habe Literatur über Gerichtsmedizin gelesen, sie ist lange nicht so wissenschaftlich fundiert, wie die Leute es gern glauben möchten. Wenn zwei Sachverständige das gleiche physikalische Beweismittel untersuchen würden, könnten dabei zwei völlig entgegengesetzte Ergebnisse herauskommen.« Sie lächelte spitzbübisch. »Das gleiche gilt für Psychos.«

Ich lachte.

»Und was seine Flucht angeht«, fuhr sie fort, »wenn es nun gar keine gewesen wäre? Nehmen Sie einmal an, jemand hätte eine Flucht nur vorgetäuscht, ihn aus der Klinik entführt und zu Chancellor gebracht.«

Mir fiel der neue Mustang von Andrea Vann ein, und ich begann darüber nachzudenken. Wenn die Flucht in Wirklichkeit eine Entführung war, warum hatte man Jamey dann mit mir telefonieren lassen?

»Kommen wir auf die Unvereinbarkeit der Symptome von Drogentrips und Psychosen zurück«, sagte Jennifer und wandte sich wieder ihren Notizen zu. »Sie haben recht, was LSD und die meisten Stoffe angeht, die Halluzinationen erzeugen. Aber das gilt nicht für andere Substanzen, solche, die lang andauernde Verwirrungszustände und eine Verzerrung des Gehörsinns bewirken.«

»Und die man einfach und heimlich verabreichen kann«, fügte ich hinzu. »Oral oder durch Injektionen. Und die durch gebräuchliche Tests nicht nachzuweisen sind. Sie beschreiben die perfekte biochemische Tarnung.«

Sie nickte mir enthusiastisch zu.

»Genau!«

»Haben Sie irgendwelche Vorstellungen?«

»Nein, ich hoffte, Sie könnten mir das sagen.«

»Mir fällt dazu nichts ein«, erwiderte ich. »Aber ich bin kein Experte für Psychopharmaka.«

»Das ist aber eine nähere Untersuchung wert«, sagte sie und sah mir tief in die Augen. »Ich habe Zeit genug, wie steht es mit Ihnen?«

Ich dachte einen Moment nach.

»Abgemacht«, antwortete ich.

»Toll!«

Wir gingen am naturwissenschaftlichen Gebäudekomplex vorbei zum Zentrum der medizinischen Fakultät.

Es war mittlerweile halb acht, und der Campus belebte sich gerade mit schnaufenden Joggern, geistesabwesenden Graduierten, zukünftigen Ärzten und Zahnärzten, beladen mit vollen Aktentaschen und Zweifeln an sich selbst. Abgesehen von der darin liegenden Verrücktheit war es ein Morgen, der die Leute magisch nach Los Angeles zog; die Luft war meeresfrisch und kühl, über uns wölbte sich ein tiefblauer Himmel. Jennifer hüllte sich in ihren Umhang und plauderte angeregt.

»Zuerst habe ich mich der Sache rein verstandesgemäß genähert. Könnte man einen Menschen durch rein psychologische Praktiken seelisch durcheinanderbringen?«

»Etwa durch Gehirnwäsche?«

»Ja, aber sehr extrem, bis an die Grenzen einer ernsthaften seelischen Störung. So wie es Charles Boyer bei Ingrid Bergman in *Gaslicht* versucht hat. Das ist aber nur Kino. Wahrscheinlich würde das im wirklichen Leben keinen Erfolg haben, Streß allein wird nicht genügen. Denken Sie mal an die schlimmste Belastung, die Menschen je erdulden mußten, an die Konzentrationslager der Nazis.« Sie schloß einen Moment die Augen. »Mein Vater war in seiner Jugend in Auschwitz, er und manche seiner Freunde haben überlebt. Ich habe mit ihnen darüber gesprochen. Seelisch sind sie für das ganze Leben geschädigt, sie haben Angstzustände, Depressionen, körperliche Probleme, aber keiner ist wirklich wahnsinnig geworden. Mein Vater ist ein Beispiel dafür. Die Verrückten, an die er sich erinnert, zeigten diese

Symptome schon, als sie in das Lager kamen. Wird das durch die Theorie bestätigt?«

»Ja, auch durch klinische Erfahrungen. Im Laufe der Jahre habe ich Tausende von Kindern und Familien erlebt, die unter einem unvorstellbaren Streß lebten. Ich kann mich nicht erinnern, daß dadurch jemals eine schwerwiegende Psychose verursacht worden wäre. Menschen sind außergewöhnlich widerstandsfähig.«

Sie dachte darüber nach und erwiderte:

»Trotzdem ist es sehr einfach, bei Ratten und Affen durch Streß psychotisches Verhalten hervorzurufen. Das hat uns Dr. Gaylord erklärt. Wenn man ihre Käfigböden unter Strom setzt, die Flucht verhindert und sie in unregelmäßigen Abständen Stromstößen aussetzt, drehen sie durch, entleeren sich und werden teilnahmslos. Macht man das über längere Zeit, erholen sie sich nie wieder.«

Sie hörte auf zu reden und überlegte. »Menschen sind ein bißchen komplizierter, nicht wahr? Als andere Lebewesen, meine ich.«

»Ja«, ich lächelte sie an, »komplizierter als andere Lebewesen.«

Den Rest des Weges legten wir schweigend zurück und erreichten die medizinische Bibliothek fünf Minuten, bevor sie öffnete. Wir holten uns in dieser Zeit Kaffee aus einem Automaten. Der Spaziergang hatte Jennifers Wangen gerötet, ihre gebräunte Haut überzog ein rosa Schimmer, sie war jugendlich straff und faltenlos. Ihr Haar war inzwischen getrocknet und glänzte im Sonnenschein. In ihren Augen spiegelte sich der Himmel.

Sie legte ihre Bücher ab, hielt die Tasse mit beiden Händen und schwatzte angeregt zwischen den einzelnen Schlucken. Mit jeder Feststellung rückte sie mir ein wenig näher, berührte ab und zu wie zufällig meinen Arm, als ob er ein heißes Eisen wäre. Verschiedene Studenten beobachteten sie und ihre Annäherungsversuche, einige grinsten anzüglich.

»Es wird Zeit«, sagte ich, nachdem ich auf die Uhr geguckt und meine Kaffeetasse in einen Abfalleimer geworfen hatte.

Wir betraten die Bibliothek hinter zwei Zahnmedizinern, die Holzkisten trugen, und fanden einen unbesetzten Eichentisch, direkt neben einem Zeitschriftenregal.

»Wie wollen wir vorgehen?« fragte sie.

»Wir sollten die wichtigsten Merkmale auflisten, die Arbeit zwischen uns aufteilen, jeder muß die betreffenden Karteien durchforsten und die Bücher aus dem Regal holen, die am meisten versprechen. Wir verschaffen uns am besten erst einen Gesamtüberblick und treffen uns dann wieder hier mit den wichtigsten Ergebnissen.«

»Das klingt gut. Was halten Sie davon, den Computer nach den jüngsten Veröffentlichungen zu fragen?«

»Nach medizinischen?«

»Und nach psychologischen, ich glaube, er hat auch direkten Zugriff zur Dokumentation der Chemie.«

»In Ordnung. Sie sollten alle Möglichkeiten nutzen.«

»Super. Oh, haben Sie ein Konto bei Ihrer Fakultät? Ohne Bezahlung lassen sie keine Datenbankabfragen zu.«

»Nein, meine Fakultät liegt am anderen Ende der Stadt. Sie haben aber schon Ausnahmen für die Kinderpsychiatrie zugelassen. Benutzen Sie ruhig meinen Namen; wenn sie Schwierigkeiten machen, rede ich mit ihnen.«

Wir stellten eine Liste auf, teilten uns die Arbeit auf, verabredeten uns für halb zwölf und machten uns altersgemäß ans Werk: Sie schwirrte ab zum Computer, ich blätterte mich mit den Fingern durch zahlreiche Karteien und notierte mir die Abrufnummern, bevor ich den zwölfstöckigen Büchersilo der medizinisch-biologischen Bibliothek betrat.

Ich begann meine Suche in der psychiatrischen Abteilung und arbeitete mich dann durch die neurologische und verhaltenspsychologische. Je mehr ich die Suche begrifflich einschränkte, desto esoterischer und ausufernder gerieten die Ergebnisse. Nach zwei Stunden hatte ich mich durch viele Fundstellen geackert, aber wenig erfahren.

Wie Jennifer doziert hatte, war die Erforschung des menschlichen Bewußtseins mit Versuchen begonnen worden, Psychosen biochemisch zu simulieren. Aufsätze aus den dreißiger bis hin zu den fünfziger Jahren enthielten meistens trockene Abhandlungen, die sich mit molekularen Strukturen auseinandersetzten und einen vorsichtigen Optimismus über den zukünftigen Nutzen für die Erforschung der Schizophrenie andeuteten. Ich stieß auf Hoffmanns Darstellung der LSD-Synthese und weitere bahnbrechende Dokumente, keine behandelte jedoch den Aspekt der vorsätzlichen Drogenvergiftung.

In den sechziger Jahren hatte ein wissenschaftlicher Klimawechsel stattgefunden. Ich studierte damals und war zu sehr auf das Studium fixiert, um in der Freizeit an eine Entspannung durch Drogen zu denken. Ich erinnerte mich daran, wie Leary, Alpert und andere begannen, Drogen als philosophische, religiöse und politische Errungenschaft zu definieren – auch an den massenhaften, von einer Droge zur anderen wechselnden Rauschgiftkonsum, der sich zwangsläufig ergab, wenn die falschen Leute zuhörten.

Die Artikel aus den sechziger Jahren riefen diese Erinnerungen in mir wach, dramatische Tagebücher in der trockenen Prosa klinischer Fallbeschreibungen: Rauschgiftsüchtige, die sich mit ausgebreiteten Armen aus dem zehnten Stock in die Tiefe stürzten, weil sie sich für Ikarus hielten, die nackt über die Autobahn liefen, die ihre Arme in Kesseln mit kochendem Wasser verbrühten, Orgien der Selbstzerstörung.

Als sich dann Psychiater und Psychotherapeuten der Sache annahmen und Therapien für Drogensüchtige entwickelten, verschwanden Abhandlungen von wissenschaftlichem Wert aus der Fachliteratur. Trotzdem geisterte die Furcht, dauerhafte psychische Schäden zu erleiden, bei den gesunden Drogenkonsumenten herum, Forschungen darüber gerieten jedoch bald in Vergessenheit. Substanzen, die Halluzinationen hervorrufen, hielt man nur bei Grenzfällen oder bei Personen mit schwacher »Ich-Ausprägung« für gefährlich. Vor LSD wurde am häufigsten gewarnt, aber auch vor anderen Drogen: Amphetamin, Barbiturat und bewußtseinsverändernden Stoffen wie DMT, mit dem sich Geschäftsleute um die Mittagszeit aufmöbelten, weil ihnen dadurch ein unmittelbarer, intensiver Trip zwischen fünfundvierzig Minuten und zwei Stunden garantiert wurde.

Zwei Erfahrungen, die man mit DMT gemacht hatte, interessierten mich besonders: Manchmal dauerte die Mittagspause länger als erwartet – erwähnt wurden schlimme Trips, die bis zu fünf Tagen dauerten –, und anders als bei LSD ließen sich die Wirkungen durch den Zusatz von Thorazin oder anderen phenothiazinhaltigen Beruhigungspillen verstärken. Ich erinnerte mich an Jameys ungewöhnliche Reaktion auf die Medikamente, an die ständigen Schwankungen, die Mainwaring verwirrt und frustriert hatten und fragte mich, ob sie auch durch eine Potenzierung von Mitteln verursacht worden waren.

Wenn man ihn durch eine Überdosis DMT vergiftet hatte, würde zusätzliches Thorazin seinen Zustand eher verschlimmert als verbessert haben. Aber DMT war für eine vorsätzliche chemische Beeinflussung, wie Jennifer sie unterstellte, in seiner Wirkung zu unberechenbar.

Beim Weiterlesen stieß ich auf Abhandlungen über Haschisch, Psilocybin, Meskalin und seltsame Mischungen dieser Substanzen mit LSD und DMT, die als STP bekannt wurden. Besonders interessant fand ich die Fallsammlung einer medizinischen Forschungsgruppe der Universität von San Francisco. Sie beschrieb STP als eine Art biochemischen russischen Rouletts und erwähnte, daß es die gebräuchlichste Droge auf den Partys von Motorradbanden war. Sie erfreute sich jedoch nur kurzer Beliebtheit, weil ihre Wirkung für die Lederfreunde zu flüchtig war. Wieder Motorradfahrer. Das ging mir eine Zeitlang im Kopf herum, brachte aber nichts ein.

In der Fußnote einer Buchbesprechung aus dem Jahr 1968 wurde eine Droge mit der Bezeichnung Sernyl erwähnt, ein kurz wirksames Betäubungsmittel, das von Parke entwickelt wurde. Davis machte damit Feldversuche für militärische Zwecke, brach sie jedoch ab, weil der Stoff in Überdosis erhebliche Verwirrungszustände hervorrief.

Eine Vergiftung durch Sernyl ergab ähnliche Symptome wie eine akute Schizophrenie, auch diese Droge führte zu Geräusch-Halluzinationen. Wie der Autor schrieb, waren die Wirkungen so schrecklich – sie verursachten häufig eine Todesangst vor dem Ertrinken oder vor anderen furchtbaren Dingen –, daß er dieser Substanz ihre Eignung zu medizinischer Nutzung absprach. Zehn Jahre später wurde Sernyl anfangs unter den Namen Keiler, Kristall, DOA, Engelstaub oder PCP bekannt und diente hauptsächlich in den innerstädtischen Gettos als Entspannungsdroge. Soweit die Fachliteratur.

An PCP hatte ich zuerst gedacht, als ich Jameys Gestammel am Telefon hörte und anschließend weiteres über seine Symptome erfuhr, die einiges mit den klassischen Reaktionen auf diesen Stoff gemeinsam hatten: plötzliche Erregungszustände und Verwirrung bis hin zu gewalttätigen Ausbrüchen, Paranoia, auditive Halluzinationen und anschließend eine stille depressive Phase. PCP konnte oral verabreicht werden, es wirkte für Stunden, aber auch für Wochen. Aber genauso wie bei DMT war das unvorhersehbar. Darüber hinaus waren die Reaktionen von der Dosierung abhängig: geringe Dosen konnten Dumpfheit oder Euphorie, mittlere Dosen Schmerzunempfindlichkeit auslösen. Eine durch Überdosierung verursachte Psychose konnte schnell zum Koma und zum Tod führen. Eine konstante Verabreichung von PCP konnte jemanden genausogut töten wie verrückt machen. Das Mittel war ungeeignet für eine beabsichtigte Vergiftung.

Es gab noch ein weiteres Problem bei PCP, das ich mit Jennifer erörtert hatte: Mainwaring hatte bei der

Blutprobe nichts gefunden. Wenn man dem Psychiater überhaupt vertrauen durfte.

Wenn nicht, was war dann? Ein übles Spiel, bei dem der Heiler seine Kenntnisse nutzte, um jemanden verrückt zu machen? Oberflächlich gesehen ergab das einen Sinn. Es löste das Problem der dosierten Verabreichung. Ein »biochemischer Ingenieur« hatte das notwendige Wissen, um die Dosierung von Drogen für eine geistige Beeinflussung genau zu berechnen. Damit kam ich jedoch nicht weiter, denn Mainwaring war erst auf der Bildfläche erschienen, nachdem sich Jameys Zustand zunehmend verschlechtert hatte. Selbst wenn er vorher beteiligt worden wäre, welches Motiv konnte er für die Vergiftung eines Patienten haben?

Widersprüchliche Bilder liefen in mir wie ein Film ab: Punkplastiken, schwarze Bücher, Wasserkraftwerke und blutige Fetzen eines lavendelfarbenen Kleids. Ich hörte Milo schimpfen: ›Noch eine Verschwörung, mein Junge?‹ und stellte fest, daß mich die intellektuellen Grübeleien einer Siebzehnjährigen – obwohl außerordentlich intelligent – in ein mysteriöses Ratespiel verstrickt hatten.

Intellektuelle Übungen für Müßiggänger, dachte ich und starrte auf den Bücherstapel vor mir. Die reinste Zeitverschwendung.

Trotzdem las ich weiter, und es stellte sich heraus, daß ich unrecht gehabt hatte.

Ich stieß auf zwei vielversprechende Fundstellen. Durch eine schwedische Abhandlung, die oberflächlich auf die Wirkung von Nervengiften bei der chemischen Kriegführung einging, geriet ich in die Abteilung der botanischen Literatur und suchte nach der Monographie eines gewissen McAllister von der

Stanford University. Das Buch fehlte. Ich fuhr mit dem Fahrstuhl hinunter zum Erdgeschoß und ging zur Ausleihe, weil es vielleicht schon zurückgegeben, aber noch nicht wieder ins Regal gestellt worden war. Der Bibliothekar war ein stämmiger Schwarzer, der Typ eines Quarterbacks, der, nachdem er fünf Minuten auf einer Computertastatur herumgeklappert und auf den Bildschirm geglotzt hatte, kopfschüttelnd zurückkehrte. »Tut mir leid, Sir. Das Buch ist nicht verliehen worden, es wird vermutlich irgendwo in der Bibliothek sein. Manche lassen die Bücher einfach neben dem Fotokopierer liegen.«

Ich bedankte mich und suchte bei den Fotokopiermaschinen, fand das Buch aber nicht. Ich wußte, daß es ebenso leicht war, in dieser Bibliothek ein einzelnes Buch zu finden, wie die berühmte Nadel im Heuhaufen, deshalb suchte ich nach meiner zweiten Informationsquelle und stieg die Treppe zum untersten Stockwerk, vier Etagen unter der Erde, hinunter.

Ich gelangte in einen verstaubten Kellerraum, in dem überall Metallregale standen, die vom Boden bis zur Decke mit alten Folianten vollgestopft waren. Diese Sammlung schien für die moderne Medizin weniger interessant zu sein, sie dämmerten weltabgeschieden vor sich hin wie Literaturgreise.

Alles zusammen wirkte wie ein Leichenschauhaus für Bücher, still und düster, an der Decke ein Gewirr von Rohren, die Wände verschimmelt und rostfleckig. Eines der Rohre war undicht, langsam tropfte daraus Wasser und bildete neben einem Bücherregal auf dem Fußboden eine große Pfütze; einige der Bücher waren deshalb feucht und aufgequollen.

Verschiedene Bände waren in fremden Sprachen geschrieben, in Latein, Deutsch oder Französisch.

Fast alle hatten Eselsohren. Ich mußte mich anstrengen, um die verblichenen Titel auf den verwitterten Buchrücken zu entziffern. Schließlich fand ich den Band, den ich gesucht hatte, und nahm ihn mit in einen Leseraum.

Er war in steifes weißes Leinen gebunden, das mit der Zeit nachgedunkelt war und die Farbe von Milchkaffee angenommen hatte. Der Foliant war siebzig Jahre alt, hatte des Ausmaß eines Kunstbandes und enthielt kunstvoll bedruckte Seiten aus schwerem Papier mit Einschüben aus Pergament, die girlandenumrahmte, handkolorierte Drucke enthielten. Sein Titel war: *Die Klassifikation und Botanik der Phantastica und Euphorica: Forschungsergebnisse über narkotisierende Alkaloide der Eingeborenen* von Dr. Osgood Shinners-Vree, Professor der Chemie und der Biochemie, Universität zu Oxford, Mitglied des British Museum.

Ich las die Einleitung. Ihr Stil war schwülstig und machte den Eindruck, als ob Professor Shinners-Vree sich dafür rechtfertigen wollte, daß er auf der Suche nach bewußtseinsverändernden Pflanzen zehn Jahre im Dschungel verbracht hatte.

»Die Versuche des Menschen, mittels der pflanzlichen Umwelt seine Sinnesempfindungen zu manipulieren, sind so alt wie die Menschheit selbst«, schrieb er. »Aber erst in diesem Jahrhundert ist es der Wissenschaft gelungen, die Technik zu entwickeln, die chemischen Eigenschaften der Arten aufzudecken, die ich zum Wohle der Menschheit *Phantastica* genannt habe. Ihr Segen liegt vorwiegend in der Behandlung des Schwachsinns und anderer nervöser und geistiger Erkrankungen, zweifellos werden andere genauso erfolgreich behandelt werden können.«

Das erste Kapitel enthielt die Geschichte der Hexenkünste des Mittelalters in Europa. Shinners-Vree behauptete, daß Hexen erfahrene Apotheker gewesen seien, die ihre Fähigkeiten für »unheilsamen Handel« benutzt hätten – Giftmischerinnen, die ihre Künste an die »weniger moralischen Mitglieder der oberen Klassen« verkauften. Vom Adel gedungen, um politische und persönliche Feinde zu vergiften, mischten Hexen ein Gebräu mit den folgenden Ingredienzien zurecht:

»Phantastica alkaloider Eigenschaften aus Bilsenkraut (*Hyoscyamus niger*) und verschiedenen Auszügen der Tollkirsche (*Atropa belladonna*). Diese Pflanzen hatten die Eigenschaft, anfallartig Verwirrungszustände und Wahnsinn hervorzurufen, die Tage und Wochen andauern konnten, und waren bei höherer Dosierung tödlich. Die alten Weiber verstanden es, die Alkaloide in ihren Getränken so kunstfertig zu mischen, daß die Wirkungen präzise voraussehbar waren: vorübergehende Verwirrung, längerer Schwachsinn oder Tod – je nach Wunsch.

Auf diese Weise waren die Hexen des Mittelalters nichts anderes als gute Chemikerinnen, obwohl sie ihre angeblich dämonischen Kräfte dazu benutzten, um sich eine Aura der Macht zu verleihen. Das gleiche galt auch für die Schamanen und Voodoo-Priester auf Haiti und anderen Inseln der Karibik. Die geistigen und körperlichen Störungen, die sie mit ihren sogenannten Zaubertränken hervorriefen, waren nichts anderes als Vergiftungserscheinungen, die auf geschickter Verwendung von Alkaloiden beruhten.«

Kapitel zwei schilderte die Reisen des Forschers durch Lateinamerika und stellte fest, daß es »in der Neuen Welt eine ungewöhnlich große Flora gibt, die bewußtseinsverändernd wirken kann. Der *gi-i-wa*, ein Bovist, den die Mixteken benutzten, der den Azteken heilige Pilz *teonancatl,* auch das göttliche Fleisch genannt, ein Baumschwamm der in Peru lebenden Yurimagua, der Zaubertrank *ayahuasca*, den die Zaparo aus der Rebe *banisteriopsis* destillierten, wie Villavicencio (1858) es schilderte – man kann sagen, daß alle diese Stämme alkaloidhaltige Destillate herstellten, deren vorherrschende Grundsubstanz *Atropa belladonna* bildete. Alle waren phantasieanregend und interessant genug, um sich weiter damit zu beschäftigen.

Ich habe meine Aufmerksamkeit jedoch auf eine besondere Spezies der Tollkirsche konzentriert, der *Datura*, eine Untergattung der *brugmansia*, sie hat einzigartige nervenwirksame Eigenschaften. Die folgenden Kapitel werden deshalb ausschließlich diesem Thema gewidmet sein.«

Ich überflog die Illustrationen – lebendige und detaillierte Darstellungen von Sträuchern und kleinen Bäumen mit verschiedenartig breiten Blättern, herabhängenden, trompetenförmigen weißen oder gelben Blüten und großen glatten, kannenartigen Früchten – und schlug Kapitel drei auf.

Wie der unerschrockene Professor sich ausdrückte, ist »*Brugmansia* die Urform einer Phantastica, weil einerseits die Einverleibung ihrer verschiedenen pflanzlichen Teile Verhaltenszustände hervorbringt, die perfekt die Syptome akuten Schwachsinns und anderer Geisteskrankheiten vorzutäuschen imstande sind, andererseits vom Menschen in ihren Auswirkungen hinreichend kontrolliert werden können.«

Kontrolle durch den Menschen.

Herzklopfend las ich weiter:

»Diese Kontrollmöglichkeiten sind darauf zurückzuführen, daß *Brugmansia*-Pflanzen dazu neigen, spontane Mutationen hervorzubringen, die problemlos zu vermehren sind, indem man ein Aststück in feuchte Erde steckt. Die Prozedur ist so einfach, daß sie auch von einem kleinen Kind erfolgreich durchgeführt werden könnte.

In den Tälern zu Fuße der Anden habe ich entdeckt, daß dort seltsam verformte Abarten dieser Gattung weit verbreitet sind, einige davon sind so mißgestaltig, daß jede Ähnlichkeit mit der Mutterpflanze abhandengekommen ist. Beachtlich ist, daß jede dieser Abweichungen individuelle und voraussehbare Auswirkungen auf das Nervensystem hat, die zweifellos auf minimalen Unterschieden in ihrer chemischen Struktur beruhen. Die Nutzung dieser Arten ist nicht auf einen Stamm beschränkt. Die Chibcha, die Choko, die Qechua und die Jivaro sind nur einige Stämme, die sie fachkundig verwenden konnten (der Kontakt untereinander wurde durch ihre Sicherheitsbedürfnisse verhindert).

Die Indianer verwenden diese Abarten für sehr unterschiedliche Zwecke. Eine davon wird benutzt, um widerspenstige Kinder zu besänftigen. Sie werden gezwungen, einen Wasseraufguß der Samen zu trinken. In dem darauffolgenden Trancezustand hören sie die ermahnenden Stimmen längst verstorbener Vorfahren. Einer anderen Art wird nachgesagt, daß sie in Gräbern verborgene Schätze offenbaren kann; mit anderen bereiten sich Krieger auf einen Kampf vor, ihnen erscheinen dann die entkräfteten Gesichter derer, die sie besiegen wollen. Ich habe dies nicht selbst gesehen, aber mir ist berichtet worden, daß ein besonders wilder Stamm eine Abart der *Brugmansia au-*

rea dazu benutzte, Frauen und Sklaven gefallener Krieger zu betäuben, so daß sie sich duldsam und ohne Gegenwehr mit ihrem Herren lebendig begraben ließen.

Diese Abarten unterscheiden sich in ihrer Wirksamkeit, und die Schamanen jedes Stammes wissen genau, welche schwach und welche stark wirken. Der Grad des Wissens dieser sogenannten Primitiven über die Manipulation des menschlichen Verstandes durch gezielte Verabreichung alkaloidhaltiger Gifte ist in der Tat höchst bemerkenswert.«

Ich legte das Buch weg. Mir war flau im Magen, und mir fröstelte. Vor mehr als einem Jahr war ich in ein Treibhaus des Schreckens geraten, konfrontiert mit furchterregenden Spielarten der Natur, die ein Verrückter als Rache gegen sein Schicksal gezüchtet hatte. Nun stand ich wieder der Natur in einer ihrer abartigen Erscheinungsformen gegenüber. Meine Gedanken wurden durch das Geräusch von Schritten unterbrochen, die sich näherten. Ich sah Jennifer mit einem Stapel Bücher im Arm die Treppen herabsteigen und auf das Regal zusteuern, in dem ich Shinners-Vrees Buch gefunden hatte.

»Hallo«, rief ich ihr zu, sie fuhr zusammen und ließ die Bücher auf den Boden fallen. Mit der Hand auf dem Herzen, mit aufgerissenen Augen und bleich vor Schrecken wandte sie sich um.

»Oh.« Sie atmete tief durch. »Alex, Sie haben mich erschreckt.«

»Tut mir leid«, sagte ich, stand auf und ging zu ihr. »Ist es jetzt wieder gut?«

»Ja«, antwortete sie hastig.

Ich bückte mich und hob die Bücher auf.

»Das war blöd von mir, so zu erschrecken«, sagte sie. »Es ist so gespenstisch hier unten.« Sie lachte nervös. »Als wenn wir die einzigen Menschen wären, die seit einem Zeitalter hier runtergekommen sind.«

»Vermutlich sind wir das auch, wonach haben Sie denn gesucht?«

»Nach einem alten botanischen Buch. Ich habe was entdeckt, und das Buch ist die Originalquelle.«

»Folgen Sie mir«, sagte ich und ging mit ihr in den Leseraum. Nachdem ich ihre Bücher hingelegt hatte, hob ich den dicken Leinenband hoch.

»Suchen Sie den?«

Sie nahm ihn und blätterte die dicken Seiten um.

»Ja.«

»Sie sind nicht zufällig durch einen Hinweis in einer Monographie der Stanford-Universität darauf gestoßen? McAllister, 1972?«

Sie sah mich erstaunt an, zog ein dünnes Bändchen aus ihrem Bücherstapel, öffnete es und las laut:

»Die Verwendung von anticholinergischen Alkaloiden in Kräutern für die Aufrechterhaltung der gesellschaftlichen Ordnung: Die Brugmansia-Rituale der Indianer des Sibondoytals, Südcolumbien. McAllister, Levine und Palmer. Woher wußten Sie das?«

»Aus einer Fußnote in einer Abhandlung über chemische Kriegführung. Und Sie?«

»Aus einem Hinweis in einer anthropologischen Zeitschrift über rituelle Lebendbestattungen. Das ist verrückt.«

»Große Geister streben immer in die gleiche Richtung.«

Wir begaben uns zu einem größeren Tisch. Sie hörte aufmerksam zu, als ich ihr den Inhalt des Shinners-Vrees-Buchs zusammengefaßt wiedergab, dann nahm sie die Monographie von McAllister auf und sagte:

»Alex, die Forschungsgruppe aus Stanford ist den Spuren Shinners-Vrees gefolgt. Mit Hilfe seines Buchs gelangten sie in das Sibundoytal, auf der Suche nach Kulten, die halluzinogene Rauschgifte verwenden. McAllister war Professor, die beiden anderen Graduierte, die für ihn arbeiteten. Als sie dort ankamen, fanden sie die Dinge genauso vor, wie sie Shinners-Vree beschrieben hatte: verschiedene kleine Stämme, die am Fuße der Anden verborgen im Dschungel lebten, die *Brugmansia* züchteten und sie fast in allen Lebensbereichen verwendeten, in religiösen, medizinischen und Mannwerdungszeremonien. Die columbianische Regierung plante eine Autobahn durch dieses Gebiet, die den Dschungel zu vernichten drohte, und rottete die Indianer aus, deswegen mußten sie sich mit ihren Forschungen beeilen.

Levine studierte die biochemischen Unterschiede der einzelnen *Brugmansia*-Arten. Er fand heraus, daß die ihnen allen gemeinsame bewußtseinsverändernde Grundsubstanz ein anticholinergisches Alkaloid ist, das dem Atropin und dem Skopolamin verwandt ist. Er unterließ es aber, die minimalen Unterschiede zwischen den mutierten Exemplaren zu analysieren, und ich fand auch nichts darüber in seinen späteren Veröffentlichungen. Wahrscheinlich haben seine Untersuchungen zu nichts weiterem geführt.

Palmer betrieb ihre Arbeiten mehr kulturell orientiert und kam zu wesentlich genaueren Ergebnissen; das Buch ist ihre Doktorarbeit. Meinen Sie, daß sie ihren Namen an die letzte Stelle setzten, weil sie eine Frau ist?«

»Das würde mich nicht überraschen.«

»Gott sei Dank gibt es Feminismus. Jedenfalls beschreibt sie bis in die Details, wie Anticholinergika als gesellschaftliche Kontrollsubstanzen eingesetzt wurden. Sie stellt die Hypothese auf, daß Drogen bei den Indianern göttlichen Rang einnehmen. In den Erläuterungen behauptet sie, daß sich alle Religionen auf Erfahrungen mit bewußtseinsverändernden Substanzen zurückführen lassen. Ziemlich kühne Behauptung. Doch der Kernpunkt, Alex, ist, daß diese Indianer ganz genau wußten, welche ihrer Züchtungen sie einsetzen mußten, um die jeweils gewünschten Symptome hervorzurufen. Das ist also durchaus möglich.«

»Atropin«, sagte ich. »Ein moderner Hexentrank.«

»Genau!« erwiderte sie aufgeregt. »Anticholinergika blockieren die Wirkung von Azethylcholin am Nervenende und steigern die Reizübermittlung. Man kann damit jemanden ganz schön aus der Fassung bringen. Und ein Psychiater würde in einer Routineuntersuchung überhaupt nicht darauf kommen, oder?«

»Solange das Mittel nicht gebräuchlich ist, kaum. Sind Sie schon mal darauf gestoßen?«

»Nein, aber ich habe die Verzeichnisse der Psychopharmaka durchgesehen. Bei kleinerer Dosierung wirken Atropin und Skopolamin entspannend, sie werden über den Ladentisch als Schlafmittel oder gegen Allergie verkauft. Sie kennen doch sicher auch die kleinen Pflaster, die man sich gegen Seekrankheit hinter das Ohr klebt. Vor einigen Jahren noch wurden diese Mittel in weitaus höheren Konzentrationen verschrieben, aber dabei kam es zu problematischen Nebenwirkungen. Skopolamin gab man Frauen zur

Schmerzlinderung in den Wehen. Man kombinierte es mit Morphium und nannte es Dämmerschlaf. Abgesehen davon, daß dieses Mittel die Foeten schädigte, verursachte es bei einigen Patientinnen auch psychotische Anfälle. Mit Atropin als krampfhemmendem Medikament behandelte man die Parkinson'sche Krankheit. Es dämpfte zwar das Zittern, aber die Patienten zeigten Anzeichen von Senilität und wurden vergeßlich, verwirrt und paranoid. Das war ein großes Problem, bis man synthetische Produkte mit geringeren Nebenwirkungen entwickelte.«

Scheinbare Senilität. Das erinnerte mich an etwas, aber ich besann mich nicht.

»Und um die Jahrhundertwende«, fuhr sie fort, »wurden sogenannte Antiasthma-Zigaretten angeboten, eine Mischung aus Tabak und Belladonna. Sie erweiterten die Bronchien; zu viele Züge verursachten jedoch schlimme Trips: Delirium, Halluzinationen und totalen Verlust der Erinnerung. Das ist ein weiterer wichtiger Punkt: Anticholinergika zerstören das Gedächtnis. Wenn Jamey dadurch gelähmt war, konnte man alles mit ihm machen, ihn mitnehmen, irgendwo absetzen, wie eine Puppe behandeln. Am nächsten Tag würde er alles vergessen haben.«

Sie machte eine Pause, holte tief Atem und öffnete ihr Notizbuch.

»Da ist noch etwas«, sagte sie, während sie schnell die Seiten umblätterte. »Ich stieß auf einen kleinen Vers über die Syptome einer Belladonna-Vergiftung und habe ihn aufgeschrieben. Er ist höchst aufschlußreich.«

Sie gab mir das Notizbuch und ich las laut vor:

»Verrückt wie ein Hutmacher, abgenagt wie ein Knochen, rot wie eine Rübe und blind wie ein Stein«.

»Trockener Mund und Gesichtsrötung«, sagte ich. »Reaktionen des Parasympathikus.«

»Ja! Als ich das las, erinnerte ich mich an den Tag, als Jamey alle in der Gruppe aufregte. Ich habe auch gesehen, wie er verschiedentlich total ausflippte. Alex, jedesmal hatte er ein hochrotes Gesicht! Rot wie eine Rübe! Er atmete heftig! Ich glaube, ich habe das erwähnt.«

»Das haben Sie.« Auch Sarita Flowers hatte darauf hingewiesen; ebenfalls Dwight Cadmus, als er von der Nacht erzählte, in der Jamey die Bücher seines Onkels in Fetzen gerissen hatte. Ich konzentrierte mich und erinnerte mich genau an die verwendeten Ausdrücke: rot, aufgedunsen und kurzatmig.

Ich sah auf die Bücher, die Jennifer gesammelt hatte, und fragte: »Ist irgend etwas über Wechselwirkungen von Drogen dabei?«

Sie zog einen dicken roten Band heraus und reichte ihn mir.

Ich schlug das Kapitel über Medikamente gegen Parkinson auf und überflog es. In der Mitte des Abschnittes, der Kontraindikationen aufzählte, stand in einem schwarz umrahmten Rechteck eine Warnung für Ärzte: *Die Wirkung von Anticholinergika wird durch Thorazin verstärkt.*

Eine Behandlung mit den meisten modernen Beruhigungsmitteln konnte böse, wenn nicht sogar schwerwiegende Folgen für Parkinson-Patienten nach sich ziehen und ebenso für andere, denen man Atropin oder ein atropinhaltiges Medikament gegeben hatte: Ihr Nervensystem geriet total durcheinander, sie delirierten und schienen verrückt zu sein. *Scheinbare Senilität.*

Jetzt war der Knoten geplatzt, und ich konnte mich

erinnern: Die Zeitschrift, die ich in der ersten Nacht in der Klinik gelesen hatte – der *Cañon Oak Quarterly* –, hatte einen Artikel über anticholergische Syndrome im Alter und ihre Fehldiagnose als Senilität bei medikamentös verursachter Psychose enthalten. Wenn man Jamey wirklich mit Belladonna-Präparaten vergiftet hatte, mußten die von Mainwaring im Namen der Wissenschaft verabreichten Medikamente ihn in eine von Menschen bereitete Hölle versetzt haben. Immer deutlicher zeichnete sich das Bild vom bösen Arzt ab.

Ich legte das Buch hin und versuchte, ruhig zu bleiben.

»Das paßt genau, nicht wahr?« fragte Jennifer.

»Es paßt«, antwortete ich, »aber man braucht eine *Brugmansia*-Pflanzung, um so etwas durchzuführen. Wie wollen Sie an so etwas herankommen?«

»Durch jemanden, der sich im Dschungel aufgehalten hat«, sagte sie, »bevor sie ihn mit Bulldozern umpflügten, einen Botaniker oder Forscher.«

Ich nahm die Stanford-Monographie auf und überflog sie. Am Ende des Textes waren verschiedene Photographien abgebildet. Eine davon fesselte mich besonders.

Sie enthielt eine Steinplastik, einen Fetisch, den man bei Bestattungsritualen unter Drogeneinfluß verwandte. Ich sah sie mir näher an: eine hockende Kröte mit schlitzäugigen, menschlichen Gesichtszügen, auf ihrem grobgehauenen Kopf ein Helm aus Federn. Grausam, dennoch kraftvoll.

Ich hatte so etwas vor kurzem bereits gesehen.

Mit einem schnellen Blick auf den Einband las ich die Namen der Autoren: Andrew J. McAllister, Ronald D. Levine, Heather J. Palmer.

Heather J. Palmer. Der Name aus den Presseausschnitten. Eine Juni-Hochzeit in Palo Alto. Die Brautmutter – ein Mitglied des amerikanischen Frauenvereins. Ihr letzter Vater, ein Diplomat, war in Columbien, Brasilien und Panama eingesetzt, wo die Braut geboren wurde.

Die zukünftige Mrs. Dwight Cadmus hatte also doch an einer Expedition teilgenommen.

25

»Die Tante!« rief Milo aus, »das ist ein vertrackter Fall, streut wie ein Tumor; überall wo man hinsieht, eine neue Geschwulst.«

Er wärmte sich die Hände an seinem Kaffeebecher, biß in sein Teilchen und las den *McAllister Monograph*.

Wind und Regen hatten am späten Nachmittag begonnen und waren wegen eines tropischen Sturms, der ins Landesinnere gelangte, immer heftiger geworden. Der letzte Sturm dieser Stärke hatte die Cañons in tobende Kessel verwandelt und ein ganzes Stück von Malibu ins Meer gespült. Mein Haus hatte trotz seiner geringen Stabilität – es stand auf Stelzen wie Flamingos und frei auf dem Hügel – allen bisherigen Unwettern tapfer widerstanden. Trotzdem schichtete ich jedesmal, wenn ein neuer Regenguß gegen die Holzwände klatschte, Sandsäcke auf und überlegte, ob ich mir nicht eine Arche bauen sollte wie Noah. Draußen sah es aus, als würde der Hügel wegschmelzen, und mich überkam tiefe Melancholie, jenes typisch kalifornische Gefühl der eigenen Nichtigkeit.

Blitze zuckten über den Himmel, und der Donner applaudierte ihnen. Milo ließ sich von meiner Unruhe nicht anstecken, sondern las.

»Diese Brugmansia ist ja eine grauenhafte Pflanze«, sagte er, »es gibt unzählige Möglichkeiten, jemanden damit umzubringen – Tee, Suppen, Essen, Zigaretten.«

»Man kann das Gift auch so zubereiten, daß es durch die Haut aufgenommen wird«, sagte ich. »In dem Buch steht ein ganzes Kapitel über Breiumschläge.«

»Wunderbar. Und Tantchen ist Expertin auf dem Gebiet.« Er runzelte die Stirn und schlug dann so heftig mit der Hand auf den Tisch, daß die Tassen wackelten. »Einen Arzt zu bestechen, damit er ein Kind zum Wahnsinn treibt. Ein eiskaltes Verbrechen. Glaubst du, Jamey hat begriffen, was da vor sich ging? Hat er vielleicht deshalb soviel von Zombies gesprochen?«

»Das weiß Gott allein.«

»Alex, ich hasse solche Familiengeschichten. Je reicher die Familie, desto ekelhafter wird es. Arme Leute machen es auf ehrenvolle Weise, sie sind stinksauer aufeinander, reißen die Remington aus dem Gewehrständer und pusten sich um. Aber diese Arschlöcher aus der Oberschicht sind gar nicht in der Lage, Wut im Bauch zu haben. Sie lassen sogar ihre Darmtätigkeit von anderen ausführen. ›Grimes, würden Sie bitte für mich kacken.‹ – ›Sehr wohl, Madame.‹« Er schüttelte den Kopf und nahm einen ausgiebigen Schluck Kaffee.

»Abgesehen davon, daß es nicht gerade phantasievoll ist, kommt man in den Knast, wenn man einen mit der Knarre umlegt.«

Milo blickte auf.

»Ja, ich weiß. Wir haben in unserem Fall noch keinen sicheren Beweis. Das ist ja die Idiotie.«

»Habt ihr nach dem Tagebuch gesucht?«

»Nein«, sagte er grimmig, »wir haben Freiwillige vom Braille-Institut mit der Suche beauftragt. Sie liefen mit ihren kleinen weißen Rohrstöckchen ein bißchen an Deck herum und ließen es damit gut sein. Was glaubst du denn, was ich machen soll?«

»Du bist der Sergeant.«

»Hast ja recht«, murmelte er und wandte sich wieder dem Buch zu, dann sang er ziemlich schräg das Lied: »Regentag und Montag ist mein Unglückstag.«

»Wir haben heute Donnerstag.«

»Ist mir egal, was heute ist.«

Ich ging in die Küche, um noch mehr Kaffee zu holen. Dann setzte ich mich auf die Fensterbank und hielt Ausschau nach dem nächsten Regenguß. Es sah nicht danach aus, deshalb zog ich meinen Regenmantel und einen alten Cowboyhut an und lief in den Garten hinunter, um nach den Zierkarpfen zu sehen. Der Kies rund um den Teich war zum Teil weggeschwemmt, die Azaleen ließen regenschwer die Zweige hängen. Aber die Wasserfläche war noch nicht bis zum Überlaufen gestiegen, und die Fische schienen in bester Form zu sein. Sie ließen sich in dem aufgewühlten Wasser treiben, kamen ab und zu mit den Mäulern an die Oberfläche und sahen in dem dunklen Wasser aus wie lebende Regenbogen. Als sie mich bemerkten, schwammen sie in meine Richtung auf die bemoosten Steine zu. Sie gaben glucksende Geräusche von sich, stießen mit dem Kopf an und zeigten ihre bunten, glänzenden Körper. Ich nahm ein paar Körner aus der Futterdose und warf sie ihnen hin.

»Guten Appetit, meine Freunde.« Ich ging den Garten hinauf, um einen Blick unter das Haus zu werfen. Der Boden war matschig, aber fest, es war nichts abgerutscht. Nur ein paar Sandsäcke waren naß geworden.

Ich wollte sie gerade wegräumen, als Milo mich rief:

»Alex, komm ans Telefon.«

Ich machte mir die Schuhe sauber und stieg die Treppe zur Terrasse hinauf. Er hielt mir den Hörer hin.

»Da will dich ein Kerl sprechen, der behauptet, er sei dein Finanzberater. Er quatscht in rasendem Tempo.«

Ich nahm den Hörer.

»Hallo, Alex. Lou hier. Gibt's was Neues über die Aktien vom Bitter Cañon?«

Ich sah zu Milo herüber. Er saß da mit aufgestütztem Kinn, in ein Kapitel über indianische Kulte und Beschwörungsrituale vertieft.

»Nein, ich weiß weiter nichts darüber, dazu müßte ich ...«

»Mach dir die Mühe nicht, Alex, ich habe sie schon abgestoßen. Nach unserem letzten Gespräch habe ich mich umgehört. In Beverly Hills gab es so ein Gerücht, keine riesigen Transaktionen, nur ein paar Anzeichen hier und da, aber es hat Verkäufe gegeben, in aller Stille. Das braucht nichts zu bedeuten, aber es könnte schon was dran sein. Ich bin die Dinger jedenfalls los.«

»Lou, ich ...«

»Mach dir keine Gedanken, Alex. Ich habe sie zu einem günstigen Preis verkauft und einen schnellen Dollar damit gemacht. Meine Klienten sind hocherfreut, mein Charisma ist unangetastet. Wenn's schiefgeht, stehe ich da wie Nikodemus, wenn nicht, haben wir's mal wieder richtig gemacht. Also vielen Dank, Doktor.«

»Aber wofür?«

»Den Tip. Ich wußte, daß du nicht viel sagen konntest, aber deine Andeutungen haben genügt. Der Markt ist ganz wild auf die Dinger.«

»Wird wohl so sein, wenn du es sagst. Freut mich, daß ich dir helfen konnte.«

»Ich bin gerade dabei, die *Incentive* aufzutanken und komme auf dem Weg nach Cabo San Lucas bei dir vorbei. Ich wollte Seebarsch fangen und den späten Thunfischschwärmen auflauern, ich hab auch läuten hören, daß es wieder Tutuavas gibt. In Marina Del Rey gehe ich ein paar Tage vor Anker, um ein paar lose Fäden zu einem Klienten von früher zu knüpfen. Wie wär's, wenn wir mal zusammen essen gingen?«

»Klar, Lou«, sagte ich geistesabwesend. »Das wäre toll. Sag mal, kann ich dich etwas Technisches fragen?«

»Dazu bin ich da.«

»Nichts über Finanzen, wegen eines Boots.«

Milo unterbrach seine Lektüre.

»Wenn du eines kaufen willst, ich kenne da einen, der hat einen Bostoner Walfänger, elf Meter lang, sehr günstige Gelegenheit ...«

»Ich will kein Boot kaufen«, sagte ich, aber als ich den Regen sah, fügte ich hinzu: »Jedenfalls jetzt noch nicht.«

»Was willst du dann?«

»Lou, wenn du in einem Schiff etwas verstecken wolltest, wo würdest du es hintun?«

»Das hängt vom Bootstyp ab. Auf der *Incentive* gibt es alle möglichen Ecken und Winkel durch die

Teakholzverkleidung. Wenn genug Holz auf einem Schiff ist, kann man im Grunde überall ein Versteck aussägen.«

»Ich meine ein Versteck, das selbst ein Bulle nicht finden würde.«

»Wie, ein Bulle?«

»Ein Polizist.«

Milo blickte auf und sah mich durchdringend an.

»Alex, was zum Teufel hast du vor?« fragte Cestare.

»Gar nichts. Ich denke über ein theoretisches Problem nach.«

Lou pfiff leise durch die Zähne.

»Das hat entfernt mit Bitter Cañon zu tun, stimmt's?«

»Möglicherweise.«

Es folgte längeres Schweigen, dann fragte Lou:

»Wie groß soll der Gegenstand sein, den du verstecken willst?«

»Sagen wir ungefähr elf mal zwanzig Zentimeter.«

»Wie dick?«

»Zwei Zentimeter.«

»So klein? Ich hatte schon Angst, du bist in irgendein Verbrechen verwickelt, Kokainschmuggel oder so was. Aber Koke in so kleiner Menge, das würde sich ja überhaupt nicht lohnen, es sei denn, es wäre nur zu deinem eigenen Gebrauch bestimmt und du ...«

»Lou«, sagte ich ruhig, »ich bin kein Rauschgiftschmuggler. Aber jetzt sag mir, wo würdest du es verstecken ...«

»Einen elf mal zwanzig Zentimeter großen Gegenstand, Moment mal, hast du schon im Seewasserfilter gesucht?«

»Was ist denn das?«

»In einem Motorboot – wir reden doch über einen Stinkpott oder?«

Ich hielt die Hand über die Muschel und fragte Milo:

»Hatte Radovic ein Motorboot?«

Er nickte.

»Ja.«

»In einem Motorboot verwendet man Meerwasser, um den Motor zu kühlen. Der Wasserfilter ist am Ende einer Leitung, die durch das Boot führt, das Wasser von außen zu der Maschine leitet und sie von Sand und Dreck freihält. An beiden Enden des Kühlsystems befinden sich außenbords mit Sieben verdeckte Kammern. Wenn ich etwas wirklich gut verbergen wollte, würde ich es dorthin unter dem Rumpf tun. Um es zu finden, müßte man unter Wasser suchen. Ist der Gegenstand denn empfindlich?«

»Ja, das ist er.«

»Ist es etwas für die Küche? Fleisch, Gemüse oder Mineralien vielleicht?«

Ich mußte lachen.

»Also, ich würde es auf jeden Fall in eine Schutzhülle legen, dann das Sieb einer Kammer abschrauben und das Ding reinstecken. Dann könnte man es in Ruhe vergessen. Ist es das, was du suchst?«

»Könnte sein, danke, Lou.«

»Wofür denn, wir sind ein Brokerbüro mit jeglichem Service. Noch eins fällt mir gerade ein, Alex.«

»Nämlich?«

»Brandon läßt grüßen. Durch deine nette Konversation ist er überzeugt, ein perfekter Manager zu sein.«

»Grüß Brandon zurück.«

Ich legte auf. Milo stand dicht bei mir.

»Also, was gibt's?«
»Kennst du einen guten Froschmann?«

Es wehte ein starker Wind, heftige Böen wurden ab und an durch eine kurze, eiskalte Windstille unterbrochen. Die stärksten Windstöße beugten die Masten der kleinen Segelboote, die wild hin und her schaukelten. In der Luft hing der Geruch von Bilgewasser, Motoröl und leicht salzigem Meerwasser.

»Gegen Abend soll der Wind vorbei sein«, sagte Milo, zog sein gelbes Ölzeug fester zu und klopfte sich warm. Sein sonst blasses Gesicht war von dem kalten Wind ganz rosig, seine Augen tränten und waren rot. In der Öljacke sah er wie ein zu großes Schulkind aus. »Wir haben Zeit, Sie müssen es nicht unbedingt jetzt versuchen.«

Der Mann im Tauchzeug blickte in das Hafenbekken. Der rußschwarze Himmel ließ das Wasser tiefgrau und gefährlich aussehen. Die dunklen Wellen trugen Schaumköpfe. Sie hatten die Form von Haiflossen, waren in wilder Bewegung und wurden am oberen Ende grün, bevor sie zusammenstürzten. Der Mann beobachtete sie eine Weile, die zusammengekniffenen Augen in seinem jungen, sommersprossigen Gesicht blickten ruhig und entschlossen.

»Ist schon gut, Sergeant, »ich hab schon Schlimmeres erlebt.«

Er rieb die Hände gegeneinander, untersuchte die Sauerstoffflaschen, prüfte die Werkzeuge, die an seinen Tauchgewichten befestigt waren und ging an die dünne Aluminiumreling. Ein zweiter Taucher kletterte aus der Kabine und kam uns auf seinen Flossen entgegengewatschelt. Auch er war noch jung, hatte ein vorstehendes Kinn, graue Augen und eine Boxernase.

»Fertig, Steve?« fragte er.

Der erste Taucher grinste und sagte: »Los, bringen wir's hinter uns.«

Sie zogen die Atemmasken auf, kletterten über die Reling, rollten ihre Körper geschmeidig wie Seehunde zusammen und ließen sich vornüber fallen. Sie stießen durch die Wasseroberfläche und verschwanden.

»Rekruten der Pacific Division, echte Macho-Surfer«, sagte Milo.

Wir standen am Bug von Radovics Boot, einer fünfzehn Jahre alten Chris Craft, auf der in halb abgeblätterten Buchstaben der Name *Sweet Vengeance** stand. Der Rumpf war zerkratzt, die Glasteile trübe, das Deck schmutzig, voller Fischgerippe und schwarzer Algen. Es bedurfte dringend der Reparatur. Die Deckaufbauten waren teilweise zerstört. Ein Anglersitz lag umgestürzt in einer Ecke, daneben ein paar Schrauben. Büschel verfaulten Seetangs schwammen in einer Pfütze aus moderigem Wasser.

Die Tür zur Kabine stand offen und gab den Blick frei auf einen engen Raum voller unordentlich hingeworfener Kleider und aufgestapelter Kartons. Der geeignete Ort, um klaustrophob zu werden. Nichts auf diesem Schiff war heil.

»Es sieht aus, als ob die Braille-Leute hier gewüstet hätten«, sagte ich.

»Das kann man wohl sagen«, antwortete Milo. »Mit Hunden und allem Drum und Dran.« Er zog ein Taschentuch heraus, schnaubte sich die Nase und sah auf das Wasser. Eine plötzliche Böe wühlte die Wellen auf, das Schiff schwankte. Wir hielten uns beide schnell an

* Süße Rache

der Reling fest. Ich konnte mich auf dem schlickigen Boden nur schwer auf den Beinen halten. Milo glitt aus, ihm rutschten buchstäblich die Beine weg, aber es gelang ihm mit letzter Kraft, stehenzubleiben, indem er sein ganzes Gewicht auf die Fersen verlagerte. Als der Windstoß nachließ, war seine Stirn schweißbedeckt und sein Gesicht zeigte grünliche Farbe.

»Ich brauche festen Boden unter den Füßen, bevor ich die Beute hebe«, sagte er mit schwacher Stimme. Er verließ vorsichtig das Boot und wartete am Kai, naß, aber offenbar wieder im Gleichgewicht. Er atmete tief und sah auf das wildbewegte Wasser im Hafen. Zwanzig Meter lange Schiffe schaukelten hin und her wie Spielzeugboote. Milos Gesicht war immer noch grünlich-bleich.

»Geht's wieder?«

Er blies die Backen auf, atmete aus und schüttelte den Kopf.

»Schiffe, die schaukeln, machen mich krank. Das ist seit meiner Kindheit so. Es fing schon an, als wir an Bord gingen. Und diese Böe gerade gab mir den Rest.«

»Warum nimmst du nichts gegen Seekrankheit?«

»Davon wird es nur schlimmer.«

»Es gibt Pflaster, die man sich hinter's Ohr kleben kann. Da ist Skopolamin drin.«

»Sehr witzig.«

»Nein, ich meine es ernst. Anticholinergika entspannen die Magennerven. Das ist ein Punkt, an dem sie ganz legal angewendet werden.«

»Ich schaff's auch so«, antwortete Milo, doch einen Moment später fragte er:

»Muß man sich diese Streifen verschreiben lassen, oder bekommt man sie ohne Rezept?«

»Rezeptfrei. Aber Anticholinergika kann man auch so kaufen, falls du das meinst. Sie sind in Schlaftabletten drin und auch in Abführmitteln.«

»Könnte man sich rezeptfrei soviel davon verschaffen, daß man jemanden vergiften kann?«

»Das glaube ich kaum. In den Pillen sind ja auch immer andere Stoffe, viele in höherer Konzentration. Wie zum Beispiel Adrenalin in Abführmitteln. Wenn man zuviel nimmt, gibt's Herzstillstand. Was man an Medikamenten bräuchte, um einen anderen psychotisch zu machen, würde soviel Adrenalin enthalten, daß das Opfer daran stürbe. Selbst wenn man chemisch so bewandert wäre, daß man den Stoff isolieren könnte, würde es nicht funktionieren. Jamey zeigte immer neue Symptome. Manchmal war er schlaftrunken, dann wieder wild und gereizt, immer so, wie sie ihn gerade brauchten. Das ist eine technisch perfekt hergestellte Psychose, Milo. Sozusagen maßgeschneidert nach den Bedürfnissen des Giftmischers. Reines Atropin oder Skopolamin hätte solche speziellen Effekte nicht hervorgebracht. Wenn Jamey vergiftet worden ist, dann mit ausgetüftelten Präparaten, Kombinationen mehrerer Stoffe.«

»Drogen nach Maß also.«

»Ganz genau.«

Milo stellte den Mantelkragen hoch und begann auf den Absätzen zu wippen. In sein Gesicht war die Farbe zurückgekehrt, dank geistiger Ablenkung. Nach ein paar Minuten sagte er:

»Ich gehe zum Wagen und versuche, die Klinik zu erreichen. Der Arzt, mit dem ich vorhin sprach, war sehr abweisend, aber ich versuche mal, den Boß zu erwischen.«

Entschlossenen Schrittes ging er fort und ließ mich

allein am Kai zurück. Fünfzig Meter entfernt war eine Tankanlage mit einem kleinen Laden gleich neben den Zapfsäulen. Ich kaufte mir einen Becher schlechten Kaffees und einen Amerikaner, setzte mich unter eine Markise und aß und trank. Dabei beobachtete ich, wie eine große Yacht aufgetankt wurde. Nach etwa zwanzig Minuten kam Milo zurück, in der Hand sein Notizbuch. Er schaute zur *Sweet Vengeance* hinüber.

»Noch immer nichts?«

»Bisher noch nicht. Wie geht es Jamey?«

»Er ist immer noch ohne Bewußtsein. Er hat eine schwere Gehirnerschütterung. Einen schlimmeren Schaden hat er wohl nicht, aber es ist noch zu früh, um das definitiv auszuschließen. Seine Blutproben sind noch im Labor, in ein paar Stunden werden wir mehr wissen. Ich habe gebeten, die Untersuchung zu beschleunigen, aber aus technischen Gründen geht das nicht. Der behandelnde Arzt, ein Neurologe mit Namen Platt, der einen sehr kompetenten Eindruck macht, klang, als ich ihm von unserem Verdacht auf Atropinvergiftung erzählte, eher skeptisch. Er sagte, die wenigen Fälle von durch Atropin ausgelösten Psychosen, die er kennt, seien bei Parkinson-Patienten vorgekommen, aber auch hier seien immer mehrere Präparate die Ursache gewesen. Davon, daß jemand gezielt Atropin anwendet, um Wahnsinn zu erzeugen, hat er noch nie etwas gehört. Immerhin räumte er ein, daß Jamey schnell geholfen werden kann, falls die Tests ergeben, daß er Atropin bekommen hat. Es gibt eine Art Gegengift.«

Er schlug sein Notizbuch auf, schirmte es gegen den Regen ab und las:

»Antilirium. Macht den durch Atropin hervorgerufenen Schaden rückgängig und reinigt die Nervenenden. Das Zeug ist aber selbst sehr giftig, und ohne gründliche Überwachung und Unterstützung durch andere Mittel ist das Anwendungsrisiko hoch. Sie haben aber schon angefangen, ihn zu entgiften. Die einzigen Besucher, die man zu ihm läßt, sind Souza, seine Tante und sein Onkel. Mainwaring war seit vier oder fünf Tagen nicht mehr dort. Sie passen ständig auf Jamey auf, haben aber noch nichts Verdächtiges bemerkt, allerdings sagt Platt, daß man das Zeug auf vielfache Weise in den Körper geben kann, da es sehr leicht absorbiert wird. Er sagt, die sicherste Methode sei, dauernd das Blut zu kontrollieren und über den Zustand des Jungen genau Buch zu führen. Um die Medikation kümmert sich Platt persönlich.«

Er blickte auf die Uhr. »Wie lange sind sie schon da unten, vierzig Minuten?«

»Eher eine halbe Stunde.«

»Es wird nicht gerade sehr gemütlich sein. Haie sollen dieses Wetter besonders gern haben. Es weckt den Raubinstinkt.«

»Sie haben Sauerstoff für eine Stunde. Vielleicht kommen sie auch länger damit aus, geübt wie sie sind.«

»Sie sind echte Profis. Hansen, der mit dem kräftigen Kinn, ist ein bekannter Tauchlehrer, und Steve Pepper war der Surf-Champion von Hawaii. Ich bin froh, daß sie bereit waren, für uns zu tauchen, aber es war vielleicht doch etwas wagemutig von ihnen.« Er strich sich eine Haarsträhne aus der Stirn. »Das ist wohl der Überschwang der Jugend, meinst du nicht? Ich hatte so was auch mal, aber mir scheint, das ist so lange her, daß ich mich kaum daran erinnern kann. Wo wir gerade bei dem Thema Jugend sind: Glaubst du, daß deine kleine Freundin Jennifer den Mund halten kann? Nicht, daß sie wer weiß was ausplaudert.«

»Sicher kann sie das. Zuerst war das Ganze nur ein intellektueller Spaß für sie, dazu kam echte Sympathie für Jamey, und als dann die rauhe Wirklichkeit einbrach, bekam sie's mit der Angst zu tun.«

»Hoffentlich nimmt sie die Dinge weiterhin ernst. Wenn wirklich ein Giftmischer die Hand im Spiel hat, haben wir es mit keinem harmlosen Gegner zu tun.«

»Das habe ich ihr schon gesagt.«

Plötzlich hörte man ein lautes Platschen. Ein Kopf durchbrach die Wasserfläche, ein zweiter folgte. Die Taucher schoben ihre Masken nach oben und holten tief Luft.

»Hallo, Sergeant! Wir haben es!«

Die Taucher zogen sich am Schiffsrumpf hoch, legten die Flossen ab und sprangen behende an Deck. Hansen gab Milo ein Päckchen.

»Das Siebblech war festgerostet, so daß wir es aufstemmen mußten. Das war schwierig und dauerte 'ne Weile, weil ein Schraubenzieher abbrach. Danach war alles nur noch ein Spaziergang. Steve fühlte mit der Hand hinein, und schon hatte er es. Es war etwa sechs Zentimeter in das Rohr hineingeschoben, das Kühlsystem war geöffnet. Offenbar hat der Plastikbeutel den Inhalt trocken gehalten.«

Milo untersuchte das Päckchen in seiner Hand. Das Buch schien unversehrt zu sein, eingewickelt in durchsichtige Plastikfolie, die zugeschweißt war. Durch die Hülle hindurch konnte man in lavendelfarbenen Buchstaben das Wort »Tagebuch« erkennen.

»Ausgezeichnete Arbeit. Ich werde das Ihrem Vorgesetzten sagen. Schwarz auf weiß.«

Die Männer freuten sich.

»Wir machen so was jederzeit gerne wieder, Sergeant«, sagte Pepper mit ein wenig klappernden Zähnen. Hansen klopfte ihm auf den Rücken.

»Komm, wir ziehen uns besser an.«

»Sehr wohl, Sir.«

Sie entfernten sich im Laufschritt.

»Schnell, laß uns fahren«, sagte Milo, »ich möchte es von der Spurensicherung untersuchen lassen. Danach können wir uns an einem gemütlichen Ort an die Lektüre machen.«

26

Gelangweilt öffnete der Aufsichtsbeamte die Tür des Verhörzimmers und rief Milo ans Telefon. Dieser folgte dem Beamten nach draußen. Ich nahm das schwarze Buch in die Hand und begann zu lesen.

Was der alte Skaggs für Poesie gehalten hatte, war in Wirklichkeit eine Ansammlung spontan aufgeschriebener Notizen, Black Jack Cadmus' Art von Tagebuch. Die Eintragungen variierten vom unvollständigen Satz bis zur seitenlangen Prosa. An manchen Tagen hatte er überhaupt nichts geschrieben. Seine Handschrift war groß, breit und linksgerichtet, voller Verzierungen und Schnörkel, beinahe kalligraphisch zu nennen.

Besonders ausführlich schrieb Black Jack über seine Grundstücksspekulationen; so hatte er einmal dreihundert Morgen Obstplantagen von einem Farmer in San Fernando gekauft und nur einen Spottpreis gezahlt, weil er die Farmersfrau um den Finger gewickelt hatte. »Ich sagte ihr, daß ich noch nie eine so gute Pastete gegessen hätte, und lobte das prächtige Aussehen ihres Kindes. Sie fühlte sich überaus geschmeichelt, und noch am selben Nachmittag wurde der Kauf getätigt.«

Cadmus stellte außerdem ausführliche Überlegungen darüber an, wie viele Bungalows auf einem freien Grundstück am östlichen Ende des Valley Platz finden würden, wie am besten und billigsten Wasserleitungen gelegt werden könnten. Auch berichtete er von einem Mexikaner, der billige Arbeitskräfte vermittelte.

Dem Privatleben widmete Cadmus nur wenig Raum, so wurden seine Heirat, die Geburt seiner zwei Söhne und selbst die beginnende Geisteskrankheit seiner Frau nur in kurzen Stichworten abgehandelt. Eine Ausnahme bildete die detaillierte Analyse seiner Beziehung zu Souza, die vom August 1949 datierte.

»Horace hat sich ebenso wie ich von ganz unten emporgearbeitet. Wir sind echte Selfmademen und haben allen Grund, stolz darauf zu sein. Ein Stiefelputzer ist mehr wert als hundert kalifornische Muttersöhnchen, die ihr Sozialprestige mit der Muttermilch einsaugen. Toinettes Vater war einer von ihnen, aber sobald er mit der harten Wirklichkeit konfrontiert wurde, war es aus mit ihm. Sicher, der Weg nach oben hinterläßt Spuren, manchmal Narben, und ich bin nicht sicher, ob Horace es gelernt hat, mit seinen Narben zu leben. Er ist einfach zu ehrgeizig und zu wenig zurückhaltend. Die Sache mit Toinette zum Beispiel hat er viel zu ernst genommen. Sie hat mir erzählt, daß Horace sie mißverstanden hätte. Für sie war er nie etwas anderes als ein netter Kamerad. Und daß er dann noch der häßlichen Lucy nachgelaufen ist, nur um den Arzt auszustechen! Er lächelt zu all dem, wie es sich für einen Gentleman gehört, aber mich stimmt das nachdenklich. Ich weiß, daß er immer gehofft hat, ich würde ihn eines Tages zu meinem Partner machen, aber nur weil man Anwalt ist, und sei man noch so gut in seinem Job, steht man noch lange nicht auf der gleichen Stufe wie derjenige, der die Ideen hat, die Planung macht und das Risiko trägt. Auch nach dem Krieg hat er mich nicht eingeholt. Ich vermute, daß er mich im tiefsten Innern haßt, und ich frage mich, wie ich dieses Gefühl mildern oder zerstreuen kann. Ich will die Fäden zwischen uns nicht durchschneiden, er ist ein erstklassiger Tatsachenverdreher und ein so guter Freund, daß er mir nur nützen kann. Daß ich ihn bat, Peters Pate zu werden, erschien allgemein als edle, ernst gemeinte Geste. In Wirklichkeit habe ich das nur wegen des Geldes getan. Vielleicht erhöhe ich noch das Wilshire-Paket als Prämie, aber wenn der Spring-St.-Louis-Deal vernünftig über die Bühne geht, werde ich bald noch mehr zur Verfügung haben. Ein bißchen Nächstenliebe, getarnt als Dankbarkeit, könnte mich weiterbringen. Ich muß Horace an der Stelle lassen, wo er ist, aber ich will ihm das Gefühl geben, wichtig zu sein. Wenn er jetzt bloß noch ein Mädchen fände, am liebsten eins, das nichts mit mir zu tun hat!«

Milo kam zurück, die Augen vor Aufregung weit aufgerissen.

»Platt war am Telefon. Man hat in den Bluttests Anticholinergika gefunden. Jede Menge. Der Doktor war Feuer und Flamme und fragte, wann er darüber in einer Fachzeitschrift berichten darf.«

Er setzte sich.

»Damit hätten wir endlich Beweise und verlassen die Spekulation.«

»Wann soll Jamey das Gegenmittel bekommen?«

»Heute noch nicht, und wahrscheinlich morgen auch nicht. Durch die Kopfverletzung gibt es zusätzliche Komplikationen. Es ist schwer, herauszufinden, ob seine Bewußtlosigkeit von der Gehirnerschütterung oder von den Drogen herrührt. Bevor sie sein Nervensystem erneut aufrütteln, wollen sie, daß sich sein Zustand etwas gebessert hat.«

Er sah auf das Buch, das ich in Händen hielt.

»Bringt die Lektüre was?«

»Bisher nur, daß Jack Cadmus und Souza ihr gegenseitiges Verhältnis recht unterschiedlich interpretieren.«

»Das soll es öfter geben.«

Er streckte die Hand aus, und ich reichte ihm das Tagebuch.

»Jetzt, wo wir endlich Tritt gefaßt haben, würde ich gerne noch ein paar Motive entdecken, bevor ich Whitehead und seine Leute informiere. Wie weit bist du gekommen?«

»Bis August '49.«

Er fand die Stelle, blätterte zurück, überflog ein paar Seiten und sah mich bedeutsam an.

»Ein ziemlich arrogantes Arschloch, oder?«

»Die Narben des Selfmademan.«

Zwanzig Minuten später hatte Milo die erste Eintragung über das Bitter Cañon gefunden.

»Also. Na da wär's ja. 12. Oktober 1950: ›Ich bin, was Bitter Cañon angeht, in einer günstigen Position, weil mir Hornburgh entgegengekommen ist und nicht ich ihm. Das bedeutet, daß die Army das Terrain möglichst bald los sein will; sie wissen, daß ich jederzeit eine größere Summe Bargeld aufbringen kann. Ich habe das Gefühl, daß Hornburgh an mein Nationalgefühl appellieren will, damit ich besser zahle. Wenn er das tut, schlage ich mit den gleichen Waffen zurück und frage ihn, ob ein Mann, der im letzten Krieg ausgezeichnet wurde, es nicht verdient hat, von Uncle Sam einen günstigen Preis zu kriegen. Wenn er dann immer noch weitermacht, frage ich ihn, was er denn so im Krieg geleistet hat. Horace hat sich umgehört und sagt, er sei ein West-Point-Knabe, der nichts anderes gemacht hat als Schreibstubenarbeit in Biloxi, Miss.«

Milo blätterte um.

»Da, jetzt hat er was Neues, es geht um ein Bürogebäude im Stadtzentrum. Er versucht, jemanden zu bestechen, um billiger ranzukommen. Aber jetzt geht es mit Bitter Cañon weiter: ›Hornburgh hat mich mitgenommen, um die Militärbasis zu besichtigen. Als wir uns dem See näherten, kam er mir ein wenig beunruhigt vor. Aber vielleicht rührte dieser Eindruck nur von der Hitze und dem grellen Licht her. Das Wasser sieht aus wie eine riesige Glaslinse, und wenn die Sonne in einem bestimmten Winkel darauf scheint, blendet es bis zur Unerträglichkeit. Hornburgh, zimperlich wie er ist, läßt sich leicht schmeicheln. Während der Fahrt klapperte er fast mit den Zähnen. Er mag ja Colonel sein, aber er klatscht wie ein Weibsbild. Er erzählte mir ausführlich, was ich alles mit dem Gelände anstellen könnte. Häuser bauen und Hotels, sogar einen Golfplatz und ein Freizeitgelände. Ich ließ ihn reden, dann sagte ich: ›Das klingt ja geradezu nach Garten Eden, Stanton.‹ Er nickte wie eine Kasperlepuppe. ›Warum will die Army es dann unbedingt loswerden?‹ fragte ich und lächelte dazu. Er blieb freundlich und nett und erzählte mir was von Budgetbeschränkungen für militärische Einrichtungen in Friedenszeiten durch den Kongreß. Das ist natürlich Unsinn, denn das Militär kann bei uns machen, was es will. Und wenn bald Ike Präsident wird, wie alle glauben, kann es nur besser werden. Ich muß deshalb achtgeben, was eigentlich los ist.«

Milo las leise weiter.

»Jetzt schreibt er wieder von seinem Bürogebäude.« Er runzelte die Stirn und glitt mit dem Zeigefinger die Zeilen entlang. »Aha, sein Bestechungsversuch hat geklappt. Und jetzt schreibt er etwas über seine Frau. Sie waren im Sheraton Hotel zu einer Party eingeladen, und sie hat allein in der Ecke gestanden, und sich geweigert, mit anderen Leuten zu reden. Er hat sich darüber sehr geärgert. Mensch, wo geht es denn endlich mit Bitter Cañon weiter. Das war doch hoffentlich nicht alles?«

Langsam arbeitete sich Milo durch September und Oktober durch, ab und zu las er mir einen Abschnitt laut vor. Immer deutlicher war die Persönlichkeit von Jack Cadmus zu erkennen, das Bild eines rücksichtslosen, eigenwilligen, selbstherrlichen Menschen zeichnete sich ab, der sich nur ab und zu kleine Gefühlsanwandlungen gestattet. Sein Verhältnis zu seiner Frau war von einer Mischung aus Mitleid, Zorn, Zuneigung, Ablehnung und Unzulänglichkeit bestimmt. Er hob immer wieder seine Liebe zu ihr hervor, verschwieg aber nicht, wie sehr er sie wegen ihrer Schwächen verachtete. Von seiner Ehe sagte er schließlich, sie sei »toter als Hitler«, nannte die Heilanstalt in Muirfield eine »teuflische Gruft« und beschimpfte Antoinettes Ärzte als »Quacksalber mit Harvard-Diplom, die mir mit der einen Hand auf die Schulter klopfen und mir mit der anderen das Geld aus der Tasche ziehen. Alles, was sie können, ist, idiotisch zu grinsen und fachzusimpeln.« Er hatte sich dem seelischen Streß durch harte Arbeit entzogen, durch Börsenspekulation, Landkäufe und riskante Geschäfte, bei denen es um Riesensummen ging, die er mit fast erotischer Hingabe tätigte.

»Jetzt geht es weiter«, begann Milo, »Mittwoch fünfzehnter November: ›Jetzt habe ich Hornburgh und die verdammte US-Army am Wickel. Nach langem telefonischem Gerangel habe ich mich bereit erklärt, mir die Militärbasis noch einmal genauer anzusehen. Aber als ich dann da war, drehte und wand Hornburgh sich, ließ mir sagen, daß er bei einer wichtigen Inventarisierung sei und nicht kommen könne. Er schickte mir einen Chauffeur, der mit mir im Jeep durch das Gelände fahren sollte. Mir fiel bei der Besichtigung nichts Besonderes auf, alles wirkte leer und verlassen. Als wir am östlichen Rand an ein paar Holzbaracken vorbeikamen, trat eine Gruppe von Militärpolizisten zwischen den Gebäuden hervor. Sie wirkten steif und irgendwie todernst. Sie sahen wie eine Eskorte aus, und als ich näher hinsah, erkannte ich, wen sie begleiteten. Ich hatte Mühe, nicht aus dem Jeep zu springen und ihm an die Gurgel zu gehen. Es war diese ekelhafte Ratte von Kaltenblud! Ich sah ihn nur eine Sekunde lang, weil wir in so eiligem Tempo vorbeifuhren, aber ich kannte diese Fratze gut genug, Gott ist mein Zeuge. Er war zur Anklage bei den Nürnberger Prozessen vorgesehen, aber wir hatten ihn nicht gekriegt, immer war er uns im letzten Moment entwischt. Ich hatte damals schon geglaubt, daß die CIA ihn in Sicherheit gebracht hatte, um irgendwelche Drecksarbeiten von ihm erledigen zu lassen, aber als ich nachfragte, bekam ich nicht als Bla-bla zur Antwort. Jetzt sah ich den Beweis lebend vor mir!

Ich finde es verdammt ungerecht, daß man die Ratte hat laufen lassen nach allem, was sie angerichtet hat. Aber jetzt ist es natürlich zu spät, irgendwas zu unternehmen. Andererseits erscheint mir das Ganze als geeignetes Druckmittel gegen Hornburgh. Wenn ich mit meinen Vermutungen recht habe, liegt auf der Hand, warum die so nervös sind und das Gelände so schnell verkaufen wollen. Diese Waffe benutze ich nicht sofort, ich hebe mir sie noch eine Weile auf.‹«

»Hast du je von diesem Kaltenblud gehört?« fragte Milo.

Ich schüttelte den Kopf.

Milo dachte einen Augenblick nach.

»Im Simon-Wiesenthal-Center haben sie ein Archiv mit lauter Akten über solche Arschlöcher. Ich ruf' da an, sobald ich dieses Buch hier durchhabe.« Er blickte wieder hinein. »Verdammt, jetzt weicht er schon wieder vom Thema ab! Er erzählt, wie er mit ein paar Indianern in Palm Springs Land getauscht hat. Der alte Black Jack war wirklich überall.« Ungeduldig überschlug Milo ein paar Seiten.

»Aha«, sagte er nach ein paar Minuten, »jetzt kommt offenbar der Show-down. 29. November: ›Ich aß mit Hornburgh in meinem Büro zu Mittag und zog meinen Trumpf aus der Tasche. Ich sagte ihm, daß ich, wenn Kaltenblud sich auf dem Gelände aufhielte, genau wüßte, was für Schweinereien da passiert seien und weshalb er unbedingt das Areal loswerden wolle. Zuerst stritt er alles ab, aber als ich ihm sagte, entweder wir machten einen fairen Kaufvertrag oder ich würde mich an die Zeitung wenden, gab er klein bei und packte aus. Es war genau, wie ich gedacht hatte. Sie hatten dem Schwein den Hals aus der Schlinge gezogen, es in einem Militärtransport über den Ozean geschleppt und auf die Basis gebracht. Hier richteten sie ihm ein Labor ein. Der Ratte war es völlig egal, für wen sie ihre Sauereien machte, ob für Uncle Sam oder Schicklgruber. Er machte fröhlich weiter und produzierte tonnenweise Giftmüll. Der wurde, wie mir Hornburgh bestätigt hat, vergraben. Er behauptet, das sei sehr sorgfältig gemacht worden, mit Metallkanistern und unter der Aufsicht von Fachleuten, aber ich glaube ihm kein Wort, denn ich habe anderswo schon gesehen, was die zustande bringen. Das ganze Gelände ist das reinste Pulverfaß. Ein Erdbeben oder weiß Gott was, und schon sickert das Gift in den See und in die Erde. Der ganze Verkauf – ein Riesenbetrug. Sie hielten mich für einen Idioten, mit dem man alles machen kann, weil ich immer sehr schnell kaufe und mehr als alle anderen. Sie dachten, ich falle drauf rein, ohne Fragen zu stellen. Als wir mit Essen fertig waren, waren sie die Idioten, sie erfüllten nämlich alle meine Bedingungen: 1. Das Land bekomme ich für einen extrem niedrigen Preis, beinahe umsonst, und zwar alles bis auf ein paar Quadratmeter für Skaggs und seine Frau, weil sie verdammt gut kocht und er meinen Bugatti pflegt. 2. Sie müssen mir mit offiziellem Stempel versehene geologische Gutachten beschaffen, aus denen hervorgeht, daß der Platz von jeglichem Gift frei ist. 3. Die Regierung und niemand darf etwas von Kaltenbluds schmutzigen Aktivitäten erfahren. 4. Die Ratte wird aus dem Verkehr gezogen, auf medizinische Weise, damit sie nicht eines Tages auf dumme Gedanken kommt und das Maul aufreißt. Hornburgh sagte mir, daß sie das sowieso vorhatten, da Kaltenblud seine Schuldigkeit getan hätte. Ich werde in dieser Sache erst Ruhe geben, wenn ich ein Foto von der Leiche gesehen habe.

Wenn das alles über die Bühne gegangen ist, gehört Bitter Cañon mir, und zwar ohne Abstriche. Es sieht nicht so aus, als ob ich in nächster Zeit viel damit anfangen könnte, aber da ich es umsonst bekommen habe, kann ich ruhig ein wenig warten. Vielleicht finde ich eines Tages einen Weg, es von dem Müll zu befreien, oder es läßt sich anderweitig nutzen, als Schuttabladeplatz oder Sammelbehälter. Wenn nicht, behalte ich es trotzdem, und sei es nur, um mich privat zurückzuziehen. Toinettes Benehmen wird immer verrückter und zwingt mich dazu, woanders etwas Ruhe zu suchen. Diese Gegend hat durchaus etwas Reizvolles und Schönes trotz aller Verseuchung, es ist ganz ähnlich wie bei Toinette. Für den Spottpreis kann ich es ruhig brachliegenlassen. Nicht mehr alles bis zum letzten nutzen zu müssen, ist ein sicheres Zeichen dafür, daß man es ganz nach oben geschafft hat.«

»Vergiftete Erde«, sagte ich. »Federn. Jameys Worte hatten durchaus einen Sinn.«

»Mehr Sinn als gut für ihn war«, sagte Milo und stand auf. »Ich rufe mal eben beim Wiesenthal-Center an.«

Er kam nach einer Viertelstunde wieder mit einem Zettel in der Hand.

»Sie kennen ihn: Professor Doktor Werner Kaltenblud, Chef der Abteilung für chemische Waffen der

Deutschen Wehrmacht, Giftgas-Experte. Sollte in Nürnberg vor Gericht gestellt werden, verschwand aber ohne jede Spur. Das wird wohl seine Richtigkeit haben, jedenfalls dann, wenn die Army Black Jacks Forderungen nachgekommen ist.«

»Darauf wird er bestanden haben.«

»Klar. Also ist der unliebsame Zeuge tot. Der Archivar, mit dem ich sprach, sagte, daß er immer noch zu den dicken Fischen gerechnet wird, nach denen man weiter fahndet. Der Mann wollte unbedingt von mir wissen, weshalb ich anrufe, aber ich habe gemauert und ihn mit vagen Versprechungen auf später vertröstet. Wenn wir je in dieser Sache weiterkommen, kann ich sie ja sogar halten.«

Milo begann, im Raum auf und ab zu gehen.

»Ein Kraftwerk, das über Tonnen von giftigem Gas errichtet wird!« sagte ich. »Da hast du dein Motiv.«

»Allerdings. Fünfundsiebzig Millionen Dollar wert. Wie der Junge wohl an das Tagebuch geraten ist.«

»Vielleicht durch puren Zufall. Er verschlang jede Menge Bücher und wühlte gerne in alten Bänden herum. In der Nacht, in der sie ihn nach *Cañon Oaks* brachten, verwüstete er die Bibliothek seines Onkels. Möglicherweise hatte er dort früher etwas entdeckt, was er unbedingt wiederfinden wollte.«

»Das heißt, das Tagebuch war vierzig Jahre lang unter Erstausgaben und sonstigen wertvollen Büchern versteckt?«

»Möglich wäre es. Nach Peters Tod war Dwight Black Jacks Haupterbe. Er bekam die Bibliothek seines Vaters, interessierte sich aber nicht weiter dafür und sah sich die Bücher nie an. Er machte auf mich keinen besonders bibliophilen Eindruck. Wenn er oder Heather das Tagebuch gefunden hätten, wäre es längst vernichtet worden. Es blieb unversehrt, weil niemand etwas von seiner Existenz wußte. Bis zu dem Tag, an dem Jamey es fand und begriff, welchen Zündstoff es enthält. Chancellor hatte sein Interesse für Wirtschaft und Finanzen geweckt, hatte ihn sogar dazu gebracht, sich mit Börsenkursen zu befassen. So wußte er bestimmt, wie stark der Beverly Hills Trust in Bitter-Cañon-Aktien investiert hatte. Er ging zu Chancellor und sagte ihm frei heraus, daß er nichts als nutzloses Papier im Wert von zwanzig Millionen Dollar gekauft hatte, das er aber nicht loswerden konnte, ohne unerwünschtes Aufsehen zu erregen.«

Milo war stehengeblieben, hatte eine Handfläche auf die Tischplatte gestützt, rieb sich mit der anderen die Augen und hörte mir gespannt zu.

»Genau das Erpressungs-Beiseitigungs-Szenario, das du schon entworfen hattest«, sagte er leise, »nur daß es sich um ein paar Nullen mehr handelt. Chancellor geht zu Onkel Dwight und erzählt ihm, was er aus dem Tagebuch weiß. Vielleicht hat der Onkel von dem Gift schon gewußt, vielleicht auch nicht. Wie auch immer, Chancellor will auf jeden Fall seine Aktien loswerden und verlangt von Dwight, sie zurückzukaufen. Onkelchen jedoch weigert sich. Daraufhin droht ihm Chancellor, mit der Sache an die Öffentlichkeit zu gehen. Daraufhin kommen sie zu einer Einigung. Dwight verspricht, die Aktien zurückzunehmen, freilich nur sehr langsam, damit es nicht auf dem Markt publik wird. Es kann auch sein, daß Chancellor zusätzlich noch eine bestimmte Summe pro Aktie wegen Gewinneinbußen verlangt.«

»Oder eine bestimmte Entschädigungssumme.«

»Genau.« Milo überlegte eine Weile, dann sagte er:

»Dein Quasselfreund hat dir doch erzählt, daß kleine Mengen der Aktien bereits verkauft worden sind, vielleicht hat Onkel Dwight genau wie Chancellor welche abfließen lassen, aber natürlich nicht viele. Er geht so ein doppeltes Risiko ein: Er baut ein Kraftwerk auf all dem Gift und muß auch noch selbst die Kosten tragen.«

»Damit sitzt er fest in der Klemme«, sagte ich.

Milo nickte. »Und dann noch der Zeitdruck. Onkelchen kann nicht lange unbemerkt Aktien von Chancellor zurückkaufen, ohne daß es bei Buchprüfungen auffällt und zu stinken anfängt. Er sucht nach einem Ausweg und überrascht sich bei dem Gedanken, wie schön das Leben sein könnte, wenn Chancellor – und der Junge – von der Bildfläche verschwänden. Er erzählt seinen Kummer seinem Mäuschen zu Hause, die Expertin darin ist, Leute durch giftige Kräuter abzumurksen, und sie machen einen hübschen Plan, der sie von all ihren Sorgen befreien wird: Chancellor aufzuschlitzen und dem Jungen den Mord in die Schuhe zu schieben.«

Er schwieg, überlegte eine Weile und fuhr dann fort:

»Du bist dir wohl über eins im klaren: Das heißt noch lange nicht, daß der Junge keinen Mord begangen hat. Es könnte bedeuten, daß er es unter Drogeneinfluß getan hat.«

»Richtig. Aber es sagt etwas über Zurechnungsfähigkeit aus. Sie haben ihn abgerichtet, Milo. Sie haben ihn mit allergrößter Sorgfalt ganz allmählich in den Wahnsinn getrieben, so lange, bis er in eine geschlossene Anstalt mußte. Dort haben sie ihm munter weiter Gift verabreicht. Die Cadmus-Familie fand einen Doktor, der für Geld alles tat, sogar seine eigenen Vorschriften durchbrach und eine Privatpflegerin einstellte. Ich wette zehn zu eins, daß Frau Brown ihm seine tägliche Dosis verpaßte, unter Mainwarings Aufsicht.«

»Brown«, murmelte Milo und schrieb in sein Notizbuch. »Wie heißt sie mit Vornamen?«

»Marthe. Wenn das ihr wahrer Name ist. Sie ist in keinem Berufsregister zu finden. Nach Jameys Ausbruch aus der Klinik verschwand sie. Genau wie die Vann, die nur ganz zufällig nicht an ihrem Platz saß, als Jamey weglief. Sie haben ihm dabei geholfen, dann brachten sie ihn in Chancellors Villa und ...«

»Und?«

»Ich weiß es nicht.« Im Klartext: Ich möchte es nicht wissen.

Milo steckte sein Notizbuch ein und sagte, er werde die Spur der beiden Schwestern verfolgen. »Kann ja sein, daß wir Glück haben.«

»Vielleicht«, sagte ich verdrießlich.

»Jetzt überanstreng bloß deine Mitleidsdrüsen nicht!« sagte er unwirsch, fragte aber dann freundlich: »Was ist denn los, denkst du immer noch über Schuld und Unschuld nach?«

»Du etwa nicht?«

»Wenn ich es irgendwie vermeiden kann, lasse ich's. Stört mich zu sehr bei der Arbeit.« Er lächelte. »Das bedeutet natürlich nicht, daß zivilisierte Menschen wie du es nicht tun sollten.«

Ich stand auf und preßte meine Handflächen gegen die grüngestrichenen Wände des Verhörzimmers.

»Ich hatte gehofft, etwas zu finden, das klar und deutlich seine Unschuld beweist und plausibel macht, daß er niemanden getötet hat.«

»Alex, wenn sich herausstellt, daß er unter dem

Einfluß von Drogen gehandelt hat, wird er nie ein Gefängnis von innen sehen.«

»Das ist etwas anderes als Unschuld.«

»Aber so etwas Ähnliches. Es gibt die Möglichkeit, auf unbewußtes Handeln zu plädieren, das macht man bei Leuten, die während ihrer Tat nicht bei vollem Bewußtsein waren: Schlafwandler, Epileptiker, Leute mit Hirnschäden, Leute unter Drogeneinfluß. Das wird nur sehr selten ins Spiel gebracht, weil es noch schwerer nachzuweisen ist als Unzurechnungsfähigkeit. Verbrechen ohne klares Bewußtsein kommen nur verdammt selten vor. Ich kenne einen solchen Fall, der vor ein paar Jahren passierte. Ich nahm einen alten Mann fest, der seine Frau erwürgt hatte. Er tat es sozusagen im Schlaf. Die Ärzte hatten seine Medikamente abgesetzt, so daß er völlig wirr im Kopf war. Die Sache lief ganz glatt, alles konnte genau nachgewiesen werden mit richtigen medizinischen Fakten, nicht mit irgendwelchem Psychokram. Es leuchtete allen ein, sogar dem Staatsanwalt. Es kam erst gar nicht zur Verhandlung. Er kam frei, ohne Makel. Souza wird es sicher auch in dieser Richtung versuchen.«

»Wo wir gerade von Souza sprechen«, sagte ich, »wir müssen auf eines achten: Er hat der Familie Mainwaring besorgt. Und Brown ebenfalls. Vielleicht hängt er auch in der Sache drin.«

»Warum hätte er dich dann als Experten in seine Dienste genommen?«

Darauf wußte ich keine Antwort.

»Alex, mir gefallen unsere Überlegungen recht gut, aber das heißt noch lange nicht, daß wir genau wüßten, was tatsächlich passiert ist. Es sind noch tausend Fragen offen. Wie zum Beispiel ist das Tagebuch von Chancellor zu Yamaguchi gelangt? Woher wußte Radovic, wo er es finden kann? Warum folgte er dir auf Schritt und Tritt? Wer sind der Dicke und der Dünne? Und was ist mit all den anderen Opfern des Lavendelmörders? Ich wüßte noch eine Menge anderer Fragen, wenn du mir etwas Zeit läßt. Aber ich kann es mir nicht leisten, hier herumzusitzen und zu spekulieren. So ganz allmählich muß ich auch Whitehead und die anderen in die Sache einbeziehen. Bevor ich das aber mache, brauche ich ein paar solidere Fakten als alte Bücher.«

»Und das wäre?«

»Ein Geständnis.«

»Und wie willst du soweit kommen?«

»Auf die übliche, ehrliche Art, durch Einschüchterung.«

27

Der Sturm tobte immer noch, peitschte gegen die Küste und bedeckte sie mit einem dichten weißen Schaumteppich. Der Pacific Coast Highway war hinter Topanga wegen verschlammter Fahrbahn und geringer Sichtweite für den Durchgangsverkehr gesperrt. Die Verkehrspolizei war in voller Aktion, stellte Straßensperren auf und prüfte Ausweise. Milo nahm das Blinklicht vom Armaturenbrett, drehte das Fenster herunter und befestigte es auf dem Wagendach des Matador. Nachdem er seinen Arm völlig durchnäßt wieder hereingezogen hatte, fuhr er auf dem Seitenstreifen an einer langen Schlange kostspieliger Freizeitkarossen vorbei.

Auf das Zeichen eines Polizisten hin bremste er, erledigte das übliche scherzhafte Geplänkel unter Kollegen und fuhr weiter. Als wir den Highway erreichten, drehten die Reifen des Matador durch, und wir kamen ins Schleudern. Milo verlangsamte die Fahrt, bis die Räder wieder griffen, und folgte den Rücklichtern eines BMW mit aufgesetztem Heckspoiler, der die Aufschrift *Hal's Spielzeug* trug. Der Polizeifunk brachte ständig Katastrophenmeldungen: schwere Auffahrunfälle auf den Freeways von Hollywood und San Bernardino, ein liegengebliebener Lastzug, der den Cahuenga-Paß versperrte; eine mörderische Brandung brachte alles in Gefahr, was am Kai von Santa Monica zurückgelassen worden war.

»Diese gottverdammte Stadt ist wie eine verzogene Göre«, brummte er. »Sobald nicht mehr alles wie geschmiert läuft, bricht sie zusammen.«

Zu unserer Linken tobte der Ozean, rechts erhoben sich die südlichen Hänge der Berge von Santa Monica. Wir passierten einen Straßenabschnitt, der zwei Jahre zuvor durch einen Erdrutsch verschüttet worden war, dabei hatte sich der Hang bis auf die Felsen entblößt und sah aus wie ein Gerippe. Mit viel Aufwand und Chemie hatte man die Blößen in riesigem Ausmaß mit einer rosa-braunen Haut aus Fiberglasgewebe überzogen, eine Art von Landschaftskulisse, wie man sie fürs Kino baut. Eingearbeitete wellige Furchen und künstliche Sträucher machten die Täuschung vollkommen. Es war eine typische und perfekte Disneyland-Lösung.

Das Haus stand zwei Meilen weiter in Malibu auf der schlechteren Seite des Highway, durch vier asphaltierte Fahrbahnen von Strand und Wasser getrennt. Es war eine kleinere Ranch, im Stil der fünfziger Jahre gebaut, ein einstöckiges weiß geputztes Gebäude mit einem flach abfallenden Dach. Die Eingangsseite war mit alten Ziegeln verblendet, und ausgedehnte, mit Eiskraut bedeckte Beete umsäumten die ansteigende asphaltierte Zufahrt. An das Haus war eine Doppelgarage angebaut. Es gab keinen Rasen vor dem Haus, statt dessen eine ölverschmierte Betonfläche. Bei den üblichen Preisen mußte das Ganze mindestens dreihunderttausend Dollar wert sein.

Vor dem Haus war eine hellgrüne Mercedeslimousine geparkt. Durch ihre verregneten Scheiben schimmerte es weiß – ein Arztkittel war über dem Beifahrersitz ausgebreitet.

»Ich denke, bis jetzt ist alles gut gelaufen«, sagte Milo, während er dicht vor dem Haus anhielt und den Motor abstellte. »Tu mir den Gefallen und halte die Ohren offen, wenn er versucht, mich mit Fachchinesisch reinzulegen.«

Wir stiegen aus und stürzten auf den Eingang zu. Die Klingel war abgestellt, aber auf Milos Klopfen wurde die Tür sehr schnell um einen Spalt geöffnet; dahinter erschien ein Gesicht.

»Was möchten Sie?«

»Polizei, Dr. Mainwaring. Sergeant Sturgis, West L.A. Division. Sie kennen, glaube ich, Dr. Delaware schon. Dürfen wir reinkommen?«

Mainwaring sah uns abwechselnd an, bis sein Blick schließlich endgültig irgendwo auf Milos massiver Gestalt hängen blieb.

»Ich verstehe nicht ganz ...«

»Wir würden es Ihnen gern erklären«, gab Milo zurück, »wenn Sie uns nicht länger draußen in diesem Wasserfall stehenließen.«

»Ja, natürlich.«

Die Tür ging auf. Als er uns nervös lächelnd den

Weg freimachte, traten wir ein. Ohne Arztkleidung und seine berufliche Umgebung wirkte er nicht sehr eindrucksvoll: ein schmalbrüstiger Mann in mittleren Jahren, schlecht ernährt und überarbeitet, das Wolfsgesicht unrasiert mit weißen Stoppeln, und mit Händen, die sich von Zeit zu Zeit verkrampften. Er trug einen unförmigen grauen Seemannspullover über einer ausgebeulten olivgrünen Hose aus Drillich und ausgetretene Pantoffeln, in denen marmorweiße, blaugeäderte Füße steckten.

Die Wohnung war verstaubt und ohne jeden Stil eingerichtet, der einen Rückschluß auf seine Bewohner zugelassen hätte: Das kastenförmige weiße Wohnzimmer war mit langweiligen Möbeln zugestellt und wirkte wie ein Ausschnitt aus der Reklame eines Möbelgeschäfts. Die Wände waren mit See- und Landschaftsbildern behängt, wie man sie überall massenhaft kaufen kann. Durch eine im Hintergrund halb geöffnete Tür sah man einen langen dunklen Flur.

Die Eßecke des Raums war als Büro eingerichtet, auf dem Tisch herrschte die gleiche Unordnung, wie ich sie schon in Mainwarings Heiligtum in *Cañon Oaks* bemerkt hattc. Ein gcrahmtes Foto zweier bedrückt dreinblickender Kinder – ein sieben- oder achtjähriger Junge und ein zwei Jahre älteres Mädchen – lehnte gegen einen Stapel medizinischer Fachzeitschriften. Auf dem Tisch stand auch etwas zu essen: eine Tüte mit Orangensaft, ein Teller mit Keksen und ein halb angebissener Apfel, der sich an den offenen Stellen braun verfärbt hatte. Auf dem Boden stand ein fernlenkbares Flugzeug, das man mit kleinen, geschickten Händen in drei andere Spielzeuge verwandeln konnte. Hinter der Eßecke sah man eine hellgrüne Küche mit den Überresten einer Mahlzeit aus Kohl und gekochtem Fleisch. Aus einem kleinen Transistorradio erklang eine Orgelfuge von Bach.

»Bitte nehmen Sie doch Platz, meine Herren«, sagte Mainwaring und deutete auf eine baumwollbezogene Couch, die die Farbe und Oberfläche geronnenen Haferbreis hatte.

»Vielen Dank«, erwiderte Milo und zog seinen Regenmantel aus. Der Psychiater nahm uns die Mäntel ab und starrte sie wie Erscheinungen an.

»Ich werde sie aufhängen.«

Er brachte die Sachen durch die halb geöffnete Tür in den Flur und verschwand eine Zeitlang in der Dunkelheit, so daß Milo schon mißtrauisch wurde. Er kehrte aber bald wieder zurück und schloß die Tür.

»Darf ich Ihnen etwas anbieten? Kaffee oder Kekse?«

»Nein, danke, Doktor.«

Mainwaring sah nach den Keksen auf dem Tisch, dachte einen Moment nach und setzte sich dann in einen braunen samtbezogenen Lehnstuhl. Er nahm eine Tabakspfeife aus einem Pfeifenständer, stopfte sie, zündete sie an, paffte und lehnte sich zurück, wobei er streng riechende blaue Rauchwolken ausstieß.

»Nun, was kann ich für Sie tun, Sergeant?«

Milo setzte ein stupides Grinsen auf und zückte seinen Notizblock.

»Vermute, daß das für jemanden wie Sie eine Umstellung ist, ich mache Notizen, während Sie reden.«

Mainwaring lächelte mit spürbarer Ungeduld.

»Lassen Sie mich zunächst ein paar Routinefragen stellen, Doktor. Ihr Vorname?«

»Guy.«

»Wie Guy Fawkes*, nicht?« –
Mainwarings Lächeln wurde herablassend.
»Ja, Sergeant.«
»Haben Sie noch einen Vornamen?«
»Martin.« Er sah mich spöttisch an, als ob er von mir ein Augenzwinkern oder ein anderes Zeichen kollegialen Mitgefühls erwarte. Ich sah weg.
Milo legte den Notizblock auf die Knie und kritzelte.
»Guy Martin Mainwaring ... okay ... und Sie sind Psychiater, nicht?«
»Das ist korrekt.«
»Das bedeutet, daß Sie zehn Dollar die Stunde mehr verdienen, als Dr. Delaware hier, stimmt's?«
Mainwarings Blicke wurden feindselig, als er mich wieder ansah. Er war unsicher, welches Spiel man mit ihm vorhatte, war sich aber plötzlich bewußt geworden, daß ich zur anderen Seite gehörte.
»Ihr Akzent klingt britisch, oder irre ich mich?«
Mainwaring nickte zustimmend.
»Englisch.«
»Wo sind Sie zur Schule gegangen? In Großbritannien?«
»Ich besuchte die Universität Sussex«, erwiderte er förmlich. »Und was meinen M.B. betrifft ...«
»M.B., was bedeutet denn B.?«
»Bakkalaureus.«
»Sie sind also nur ein Bakkalaureus der Medizin und gar kein richtiger Doktor?«
Der Psychiater seufzte.
»Man nennt das dort so, Sergeant, es ist aber das Gleiche wie der Doktortitel in Amerika.«

* Hauptteilnehmer an der englischen Pulververschwörung

»Oh, ich dachte, in Großbritannien reden sie Doktoren mit Mister an.«

»Alle Ärzte, die keine Chirurgen sind, werden mit Doktor angeredet, Chirurgen mit Mister. Eine unserer vielen eigenartigen Traditionen.«

»Wie nennen Sie sich denn hier in Amerika?«

»M.B., um die Probleme zu vermeiden, die Sie gerade damit hatten.« Als Milo darauf nichts sagte, fügte er hinzu: »Das ist alles ganz legal, Sergeant.«

»Probleme, stimmt. Es wäre vermutlich sehr viel einfacher, wenn ich Sie Guy nenen würde, nicht?«

Mainwaring biß auf das Mundstück und paffte heftig.

»Sie wollten mir gerade erzählen, was Sie gemacht haben, nachdem Sie den … M.B. erworben haben, Doktor.«

»Mir wurde eine Stellung im Londoner Maudsley-Hospital angeboten, kurz danach berief man mich zum Dozenten in der dortigen Psychiatrie.«

»Was haben Sie gelehrt?«

Mainwaring sah den Detective an, als hätte er ein ungezogenes Kind vor sich.

»Klinische Psychiatrie, Sergeant.«

»Irgendeine spezielle Richtung?«

»Ich unterrichtete das Klinikpersonal umfassend über den Umgang mit Patienten. Meine Spezialität war die Behandlung schwerer Psychosen. Die biochemischen Aspekte menschlichen Verhaltens.«

»Haben Sie auch geforscht?«

»Auch. Sergeant, ich muß Sie wirklich fragen …«

»Ich frage, weil Dr. Delaware 'ne Masse Forschungsarbeit gemacht hat und wenn er darüber erzählt, finde ich das immer sehr interessant.«

»Das glaube ich Ihnen bestimmt.«

»Worüber haben Sie denn geforscht?«

»Über das limbische System. Das ist ein Teil des Kleinhirns, welches die emotionalen ...«

»Wie haben Sie das denn gemacht? Gehirne von Menschen untersucht?«

»Gelegentlich.«

»Lebende Gehirne?«

»Leichen.«

»Das erinnert mich an etwas«, sagte Milo. »Da gab es so einen Knaben, Cole hieß er. Den haben sie im letzten Jahr in Nevada hingerichtet. Er geriet immer sehr leicht in Erregung und erwürgte dann Frauen. Hat alles, was ihm zwischen dreizehn und fünfunddreißig über den Weg lief, umgebracht. Nachdem er tot war, hat irgendein Doktor sein Gehirn herausgenommen, um es zu untersuchen. Er wollte etwas finden, womit man das Verhalten des Knaben erklären konnte. Das ist eine Weile her, ich habe nicht mitbekommen, ob er etwas entdeckt hat. Hat irgend etwas darüber in einer Fachzeitschrift gestanden?«

»Das weiß ich wirklich nicht.«

»Was meinen Sie? Können Sie ein Gehirn untersuchen und verbrecherische Veranlagungen erkennen?«

»Der Ursprung allen Verhaltens liegt im Gehirn, Sergeant, aber es ist alles nicht so leicht, wie es aussieht ...«

»Was haben Sie denn mit den Leichengehirnen gemacht?«

»Gemacht?«

»Wie haben Sie sie denn untersucht?«

»Ich führte chemische Analysen an homogenisierten ...«

»Unter einem Mikroskop?«

»Ja. Allerdings habe ich sehr selten menschliche

Gehirne genommen. Meine Untersuchungsobjekte waren meistens höherstehende Lebewesen – Primaten.«

»Also Affen?«

»Schimpansen.«

»Sie meinen, daß man aus Affenhirnen eine Menge über menschliche Gehirne lernen kann?«

»In Grenzen, ja. Was seine kognitiven Funktionen betrifft – denken und folgern – ist das Schimpansengehirn beschränkter als sein menschliches Gegenstück. Jedoch ...«

»Wie Menschengehirne manchmal auch, nicht wahr? Beschränkt.«

»Das stimmt leider, Sergeant.«

Milo überflog seine Notizen und steckte den Block weg.

»So«, sagte er, »Sie scheinen wirklich ein Experte zu sein.«

Mainwaring senkte in gewollter Bescheidenheit seinen Blick und polierte mit einem Stück seines Pullovers die Pfeife.

»Man versucht eben, sein Bestes zu geben.«

Mein Freund drehte sich nach mir um.

»Sie haben recht gehabt, Dr. D. Mit ihm kann man reden.« Dann fragte er wieder Mainwaring:

»Ich bin hierhergekommen, um etwas über Medizin zu erfahren, Doktor. Konsultation eines Experten.«

»In welcher Hinsicht?«

»Drogen. Wie sie das Verhalten beeinflussen.«

Mainwaring erstarrte und sah mich scharf an.

»Hat das mit dem Cadmus-Fall zu tun?« fragte er.

»Möglicherweise.«

»Ich fürchte, ich kann Ihnen da nicht helfen, Sergeant. Jamey Cadmus ist mein Patient, und alle Informationen darüber sind vertraulich.«

Milo stand auf und ging hinüber zum Eßzimmertisch. Er hob die Fotografie mit den zwei Kindern hoch und studierte sie.

»Nette Kinder.«

»Vielen Dank.«

»Das Mädchen ähnelt Ihnen sehr.«

»Beide kommen aber mehr auf ihre Mutter. Sergeant, ich will Ihnen wirklich helfen, aber ich habe noch eine Menge Arbeit zu erledigen, deshalb ...«

»Hausaufgaben, wie?«

»Wie bitte?«

»Sie haben sich einen Tag freigenommen, um zu Hause zu arbeiten.«

Mainwaring hob die Schultern und grinste.

»Das ist manchmal die einzige Möglichkeit, um den Papierkram zu erledigen.«

»Wer paßt denn auf die Patienten auf, wenn Sie weg sind?«

»Ich habe drei exzellente Kollegen.«

Milo kam ins Wohnzimmer zurück und setzte sich wieder hin.

»So wie Dr. Djibouti?« fragte er.

Mainwaring versuchte, seine Überraschung hinter einer Rauchwolke zu verbergen.

»Ja«, sagte er. »Dr. Djibouti, Dr. Kline und Dr. Bieber.«

»Ich kenne seinen Namen deshalb, weil ich die Klinik anrief, um mit Ihnen zu sprechen. Man verband mich mit dem diensthabenden Psychiater, und das war Dr. Djibouti. Wirklich ein netter Kerl. Was ist er, Perser?«

»Indianer.«

»Er sagte mir, daß Sie schon vier Tage weg sind.«

»Ich hatte eine unangenehme Erkältung.« Wie um das zu demonstrieren, zog er die Nase hoch.

»Was machen Sie denn dagegen?«

»Aspirin, Tropfen und Ruhe.«

Milo schnalzte mit den Fingern und grinste abschätzig.

»Das ist alles? Ich dachte schon, Sie würden mir ein kleines medizinisches Geheimnis verraten.«

»Ich wünschte, ich könnte das, Sergeant.«

»Wie wär's denn mit Hühnerbrühe?«

»Ich habe mir letzte Nacht wirklich welche gekocht. Ein echtes Linderungsmittel.«

»Sprechen wir über Medikamente«, sagte Milo. »Rein theoretisch.«

»Wirklich, Sergeant, Sie wissen doch sicher, daß ich als Zeuge der Verteidigung von Mr. Cadmus jede Erörterung dieses Falls mit der Polizei zurückweisen muß.«

»Das ist nicht ganz korrekt, Doktor. Nur Ihre Gespräche mit Cadmus, Ihre Aufzeichnungen und Ihr Schlußbericht sind vertraulich. Wenn Sie vor Gericht aussagen, werden sogar die ein gefundenes Fressen sein.«

Mainwaring schüttelte den Kopf.

»Da ich kein Anwalt bin, kann ich den Wert Ihrer Behauptung nicht einschätzen. Auf jeden Fall habe ich nicht vor, theoretisch darüber zu sprechen. Jeder Fall muß für sich beurteilt werden.«

Milo beugte sich plötzlich nach vorn und ließ seine Fingergelenke knacken. Das Geräusch ließ Mainwaring zurückzucken.

»Sie könnten Souza anrufen«, sagte er dann. »Wenn er ehrlich ist, wird er zugeben, daß ich recht habe, und Ihnen zur Mitarbeit raten. Er könnte Ihnen auch empfehlen zu mauern, während er versuchen wird, mich mit Schriftsätzen aufzuhalten, um sich nicht verschaukeln zu lassen. Juristen spielen gern den starken Mann. In der Zwischenzeit würden Sie viel Zeit verschwenden. Kein schönes warmes Häuschen mehr, eine lange Fahrt durch das scheußliche Wetter, ein Stuhl in einem häßlichen Raum der Polizeistation von West L.A. Sie können sich langsam abregen, während Souza und der Staatsanwalt sich fünfzig Dollar teure Worte an den Kopf werfen. Und das alles, ohne daß Sie Ihren Papierkram erledigen können. Nachdem die Sache ausgefochten ist, wird man Ihnen empfehlen, mit mir zu reden.«

»Und warum das alles, Sergeant? Was bezwecken Sie damit?«

»Das ist eine Polizeiangelegenheit«, sagte Milo, zog wieder seinen Notizblock heraus und begann zu schreiben.

Mainwaring biß heftig auf dem Mundstück seiner Pfeife herum.

»Sergeant«, erwiderte er gepreßt, »ich glaube, Sie wollen mich reinlegen.«

»Weit entfernt, Doc. Ich versuche nur, Ihre Entscheidungsmöglichkeiten darzustellen.«

Der Psychiater starrte mich an.

»Wie können Sie bei Ihrer Berufsehre an einer solchen Ungeheuerlichkeit mitwirken?«

Als ich darauf nichts erwiderte, stand er auf, ging zu einem Telefon, das auf einem Couchtisch stand. Er nahm den Hörer ab, wählte drei Nummern und legte ihn wieder auf.

»Was möchten Sie denn wissen?«

»Wie unterschiedlich Medikamente das Verhalten beeinflussen.«

»Rein theoretisch?«

»Ja.«

Er setzte sich wieder hin.

»Was für eine Verhaltensweise meinen Sie, Sergeant?«

»Psychose.«

»Darüber habe ich schon mit Dr. Delaware gesprochen, ich bin sicher, daß er Ihnen darüber berichtet hat.« Dann sprach er mich an: »Zum Teufel, warum jagen Sie einer falschen Spur nach?«

»Das hat nichts mit Dr. Delaware zu tun«, erwiderte Milo. »Wie ich schon sagte, ist das eine Polizeiangelegenheit.«

»Warum ist er dann hier?«

»Als technischer Ratgeber. Soll er lieber in einem anderen Zimmer warten?«

Dieser Vorschlag schien den Psychiater aufzuregen.

»Nein.« Er sank in sich zusammen. »Worum geht es Ihnen? Fahren wir fort.«

»Großartig. Lassen Sie uns ein bißchen über LSD plaudern, Doc. Es täuscht doch Schizophrenie vor, oder?«

»Nicht sehr überzeugend.«

»Nicht? Ich dachte, daß es ein hervorragendes psychomimetisches Mittel ist.«

Beim Gebrauch dieses Fachausdrucks hoben sich Mainwarings Brauen.

»Nur bei Experimenten«, sagte er.

Als Milo ihn erwartungsvoll ansah, hob er resigniert die Hände.

»Das ist in kurzer Zeit nicht so einfach zu erklären. Es reicht, wenn ich sage, daß ein Fachmann niemals eine LSD-Vergiftung mit einer chronischen Psychose verwechseln würde.«

»Ich möchte gern ein Fachmann werden«, erwiderte Milo.

Mainwaring versuchte zu protestieren, setzte sich dann aber aufrecht hin, räusperte sich und begann, in pedantischem Tonfall zu dozieren.

»Lysergsäurediäthylamid ruft eine akute, ziemlich gleichförmig verlaufende, einer Psychose ähnliche Reaktion hervor«, begann er, »die die Forschung vor einiger Zeit veranlaßte, LSD als eine Substanz zu betrachten, die sich hervorragend für Versuche eignet. Klinisch gesehen unterscheiden sich ihre Auswirkungen jedoch erheblich von den Symptomen einer chronischen Schizophrenie.«

»Was meinen Sie mit erheblich?«

»Eine LSD-Vergiftung verursacht charakteristische, stark ausgeprägte Veränderungen des Sehvermögens – man sieht Farbenspiele, häufig in Dunkelgrün oder Braun, die Umrisse oder Maßstäbe vertrauter Dinge verzerren sich dramatisch – und es entsteht ein überwältigendes Gefühl der Allmacht. LSD-Konsumenten halten sich für riesig, gottähnlich oder zu allem fähig. Manche springen aus dem Fenster, weil sie glauben, fliegen zu können. Halluziniert dagegen ein Schizophrener, hört er meist Stimmen, die ihn quälen. Die Stimmen sind verzerrt und undeutlich oder völlig klar. Sie ermahnen den Kranken, beschuldigen ihn, werfen ihm seine Sünden vor und fordern ihn auf, sich besonders seltsam zu verhalten. Allmachtgefühle können bei Schizophrenen auch vorkommen, sie schwanken jedoch abhängig vom Grad der Verwirrung. Die meisten fühlen sich eher wertlos, eingesperrt, unbedeutend. Bedroht.« Er lehnte sich zurück, sog an seiner Pfeife und versuchte vergeblich, professionell zu wirken. »Noch eine Frage, Sergeant?«

»Ich habe LSD-Süchtige erlebt, die Stimmen hörten«, sagte Milo. »Und viele waren auch paranoid.«

»Das gibt es«, antwortete Mainwaring. »Aber bei LSD-Abhängigen kommen visuelle Störungen weitaus häufiger vor als auditive und werden subjektiv sehr oft als positiv empfunden. Die Patienten berichten von gesteigertem Wahrnehmungsvermögen: Musik wird als reicher und schöner empfunden. Monotone Klänge erscheinen vielfältiger. Die von Ihnen erwähnte Paranoia gehört zu den unliebsamen LSD-Erfahrungen – dem sogenannten Horrortrip. Dennoch werden die meisten Erfahrungen mit LSD als positiv geschildert. Bewußtseinserweiternd. Und das steht in scharfem Gegensatz zur Schizophrenie, Sergeant.«

»Gibt es keine glücklichen Verrückten?«

»Leider nicht. Schizophrenie ist eine Krankheit, kein Entspannungszustand. Schizophrene sind nicht vergnügt. Ihre Welt ist im Gegenteil trostlos und erschreckend, sie leiden sehr intensiv – eine menschliche Hölle, Sergeant. Und bevor die biologische Psychiatrie aufkam, existierte diese Hölle oft lebenslänglich.«

»Was können Sie über PCP erzählen?«

»Cadmus wurde auf PCP getestet, auch auf LSD.«

»Wir wollten doch nicht über Cadmus reden, erinnern Sie sich?«

Mainwaring wurde blaß, zwinkerte mit den Augen und versuchte, seine reservierte Haltung zurückzugewinnen. Er verniff die Lippen, so daß sich um seinen Mund ein weißer Ring bildete.

»Ja, natürlich. Deshalb wollte ich diese ganze Diskussion ja auch nicht ...«

»Wie steht's mit Ihrer Erkältung?«

Der weiße Ring verschwand, und das Gesicht des Psychiaters begann sich zu entspannen.

»Es geht mir schon viel besser, danke.«

»Sie müßte auch langsam vorbei sein, ich habe Sie nicht einmal schniefen hören. Schon seit vier Tagen, sagten Sie?«

»Dreieinhalb Tage. Die Symptome lassen gerade nach.«

»Das freut mich. Bei einem solchen Wetter müssen Sie aufpassen. Und sich ja nicht anstrengen.«

»Sicher«, sagte Mainwaring und suchte im Gesicht des Detectives nach einem Hintersinn. Milo erwiderte seinen Blick arglos.

»Womit kann ich Ihnen sonst noch helfen, Sergeant?«

»Wir sprachen gerade über PCP«, erwiderte Milo.

»Was wollen Sie darüber wissen?«

»Zuerst, wie perfekt man damit eine Schizophrenie vortäuschen kann.«

»Das ist eine außerordentlich komplizierte Angelegenheit. Phencyclidin ist eine faszinierende Substanz, nur sehr wenig erforscht. Bekannt ist, daß sie das vegetative Nervensystem beeinflußt. Jedoch ...«

»Es macht die Leute verrückt, oder?«

»Manchmal.«

»Manchmal?«

»Richtig. Menschen sind sehr unterschiedlich empfindlich. Manche PCP-Süchtige erleben euphorische Gefühle, andere benehmen sich schon nach der ersten Dosis vollkommen verrückt.«

»So verrückt wie bei einer Schizophrenie?«

»Das ist nicht ganz so einfach, Sergeant.«

»Ich kann auch Kompliziertes verstehen.«

»Nun gut«, Mainwaring zog die Stirn in Falten.

»Um Schizophrenie sachkundig zu diskutieren, muß man berücksichtigen, daß es sich um ein sehr komplexes Krankheitsbild handelt. Sie ist ein sehr vielschichtiges Übel mit wechselnder Symptomatik. Die Auswirkungen kleinerer Dosen PCP kommen dem sehr nahe, was wir Katatonie nennen – Störungen der Körperfunktionen und der Sprache. Bei der Katatonie unterscheiden wir zwei Arten.«

Er hörte auf zu reden, als hoffe er, damit genug erklärt zu haben.

»Fahren Sie fort«, sagte Milo.

»Was ich Ihnen zu erklären versuchte, ist, daß Phencyclidin eine komplexe Substanz mit komplexer, nicht berechenbarer Wirkung ist. Ich habe Patienten beobachtet, die, körperlich und vom Gesichtsausdruck her, alle Anzeichen einer klassischen Katatonie aufwiesen – sie wirkten wie Marionetten. Die Fälle, mit denen Sie wahrscheinlich in Berührung kommen, weisen Symptome auf, die einer erregten Katatonie außerordentlich ähnlich sind: psychomotorischer Erregungszustand, überschwengliche aber zusammenhanglose Ausdrucksweise, gegen sich selbst und andere gerichtete Aggression.«

»Und wie sieht es bei einer paranoiden Schizophrenie aus?«

»Bei einigen Patienten führt eine hohe Dosierung von Phencyclidin zu auditiven Halluzinationen paranoider Struktur. Andere reagieren auf solche Dosen mit allen Arten von Größenwahn und mit Übererregbarkeit, die zu einer Fehldiagnose führen können, nämlich zu einer monopolaren Affektpsychose – in der Umgangssprache nennt man das Wahnsinn.«

»Das ist ein höllisches Zeug, Doc, kann ganz schön täuschen.«

»Theoretisch gesehen ja. Das ist aber an sich bedeutungslos. Alle gewöhnlich verwendeten Rauschgifte haben die Eigenschaft, Psychosen vorzutäuschen, Sergeant. Das gilt für Amphetamin, Kokain, Barbiturat und Haschisch. Sogar Marihuana kann bei entsprechend hoher Dosierung zu solchen Symptomen führen. Das ist der hauptsächliche Grund dafür, daß ein Psychiater, der auf sich hält, seine Patienten sorgfältig beobachtet und auf den Mißbrauch von Rauschgiften oder Betäubungsmitteln hin untersucht, bevor er eine Schizophrenie diagnostiziert.«

»Sind solche Untersuchungen Routinesache?«

Mainwaring nickte zustimmend.

»Sie sagen also, daß sich ein Arzt durch Gifte, mit denen man eine Schizophrenie simulieren kann, kaum täuschen läßt.«

»So weit würde ich nicht gehen. Nicht alle Ärzte haben genügend Erfahrung über psychisch wirksame Substanzen. Es ist durchaus denkbar, daß ein unerfahrener Beobachter – ein Chirurg, ein Allgemeinmediziner, sogar ein niedergelassener Psychiater, der keine Erfahrung mit Rauschgiften hat – eine Drogenvergiftung mit einer Psychose verwechselt. Das kann aber einem vereidigten Sachverständigen nicht passieren.«

»Und so was sind Sie ja wohl.«

»Genau.«

Milo stand unschuldig grinsend auf.

»Ich vermute, daß ich wohl an der falschen Adresse bin, nicht?«

»Ich fürchte, das ist so, Sergeant.«

Milo ging zu Mainwaring, sah ihn von oben an, steckte seinen Notizblock weg und streckte seine Hand aus. Doch ehe sie der Psychiater ergreifen konnte, kratzte Milo sich am Kopf.

»Nur noch eine Frage«, sagte er. »Diese Routineuntersuchungen, erfassen sie auch Anticholinergika?«

Die Pfeife in Mainwarings Mund begann zu zittern. Er hielt sie mit einer Hand fest und tat so, als sehe er nach, ob sie richtig brennt.

»Nein«, erwiderte er dann. »Warum sollte man das tun?«

»Ich habe selbst ein paar Ermittlungen angestellt«, sagte Milo. »Dabei habe ich herausbekommen, daß man auch mit Atropin und Skopolamin Menschen in den Wahnsinn treiben kann. Südamerikanische Stämme und Hexen im Mittelalter konnten das schon.«

»Der klassische Belladonna-Trank?« sagte Mainwaring lässig. Seine beiden Hände zitterten jetzt.

»Ja, den meine ich.«

»Ein interessanter Einfall.« Die Pfeife war ausgegangen und er brauchte drei Streichhölzer, um sie wieder anzuzünden.

»Nicht wahr? Noch nie davon gehört?«

»Von einer vorsätzlichen Atropinvergiftung? Nein.«

»Wer hat denn etwas von Vorsatz gesagt?«

»Ich – wir sprachen über Hexen. Ich habe angenommen, Sie ...«

»Ich meinte jede Art von Atropinvergiftung. Haben Sie schon mal so einen Fall gehabt?«

»Seit Jahren nicht. Das ist außerordentlich selten.«

»Sie haben sich noch nie damit beschäftigt oder darüber geschrieben?«

Der Psychiater wurde nachdenklich.

»Ich kann mich nicht erinnern.«

Milo gab mir mit den Augen einen Wink.

»Da gab es einen Artikel in *The Cañon Oaks Quarterly*«, schaltete ich mich ein, »über die Notwendigkeit, ältere Patienten auf Anticholinergika zu testen, um die mögliche Feststellung einer Alterspsychose zu vermeiden.«

Mainwaring biß sich auf die Lippen und wirkte gequält. Er gestikulierte mit seiner Pfeife und antwortete mit leiser, zitternder Stimme.

»Ah ja. Das stimmt. Verschiedene Medikamente gegen die Parkinsonsche Krankheit enthalten Anticholinergika. Aber die neueren Entwicklungen sind in dieser Hinsicht weniger problematisch, obwohl einige Patienten darauf nicht ansprechen. Wenn solche Medikamente eine Rolle spielen, wird die Behandlung eine verzwickte Sache. Der Artikel war für unser internes Ausbildungsprogramm gedacht. Wir haben versucht, so eine Art ...«

»Wer hat ihn verfaßt?« fragte Milo von oben herab.

»Dr. Djibouti.«

»Ganz allein?«

»Im Wesentlichen.«

»Im Wesentlichen?«

»Ich habe einen Vorabdruck gelesen. Er war der wesentliche Autor.«

»Das ist interessant«, sagte Milo. »Es scheint, wir haben da eine kleine Unklarheit. Dr. Djibouti meint, Sie hätten eng zusammengearbeitet. Sie wären zuerst auf die Idee gekommen, er hätte aber das meiste geschrieben.«

»Er ist sehr loyal.« Mainwaring lächelte gereizt. »Ein ergebener Mitarbeiter. Doch warum der ganze Wirbel über so eine Lapp ...«

Milo trat noch näher an ihn heran, bis der Psychiater seinen Kopf in den Nacken legen mußte, um an ihm hochzusehen, stemmte die Hände in die Seiten und schüttelte den Kopf.

»Doc«, sagte er leise, »wir sollten die Sache abkürzen.«

Mainwaring fummelte an der Pfeife herum und ließ sie dabei fallen. Asche und Glut verteilten sich auf dem Teppich. Er sah zu, wie sich die glühenden Tabakreste langsam abkühlten, dabei wirkte er schuldbewußt, wie ein Junge, den man beim Onanieren erwischt hat.

»Ich kann mir wirklich nicht vorstellen, was das alles ...«

»Dann will ich es Ihnen erklären. Vor ein paar Stunden habe ich mich mit einem Haufen Spezialisten aus dem Bezirkskrankenhaus getroffen. Mit Medizinprofessoren, Neurologen, Toxikologen und 'ner Masse anderer Logen. Alles Experten wie Sie. Die haben mir Versuchsberichte gezeigt und Ergebnisse von Drogentests und haben mir alles so erklärt, daß ich es verstehen konnte. Es scheint so, daß Jamey Cadmus systematisch mit Anticholinergika vergiftet wurde. Über einen langen Zeitraum hinweg. Und während dieser Zeit war er in Ihrer Obhut. Die Professoren waren entsetzt, daß ein Kollege so etwas mit einem Patienten anstellen kann. Sie brennen darauf, als Zeugen auszusagen. Sie wollten sogar eine Beschwerde über Sie bei der Aufsichtsbehörde einreichen, ich habe sie aber davon abgehalten.«

Mainwaring bewegte tonlos seine Lippen. Er griff nach seiner Pfeife und hielt sie wie eine Pistole in der Hand.

»Das ist alles Unsinn. Ich habe niemanden vergiftet.«

»Da sind die Professoren aber anderer Ansicht, Guy.«

»Da irren sie sich aber gewaltig.«

Milo ließ ihn eine Weile schmoren, bevor er weitersprach.

»Was ist mit Ihrem Hippokratischen Eid?«

»Ich sage Ihnen doch, daß ich niemanden vergiftet habe.«

»Die Professoren glauben, daß Sie ihm das Gift zusammen mit der anderen Medizin verabreicht haben. Das war nicht nur heimtückisch, es brachte noch zusätzlichen Nutzen: Thorazin und die anderen Medikamente, die Sie ihm verschrieben haben, haben die Wirkung der Anticholinergika verstärkt. Sie haben das Potenzierung genannt. Jedenfalls hat das zu einer massiven Vergiftung geführt.«

»Sie haben Jamey in eine pharmakologische Achterbahn gesteckt«, fügte ich hinzu. »Die biochemischen Bedingungen an seinen Nervenenden veränderten sich andauernd. Deswegen reagierte er auch so untypisch auf die Medikamente: Er verhielt sich einmal ruhig, dann flippte er wieder aus. Immer wenn er keine Anticholinergika erhielt, wirkten Ihre Medikamente einwandfrei. Sie verwandelten sich jedoch durch Zugabe von Atropin in starke Gifte. Dadurch sind auch die verfrühten Symptome der tardiven Dyskinesie erklärbar. Weiß man denn nicht, daß dieser Zustand durch eine cholinergische Blockade hervorgerufen wird?«

Mainwaring gelang es diesmal, die Pfeife hinzulegen. Er fuhr sich mit beiden Händen durchs Haar und machte den Eindruck, als wolle er sich am liebsten in Luft auflösen. Er sah kreidebleich aus, seine Augen waren fiebrig und voller Angst. Unter seinem unförmigen Pullover atmete er flach.

»Das ist nicht wahr«, mumelte er, »ich habe ihn nicht vergiftet.«

»Okay, dann haben also Ihre Helfershelfer die Medikamente verabreicht«, sagte Milo. »Aber Sie sind der Fachmann, Sie haben das arrangiert.«

»Nein! Ich schwöre! Mir ist auch nichts aufgefallen, bis ...«

Er brach ab, stöhnte und sah weg.

»Bis wann?«

»Bis vor kurzem.«

»Wann?«

Mainwaring antwortete nicht.

Milo wiederholte die Frage, diesmal schärfer. Mainwaring saß wie erstarrt.

»Sind wir in einer Sackgasse angelangt, Herr Doktor?« brüllte er.

Es erfolgte keine Antwort.

»Also gut, Guy«, sagte Milo, öffnete sein Jackett, wobei man sein Pistolenhalfter sah, und fingerte an den Handschellen herum, die am Gürtel hingen. »Sie wollen also die Aussage verweigern, wollen wohl den Mund nicht aufmachen, bis Sie mit Ihrem Anwalt gesprochen haben. Tun Sie sich bloß den Gefallen und nehmen Sie einen Fachmann für Schwerverbrecher.«

Mainwaring verbarg das Gesicht in beiden Händen und beugte sich nach vorn.

»Ich habe nichts verbrochen«, murmelte er.

»Dann beantworten Sie besser meine Frage! Seit wann wissen Sie etwas über die Vergiftung?«

Der Psychiater setzte sich aschfahl auf.

»Ich schwöre, daß ich nichts damit zu tun habe. Erst nachdem ... nachdem er geflohen war, schöpfte ich Verdacht. Auch wegen meiner Unterhaltung mit Delaware. Er hat mich über Drogenmißbrauch ausgefragt, ließ mich nicht in Ruhe wegen der Halluzinationen und der atypischen Reaktion auf Phenothiazin. Bis zu diesem Zeitpunkt hatte ich nie an so etwas gedacht, aber der Fall hatte sich derart seltsam entwickelt, daß ich anfing, darüber nachzudenken – besonders über Mißbrauch von Drogen. Ich fragte mich, ob da etwas dran war.«

»Und zu welchem Schluß sind Sie gekommen?« fragte Milo fordernd.

»Ich las Cadmus' Akten durch. Dabei fielen mir Dinge auf, die ich übersehen hatte, bevor ...«

»Moment mal«, unterbrach ich ihn zornig, »Ich habe die Akten gelesen, dreimal, es stand nichts darin, woraus man auf eine Atropinvergiftung hätte schließen können.«

Mainwaring zitterte und faltete die Hände, als ob er uns anflehen wollte.

»Sie haben ja recht. Es war nicht ... es stand nicht in den Akten. Es war ... eine späte Einsicht. Erinnerungen. Dinge, die ich nicht vermerkt hatte, Fakten, die ich hätte festhalten sollen. Widersprüche. Einander widersprechende Symptome. Abweichungen von der Norm. Gesichtsröte, Sinnesverlust, Verwirrung. Das viel zu frühe tardive Syndrom. Ich hatte gerade den Artikel über anticholinergische Syndrome geschrieben, und gerade das passierte vor meinen Augen. Ich fühlte mich wie ein blutiger Anfänger. Ein EEG in der Nacht seiner Einlieferung hätte mich darauf bringen müssen. Atropin verursacht abwechselnd beschleunigte und verlangsamte Gehirnaktivitäten, reduzierte Alpha- sowie verstärkte Delta- und Beta-Wellen. Wenn ich diese Wellenmuster gesehen hätte, ich hätte von Anfang an ihre Bedeutung erkannt. Aber das EEG wurde nie gemacht, weil der verfluchte Radiologe sich weigerte. Sie haben die Akten gelesen, Delaware, es steht drin. Sagen Sie doch, warum der Kerl das verhindert hat, los!«

Ich sah weg, um meinen Widerwillen zu verbergen, und richtete meinen Blick auf ein Seegemälde; in derart schmuddeligen Farben würde auch das Carmel-Kloster häßlich aussehen.

»Hören Sie mal, Guy«, sagte Milo verächtlich, »habe ich das richtig verstanden? Wollen Sie mir etwa weismachen, daß Sie, ein Experte, ein vereidigter, sachverständiger Oberbonze, hereingelegt worden sind?«

»Ja«, flüsterte Mainwaring.

»Das ist ungeheuerlich«, sagte ich.

Ein Blick Milos forderte mich auf, mich zurückzuhalten. Er beugte sich vor, bis sich seine Nase dicht vor der von Mainwaring befand. Dieser versuchte, ihr auszuweichen, wurde aber durch die Rückenlehne des Sessels daran gehindert.

»Also gut«, fuhr Milo fort, »lassen wir das im Moment beiseite. Sagen wir einfach, man hat Sie getäuscht.«

»Das ist zwar bitter, aber w...«

»Sie denken doch nicht etwa, daß eine solche Unfähigkeit Sie entlastet?« schnaubte Milo. »Gerade haben Sie zugegeben, daß Sie nach dem Gespräch mit Delaware Verdacht geschöpft haben. Sie wissen es also jetzt bereits eine ganze Woche. Warum haben Sie seitdem nichts getan? Wie konnten Sie denn das Kind die ganze Zeit weiter leiden lassen?« Er wedelte mit dem Notizblock vor Mainwarings Gesicht herum. »Ein schreckliches Leid, trostlos und voller Ängste, eine menschliche Hölle! Warum haben Sie nichts unternommen?«

»Ich ... ich hatte das vor. Die ganze Zeit wollte ich etwas zu Papier bringen, überlegen, was ich machen könnte.«

»O verdammt, noch mehr Scheiße«, sagte Milo angewidert. »Wieviel hat man Ihnen denn dafür gezahlt?«

»Nichts!«

»Scheiße.«

Da öffnete sich die Tür zum Flur, und eine Frau trat ein. Sie war jung, dunkelhaarig und wirkte mit ihrem feuerroten Rollkragenpullover und den engen Jeans sehr sinnlich. Lange schwarze Wimpern beschirmten ihre hellbraunen Augen. Mit ihren ausgeprägten Wangenknochen und den vollen dunkelroten Lippen wirkte sie wie die junge Sophia Loren.

»Das ist keine Scheiße«, sagte sie.

»Andrea!« rief Mainwaring, plötzlich wieder energisch. »Halte dich aus der Sache raus. Ich bestehe darauf!«

»Das kann ich nicht länger, Liebling.«

Sie ging zu ihm hinüber, stellte sich neben ihn und legte ihm die Hand auf die Schulter. Als sie ihn mit den Fingern streichelte, zitterte Mainwaring.

»Er ist kein Verbrecher«, sagte sie. »Er ist weit davon entfernt und versucht, mich zu schützen. Ich bin Andrea Vann, Sergeant. Mich haben sie bezahlt.«

Ich habe Milo noch nie so schroff erlebt wie bei dem Verhör, das er mit ihr durchführte. Sie ertrug es unerschrocken, saß dabei kerzengerade und bewegungslos mit im Schoß gefalteten Händen auf der Couch. Wenn Mainwaring ihr helfen wollte, wies sie ihn mit kaltem Blick zurück. Schließlich gab er es auf und fiel in brütendes Schweigen.

»Erklären Sie mir das doch noch mal«, forderte Milo sie auf. »Jemand hat in Ihrem Apartment fünftausend Dollar und einen Brief deponiert, in dem Ihnen weitere fünftausend versprochen wurden, wenn Sie in einer bestimmten Nacht nicht auf Ihrer Station sind, und Sie haben keine Fragen gestellt.«

»Das stimmt.«

»Kommen solche Dinge bei Ihnen häufiger vor?«

»Überhaupt nicht. Es war völlig überraschend, wie ein Lotteriegewinn. Das erste Glück seit Jahren. Es störte mich, daß jemand bei mir eingedrungen war, und ich wußte auch, daß es schmutziges Geld war. Aber ich war bettelarm und konnte nicht mehr. So nahm ich es hin, ließ das Schloß auswechseln und sagte keinem was.«

»Und den Brief haben Sie weggeworfen.«

»Ich habe ihn zerrissen und in der Toilette runtergespült.«

»Alles sehr bequem.«

Sie antwortete nicht.

»Erinnern Sie sich an die Handschrift?« fragte Milo.

»Es war Druckschrift.«

»Und das Papier?«

Sie schüttelte den Kopf.

»Mich interessierte nur das grüne Papier, Fünfzigdollarscheine. Zwei Pakete mit je fünfzig Scheinen. Ich habe sie zweimal durchgezählt.«

»Darauf hätte ich gewettet. Haben Sie beim Zählen nicht darüber nachgedacht, warum Sie jemand in dieser Nacht nicht auf der Station haben wollte?«

»Natürlich habe ich darüber nachgedacht. Ich habe mich aber gezwungen, keine Fragen zu stellen.«

Milo wandte sich an Mainwaring.

»Wie würden Sie das nennen, Guy? Verdrängung? Selbstverleugnung?«

»Ich war habgierig«, antwortete die Vann. »Verstehen Sie das? Ich sah Dollarscheine und weiter nichts. Habe mein Gehirn abgeschaltet. Möchten Sie das von mir hören?«

»Ich möchte die Wahrheit hören.«

»Die habe ich Ihnen gerade erzählt.«

»Gut«, sagte Milo und machte sich Notizen.

Sie zuckte die Achseln und fragte, ob sie rauchen dürfe.

»Nein. Wann haben Sie sich entschieden, Ihr Gehirn wieder einzuschalten?«

»Nachdem Jamey wegen Mordes verhaftet wurde. Da habe ich gemerkt, daß ich in eine schlimme Sache verwickelt war. Ich geriet in Panik – wirklich in Panik. Ich bekämpfte sie, indem ich mir Vorwürfe machte.«

»Wie bitte?«

»Ich redete mir immer wieder ein, daß es idiotisch sei, mir mein Glück durch Angst kaputtzumachen. Ich tat das immer wieder, wie bei einer Hypnose, bis ich mich beruhigt hatte. Ich wollte auch die anderen Fünftausend haben und glaubte, ich hätte sie verdient.«

»Sicher, warum nicht? Ehrlicher Lohn für ehrliche Nachtarbeit.«

»Aber bedenken Sie doch«, bemerkte Mainwaring, »Sie ...«

»Schon gut, Guy«, sagte die Vann, »er kann die Sache nicht schlimmer machen, als sie ist.«

Milo deutete mit dem Daumen auf Mainwaring. »Wie lange haben Sie beide schon etwas miteinander?«

»Schon fast sieben Monate. Wir haben am nächsten Dienstag Geburtstag.«

»Herzlichen Glückwunsch. Wollen Sie heiraten?«

Sie tauschte mit dem Psychiater bedeutungsvolle Blicke. Seine Augen wurden feucht.

»Ja.«

»Warum dann das ganze Gejammere und Getue über Ihre Armut? Sie sind doch bald die Frau eines Arztes. Bis dahin könnte er Ihnen doch sicher etwas leihen.«

»Er ist genauso pleite wie ich.« Sie sah sich in dem schäbigen Zimmer um. »Denken Sie, er würde sonst so hausen?«

Milo wandte sich an Mainwaring. »Ist das wahr? Machen Sie mir ja nichts vor, ich kann Ihr Einkommen in ein paar Stunden überprüfen lassen.«

»Machen Sie das ruhig. Da ist nichts zu überprüfen. Ich bin finanziell am Ende.«

»Schlecht investiert?«

Der Psychiater lächelte bitter.

»Noch schlimmer. Eine kaputte Ehe.«

»Seine Frau ist eine üble Hexe«, fauchte Andrea Vann. »Hebt die gemeinsamen Ersparnisse ab, pfändet sein Einkommen, nimmt die Kinder mit und alles, was nicht niet- und nagelfest ist, und mietet eine 12-Zimmer-Villa in Redondo Beach – fünftausend Dollar im Monat, dazu die Nebenkosten. Dann fädelt sie ein bösartiges Vormundschaftsverfahren ein, behauptet, er sei ungeeignet als Vater, und erreicht ein Besuchsverbot. Er muß eine psychiatrische Untersuchung über sich ergehen lassen, bevor er seine Kinder wiedersehen darf!«

»Es ist alles vorbei«, widersprach ihr Mainwaring. »Das spielt jetzt keine Rolle mehr, Andy.«

Sie fuhr ihn an.

»Sei doch nicht so verdammt mutlos! Wir haben schlimme Sachen gemacht, aber wir haben doch niemanden umgebracht!«

Er sank bei ihren heftigen Worten in sich zusammen, biß sich auf einen Finger und starrte auf den Teppich.

»Lassen Sie uns weitermachen«, sagte Milo. »Die anderen fünftausend Dollar kamen also eine Woche später.«

»Fünf Tage später. Sie haben mich das schon zweimal gefragt. Die ständige Wiederholung ändert nichts an der Wahrheit.«

»Und er hier hatte keine Ahnung.«

»Absolut keine. Ich wollte ihn aus der Sache heraushalten. Er sollte seine Scheidungssache ungestört erledigen können. Mein Plan war, das Geld für einen neuen Anfang nach seiner Scheidung wegzulegen. Ich wollte ihn nach der Hochzeit damit überraschen.«

»Ein Mustang für den neuen Anfang?«

Sie senkte den Kopf.

»Wieviel hat er gekostet?«

»Zweitausend in bar, der Rest in Raten.«

Milo zog ein Blatt Papier heraus und reichte es ihr.

»Ist das Ihr Kreditvertrag?«

»Ja. Woher haben Sie ...«

»Der Wagen wurde unter Ihrem Namen zugelassen, dem Händler gegenüber haben Sie sich aber als Pat Demeter ausgegeben. Sie gaben eine Adresse in Barstow an. Wie oft wollten Sie noch auf diese Weise bezahlen?«

Sie sah ihn herausfordernd an.

»Schon gut, Sergeant, Sie haben gewonnen. Ich

bin ein betrügerisches Flittchen mit der Moral einer ...«

»Wer ist Pat Demeter?«

»Mein Ex-Gatte. Eine Schlange. Er schlug mich, stahl mir jeden Pfennig und jagte ihn sich in die Nase. Wollte mich kokainsüchtig machen und drohte damit, Sean zum Krüppel zu schlagen, wenn ich mich weigern würde. Ich erzähle Ihnen das nicht, damit Sie Mitleid mit mir haben, Sergeant. Aber verschwenden Sie keinen Gedanken auf den. Wenn man von dem Geld für den Wagen haben will, ist das erst der Anfang von meiner Abrechnung!«

»Demeter ist Ihr ehelicher Name?« fragte Milo ungerührt.

»Ja. Sofort nach der Scheidung habe ich meinen alten Namen wieder angenommen. Ich wollte durch nichts an dieses Schwein erinnert werden.«

»Wo hält sich Ihr Sohn auf?«

Sie starrte ihn haßerfüllt an.

»Sie haben ein weiches Herz, nicht wahr, Sergeant Sturgis?«

»Wo ist er?«

»Bei meinen Eltern.«

»Wo leben Ihre Eltern?«

»In Visalia – ja, ich weiß, daß Sie auch anders an die Adresse herankommen. Sie sind feine Menschen. Ziehen Sie sie bitte nicht mit hinein.«

»Warum haben Sie ihn dort untergebracht?«

»Ich hatte Angst um ihn.«

»Weil Cadmus verhaftet wurde?«

»Nein, aus anderen Gründen, wenn Sie mich ausreden lassen.«

»Reden Sie.«

Sie holte tief Luft.

»Es geschah nach der zweiten Zahlung. Wer das Geld auch brachte, er mußte wieder in mein Apartment gelangen, trotz des neuen, einbruchsicheren Schlosses. Man legte das Geld auf den Rand des Toilettensitzes und ließ die Tür weit offen. Ich spürte die – Geringschätzung. Als ob jemand mich wissen lassen wollte, wie entbehrlich ich sei. Ich fuhr direkt zu Seans Schule, nahm ihn mit und brachte ihn zu Freunden. Als ich zum Apartment zurückkam und meine Sachen packte ...«

»Allein?«

»Ja, ich besitze nicht viel.« Sie wartete auf eine andere Frage.

»Erzählen Sie weiter«, forderte Milo sie auf.

»Ich wartete, bis es dunkel wurde, ehe ich die Sachen zum Wagen brachte. Als ich gerade wegfahren wollte, tauchten diese zwei Männer aus dem Nichts auf, an beiden Wagenseiten, zerrten an den Türgriffen, sagten, sie wollten mit mir reden und versuchten, die Türen mit Gewalt zu öffnen. Ich hatte gerade noch Zeit, sie zu verriegeln.«

»Wie sahen sie aus?«

»Speckig. Motorradfahrer. Ich kenne diese Typen, weil sie sich in Barstow massenhaft herumtreiben. Pat hat nur ein paarmal in seinem Leben gearbeitet, und einmal war er in einer Tankstelle beschäftigt, bei der ständig solche Typen herumhingen.«

»Haben Sie die beiden früher schon einmal gesehen?«

»Nein.«

»Wie sahen sie aus?«

»Der eine auf der Beifahrerseite war dick und trug einen Bart. Der andere an der Fahrertür war ein behaartes Ungeheuer. Unrasiert, großer Schnurrbart.

Riesige Hände, sie wirkten jedenfalls so, als er sie gegen die Scheiben preßte. Er hatte böse Augen.«

»Augenfarbe? Tätowierungen? Unterscheidungsmerkmale?«

»Keine Ahnung. Es war dunkel, und mein einziger Gedanke war, da wegzukommen. Sie hämmerten auf die Scheiben, brachten den Wagen zum Schaukeln und fletschten die Zähne. Ich versuchte, rückwärts zu entkommen, aber sie hatten ihre Maschine gegen meine hintere Stoßstange gelehnt. Sie hatten ein großes Motorrad, ich hatte Angst, eingeklemmt zu werden. Deshalb schrie ich und hupte, bis Mrs. Cromarty – die Hauswirtin – herauskam. Der Behaarte hatte einen Hammer und wollte gerade die Scheiben einschlagen. Aber Mrs. Cromarty rief ›Was ist da los?‹ und kam näher. Das hat sie vertrieben. Ich bin sofort weggefahren. Ich fuhr vier Stunden, bis ich sicher war, daß mir niemand folgte, dann holte ich Sean ab und kam hierher zu Guy.«

»Der über die ganze Angelegenheit wohl sehr schockiert war.«

»Ja, das war er. Er hat nicht gelogen, als er Ihnen sagte, man habe ihn hereingelegt. Nachdem ich ihm von dem Geld erzählt hatte, begann er Verdacht zu schöpfen. Wir sind keine Heiligen, Sergeant, aber wir sind nicht die Leute, hinter denen Sie her sind.«

»Wer könnten diese Leute denn sein?«

»Natürlich seine Familie. Die haben doch die Brown angeheuert, diese Kuh, die Jamey das Gift gab.«

»Woher wissen Sie, daß sie das tat?«

»Sie war jeden Tag mit ihm zusammen.«

»Andere auch, zum Beispiel Sie und Guy.«

»Wir haben das nicht getan. Wir hatten doch gar keinen Grund dafür.«

»Armut ist ein starkes Motiv.«

»Wenn man uns bezahlt hätte, warum sollten wir dann noch hier sein?«

Milo schwieg.

»Sergeant«, sagte Andrea Vann, »es gibt keine vernünftige Erklärung für die Anwesenheit der Brown. Sie ist sonderbar und schlecht ausgebildet. Guy akzeptierte die Bitte der Familie nach einer besonderen Pflege, weil Menschen in dieser Situation sehr aufgeregt sind und sein Mitgefühl erregten, aber ...«

Milo fragte Mainwaring:

»Wieviel hat man Ihnen dafür gegeben, daß Sie sie hereinließen?«

»Zweitausend.«

»Bar?«

»Ja.«

»Gab es Ihnen der Onkel?«

»Über den Anwalt. Souza.«

»Die Leute sind steinreich«, sagte die Vann. »Diese Typen regieren die Welt, indem sie Leute bestechen. Merken Sie nicht, daß sie uns benutzt haben?«

Milo sah sie finster an.

»Sie sind also Opfer, oder?«

Andrea Vann versuchte, seinem Blick standzuhalten, gab aber auf und zog eine Packung Zigaretten heraus. Milo ließ sie rauchen und begann, im Zimmer herumzulaufen. Von draußen hörte man das Rauschen des Regens. Er wandte sich wieder an Mainwaring.

»Meiner Ansicht nach sind Sie in einer beschissenen Situation, Guy, fertig zum Abschuß. Wenn Sie mich angelogen haben und an der Sache beteiligt sind, werde ich das garantiert herausbekommen und

Sie wegen Mordversuchs und Beihilfe zum Mord an den Galgen liefern. Aber auch wenn Sie mir die Wahrheit gesagt haben, stecken Sie bis zum Hals in der Scheiße, und man wird Sie als Arzt, der zugelassen hat, daß man seinen Patienten vergiftete, verurteilen. Ich hoffe, Sie können einen Motor reparieren oder etwas anderes, denn als Arzt haben Sie keine Zukunft mehr. Auch nicht als Vater.«

»Sie gemeiner Kerl«, zischte die Vann.

»Das Gleiche trifft auch auf Sie zu«, sagte Milo. »Keine Krankenschwester mehr, bye-by Mustang. Und wenn der gute, alte Pat das Verlangen hat, seinem Sohn ein Vater zu sein, wird er schon bald die Chance dazu haben.«

Sie schrie ihn wütend an.

»Verdammt, halten Sie sie doch da heraus!« rief Mainwaring.

Milo grinste.

»Wie soll ich das denn anstellen, Guy, wenn sie sich da selbst reingehängt hat?«

Mainwaring sah die Vann an und verlor die Fassung. Sein Mund begann zu zittern, die Tränen, die sich in seinen Augen gesammelt hatten, flossen über und rannen seine unrasierten Wangen hinunter. Sie lief zu ihm, nahm ihn in die Arme. Er begann zu schluchzen. Es war eine dramatische Szene, und am liebsten wäre ich verschwunden. Ich beobachtete meinen Freund, um herauszubekommen, ob er ergriffen war, und glaubte, den Schimmer eines Mitgefühls auf seinem zerklüfteten Gesicht zu erkennen. Falls es je existiert hatte, war es jedenfalls schnell verschwunden.

Er beobachtete die beiden mit klinischem Interesse, sah unbeeindruckt zu, wie sie sich ihren Kummer mitteilten, bis er schließlich sagte:

»Auf der anderen Seite kann ich eventuell etwas für Sie tun.«

Sie fuhren auseinander und sahen ihn flehentlich an.

»Ich rede nicht über Straferlaß, das müssen Sie verstehen. Nur über Schadensbegrenzung. Eine kleine Hilfe bei geheimen Tonaufzeichnungen. Ich kann Ihnen nicht garantieren, daß das klappen wird. Selbst wenn wir zusammen ein Geschäft machen, bezweifle ich, daß Sie weiter in Kalifornien bleiben dürfen. Haben Sie verstanden?«

Stummes Nicken.

»Wenn Sie mir dabei helfen, an bestimmte Sachen heranzukommen, will ich alles tun, Sie so weit rauszuhalten, daß Sie woanders neu anfangen können. Wenn Sie sich darüber erst unterhalten wollen, bitte.«

»Das brauchen wir nicht«, erwiderte Andrea Vann. »Sagen Sie, was wir für Sie tun sollen.«

Milo lächelte väterlich.

»Na, das nenne ich eine positive Einstellung.«

28

Es war ein kleiner, trister Raum mit gelangweilten Männern darin. Bei Einbruch der Nacht war die Luft säuerlich geworden.

Whitehead döste in einem schlampigen Lehnstuhl. Er hatte keine Schuhe an, sein Mund stand offen, und an der Wand hinter seinem Kopf klebte ein Kaugummi. Cash saß auf einem Tisch mit Plastikplatte, neben sich eine Lampe mit einem halbzerfetzten Schirm und einem goldenen Frauentorso mit überdimensionalem Busen als Fuß. Er wies überall da, wo die Goldfarbe vom Gips abgesprungen war, weiße Flecken auf. Cash rauchte Zigarette um Zigarette bis an den Filterrand und stapelte die Kippen in einem übervollen Aschenbecher.

Milo hockte am Fußende des Bettes, trank eine Diätcola und sah seine Notizen durch. Ich saß mit übereinandergeschlagenen Beinen am Kopfende, hatte den Kopf gegen die goldene Tapete gelehnt und versuchte, die neueste Ausgabe einer psychologischen Fachzeitschrift zu lesen, jedoch mit wenig Erfolg.

Das Bett war eigentlich der einzige Ort, auf dem man in diesem Raum Platz finden konnte. Die riesige Fläche war mit einer glänzenden türkisfarbenen Samtdecke überdeckt, und daneben war kaum noch leerer Raum in dem Zimmer. Die anderen Polizisten hatten sich vorsichtig von dem Bett ferngehalten, obwohl sie viele Stunden warten mußten.

Die Videoausrüstung stand auf einem klebrigen Toilettentisch aus Holzimitat, davor saß Sergeant Ginzburg, Spezialist für Abhörtechnik, glatzköpfig, schnurrbärtig mit Stiernacken und kräftigen Schultern. Nachdem er sämtliche Knöpfe und Kabel überprüft hatte, begnügte er sich mit kaltem Kaffee und einem Heft mit mathematischen Kniffeleien. Der Papierkorb quoll über von Styroporbechern, Hamburgerschachteln und zerknüllten Servietten. Neben dem Videomonitor lag ein angebissenes Sandwich.

Der Monitor zeigte den Raum nebenan, die sogenannte Scheherazade-Suite des Love Palace; sie bestand aus einem einzigen Zimmer, genauso eingerichtet wie das unsere, nur war das Bett mit scharlachrotem Satin überdeckt, und es lag ein grauer Mann darauf. Diese Bezeichnung war maßlos übertrieben, wenn man bedachte, um was für eine Einrichtung es sich handelte: eine verlassene Motorwerkstatt, eine kleine Absteige außerhalb von Ventura, am östlichen Ende von Studio City gelegen, auf jenem vergessenen Landfinger, der in die Konfektdose mit Namen Hollywood reicht. Das Schild auf dem Dach kündigte »Filme für Erwachsene« und »Erotik-Massage« an, zwei Versprechen, die durch Video-Pornos und am Bett befestigte Vibratoren eingelöst wurden. Beides funktionierte nach Münzeinwurf. Cash hatte beide ausprobiert und für mangelhaft befunden. »Das soll eine Massage sein? Das hat gerade die Kraft einer Leichenhand! – Sieh dir das an, Cal! Der Mann ist vollgepumpt mit Drogen, sie besteht nur aus Falten und hat 'ne Möse, daß du mit 'nem Lastwagen durchfahren kannst. Nicht mal für Geld würde ich die bumsen.«

Plötzlich bewegte sich auf dem Bild etwas: Mainwaring erhob sich von dem Bett, ging auf und ab und näherte sich der Wand, die die Zimmer voneinander trennte. Er benetzte seine Lippen und blickte auf die Hängepflanze, hinter der die Kamera versteckt war.

»Verdammt«, sagte Ginzburg, »jetzt tut er es wieder! Ich hatte ihm doch gesagt, daß er das lassen soll!«

Cash reckte sich und gähnte.

»Besser ich geh' mal hin und sag' es ihm.«

Milo sah auf die Uhr. »Nein, jetzt nicht mehr.«

Cash schaute auf seine oblatendünne Golduhr.

»Was, schon halb neun? Um Viertel vor neun läuft die Sache doch erst.«

»Laß uns auf Nummer Sicher gehen. Man kann nie wissen.«

Cash sah zu Ginzburg hinüber, der sein Buch weggelegt hatte, und sah dann Milo an.

»Egal. Wenn er weitermacht, gehe ich rein und gebe ihm einen Tritt in den Hintern.« Als hätte er es gehört, ging Mainwaring zum Bett zurück und legte sich hin, den einen Arm quer über die Augen. Einer seiner Füße wippte wie der Schwanz eines jungen Hundes. Cash beobachtete ihn eine Zeitlang, dann sagte er:

»Wie lange sind wir eigentlich schon hier, fünf Stunden?«

»Plus achtzehn Minuten«, ergänzte Ginzburg.

Cash beobachtete Mainwaring, dann fragte er Milo:

»Wie groß sind die Chancen dieser Inszenierung?«

»Wer zum Teufel kann das wissen?«

»Damit muß man leben, daß man so was nicht vorher weiß«, sagte Ginzburg.

»Richtig.« Der Detective aus Beverly Hills zündete sich noch eine Zigarette an.

»Könntest du weniger rauchen? Die Luft ist schon genug verpestet«, klagte Ginzburg.

»Leck mich doch«, sagte Cash, ging ins Bad und schloß die Tür.

Milo kicherte.

»Schön auf so engem Raum, was, Lenny?«

Ginzburg nickte, nahm das Sandwich, schaute es genauer an und warf es in den Papierkorb. Es fiel mit einem plumpen Geräusch hinein, das Whitehead weckte.

»Wo ist Dick?« fragte er verschlafen.

»Auf der Toilette, er ist geflohen.«

Whitehead runzelte die Stirn. Er stand auf, steckte sich zwei Kaugummi in den Mund, kaute und ging zum Monitor. Er fummelte eine Handvoll Kleingeld aus der Tasche.

»Verdammt, nichts als Fünfer, hat einer Fünfundzwanziger?«

Ginzburg achtete nicht auf ihn, Milo hatte noch drei Münzen.

»Aber nur leise bitte«, sagte er und reichte ihm das Geld.

»Ist es schon soweit?« fragte Whitehead.

»Noch nicht, aber wir gehen besser kein Risiko ein.«

Whitehead blickte auf die Uhr, murmelte: »Acht Uhr vierunddreißig« und warf die Münzen in den Schlitz oberhalb des Fernsehers. Sekunden später begann ein Streifen mit dem Titel »Dschungelliebe«. Man sah einen mit Sperrholz getäfelten Raum mit einem Bett, auf dem ein schwarzes Pärchen sich in heftiger Umarmung zu einer rhythmischen Musik hin und her wand. Die Kamera zeigte ihre verzerrten Gesichter in Großaufnahme, es folgten Finger, die an Brustwarzen kneteten, und dann eine ganze Folge von Details aus dem Genitalbereich, Beweise für die außerordentliche, prachtvolle Ausstattung des Mannes.

»Seltsame Gestalten«, sagte Whitehead angewidert, hing aber mit den Augen am Bildschirm.

Die Tür zum Bad ging auf, und Cash kam hosenschlitzschließend heraus.

»Guten Morgen«, sagte er zu Whitehead, der abwesend nickte. Dann bemerkte er, daß der Film lief, und ließ sich am Tischende nieder, um ihn ebenfalls zu sehen.

Um zehn nach neun klingelte das Telefon. Ginzburg nahm ab, sagte mehrmals hintereinander »ja, ja« und hängte ein.

»Das war Owens, er rief von der Auffahrt 7/11 bei

Lankershim an. Er hat zwei Rocker auf einer Harley vorbeikommen sehen, die nach Osten in Richtung Ventura abgebogen sind. Einer war ziemlich dick.«

»Na, dann kann's ja losgehen«, sagte Milo und kontrollierte die Verdunkelung an Fenster und Türen. Cash stellte den Ton am Fernseher und damit gleichzeitig schweres Atmen, begleitet von einem leicht asthmatischen Saxophon, ab. Er sah noch eine Weile hin, betitelte die Frau auf dem Bildschirm als Sau und wandte sich ab. Whitehead starrte die Bilder weiter mit heftig arbeitenden Kiefern an. Dann aber merkte er, daß er der einzige Zuschauer war, und stellte widerstrebend den Apparat ab. Er zog seine 38er heraus und kontrollierte die Trommel.

Ginzburg saß aufrecht da und fummelte an den Geräten herum.

Cash sah sich auf Ginzburgs Bildschirm Mainwaring an.

»Der ist sicher ein wilder Draufgänger«, sagte er. »Seht nur mal, wie er da liegt!«

»Ich wäre da nicht so sicher«, gab Ginzburg zurück. »Hast du dir mal seinen Fuß angeguckt?«

Zwanzig Minuten vergingen, ohne daß etwas geschah. Die Spannung, die mit dem Anruf von Owens eingesetzt hatte, flaute ab, nach einer dreiviertel Stunde war sie ganz vorbei, und es legte sich eine seltsame Starre über den Raum. Ich fühlte eine öde Leere in mir aufsteigen, aber Milo hatte mich vorgewarnt. »Trapp ist sehr beeindruckt, daß du als Staatsbürger so gut mitarbeitest, er meinte sogar, du seist für ihn der erste Seelenklempner, der nicht dauernd auf die Tränendrüsen drückt. Du hast gute Chancen, weiter mitzumachen. Aber es ist langweilig, Alex, das Gehirn schläft einem langsam dabei ein.«

Um Viertel vor zehn war noch immer nichts passiert.

»Glaubt ihr, die kommen noch?« fragte Cash. »Ob das die auf der Harley waren?«

»Was ist los, hast du einen Termin?« fragte Ginzburg.

Der Detective aus Beverly Hills strich sich über die Brust und sagte schwungvoll:

»Ich habe immer was zu tun, es wartet ein süßes, weiches Ding auf mich, kapiert?«

»Ist ja gut«, sagte Ginzburg mürrisch.

»He, was ist denn mit dir los?«

Ginzburg schüttelte den Kopf und nahm sein Rätselbuch zur Hand. Er tippte mit dem Bleistift gegen seine Vorderzähne und begann dann zu schreiben.

Cash murmelte etwas Unverständliches und kehrte zu seinem Platz am Tischende zurück. Er nahm eine Zigarette aus seinem Päckchen, zündete sie an und blies den Rauch Richtung Monitor. Ginzburg ließ sich nichts anmerken.

»He, Dick«, fragte Whitehead und unterbrach kurz sein Kaugummigekaue, »wie läuft es eigentlich mit deinem Drehbuch?«

»Gut. Die lesen es gerade bei MGM mit großem Interesse.«

»Ach ja? Wer soll denn mitspielen?«

»Vielleicht Al Pacino, vielleicht De Niro.«

»Bestimmt«, murmelte Ginzburg und unterdrückte ein Kichern.

Cash schnippte Asche in seine Richtung: »Was ist los, Lenny, bist wohl neidisch, was?«

»Seid leise«, sagte Milo flüsternd und deutete auf die Tür. Man hörte Geräusche von draußen, ein leises Schlurfen, ein kaum hörbares Kratzen, das Quietschen eines Absatzes auf dem Linoleum. Es dauerte nur Sekunden, war aber, wenn man darauf achtete, unüberhörbar.

Alle hielten ihre Blicke auf den Monitor gerichtet.

Man hörte ein Klopfen gegen die Tür der Schehe-rezade-Suite. Der Lautsprecher gab es als hohles Bellen wieder, Mainwaring setzte sich im Bett auf, die Augen vor Angst weit aufgerissen.

Wieder klopfte es.

»Los, du Arschloch, reagier schon endlich«, flüsterte Cash.

Der Nervenarzt stand auf und blickte zur Kamera, als suche er Hilfe.

»O nein«, raunte Ginzburg, »dieser Langweiler, er soll sich ranhalten!«

»Wenn er nicht aufmacht, gehen wir raus und schnappen sie uns«, flüsterte Milo.

»Und wozu?« fragte Whitehead. »Wir müssen die doch zum Quatschen bringen.«

»Besser sie festhalten als laufen lassen.«

Whitehead grinste und kaute schneller.

»Jetzt hör doch endlich auf«, fluchte Ginzburg leise, »es ist nicht zu fassen, der Idiot macht Hypnose mit der Kamera!«

Mainwaring stierte noch immer auf die Kamera. Erst beim dritten Klopfen reagierte er. Er ging zur Tür, öffnete, wurde aber sofort nach hinten gestoßen wie durch eine unsichtbare Hand. Er stolperte und landete schließlich auf dem Bett, vor Angst gekrümmt.

Zwei dunkle Gestalten betraten den Raum und schlossen die Tür hinter sich. Für den Bruchteil einer Sekunde sah man Ausschnitte von Gesichtern, dann wurde der Bildschirm schwarz. Die Rocker drehten der Kamera den Rücken zu.

Ginzburg stellte das Bild scharf ein, jetzt waren auf dem Schirm schmierige Lederjacken und speckige Denim-Jeans zu erkennen. Links sah man einen Kahlkopf, der auf einem fetten Körper saß, im Nakken mehrere dicke Fleischringe. Gleich daneben auf der rechten Seite stand eine hagere, kräftige Person mit dichtem schwarzem Haar unter einer Marlon-Brando-Mütze. Beide stützten die Hände in die Hüften. Zwischen ihren Ellbogen war Mainwarings bleiches, angespanntes Gesicht zu erkennen.

Der Schlanke hielt ein großes, blitzendes Messer parallel zur Hosennaht, der Dicke hielt eine Kette in der Hand, die er im Kreis schwingen ließ.

»Oha«, sagte Milo. »Die gehen ja ganz schön ran. Los, machen wir uns bereit.«

Er sprang auf, lief zur Tür, und zückte seine 38er. Er öffnete vorsichtig die Tür, steckte den Kopf heraus, sah in beide Richtungen und schloß sie wieder. »Das Motorrad steht hinter dem Haus, gleich vorne im Hinterhof. Ich laß die Luft aus den Reifen, komme wieder rein und stelle mich hinter die Tür.«

Cash stellte sich dicht neben Milo, Whitehead ging schlendernd zur Verbindungstür und lockerte dann durch Schütteln seine Beinmuskeln. Beide Männer zückten ihre Waffen.

»Los, du Arschloch«, sagte gerade der Dünne und ging drohend auf Mainwaring zu. »Was hast du denn zu verkaufen, sag schon!«

»Ich habe darüber schon mit Heather Cadmus gesprochen«, sagte Mainwaring.

Beide Rocker lachten, das Fett des Dicken schwabbelte dabei. Er schwabbelt wie ein Sack Scheiße, hatte der alte Skaggs gesagt, und er hatte recht.

»Der gleiche Trick?« fragte Cash.

Milo nickte.

»Zuerst warten wir ab, ob sie nicht doch noch irgendwas verraten, wir müssen ihnen aber rechtzeitig die Waffen wegnehmen, damit sie ihn nicht als Geisel nehmen oder drauflos metzeln. Sollten sie das versuchen, lenken wir sie ab. Wir schlagen gegen die Wand und rennen schreiend hier raus. Cal und ich brechen beide Türen gleichzeitig auf.« Er wandte sich um, um noch einmal in den Monitor zu sehen. »Wo hat er das Messer, Lenny?«

»Immer noch an der Seite«, antwortete Ginzburg. »Wenn die sich doch bloß mal umdrehten, damit ich ihre Gesichter erwische!«

»Also, ich bin weg«, sagte Milo, öffnete die Tür und schlüpfte hinaus. Cash schloß sie hinter ihm und nahm seine Position ein.

Mainwaring hatte sich auf die Ellbogen gestützt. Der dicke Rocker ging auf ihn zu und stieß ihn zurück.

»Jetzt haben sie ihn geschubst«, sagte Ginzburg ruhig. Cash und Whitehead zuckten. »Noch haben sie ihm nichts getan. Der mit dem Messer prüft gerade mit dem Fingernagel die Schärfe der Schneide, vielleicht schlägt er gleich zu, nein, er hat wohl nur damit gespielt. Der Fettwanst schwingt immer noch die Kette.«

»Ich habe dich etwas gefragt, Arschloch!« schrie der Dünne. Die Stimme erschien mir vertraut, obwohl der Lautsprecher sie entstellte. Ich versuchte, mehr von seinem Gesicht zu erkennen, aber ich sah nur ein Ohrläppchen und eine Schnurrbartspitze unter seinem dichten Haar.

»Los, Junge, sei schön brav, dreh dich um und lächle«, sagte Ginzburg, den Zeigefinger auf einem roten Knopf.

»Es wird Ihnen nur schaden, wenn Sie mir etwas tun«, sagte Mainwaring plötzlich mit fester Stimme. »Meine Informationen liegen an einem sicheren Ort mit genauen Hinweisen für die Polizei für den Fall, daß ich nicht zu einer bestimmten Zeit wieder zu Hause bin. Auch Mrs. Cadmus weiß das.«

Der dünne Rocker sah den dicken an und sagte: »Die weiß eine ganze Menge.« Beide kicherten.

»Los, sprich weiter, alter Sack!« sagte Cash.

»Dann können wir ja mit den Verhandlungen beginnen«, sagte Mainwaring ruhig und setzte sich.

»Ich nehme alles zurück«, sagte Cash, »er ist weniger blöd, als ich dachte.«

»Dann können wir ja mit den Verhandlungen beginnen.« Der Dicke ahmte Mainwarings englischen Akzent mit einer hohen, schrillen Stimme nach. Dann sprang er auf den Nervenarzt zu, als wolle er ihn wieder nach unten stoßen, trat wieder zurück und kicherte. Dabei wandte er sich um und zeigte sein Gesicht. Ginzburg drückte schnell auf den roten Knopf, machte einige Fotos, die auf einem gesonderten Schirm erschienen. Er drückte einen Hebel nach unten, so daß das Gesicht vergrößert zu sehen war: ein glattrasierter runder Schädel, buschige schwarze Augenbrauen, plumpe schweinsähnliche Gesichtszüge und ein riesiger schwarzer Vollbart.

»Es freut mich, daß wir miteinander ins Gespräch gekommen sind«, sagte Mainwaring.

Der Dicke wechselte die Kette von einer fetten Hand in die andere und lachte erneut.

»Glaubst du diesen Schrott?« fragte er den anderen. Die hohe Stimme paßte nur schlecht zu dem riesigen, massigen Körper, und ich fragte mich, ob es seine normale Stimme sei.

Der Dünne beugte den rechten Arm.

»Oh«, rief Ginzburg, »er hat die Klinge in der Hand mit der Spitze nach vorn!«

»Das heißt doch gar nichts«, sagte Cash. »Quatsch aus dem Kino. Wenn du zustechen willst, hältst du den Griff fest und dann holst du aus. Das versuche ich gerade denen von MGM zu erklären.«

Whitehead blickte zur Verbindungstür, dann auf seinen rechten Fuß.

»Und was machen wir jetzt?« fragte er.

»Gar nichts.«

»Hast du das Ding gesehen? Es heißt Schweineschlächter. Mach uns nichts vor, sonst machen wir Wurst aus dir.«

»Warum nicht besser Räucherspeck?« fragte der Dicke und lachte.

»Weil das Arschloch zu wenig Fett hat. Schneide den auf, was findest du? Nichts als trockene Knochen und Scheiße.«

»Je näher am Knochen, desto besser das Fleisch«, schwärmte der Dicke.

»Da hast du allerdings recht.«

»Wie sich wohl seine Zehen schneiden lassen, bestimmt wie Butter.«

»Die sind doch viel zu dürr! Hast du die Drahtschere dabei?«

»Nee, bloß unseren guten Schweineschlächter.«

Mainwaring holte tief Luft.

»Wolltest du etwas sagen, du Arsch?« fragte der Dünne.

»Mrs. Cadmus ...«

»Wenn's nach der geht, bist du gleich 'ne Leiche. Wir dürfen mit dir machen, was wir wollen, hat sie gesagt.«

»Ja«, sagte der Dicke gedehnt, grinste und strich

sich über den Bart. »Wir können dich in Würfel schneiden, in Scheiben oder in schmale Streifen. Besser als Moulinex.«

»Aber dann kriegen Sie meine Informationen nicht«, sagte Mainwaring mit leicht zitternder Stimme.

Der Dünne ging rechts um das Bett herum, näherte sich dem Psychiater auf wenige Zentimeter, das Messer immer noch in der Rechten. Ich konnte ihn deutlich erkennen.

»Das ist Antrim, Souzas Chauffeur«, sagte ich.

»Sind Sie sicher?« fragte Cash.

»Hundertprozentig.«

»Still«, sagte Ginzburg, »ich glaube, es ist soweit.«

Antrim hatte das Messer Mainwaring an die Kehle gesetzt.

»Macht euch bereit«, sagte Ginzburg.

»Aber dafür kriegen wir deine Hoden«, sagte Antrim.

Mainwaring sah ihm direkt in die Augen, dann gab er ihm einen heftigen Fausthieb ins Genick und packte seine Faust. Das Messer flog durch den Raum. Antrim heulte auf vor Schmerzen und warf sich auf den Arzt. Der Dicke gab einen kreischenden Schrei von sich und warf sich ins Handgemenge.

Was dann folgte, war die Show eines Zeitrafferexperten mit Bullen in den Hauptrollen.

»Jetzt!« schrie Ginzburg, sprang auf und polterte gegen die Wand. Mit weit offenem Mund schrie er wie ein Todesengel: »Achtung! Polizei!«

Im gleichen Moment brach Cash durch die Tür und nahm den Revolver in beide Hände. Whitehead sprang durch die Verbindungstür in die Scheherezade-Suite.

Ich blieb unbeweglich sitzen und sah mir alles Weitere im Monitor an. Antrim und der Dicke lagen beide auf Mainwaring, von dem nichts mehr zu sehen war.

Plötzlich hoben sie den Kopf und sahen sich erschreckt um. Antrim bückte sich nach dem Messer. Da sprang Milo mit gezückter Waffe ins Zimmer und brüllte: »Das Messer, runter damit, los, laß es fallen, auf den Boden, runter mit dem Messer!«

Antrim gab nach, Cash nahm das Messer an sich, wickelte es in ein Taschentuch und steckte es ein. Whitehead ging auf den Dicken los. Milo packte Antrim, warf ihn zu Boden, fesselte ihn ans Bettgestell und band ihm die Füße mit Plastikschnur zusammen.

Whitehead versuchte immer noch, Mainwaring von der Last des Dicken zu befreien, und stöhnte vor Anstrengung. Cash kam ihm zur Hilfe. Sie zogen an den Armen, versuchten, ihn aufzurichten. Es war unmöglich, ihn zu fesseln, weil die Arme nicht um den fetten Leib gelegt werden konnten. Sie riefen nach weiterer Plastikschnur. Mainwaring richtete sich auf, blutüberströmt, aber zufrieden lächelnd.

»Verdammt, steh endlich auf!« brüllte Cash den Dicken an.

»Verdammter Ringkampf!«

Der Dicke wand sich unter ihrem Griff, heulte, fletschte die Zähne, winselte, spuckte Whitehead ins Gesicht. Spontan gab dieser ihm einen kräftigen Schlag ins Gesicht. Dabei verrutschte dem Dicken der Bart, und er stieß einen durchdringenden Schrei aus.

»Was ist denn das?« fragte Whitehead und riß den falschen Bart herunter.

»Mach auch die Augenbrauen ab«, sagte Cash.

Gleich darauf hielt Whitehead zwei dicke schwarze Haarbüschel in der Hand.

»Au!« schrie der Dicke, dessen nacktes Gesicht seltsam pfannkuchenähnlich und weibisch wirkte. Er stampfte mit dem Stiefel auf, dann liefen Tränen über seine feisten Wangen.

»Wer zum Teufel bist du?« fragte Cash.

Wieder schrie der Dicke, fletschte die Zähne und versuchte vergeblich, Whitehead ins Ohr zu beißen.

»Wenn Sie ihr etwas antun, bring' ich Sie um!« schrie Antrim und wand sich in seinen Fesseln. »Noch ein einziges Mal und ich ...«

»Halt den Rand!« schrie Whitehead. »Was ist das für 'ne Wichserei!«

»Au!« brüllte das haarlose Gesicht.

»Wehe, Sie tun ihr was, dann bring ...« Milo steckte Antrim ein Taschentuch in den Mund.

Wieder schrie der Dicke.

»Was für eine Horrorshow«, sagte Ginzburg und verzog das Gesicht.

Ich stand auf und trat durch die eingetretene Tür. Mainwaring stand im Bad und tupfte sich die Wunden mit einem feuchten Waschlappen ab. Whitehead bewachte Antrim. Milo telefonierte, Cash starrte angeekelt auf die haarlose Frau und fragte: »Was zum Teufel bist du für eine?«

»Sie heißt Marthe Brown«, sagte ich. »Sie war Jameys Krankenschwester.«

Im Zimmer wurde es still.

Ich weiß nicht wie, aber irgendwie gelang es Marthe Brown, mir zuzunicken und leicht zu knicksen.

»Hallo, Dr. Delaware«, sagte sie mit freundlicher Stimme. Sie klapperte mit den Wimpern, das Gesicht voller Spuren von Mastix und falschen Haaren. »Wie schön, Sie wiederzusehen.«

29

Milo pellte sich noch eine Kartoffel, wälzte sie in Butter und aß sie auf. Er hatte bereits ein Hammelfilet verspeist, und drei weitere lagen auf seinem Teller. Ich aß ein Stück Filet mignon und spülte es mit einem Schluck Bier herunter.

Es war nach halb elf, und wir waren an diesem Abend die letzten Gäste im Grillrestaurant. Die Bar nebenan war allerdings voller Leute, und das Gemisch vieler Stimmen drang zu uns herüber.

»William Tull Bonney«, sagte Milo und fuhr sich mit den Händen über das Gesicht. »Wie bei Billy the Kid. Er behauptet, er stamme direkt von ihm ab. Antrim nennt er sich, weil so Billys Stiefvater hieß.«

Er blickte auf den spärlichen Rest seines Gin tonic, überlegte, ob er einen neuen bestellen sollte, dann aber wandte er sich seinem Wasserglas zu und leerte es in einem Zug. Dann zog er ein Blatt Papier aus der Brusttasche, entfaltete es, lehnte sich nach vorne, blinzelte mit den Augen und begann im schwachen Schein der Kerze zu lesen.

»Nachdem wir seine Identität herausgefunden hatten und seine Akte im Computer abriefen, spuckte der Unmengen von Informationen aus. Das hier ist nur eine Zusammenfassung, die übliche amerikanische Erfolgsstory. Geboren in Mesilla, New Mexico. Mutter Säuferin, Vater unbekannt. Nichtstuer vom ersten Tag an, mit elf Jahren häufig betrunken und erste Diebstähle. Ganz schön frühreif, was? Vandalismus, Brandstiftung, eine ganze Serie von Überfällen und schwerem Raub. Jede Menge Vergewaltigungen, derer er verdächtigt wird, und wenigstens ein Mord, und zwar an einer Indianerin, die er mit dem Messer verstümmelte. Man konnte ihm den Mord nicht nachweisen, aber alle wußten daß er der Täter war. Da war er sechzehn. Bis er achtzehn wurde, kam er in eine Eziehungsanstalt. Dann war er ein Jahr in Freiheit, kam nach Kalifornien, wurde schon nach einem Monat wegen versuchten Mordes festgenommen – es passierte bei einer Messerstecherei – und verbrachte ein Jahr im Knast. Er bekam Haftverlängerung, weil er einen Wärter angegriffen und sich außerdem einige unangenehme Angewohnheiten zugelegt hatte. Danach kam er in ein Resozialisierungsprogramm, lernte KFZ-Mechaniker und bekam auch einen Job, den er aber wieder verlor, weil er seinen Chef verprügelte. Er wurde wieder festgenommen wegen bewaffneter Raubüberfälle. Im Gefängnis besuchte er die Schule, wurde Mitglied in einem esoterischen Club und ließ sich mit Alltagsphilosophie füttern. Nach seiner Entlassung trieb er sich in der Umgebung von Fresno mit einer Gang herum, die sich »the Ghouls« nannte, wurde wieder festgenommen wegen Beihilfe zum Mord in einer Messerstecherei während eines Bandenkriegs. Er kam aus der Sache ohne Strafe raus, weil sein Anwalt den Prozeß gewann. Dieser Anwalt war niemand anderer als Horace Souza, Esquire.«

Er reichte mir das Blatt.

»Und jetzt zu Marthe Brown alias Wilhelmina Surtees, alias Billy Mae Sorrell alias Martha Sorrel, alias Sabrina Skull.«

»Sabrina Skull?«

»Ganz genau. Das war ihr Gang-Name. Sie gehörte auch zu den Ghouls. Ihr Werdegang ist dem von Antrim nicht unähnlich. Drogen, Alkohol, Tierquälerei. Sie kam in Therapie, und so blieb ihr der Knast erspart. Einmal wurde sie wegen ungebührlichen Benehmens festgenommen, aber das Verfahren wurde eingestellt. Ich habe deshalb etwas über sie herausgefunden, weil die Polizei in Fresno eine Akte über die Ghouls führt. Sie spielte eine zentrale Rolle in dem Verein, besonders tat sie sich durch wiederholte Körperverletzung hervor.«

»Ist sie wirklich Krankenschwester?«

»Ja. Das heißt, sie kam eher zufällig an ihr Diplom, nachdem sie an einem Schnellkurs teilgenommen hatte. Wenn sie nicht mit den Ghouls unterwegs war, arbeitete sie in verschiedenen Altersheimen. An ihrer letzten Stelle verdächtigte man sie des Drogendiebstahls, aber sie wurde nicht angezeigt. Bald darauf verschwand sie. Sie lebte mit Antrim zusammen in einer Hütte draußen in Tujunga, in einem Waldstück, das Souza gehört. Vögel, Bienen, Wasserstelle vor der Tür, ein tragbarer Fernseher, und noch anderer Krempel. Ich hab mir den Ort heute morgen angesehen, in einer Ecke steht ein Schrank aus Sperrholz, links voller Kleider und rechts voller Ledersachen. In den beiden Schubladen unten lauter falsche Bärte, Make-up, Schnurrbärte, Perücken.«

»Entzückend«, sagte ich.

»O ja, und hochromantisch.« Er lachte bitter, griff nach der Mintsauce und nahm ein weiteres Stück Hammel in Angriff. »Als wir Antrim einbuchteten, leistete er keinerlei Widerstand und versprach, uns alles zu erzählen, wenn wir nur das Mädchen verschonten, er hätte die Metzgerei sowieso ohne sie gemacht. Wir sagten ihm, daß es auch für uns Grenzen der Großzügigkeit gäbe, und daß schließlich sie den Jungen vergiftet hätte. Daraufhin fing das Arschloch tatsächlich an zu heulen, kannst du dir das vorstellen?«

Er schüttelte den Kopf und kaute an einem Stück Fleisch.

»Nach einer Stunde hatte er alles gebeichtet und uns auch das Fotomaterial gegeben. Er hatte es unter dem Fußboden versteckt, zusammen mit seinen Notizen. Das war seine Art, sich zu versichern.«

Er hatte mir die Bilder schon vor dem Essen gezeigt. Die Geschichte, die sie erzählten, war alltäglich, nicht aber die Hauptpersonen. Ich war überrascht.

»Wollte er sie erpressen?« fragte ich.

»Ich verstehe nicht ganz, warum er das nötig hatte. Aber uns helfen die Dinger weiter. Wir verstehen die Zusammenhänge so besser. Jetzt brauchen wir nur noch ein paar Zahlen, aber die kann unser Gast uns sicher beschaffen.« Er streckte den linken Arm vor und sah auf die Uhr. »In zwanzig Minuten müßte er hier sein, wenn er pünktlich ist.«

Achtzehn Minuten später ging die Tür auf, laute Gesprächsfetzen drangen aus der Bar, dann stand schweigend ein schmaler junger Mann im Türrahmen, der hinter seiner Goldrandbrille blinzelte, um seine Blicke der Dunkelheit anzupassen. Er trug einen dunklen Anzug mit Krawatte, die zu der dunklen Täfelung des Speiseraums paßte, und einen großen Attachékoffer, der wie die Verlängerung seines rechten Arms wirkte.

»Das scheint unser Mann zu sein«, sagte Milo, stand auf und begleitete den Neuankömmling an unseren Tisch. Im Gehen hielt der Mann den Koffer mit beiden Händen fest und trug ihn so vorsichtig, als enthalte er ein Lebewesen.

»Mr. Balch, darf ich Ihnen Dr. Alex Delaware vorstellen? Alex, Mr. Bradford Balch. Esquire.«

Balch hatte eine feingliedrige, kalte Hand. Ich ließ sie schnell wieder los und sagte:

»Wir haben schon miteinander telefoniert.«

Der Anwalt sah mich erstaunt an.

»Sie riefen mich an, um einen Besuch in der Villa von Chancellor zu vereinbaren.«

»Ach ja«, sagte er und schürzte die Lippen. Offenbar erinnerte er sich nicht allzugern daran, daß er als Botenjunge benutzt worden war.

»Was macht dieser Herr hier?« fragte er Milo.

»Er ist Berater.«

Balch sah mich mißtrauisch an.

»Ich dachte, Sie arbeiten für Mr. Souza?« sagte er.

»Das habe ich, aber das ist eine Weile her.«

»Was wollen Sie dann hier, sollen Sie meine Psyche ausspionieren?«

»Wir haben bereits alles untersucht, was wir brauchen«, sagte Milo und wies ihm einen Stuhl. »Jetzt setzen Sie sich, damit wir zur Sache kommen können.«

»Sergeant«, sagte Balch, »ich bestehe darauf, daß wir uns allein unterhalten.«

»Wir wissen, daß Sie darauf bestehen und nehmen es zur Kenntnis«, entgegnete Milo. »Und jetzt setzen Sie sich bitte.«

»Ich meine es ernst, Sergeant ...«

»Balch«, stöhnte Milo, »Sie haben dicke Probleme, und ich nehme Ihnen einige ab. Die Anwesenheit von Delaware ist nichts dagegen. Also verlieren wir nicht meine kostbare Zeit mit Kräftemessen, klar?«

Balch wurde rot und senkte den Blick. Dann setzte er sich eilig, legte den Koffer auf seine Knie und legte beide Arme darum. Aus der Nähe sah er noch sehr jung aus, hatte rote Bäckchen, sandfarbenes Haar, kurzgeschnitten und sauber gescheitelt und mit einem Wirbel am Haaransatz. Seine Kleider waren konventionell und teuer und paßten ihm nicht ganz. Der Kragen war zu weit, die Krawatte saß nicht ganz gerade. Er sah wie gefangen aus darin, wie ein als Erwachsener verkleideter Junge.

»Möchten Sie etwas trinken?« fragte Milo.

Der Anwalt runzelte prüde die Stirn.

»Ich möchte diese Sache so schnell wie möglich hinter mich bringen und dann wieder gehen.«

»Ich verstehe Sie, das ist ja auch ziemlich heikel für Sie«, sagte Milo.

»Heikel? Das ist sittenwidrig! Vertrauensbruch. Wenn das herauskommt, bin ich am Ende. Ich finde doch nie wieder einen Job.«

»Warum sollte es herauskommen?«

»Das sagen Sie.« Er spielte mit seinen dünnen manikürten Fingern an den Verschlüssen seines Koffers.

»Ja, das ist hart«, pflichtete Milo ihm bei. »Ob Sie es nun tun oder nicht.«

»Sehen Sie«, sagte Balch, »woher sollte ich denn wissen, daß die Unterschrift gefälscht ist? Souza bürgte für ihre Echtheit. Auch Mrs. Cadmus war dabei.«

Milo sah ihn scharf an.

»Niemand verlangt von Ihnen, daß Sie Gedanken lesen können«, sagte er, »aber an die Notariatsregeln müssen Sie sich schon halten. Kein Siegel, wenn Sie nicht selbst bei der Unterzeichnung eines Dokuments anwesend sind.«

»Es gab wirklich keinen Grund, es für eine Fälschung zu halten«, sagte Balch leidenschaftslos. »Es gab eine Bestimmung für den Fall geistiger Unzurechnungsfähigkeit: Das Vermögen mußte nur auf den Vormund überschrieben werden, ohne weiteren schriftlichen Antrag. Angesichts des Zustands des Erben war es ganz logisch, daß Mr. Cadmus von dieser Bestimmung Gebrauch machte.«

»Zu des Jungen Besten natürlich, nicht?« sagte Milo.

»Es lagen Dokumente vor, die die Unzurechnungsfähigkeit des Jungen bescheinigten«, sagte Balch. »das war nicht unlogisch.«

»Ganz richtig«, stimmte Milo ihm zu, »nicht unlogisch war dieser Betrug.«

»Ich hatte davon keine Ahnung.«

»Ich glaube Ihnen ja«, antwortete Milo. »Sie waren auch nicht kriminell, sondern nur unachtsam. Deshalb gebe ich Ihnen ja auch Gelegenheit, es wiedergutzumachen.«

Balch war blaß geworden.

»Die Sache mit dem Notar war ein Riesenärger«, sagte er. »Es war Souzas Idee. Er sagte, ein Grundstücks- und Firmenanwalt müsse auch Notar sein, um die Dinge besser im Griff zu haben. Ich fand, das könnte genausogut ein Sekretär machen und hätte besser darauf bestehen sollen.«

»Aber man muß auf seinen Boß hören, stimmt's?«

»Verflucht«, murmelte der Anwalt und blickte auf Milos Drink.

»Wollen Sie immer noch nichts trinken?« fragte Milo.

»Nein, ach, warum eigentlich nicht, verdammt noch mal. Tanqueray mit Eis, bitte.«

Milo verschwand in der Bar und kam kurze Zeit später mit dem Drink zurück. Balch lockerte die Krawatte, dann stürzte er ihn herunter.

»Nixon hat den Notaren die Tour vermasselt, stimmt's?« sagte Milo. »Er begünstigte Steuerabschreibungen, brachte das Wertesystem durcheinander, wo soll da ein Notar noch wissen, wo seine Pflichten liegen? Er als Präsident war der Boß.« Er lächelte. »Das scheinen Bosse so an sich zu haben, daß sie kleine Jungen über den Tisch ziehen.«

Balch sah ihn entsetzt an, sichtlich verstört, als kleiner Junge bezeichnet zu werden. Er rührte das Eis in seinem Glas hin und her und fragte:

»Ich wüßte gerne, wie Sie das herausgefunden haben.«

»Ein kleiner Vogel hat mir etwas gezwitschert.«

Der Anwalt dachte eine Weile nach, dann seufzte er.

»Verdammt, natürlich, der Chauffeur! Er war die ganze Zeit dabei, denn er sollte hinterher Mrs. Cadmus nach Hause fahren. Ich wäre nie darauf gekommen, daß er kapierte, was wir da machten. Ich hätte es wissen müssen, denn er war mir nie geheuer. Wieviel haben Sie ihm gezahlt, Sergeant?«

Milo ging nicht auf die Frage ein.

»Verflucht!« wiederholte Balch und sah aus, als ob er gleich weinen würde.

»Nehmen Sie es von der positiven Seite«, sagte Milo tröstend, »Sie sind der erste in der Firma, der mitbekommt, daß es mit Ihrem Chef bergab geht. Dadurch haben Sie auf dem Arbeitsmarkt allerbeste Aussichten. Wo haben Sie studiert?«

»In Penn.«

»Ivy League. Sehr gut, damit haben Sie doch hervorragende Voraussetzungen.«

Balch richtete sich gerade auf und versuchte, würdig auszusehen.

»Es wird schon werden, Sergeant. Können wir jetzt zum Geschäftlichen kommen?«

»Natürlich. Schieben Sie mir das Zeug nur rüber. Sobald ich sehe, daß alles dabei ist, bin ich zufrieden, und wir schütteln uns die Hand wie zwei Gentlemen.«

»Bevor ich Ihnen irgend etwas aushändige, möchte ich von Ihnen die Zusicherung erhalten, daß mein Name niemals während der Untersuchungen irgendwo auftaucht und daß niemand jemals erfährt, woher Sie die Dokumente bekommen haben.«

»Diese ganze Geschichte ist so haarsträubend, daß ich Ihnen nichts weiter versprechen kann, als daß ich mein Bestes tun werde.«

»Das genügt mir nicht«, gab Balch zurück.

Milo nahm einen Hammelknochen in die Hand und begann, daran zu nagen.

»Wie wäre es mit einem echten Pfadfinder-Ehrenwort?« sagte er dann und kreuzte die Hände über der Brust.

»Ich meine es verdammt ernst, Sergeant!« rief Balch.

Milo legte eine Hand flach auf die Tischplatte, lehnte sich vor und schwang den Knochen wie einen Säbel. Er zog die Brauen zusammen und zog ein grimmiges Gesicht, dessen Wirkung durch das von der Kerze beschienene Fett auf seinen Lippen noch verstärkt wurde. Er sah aus wie ein Pirat.

»Ich meine es auch ernst, Herr Anwalt«, sagte er. »Todernst. Und jetzt machen Sie den verdammten Koffer auf!«

30

Neben Antrim zu gehen, kam mir vor wie statt einer Krawatte eine Kobra zu tragen. Daß er sich zur Mitarbeit bereit erklärt hatte, löste bei mir einiges Grauen aus. Ich wußte, zu welchen Wutausbrüchen er fähig war. Aber seine Anwesenheit war für unsere Inszenierung äußerst wichtig, und ich hatte zu lange daran mitgewirkt, um mich zurückziehen zu können.

Die Entscheidung, ihn und mich in die Szenerie einzubauen, hatten Milo und seine Leute nach einem dreistündigen Gespräch hinter verschlossenen Türen gefällt. Milo kam zu mir nach Hause, um mir die Neuigkeit mitzuteilen.

»Er hat bei Souza angerufen und ihm gesagt, daß alles wie nach Plan läuft, aber es dauert, bis sie herausbekommen, daß er festgenommen wurde. Das Geld dieser Leute erlaubt ihnen alles. Privatjets, Konten in der Schweiz, Häuser auf Inseln, die niemanden ausliefern – wie im Fall Vesco, der immer noch dort ist und die Regierung zum Narren hält. Wenn wir nicht schnell vorgehen, verlieren wir möglicherweise einen ganz dicken Fisch.«

»Und was soll ich dazu tun?«

Er erklärte mir alles und betonte, daß ich mich keineswegs gedrängt fühlen sollte. Ich dachte an alle meine Möglichkeiten, wog das Risiko ab, aber dann dachte ich an einen nächtlichen Anruf um drei Uhr und alles, was danach geschehen war, und fragte:

»Wann soll es losgehen?«

»Heute abend.«

Am selben Abend holten sie Antrim aus seiner Zelle. Er wurde gewaschen, bekam zu Essen und hinterher Kaffee. Seinen Knastanzug tauschten sie gegen seine Livree. Dann fuhren sie ihn zu der Hütte im Wald. Als dann der Anruf erfolgte, beantwortete er ihn mit erstaunlicher Gelassenheit angesichts der Tatsache, daß ein ganzer Kreis großer, aggressiv aussehender Männer um ihn herumstand. Letzten Endes erstaunte es mich nicht so sehr, denn schließlich war er eine Mordmaschine, deren Schnelligkeit und Zielsicherheit keinerlei Bedenken oder Selbstzweifel erlaubte. Mit einer Ausnahme: Wenn das Gespräch auf eine dicke, haarlose Frau kam, war er unendlich verletzlich.

Der Rolls wurde von einem Polizisten gefahren, einem großen dünnen schnurrbärtigen Mann, der im Dunkeln Antrim so ähnlich sah, daß er sein Zwilling sein konnte. Aber zwei Straßenecken vor unserem Ziel fuhr er in eine Sackgasse und stieg aus. Sekunden später kam der echte Chauffeur hinter einem Ahornbaum hervor, geführt von zwei Beamten in Zivil. Er trug keine Handschellen. Sie brachten ihn zur offenen Wagentür. Sie ließen ihn einsteigen und beobachteten ihn genau, während er sich ans Steuer setzte.

»Fahren Sie vorsichtig«, sagte Milo, der im hinteren Teil des Wagens am Boden lag, den Lauf seiner 38er gegen die Rückenlehne des Fahrers gerichtet. »Bei der kleinsten Sache geht es Miss Skull an den Kragen!«

»Schon gut«, sagte der Chauffeur gelassen. Dann fuhr er mit dem großen Wagen in Richtung Wilshire, bog nach links und nach fünfzig Metern wieder rechts ab, dann glitt er elegant auf die kreisförmige Einfahrt. Ein silberner Mercedes 380 stand dort bereits.

»Soll ich jetzt aussteigen?« fragte er.

»Ja«, sagte Milo, »und vergessen Sie nicht, Sie werden beobachtet.«

Antrim stellte den Motor ab, stieg aus und öffnete mir den Wagenschlag. Ich stieg aus, und zusammen gingen wir auf das Gebäude zu. Antrim wirkte gelöst. Ich beobachtete seine Hände und Füße und seine Augen, die sich wieselflink hin und her bewegten.

Wir kamen bei der Eingangstreppe an. Die Tür ging auf, und Antrims Gesicht verzog sich zu einem Lächeln. Mir schnürte es die Kehle zu. Würde die Kobra zuschlagen?

Ein Mann kam heraus und blieb auf der obersten Stufe stehen. Mit einer Hand hielt er die Türe fest.

Bis jetzt war mir trotz Milos Reden alles unnötig erschienen, wie eine überflüssige Szene in einem Film. Als ich aber Souza erblickte, wußte ich, daß dies der einzig richtige Weg war.

»Guten Abend, Doktor«, sagte er gereizt. Er trug einen Abendanzug und wirkte darin wie ein überfütterter Pinguin: einen schwarzer Seidensmoking, ein weißes Hemd mit kleinen Goldpünktchen, eine pflaumenfarbene Fliege und eine ebensolche Bauchschärpe. Seine Lackschuhe glänzten wie geschmolzener Teer.

»Guten Abend«, sagte ich lächelnd.

»Ich hoffe, die Sache ist wirklich so dringend, wie Sie behaupteten. Die Cadmus' und ich haben heute einen wichtigen Gesellschaftsabend.«

»Es ist wirklich sehr wichtig«, antwortete ich. Ich sah zu Antrim hinüber, gespannt, ob er wirklich sagen würde, was ihm aufgetragen war, oder ob er nicht doch in letzter Minute frei improvisieren würde.

Das Schweigen dauerte nur wenige Sekunden, aber mir erschien es wie eine Ewigkeit. Antrim war einige Schritte zurückgetreten und hatte sich hinter mich gestellt. Ich wollte mich umdrehen, um sein Gesicht zu sehen und seine Absicht zu erraten. Aber ich wollte nicht Souzas Aufmerksamkeit erregen, deshalb sah ich dem Anwalt in die Augen, um herauszufinden, ob er mit Antrim irgendwelche Blicke tauschte. Ich konnte nichts Besonderes entdecken, aber wo war die Kobra?

»Mr. Souza?«

Meine Muskeln spannten sich.

»Was gibt's, Tully?«

»Wir haben zu wenig Benzin. Soll ich tanken fahren?«

Gott sei Dank.

»Nur zu«, sagte Souza. »Komm in einer halben Stunde wieder, um uns zum *Biltmore* zu fahren.«

Antrim berührte seine Mütze, wandte sich um und ging zum Wagen. Souza schob die Tür mit den Fingern auf.

»Kommen Sie herein«, sagte er ungeduldig.

Im Inneren war das Gebäude dunkel und kalt, die Schritte von Souzas glänzenden Schuhen hallten laut auf den Marmorfliesen wider. Er ging unterhalb der Wendeltreppe auf den hinteren Teil der Villa zu, mit für einen Mann seines Alters und seiner Statur etwas zu brüsken und schnellen Bewegungen. Ich folgte ihm durch die Bibliothek und den Kopierraum, dann traten wir durch eine Doppeltür.

Die Holztäfelung im sanften Licht des Speisezimmers war fleischfarben, die Astlöcher wirkten wie schwarze Augen. Im steinernen Kamin brannte ein knisterndes Feuer aus Mandarinenholz, das nach dem Aussehen der Holzscheite zu urteilen schon eine Weile brannte. Neben den ovalen Tisch im viktorianischen Stil hatte man eine Bar aus Rosenholz gerollt, auf der Karaffen aus Kristall und Gläser mit Silberrand standen. Wie Eis wirkten die Facetten in dem Kristall, die den Schein des Feuers reflektierten. Die glattpolierte Tischplatte glänzte wie eine Lagune bei Sonnenuntergang. Der seidene Perserteppich schimmerte regenbogenfarben. Es war sehr feierlich, sehr elegant und von einer tödlichen Ruhe.

Mr. und Mrs. Cadmus saßen nebeneinander an einer Seite des Tisches. Souza nahm seinen Teller, setzte ihn an die Stirnseite und ließ mich gegenüber dem Paar Platz nehmen.

»Guten Abend«, sagte ich.

Sie warfen mir kurze, eisige Blicke zur Begrüßung zu und starrten dann auf ihre Getränke. Es roch leicht süßlich in dem Raum nach dem verbrannten Holz, die Worte einer gedämpften Konversation verhallten dumpf. Souza bot mir einen Drink an, aber ich lehnte ab. Er goß sich einen Bourbon ein, und ich sah mir die beiden Cadmus an.

Dwight sah blaß aus, in den zwei Wochen seit unserem letzten Treffen hatte er einige Pfunde verloren. Sein Smoking war ihm zu weit geworden, seine Schultern trugen eine unsichtbare Last. Seine Brille hatte er auf den Tisch gelegt, seine Tränensäcke waren schlaff und vor Müdigkeit dunkel. Neben der Brille stand ein leeres Whiskyglas, die Karaffe war jedoch in Reichweite, und auf der Tischplatte war zwischen beiden eine Spur von glitzernden Tropfen zu sehen.

Heather sah auch heute mädchenhaft aus. Ihr Haar trug sie hochgesteckt, so daß ihr langer porzellanartiger Nacken zu sehen war, den ein Diamantcollier zierte. Sie hatte kleine, zarte, elfenhafte Ohren, die zwei weißblaue Diamantohrringe schmückten. Ihr Kleid war aus mitternachtblauem Chiffon. Weiße

Arme sahen unter dem durchsichtigen Stoff hervor. Zwischen Kette und Ausschnitt war ihre milchweiße Haut zu sehen, leicht sommersprossig am Rand ihrer kaum sichtbaren Brüste. Leichtes Rouge auf ihren Wangen gab ihrem etwas jungfräulich wirkenden Gesicht ein leicht fieberhaftes Aussehen. Neben ihrem Ehering trug sie einen Saphir in der Augenfarbe eines Neugeborenen. Ihr Glas schien unberührt, es enthielt eine perlende rosa Flüssigkeit.

»Ich will sehr hoffen, daß Ihr Anliegen wirklich dringend ist«, sagte Dwight mit einer vom Alkohol schweren Stimme.

»Liebling«, sagte Heather in ihrer Mädchenstimme und legte ihm zärtlich die Hand auf den Unterarm.

»Es reicht mir jetzt wirklich, wir haben schon genug durchgemacht«, sagte er ärgerlich.

Sie lächelte mir entschuldigend zu und nahm die Hand von seinem Arm. Er griff zur Karaffe und goß sich einen doppelten Whisky ein. Als er ihn hinunterstürzte, wandte sie sich beschämt ab.

Souza tat, als habe er nichts gehört, rückte näher, lehnte sich nach vorn, räusperte sich und sagte:

»Doktor, über welche seinen Gesundheitszustand betreffenden medizinischen Veränderungen wollten Sie so unbedingt mit uns reden?«

»Es geht um mehr als Veränderungen. Ich glaube, ich habe alle Probleme für Sie gelöst«, sagte ich mit Begeisterung in der Stimme. »Ich kann nachweisen, daß Jamey unschuldig ist, jedenfalls vor dem Gesetz.«

»Wirklich?« Ein kurzes Lächeln und ein endloser Ausdruck der Verachtung erschienen in ihren Gesichtern.

»Ja, ich habe die Ärzte im Bezirkskrankenhaus gebeten, einige Laboranalysen vorzunehmen, um sicherzugehen. Ich glaube, Jamey wurde ein Gift verabreicht, das zur Spezies der Anticholinergika gehört. Sie unterbrechen die Reizübertragung der Nerven und rufen genau die Art Symptome hervor, die Jamey aufwies. Wenn ich recht habe, ist er für seine Taten genausowenig verantwortlich wie ein Schlafwandler. Mit dem Material, das ich habe, können Sie sicher auf Unzurechnungsfähigkeit plädieren.«

»Vergiftet?« sagte Dwight und starrte mich in dummer Faszination an, mit jenem Blick, den Angehörige der besseren Gesellschaft für Karnevalsnarren und Witzfiguren übrig haben. Er hob sein Glas an die Lippen und schnaubte verächtlich.

Seine Frau legte einen Finger an die Lippen, um ihn von weiterem Reden abzuhalten.

»Bitte reden Sie weiter, Doktor«, sagte Souza. »Wie sind Sie zu dieser überaus interessanten Vermutung gelangt?«

»Es gab zu viele Widersprüche in der ganzen Sache. Die Morde konnten unmöglich von einem Psychopathen ausgeführt worden sein. Auch war Jameys Krankheitsbild alles andere als eindeutig. Manchmal verhielt er sich wie ein Schizophrener, dann aber wieder gar nicht, er wechselte plötzlich von geistiger Klarheit zum Delirium und umgekehrt. In der Nacht, in der er mich anrief, war er dialogfähig, aber als ich ihn kurz darauf besuchte, war er unansprechbar, vollkommen taub und abgestumpft. Auf Torazingaben reagierte er höchst ungewöhnlich, nämlich mit einem ständigen Auf und Ab, wie eine Achterbahn. Außerdem reagierte er auf die Medizin in einer Weise, wie man es nur bei älteren Patienten beobachtet, die jahrelang behandelt worden sind. Je mehr ich darüber nachdachte, desto naheliegender schien mir der Gedanke, daß da irgendein Gift im Spiel sein müßte, eine unbekannte Substanz, die sein Nervensystem durcheinanderbrachte. Ich sprach mit Dr. Mainwaring darüber, aber er versicherte mir, Jamey auf sämtliche Psychopharmaka getestet zu haben. Ich hätte meine Theorie fast aufgegeben, aber nachdem ich nicht mehr Ihr Mitarbeiter war, Mr. Souza, mußte ich immer wieder daran denken, wie widersprüchlich und unlogisch das alles war. Ich fragte mich, ob es noch andere Drogen gäbe, auf die Mainwaring ihn nicht getestet hatte, etwas, woran ein Arzt nicht denkt, weil es extrem selten vorkommt. Ich versuchte, erneut mit Mainwaring zu sprechen, aber er war nicht zu erreichen. Ich glaubte, daß er mir aus dem Weg ging, vermutlich auf Ihr Geheiß, Mr. Souza. Aber heute rief ich in *Cañon Oaks* an und erfuhr von seiner Sekretärin, daß sie seit Tagen nichts mehr von ihm gehört habe und anfange, sich Sorgen zu machen. Haben Sie Kontakt mit ihm gehabt?«

»Nein«, sagte Souza. »Vielleicht ist er spontan für ein paar Tage verreist.«

»Ich hatte nicht den Eindruck, daß er ein Mensch spontaner Entscheidungen ist, aber vielleicht haben Sie recht. Wie auch immer, ich habe selbst Nachforschungen angestellt. Ich will jetzt nicht alle Einzelheiten erklären, aber ich habe einige chemische Substanzen entdeckt, die genau passen. Anticholinergische Alkaloide. Atropin, Skopolamin, Belladonna-Extrakte. Vielleicht haben Sie schon davon gehört.«

Heather sah mich verzückt an wie eine in ihren Professor verliebte Studentin und schüttelte den Kopf.

»Ich habe nur vage davon gehört«, sagte Souza.

»Man benutzte sie vor allem im Mittelalter, um ...«

»Mittelalter«, rief Dwight. »Das ist doch purer Unsinn, Psychologengeschwätz. Wer zum Teufel sollte ihn vergiften wollen?«

»Bitte entschuldigen Sie den Ton meines Mannes«, sagte Heather, »immerhin, er hat recht. Warum um alles in der Welt sollte jemand Jamey mit diesen, wie heißen sie, Anti ... vergiften wollen?«

»Anticholinergika.« Ich lächelte. »Das weiß ich nicht. Es ist wohl Aufgabe der Polizei, das herauszufinden. Inzwischen aber können wir Jamey sicher aus der Sache rausholen, wenn alle Tests abgeschlossen sind, und ihn wieder in einen normalen Geisteszustand bringen. Es gibt nämlich ein Gegengift, das die Wirkung von Belladonna aufhebt, Antilirium.«

»Das ist ja wirklich eine Möglichkeit«, sagte Souza. »Wer führt denn diese Tests durch?«

»Der Neurologe, der Jamey betreut. Simon Platt.«

»Und Sie haben ihn einfach angerufen und ihn darum gebeten?«

Ich lächelte, zuckte mit den Schultern und grinste wie ein Junge.

»Ich habe ihm gesagt, ich hätte die Erlaubnis von Ihnen. Das ist zwar nicht ganz korrekt, aber bei dem, was dabei herauskommt und bei dem Ernst der Lage – immerhin ist Jamey ja in höchster Gefahr – dachte ich mir, das würde Ihnen sicher nichts ausmachen. Machen Sie Platt bloß keine Vorwürfe, daß er sich nicht bei Ihnen erkundigt hat. Wir kennen uns nämlich sehr gut. Wir haben zusammen studiert und sind beide Mitglieder der Medizinischen Fakultät. Er nahm mich beim Wort.«

»Ich bewundere Ihre Wendigkeit und Hingabe, allerdings weniger Ihren Regelverstoß«, antwortete er.

»Manchmal«, sagte ich lächelnd, »muß man, um zur Wahrheit zu gelangen, die Regeln ein bißchen strapazieren.« Ich sah auf die Uhr. »Die Ergebnisse müßten jetzt vorliegen. Ich habe Platts Nummer, wenn Sie ihn anrufen wollen.«

»Ja«, sagte der Anwalt und stand auf, »das will ich.«

»Aber ich bitte dich, Horace, das nimmst du doch hoffentlich nicht ernst«, warf Cadmus ein.

»Dwight«, sagte Souza streng, »Dr. Delaware mag recht haben oder nicht. Aber selbst wenn er das Gebiet seiner Kompetenzen überschritten hat, er hat es aus Fürsorge für Jamey getan. Wir sollten dem Hinweis zumindest nachgehen. Um des Jungen willen.« Er lächelte mir zu. »Bitte geben Sie mir die Nummer.«

Ich zog einen Zettel aus der Tasche und reichte ihn Souza. Dieser entfaltete ihn und ging zur Tür. Er öffnete sie und lief Milo und Richard Cash in die Arme. Hinter ihnen stand ein ganzes Meer von Blauuniformierten.

31

Als Souza die Polizisten vor sich stehen sah, schwankte er, und sein selbstsicheres Anwaltgehabe löste sich in Luft auf. Dennoch fand er erstaunlich schnell seine Contenance wieder, sein Gesicht erstarrte zu einer Maske von kaltem Ehrgefühl, ähnlich wie die Marmorbüsten, welche die Ecken des Raumes zierten.

»Was hat das zu bedeuten, Sergeant?« fragte er Milo.

»Das weiß ich selbst noch nicht«, sagte der Detective und betrat mit einer großen Aktentasche in der Hand den Raum. Dann langte er nach dem Dimmer neben der Tür und drehte das Licht voll auf. Mit steigender Helligkeit schien der Raum nackter und kahler zu werden. Seine verschwiegene private Atmosphäre geriet ins Klischeehafte, jede Geschmacklosigkeit, jeder kleinste Fehler oder Schmutzfleck wurde durch die kalte, gleißende Lichtflut erbarmungslos enthüllt.

Cash trat ein und schloß die Tür, die Männer in Uniform ließ er draußen. Er nahm seine Sonnenbrille ab und steckte sie ein, zog seine Krawatte gerade und sah sich wohlgefällig im Raum um, sein Blick verharrte auf einem Druck oberhalb des Kamins.

»Currier und Ives«, sagte er. »Sehr hübsch.« Milo stand hinter Souza, der Detective der Beverly Hills Police ging zu den Cadmus' hinüber. Auf dem Weg dahin berührte er mal diesen mal jenen Gegenstand, Marmor, Porzellan und vergoldetes Holz, bevor er die Hand an dem unteren Saum seiner Anzugsjacke ruhen ließ.

Die Cadmus' reagierten auf das Eindringen der Polizei, wie ich erwartet hatte: Dwight war ärgerlich und angewidert, Heather steif und ließ sich keinerlei Gefühlsregung anmerken. Ich bemerkte, wie sie Souza einen raschen Blick zuwarf, sich aber dann wieder ihrem Mann zuwandte, der leicht zitterte. Seine Kiefer waren gespannt, und sie legte ihm wieder ihre zarte Hand auf den Arm. Er schien es jedoch nicht zu bemerken.

»Horace«, sagte er, »was hat das zu bedeuten?«

Souza versuchte, ihn zum Schweigen zu bringen, indem er eine Augenbraue hob. Er sah Milo an und zeigte auf die Karaffen.

»Ich würde Ihnen gerne etwas zu trinken anbieten, meine Herren, aber das verstößt ja wohl gegen die Vorschriften.«

»Haben Sie vielleicht Mineralwasser?« fragte Milo. »Willst du nicht auch welches, Dick?«

»Gerne«, sagte Cash. »On the rocks und mit etwas Zitrone bitte.«

»Selbstverständlich«, sagte Souza und lächelte, um sich den Groll nicht anmerken zu lassen.

Die Detectives nahmen ihre Drinks. Milo ließ sich auf einen Sitz zwischen Souza und mir fallen und stellte seine Aktentasche neben meine Beine. Cash setzte sich neben Heather, betrachtete gierig ihren Schmuck und ließ seinen Blick langsam auf ihre Brust gleiten. Sie tat zunächst, als merke sie nichts, aber nach einer Weile durchdringenden Starrens wurde sie doch etwas verlegen. Dwight bemerkte es und wandte schnell den Kopf zur Seite. Cash sah ihn herausfordernd an, lächelte und wurde wieder ernst. Dwight sah verärgert weg, blickte auf die Uhr und dann zu mir.

»Sie haben sie geholt, nicht wahr, Delaware? Haben den Helden gespielt, ohne uns zu informieren, und das wegen einer halbgaren Theorie.« Er setzte sich die Brille auf und sagte im Befehlston zu Souza: »Horace, morgen wirst du bitte als erstes ein Verfahren gegen diesen ...«

»Dwight«, sagte Souza ruhig, »eins nach dem anderen.«

»In Ordnung, solange du noch weißt, mit wem du es zu tun hast.« Er sah Milo an: »Wir müssen demnächst fort, Officer, wir haben eine wichtige Wohltätigkeitsveranstaltung im Biltmore. Ich habe eine wichtige Aufgabe dabei.«

»Den Abend heute können Sie vergessen«, sagte Milo.

Dwight starrte ihn ungläubig an.

»Jetzt reicht's mir aber ...«

»In Wirklichkeit«, warf Cash ein, »können Sie eine ganze Reihe von Abenden vergessen.«

Dwight schlug seine Fingernägel in die Armlehnen. Dann machte er Anstalten aufzustehen.

»Bleiben Sie sitzen«, sagte Cash.

»Liebling«, sagte Heather und berührte wieder seinen Ärmel. »Bitte, tu, was er sagt.«

Dwight ließ sich in den Sessel fallen. Sein wütendes Gesicht, eben noch starr und unnachgiebig, verwandelte sich und nahm einen angstvollen Ausdruck an.

»Horace, wovon zum Teufel ist hier die Rede?« fragte er.

Souza versuchte, ihn mit einem väterlichen Lächeln zu beruhigen.

»Sergeant«, sagte er zu Milo. »Ich bin Mr. und Mrs. Cadmus' Anwalt. Sollte es irgend etwas Wichtiges zu besprechen geben, so stehe ich Ihnen zur Verfügung, damit sie ihren sozialen Verpflichtungen nachkommen können.«

Milo hatte sein Mineralwasser nicht angerührt. Er hob das Glas in die Höhe, sah es prüfend an, als suche er nach irgendeinem Makel, und stellte es wieder ab.

»Tut mir leid, das wäre wirklich gegen die Vorschriften.«

»Ich verstehe nicht recht«, sagte der Anwalt.

Statt einer Antwort stand Milo auf, ging zur Tür, öffnete und ließ einen jungen Polizisten herein, der einen Fernsehmonitor in den Raum rollte. Obendrauf stand ein Videorecorder, beide waren an eine Batterie angeschlossen.

»Bringen Sie ihn hierher«, sagte Milo und deutete auf das eine Ende des Tisches.

Der Beamte gehorchte, stellte das Gerät geschickt und schnell auf. Er reichte Milo einen automatischen Schalter und fragte, ob er noch weiteres wünsche.

»Im Moment nichts, Frank. Aber bleiben Sie in der Nähe.«

»Sehr wohl, Sir.«

Dwight hatte die Szene mit Staunen beobachtet. Er füllte sein Glas mit Scotch und stürzte es herunter. Seine Frau bemerkte es und warf ihm einen kurzen, haßerfüllten Blick zu. Sie zog ein seidenes Tüchlein aus ihrer Handtasche, betupfte sich die Lippen und hielt es dann dagegen, so daß es ihre untere Gesichtshälfte verschleierte. Der Ausdruck ihrer grauen Augen war ruhig, aber aufmerksam. Ihren Mann beachtete sie nicht mehr, und als er sprach, blickte sie ihn nicht einmal an.

»Dies ist ungeheuer unverschämt«, sagte er bemüht eindrucksvoll. Seine Stimme war jedoch schrill und voller Angst.

Milo drückte auf einen Knopf, und der Monitor schaltete sich ein. Das Band lief. Zuerst sah man nur Zahlen, dann wurde ein kleiner gelber Raum sichtbar, in dem nichts stand als ein Tisch aus Metall und ein Stuhl.

Auf dem Tisch stand ein Aschenbecher, daneben lagen ein paar Polaroid-Fotos. Auf dem Stuhl saß Tully Antrim in einem blauen Overall, mit einem ausweichenden Blick und einer Zigarette in einer Hand. Die andere hatte er auf den Tisch gelegt, grobknochig, verkrampft, mit derben Fingerkuppen und schmutzigen Nägeln. Rechts oben im Bild sah man einen dunklen, unscharfen Schatten, offensichtlich den eines Kopfes.

Antrim zog an seiner Zigarette und atmete den Rauch ein. Blau quoll er wieder aus den Nasenlöchern heraus. Dann wischte er sich etwas aus dem Auge, hustete und streckte sich.

»Also gut, Tully«, sagte der Schatten, der mit Milos Stimme sprach. »Gehen wir die Sache noch mal durch. Wer war der erste?«

»Dieser hier.«

»Dies ist Darrel Gonzales.«

»Ist mir egal.«

»Kennst du seinen Namen nicht?«

»Nee.«

»Was ist mit Little D und Tinkerbell?«

Antrim hielt im Rauchen inne und schüttelte den Kopf:

»Nie gehört.«

»Wo bist du ihm begegnet?«

»In Boystown.«

»Wo in Boystown?«

Antrim zeigte die Zähne, offensichtlich amüsiert.

»Ich glaube, es war in der Nähe von Larabee. Gleich hinter Santa Monica. Hab ich das bcim erstenmal auch gesagt?«

»Erzähl mir, wie du ihn entführt hast.«

Antrim gähnte.

»Schon wieder?«

»Ja.«

»Also gut. Wir fuhren durch Boystown und suchten nach einem, den wir mitnehmen könnten. Irgendeinen Ausgeflippten, einen Strichjungen, der leicht in den Wagen zu kriegen war. Also fanden wir den, einigten uns über den Preis, dann stieg er ein.«

»Was passierte danach?«

»Wir fuhren durch die Gegend, verpaßten ihm Betäubungsmittel, machten ein bißchen mit ihm rum und luden ihn in den Kofferraum.«

»Du und Skull?«

Plötzlich wurde sein Blick wild. Er nahm die Zigarette aus dem Mund, drückte sie auf der Tischplatte aus, beugte sich vor und ballte die Hände zu Fäusten. Sein Unterkiefer schob sich drohend nach vorne.

»Ich habe Ihnen gesagt«, sagte er zwischen zusammengebissenen Zähnen, »daß ich es war. Sie ist nur gefahren, klar?«

Milo sagte: »Ja, ja.« Bevor er die nächste Frage stellte, ließ er Antrim erst zur Ruhe kommen.

»Wie hast du ihn getötet?«

Antrim nickte zum Zeichen, daß er mit der Frage zufrieden war.

»Erst habe ich ein bißchen geschnibbelt«, sagte er munter. »Dann nahm ich das Seidentuch, damit er erstickt, dann habe ich noch mal ein bißchen was mit dem Messer gemacht – das war mein Auftrag. Es sollte so aussehen, als ob es ein Verrückter getan hätte. Danach warf ihn ihn raus.«

»Wo?«

»Irgendwo in einem Hinterhof von Santa Monica, bei Citrus, glaube ich.«

»Warum gerade dort?«

»Weil ich es sollte. Zwischen zwei ganz bestimmten Straßen.«

»Welchen?«

»La Brea und Highland.«

»Das war der Bereich, in dem du die Leiche abwerfen solltest?«

»Genau.«

»Galt der für alle Leichen?«

»Ja. Nur einmal hatten wir andere Anweisungen.«

Milo holte eine Karte raus, entfaltete sie und zeigte darauf.

»An diesen Stellen haben wir die Leichen gefunden, Tully. Die Nummern entsprechen der Abfolge der Morde, eins für den ersten, zwei für den zweiten und so weiter. Du hast im Osten angefangen und bist immer weiter nach Westen gegangen.«

Antrim nickte.

»Wieso?«

»Ich sollte es so machen.«

»Hast du eine Ahnung warum?«

»Nee.«

Milo legte die Karte weg und sagte:

»Was ist mit dem Blut?«

»Wie mit dem Blut?«

»Das Blut im Auto. Was hast du damit gemacht?«

»Wir hatten Planen, die verbrannten wir hinterher. Das Metall war nicht schwer sauberzukriegen.«

»Wer kam als zweiter dran?«

Antrim sah auf die Bilder, nahm zwei in die Hand.

»Einer von diesen hier. Sie sehen ziemlich gleich aus.«

»Sieh genau hin. Versuch dich zu erinnern.«

Antrim beugte sich darüber, kaute auf seinem Schnurrbart, fuhr sich mit der Zunge über die Lippen. Eine Haarsträhne fiel ihm in die Stirn. Dann ließ er ein Foto auf den Tisch fallen und hielt das andere hoch.

»Der hier ist es. Der größere.«

Milo sah auf das Bild.

»Dies ist Andrew Terrence Boyle.«

»Wenn Sie's sagen, wird es wohl stimmen.«

»Kannten Sie auch ihn nicht mit Namen?«

»Nein. Ich kannte den Namen von keinem, nur den des Niggers.«

»Rayford Bunker.«

»Nicht den richtigen Namen, er wurde Quarterflash genannt.«

»Woher weißt du das?«

Antrim lächelte.

»Er gab an wie verrückt, prahlte rum, klapperte mit den Wimpern und sang: ›Ich heiße Quarterflash, ich bin ganz heiß, ich lutsch an deinem Schwanz, daß dir Hören und Sehen vergeht.‹ Irgend so was.«

Antrim schaute verächtlich, nahm einen Zug aus seiner Zigarette. »Kleiner dummer Negerschwanz. An ihm habe ich mehr geschnibbelt als an den anderen, bevor ich ihn erwürgte. Dem hab ich's gezeigt, Sie wissen schon.«

Man hörte ein kratzendes Geräusch und sah, wie Milos Arm sich bewegte. Als er fertig geschrieben hatte, fragte er:

»Wer war der dritte?«

Antrim sah die Fotos durch.

»Der hier. Er hatte Sommersprossen, war noch ein richtiges Kind.«

»Rolf Pieper, er war sechzehn Jahre alt.«

»Kann sein«, antwortete Antrim.

So ging es immer weiter. Milo stellte Fragen, Antrim berichtete ohne Umschweife über Einzelheiten seiner Morde. Dann fragte Milo nach Datum, Zeitpunkt, Waffen und den Kleidern der Opfer.

»Hat sich einer von ihnen gewehrt, Tully?«

»Nein.«

»Überhaupt niemand, nicht der kleinste Versuch?«

»Zwei wollten mit mir handeln.«

»Mit was?«
»Speed, Hasch, Wein. Irgendwas.«
»Wer von ihnen trank Wein?«
»Weiß ich nicht mehr.«
»Denk mal nach.«
Eine Minute verging, in der Antrim sich mit dem Ärmel die Nase abwischte.
»Also, ist dir was eingefallen?«
»Nichts.«
»Was hast du hinterher gemacht, Tully?«
»Hinterher? Aufgeräumt, habe ich doch schon erzählt.«
»Wo?«
»Bei unserer Hütte.«
»Was für einer Hütte?«
»Sie kennen die doch, Sie waren doch selber da.«
»Sag es mir trotzdem.«
»In Tujunga, bei La Tuna.«
»Wem gehört die Hütte?«
»Souza.«
Der Anwalt zuckte, als sein Name erwähnt wurde, aber er blieb ruhig sitzen und stützte sich mit den Händen am Tisch ab. Dwight wandte sich zu ihm und warf ihm wilde Blicke zu, aber Souza kümmerte sich nicht darum.
»Horace Souza, dem Anwalt?« fragte Milo.
»Genau.«
»Hatte Horace Souza sie dir vermietet?«
»Nein, wir lebten dort umsonst.«
»Wie kam es dazu?«
»Das gehörte zu den Abmachungen. Wissen Sie das nicht mehr?« Antrim fuhr sich mit der Zunge über die Lippen und sah sich gelangweilt im Raum um.

»Hast du Durst, Tully?«

»Mein Mund ist ganz trocken von dem vielen Quatschen.«

»Wie wär's mit einem Kaffee?«

»Kann ich 'ne Suppe haben?«

»Ich kann eine im Automaten ziehen.«

»Was für eine?«

»Ich glaube, Hühnersuppe.«

Antrim dachte eine Weile nach.

»Gibt es keine Gemüsesuppe?«

»Ich sehe nach. Kommt auch Hühnersuppe in Frage?«

Antrim wägte sorgfältig die Möglichkeiten ab.

»Dann nehme ich lieber nur ein Glas Wasser.«

Milo verschwand aus dem Bild. Antrim nutzte den Augenblick, um sich zurückzulehnen, die Augen zu schließen und ein wenig zu dösen. Dann kam Milo zurück und reichte ihm einen Pappbecher.

»Suppe gab es nicht, Tully. Hier ist dein Wasser.«

»Toll«, sagte Antrim und leerte den Becher mit lauten Schlucken. Dann atmete er zufrieden aus und stellte den Becher ab.

»Noch mehr?«

»Nein.«

»Also, machen wir weiter. Du sagtest, wenn du die Leichen herausgeworfen hattest, habt ihr aufgeräumt, Skull und du. Wie habt ihr das gemacht?«

»Wir haben geputzt und alles Brennbare verbrannt.«

»Wo habt ihr die Sachen verbrannt?«

»Auf dem Grill bei der Hütte, den hab ich Ihnen doch gezeigt.«

»Was habt ihr danach gemacht?«

Antrim sah Milo erstaunt an.

»Warum bist du so überrascht, Tully?«

»Nichts. Ich kann mich nur schwer erinnern.«

»Warum?«

»Wir haben danach nichts Besonderes gemacht. Manchmal haben wir gegessen, manchmal gefeiert. Je nachdem.«

»Ihr habt also gegessen und gefeiert, nachdem ihr die Leichen rausgeworfen hattet.«

»Ja. Einmal, nach dem Neger, sind wir in der Stadt ins Kino gegangen.«

»In welches Kino?«

»Es war in einer Nebenstraße der Spring Avenue, bei der Fünften Straße.«

»Seid ihr mit dem Lieferwagen hingefahren?«

»Nein, mit dem Motorrad.«

»Mit deiner Harley?«

»Ja.«

»Welchen Film habt ihr gesehen?«

»Irgendwas mit Sex.«

»Okay«, sagte Milo. »Willst du mir noch irgendwas von dir aus über die Morde erzählen?«

Antrim sah nachdenklich aus.

»Nur, daß das nichts Persönliches war.«

»Was willst du damit sagen?«

»Wir kannten diese schwulen Typen nicht. Wir haben nur unseren Job gemacht.«

»Genau nach Anweisung?«

»Ja.«

Der Monitor wurde dunkel, wieder folgte eine Reihe von Zahlen. Dann wieder der Raum, diesmal mit Cash und Whitehead. Sie standen an den Seiten und schrieben mit.

»Heute ist Donnerstag, der zehnte Dezember 1988. Viertes Verhör von William Tul Bonney, auch bekannt als William Antrim. Es geht um seine Beteiligung an mehreren Morden, deren Einzelheiten auf den vorherigen Bändern festgehalten sind. Dieses Verhör findet im Parker Center statt. Mr. Bonney ist über seine Rechte belehrt worden und hat bestätigt, daß er alles zur Kenntnis genommen hat. Wiederholt haben wir ihn darauf hingewiesen, daß er Anspruch auf einen Anwalt hat, aber er hat jedesmal abgelehnt. Er wurde psychiatrisch untersucht und ist voll zurechnungsfähig. Er hat schriftlich seine Einwilligung gegeben, daß die Verhöre aufgezeichnet werden. Haben Sie noch etwas zu bemerken, Mr. Bonney?«

»Sie haben schon alles selber gesagt.«

»Wollen Sie immer noch keinen Anwalt?«

»Auf keinen Fall. Ein Anwalt hat mich hierhergebracht, das reicht.«

»Mr. Antrim, bitte informieren Sie uns, sobald Sie Ihre Meinung ändern, und wir bestellen einen Anwalt.«

»Nein, genug davon.«

Milo fuhr fort:

»Es sind beim Verhör anwesend Calvin W. Whitehead von der Bezirkspolizei Los Angeles und Detective Sergeant Richard A. Cash vom Beverly Hills Police Department.« Als sein Name fiel, hob Cash zwei Finger, berührte damit seine Stirn und grüßte kurz.

»Ich selbst bin Detective Sergeant Milo B. Sturgis vom Los Angeles Police Department, Abteilung West Los Angeles.«

Antrim war diesmal lebhafter als beim vorherigen Verhör. Er bewegte sich viel und stellte sich ein wenig zur Schau. Er zündete eine Zigarette an und fuhr sich durchs Haar. Dann lächelte er in die Kamera.

»Also, Tully«, sagte Milo, »Sie haben uns bisher berichtet, wie und wann Sie Darrel Gonzales, Matthew Alan Higbie, Rolf Pieper, John Henry Spinola, Andrew Terrence Boyle und Rayford Antoine Bunker getötet haben.«

»Ja, die waren es.«

»Wir wollen heute besonders über zwei Morde sprechen, die an Richard Emmet Ford und Ivar Digby Chancellor.«

»Gut«, sagte Antrim, »was wollen Sie wissen?«

»Alles«, sagte Whitehead brummig.

Antrim blickte zu ihm hinüber, sah Milo an, als wolle er sagen, was hat der denn? Dann steckte er sich eine Zigarette zwischen die Lippen. Milo zündete sie für ihn an und sagte:

»Fang ganz vorne an.«

»Was heißt hier vorne, es fing ja nicht nur einmal an?«

»Was willst du damit sagen?«

»Der Job begann, als wir den Jungen aus dem Krankenhaus rausholten. Die Schnibbelei begann ...«

»Welchen Jungen meinst du?«

»Den Cadmus, der in der Klapsmühle war.«

»James Cadmus.«

»Ja, den.«

»Also fangen wir bei ihm an.«

»Ja, ich fuhr also raus zum Krankenhaus ...«

»Wann?« fragte Whitehead.

»Ich weiß nicht, wann das war, vor ungefähr vier oder fünf Wochen.«

»Was für ein Wochentag war es?« fragte Cash.

»Donnerstag.«

»Woher weißt du das so genau?« fragte Whitehead.

»Es passierte immer donnerstags.«

»Warum?«

»So war es ausgemacht. Donnerstags sollten wir losfahren und einen Schwulen aufgabeln.«

»Hast du nie gefragt warum?« fragte Whitehead.

Antrim schüttelte den Kopf.

»Warum nicht?« wollte Whitehead wissen.

Antrim kniff die Augen zusammen und grinste.

»Es war mein Job, und den machte ich auch.«

Whitehead machte ein Gesicht, als hätte er saure Milch getrunken. Er kreuzte die Arme über der Brust, sah auf Antrim herunter und schnaubte verächtlich.

»Was ist denn los?« fragte Antrim und machte ein beleidigtes Gesicht. »Ich habe Ihnen alles erzählt, und immer noch geben Sie keine Ruhe.«

Whitehead beugte sich zu ihm.

»Tully, du Scheißkerl, ich laß mich nicht von dir verarschen.«

Antrims Unterkiefer schob sich nach vorne. Eine Hand ballte sich zur Faust. Er legte die andere darüber und preßte sie, als bändige er ein wildes Tier. Sein Gesicht wurde starr, seine Augen blitzten.

»Los«, sagte Whitehead und schubste ihn am Kopf. »Ich will weiterkommen.«

Cash und Milo starrten Whitehead an.

»Abschaum«, sagte der.

Antrim spuckte auf den Boden und drehte den drei Polizisten den Rücken zu.

»Ich will in meine Zelle«, sagte er.

Niemand reagierte.

»Komm, Tully, laß gut sein«, sagte schließlich Milo.

»Verdammt, ich will weg hier, ich sage kein Wort mehr.«

»Habe ich dich vielleicht verletzt?« fragte Whitehead spöttisch.

Der Monitor wurde für ein paar Sekunden dunkel. Dann wurde er wieder hell, und man sah Antrim allein mit Milo. Der Gefangene saß am Tisch und löffelte etwas aus einer Schale. Er schlürfte, wischte sich den Mund ab und legte den Löffel hin. Der Aschenbecher quoll von Kippen über. Daneben stand eine Dose Pepsi.

Milo wiederholte seine Vorrede, ließ Antrim wieder erklären, daß er keinen Anwalt wolle und fragte dann:

»Können wir anfangen, Tully?«

»Gut. Aber wenn dieser Sack wieder reinkommt, höre ich sofort auf zu quatschen.«

»Gut, Tully, nur du und ich reden. Klar?«

»Dieser arrogante Arsch, dem müßte man mal gewaltig in die Fresse hauen.«

»Noch ein bißchen Suppe?«

»Nein, danke. Fragen Sie schon.«

»Wir sprachen über die Morde an Richard Emmet Ford und Ivar Digby Chancellor. Du hast erzählt, daß du ins Krankenhaus gefahren bist und James Cadmus dort rausgeholt hast. Welchc Klinik war das?«

»Die Klapsmühle in Agoura.«

»Wie war der Name?«

»*Cañon Oaks*.«

»Weiter.«

»Ich fuhr so um zwei dorthin.«

»Nachmittags oder nachts?«

»Nachts. Es war schon spät. Auf der Autobahn war ein Stau, irgendein Unfall. Ich hörte im Autoradio davon, deshalb fuhr ich in Canoga Park ab und nahm kleinere Straßen. Ich habe länger nach einem guten

Parkplatz gesucht, aber schließlich hatte ich einen. Ich wartete dort. Skull sollte dem Jungen ein Beruhigungsmittel geben, das ihn betäubte, aber nur so, daß er noch gehen konnte. Nur so konnte sie unauffällig mit ihm raus und ihn zum Wagen begleiten. Als sie in sein Zimmer kam, sah er aus, als würde er schlafen. Bevor sie ihm die Spritze gab, nahm sie seine Fesseln ab. Aber als sie ihn piekte, begann er zu toben, riß die Nadel raus, verprügelte sie, bis sie ohnmächtig wurde. Nur für einen kleinen Moment, aber der genügte schon, um abzuhauen. Als sie aufwachte, war er weg. Sie suchte ihn und fand ihn schließlich in einem Konferenzraum. Er war am Telefon und redete mit dem Seelenklempner.«

»Was für ein Seelenklempner?«

»Delaware.«

»Woher weißt du, daß es Delaware war?«

»Sie hörte, wie er ihn beim Namen nannte. Er versuchte, ihn zur Hilfe zu holen. Sie stellte sich hinter ihn, packte ihn am Arm und gab ihm schnell die Spritze. Wahrscheinlich war zu viel Zeug drin, denn sie mußte ihn tragen. Als ich sie kommen sah, sprang ich aus dem Wagen, und warf ihn mir über die Schulter. Es war richtig schwer; er war eigentlich dünn und leicht, aber er hing wie ein Sack an mir runter. Es dauerte eine Weile, bis ich ihn im Wagen und richtig gefesselt und geknebelt hatte. Dann fuhr ich schnellstens weg.«

»Zusammen mit Skull?«

»Nein, ohne sie. Wir trafen uns erst später, in der Nähe von Chancellors Villa.«

»Wann?«

»Wann wir uns trafen?«

»Wann du von *Cañon Oaks* weggefahren bist.«

»Ungefähr um halb vier.«

»Und wann hast du Skull getroffen?«

»Ungefähr um halb fünf.«

»Wie war es möglich, daß Skull ihn unbemerkt aus der Klinik schleppte?«

»Es war keiner da. Die diensthabende Ziege hatte Geld gekriegt, damit alles klappt. Zehn Tausender, zweimal fünftausend. Ich weiß es, weil ich das Geld in ihre Wohnung brachte.«

»Wer ist diese Frau?«

»Die Vann, eine echte Hure. Sie behandelte Skull wie den letzten Dreck.« Er schloß einen Moment die Augen und sagte dann verträumt: »Wir hatten was Schönes mit ihr vor.«

»Wo bist du hingefahren, nachdem du das Klinikgelände verlassen hattest?«

»Zurück nach Los Angeles.«

»Wohin genau?«

»Nach Boystown.«

»Welchen Weg bist du da gefahren?«

»Auf der Autobahn war immer noch Stau, deshalb fuhr ich über kleinere Straßen bis Reseda, dann ein Stück zurück und fuhr in Laurel raus. Ich fuhr nach Santa Monica und bog nach links ab.«

»Richtung Osten?«

»Ja.«

»Weiter.«

»Ich fuhr durch Santa Monica und sammelte den Strichjungen, den Ford, ein.«

»Wo hattest du den her?«

»Er stand an einer Straßenecke bei der Western Avenue.«

»Was hast du mit ihm gemacht?«

»Dasselbe wie mit den anderen. Ich habe ihm Geld

angeboten, dann stieg er ein. Ich gab ihm die Spritze und würgte ihn.«

»War er gleich tot?«

»Nein, nur ohnmächtig. Dann knebelte und fesselte ich ihn und legte ihn neben Cadmus.« Antrim brach in Lachen aus.

»Was ist komisch daran?« fragte Milo.

»Ich bin mal für eine Metzgerei gefahren, Fleischtransporte. Lauter Schweine. Das war irgendwie ähnlich.«

»Wohin bist du gefahren, nachdem du Ford gefesselt hattest? Erinnerst du dich an die Strecke?«

»Von Santa Monica nach Sunset, von Westen nach Beverly Hills bis zum Hotel, dann nach Norden und den Berg hoch. Riesiges weißes Haus hinter Mauern.«

»Wo war Skull?«

»Die habe ich in der Nähe der Doheny Street aufgegabelt.«

»Was habt ihr gemacht, als ihr oben ankamt?«

»Alles war zu, elektrisch gesichert. Wir hatten schon einen Plan, wie wir reinkommen konnten – so war es ausgemacht. Wir klingelten viele Male, bis Chancellor endlich reagierte. Er schien geschlafen zu haben. ›Was ist denn los?‹ fragte er, und Skull antwortete mit einer Kinderstimme ...«

»Kinderstimme?«

»Sie kann alles und jeden nachmachen: Bugs Bunny, Elvis, Sie sollten das mal hören! Es klang wie die Stimme eines Mädchens von sechzehn.«

»Ich werde es bestimmt noch mitkriegen. Was hat sie zu Chancellor gesagt?«

»Sie sagte ihm, daß sie eine Freundin von Jamey wäre, daß sie einen Unfall gehabt hätten, daß sie mit ihm da wäre, schwerverletzt. Man konnte richtig hören, wie er sich aufregte und keuchte. Er sagte, daß er sofort käme. Wir zogen Cadmus aus dem Wagen und legten ihn vor das Gitter. Skull fuhr mit dem Wagen weg, fuhr kreuz und quer, weil man nachts nicht in Beverly Hills parken kann, ohne daß man auffällt. Es dauerte ein paar Minuten, dann kam Chancellor. Das Tor ging auf und da stand er mit seinem schwulen Morgenrock. Als er Cadmus sah, schrie er auf. Ich sprang auf ihn zu, schlug ihn und würgte ihn mit einem Tuch genau wie Ford. Dann kam Skull mit dem Wagen zurück, und ich tat Chancellor und Cadmus rein. Ich fesselte Chancellor und fuhr durchs Tor. Ich schloß es wieder und brachte sie alle ins Haus. Er war besonders schwer.«

Antrim reckte sich, nahm eine Zigarette, zündete sie an. Er sah zufrieden aus, ganz, als hätte er die Zigarette redlich verdient. Da er offenbar mehr nicht sagen wollte, fragte Milo:

»Was hast du gemacht, als ihr am Haus angekommen wart?«

»Ich schleppte sie alle rein.«

Er blies blaue Rauchkringel in die Luft.

»Und dann?«

»Ich gab Cadmus Drogen, erwürgte Ford und Chancellor mit den Tüchern, schnitt sie auf und hängte Chancellor an der Decke auf.«

»Warum hast du ihn denn aufgehängt?«

»Ich hatte den Auftrag, sollte ihn mit dem Seil aus dem Swimmingpool festbinden. Das war ganz schön hart, der war ein großer Kerl.«

»Was war mit der Stellung seiner Hände?«

»Mit was?«

»Die Art, wie du ihm die Hände zurechtgelegt

hast, nachdem er hing. Gehörte das auch zum Auftrag?«

»Ach das, ja klar. Ich sollte ihn aufhängen und die Hände an seinen Schwanz legen.«

»Weißt du, was der Grund dafür war?«

»Nein, vielleicht sollte es nur ein Witz sein«, sagte Antrim.

»Wer hatte diese Idee?«

»Souza. Dabei war er eigentlich kein Mann, der Witze macht.«

Milo stellte den Monitor aus und blickte um den Tisch herum. Dwight war kalkweiß im Gesicht. Heather hielt immer noch ihr Taschentuch über den Mund. Souza saß stumm und scheinbar ungerührt da.

»Haben Sie etwas dazu zu sagen?« fragte ihn Milo.

»Nicht das Geringste«, antwortete er.

»Horace«, sagte Dwigth mit zitternder Stimme, »ist, was er sagt ...«

»Es ist blanker Unsinn«, sagte Souza scharf. »Tully war immer unzuverlässig und labil, er erzählte die verrücktesten Lügen. Ich wußte es von Anfang an, aber ich habe ihn aus Mitleid eingestellt und um ihn bei der Stange zu halten. Jedenfalls bis jetzt.«

Dwight sah Milo an.

»Er ist äußerst glaubwürdig«, sagte er. »Er weiß Dinge, die nur ein Täter und Augenzeuge wissen kann. Es gibt genügend Beweise, die seine Aussagen belegen, und Marthe Brown hat alles bestätigt, unabhängig von ihm.«

»Dwight«, sagte Souza fest, »das ist absurd. Eine Komödie, deren Hintergründe ich aufklären werde. Bis dahin rate ich dir als dein Freund und dein Anwalt, kein weiteres Wort zu sagen.«

»Er kann Sie in dieser Angelegenheit nicht vertreten«, sagte Milo, »weil er zu den Verdächtigen gehört.«

»Und ein besonders guter Freund ist er wohl auch nicht«, fügte Cash hinzu.

Heather ließ ihr Tuch fallen und berührte den Arm ihres Mannes mit zwei Fingern.

»Liebling«, sagte sie, »hör auf Horace.«

»Liebling«, ahmte Cash sie nach, »daß ich nicht lache!«

»Ich wünsche nicht, daß Sie so mit meiner Frau sprechen«, sagte Dwight.

Cash warf ihm einen verächtlichen Blick zu, wandte sich an Milo und sagte:

»Reiches Pack! Sitzt bis zum Hals in der Scheiße und glaubt, es badet in Eselsmilch!«

»Horace, was zum Teufel geht hier vor?« fragte Dwight.

»Das werde ich Ihnen sagen«, sagte Milo, stand auf, nahm seine Aktentasche und ging ans andere Tischende.

»Auf den ersten Blick scheint es verwirrend, aber wenn man der Sache auf den Grund geht, findet man heraus, daß es nichts ist, als ein kleiner, schmutziger Familienstreit. Stoff für eine Seifenoper. Dr. Delaware könnte Sie über die psychologischen Hintergründe aufklären, ich halte mich an die Fakten.«

Er öffnete die Aktentasche, holte einen Stoß Papiere heraus und breitete sie auf dem Tisch aus.

»Ich habe Ihren Vater nicht kennengelernt«, sagte er zu Dwight gewandt, »aber nach dem, was ich erfahren habe, war er jemand, der Klarheit in seinen Angelegenheiten haben wollte. Ich denke zum Beispiel an sein Testament. Ein Riesenvermögen an Landbesitz, und man könnte meinen, daß das eine

Menge Komplikationen mit sich bringt. Aber nein, es war ganz einfach. Er hatte zwei Söhne, und er verteilte alles unter sie, beinah zu gleichen Teilen. Beinahe. Einundfünfzig Prozent bekam Ihr Bruder und neunundvierzig Sie.« Er schwieg einen Augenblick. »Muß auf Sie ganz schön unfair gewirkt haben, vor allem, wo Sie doch der brave, angepaßte Junge waren und ihr Bruder so ein Versager.«

»Vater hätte möglicherweise sein Testament zu meinen Gunsten geändert«, sagte Dwight nachdenklich, »wenn er nur lange genug gelebt hätte.«

»Ach was«, sagte Souza.

Milo lächelte. »Wenn Sie das glauben wollen, bitte sehr«, sagte er.

Heathers Gesicht war verärgert und angespannt. Sie verkrallte sich in den Ärmel ihres Mannes und sagte:

»Liebling, antworte ihm doch nicht. Laß dich doch nicht von ihm täuschen.«

»Oh, er hat sich schon sehr oft täuschen lassen«, sagte Milo, »aber nicht von mir.«

Sie ließ den Ärmel los und sagte nichts darauf. Daraufhin hob Dwight den Kopf und sah seine Frau fragend an.

»Ich möchte wissen, wovon hier die Rede ist«, sagte er mit schwacher Stimme.

Heather mied seinen Blick und wandte sich ab. Sie faßte in ihre Abendtasche und begann, darin nach etwas zu suchen.

»Es hat wenig Sinn, darüber zu spekulieren, was vielleicht geschehen wäre. Ihr Vater hat nicht lange genug gelebt, um sein Testament zu ändern, und Peter bekam den Löwenanteil. Das hätte für Sie zur Katastrophe werden können, auch wenn Sie und Ihr ehrenwerter Freund Horace sich noch so viel Mühe gaben. Peter hätte, wenn er gewollt hätte, die Firma an einen Fremden verkaufen, sie zugrunde richten können oder anderes mehr. Zu Ihrem Glück war er höflich genug, frühzeitig aus dem Leben zu scheiden.«

Dwight wies mit dem Finger auf Milo und sagte: »Wenn Sie behaupten wollen, daß ich den Tod meines Bruder als Glück betrachtet habe, dann sind Sie ein verdammter ...«

»Regen Sie sich doch nicht so auf, ich behaupte doch gar nichts, Sie allein wissen, wie Sie damals empfanden. Ich beschäftige mich nur mit bewiesenen Tatsachen.«

Er nahm ein paar Seiten Papier zur Hand.

»Da wäre zum Beispiel Peters Testament. Ebenso klar und prägnant wie das Ihres Vaters. Er vermachte sein gesamtes Vermögen seinem Sohn James. Was mich erstaunt hat, ist, daß alle Familienangelegenheiten der Cadmus' anwaltlich von Souza betreut worden sind. Dies Dokument nicht. Der Anwalt, den Peter wählte, hieß Seymour Chereskin.«

»Einer von seinen Hippie-Freunden«, sagte Dwight. »Lange Haare, Bart, Lederweste und bunte Ketten um den Hals.«

»Er ist inzwischen Rechtsprofessor in Berkeley. Und er erinnert sich noch genau daran, daß er das Testament entwarf. Und auch an den Druck, den Souza auf ihn ausübte, um ihn daran zu hindern. Auch an fünftausend Dollar, die er dafür erhalten sollte.«

Dwight sah Souza an.

»Es war wichtig für unsere Firma, daß ich das Testament verfasse«, sagte der Anwalt. »Peters Anteile waren verwoben mit deinem Besitz, Dwight. Ich wollte, daß alles in einer Hand bleibt, um eine Katastrophe zu verhindern. Chereskin sah aus wie Charles Manson. Ihm war alles zuzutrauen.«

»Er hat in Harvard promoviert«, sagte Milo.

»Das bedeutete damals nicht viel, Sergeant. Ich hatte Angst, daß er Hippy-Akrobatik betreibt.«

»Er redet sehr anders darüber. Er sagte, daß er genau wußte, was er zu tun hatte, daß er Ihnen zur Kenntnis gab, was er vorhatte und Ihnen sogar eine Kopie zusandte. Trotzdem übten Sie weiter Druck auf ihn aus. Sie flogen zu ihm hin, und er hatte das Gefühl, daß Sie ihn kontrollieren und bevormunden wollten.«

»Das ist doch lächerlich! Peter war jahrelang von irgendwelchen schrägen Typen beeinflußt worden, und ich wollte ihn nur davor bewahren.«

»Das ist sehr nobel von Ihnen«, gab Milo zurück. »Mein Rechtsberater hat das Dokument geprüft und festgestellt, daß Chereskin sehr gründliche und umsichtige Arbeit geleistet hat.«

»Er hat sich bemüht, sagen wir so«, entgegnete Souza.

»Es war alles sehr klar. Onkel Dwight wurde als Jameys Vormund damit betraut, das gesamte Vermögen zu verwalten. Die ersten Zahlungen sollten Jamey mit achtzehn Jahren und in der Folge bis zu seinem fünfunddreißigsten Lebensjahr überwiesen werden. Danach sollte sein Eigentum ganz an ihn übergehen. Die Vorsichtsmaßnahmen im Fall von Verschwendungssucht des Erben oder bei Krankheit entsprachen dem üblichen Standard. Chereskin schlug deswegen Sie als Vermögensverwalter vor, weil Ihre eigenen Anteile zur selben Firma gehörten. Also war Ihre Angst doch ganz unbegründet, oder? Es sei denn, Sie hätten was anderes im Sinn gehabt.«

»Und das wäre?«

»Das können Sie mir besser erzählen.«

»Sergeant«, sagte Souza, »Sie sind hier einfach eingedrungen und haben uns den Abend zerstört mit der fadenscheinigen Begründung, uns Fakten zu präsentieren. Alles, was wir bisher zu hören bekamen, waren nichts als bösartige Unterstellungen und üble Verleumdungen.«

»Oh, das tut mir aber leid«, sagte Milo.

»Mir auch«, sagte Cash.

Souza lehnte sich zurück, bemühte sich, gelassen zu bleiben, was ihm auch gelang. Das Licht im Zimmer warf weiße Streifen auf seine rosa Glatze.

»Machen wir weiter«, sagte Milo. »Nach Peters Tod wurde sein Testament eröffnet. Sie erfuhren, daß nun ein kleiner Junge die Mehrheit der *Cadmus Construction* geerbt hatte. Was empfanden Sie dabei, Mr. Cadmus?«

»Ich fand es wunderbar. Wir sind schließlich ein Familienunternehmen«, sagte Dwight.

»Das kann ich verstehen«, antwortete Milo. »Ich frage mich jedoch, ob Ihnen die Tatsache, daß Sie sich jahrelang für die Firma abmühten und jetzt wieder nur die zweite Geige spielen durften, Ihnen nicht einen Stich versetzt hat. Es konnte doch passieren, daß Jamey eines Tages die Macht übernahm?«

Dwight zuckte die Achseln.

»Erstens war er noch sehr jung, und ich stellte mir vor, daß ich den Graben zwischen uns überwinden und mit ihm schon einig werden würde.«

»Wie reizend von ihm, daß er den Graben überwand, indem er verrückt wurde. So lösten sich die Probleme von selbst.«

»Was wollen Sie damit sagen?«

»Ich spreche von der Klausel über Krankheit des Erben«, sagte Milo, »im Fall psychischer Krankheit gehen dessen Anteile an den Vormund zurück. Vor einem Monat haben Sie und Souza sie in Kraft treten lassen. Und damit haben Sie hundertprozentige Kontrolle über das Vermögen der Familie.«

»Ich habe nichts Derartiges getan.«

»Sind Sie da sicher?«

»Natürlich bin ich das.«

Milo zog ein weiteres Papier aus seiner Aktentasche.

»Hier, sehen Sie sich das an.«

Er reichte es Dwight, der mit weit aufgerissenen Augen las.

»Ich habe dieses Dokument noch nie gesehen«, sagte er.

»Aber es trägt Ihre Unterschrift, vom Notar beglaubigt.«

»Ich versichere, daß ich dies nie unterzeichnet habe.«

Milo lehnte sich zurück und sah Dwight herausfordernd an.

Dwight starrte auf das Blatt, als hoffe er, eine Erklärung zu finden. Dann legte er es auf den Tisch, schüttelte den Kopf und sah sich fragend im Raum um.

»Ich habe es unterschrieben«, sagte Heather mit sanfter Stimme.

»Wie bitte?«

»Ich wollte dir Ärger ersparen, Liebling. Es war ja nur eine Frage der Zeit, und dann hättest du es tun müssen.«

»Und du hast es getan, ohne mich zu fragen?«

»Ich dachte, es würde zu schwer für dich sein. Ich wollte dir Kummer ersparen.«

Dwight schüttelte ungläubig den Kopf.

»Und woher hast du die notarielle Beglaubigung?«

Sie biß sich auf die Lippen.

»Unser lieber Freund Horace war so nett, einen seiner Leute zu bitten«, sagte Milo. »Zu Ihrem Besten, selbstverständlich.«

Dwight blitzte Souza an, dann warf er seiner Frau einen Blick zu, als sähe er sie zum erstenmal.

»Was geht hier vor, Heather?«

»Nichts, mein Liebling«, sagte sie angespannt. »Bitte beantworte ihm keine Fragen mehr. Merkst du denn nicht, was er mit dir machen will?«

»Eine hübsche Überraschung, finden Sie nicht?« sagte Milo. »Aber warten Sie nur, ich habe noch mehr davon.«

»Heraus damit, zum Teufel noch mal«, sagte Dwight.

»Ich nehme es Ihnen nicht übel, daß Sie verärgert sind«, sagte Milo. »Wenn ich an Ihrer Stelle wäre, ginge es mir genauso. Sie rackern sich ab, damit die Firma läuft, aber einundfünfzig Prozent des Gewinns bekommt ein Playboy von einem Bruder, der nie einen Finger gerührt hat. Dann stirbt er, und alles Geld geht an seinen Sohn über, den Sie auch noch gezwungen waren großzuziehen.«

»Ich war dazu nicht gezwungen. Er gehörte zur Familie, und ich tat es freiwillig.«

»Klingt schön«, sagte Milo. »Aber wie sah Ihre Frau das?«

Heather sah Milo haßerfüllt an.

»Im übrigen war es ja kein Zuckerschlecken mit dem Jungen«, fuhr Milo fort. »Er war intelligenter, als für ihn gut war, er hatte eine Lästerzunge, war unsozial – und was das schlimmste ist, er war auch noch schwul. Als er immer zu Chancellor ging, müssen Sie sich gefragt haben: Was habe ich nur falsch gemacht.«

»Na, da kennen Sie sich ja bestens aus, Sergeant«, sagte Souza bissig.

»Aber das«, fuhr Milo fort, »konnten Sie ja noch alles hinnehmen. Nur nicht, daß er sie finanziell ruinieren wollte.«

Dwights Gesichtsausdruck zeigte deutlich, daß er Milo verstand.

»Ich weiß wirklich nicht, wovon Sie reden«, sagte er.

»Natürlich wissen Sie das. Dieselbe alte Geschichte. Sie setzten alles auf eine Karte und hatten Pech. Das Projekt im Bitter Cañon war für Sie der Clou. Papi hatte Ihnen ein riesiges Landstück hinterlassen, auf dem noch nicht investiert worden war. Eine große Chance für Sie. Sie konnten das Land so billig an den Staat verkaufen, daß Sie auch noch den Bauauftrag bekamen und so einen dicken Gewinn erzielen. Es war ein Spiel, bei dem Sie sicher gewannen. Digby Chancellor fand das auch sehr verlokkend. Er kaufte eine Mehrheit der Aktien zum Nennwert und bereitete sich auf einen großen Profit vor. Was muß in ihm vorgegangen sein, als er erfuhr, daß er in Giftgas investiert hatte.«

»Nach allen Gutachten, die mir vorlagen, war das Land in Ordnung«, sagte Dwight. »Wie hätte ich es wissen sollen?«

»Hör auf zu schwätzen, Dwight! Du brauchst dich nicht zu rechtfertigen«, sagte Souza wütend.

»Nein, er konnte es nicht wissen«, sagte Milo in mitleidvollem Ton. »Wie ich schon sagte, es war einfach Pech. Und hätte Jamey nicht das alte Tagebuch seines Großvaters gefunden, hätte es überhaupt niemand erfahren. Aber er fand es nun mal und erzählte Chancellor davon. Und der begann, Druck auszuüben.«

Dwight lachte bitter.

»Ach daher wußte er es, aus einem Tagebuch, ich wußte gar nicht, daß der Alte eines geführt hatte.«

»Was gab Chancellor denn als Informationsquelle an?«

»Er ...«

»O mein Gott«, sagte Souza verächtlich.

Dwight sah den Anwalt herausfordernd an. Er spielte mit seinem Glas und sagte dann:

»Er sagte, er hätte es aus alten Unterlagen. Er wollte nichts Genaueres sagen, aber ich verdächtigte Jamey sofort, weil er ein verdammter Schnüffler ist, der sich immer in Dinge mischt, die ihn nichts angehen. Als ich Dig nach Beweisen fragte, gab er mir die Kopie einer von Daddy geschriebenen Seite: die Beschreibung der Gaslagerung. Er verlangte von mir, daß ich seine Aktien gegen Aufpreis zurückkaufe. Ich sagte ihm, er sei wohl wahnsinnig. Er drohte, an die Öffentlichkeit zu gehen, wenn ich mich weigerte, und versprach, die Firma völlig zu ruinieren. Ich lachte und sagte, das werde er nie tun, weil er sich ja gleich mit ruiniere. Aber er sagte, er werde mich wegen betrügerischer Bereicherung anklagen. Jamey werde als Nebenkläger auftreten, das Gericht die Firma auflösen und ihnen die Anteile zusprechen. Er sagte immer wir und uns, als ob sie verheiratet wären. Er war ein ruchloses, perverses Schwein.«

»Wer wußte noch von seiner Erpresserei?« fragte Milo.

Dwight sah Souza an.

»Horace. Ich bat ihn um Rat, sagte ihm, daß wir

noch nicht zu bauen begonnen hätten und uns noch aus der Sache rausziehen könnten.«

»Welchen Rat gab er Ihnen?«

»Er meinte, daß wir die Firma für immer schädigen würden, wenn wir die Sache aufgäben. Wir sollten so weiter machen, als ob nichts geschehen sei. Er würde schon einen Ausweg finden, aber ich sollte anfangen zu zahlen.«

»Und taten Sie es?«

»Ja.«

»Wie lange?«

»Über ein Jahr.«

»Wie häufig tätigten Sie die Zahlungen?«

»Nicht regelmäßig, nur wenn Dig anrief. Wir handelten dann immer eine bestimmte Summe aus.«

»Bargeld gegen Aktien?«

»Genau.«

»Wie wurde das Geld gezahlt?«

»Ich hatte einige Konten auf seiner Bank. Wir trafen uns in seinem Büro, ich unterschrieb einen Scheck, und er löste ihn ein.«

»Was geschah mit den Aktien?«

»Sie landeten in meinem Safe.«

»Das muß hart für Sie gewesen sein«, sagte Milo.

»Es wurde mit der Zeit immer schlimmer«, sagte Dwight. »Ich sollte mehr und mehr kaufen.«

»Wer außer Souza wußte davon?«

»Niemand.«

»Auch kein Firmenangehöriger?«

»Nein, es lief über mein Privatkonto.«

»Und Ihre Frau?«

»Auch sie wußte es nicht.«

»Wollen Sie sagen, daß Sie über so wichtige Dinge geschwiegen haben?«

»Ich kümmere mich allein um die Finanzen. Wir reden nie über Geschäftliches.«

»Wann beschlossen Sie, Chancellor aus dem Weg zu räumen?«

Dwight sprang auf. »Davon weiß ich nichts, zum Teufel noch mal!«

Er stützte sich am Tisch auf, kippte seinen Becher um. Dann stellte er sich gegen die Wand und sah nach rechts und links, als suche er einen Fluchtweg. Cash sah Milo fragend an, der aber schüttelte den Kopf. Der Detective aus Beverly Hills blieb unbeweglich stehen, richtete aber wachsame Blicke auf Dwight.

»Setzen Sie sich doch wieder«, sagte Milo.

»Ich habe nichts weiter getan, als einer Erpressung nachzugeben«, sagte Dwight. »Ich bin ausgebeutet worden. Ich habe mit nichts anderem zu tun.«

»Zwei Menschen drohen, Ihr Leben zu ruinieren. Plötzlich ist einer von ihnen tot, der zweite hinter Schloß und Riegel. Paßt doch prima.«

Dwight schwieg einen Moment. Dann lächelte er auf seltame Weise und sagte:

»Ich dachte damals, daß ich nun doch eine Glückssträhne erwischt hätte.«

Milo sah ihn an und zuckte die Achseln.

»Wenn Sie damit leben können, ich kann es.« Dann zog er einen Kassettenrecorder aus der Aktentasche und stellte ihn auf den Tisch. Erst hörte man ein Rauschen und dann das Klingeln eines Telefons. Nach dem dritten Läuten wurde der Hörer abgenommen.

»Hallo«, sagte eine bekannte Stimme.

»Hier ist Tully, Mr. Souza.«

»Hallo, Tully!«

»Ich rufe nur an, um Ihnen zu sagen, daß alles bestens geklappt hat.«

»Das freut mich zu hören.«

»Ja, es waren zwei Fliegen mit einer Klappe. Die Nutte, die Vann, lag gerade mit Mainwaring im Bett. Wir haben uns um beide gekümmert ...«

»Du brauchst nicht ins Detail zu gehen, Tully.«

»Schon klar, Mr. Souza, ich wollte nur, daß Sie erfahren, daß alles ganz sauber gelaufen ist. Ich hab's mit den Händen gemacht, ganz ohne Waffe.«

»Das reicht, Tully«, sagte Souza.

Schweigen.

»Danke für den Anruf, Tully, das hast du gut gemacht.«

»Soll ich sonst noch etwas tun, Mr. Souza?«

»Im Moment nicht. Nimm dir doch einfach ein paar Tage frei. Ruh dich ein bißchen aus.«

»Ich könnte wirklich etwas Ruhe brauchen, Mr. Souza, meine Knöchel sind ganz schön strapaziert.«

Breites Lachen.

»Das glaube ich dir, mein Junge.«

»Bis dann, Mr. Souza.«

»Auf Wiedersehen.«

Milo stellte das Gerät ab.

»Du elender Schweinehund!« rief Dwight und wollte auf Souza losgehen. Cash sprang auf, packte ihn am Arm und hielt ihn fest.

»Setzen Sie sich«, sagte er und schob ihn an das vordere Tischende, gleich neben den Monitor. Dann drückte er ihn kraftvoll in einen Sessel. Er selbst blieb stehen und beobachtete Dwight sorgfältig.

Dwight erhob eine Faust gegen Souza und schrie wieder: »Elender Schweinehund!«

Souza grinste ihn an.

»Haben Sie etwas dazu zu sagen?« fragte Milo den Anwalt.

Souza schüttelte den Kopf.

»Wünschen Sie die Anwesenheit eines Anwalts, bevor wir fortfahren?«

»Keineswegs. Einen Martini hätte ich gerne. Kann ich ihn mir holen?«

»Bitte sehr«, sagte Milo.

»Möchte sonst noch jemand einen Drink?« fragte Souza.

Als niemand antwortete, ging er zu der Bar, mischte sich Gin und Vermouth und gab eine Olive hinein, die er aus einem silbernen Gefäß genommen hatte. Dann setzte er sich wieder. Er nahm einen Schluck und fuhr sich mit der Zunge über die Lippen.

»Horace, du verfluchter, elender ...«, krächzte Dwight.

»Halt endlich den Mund«, sagte Souza, »du fängst an, mir auf die Nerven zu gehen.«

»Der Grund, weshalb das alles passierte, ist ziemlich banal«, sagte Milo. »Geld, Macht, das Übliche. Interessant ist, wie es geschah. Wir haben da etwas Bedeutsames gefunden: Mrs. Cadmus' spezielles Wissen über Drogen.«

Dwights Gesicht überlief ein Schauer. Er starrte seine Frau an, hoffte, daß sie widersprechen würde. Statt dessen warf sie ihm nur einen kalten, verächtlichen Blick zu.

»Wann ist Ihnen diese Idee gekommen?« fragte Milo Heather. Sie reagierte nicht, und er fuhr fort: »Meiner Meinung nach müssen Sie Jamey schon seit langer Zeit hassen. Und Sie hatten öfter daran gedacht, daß Sie ihn gerne loswürden. Als Ihnen Souza dann von Chancellors Erpresserei erzählte, beschlossen Sie beide, daß jetzt die Zeit reif sei.«

Heathers Mund begann zu zittern, und es sah so

aus, als ob sie reden wollte. Aber Souza räusperte sich laut, und sie wandte sich zu ihm um. Sie tauschten einen Blick aus, der Heathers Widerstand bestärkte. Ihre Augen verengten sich, blickten abweisend und wurden tiefschwarz wie eine Sturmwolke. Sie setzte sich aufrecht und sah durch Milo hindurch, so als existiere er nicht. All dies dauerte nur ein paar Sekunden, aber es war Dwight nicht entgangen. Er stieß einen tiefen Seufzer aus und sackte in sich zusammen.

»Jetzt zu euch zwei Vögeln«, sagte Milo. »Natürlich habt ihr auch erwogen, gleich beide zu töten, aber das habt ihr lieber gelassen, es wäre vielleicht ein bißchen zu auffällig gewesen und hätte die Polizei veranlassen können, ihre Nase in die Vermögensangelegenheiten der Familie zu stecken. Vom Nachlaßgericht und der Erbschaftssteuer ganz zu schweigen. Wenn aber nur Chancellor ermordet und Jamey als psychotischer Mörder in Szene gesetzt wurde, konnte der liebe Ehemann ohne große Probleme an das Geld. Ein Jahr später könnte ja Jamey im Knast oder in einer Heilanstalt irgendwo weit draußen sterben, das hätte den gleichen Effekt. Wieder ein paar Jahre später könnte es den lieben Gatten bei einem Unfall erwischen, er könnte auch wahnsinnig werden und sich vielleicht sogar das Leben nehmen, denn das kommt doch in der Familie häufiger vor, nicht wahr? Und so blieb das ganze Geld für euch beide.«

Heather lachte spöttisch, und Souza sagte: »Das ist ja lächerlich.«

Milo nickte mir zu.

»Wenn irgendwer in der Lage war, jemanden in den Wahnsinn zu treiben, dann waren Sie es«, sagte ich und faßte die Ergebnisse ihrer wissenschaftlichen

Studien zusammen. Sie schien unbeeindruckt. An Dwights überraschtem und zugleich gequältem Gesichtsausdruck konnte ich ablesen, daß er sich nie um die Studien seiner Frau gekümmert hatte. Er hatte in ihr immer nur die hilfreiche Hausfrau und Gattin gesehen.

»Sie haben es sehr vorsichtig getan«, fuhr ich fort. »Über ein Jahr haben Sie ihn mit Belladonna vergiftet, gaben das Gift in sein Essen, seine Milch, sein Mundwasser und seine Zahnpasta. Langsam steigerten Sie die Dosis. Ihr genaues Wissen über Anticholinergika ermöglichte es Ihnen, immer die richtigen Substanzen beizumischen, um einen bestimmten Effekt zu erzielen: starke Erregung an einem Tag, Depression am folgenden. Paranoia, Geräuschhalluzinationen, Sehstörungen, Starre, Sie wußten von den Dschungelindianern genau, wie man diese Zustände hervorrufen konnte. Und wenn Sie etwas anderes wollten, mischten Sie einen bestimmten chemischen Stoff bei, LSD, PCP, Amphetamin. Sie kamen leicht an diese Sachen ran, weil Sie in einem Drogenrehabilitationszentrum arbeiteten. Die Polizei hat zwei Jugendliche gefunden, die gestanden haben, Ihnen solche Drogen verkauft zu haben.«

Sie zwinkerte aufgeregt mit den Augen. Aber sie schwieg.

»Mein Gott«, seufzte Dwight, immer noch genau von Cash bewacht.

»Jameys seelische Störungen machten Ihnen die Sache leicht«, fuhr ich fort. »Sein Verhalten war immer auffällig gewesen, so wunderte es niemanden, daß es immer weiter mit ihm bergab ging. Sie brachten ihn so weit, daß er wahnsinnig wurde, und schafften ihn in eine Nervenklinik. Sie suchten *Cañon*

Oaks aus, weil Souza wußte, daß Mainwaring bereit ist, gegen Geld ein paar Zugeständnisse zu machen. Und das nutzten Sie aus. Sie engagierten Marthe Brown als private Schwester, und sie verabreichte Jamey das Gift nach Ihren Anweisungen. Inzwischen behandelte Mainwaring Jamey auf Schizophrenie mit Phenotiazin, das in Zusammenwirkung mit Anticholinergika sein Nervensystem noch weiter angriff. Miss Brown sagte, daß sie Ihnen jeden Tag über seinen Zustand berichtete. Als es immer schlimmer wurde, sagten Sie, sie solle eine Pause einlegen. Als es Jamey besser ging, erhielt sie Anweisung, weiterzumachen. Selbst im Hochsicherheitstrakt des Gefängnisses ging es weiter. Brown wurde abgelöst von jemandem, der gute Gründe hatte, Jamey täglich zu besuchen. Er konnte bei ihm stundenlang bleiben, ohne daß es besonders aufgefallen wäre. Er konnte väterlich den Arm um ihn legen und ihm Saft zu trinken geben. Souza, den alle für seinen Anwalt hielten.«

»Absurd«, sagte Souza,« das ist wildeste Spekulation!«

Heather nickte mechanisch.

»Sie sind wirklich ein nettes Pärchen«, sagte ich und sah Souza durchdringend an. »Während sie Jamey fertigmachte, ließen Sie Antrim die Lavendel-Morde ausführen. Diese sieben Jungen waren zufällig aufgelesene Opfer, die hinterher wie Müll weggeworfen wurden. Sie starben in einer Weise, daß es einfach für Sie war, Chancellor und Jamey zu Sexualmördern zu stempeln. Und so wirkte Chancellors Tod wie eine ausgeuferte Party. Alles war genau vorher überlegt und geplant. Die Opfer wurden in einer bestimmten Reihenfolge abgelegt, so daß es so aussah, als sei im Falle Chancellor eine gewissen Ordnung durchbrochen worden. Die Morde fanden alle donnerstags statt, denn das war der freie Abend des Bodyguards. Und Sie hatten sogar ein Beweisstück, das Jamey mit dem Mord in Zusammenhang brachte, Streifen von Heathers lavendelfarbenem Kleid, von dem sie mir ausführlich berichtet hatte. Alles lief wunderbar nach Plan, bis Jamey unerwarteterweise Miss Brown niederschlug und mich anrief.«

»Dr. Delaware«, sagte Souza schnaubend, »was bilden Sie sich eigentlich ein? Sie messen sich entschieden zu viel Bedeutung bei.«

»Das glaube ich nicht«, antwortete ich ruhig. »Mir ist völlig klar, daß Sie auch mich für Ihr Spiel brauchten. Sie wußten, daß ich Jameys Therapeut gewesen war, Sie wußten auch, daß er eine hohe Meinung von mir hatte, und Sie waren nicht sicher, ob er mir in jener Nacht nicht vielleicht irgendeinen Hinweis gegeben hatte. Und so beschlossen Sie, mich zu Ihrem Mitarbeiter zu machen. Für Sie ist das Leben ein Spiel, ein großes Theater mit austauschbaren Figuren. Nachdem ich mich zur Mitarbeit bereit erklärt hatte, unterstrichen Sie, daß alles vertraulich behandelt werden müsse – um Ihren Klienten zu schützen. In Wirklichkeit ging es jedoch um Ihren eigenen Schutz.«

»Ich habe Sie nur an wichtige Prinzipien Ihres Berufsethos erinnert«, sagte Souza. »Und Sie haben sie in erheblicher Weise verletzt.«

»Sie verwendeten mich, bis Sie ganz sicher waren, daß ich nichts wußte, das mit Ihren Machenschaften zusammenhing. Dann warfen Sie mich raus. Durch mich brachten Sie sich ein neues Hindernis an den Hals: Erno Radovic.«

Dwight riß die Augen weit auf, als er den Namen des Leibwächters hörte. Cash hatte immer noch ein wachsames Auge auf ihn.

»Wir werden nie genau erfahren, warum Radovic sich in die Sache reinhängte«, sagte ich. »Wahrscheinlich war es nur aus Anhänglichkeit an Chancellor. Vielleicht hatte er auch Chancellor und Jamey über Bitter Cañon reden hören, glaubte, es könne etwas mit dem Mord zu tun haben, und beschloß, der Sache nachzugehen, um andere erpressen zu können. Vielleicht wußte er sogar etwas von dem Tagebuch und suchte danach, ohne es zu finden. Als Sie mich in Ihre Dienste nahmen, stellte er Nachforschungen an, bekam heraus, daß ich Jameys Therapeut gewesen war, und vermutete dasselbe wie Sie, nämlich, daß ich geheime Informationen besäße. Er folgte mir auf Schritt und Tritt, und ich brachte ihn, ohne daß ich es wollte, auf die Spur des Tagebuchs. Als er es gelesen hatte, begriff er, daß er einen dicken Fisch gefangen hatte. Er rief Dwight an, verlangte Geld und teilte ihm mit, die Übergabe solle auf der Straße zum Bitter Cañon stattfinden. Dwight rief Sie an, und Sie beauftragten Antrim und Brown, sich der Sache auf die übliche Weise anzunehmen.«

»Das ist Beihilfe zum Mord«, sagte Milo zu Dwight. Dieser wich seinem Blick aus, indem er das Gesicht in seinen Händen verbarg. »Was dachten Sie, als Sie erfuhren, daß Radovic hingemetzelt worden war? Wieder eine kleine Glückssträhne?«

Keine Antwort. Das Schweigen zog sich eine Weile hin.

Souza brach es schließlich: »Sergeant«, sagte er und stellte sein Glas auf den Tisch, »das war ja wirklich faszinierend. Können wir jetzt bitte gehen?«

»Gehen?«

»Raus hier, das Haus verlassen, unseren sozialen Verpflichtungen nachkommen.«

Milo verbarg sein Staunen durch ein verärgertes Lachen.

»Ist das alles, was Sie zu sagen haben?«

»Aber selbstverständlich«, sagte der Anwalt. »Sie erwarten doch wohl nicht von mir, daß ich irgend etwas von all dem ernst nehme?«

»Sind wohl nicht weiter beeindruckt, was?«

»Wohl kaum. Sie kommen hier herein mit Ihrem ganzen Krimskrams und Ihrem Bataillon von Leuten und führen uns hier einen Cocktail von dummen Behauptungen, Lügen und wilder Spekulation vor. Bei solchen Beweisen erreiche ich im allgemeinen ohne Schwierigkeiten bereits in der Vorverhandlung eine Klageabweisung.«

»Ich verstehe«, sagte Milo und nahm die übliche Rechtsbelehrung vor.

Souza hörte ihm zu, nickte zustimmend wie ein Schulmeister, der einer mündlichen Prüfung folgt, und blieb selbst dann noch gelassen, als Milo ihm die Arme auf den Rücken gelegt und die Handschellen geschlossen hatte. In diesem Moment wurde mir klar, was für ein gestörter Mensch er war.

Ich hätte nicht überrascht zu sein brauchen, denn dieser Mann war immerhin vierzig Jahre lang großen Demütigungen ausgesetzt gewesen. Immer hatte er im Schatten eines anderen gestanden, er hatte die Frau, die er liebte, verloren und sie hinterher krank werden und sterben sehen, er hatte wie ein Wahnsinniger darum gekämpft, ihre Schwester für sich zu gewinnen, aber auch hier wurde er abgewiesen. Auch sein Wunsch, als gleichwertiger Geschäftspartner anerkannt zu werden, war nie erfüllt worden. Er hatte nichts anderes erlebt, als ständig in den zweiten Rang zurückverwiesen zu werden.

Black Jack Cadmus hatte begriffen, was dies zur Folge haben könnte, und er hatte sich deswegen Sorgen gemacht.

»Ich bin ziemlich sicher, daß er mich aus tiefster Seele haßt«, hatte er geschrieben, »und ich frage mich, wie ich seinen Haß zerstreuen kann.« Seine Lösung war zynisch und pragmatisch zugleich gewesen. »Ein bißchen Nächstenliebe getarnt als Dankbarkeit könnte sehr nützlich sein. Ich muß H. dort lassen, wo er ist, aber ihm das Gefühl geben, wichtig zu sein.«

Schließlich war es Souza selbst gewesen, der seinen Haß abgewehrt hatte, indem er alle seine Gefühle für eine Sache hingab. Er vergötterte den Mann, den er eigentlich verachtete, und dies tat er sogar über dessen Tod hinaus. Der treuergebene Sachwalter Horace, der keine eigene Familie hatte, aber immer zur Stelle war, wenn es irgendwelche Schwierigkeiten zu meistern galt, an denen es in der Familie Cadmus wahrlich nicht mangelte. Tag und Nacht war er bereit, alle verlangten Dienste zu leisten.

Ein psychischer Mechanismus war hier am Werk, der zerstörerische Impulse in gute Taten umwandelte, schwieriger zu realisieren als Rückwärtsgehen auf einem Seil, aber er hatte für lange Zeit Souzas Leben bestimmt.

Der Zorn, der in ihm aufstieg, als ich ihn nach seinen Beziehungen zur Familie Cadmus fragte, war ein Zeichen dafür, daß der Schutzwall, den er um sich gebaut hatte, zu bröckeln begann. Er hatte der Zeit nicht standgehalten , vor allem aber nicht der Möglichkeit, wieder eine Cadmus-Frau für sich zu gewinnen. Als seine Leidenschaften endlich aus ihrem Gefängnis herauskamen, war er zum brutalen Mörder geworden, ohne sich darüber klarzuwerden.

Jetzt wurde ihm der Spiegel vorgehalten, und sogleich hatte er sich hinter einer Mauer von Lügen und Abwehr verschanzt. Er tat dies mit einer Gelassenheit, auf die Marie-Antoinette am Tag ihres Prozesses stolz gewesen wäre.

Milo hatte die Rechtsbelehrung beendet und sah nun abwechselnd von Heather zu Dwight.

»Ib, dib, dab, und du bist ab«, sagte Cash, der seine Unschlüssigkeit erriet.

Bevor Milo sich entschieden hatte, ging die Tür auf und Cal Whitehead kam herein, in einem grünen Anzug mit weißen Aufschlägen, in der Hand einen grünen Koffer aus Schlangenhaut, dessen Griff mit Plastik umwickelt war. Er kaute Kaugummi und grinste. Er warf den Koffer mit einem Schwung auf den Tisch und sagte: »Was ist denn hier los? Was sehe ich denn für Gesichter?«

»Wir räumen nur eben auf«, sagte Milo. »Mr. Souza ist gar nicht beeindruckt von unseren Geschichten.«

»Na ja, vielleicht hilft das uns ja weiter.«

Er zog sich Plastikhandschuhe an, holte einen plastikumwickelten Schlüssel aus der Tasche und schloß den Koffer auf.

»Sie sind wirklich sehr vertrauensselig, meine Dame«, sagte er zu Heather, »wie konnten Sie dies nur so einfach in Ihrer Kommode liegenlassen, unter der hübschen seidenen Unterwäsche und gleich neben Ihrem Diaphragma.«

Mit einer Handumdrehung öffnete er den Koffer.

Dieser war innen mit lavendelfarbenem Samt ausgeschlagen, in den zwanzig sechseckige Vertiefungen eingelassen waren. Darin steckten zwanzig kristallene Gläschen, die durch Streifen aus Samt festgehalten wurden und braune und graue Puder und körnige Substanzen enthielten, offenbar getrocknete Blätter und Zweige.

Im Deckel waren ein Stößel und ein Mörser aus Porzellan befestigt, sowie eine kleine Schale, drei metallene Spritzen und ein Feuerzeug aus Platin.

»Das ist wirklich edel und einer Dame würdig«, sagte Whitehead. Heather bedeckte ihren Mund wieder mit dem Taschentuch und starrte auf ihr Abendtäschchen. Souza blickte teilnahmslos zur Decke.

»Na, macht das keinen Eindruck auf Sie?« fragte Whitehead zunächst spaßig. Aber gleich darauf wurde er von Wut gepackt. Er faßte in seine Jackettasche und zog einen Stapel Fotos heraus.

»Detective Whitehead«, sagte Milo, aber bevor er seinen Satz beenden konnte, hatte Whitehead die Fotos wie Spielkarten aufgefächert und begann sie zu verteilen. Die ersten bekam Souza, der sie keines Blickes würdigte, die nächsten warf er vor Heather hin. Sie sah sich die Bilder an und gab einen tiefen Schluchzer von sich, so schmerzerfüllt und heftig, daß es kaum zu ertragen war.

Sie packte die Fotos, um sie zu zerreißen, aber ihre Hände waren steif und die Bilder wurden nur leicht geknickt. Wieder schluchzte sie, dann ließ sie den Kopf auf die Tischplatte fallen und begann zu würgen.

»Was sind das für Fotos?« fragte Dwight hastig.

»Wollen Sie die auch sehen?« sagte Whitehead.

»Cal«, sagte Milo warnend.

Whitehead machte nur eine abschätzige Handbewegung. »Natürlich, warum denn nicht?« Dann warf er auch Dwight ein paar Bilder zu, worauf dieser sie schnell ergriff, betrachtete und heftig zu zittern anfing.

Ich konnte seine Reaktion verstehen, denn ich kannte die Bilder bereits. Es waren grobkörnige Schwarzweißfotos, aufgenommen durch Schlüssellöcher und Tüllgardinen, aber dennoch deutlich erkennbar: Heather und Souza in heftigen Sexszenen. In seinem Büro, in seinem Schlafzimmer, auf einem Himmelbett, auf dem Rücksitz seines Rolls, in allen denkbaren Positionen. Es war die Chronik eines Ehebruchs, abscheulich und zugleich von pornographischem Reiz.

Antrim hatte diese Bilder immer als seine Versicherungspolice bezeichnet. Er hatte diese Sammlung im Zeitraum von zwei Jahren angelegt. Dies war nicht schwer gewesen für einen Diener wie ihn, denn Diener gelten als unsichtbar, auch wenn sie ständig anwesend sind. Schon während der Fälschung der Unterschrift beim Notar hatten sie seine Anwesenheit übersehen. Genauso vergaßen sie seine Existenz im Augenblick der Lust.

Heather würgte erneut.

Dwight stand auf und zeigte mit dem Finger auf sie.

»Du verdammtes Flittchen!« schrie er über den Tisch. »Du verlogene, nichtswürdige Hure!«

Diese Beschimpfungen rissen sie aus ihrem Zustand. Sie stand mühsam auf, zitterte dabei. Mit wilden Blicken, fleckigen Wangen, lose herunterhängendem Haar griff sie nach ihrer Abendtasche. Sie schluchzte und atmete schwer.

»Hexe mit zwei Gesichtern«, fuhr Dwight fort und hob drohend die Faust.

»Das kann man wohl sagen«, sagte Cash lässig und legte Dwight eine Hand auf die Schulter.

»Du … wagst es, mir Moral zu predigen!« schrie Heather außer sich.

»Januskköpfige Hure!« brüllte Dwight. »Das ist der Dank, du Schlampe!«

»Wer bist du denn, daß du über mich urteilst?« schrie sie und bohrte ihre Fingernägel in die Handflächen.

Er hielt ein Foto in die Höhe. »Ich bringe mich für dich um, und das ist der Dank!«

»Ich schulde dir nicht das Geringste!«

Er nahm die Karaffe vom Tisch und schüttete ihr Whisky ins Gesicht.

Sie stand da, völlig durchnäßt, schlotternd und bewegte lautlos die Lippen.

»Genug jetzt«, sagte Milo.

»Regen Sie sich ab, und setzen Sie sich wieder«, sagte Cash zu Dwight.

Heather heulte und schrie und zog etwas aus ihrer Abendtasche. Einen kleinen glänzenden Revolver, versilbert und mit Monogramm versehen, wie ein hübsches Spielzeug. Sie nahm ihn in beide Hände und zielte auf ihren Mann.

Sekunden später waren drei 38er auf sie gerichtet.

»Legen Sie die Waffe hin!« forderte Milo sie auf. »Los, runter damit!«

»Du elender Wurm«, sagte sie zu Dwight, bemüht, die Selbstkontrolle zu wahren.

»Jetzt hör mir mal zu«, sagte er mit schwacher Stimme.

»Daß du die Nerven hast, mir Vorwürfe zu machen, elender Wurm! Ein Wurm ist er, sonst nichts!« Sie zitterte und bewegte den Revolver ziellos hin und her.

»Jetzt legen Sie endlich die Waffe hin«, rief Milo.

»Heather, ich bitte dich«, sagte Dwight, dem der Schweiß auf der Stirn stand. Eine Hand hielt er vor die Brust, offenbar im Glauben, sich so zu schützen. »Laß das, es ist doch wirklich unnötig, daß ...«

»Oh! Jetzt hat er Angst. Jetzt soll ich aufhören. Du kastrierter, gefühlloser Wurm. Ein Eunuch bist du, jawohl und ein Mörder dazu!« schrie Heather.

»Bitte, laß es doch!«

»Wie sonst soll man jemanden nennen, der seinen Bruder, seinen eigenen Bruder findet, den Kopf in der Schlinge, dabei zu ersticken! Er spielte nur ein Spiel, er wollte gar nicht sterben. Wer fand seinen Bruder so und befreite ihn nicht? Wer ließ ihn einfach sterben? Wie finden Sie das?«

»Ganz schön mies«, sagte Whitehead, legte seine 38er auf den Tisch und stellte sich lässig zwischen Heather und Dwight. Er lächelte dazu und kaute sein Kaugummi.

Milo unterdrückte ein Fluchen, Cash hielt seine Waffe ausgestreckt in der Rechten, mit der Linken hielt er Dwights Kopf, bereit, ihn jederzeit nach unten zu stoßen.

»Versuchen Sie nicht, ihn zu retten«, sagte Heather, »dann töte ich Sie auch.«

Cash erstarrte.

»Legen Sie die Waffe fort«, sagte Heather.

Cash schüttelte den Kopf. »Das kann ich beim besten Willen nicht.«

Seine Weigerung schien ihr nichts auszumachen. »Wurm«, fauchte sie. »Besäuft sich und heult sich bei mir aus. ›Ich hab meinen Bruder getötet, meinen Bruder!‹ Flennte wie ein Säugling. ›Ich muß es wiedergutmachen und mich um seinen Sohn kümmern. Ich muß es an Jamey wiedergutmachen.‹«

Jetzt wurde ihre Stimme hoch und schrill: »Und wer hat sich um den kleinen Bastard gekümmert? Du vielleicht? Wer mußte mit seinen Macken und seiner spitzen Zunge fertig werden? Du wolltest bereuen, aber ich bekam die Strafe!«

Sie zielte wieder auf ihn.

»Meine liebe gnädige Frau«, sagte Whitehead lächelnd. »Revolver sind nichts für hübsche, kleine Damen ...«

»Halten Sie den Mund!« schrie sie und versuchte, an seinem fülligen Körper vorbei zu zielen. »Ich will den Wurm!«

Whitehead lachte herzlich.

»Nun lassen Sie's gut sein.«

»Sie sind jetzt endlich ruhig«, sagte Heather. Whitehead verzog irritiert die Stirn und bemühte sich zu lächeln.

»Also wirklich, meine Liebe, wir führen doch kein Fernsehdrama auf, jetzt lassen Sie's mal genug sein.«

»Halten Sie Ihren Mund, Sie Idiot!« schrie Heather.

Whitehead wurde wütend und ging auf sie zu.

»Jetzt lassen Sie den Quatsch ...«

Sie sah ihn spöttisch an und schoß ihm in den Mund. Dann zielte sie auf Dwight, aber sie kam nicht mehr zum Schießen. Kugel auf Kugel durchbohrte ihren zierlichen Leib, zerriß und durchlöcherte ihn. Der dunkelblaue Chiffon färbte sich rot, dann schwarz, eine Rauchwolke umgab sie, als sie zu Boden sank.

Die Türen des Eßzimmers wurden aufgestoßen, ein Heer von blauen Uniformen mit gezückter Pistole füllte den Raum. Entsetzte Blicke, schreckensbleiche Gesichter. Milo rief den Leuten Anweisungen zu und untersuchte Whitehead, der mit dem Bauch nach unten dalag. Er ließ einen Krankenwagen holen.

Cash überließ Dwight zwei Polizisten, er sagte kein Wort und war kalkweiß im Gesicht. Er steckte seine Pistole ins Halfter und lockerte seine Krawatte. Dwight starrte auf die Leiche seiner Frau und auf die roten Spritzer überall auf der Holztäfelung. Auf dem Tisch war eine riesige Blutlache. Dwight verlor das Bewußtsein und wurde weggebracht.

Souza hatte die ganze Zeit über unbeweglich dagesessen, als habe er mit all dem nichts zu tun. Vier Hände packten ihn an den Ellbogen und hieften ihn hoch. Er sah sich das Schlachtfeld an und schnalzte mit der Zunge.

»Los, gehen wir«, sagte einer der Beamten.

»Eine Sekunde, junger Mann.« Er sagte es mit einer Stimme, die den Polizisten in Ehrfurcht erstarren ließ.

»Was wollen Sie?« fragte er.

»Wohin bringen Sie mich?«

»Ins Gefängnis.«

»Das weiß ich. Ich möchte wissen, in welches.«

»Ins Bezirksgefängnis.«

»Ausgezeichnet. Bevor wir gehen, wünsche ich, daß Sie ein Telefonat für mich erledigen. Rufen Sie Christopher Hauser an, von Hauser, Simpson & Bain. Die Nummer ist auf der Karte in meiner Brieftasche. Sagen Sie ihm, daß sich der Treffpunkt für unser Frühstück geändert hat. Nicht im California Club, sondern im Bezirksgefängnis. Er soll etwas zu schreiben mitbringen. Es ist ein Arbeitstreffen. Haben Sie das?«

»Jawohl«, sagte der Beamte und rollte die Augen.

»Dann wiederholen Sie bitte. Damit auch nichts schiefgeht.«

32

Drei Wochen nach Souzas Festnahme fand die Polizei Gary Yamaguchi und Slit, mit bürgerlichem Namen Amber Lynn Danziger, in Reno auf Hinweis eines Detektivbüros, das die Eltern des Mädchens mit der Suche beauftragt hatten. Sie hatten am Stadtrand in einem ausrangierten Wohnwagen gelebt und sich von kleinen Diebstählen und einem Teilzeitjob bei McDonalds ernährt. Slit wurde nach Los Angeles zu ihren Eltern gebracht, Gary kam als wichtiger Zeuge in Polizeigewahrsam. Als Milo ihn nach dem Tagebuch fragte, zeigte er sich von derselben roboterhaften Gleichgültigkeit, die er schon mir gegenüber in dem dunklen Hinterhof der Galerie bewiesen hatte. Eine Überführung ins Bezirksgefängnis und eine ausführliche Schilderung des Untersuchungsrichters, wie grausam die Mordopfer hingemetzelt worden waren, machten ihn gesprächiger.

»Nach seinen Erzählungen«, berichtete mir Milo am Telefon, »rief Jamey ihn etwa einen Monat, bevor er in die Klinik gebracht wurde, an und bat um ein Treffen. Sie trafen sich im Sunset Park, gegenüber des Beverly Hills Hotels. Es war ein warmer Tag, aber Jamey trug einen Regenmantel. Yamaguchi sagt, er habe wie ein Penner dagestanden, schmutzig, verschüchtert, in Selbstgespräche vertieft ... Sie setzten sich auf eine Bank, und dann sagte Jamey ihm, er habe ein Buch bei sich, das so wichtig sei, daß er deswegen umgebracht werden könnte. Er zog es aus dem Mantel hervor, reichte es Yamaguchi und sagte ihm, er sei sein einziger Freund, und es sei seine Pflicht, das Buch in Sicherheit zu bringen. Bevor Yamaguchi ein Wort sagen konnte, rannte er fort.

Yamaguchi dachte, das Ganze sei nur ein verrückter Einfall von Jamey, und wollte das Buch in die nächste Mülltonne werfen. Er nahm es trotzdem mit nach Hause, warum weiß er nicht mehr, legte es in eine Schublade und vergaß es. Nach Jameys Einweisung in die Anstalt überlegte er, ob vielleicht doch was an der Geschichte dran sei, aber er sah es sich trotzdem nicht genauer an. Nach dem Mord an Chancellor nahm er es zur Hand und las darin. Er behauptet allerdings, daß er die Lektüre langweilig fand und nach wenigen Seiten aufgab. Er beschloß, es in eines seiner Kunstwerke einzubauen. Da Jamey ihm vom Selbstmord seines Vaters erzählt hatte, brachte er das Buch mit einer solchen Szene in Verbindung. Er fand das recht geistreich und meinte, der Tod sei ohnehin die Quelle aller Kunst.«

»Hat er das Buch nie ganz gelesen?«

»Falls er es tat, hat er nicht begriffen, was im Bitter Cañon los ist, denn er fuhr nie dorthin.«

»Das hätte er auch sonst nicht getan. Er spielt den Nihilisten, dem alles gleichgültig ist.«

Milo dachte einen Augenblick nach.

»Ja, da hast du wahrscheinlich recht. Als ich ihn fragte, ob er das Buch für wichtig gehalten hätte, als er es eingipste, sagte er nur, diese Frage sei vollkommen irrelevant, und lächelte ironisch. Als ich nicht locker ließ, gab er zu, daß er gehofft hatte, daß es wichtig sei, weil er die Idee, daß es bei jemandem an der Wand hinge, ohne daß er das wüßte, sehr lustig fände. Dann erzählte er mir eine Menge Unsinn über Kunst und schlechte Witze, und daß beide dasselbe seien. Ich fragte mich, ob deshalb Mona Lisa lächelt, aber da ließ er mich abblitzen. Ein sehr schlauer Junge, der aber mit der ganzen Sache nichts zu tun hat. Deshalb habe ich ihn laufen lassen.«

»Weiß man, weshalb Jamey das Buch vor Chancellor verbarg?« fragte ich.

»Nein.«

»Ich habe mir überlegt, ob Sie sich vielleicht gestritten haben. Jamey wollte das Tagebuch benutzen, um den Bau aufzuhalten, als er aber sah, daß es Chancellor nur um den eigenen Vorteil ging, nahm er es fort und gab es Gary zur Aufbewahrung. Bei dem nihilistischen Gary konnte er sicher sein, daß er es nie benutzen würde.«

Nach längerem Schweigen sagte Milo:

»Wenn Jamey überhaupt noch in der Lage war, so zu denken.«

»Wahrscheinlich hast du recht. Es war Wunschdenken von mir. Er war damals schon sehr durcheinander.«

»Nicht so durcheinander, daß er nicht mehr um Hilfe rufen konnte.«

Ich sagte nichts darauf.

»Mensch, das war dein Einsatz, du solltest jetzt etwas Feierliches über die Unzähmbarkeit des menschlichen Geistes sagen.«

»Sieh es als gesagt an.«

»Sieh deine Worte als gewürdigt an.«

Nachdem Milo aufgelegt hatte, beendete ich mein Frühstück, rief die Telefonzentrale an und sagte, wo ich sei. Sie sagten mir, ein Richter des Superior Court habe angerufen und bäte um Rückruf. Da ich den

Mann sehr schätzte, rief ich gleich an. Er bat mich, als Gutachter in einem Scheidungsprozeß zwischen einem reichen Filmproduzenten und einer bekannten Schauspielerin aufzutreten. Nach Meinung des Ehemanns war die Mutter kokainabhängig und seelisch schwer gestört. Nach Meinung der Ehefrau war der Mann grausam, korrupt und hatte sexuelle Beziehungen zu Kindern. Keiner von den beiden wollte sich um die vierjährige Tochter kümmern, beide waren überzeugt, der jeweils andere wolle das Sorgerecht. Die Schaupielerin hatte das Kind nach Zürich geschickt, und es bestand Aussicht für mich, dorthinzureisen, um die näheren Umstände kennenzulernen.

Ich sagte dem Richter, das Ganze höre sich nach einer absoluten Katastrophe an, die deshalb noch lange weiterexistieren würde, weil zwei narzißtische Eltern Geld genug hätten, um sich Anwälte zu leisten, die gerne für den Fortbestand der Katastrophe sorgen würden. Er lachte traurig und gab mir recht, aber er fügte hinzu, er habe mich trotzdem gefragt, weil er wisse, daß ich Aufregung liebe. Ich dankte ihm, daß er an mich gedacht hatte, und lehnte ab.

Um neun ging ich in den Garten, um die Zierkarpfen zu füttern. Der größte von ihnen, den Robin Sumo nannte, saugte an meinen Fingern, und ich streichelte seinen glitschigen Kopf, bevor ich zum Haus zurückging. Drinnen machte ich einige Lampen an, nahm einen kleinen Koffer und packte. Ich rief Robin in ihrer Werkstatt an und sagte ihr, daß ich für eine paar Tage verreisen würde.

»Ich wünsch' dir einen schönen Flug, Liebling. Wann kommst du wieder?«

»Heute abend spät oder morgen früh, je nachdem, wie alles läuft.«

»Ruf mich an und sag es mir. Wenn du heute abend kommst, bleibe ich so lange wach. Wenn nicht, bleibe ich länger hier und mache die Mandoline fertig.«

»Schön. Ich ruf dich um sechs an.«

»Paß auf dich auf, Alex, ich liebe dich.«

»Ich liebe dich auch.«

Ich zog einen Sportmantel über, nahm den Koffer, ging auf die Terrasse und schloß die Tür hinter mir. Gegen halb elf kam ich am Burbank Airport an.

33

Das Krankenhaus lag auf einem Hügel, von dem aus man auf den Ozean blickte, inmitten von frischem Grün, umgeben von dem für Monterey typischen Dunst. Es war ein Muster an Flachbauarchitektur, karamellfarbene Bungalows, die locker um ein zweistöckiges Verwaltungsgebäude gruppiert waren. Über das Gelände führten gepflasterte, von Blumenbeeten gesäumte Wege, hier und da beschattet von den blätterreichen Zweigen der Küsteneiche. Der kobaltblaue Himmel über den roten Ziegeldächern war von unwirklicher Schönheit. Am Horizont sah man die Silhouette einer alleinstehenden, breitgewachsenen Pinie. Darum herum wuchsen blaue Lupinen und strahlend gelber Ginster, die wie Farbtupfer auf einem Landschaftsbild von Nolde wirkten.

Die Fahrt von Carmel hierher war ruhig und erfrischend gewesen, man hörte nichts als das Brausen des Ozeans, das Tuckern im Motor des Mietwagens und das Geheul eines freienden Seelöwen.

Ich war zuletzt mit Robin hier gewesen, wir hatten eine herrliche Ferienwoche hier verbracht und das getan, was man im Frühling auf der Halbinsel von Monterey so tut: Wir hatten das Aquarium besichtigt, unter einem strahlenden Sternenhimmel Meeresfrüchte gegessen, Antiquitätenläden durchstöbert und uns auf einem engen, fremden Bett geliebt. Dies alles schien mir jetzt, wo ich auf einer Bank an der Klippe saß und durch die Gischt des Ozeans hindurch in die Ferne schaute, endlos lange her zu sein.

Ich sah mich um, blickte zu den Bungalows hinüber, sah lauter fremde Leute, die sich friedlich auf Bänken niedergelassen hatten, spazierengingen oder im Gras lagen und sich auf ihre Ellbogen stützten. Sie unterhielten sich, spielten Brettspiele, warfen Frisbee-Scheiben oder blickten einfach nur in den Himmel.

Der Strand war leuchtend weiß, gemustert von der weichenden Flut, getupft durch eine Reihe kleiner, runder Felsen. Dazwischen lagen kleine Teiche, die die Flut zurückgelassen hatte; hier und da waren dicke Büschel von Algen liegengeblieben. Ein Pelikan durchbrach die Stille, er schlug kräftig mit seinen weit ausladenden Flügeln, dann hob er sich hoch in die Lüfte und segelte in Richtung Japan davon.

Nachdem ich eine Viertelstunde gewartet hatte, brachte ein junges Mädchen in Jeans und rotem Kittel Jamey zu mir. Sie trug rotbraune Zöpfe, hatte das freundliche, offene Gesicht eines Bauernmädchens und hatte mit einem Filzstift rote Blumen auf ihren Schwesternkittel gemalt. Sie hielt Jamey liebevoll am Arm, als sei er ihr Freund, ließ ihn nur widerstrebend los, setzte ihn neben mich auf die Bank und sagte, sie sei in einer halben Stunde zurück.

»Bis gleich, James, laß es dir gut gehen.«

»Bis gleich, Susan.« Seine Stimme klang etwas rauh.

Als Susan gegangen war, begrüßte ich ihn.

Er wandte sich mir zu und nickte. Dann blinzelte er in die Sonne.

Er roch nach Haarwaschmittel. Sein Haar war kurz geschnitten, auf seiner Oberlippe sah man den Ansatz eines Schnurrbarts. Er trug ein neues maronenfarbenes T-Shirt, graue Hosen und Turnschuhe ohne Strümpfe. Die Kleider waren ihm zu weit, seine Fußknöchel waren dünn und weiß.

»Schön ist es hier draußen«, sagte ich.

Er lächelte. Dann berührte er seine Nase mit einem Finger. Ganz langsam, als versuche er seine Bewegungen zu koordinieren.

Es vergingen mehrere Minuten.

»Ich freue mich, daß Sie hier neben mir sitzen. In der Stille fühlt man sich so einsam«, sagte er.

»Das verstehe ich.«

Wir beobachteten, wie sich eine Schar Möwen auf den Felsen niederließ. Er atmete tief die salzige Luft ein. Er schlug die Beine über und streckte sie wieder. Er legte die Hände in den Schoß und sah weit auf den Ozean hinaus. Zwei Möwen gerieten in einen Kampf um etwas Eßbares. Sie hüpften und kreischten, bis die schwächere aufgab. Die Siegerin sprang einige Meter weiter und fraß ihre Beute.

»Du siehst gut aus«, sagte ich.

»Danke.«

»Dr. Levi erzählte mir, daß du große Fortschritte machst.«

Er stand auf und hielt sich am Maschendraht fest. Er sagte etwas, aber es wurde vom Rauschen der Wellen verschluckt. Ich stand auf und stellte mich zu ihm.

»Ich habe dich nicht verstanden«, sagte ich.

Er antwortete nicht, sondern hielt sich immer noch am Zaun fest und schwankte leicht hin und her.

»Es geht mir ziemlich gut, aber es schmerzt.«

»Was sind das für Schmerzen?«

»Angenehme Schmerzen, es ist wie ein erfrischender Schlaf nach einem anstrengenden Tag.«

Nach einigem Schweigen fuhr er fort:

»Gestern bin ich sogar schon spazierengegangen.«

Ich wartete, bis er weitersprach.

»Zusammen mit Susan, ein- oder zweimal mußte sie mich festhalten. Aber sonst haben meine Beine es gut geschafft.«

»Das ist ja toll.«

Die Neurologen waren nicht sicher gewesen, ob die Schädigung seines Nervensystems je wieder rückgängig zu machen sei. Aber es hatte sich bisher schon gut regeneriert, und die Aussichten, daß es bald noch besser ging, waren groß.

»Susan hilft mir sehr, sie ist ziemlich stark.«

»Sie mag dich offenbar sehr gerne.«

Er blickte aufs Meer und begann zu weinen.

»Jamey, was hast du?«

Er weinte immer mehr, ließ den Zaun los, stolperte und setzte sich wieder auf die Bank. Er wischte sich das Gesicht mit seinen Händen ab und schloß die Augen, aus denen immer noch Tränen liefen.

Ich legte ihm eine Hand auf die Schulter, sie war knochig und mager.

»Was ist denn, Jamey?«

Er weinte noch heftiger, dann faßte er sich und sagte:

»Die Leute sind so nett zu mir.«

»Du verdienst es, daß man nett zu dir ist.«

Er stand auf, hielt sich am Zaun fest und ging mit

kleinen, vorsichtigen Schritten am Rand der Klippe entlang. Ich ging neben ihm.

»Das ist so verwirrend.«

»Was findest du verwirrend?«

»Dr. Levi hat mir erzählt, daß ich Sie angerufen habe und Sie um Hilfe bat. Ich kann mich nicht daran erinnern«, sagte er entschuldigend. »Und jetzt sind Sie hier. Es ist, als wäre zwischendurch gar nichts geschehen.«

Er wandte sich um und ging langsam auf die Bungalows zu, streckte die Arme aus, um sein Gleichgewicht zu halten. Er bewegte sich sehr vorsichtig, wie jemand, der eine Prothese trägt. Ich lief dicht neben ihm, bemühte mich, langsam zu gehen und versank bis zu den Knöcheln im tiefen Gras und Klee.

»Aber es stimmt nicht, oder? Es ist sehr viel geschehen seitdem.«

»Ja, allerdings.«

»Schreckliche Dinge sind passiert. Menschen sind fort, für immer.«

Er kämpfte mit den Tränen, sah geradeaus und ging weiter. Gegenüber den Bungalows lag ein Picknickplatz, auf dem Bänke und Tische aus Fichtenholz standen, Sonnenschirme boten Schatten. Eine rote Gestalt erhob sich von einer Bank und winkte. Jamey winkte zurück.

»Hallo, Susan«, sagte er, obwohl sie ihn nicht hören konnte.

»Das ist alles ganz normal für jemanden, der so Schlimmes durchgemacht hat. Nimm dir ruhig Zeit, dich wieder zurechtzufinden.«

Er lächelte schwach.

»Haben Sie mit Dr. Levi gesprochen?«

»Dr. Levi ist eine sehr liebe und kluge Frau.«

»Ja. Sie sagte mir, daß Sie befreundet sind.«

»Sie war Ärztin in der Psychiatrie, als ich noch studierte. Wir haben viel im Bereitschaftsdienst zusammengearbeitet. Du bist wirklich in besten Händen.«

Jamey nickte.

»Sie setzt mich wieder richtig zusammen«, sagte er leise und steuerte auf einen Zypressenhain zu. Wir kamen an einem Paar im mittleren Alter und einem etwa achtzehnjährigen Mädchen vorbei. Das Mädchen war pausbäckig und trug einen unförmigen Kittel in freudlosen Farben. Sie hatte ein schönes Gesicht, aber sie sah traurig aus. Ihre Augen blickten ins Leere. Sie strickte mit ihrem Haar, benutzte die Finger als Nadeln. Sie zwirbelte es und zog daran, ließ es los und begann von neuem. Ihr Vater trug einen dunklen Anzug mit Krawatte und wandte ihr den Rücken zu; er trug eine dicke Brille und las Michener. Ihre Mutter stierte uns an, als wir vorbeikamen.

Wir fanden eine kühle, schattige Stelle, und Jamey setzte sich auf einen Baumstumpf. Ich lehnte mich gegen einen Stamm.

»Seltsam, daß Sie Dr. Levi für mich gefunden haben.«

»Wieso?«

Er räusperte sich und wandte sich ein wenig verlegen ab.

»Du bist in Sicherheit, du kannst offen reden oder auch nicht, ganz wie du willst.«

Er dachte darüber nach, benetzte die Lippen mit der Zunge.

»Ich habe Sie angerufen, und Sie haben mir wirklich geholfen.«

Es war bedrückend zu sehen, wie wenig Zutrauen dieser Junge hatte.

»Früher, wenn ich einen Doktor brauchte, hat Onkel Dwight nie …«

Er brach ab. »Nein, es ist sinnlos, darüber zu reden, finden Sie nicht?«

»Ich glaube, du hast recht.«

Er betrachtete die Bäume um uns herum und sagte:

»Es ist zu kalt hier drin, können wir noch ein bißchen laufen?«

»Gerne.«

Wir gingen schweigend die Wiese zum Krankenhaus hinauf. Jamey versuchte, seine Hände in die Taschen zu stecken, aber seine Beine wurden unsicher, und er drohte zu fallen. Ich hielt ihn am Arm fest.

»Komm, wir ruhen uns ein wenig aus«, sagte ich.

»Gut.«

Er klappte zusammen wie ein Liegestuhl. Ich half ihm, sich hinzulegen. Er faßte wieder an seine Nase und sagte:

»Ich werde immer stärker.«

»Du bist dabei, gesund zu werden.«

Einige Minuten vergingen. Dann sagte er:

»Sie haben mich alle gehaßt.« Er sprach diese Worte ohne jedes Selbstmitleid. Sein Blick aber war voller Qual, und ich wußte, daß er sich fragte: Was habe ich getan, daß sie mir gegenüber so fühlten?

»Das hatte gar nichts mit dir zu tun«, sagte ich. »Sie behandelten dich so schlecht, um zu rechtfertigen, was sie dir antaten.«

»Sie sind weg, für immer«, sagte er ungläubig. »Weg von der Bühne. Ich kann es nicht glauben.« Er pflückte eine Pusteblume, strich damit über seine Lippe, zerrieb sie zwischen den Fingern und beobachtete, wie die einzelnen Samen in den Himmel flogen.

»Genauso geht es mir, ich schwebe durch den Raum und habe keinen festen Anker.«

»Gefällt dir das?«

»Ich habe ein Gefühl der Freiheit dabei, aber manchmal ...«

»Was ist manchmal?«

»Ist es ganz schrecklich«, sagte er plötzlich heftig. »Manchmal wünschte ich mir, tief unter der Erde zu sein, fest eingeschlossen. Verstehen Sie das?«

»Ich verstehe das sehr gut.«

Er seufzte erleichtert, schloß die Augen, lehnte sich zurück und wärmte sein Gesicht in der Sonne. Bald perlte Schweiß auf seiner Stirn, obwohl eine kühle Brise vom Meer her wehte. Er öffnete den Mund und gähnte.

»Müde, Jamey?«

»Ich kriege hier immer so viel zu essen, Steaks gibt es schon zum Frühstück, ich werde davon ganz träge.«

Nach einer Weile fuhr er fort:

»Sie sind alle sehr nett zu mir.«

»Da bin ich sehr froh. Dr. Levi sagte mir, daß du wieder besser schlafen kannst.«

»Manchmal, wenn ich nicht diese Schmerzen habe.«

»Die Schmerzen des Erinnerns?«

»Ja.«

»Das muß sein wie schlechte Träume.«

»Vielleicht sind es welche, ich weiß es nicht genau.«

»Sicher machen sie dir angst.«

Er blickte zu Boden, seine Pupillen weiteten sich, Blau wich dem Schwarz.

»Ich kann hier einfach so liegen, ohne irgendwas

zu tun. Und plötzlich taucht vor meinem Geist etwas Finsteres, Häßliches auf und dringt in mein Unterbewußtsein.«

»Was für finstere Dinge?«

»Das ist es ja gerade, ich weiß es nicht. Manchmal kommt es mir vor wie Abfall, wie etwas Verwestes. Es ist scheußlich und abstoßend, wie Müll. Ich könnte schwören, daß ich es rieche, aber wenn ich versuche, es zu beschreiben, nehme ich keinen Geruch mehr wahr. Ergibt das einen Sinn?«

Ich nickte, und er fuhr fort:

»Vor ein paar Nächten dachte ich, es sei der Schatten eines Ungeheuers – ein Freund oder Jack the Ripper, der sich hinter einem Felsen versteckt. Das klingt verrückt, nicht?«

»Nein, ganz und gar nicht. Was für Bilder siehst du noch?«

»Ich weiß es nicht ... vielleicht ... Es ist so häßlich! Es läßt mir keine Ruhe, es kratzt gegen die innere Oberfläche meiner Stirn, aber es bleibt verborgen in seinem Schlupfwinkel. Vielleicht ist es ein Insekt, ich weiß es nicht, denn ich bekomme es nicht in meine Gewalt.«

»Ist es so, wie wenn einem ein Wort auf der Zunge liegt und man es nicht findet?«

Er nickte.

»Es macht mich ganz verrückt, mir dreht sich der Kopf.«

»Gedanken-Qual« hatte Deborah Levi diesen Zustand genannt. »Eine große Menge unverarbeiteter Erlebnisse bedrückt ihn, will an die Oberfläche des Bewußtseins, aber es ist noch zu früh dazu. Wenn er es zwingen will, bekommt er starke Kopfschmerzen und kann nachts nicht schlafen. Er nennt das Erinnerungsschmerzen. Ich habe versucht, ihm zu erklären, daß diese Schmerzen ein Signal seines Körpers sind, nicht zu schnell voranzugehen, auszuruhen, nichts zu forcieren. Es geht ihm immer noch nicht sehr gut. Zwar sind die Blutproben alle ohne Rückstände, aber er ist noch vergiftet, in kaum nachweisbarer Form. Von den schlimmen Erlebnissen mal ganz abgesehen.«

»Woran denken Sie gerade?« fragte Jamey.

»Ich glaube, dieser Zustand ist für deine Situation normal und geht vorüber.«

»Gut«, sagte er sichtlich erleichtert. »Ich lege Wert auf Ihre Meinung.«

Ein roter Fleck bewegte sich in weitem Abstand um uns herum. Susan hatte ihre Bank verlassen und blieb nun erwartungsvoll stehen.

»Dr. D.«, sagte Jamey, »was wird aus mir? Ich meine später, wenn ich wieder in Ordnung bin.«

Ich dachte eine Weile nach, bevor ich antwortete, lange genug, um meine Worte richtig zu wählen, nicht zu lange, um ihn nicht zu erschrecken.

»Ich glaube, dieses Problem kommt dir im Moment unlösbar vor, aber wenn die Zeit deiner Entlassung kommt, wirst du sehen, daß es doch lösbar ist. Vielleicht geschieht dies sogar ganz von selbst.«

Er sah mich zweifelnd an.

»Denk an eine Aufgabe der Wahrscheinlichkeitsrechnung«, sagte ich. »In der Mitte ist alles offen, es ist einfach unverständlich. Aber fängst du vorne an und gehst Schritt für Schritt weiter und erreichst die Stelle in der Mitte, dann füllt sie sich wie von allein.«

»Glauben Sie, es ist eine Sache, die sich ganz allmählich entwickelt?«

Ich schüttelte den Kopf.

»Weit entfernt davon. Es wird immer wieder neue Anforderungen geben, Zeiten, in denen du auf der Stelle trittst und glaubst, du kommst nicht mehr weiter. Aber wenn du ein vernünftiges Tempo anschlägst, dich nicht überforderst, dir helfen läßt, selbst mit dir gut umgehst, wirst du damit fertig werden. Du wirst überrascht sein, wie gut du es schaffst.«

Er hörte mir zu, schien jedoch mißtrauisch. Wie jemand, der ein Eis möchte und Sellerie bekommt.

»Weißt du meine Nummer noch?« fragte ich.

Er sagte sieben Ziffern auf, sah mich aber gleich darauf erstaunt an.

»Ruf mich an, wenn du mit mir sprechen möchtest«, sagte ich. »Dr. Levi ist damit einverstanden. Wenn du hier oben fertig bist, treffen wir uns und machen ein paar Pläne, ja?«

»Das wäre ... ja, das würde mir gefallen, ich freue mich darauf.«

Susan war langsam auf uns zugekommen. Er sah sie und stand auf. Er streckte mir seine Hand entgegen.

»Es war schön, Sie wiederzusehen«, sagte er dann.

Ich schüttelte ihm die Hand, ließ sie los und nahm ihn in die Arme. Ich hörte, wie er schnell und heftig einatmete, hörte das unterdrückte Schluchzen eines Kindes, das einen geliebten Menschen wiederfindet.

»Danke Dr. D.«, flüsterte er.